星野晃一・多田曄代――編

多田不二来簡集

紅書房

発売中　表示の本体価格に税が加算されます。

戦前の文士と戦後の文士　大久保房男
四六判　上製・函入　二四〇頁　本体二三〇〇円

文士と編集者　大久保房男
四六判　上製・函入　三五二頁　本体二五〇〇円

終戦後文壇見聞記　大久保房男
再版　四六判　上製・函入　二九二頁　本体二五〇〇円

文藝編集者はかく考える　大久保房男
第四版　四六判　上製・函入　三七二頁　本体二五〇〇円

書下ろし長篇小説・藝術選奨文部大臣新人賞受賞
海のまつりごと　大久保房男
再版　四六判　上製・函入　三六〇頁　本体二七一八円

古典いろは随想　尾崎左永子
再版　四六判　上製カバー装　二六四頁　本体二三〇〇円

梁塵秘抄漂游　尾崎左永子
三刷　四六判　上製カバー装　二〇八頁　本体二三三三円

源氏物語随想―歌ごころ千年の旅　尾崎左永子
四六判　上製カバー装　二八〇頁　本体二三〇〇円

友　臼井吉見と古田晁と　柏原　成光
四六判　上製カバー装　二四八頁　本体二〇〇〇円

随筆集　**鯛の鯛**　室生　朝子
四六判変型　上製カバー装　二八八頁　本体一九〇五円

犀星　句中游泳　星野　晃一
四六判　上製カバー装　三四四頁　本体二三〇〇円

室生犀星句集　改訂版出来　星野晃一編
文・川上弘美、四六判変型上製　二四〇頁　本体一八〇〇円

俳句の明日へⅡ
―芭蕉・蕪村・子規をつなぐ　矢島　渚男
再版　四六判　上製カバー装　三〇八頁　本体二四〇〇円

俳句の明日へⅢ―古典と現代のあいだ―　矢島　渚男
四六判　上製カバー装　三一二頁　本体二四〇〇円

身辺の記／身辺の記Ⅱ　矢島　渚男
「梟」主宰　四六判変　上製カバー装　本体各二〇〇〇円

風雲月露―俳句の基本を大切に　柏原眠雨
四六判　上製カバー装　三九二頁　本体二五〇〇円

公害裁判　イタイイタイ病訴訟を回想して　島林　樹
再版　A五判　上製カバー装　七二八頁　本体二八五八円

裁判を闘って　弁護士を志す若き友へ　島林　樹
四刷　A五判　上製カバー装　三三六頁　本体一八〇〇円

想い出すままに
与謝野鉄幹・晶子研究にかけた人生　逸見　久美
四六判　上製カバー装　三三六頁　本体二三〇〇円

私の万華鏡―文人たちとの一期一会　井村　君江
四六判　上製カバー装　二八六頁　本体二五〇〇円

●和歌秀詠アンソロジー・二冊同時発刊

恋うた　百歌繚乱　松本　章男
四六判　上製カバー装　三五四頁　本体二三〇〇円

心うた　百歌清韻　松本　章男
四六判　上製カバー装　三六〇頁　本体二三〇〇円

新刊・近刊

与謝野鉄幹（寛）・晶子作品集―小説・随筆・研究―
逸見久美・田口佳子・坂谷貞子・神谷早苗編
与謝野文学の新たな道
A五判上製カバー装　二四八頁　本体二二〇〇円

花あはれ
―和歌千年を詠みつがれて　松本　章男
花と草木を詠んだ秀歌百首鑑賞
四六判ソフトカバー装　二六〇頁　本体二〇〇〇円

身辺の記　Ⅲ　矢島　渚男
四六判変　上製カバー装　一九二頁　本体二〇九一円

明日（あした）の船　原雅子句集
第三句集　四六判並製カバー装　二〇〇頁　本体二五〇〇円

「杏っ子」ものがたり
犀星とその娘・朝子　星野　晃一
四六判上製カバー装　三五二頁　本体三〇〇〇円

虚子点描　矢島　渚男
四六判上製カバー装　二五六頁　本体二二〇〇円

泉鏡花俳句集　秋山稔　編
初句集。五四四句収載。鑑賞・高橋順子　解説・秋山稔
四六判変型　上製本　二四〇頁　本体一八〇〇円

沙羅の咲く庭
こころの妙薬　飯塚　大幸
再版　四六判変型カバー装　二四〇頁　本体一五〇〇円

紅通信第八十三号　発行日/2024年6月18日　発行人/菊池洋子
発行所/紅（べに）書房　〒170-0013 東京都豊島区東池袋5―52―4―303
振替/00120-3-35985　電話/03-3983-3848　FAX/03-3983-5004
https://beni-shobo.com　info@beni-shobo.com

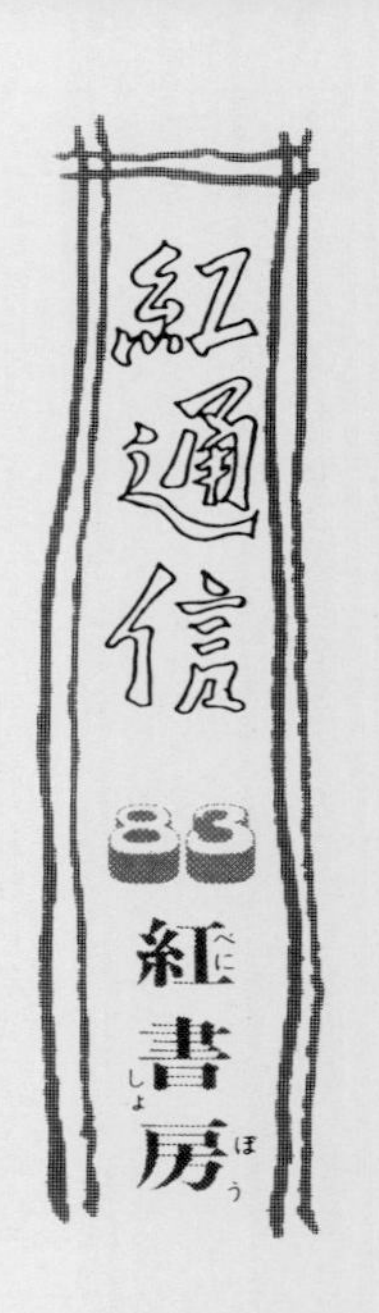

泉鏡花「夜叉ヶ池」の雨乞い

秋山稔

龍潭に初霞松の翠なり

明治三十年正月の鏡花の句である。龍神の棲む池の物語は、前年十一月の「龍潭譚」から十七年後の「夜叉ヶ池」(大正二年三月)まで水脈を保つ。

「夜叉ヶ池」は、水を司る龍神白雪姫が白山千蛇ヶ池の主への恋に我を忘れ、麓の越前大野郡鹿見村が激しい日照りに苦しむところから始まる。絶体絶命の時、村一番の美女を裸にして黒牛の背に荒縄で縛めて山上の池で牛を屠り、頭と尾を龍神に供えるのだから凄まじい。村一同冷酒を飲んで肉を啖うと、雨が降り注ぐという。実際の夜叉姫神社の雨乞いでは、「くし・こうがい・紅・おしろいの類」を奉げるのだから、相当な落差がある。かつて、作中の雨乞いに俗界の醜悪さがあると指摘したのだった(日生劇場「夜叉ヶ池」パンフレット、平成四年七月)。

昨年、牛を殺して肉を食らう雨乞いが実際に行なわれてきたと知って、愕然とした。「続日本紀」や「類聚国史」には、越前で「殺牛用祭漢神」が行われていた記述がある。「大正年間まで池・沼・滝などへ牛首を投げ込む雨乞いの習俗があった」という地域もあり、供物は神と共に皆で食べたという(佐伯有清「日本古代の政治と社会」参照)。

なお、明治四十四年、鏡花の盟友柳田国男が人身御供をめぐって加藤玄智と「仏教史学」で論争し、「牛を殺して漢神を祭るの風」が「正史」にあると言及している(「掛神信仰に就いて」)。生贄に取材したのは、こうした背景があるかもしれない。

〈金沢学院大学学長・泉鏡花記念館館長〉

詩集

詩集 **宇宙からの青い手紙** 野村玉江
A五判 上製カバー装 一二八頁 二八五八円 978-4-89381-158-5

詩集 **手紙** 三間由紀子
B六判 上製カバー装 一二六頁 二二〇〇円 978-4-89381-320-6

漢詩有情 三好浩介
自作自筆の漢詩集 B五判 一二八頁 私家版 978-4-89381-243-8

炎環叢書

1 句集 **風韻** 石寒太
第七句集 四六判 上製カバー装 二二四頁・二五〇〇円 978-4-89381-321-3

2 句集 **いきものの息** 常盤優
序・石寒太 四六判 仮フランス装 二〇〇頁 一八〇〇円 978-4-89381-324-4

3 句集 **縁(えにし)** 伊藤航
序・石寒太 四六判 並製 二〇〇頁 一八〇〇円 978-4-89381-323-7

4 句集 **f字孔** 竹内洋平
序・石寒太 四六判 並製 一七六頁 一八〇〇円 978-4-89381-325-1

5 句集 **柔き棘** 柏柳明子
序・石寒太 四六判 並製 一六〇頁 一八〇〇円 978-4-89381-336-7

6 句集 **澄める夜** こがわけんじ
序・石寒太 四六判 並製 一八四頁 一八〇〇円 978-4-89381-338-1

7 句集 **無用** 市ノ瀬遙
序・石寒太 四六判 並製 二三二頁 一八〇〇円 978-4-89381-340-4

8 句集 **訪ふ** 万木一幹
序・石寒太 四六判 並製 一八四頁 一五〇〇円 978-4-89381-342-8

9 句集 **さくらにとけて** 三井つう
序・石寒太 四六判 並製 二〇八頁 一八〇〇円 978-4-89381-345-9

10 句集 **朱から青へ** 城尹志・小熊幸
序・石寒太 四六判 並製 二八八頁 一八〇〇円 978-4-89381-348-0

11 句集 **むらさき野** 波田野雪女
序・石寒太 四六判 並製 二二四頁 一八〇〇円 978-4-89381-351-0

12 句集 **ヴィヴァルディ** 武山こゆき
序・石寒太 四六判 上製 一七六頁 一八〇〇円 978-4-89381-354-1

13 もっと俳句が好きになる **俳句ちょっといい話** 谷村鯛夢
四六判 並製 二三二頁 一五〇〇円 978-4-89381-353-4

14 **詩のアディスイ** 島青櫻
四六判 並製 全三巻一体セット箱入 五四〇〇円 978-4-89381-352-712

紅叢書

第1編 句集 **草鳴** 鈴木霞吉
第2編 句集 **朝日子** 三宅和恵
第3編 句集 **山旅抄** 上村占魚
第4編 句集 **一の嶽** 村中のぶを
第5編 句集 **目なし魚** 川村多加子
第6編 句集 **橡咲く庭** 矢嶋志恵子
第7編 句集 **雪ゆふべ** 佐手恒子
第8編 句集 **火床** 出口まこと
第9編 句集 **大夏日** 有賀まさを
第10編 句集 **月に乾す** 温品はるこ
第11編 句集 **侘助** 宮崎八恵子
第12編 句集 **砂文字** 橋本明花
第13編 句集 **空木唱** 山口空木
第14編 句集 **烏畔** 山崎熊子
第15編 句集 **海旅抄** 上村占魚
第16編 句集 **千代紙** 久富悠紀
第17編 句集 **涅槃岬** 橋本錦浦
第18編 句集 **鯖火** 渡邊司雲
第19編 句集 **傘壽** 乙幡水若子
第20編 句集 **天の蔵** 齋田鳳子
第21編 句集 **雷神** 中里佐加英
第22編 句集 **土鈴** 白崎登世子
第23編 句集 **初諷經** 美濃部古溪
第24編 句集 **梅の繪柄** 木村比沙子
第25編 句集 **父の魂** 松原海風
第26編 句集 **臘梅** 武智ふさ子
第27編 句集 **わが卯年** 岡山恒子
第28編 句集 **朱の墨** 笠倉卯凡
第29編 句集 **別涙** 細野佐和子
第30編 句集 **黒髪抄** 上村占魚
第31編 句集 **姫沙羅** 横田さだ子
第32編 句集 **冬木の圖書** 竹内ろ草
第33編 句集 **掬水抄** 渡口掬水
第34編 句集 **罪の殼** 坂本卑廬子
第35編 句集 **馬放文殊** 美濃部古溪
第36編 句集 **柴漬** 岸上波人
第37編 句集 **飲食抄** 上村占魚
第38編 句集 **馬の首** 茂木連葉子
第39編 句集 **餅の黴** 高橋百司
第40編 句集 **星月夜** 田村桑火
第41編 句集 **二町谷** 勝奇山
第42編 句集 **埴輪の馬** 栗山恵子
第43編 句集 **睦む鳩** 遠藤光枝
第44編 句集 **河畔** 宮崎蒲星
第45編 句集 **陽炎** 中洋子

※紅叢書の在庫と定価は小社にお問合せ下さい。

かいつぶり叢書

第1篇 句集 **風狂** 齋田鳳子
第2篇 句集 **野を渡る** 佐手恒子
第3篇 句集 **花杏** 松村律子
第4篇 句集 **波の音** 松原海風
第5篇 句集 **青胡桃** 浦井胡桃子 浦井菊子
第6篇 句集 **踊獅子** 小林もと女
第7篇 句集 **囀り** 松田恵美
第8篇 句集 **臥竜梅** 市村桜川
第9篇 句集 **稲の秋** 渡邊やすし

◆表示の価格は本体価格です。別途消費税がかかります。

紅書房出版目録

●二〇二二年十月二十八日

紅書房
〒一七〇-〇〇一三
東京都豊島区東池袋五-五二-四-三〇三
TEL 〇三(三九八三)三八四八
FAX 〇三(三九八三)五〇〇四
https://beni-shobo.com info@beni-shobo.com

新刊・近刊案内

「杏つ子」ものがたり 犀星とその娘・朝子
星野晃一

室生犀星が愛娘・朝子をモデルに描いた長編小説『杏つ子』はベストセラーに。犀星研究に生涯をかけて打ち込む著者の渾身の作。『杏つ子』のさまざまな秘密が明らかに。

四六判上製カバー装 三五二頁 三〇〇〇円 978-4-89381-357-2

虚子点描
矢島渚男

近代俳句界の巨人、高浜虚子（一八七四－一九五九年）。その起伏にとんだ生涯と数々の名句を、時代の流れの中に鑑賞し、吟味し、考察する斬新な虚子像。虚子句三〇六句に触れる。

四六判上製カバー装 二五六頁 二二〇〇円 978-4-89381-349-7

泉鏡花俳句集
秋山稔 編

美と幻想の作家鏡花の初句集。尾崎紅葉入門の半年後より没する昭和十四年までの五四四句収載。鑑賞文・高橋順子（詩人）解説・秋山稔（金沢学院大学学長・泉鏡花記念館館長）

四六判変型上製本 二四〇頁 一八〇〇円 978-4-89381-337-4

沙羅の咲く庭 こころの妙薬
飯塚大幸

出雲の一畑薬師管長が説く、人生を健やかに生きる秘訣。

978-4-89381-341-1

紅書房の歳時記

吟行歳時記
上村占魚 編

改訂第五版 装釘＝中川一政 ポケットサイズ

上製・函入 六〇八頁 三三九八円 978-4-89381-032-8

祭り俳句歳時記〈新編・月別〉
山田春生 編

日本全国の祭・神事・郷土芸能一二三三項目。

新書判大 三六〇頁 一八〇〇円 978-4-89381-266-7

きたごち俳句歳時記
柏原眠雨 編

掲載季語二四八八項目を網羅。解説詳細。例句も豊富。

新書判 六〇〇頁 三五〇〇円 978-4-89381-297-1

俳句帖
題字＝中川一政

日本の伝統色五色による高級布製表紙。ポケットサイズ 五冊一組 三〇〇〇円

季寄抄入り 紅書房版

歌集 じんべゑざめの歌
松本章男

古都の四季に生きて90余年。折ふしに詠う人の世のあわれ。名随筆家の秘蔵の歌三九八首を収めた初歌集。

四六判上製カバー装 一八六頁 二〇〇〇円 978-4-89381-350-3

歌集 遊
小田洋子

奈良に生い立ち、三輪山信仰篤き著者の第一歌集。

さくら花散りくる石に座りいるわれを遊ばすひとひらひとひら

跋・奈賀美和子 四六判上製カバー装 一五〇頁 二二〇〇円 978-4-89381-358-9

わたくしもお手紙を……

新川和江

多田不二さま

幽明界を異にするお方と存じ上げつつ、ここ数日、このように厖大な来翰集を読ませて頂きますうちに、わたくしも不二さまに、お手紙を差しあげたい気持になってまいりました。

ご一族の多田和代ご夫妻が経営なさる結城ガーデンの、広間のガラス・ケースに展示された萩原朔太郎や室生犀星の書状のいくつかを、目のあたりにすることが出来ました日の感激と昂奮は、今も忘れることが出来ません。朔太郎と申せば、犀星と申せば、時代が変りましても、詩に携わる者たちが素通り出来ない、詩界に動かしがたい位置を占める大詩人たちです。そのお二人がお若い日に、「感情」という同人詩誌を興されたことは、詩史にも刻まれておりますが、お二人が不二さまを詩人としてばかりでなく人間として、どんなに信頼し尊敬されていたかは、人生上の悩みごとまで長文で訴えている朔太郎の手紙などで、よくわかります。

和代さまの兄君の多田富雄氏も、後半は世界的な免疫学者になられましたが、お若い日には、千葉大学医学部に進まれましてからも文学への情熱やみがたく、ＮＨＫ松山中央放送局の要職はすでに退かれていらっしゃいましたが、詩人としての経歴をお持ちの大叔父さまのところへ、はるばるご意見を伺いに行かれたことを私は存じ上げております。多田家は代々徳川幕府の御典医をつとめる名家でありましたが、文学的感性と才能を、お二方ともその遺伝子にたっぷりお持ちでいらっしゃいましたことは、それぞれが遺されたたくさんのご著書に示されています。

　さて、六百通に及ぶ各界からの方々の書翰が、多田家で大切に保管されていたこと、さらに瞠目いたしますのは、差し出し人のおひとりおひとりについて、限られた文字数の中に要を得たプロフィールが付されており、そればかりか、文中に現れる人物についての紹介や解説もほどこされていることです。多田不二研究者でもいらっしゃる星野晃一氏の、労を惜しまぬこの編纂ぶりには、おのずと頭が下がります。用箋の紙質やペン字、毛筆、署名がゴム印であるか手書きであるかまで記録されておりますので、不二さまがお手にとって開封し、読まれた時の感覚が、こちらの掌にも伝わってくる心地がいたします。どんな返信をしたためられたであろうかと、想像する歓びも、この来翰集は、存分に味わせてくださいます。ご次女の曄代さまはじめ、出版に携わられた方々のご熱意とご労苦に、不二さまからも、どうぞ労（ねぎら）ってさし上げてくださいませ。折にふれて私も、さらに熟読させて頂きます。

多田さんにお聞きしたこと

久保忠夫

多田さんにはいちどお目にかかった。昭和三十七年十月十四日、松山市の泉南荘においてである。はじめから質問の項目をノートに書いてあっての対面であったから短い時間ではあったが、得るところは多かった。多田さんにしてみれば卒業論文の口述試問のようなものだったかも知れない。その時のノートが超五十年の時を経て残っていて、このままにしてしまうのは惜しいという思いである。そこで、『多田不二来簡集』の刊行される機会に二つの話をしることにする。

話が室生さんの第二の著書『新らしい詩とその作り方』（大7・4　文武堂書店）になった時、わたしは昭和三十年八月十五日発行の現代日本詩人全集第三巻の月報「詩と詩人」（第十五号）に室生さんの寄せた〝「愛の詩集」の自費出版〟に「文武堂主人は私に「新らしい詩とその作り方」を書け、売れるかも知れんぞといったが、私は評論めいたものが書けないので、当時の大学生多田不二に手伝ってもらったが、殆ど多田不二が全部書き下ろしたやうなものであった。」とあるのを頭において、あの本はほとんど多田さんのお書きになったものと室生さんが書いておりますがと水をむけると、「この本には室生の知らないことばかり書いてある」と誰かが評したといって笑っておられたが、すぐ言葉を継いで「主観的なところは室生さんが書きました」といわれた。これを聞いて「アルノー・ホルツや、ヨハネス・シュラーフ等が徹底自然主義と称して」とあるところなど、室生さんが書く筈はないと思い、同時に、「（沙羅の木より）クラブント」と篇末にことわって「ガラスの大窓の内に」の詩を掲げ、「己はカフエエの大きな硝子窓に添うて坐つてゐる。客は自分ひとりである。ガラス越しに往来の敷石が見下ろせるやうになつてゐる。凡ての人がとり止めもなく、或る時はぢつと一つ物を凝視するやうに、自分は理由なくぢつと眺めてゐる。」にはじまる三ページ半にも及ぶ鑑賞が繰り広げられているが、これは室生さんの筆に違いないと思った。そして、クラブントは「大学通り」（『詩歌』大5・4）に「クラブントといふ独逸の大学生は／ボタンの穴に大きなダリアを挿して／人ごみのした街を無邪気に歩いたといふ」（『愛の詩集』）と歌われているのを想起させた。クラブントの「前口上」という詩に「晩になると、己はボタンの穴に／ダリアの花を挿して、魂を連れて散歩する。」とあるのである。さらに、『沙羅の木』が阿蘭陀書房から出たのは大正四年九月のことであるから、「大学通り」はあまり時をおかないで出たわけである。それにくらべて、昭和九年十一月の「文藝春秋」に載った短篇小説「神々のへど」の標題はいずれ『沙羅の木』にあるクラブントの詩「神のへど」にもとづくものであろうが、両者時のへだたりはどうしたものであろうかと、戦後に出た高見順の『この神のへど』（昭29・1　講談社）を視野に入れて考えるのであった。

室生犀星が淺川とみ子と金沢で結婚式を挙げたのは大正七年二月十六日のことである。したがってとみ子の上京はそれより何日か後ということになるが、新婦が来るというので二人して上野駅に迎えに行った、という。この時のことを多田さんは今となってはおかしさが止まらないという面持で話しはじめた。列車から降りて来る人を見た時、あれ、と思ったという、新婦もやはり同じようだったとも。お互、よくよくの顔見知りだったのである。これを勘の鋭い犀星が見逃す筈はない、勘といったが、嫉妬というべきだろう、犀星の嫉妬は有名である、萩原朔太郎は「室生犀星に与ふ」（「新潮」昭3・1）に「すべての野獣の本能がさうである如く、君は火のやうに嫉妬深かった。」と書いている、朔太郎の言葉をまつまでもなく、犀星自身が自覚していて、『結婚者の手記』（大9・3　新潮社）に「それから私は今後ときどきお前にきつと結婚前にどんな男と手紙をやりとりしてゐたかとたづねるにちがひない。そんなときは絶対に無かつたと言つてくれればいい。」というところがある。こういうことを知っていたので、初対面のことを話し出された時にはこれは大変と思った、と同時に多田さんの話し振りから大事なく納ったとも思った。多田さんにいつ弁明の機会が与えられたか、聞きもしなかったが、それらしいメモがノートにある、それをそのまま写してみる。

初対面の筈なのに二人は知っている。四高の生徒のとき、二年ぐらい毎朝会った、そのころ国見町の下宿にいた、下宿から学校へ行くのにお堀端の道を通った、お城のガードをくぐると、向うから来る大柄の女の教員に会った、その人は味噌蔵町の小学校に通うのである。

室生さんは、この弁明をきく前から多田さんを信じていたに違いない。それを証するように、この話のさいご、多田さんは「所帯道具を夫人と二人して買ひました」と結ばれた。

多田不二来簡集・目次

Ⅰ 学生時代

Ⅱ　報道機関勤務の時代

III　社会・文化活動の時代

装丁・木幡　朋介
装画（箱・表紙）・飯塚　葉子
装画（章扉）・佐々木　明

凡　例

一、本書には、多田家に保管されていた、大正五年から昭和四三年までの来簡（封書、はがき、電報など）五九三通を翻刻し、収録した。

一、紛失、焼失など、何らかの事情によって原書簡を入手できない場合は、過去に活字になって発表されている書簡を、その出典を明らかにして転載した。その際には、それぞれ転載書簡の箇所にその事実を注記した。転載書簡の出典は次の通りである。

『高村光太郎全集』第二一巻　筑摩書房　平成八年

『萩原朔太郎全集』第一三巻　筑摩書房　昭和五二年

『室生犀星全集』別巻二　新潮社　昭和四三年

一、書簡の配列は、多田不二の生涯を、Ⅰ学生時代、Ⅱ報道機関勤務の時代、Ⅲ社会・文化活動の時代の三時代に分けた上で、それぞれの時代の来簡を差出人別（五十音順）に収めた。なお、Ⅰは、旧制第四高等学校在学中（大正元年九月文科乙類に入学、同五年七月卒業）から、東京帝国大学文学部哲学科を卒業（大正八年七月）し、時事新報社に入社（大正九年三月）する前（同年二月）までとし、Ⅱは、時事新報社に入社してから、同社を依願退職（大正一三年七月）し、のち、東京放送局に入局（大正一五年三月。同一五年八月、東京・大阪・名古屋の三放送局を合同し「日本放送協会」が誕生、勤務）し、日本放送協会理事を辞職（昭和二一年五月）して報道機関での勤務を終えるまでとし、Ⅲは、勤務を終え、戦後の松山・愛媛の文化・観光事業関係等での活動に尽力し、昭和四三年一二月一七日に亡くなるまでとした。

一、書簡本文の前に、収載書簡の通し番号、消印の年月日及び書簡の種類、宛先住所氏名、差出人の住所氏名を、その順序で示した。なお、封筒の裏、はがきの表などに書簡記載日が記されている場合は、差出人の住所氏名のあとにそれを記した。

一、書簡の日付は差出局の消印に拠ったが、消印不明の場合は、本文末尾、封書裏、はがき表等に記されている日付を用い、「付」の字を添えた。また、推定の場合は、「大正八年（推定）三月三日」等とし、日付を特定できない場合は「昭和□年六月一日」「一月上旬（推定）」「二月春（推定）」「三月頃（推定）」等とし、しかるべき箇所に収めた。なお、日付不明の場合は、当該書簡文をその差出人書簡の最後に掲げた。

一、書簡の種類は、封書、はがき、郵便書簡、電報に分類し、それを記した。なお、速達便、往復はがき、絵はがき、持参便の別等について、また、その書簡がペン書き以外の毛筆、活字印刷などによる場合は、それについても原則として同所に注記した。

一、原則として旧字体は新字体に直したが、人名その他の固有名詞などで、そのままにしたものもある。

一、変体仮名も現在通用のものに改めたが、誤字、誤記はそのままとし、その部分に（ママ）とルビを付した。

一、仮名遣いに関しては、ア行、ハ行、ワ行との間にみられるような混用等はそのままとし、意味の通じない箇所にのみ（ママ）を付した。

一、差出人の、またその時代の慣用と思われる用字、造語、踊り字、外国人名等、および仮名遣い、送り仮名は、原形どおりとした。また、外国人名、作品名などのカタカナ表記が、同一の書簡、あるいは他のそれの中で異なっている場合も、原形どおりとした。

一、脱字は〔　〕に入れて補い、判読不能の箇所は□で不明字数を示し、編集上、伏せ字にした箇所は×でその字数を示した。

一、拗音や促音の文字の大きさが不明瞭、あるいは不統一である場合等は、差出人の表記の特徴、あるいはその時代の表記に基づいて整理した。

一、段落のあるなしに関しては、書簡原物どおりとした。

一、句点が用いられずに二文が続いている場合、読みやすさを考慮して、一字空けを施した。

一、句点か読点か不明なものは、すべて読点とした。

一、書簡原物にある傍点、波線、振り仮名等はそのままとし、編者の補った振り仮名は（　）の中に記した。

一、書簡文末の日付、署名、宛名等の位置は統一した。

一、書簡本文の後に、書簡の内容以外で、その書簡の特質を示していると思われる事柄に関する説明（■印の下に記す）、および、内容を理解する上で触れておいた方がよいと思われる事項に関する説明（＊印の下に記す）を適宜加え、小活字で示した。また、ここでの外国人名に関しては、ロシア人名など、一部英語表記を用いたものがある。なお、「御栄転」「御転勤」等、多田不二の転勤に関する事実については年譜に委ねることとし、その説明は省いた。

一、最後に、〈参考〉〈余録〉を加え、小活字で示した書簡もある。その書簡の内容、および多田不二と差出人との関係等に、より深く触れたいという目的で記したものである。

一、本書での、差出人紹介及び事項説明において、多田不二の「草稿『現代の詩と詩人』」からの引用を多く用いているが、この草稿は多田家に保管されていたものである。同題の草稿は二種あり、一つは講演用に、他の一つは著作用に記され、ともに昭和二四、五年に作成されたものと推測される。このうち、前者は翻刻されて、平成一四年、愛媛新聞社から刊行された『新生の詩』に収録されているが、本書への引用は、ただ一か所を除いてすべてこの講演用の草稿からのものである。著作用の草稿を用いたその一か所は、笹澤美明書簡（書簡554）における「朔太郎詩碑」に関する説明の中の引用である。

一、本書では、和暦を主とするのが適当と考え、西暦は従として表記した。

一、差別用語とされる言葉については、当時の状況を踏まえ、原文のまま用いることとした。

多田不二来簡集

Ⅰ 学生時代

大正元年（一九一二）九月——大正九年（一九二〇）二月

井上猛一書簡

（いのうえ　たけいち）明治二八年〜平成八年（一八九五〜一九九六）。随筆家、編集者、新内家元。東京生まれ。早稲田大学文科中退。雑誌『おとぎの世界』『秀才文壇』の編集を担当し、童話、随筆なども執筆。のち、岡本文弥を名のり新内岡本流（母が三代目家元）を再興し、新内舞踊の復活、左翼新内の自作自演など革新的な活躍をする。著書『芸渡世』『芸流し人生流し』『秀才文壇のことなど』など。

1――大正7年5月8日　はがき／府下田端一六三　多田不二様／東京市神田区旅籠町一丁目二十三番地　秀才文壇　講談世界　発行元　文光堂　電話下谷四八一九番　振替口座東京一九五五番　井上猛一

拝啓、突然ハガキなどにてお頼み致す失礼をお許し下さい。
秀才文壇六月号に『人及び芸術家としての萩原朔太郎氏、室生犀星氏』の題のもとに、二氏の近親の方々におたのみして両氏を論じて頂きたく思ひます。目下財政の都合にて稿料はさしあげられませんのでお願ひ致し難いのですが、御厚意にて十三日頃までに簡単に（四枚位）二氏の印象御執筆願へれば嬉しく存じます。別封秀才五月号の小川未明論を御参考までに御らん下さいまし。

■差出人住所氏名等は印字。
■『講談世界』『秀才文壇』の広告の入ったはがき使用。
■・を付した「府下田端一六三」は室生犀星の住所。当時、不二は犀星の紹介により「一六四　加村方」に住んでいた。山宮允書簡には「府下田端一六三　室生様気付」とある。書簡18参照。
■・を付した「小川未明論」以下、裏面下部に横書き。
＊秀才文壇六月号　大正七年六月発行の『秀才文壇』に、「人及び芸術家として（その二）――萩原朔太郎・室生犀星二氏」七篇の内の一篇として、多田不二は「萩原氏と室生氏」を載せている。他は北原章子「室生さんと萩原さん」、日夏耿之介「萩原朔太郎君に就て」、田邊孝次「室生氏の生立」、竹村俊郎「萩原氏と室生氏の印象」、恩地孝四郎「室生におくる」、萩原朔太郎「室生犀星の印象」。

2――大正7年5月28日　はがき／市外田端一六四　多田不二様／東京市神田区旅籠町一丁目二十三番地　秀才文壇　講談世界　発行元　文光堂　電話下谷四八一九番　振替口座東京一九五五番

また御厚意に甘えたく存じます。秀才七月号のため詩を戴きたく思ひます。御都合がよろしかつたらどうぞ御恵送下さいまし。

五・二八

井上猛一

■差出人住所等は印字。

■『講談世界』『秀才文壇』広告の入ったはがき使用。

3――大正7年6月8日　はがき／市外、田端、一六四　多田不二様／本郷湯島天神町二の十三　井上猛一　六・八

その後は如何お暮しですか。すべてが幸福に行くやう祈つてゐます。先日おたのみしました詩は、なるべく御都合して送つて戴き度く思ひます。無理にお願ひするのは失礼と思ひますけれど。

井上康文書簡

（いのうえ　やすぶみ）明治三〇年～昭和四八年（一八九七～一九七三）。詩人。神奈川県生まれ。東京薬学校（現、東京薬科大学）卒。福田正夫の『民衆』に参加、民衆詩派の詩人として活躍した。のち『新詩人』『詩集』『自由詩』を創刊。詩集『愛する者へ』『愛子詩集』、評論集『現代の詩史と詩話』など。

4――大正8年6月15日　はがき／市外田端五一三　多田不二様／雑司ケ谷亀原五七　井上康文　十五日

「感情」[*]いつも頂きましてありがとう、厚く御礼申上ます、室生氏の抒情詩の批判を書いたのですが雑誌が出なくなつたのでそのまゝになつてしまひました、私はこの抒情詩[*]がすきです。あなたの詩が出てゐないのを寂しく思ひました、室生氏の詩集[*]頂いて憘(ママ)しくよんでゐます。何れまた、

*「感情」　大正五年六月、室生犀星と萩原朔太郎によって創刊され、大正八年一一月に第32号を出して廃刊となった詩誌。その後、大正九年二月に『「感情」同人詩集』（第五年第一集）が出されており、これを雑誌の延長とすれば、通巻三三冊となる。不二は、大正六年三月、初めて『感情』（第8号）に訳詩を載せ、同年五月（第10号）以後は27、29、30、31、32号を除いた各号に作品を発表しており、この頃同人になったと推測される。『感情』への掲載詩は、合わせて創作詩三九篇、訳詩一五篇。ここでの『感情』は、大正八年五月発行のものと推定される。書簡中に「あなたの詩が出てゐない」とあるように、この号に不二の詩は載っていない。

*この抒情詩　大正八年五月発行の『感情』に収められている、室生犀星の「抒情小曲集　補遺　第二」一九篇の詩を指していると思われる。

*室生氏の詩集　大正八年五月、文武堂書店から刊行された『第二愛の詩集』と推測される。

尾山篤二郎書簡

（おやま　とくじろう）明治二二年～昭和三八年（一八八九～一九六三）。歌人、国文学者。石川県生まれ。一四歳の時、膝関節の結核を患い右脚を大腿部から切断。在郷時代、室生犀星、田邊孝次らと交友を結び、創作活動に入る。のち上京し、作歌、研究両面で活躍した。歌集『さすらひ』『雪客』など。『大伴家持の研究』で学位を得た。

5――大正6年1月6日　はがき　毛筆／茨城県結城町　多田不二様

謹賀新年
御宅の方つい承らず年頭の祝辞申晩れ恐縮に存上候　無恙御迎春の御由祝着千万に存上候
大正六年正月
尾山篤二郎
雑司谷七〇一

6――大正6年7月1日　はがき／市内下谷区谷中真島町一番地の一号旭館方　多田不二様／市外池袋村八二三　尾山篤二郎

拝呈　昨夜志筑君*来り拙集*売つて被下る由申居り承及候が何冊位ゐ御売被下候や　多く売つて頂き度くは候へ共それでは勝手過る様存ぜられ候間御一報次第小生持参可申候　然らば何卒御葉書賜り度　実はその大に売らなければならぬのであせり居候　御尽力被下度候　先は右まで　艸々
当日帰省は何時頃に候や伺上候
六月三十日

＊志筑君　萩原朔太郎が室生犀星に招かれて、大正四年五月八日に初めて金沢を訪れた時、人魚詩社と『遍路』同人が主催した歓迎会に、不二と共に同席した志筑茂二か。この人物は不二の第四高等学校時代の同窓生、志筑岩雄（恐らく筆名）と同人だと推測される。志筑岩雄は、第四高等学校発行の『北辰会雑誌』に、不二や、また本来簡集に登場する同窓生水上茂、照井剛毅らと共にしばしば作品を発表している。

＊拙集　『三枝草集』（大正六年七月、抒情詩社）のことか。大正六年六月発行の『感情』に、「三枝草集　尾山篤二郎氏がこんど自

分の歌をパンフレットに出す。題して『三枝草集』と云ふ。あたひ金参拾銭。税貳銭。市外池袋同氏あてて申込を乞ふ。本が出たら費用と引きかへに送るさうだ」とある。

7――大正6年8月9日　はがき／茨城県結城町　多田不二様／東京市外池袋八二三　尾山篤二郎

拝呈
酷暑耐難く存候処御壮健にて何よりと存候　御助力被下候事難有先日御手紙及御同封のもの相違無く入掌仕候　改て御礼仕候　時下万々御自愛可被下候　御旅行[*]との事御羨しく存候　草々
七月三十一日

*御旅行との事　大正六年九月発行の『感情』の、室生犀星の書いた「編集記事」に、「多田は鬼怒川の畔や筑波山の麓を回って本読み旅行をしてゐた」とある。

恩地孝四郎書簡

（おんち　こうしろう）明治二四年～昭和三〇年（一八九一～一九五五）。版画家、詩人、装丁家。東京生まれ。東京美術学校（現、東京芸術大学）中退。大正三年、詩と版画の同人誌『月映』を田中恭吉らと創刊。『感情』『帆船』で同人として活躍。不二の第一詩集『悩める森林』の装丁を行う。第一次『帆船』のほとんどの表紙は孝四郎の版画によるもの。また『帆船』に一〇篇の詩を載せている。

8――大正6年8月29日　はがき／茨城県結城町　多田不二様／東京府中野町一〇三〇　恩地孝四郎

おはがきをありがたふ。貴兄の御健勝をおよろこびします。自然[*]の偉きい部分を親しんでゐられることを兄のためにおよろこびします。僕は展覧会に出す画を、執筆してゐました。一人で自炊してゐました。私たち、元気にしてゐます。いろ〳〵なものが僕を刺撃（ママ）する。余り強すぎる位です。併しそれらによつてまゐつて了はないだけの用意はあるつもりです。*兄のやつてくれたデヱメルで、僕は、いいものを与へられました。その幸を兄に致したい。いい仕事をして下さる様に、又なさる様に。

自分も、自分の力のないことを知りきつてゐ乍ら、そのことを思つてゐます。僕たちの上によき祝福がある様に。

御上京（になることと思ひますが）になつたら、お序でもあらばお立ちより下さい。

*自然の偉きい部分を親しんでゐられる　書簡7の「*御旅行との事」参照。

*兄のやつてくれたデヱメル　大正六年七月発行の『感情』（一周年記念特別号）は不二の「リヒヤルト・デエメル詩集」を収めている。そこに不二は、「春の悦び」ほか一一篇のデーメル（Richard Dehmel 1863~1920）の詩の訳詩、および「リヒヤルト・デエメルに就て」（カール・ハイネマン論文の訳文）、「デエメル詩集の終りに」を載せている。デーメルは明治末年から森鷗外、櫻井天壇らによって日本に紹介された、ドイツの代表的な自然主義・象徴主義の詩人。不二は、「啄木鳥の独白」（『帆船』大正一三年四月）、「怪魚巻言」（『帆船』昭和二年三月）等でデーメルに触れ、この詩人への敬愛の情を示している。

9――大正7年1月9日　はがき　毛筆／茨城県結城町　多田不二様／恩地孝

賀状ありがたふ、大変配達が遅いので失礼しました、しつかりやりぬく気持を今更覚えます、

お互によき一年を築き上げることを希望します、

10――大正8年9月3日　はがき／山形県北村山郡大倉村　竹村氏方　多田不二様／東京中野三一二三　恩地孝　九月三日

御*はがきありがたふ、「多田不二氏」の竹村君のはがきもうれしく拝見、心忙しい僕の毎日のなかで快かつたことを感謝します。あついのに毎日用ばかりある。又製作（ママ）にも追はれてゐます。疲れたり元気になつたり中々僕の方も面白いのです。

竹村君によろしく、のぶ*より御両所によろしく

＊御はがき　この年（大正八年）、八月から九月にかけて、不二は山形県の竹村俊郎の別荘を訪問した。その折、竹村ほか土地の者三人と出羽三山めぐりをし、その思い出を随想「湯殿山から羽黒山へ～出羽の三山めぐり～」（『聖潮』大正一四年七月）にまとめているが、その中に、月山への途上の宿で「私は東京の友人達へ葉書を書いた」と記している。

＊のぶ　恩地孝四郎夫人。

川路柳虹書簡

（かわじ　りゅうこう）明治二一年～昭和三四年（一八八八～一九五九）。詩人、評論家。東京生まれ。東京美術学校（現、東京芸術大学）日本画科卒。明治四〇年九月号の『詩人』に、口語自由詩の最初といわれる「塵溜（はきだめ）」その他を発表。詩集『路傍の花』『曙の声』、美術評論『現代美術の鑑賞』など。

不二は、柳虹の活躍について「元来が画家である彼は詩作の他に詩論も書けば画論も書き、海外の詩の紹介もやり、詩壇の仕事師といはれる位、詩壇の事業を一手に引受け、会も起せばアンソロジーも出すといふやうに活躍した」（草稿「現代の詩と詩人」）と記している。

11――大正7年6月16日　はがき／市外田端一六四　加村方　多田不二様／麹町区富士見町五ノ一三　川路柳虹　本郷区湯

島町大東館　井上康文

詩話会[*]　例会

時　六月二十一日（金）午后六時

処　万世橋みかど

会費　一円

御手数乍ら御出席御一報願上候

当番幹事

＊詩話会　大正年代における最大の詩人団体。不二は詩話会の委員。会は大正六年一一月に結成され、同一五年一〇月に解散。その間、年刊『日本詩集』を大正八年から同一五年までに八冊刊行、また、雑誌『日本詩人』を大正一〇年一〇月より同一五年一一月までに五九冊発行した。不二は、『日本詩人』終刊号に「詩話会解散私感」を載せている。

〈参考〉１『日本詩集』出版に関する書簡（大正8年2月17日　はがき　活字印刷／市外田端五一三　多田不二様）

啓　予て貴意を得て置きました年刊詩集の件今回新潮社と交渉が纏り来月中旬同社から出版のことに定りました。就ては左の件々御含みの上至急原稿下記編集所宛御送付下さいまし。

一　分量……百行以内（昨年の御作中優秀なるもの御自選の上一二篇予備の分を添へて御送り下さい。篇数の制限はありません。）

一　締切期日……二月二十五日（可成は今月二十一日詩話会当日会場に御持参下さい）

一　編集所……東京市牛込区神楽町一ノ一二曙光詩社内

大正八年二月十六日

詩話会年刊詩集編集委員

追伸　尚詳細は詩話会席上にて編集委員から申上げます

〈参考〉2『日本詩集』出版祝賀会の知らせ（大正8年4月1日　往復はがき　毛筆／府下田端五一三／日本詩集編集委員　四月一日）

啓　先月の詩話会例会で協議しました通り『日本詩集』出版記念祝賀の宴会を究左記の通り催すことに決定しました　是非みんな集つて見たく存じます　万障御繰合せの上御出席下さいまし

△会場　森ケ崎大金（京浜電車山谷下車）

△時日　四月六日午後三時　△会費　不要

尚なるべくみんなで一緒に行きたく思ひますから同日午後一時迄に京浜電車品川停留所に御参集下さい　御都合の悪い方は三時迄に直接会場へ御越し下さい　会場で詩集を御配布致します　来る四日迄に御返事を願ひます

12――大正8年1月8日　絵はがき／市外田端五一三　多田不二様

賀正　1919

東京市麹町区富士見町五丁目十三

川路柳虹

■裏面、印刷。「makoto」（川路柳虹の本名）とサインのある自作の版画印刷使用。

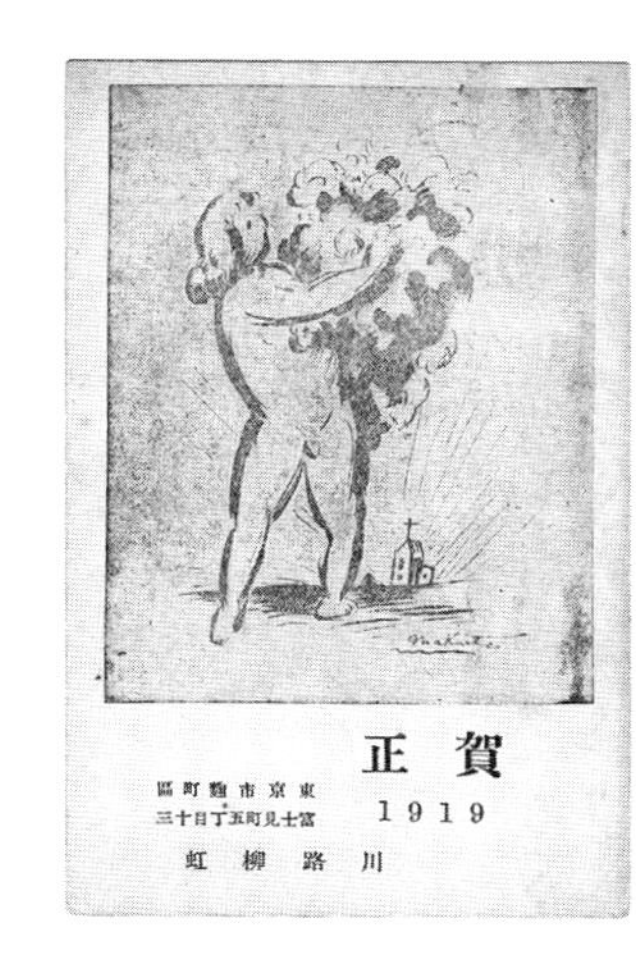

13――大正8年6月6日　はがき／市外田端五一三　多田不二様／牛込区白銀町三十五　川路柳虹

室生*君の会についていろ〱御厄介かけすみません。一切佐藤*君と福士君に御任せして私は何にもしませんでした　当日はきっと出ます。

六日
*室生君の会　大正八年六月一〇日、本郷の燕楽軒で催された「愛の詩集の会」。書簡147の「*盛大な会合」参照。
*佐藤君と福士君　佐藤惣之助と福士幸次郎。

北原白秋書簡

（きたはら　はくしゅう）明治一八年～昭和一七年（一八八五～一九四二）。詩人、歌人。福岡県生まれ。早稲田大学英文科予科中退。詩集『思ひ出』『邪宗門』、歌集『桐の花』など。多くの童謡も作った。不二は、草稿「現代の詩と詩人」の中で、白秋を「日本の詩人のうち最も天分豊かな詩人」と記し、その詩を「いふまでもなく官能的な極めてロマンティックな絢爛そのもの、様な詩であり、そこには象徴的な幻想的な雰囲気も漂ふし、エキゾチックな情熱もたぎつてをり、言葉の豊富さと共に百花繚乱とでもいつたやうな詩」と讃えている。

14――大正7年1月2日　往復はがき（往信）／市外田端一六四　加村方　多田不二様

今回友人日夏耿之介君が第一詩集「転身の頌」を出版され君に依つて新たな詩の世界の開拓されたことを紀念するため君と晩餐を共にし聊か祝賀の意を表し併せて君の未来を祝福したいと思ひます　何卒御賛同下さるやう希望いたします

大正七年一月二日

北原白秋
柳澤*　健
堀口大学

長谷川潔[*]
山宮　允

時日　一月十三日午後五時
場所　鴻ノ巣
会費　参円
追て準備の都合もありますから御参会の有無来る八日までに御知らせを願ひます

■裏面、活字印刷。

＊第一詩集「転身の頌」　大正六年一二月、光風館から刊行された。この詩集出版記念会に、不二は室生犀星とともに出席し、そこで初めて芥川龍之介を知った。

＊柳澤健　明治二二年～昭和二八年（一八八九～一九五三）。詩人。福島県生まれ。東京帝国大学仏法科卒。島崎藤村、三木露風に師事。露風の『未来』同人。日夏耿之介、西條八十らと『詩人』を、北村初雄らと『詩王』を創刊した。詩集『果樹園』、合同詩集『海港』、訳詩集『現代仏蘭西詩集』など。

＊長谷川潔　明治二四年～昭和五五年（一八九一～一九八〇）。版画家。神奈川県生まれ。日夏耿之介、矢口達らの『聖盃』（のち『仮面』と改題）に加わり表紙絵を描く。『転身の頌』の装丁を行った。

15――大正7年1月3日　はがき　毛筆／茨城県結城町　多田不二様

賀正
大正七年一月元旦
北原白秋

西條八十書簡

（さいじょう　やそ）明治二五年〜昭和四五年（一八九二〜一九七〇）。詩人、童謡作家、仏文学者。東京生まれ。早稲田大学英文科卒。のち、同大学仏文科教授。『赤い鳥』に「かなりあ」「山の母」など多くの童謡を書く。詩集『砂金』、訳詩集『白孔雀』、研究書『アルチュール・ランボオ研究』など。不二は、八十を「極めて高踏的な芸術至上主義者として独歩の地位を占める勝れた詩人」（草稿「現代の詩と詩人」）と評している。

16――大正7年4月15日　往復はがき（往信）／市外田端一六四　加村氏方　多田不二様／神田表神保町三、建文館（電、本、五三二五）　西條八十　小石川林町十八、野田方　松永信

・*詩話会　例会

時、四月二十一日（日曜日）午後六時

処、万世橋　みかど

会費　一円

御手数乍ら御出欠御一報願上候

当番幹事

■・を付した「詩話会　例会」は、はがき上部に横書き。

*詩話会　大正年代における最大の詩人団体。書簡11参照。

佐藤惣之助書簡

（さとう　そうのすけ）明治二三年〜昭和一七年（一八九〇〜一九四二）。詩人。神奈川県生まれ。詩誌『嵐』を陶山篤太郎と発刊した。萩原朔太郎の妹アイ（周子）と再婚。詩集『深紅の人』『琉球諸嶋風物詩集』など。不二は、惣之助について「『赤城の子守唄』とか『東京娘』とかいふ流行歌であ

まりに名高くなつてゐるが、元来は本格的の詩人で、その絢爛たる詩句と奔放自在な印象的抒情詩やロマンチックな象徴詩を次から次へと書いて縦横に活躍した」「彼はまた海の詩を実に沢山作つてゐる。彼こそ海の詩人といふべきだらう」（草稿「現代の詩と詩人」）と記している。

17――大正7年11月17日　はがき／東京市外田端五一三　多田不二様／横浜市西戸部町一〇二山根方　前田春声　神奈川県川崎町砂子一七五　佐藤惣之助　十一月十七日

詩話会　例会

時　十一月二十一日（木）　夜　五時

処　万世橋みかど

会費　一円拾銭

注意

今回は会の事業に付き御相談致し度きに付、何卒ぞ万障御繰り合せの上御来会を希望致します。猶御出席の諾否御返事下されば幸ひに存じます。

■・を付した「詩話会　例会」は、はがき上部に横書き。

＊詩話会　大正年代における最大の詩人団体。書簡11参照。

山宮允書簡

（さんぐう　まこと）明治二五年～昭和四二年（一八九二～一九六七）。詩人、英文学者。山形県生まれ。東京帝国大学英文科卒。大正六年一一月、川路柳虹と詩話会をおこす。ブレーク、イエーツの翻訳紹介に努めた。旧制第六高等学校、東京府立高等学校、法政大学の教授をつとめる。詩論集『詩文研究』、書誌的研究書『明治大正詩書綜覧』など。

18――大正6年4月14日　はがき／府下田端一六三　室生様気付　多田不二様／小石川駕籠町四六　山宮允　十四日

先達は御旅行先から御葉書を本日はまた感情*を頂き有難く存じます　諸兄の御作一通拝見しました　皆各自の個性をどんどんおし進めて行かれるのが嬉しく思はれます

御旅行は如何でした　好季節の御旅行吾々俗務に跼蹐して隙のないものには殊更欽羨の至に絶へませぬ　少しく御感懐を御もらし下さい

不取敢御挨拶まで　　頓首

＊感情　大正五年六月、室生犀星と萩原朔太郎によって創刊された詩誌。書簡4参照。

19――大正6年10月25日　封書　毛筆／府下田端一六四　加村方　多田不二様／山宮允　十月二十五日

先夜は失礼致候　其節御願致候感情一月号及び十月号早速御郵送被成下難有御礼申上候

詩談会*は是非今後継続致し発展せしめ度尊兄にも是非御尽力被下候様希申候　小生夜分（土曜を除き）又は日曜の午前中は大概在宅致候間御閑の折何卒御来話被下度待上候　トドハンター*著作書目相分申候　帰宅後写して御披可申上候

とりあへず御礼まで

十月二十五日

文部省ニテ　匆々頓首

允

多田詞兄

■（　）で囲んだ「土曜を除き」は、挿入語句。

■裏に「文部省」という印の押されてある封筒を使用。

＊詩談会　詩話会誕生の母体となった詩人懇談会。大正六年一〇月二一日夜、『伴奏』の川路柳虹、『詩人』の山宮允が主導者となり、『感情』系その他の詩人たちに呼びかけて結成されたもの。多田不二は喪中の室生犀星に代わってこれに出席した。

＊トドハンター　Todhunter, John（1839~1916）。アイルランドの詩人、劇作家、医師。不二は、大正四年四月発行の『遍路』に、トッドハンターの詩訳「烈風」を載せている。

20――大正6年12月□日　封書／府下田端一六三　室生照道様　多田不二様／山宮允

謹啓　歳末も押迫り御多忙の御事と奉察候　陳者（のぶれば）小生儀今回会計検査官今泉国太郎長女千代乃と結婚仕候間御承知置被下倍旧の御厚誼を賜はり度乍略儀以寸楮御披露申上度如斯御座候

敬具

大正六年十二月

東京市小石川区駕籠町四六　山宮允

室生犀星様

多田不二様

御近間に相成候間御閑暇の折御来話被下度待上候　頓首

■両名宛の封書。

■「謹啓」から「山宮允」まで、及び「室生犀星」の下の「様」は活字印刷。他は毛筆。

21――大正7年9月18日　はがき／市外田端一六四　加村氏御内　多田不二様

夜集つて御話するのに心持よい粛かな季節となりました。この八月休会した詩話会*の会合は引続きまた当月より開くことになりました。右御知らせ迄。

今月の会　来ル二十一日土曜（晩六時）

場所　万世橋ミカド（会費壱円）

幹事　山宮允

福士幸次郎

尚御出席の際は御面倒ながら万世橋ミカド方、会の幹事宛にて御一報ねがひあげます。

＊詩話会　大正年代における最大の詩人団体。書簡11参照。

22――大正8年1月1日　はがき　活字印刷／府下田端五一三　多田不二様

敬・新

賀正

山宮允

東京市小石川区駕籠町四六

子羊よ、
私はこゝにゐる、
私の白い頸を
来て甜(ママ)めろ、
おまへの柔かな毛を
ひつぱらしてごらん、
おまへの柔かな顔に
接吻(きす)さしてごらん、
たのしく、たのしく吾等は年を迎へる。

――ブレイク*――

■宛先住所の箇所、「一六四」を消して「五一三」と直してある。
■・を付した「敬新」から「東京市小石川区駕籠町四六」までは、はがき上方に横書き。
*ブレイク　William Blake (1757〜1827)。イギリスの詩人、画家、版画家。詩集『無心の歌』『経験の歌』、版画連作『ミルトン』など。

23――大正8年5月13日　はがき　毛筆／市外田端五一三　多田不二様／小石川駕籠町　山宮允

毎々感情御恵贈に預り御厚志忝御礼申述候　卒業試検も近き御多忙の御事と拝察仕候

小生近々岡山へ*赴任致事に相成暫らく詞友諸兄に御別れせねばならず遺憾に存候　何卒従前通御厚情に預り度悃願仕候　併し岡山へ参りても時々出京拝芝の機会を得度存念に御座候　頓首

五月十三日

＊岡山へ赴任　山宮允は、この年（大正八年）、旧制第六高等学校教授として岡山に赴任した。書簡75参照。

24——大正8年9月4日　はがき／山形県北村山郡大倉村　竹村俊郎様方　多田不二様／岡山　山宮生

御懇書拝見いたしました　*当時竹村君宅に御滞在のよし研一君のため至極結構のこと、存じます　気のあつた友人の許に御過しになつて嘸愉快でせう　小生方にも先達永らくあはなかつた鹿児島の友人が来て愉快に数日を送りました

御就職の件もし丸善の方に御きまりにならなかつたら*先日申上げたところでよければいつでも御周旋致しますから遠慮なく御申越ください　よろこんで御推薦いたします

申後れましたが以前は「感情」をありがたう　いつも心にかけられ御送付下すつて有難う存じます

竹村君へよろしく御伝へ下さい

九月四日

＊当時竹村君宅に御滞在のよし　不二は、この年（大正八年）八月、山形県の竹村俊郎を訪ね、九月にかけて滞在している。書簡10の「＊御はがき」参照。

＊先日申上げたところ　時事新報社か。不二は、大正八年七月、東京帝国大学文学部哲学科を卒業し、同九年三月、時事新報社に入社している。

白鳥省吾書簡

（しらとり　せいご）明治二三年～昭和四八年（一八九〇～一九七三）。詩人。宮城県生まれ。早稲田大学英文科卒。ホイットマンに傾倒。詩話会委員として、『日本詩人』『日本詩集』の編集に携わる。詩集『世界の一人』『大地の愛』、訳詩集『ホイットマン詩集』など。不二は、省吾について「民主詩運動を先駆した詩人の一人であり、平明な自由詩を用ひ郷土詩人の色彩が濃い」（草稿「現代の詩と詩人」）詩人であると記している。

25――大正7年5月19日　はがき／市外田端一六四　加村様方　多田不二様／麹町区上二番一－四〇　斎藤勇　府下雑司ケ谷亀原五七　白鳥省吾

・詩話会*　例会
時　五月二十一日（火）午後六時
処　万世橋　みかど
会費　一円
御手数乍ら御出欠御一報願上候
当番幹事

■・を付した「詩話会　例会」は、はがき上部に横書き。
*詩話会　大正年代における最大の詩人団体。書簡11参照。

26――大正8年5月28日　往復はがき（往信）／市外田端一三五　多田不二様

ホイットマン誕生百年紀念会
五月三十一日はホイットマン*の誕生百年に当りますので、これを機会として此詩人の誕生を祝し、一夕の歓

を共にしたいと存じます　何卒御賛成の上御臨席願上げます
一、時日、　三十一日　午後六時
一、会場　万世橋駅上ミカド
一、会費　一円五拾銭
二伸、尚ほ準備の都合が御座いますから御出席の有無を来る三十日までに御知らせ願上げます
五月二十七日　発起人　加藤一夫　川路柳虹　富田砕花　白鳥省吾

＊ホイットマン　Walt Whitman（1819～1892）。アメリカの詩人。詩集『草の葉』、評論『民主主義の将来』など。

〈余録〉　芥川龍之介「我鬼窟日録」（大正八年五月三一日）より
客を謝して小説を書く。第一回から改めて出直す。午すぎはトオデ。夕方ミカドのホイットマン百年祭に行く。始めて有島武郎氏、与謝野鉄幹氏夫妻に会ふ。斎藤勇氏と有島氏とホイットマンの詩を朗読す。列席の諸君子わかつたやうな顔をして聞いてゐれど、大半はわからないのに相違なし。勿論ボクにも分らず。食卓演説（テエブルスピイチ）をなす。生まれて二度目なり。帰途室生犀星、多田不二の両氏と一しよに帰る。雷雨大いに催す。

高村光太郎書簡

（たかむら　こうたろう）明治一六年～昭和三一年（一八八三～一九五六）。詩人、彫刻家。東京生まれ。東京美術学校（現、東京芸術大学）彫刻科卒。詩集『道程』『智恵子抄』『典型』など。不二は、草稿「現代の詩と詩人」の中で、光太郎は「全身真実と情熱とに充ち〳〵た重厚の天分豊かな気稟高き詩人」であり、また「誠に心からの愛国詩人」であつて、それ故に戦争中の光太郎の活躍は「本当にやむにやまれぬ愛国の至情を発露したものであり、特に各方面の依頼を断はり切れず、詩作によつて国民の士気を鼓舞したものであ」ったとし、「今戦争終つて平和日本にかへり、しづかに反省の念に耽（フケ）つてゐるのであらう。この態度はむしろ立派である。戦時中の高村氏の活動について今俄かに白眼視す

る人があるので、敢て一言する次第である」と記している。

27――大正6年〔4月14日夕　本郷区湯島天神町一ノ廿九　梅屋方　多田不二様　駒込林町二五より　はがき　墨書〕

拝啓　先日懇ろな御手紙と昨日お葉書と今日「常盤木」とを頂きました　私の作つたものを顧みて下さつた事を忝く思ひます

今眼の手術後の為め充血甚だしくて此以上書く事危険に思はれますので何もかけません　いづれまた

■この書簡文は、『高村光太郎全集』第二一巻（平成八年、筑摩書房）所収の書簡「二三三一」を転載したものである。

＊懇ろな御手紙　この書簡は、不二からもらった「懇ろな手紙」等に対する返書であるが、その「懇ろな手紙」の下書きが多田家に保管されていた。それを〈参考〉2として後に記す。

＊常盤木　大正三年九月創刊の俳誌『常磐木』（のち、「盤」の字を用いたものもある）。主宰（編集兼発行人）川俣馨一、編集大須賀乙字。乙字、内藤鳴雪、吉田冬葉らが中心となって活躍した。表紙・萬鐵五郎（「美術評」も載せている）、挿絵・小川芋銭の号が多い。なお、ここでの「常盤木」は、大正六年四月号。

〈参考〉1　大正六年三月発行の『常盤木』の「青柳より」（無名氏の記事。発行所の「東京市小石川区東青柳町二十九番地」からの命名か）に「本号には岩下三郎君及多田不二君の二氏がお忙しい中にもか丶わらず執筆の労を取られた。二氏は今後本誌の為めに尽力して下さるさうである」とあり、不二と当誌とのかかわりはここから深くなっていったようである。不二はこの号に「翼」（ベネット）、「不毛の心」（ロービイ・ダツダ）、「時」（ロービイ・ダツダ）、「夕の雲に」（ロービイ・ダツダ）の四篇の訳詩（目次には「訳詩三篇」とある）と、ベネットとダッダ二人の詩人（主にダッダ）の紹介文を、また、詩の選を行い選評を載せている。以後、不二は当誌に詩、随想、評論等を載せ、また長期間にわたって詩の選を行っている。

〈参考〉2　「懇ろな御手紙」の下書き

謹啓
突然、未知の私より御手紙差し上げることの無礼を幾重にも御免し願ひます。

私は目下帝大心理科に在学いたすもので　室生氏萩原氏には年来御厄介になつてゐるものであります　甚だ僭越のことながら四月号の「常盤木」*といふ小雑誌に詩壇偶評を書きまして　其のうちに御貴所の詩に就て極めて短かい感想を書きました。雑誌は御贈呈する様に発行所に申し置きましたから多分御手許に届くことと存じます。

私は常に多くの雑誌を読まぬものですから一般の詩人諸氏の詩作経路ともいふべきものを知りません。それ故、二三の最近の詩を回つてそれに対する直感をああゆう風に書きました。それ故、御貴所に対する私の批評もかなり散慢（ママ）なものと思ひます。而し私は現に御貴所の詩をなるべく多く拝見しやうと努めてをります故、やがてはつきりした深い批評をかきうることと信じます。

室生氏萩原氏に対する批評は、ある種の人から見れば手前味噌の様に思はれませうが私としてはあかく事に何等の作為もありません。

私自身が室生氏並びに萩原氏に最も力強く牽き付けられてゐる点は二人の素質に私の内心が恒に感

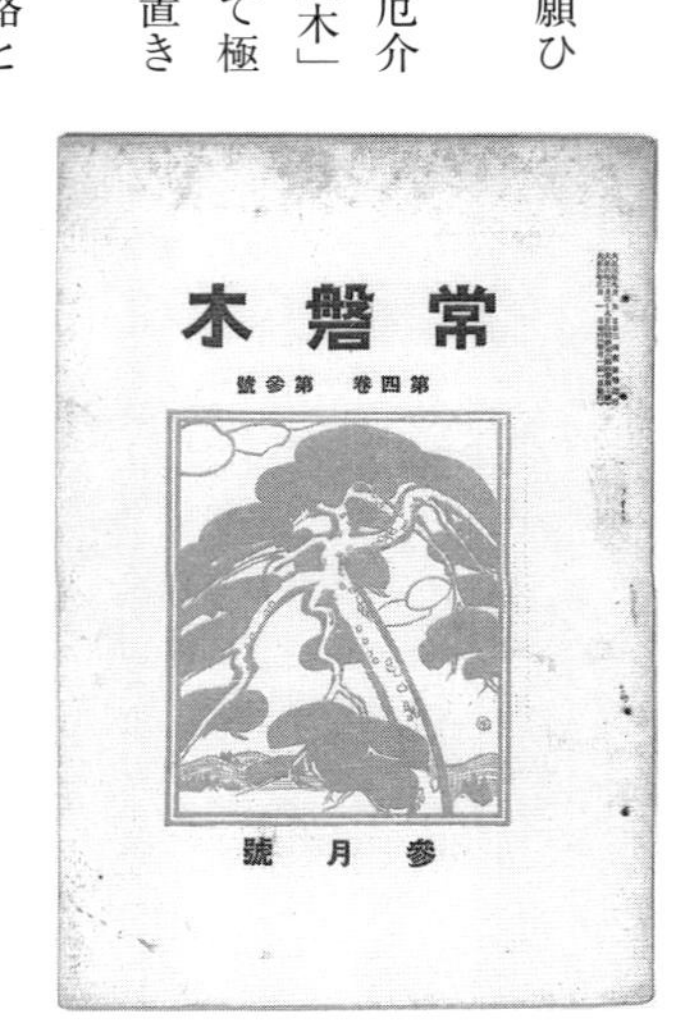

激し得らる、からであります。

私は山村氏とも古く御交りしてをりますがあの方の素質に付ては絶えず不満をもつてをります。そのために私はいつもあの方にある程度の牽引しか感じられません。

私は室生氏に「君はエゴイストだ」と言はれます。それは室生氏が、私の主観の遥かに客観に勝つてることを以て呼ぶのだろうと思ひます。私はそのことを自ら恥ぢてをりません。私は今、進むことだけを考へる時だと信じますから。

私は、全然自分のオリヂナリティから生れる詩を待つてをります。それでなくとも私達若いものは先人のいい素質の人には自分のものを開発させられる前にその人のものと似たものを引きだされます。そして自分のものは遅れて不純なものになつて出てくるか、凋んでしまいます。私にこのことは不快であり、恐ろしいことであります。

私はそれよりは寂しいひとりの内心からほんとうに自分の純一なものを産みたいと思つてをります。

朧気な語学をたどりに（ママ）訳詩をしてをります　それは私の全部でもありませんし私の行く道でもあり

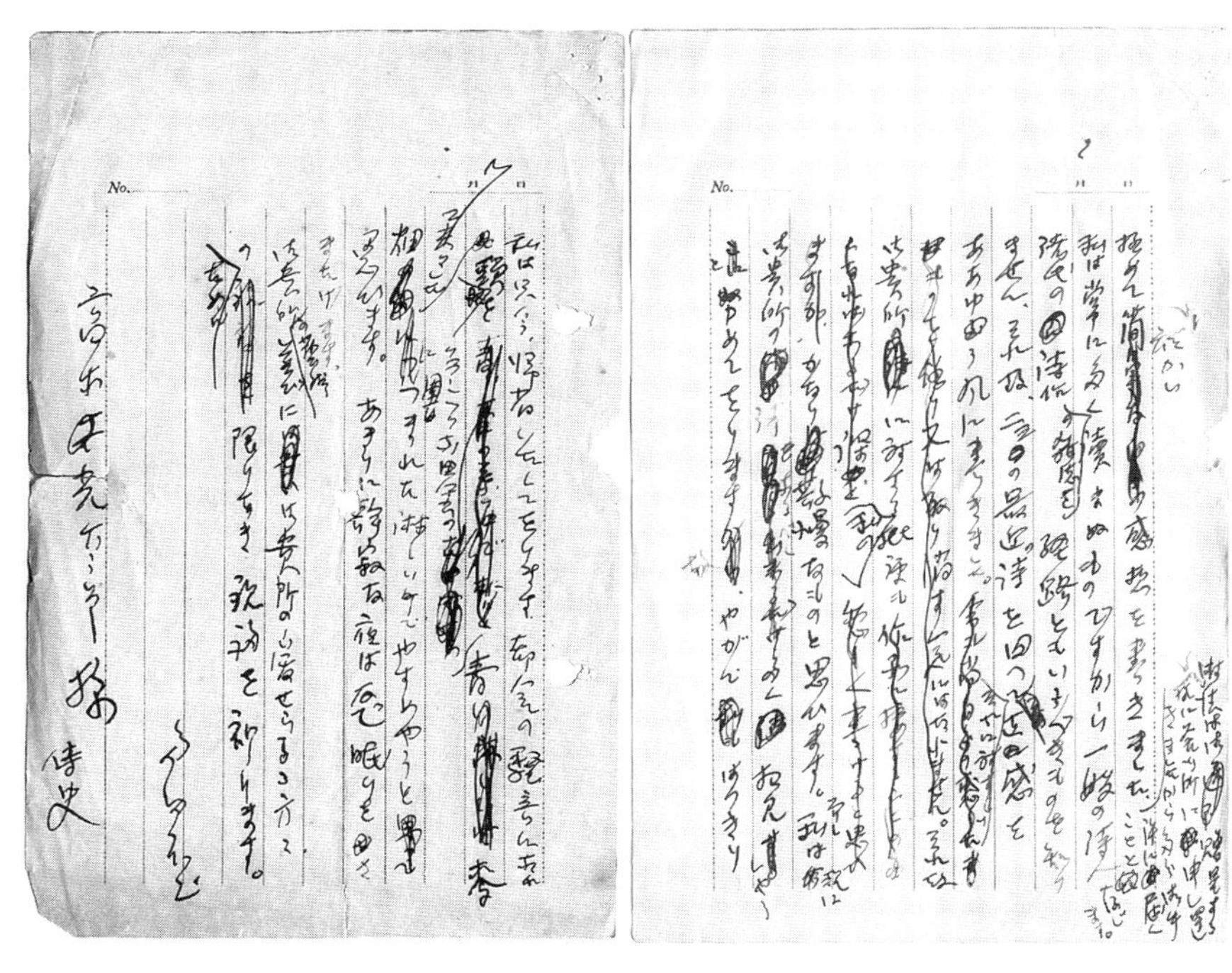

ません。只私の創作欲が自分の好きな外国の詩人の作を訳すことによつてせめて幾分満足してゐるのであります。すべてに対しては本意でないと思ひますが趣味性から詩を作る人々に較べて恥ぢる必要はないと思ひます。

画家が絵をかくに当つて（一元主観主義）自分の個性をのみ画面に表すか、爰（ここに）モデルの個性をのみあらはすか（一元客観主義）、自分の個性ともでるの個性の共通点をあらはすか（二元客観主義）、自分が許容し感激しうる二元主観もでるを内面の個性を現すか　私はこれらのことに就て考へること〔が〕あります。勿論画をかく人から見れば極く判りきつた最初から定つた問題と思ひますが　私の作詩する時の態度は仮に付た妙な名称ですが　一元主観主義と二元客観主義の各をとる場合があります。又訳詩の時は二元主観主義をとります。これ等のことに就ては未だ幼稚にして浅薄なる私は御貴所並びに先輩諸氏の御教示に授りたく考へます。

只今　感情*が着きまして加藤氏*の地球は回ると萩原氏の寝台を求むをたいへんいいと思ひました。室生氏のものはいつもながら自分に親しいものです。

礼を失する程にくど〳〵しく書きましたが何卒御免し下さい。将来　願くは御鞭韃にあづかりたいと思ひます。

私は只今、帰省いたしてをります。都会の騒音になれ頭眼をクラシックな田舎の青い麦畑に囲まれた淋しい町でやすめやうと思ひます。あまりに静寂な夜は反つて眠りをさまたげます。

御貴所の芸術並びに御貴所の愛せらるる方々のために限りなき祝福を祈ります。

多田不二

高村光太郎様　侍史

■〈参考〉2は、削除や書き込みの多い、便箋七枚に記された下書きを判読したものである。
＊四月号の「常盤木」　未確認。
＊感情　大正六年四月発行の『感情』9号。
＊加藤氏　加藤介春。

28――大正6年5月7日　はがき／本郷区湯島天神町一ノ二十九　梅や旅館方　多田不二様／駒込林町二十五　高村光太郎
五月七日

常盤木*を頂き又御手紙を拝見いたしました。あなたの芸術良心を尊く思ひます。かかる事が動機で尚一層デエメルが日本の言葉に深く生きる事となれば実に我々の仕合せであると思ひます。又デエメルのものは殆と創作といつていい程デエメルのリズムになつてゐる事と感じられます。あなたのデエメルの訳はいつも感謝して読んで居りますこと故もつと拝見する事を楽しみ待つて居ります。私は一月以後の作「人間苦」*（長短篇四十篇程）を近い内に発表したく思つて居ります。

*常盤木　『常磐木』五月号か。未確認。

*「人間苦」　大正六年一月号『感情』の「詩界消息」に「高村光太郎氏の詩集第二詩集で最近のものと新らしく書いたものとを併せて、『人間苦』として今年初春までには本になる予定。この命題『人間苦』もまだ考へ中でゐると同氏は手紙で言つてゐられる。くわしくは二月号で発表する」とあるが、二月号に発表はない。また、『高村光太郎全集』別巻（平成一〇年、筑摩書房）に収められている「年譜」（北川太一編）の大正六年一一月の箇所には「この頃、第二詩集『人間苦』の刊行が何度も予告されたが、実現しない」とある。

29――大正6年6月6日　はがき／下谷区谷中真島町一番地　旭日館方　多田不二様／駒込林町二十五　高村光太郎

御葉書拝見　常盤木*もまことにありがたく存じます　詩に対するあなたの熱愛を雑誌の頁の到る処でみる気がいたします
ウエルス*の御訳も読みました　名状しがたい感動をうけました　初めて読むものでした　御健康をいのりながら。

六月六日

＊常盤木　『常磐木』六月号か。未確認。

＊ウエルスの御訳　未確認。

30――大正6年8月5日　はがき／茨城県結城町　多田不二様／東京駒込林町二十五　高村光太郎

いつも雑誌*を頂き又御葉書をありがたく拝見しました
あの翻訳は毎号深い興味を以て読んで居ります　又感情*のデエメル号に就いての私の感謝を御受け下さい
あの号は全くよい暗示を今の詩界に与へた事と信じます　出来る事ならば彼の長篇の一つをも訳して頂きたい気がしますが此は時間の問題になりますから余り強くは申されません　　御礼まで　八月五日

＊雑誌　『常磐木』八月号か。未確認。

＊感情のデエメル号　大正六年七月発行の『感情』は、不二の「リヒヤルト・デエメル詩集」を収めている。書簡8の「＊兄のやつてくれたデエメル」参照。

31――大正7年1月2日　はがき　毛筆／茨城県結城町　多田不二様

賀正
戊午元旦
東京市本郷区
駒込林町二十五

高村光太郎

竹村俊郎書簡

（たけむら　としお）明治二九年〜昭和一九年（一八九六〜一九四四）。詩人。山形県生まれ。山形中学校卒。『卓上噴水』を通じて室生犀星、萩原朔太郎を知り、不二とともに『感情』同人となる。また『帆船』に参加し、同誌に詩五篇、他に随想を載せている。詩集『葦茂る』『鴉の歌』など。不二の最も親しい詩友の一人。

32 ── 大正7年3月21日　封書／東京市外田端一六四　加村方　多田不二様／山形県北村山郡大倉村　竹村俊郎

帰る*とすぐ非常な繁忙な時間を送りました。それに例の風邪が劇しくなったので悪い日を送ってゐます。「赤い部屋*」は努力して昨晩遅く読了しました。初めの方は汽車の中で酔ふてゐて読んだので良く人の名なぞ忘れて解らなかった。読了して、非常な昂奮と、絶へざる微笑と、ある擽ったさをかんじます。或は全く、貴方の言ふやうにD氏*以上かも知れない。

今日、御送りする筈でしたが、天気が悪いのでやめました。明朝お送りします。長くなって失礼、御礼を言ひます。

批評は書けますか。私は昨日からぽつぽつ貴方と一所に買った本を読んでゐる。最初にナイヅ*の詩（FOLK　SONG）を読んで見たが、これはなるとい（ママ）ふ美しさだ。私は始めて、印度の民謡を誦むのだが、驚いた。

シモンズ*の序は善いと思ふ。日本の詩集にも、ああ言ふ気のきいた光ったものを書いて呉れる人があるといいが、長たらしい詩集の序には、もう倦きてゐる。私は丸善へ「BIRD・OF BIRD」[*]を註文してやうと思ってゐます。

珍ら〔し〕い本と、珍らしい画と、記事とを聞かして下さることが切望に堪へない。

詩壇鳥目図はしっかりやって下さい。早く見たく思ひます。

■原稿用紙二枚に書かれたもの。

*帰るとすぐ『竹村俊郎作品集』収載の「年譜」（久保和子編）に、大正七年「三月、京都・大阪方面へ旅行、帰途、東京にたちより、室生犀星の新家庭を訪問」とある。

*「赤い部屋」一八七九年に発表された、スウェーデン最初の自然主義小説といわれる、ストリンドベリ（Johan August Strindberg 1849～1912）の作品。大正五年一月、江馬修、阿部次郎共訳によって、新潮社から『赤い部屋』が刊行されている。

*D氏　ドストエフスキー。

*ナイヅ　Sarojini Naidu（1879～1949）。インドの女性政治家、英語詩人。ガンディーの弟子。一九二五年、インド女性として初めて国民議会の議長に就任。一九〇五年、第一詩集『黄金の門出』を出しイギリスでも絶賛を博す。詩集『時の鳥』『折れた翼』など。

*シモンズ　Arthur William Symons（1865～1945）。イギリスの詩人、評論家。フランスの象徴詩人たちを紹介した評論『文学における象徴派の運動』が特に知られる。詩集『ロンドンの夜』、小説短編集『魂の冒険』など。

*「BIRD・OF BIRD」未詳。

33――大正7年4月16日　封書／東京市外田端一六四　加村方　多田不二様／故郷ニテ　竹村俊郎

常磐木[*]、ありがとう。社からは届きませんでした。しばらく常磐木誌上では発表をやめます。

自分が、自由に東京にゐたら、思ふ通りの雑誌を出す、そのこと許考へてゐて夜もよく、眠れません。

蝕むやうな孤独と、憔燥とが私を酒に走らす。私はなんだか毎晩酒を飲むやうになりそうです。不安で堪りません。

たまに、朝日に照されたりしてゐて、非常に、力が満ちる時があります。そして努力しやうと誓ひます。その時は幸福です。努力より外に何物もない様な気分になるのです。御同様でせう。貴方の幸福、いや寒□のやうな（秘神的慈愛か？）熱狂を祈ります。

俊郎

不二様
ボオドレルの散文詩*
(Poems in prose from.Trilates by A.Symons……¥.55)

見つかったら教へて下さい。古本でもいいです。

いろいろな手紙が非常に私を喜ばしました。旅の面白いこと。旅のあの不安が私は好むものの一つであります。

貴方の女に対する能度（ママ）に、一寸ふき出す。あなたは、善い意味に於て子供のトッキイ*だ。恕（ママ）らんで下さい。

六郎氏*についてだ。

詩作について、私はだんだん苦しくなって行く。いまの詩壇を見て、自分の詩にさへも、すべてに愛相をつかしてゐます。萩原氏を除いて、いまの詩壇で、詩を発表してゐる人はないと思ふ。

＊常磐木　大正三年九月創刊の俳誌。書簡27参照。
＊ボオドレルの散文詩　Charles Baudelaire（1821～1867）はフランスの詩人で、詩集に『悪の華』、散文詩集『パリの憂鬱』など。「散文詩」は、"Poems in prose from Charles Baudelaire" Translated by A. Symons（ボオドレルの散文詩A．シモンズ訳）の

ことか。

*トッキイ　ドストエフスキーの長編小説「白痴」に登場する人物。退役士官の遺児ナスターシャを養女にするが、その美しさに目のくらんだトッキーは、ナスターシャを適齢になるまで思うままに育てた後、情婦にする。

*六郎氏　大間々の酌婦（不二は詩「忍辱(にんにく)」の中では「娼婦」、萩原朔太郎は書簡67の中で「下等な不良少女」「娼妓のやうな女」と表現している）か。大正七年四月、不二は塩原から伊香保へと半月あまりの一人旅に出たが、その折に関係をもったと思われる女性。室生犀星のいう「一種の君自身の中から発芽させたやうな／優しい一つの事件のために」（『悩める森林』の「序に代へて」）、つまり、その女性とのことが原因で、大正七年六月の予定であった『悩める森林』の刊行が大幅に遅れた。

34――大正7年9月25日　はがき／東京市外田端五百十三番地　多田不二様／竹村俊郎

今日は朝からひどい暴風雨です。こんな日は私は何も出来ない。大きな劇場へでも入って管弦楽に戸外を忘れたいものです。そんなことは田舎にゐる空想です。

兄の新居*をお祝する。おひとりですか、それともいい相手でも見つかりましたのか。とにかく自分一己の家をもつことを羨みます。

「わが常の祈(ね)ぎ事はさまで広からぬ一区の地
家居に近き花苑　涌きいづる泉
さてまたひとむら木立」　　なぞ思ふ。

*兄の新居　不二は大正七年九月に上京してから「田端五百十三番地」に転宿した。ここも室生犀星書簡143から推して、犀星の紹介によるものと思われる。

35――大正7年11月20日　封書／東京市外田端五百十三番地　多田不二兄／故郷ニテ　竹村俊郎

風邪はどうですか。悪い風邪だと言ふから大事になさい。僕はもう治ったやうです。起きてぽつほつ(ママ)仕事をしてゐる。

思想を感覚の上に置くことには非常に賛します。最も熾烈な想像は感覚です。

室生氏から音信なし。萩原氏の処で、あまり無茶に室生氏のことを言ひ過したので、萩原氏から手紙がゆき、それで気を悪くしてゐるのではないかと思ふ。兄のことは萩原氏は垢程も言はぬ。安心を乞ふ。

怒られたって仕方がない。あまり無茶に喋りすぎたと言ふ過去に対しては少々悔いてゐる。だがそれも自然だとも思へる。

一度降った雪が消えて、暖い。今夜は時雨が落葉の上で跳ねてゐる。淋しい、甘い感じのする晩です。

自分達が誰に対しても憚らぬ仕事に早く手を着けたいものです。

俊郎

不二兄

36――大正8年1月12日　はがき／茨城県結城町　多田不二様／竹村俊郎

前田氏の歌集に「陰影*」といふのがあることを知って不快になり、詩集の題を改へました。「葦茂る水辺」としやうと思ひます、単に「葦茂る*」とのみしやうか「水辺」をつけやうか決定に迷ってゐます。外に「笳笛(あし)」なぞとも思ったが前者にすることに致しました。

＊「陰影」　前田夕暮の第二歌集。大正元年、白日社刊。
＊「葦茂る」　竹村俊郎の第一詩集名。詩集は大正八年四月、感情詩社刊。萩原朔太郎の「読者のために――序に代えて――」が収められている。

37――大正8年4月16日　はがき／東京市外田端五一三　多田不二様／山形県北村山郡大倉村　竹村俊郎

滞京中のお礼を申し上ます。もう論文[*]で忙しい中を、いろいろ繁鎖（ママ）な友情のために、断られもせず、忍従してゐたやうな兄の生活をいま思って、まことに済まないことをしたやうな感じに襲はれます。どうぞその罪を赦してくれるやうに、自分が時々そうなので余計にそれを感じる。努力の程を祈ります。いま田舎の春雨をのどかに聞いてゐる。昨夜は死んだやうにぐっすり眠った。夏になる兄の来遊をまつ。

*論文　卒業論文。テーマは「絵画鑑賞のメンタル・プロセスについて」、指導教官は松本亦太郎。（平成一二年刊、講談社文芸文庫『多田不二　神秘の詩の世界』における久保忠夫氏の解説「多田不二と神秘主義」による――編者記）

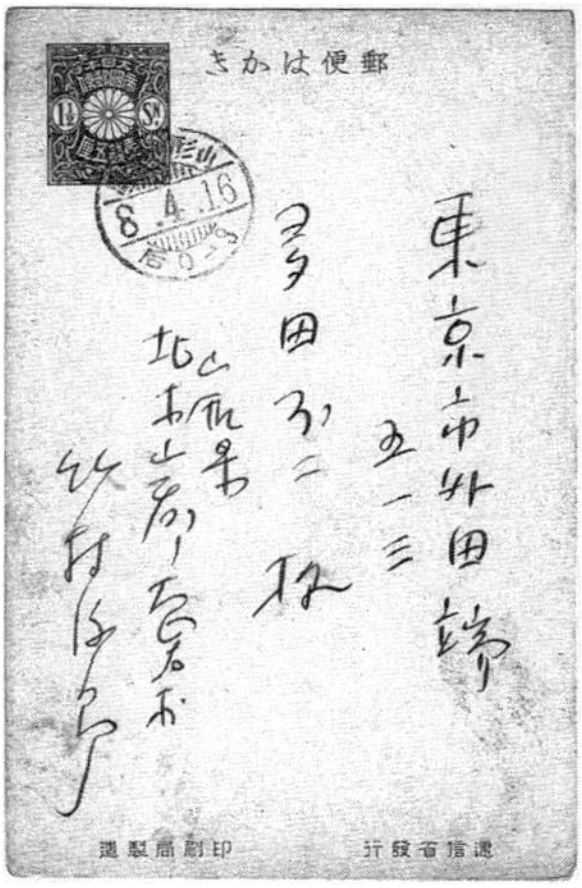

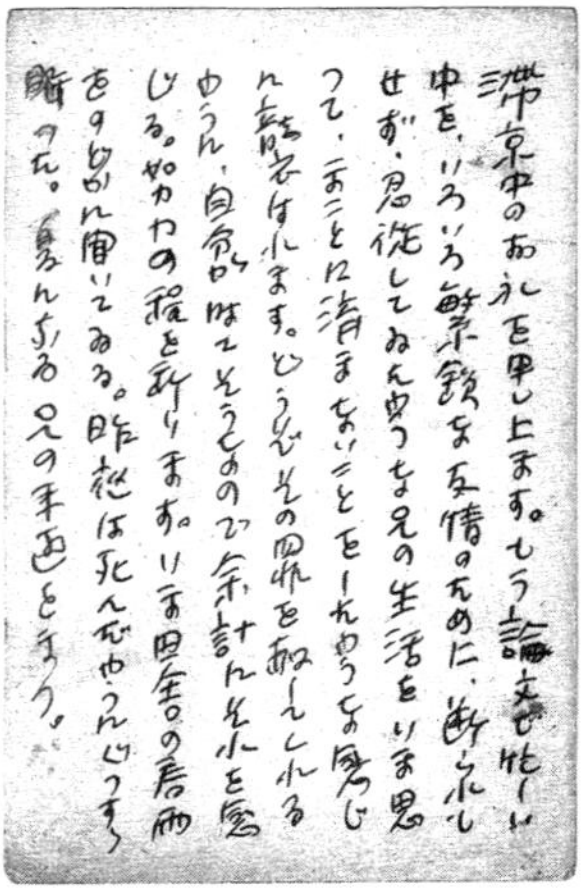

38――大正8年8月1日　封書／東京市外田端五一三　多田不二様／山形県北村山郡大倉村　竹村俊郎

印度人みたいに真黒に日焼けし帰って来た。なんともつかぬ不安に悩まされて困ってゐる。どこか遠い島にでも流れたく思ふ。

田舎も随分暑い。殊にもう廿日以上も雨がないので劇しく苦しい。だが東京よりはいいと思ふ。兄の来遊を待つ。只僕の家は田舎臭い、百姓じみた古家なので多分兄の気に入るまいと惧れる。上野から百里も旅して来て兄の不快を買ふやうな事を危む。何分。古い街道に沿ふた頽廃した村落を想像して来て下さい。そしてそこに住む不安と焦燥と倦怠を、兎に角穢いからそのつもりで来て下さい。いま板塀の修理で職人が来てゐて少し燥(ママ)しい。然したいしたことでない。汽車は奥羽線の楯岡と云ふ停車場で下りて約半里、人力車がある。(東北本線ではないからそのつもりで間違ふな。)上野を夜発つと朝の十時頃つく。

何日頃来るか。手紙で知らして下さい。尚出発(上野を)したら打電して呉れ。

二三ケ月穢い田舎生活を観察する気で、そんな勇気で来て呉れると間違いはないと思ふ。では、手を伸べて兄を待つ

竹村俊郎

多田不二様

■原稿用紙二枚に書かれたもの。

39――大正8年9月19日　封書　毛筆/茨城県結城町　多田不二様/故郷にて　竹村俊郎　九月十八日午后

珍しい幹瓢(ママ)が届きました。家の者共は目を円くして、五目飯を作らうの、なんのと騒ぎ立ててゐます。

あれを見るとこの辺の奴は貧弱で見られない。

貴方の家の人達へよろしくいって下さい。厚く御礼を申し上ます。

母からもよろしく。

僕の室の窓から、もう隣の家の乱雑が見えなくなった。板塀が出来たのです。田舎の藁屋根越しに高い高い青空が見える許になりました。

その中又手紙を差上ます。
ごきげんよう
九月十八日
竹村俊郎
多田不二様

田邊孝次書簡

（たなべ　こうじ）明治二三年～昭和二〇年（一八九〇～一九四五）。石川県生まれ。東京美術学校（現、東京芸術大学）卒。のち、同校教授。室生犀星の幼友達。

40 ―― 大正6年11月7日　絵はがき／市外田端一六四　加村様内　多田不二様／田邊孝次

世の中のくるしみを御存じない様なあなたから、御弔の詞を述べられてほんとうに悲しくなりました。死んで行く子の為めにようこそ弔詞を寄せて下さいました。私から謹んで御礼申上げます
田邊孝次拝

■文は、表面下部に記されている。
■裏面の絵は、「春　秋（双幅）新作三幅対展覧会　下村爲山先生」。

田邊若男書簡

（たなべ　わかお）明治二二年〜昭和四一年（一八八九〜一九六六）。俳優、詩人。新潟県生まれ。川上音二郎一座、芸術座、新国劇、文学座など多くの劇団で俳優として活躍、一時、市民座を主宰した。『帆船』同人。同誌に、詩二七篇、他に評論、随筆等を載せている。詩集『自然児の出発』、著書『舞台生活五十年　俳優』。不二は、『帆船』（大正一二年六月）の「詩壇時評」で『自然児の出発』を取り上げ、「田邊氏のもの位人間の心の純潔さを湛へた詩はあまりあるまい」と記している。

41――大正7年12月31日　はがき／市外田端五一三　多田不二様

新らしい年になりました
草木も人の心もいちやうに新らしい光と
望みをもつ時になりました
雨も風もこれからは日毎に美しいものに
なるでありませう
切に皆様の御健康を祈り上げます
大正八年一月元旦
田邊若男
東京牛込区改代町五番地柴田内

■活字印刷。「東京」のみ、手書。

42――大正8年4月12日　封書／市外田端五一三　多田不二様／牛込区横寺町十一　小林方　田邊若男　四月十二日

多田様

「感情*」をまことに有難うございました。

いつも〳〵失礼ばかりしてをります。

「街を求めて*」をなつかしく拝見いたしました。

あなたの若い瑞々しい感情の底を流れてゐるおそろしく憂鬱なあるものに触れてかすかなおどろきと一層ふかい親しみとを覚えました。

奇術師の催眠術にかけられてゐる少女の健康をひどく案じたり、年老った正直らしい盗人を点出したりその後にめづらしさうに人集りをみてゐる盗人の子供が現はれたりして 最後に 黒い大きな瞳の娼婦と熱い接吻をせずにはゐられない兄の熱情と人間的な愛とを尊いものにおもひます。

そして暗い夜更けの坂道でものおぢしてゐる小犬共に慕はれながら寂しく書斎にかへられる兄の姿がはっきり目に見えるやうです。

扨て私はどんな生活をしてゐるかと申しますと、それこそ惨めです。毎日何処かの劇場で使つて貰はうとおもつて、自分ながらおかしくなるほど頭を下げて歩くのです。それは多く興業師といふ妙な名のつく人達の前にですが

花時によくある風が空中で鳴つてゐます。窓にはうららかな日があたつてゐます。私はこれから又出かなければなりません。私はこの次ぎにはもつと幸福な心持ちであなたに手紙を書きたいとおもひます。慌しい落着きのないものを書いた事をお許し下さい。

私はその後表記のところに来ました。本当に屋根裏に巣を食つてゐる鼠のやうな生活です。では又

四月十二日朝　　田邊若男

多田不二様

■「相馬屋製」四百字詰原稿用紙を使用。
■・を付した「人達の前にですが」の後、原稿用紙一枚欠落か。
＊「感情」　大正八年四月発行の『感情』。
＊「街を求めて」　大正八年四月発行の『感情』に掲載された九連八三行からなる長詩。『悩める森林』に収録。

43 ―― 大正8年5月26日　はがき／市外田端五一三　多田不二様

慌しい暮しに追はれて御無沙汰してをります。新緑の折柄皆様にはお変りもございませんか、お伺ひ申し上げます。偖て私は今回澤田柳吉、村田栄子氏等と浅草*の観音劇場に出る事になりまして、住居も左記の所へ移りました。浅草に来るについて、一二友人の批難もありましたが、只私は演劇に最も民衆的な色彩を帯びなければならないと考へてをりますので、現代の所謂平民階級の大多数の人々が、何等かの新しい刺激と、精神的な慰安とを求めて集るこの浅草に一つ位ゐ本当の優れた演劇の種子が落ちてもいいと思ったのです。真の演劇は民衆の生活を愛する精神から生れて来なければなりません。が、実際に吾々の演(や)るものはかなりクダラナイお芝居かも知れません。併し私の魂は囁きます。「やがて時がお前達の仕事を審くであらう」と。どうぞこちらへお出かけの節はお立寄り下さい。お待ちしてをります。さよなら

浅草区千束町二ノ三四、　渡邊屋方　田邊若男

・その後は大変失礼致してをりました。長い間の暗い苦悶から、私はかうして浅草へ来るやうになりました。赤い十二階*の下に起き臥してこの初夏を泣いてゐます。

■・を付した「その後は」以下は、手書。その前までは、活字印刷。

＊浅草の観音劇場　大正六年、東京市浅草区公園六区一号地に開業した、劇場、映画館。昭和五年に閉館。ここで原信子、田谷力三、榎本健一らが活躍した。

＊赤い十二階　浅草のシンボルのように花屋敷の前にそびえていた、十二階建てのれんが造りの建物、凌雲閣（りょううんかく）の通称。階下は、いわゆる銘酒屋と呼ばれる淫売窟。関東大震災で倒壊した。

44――（封筒なし）大正8年8月26日（推定）

多田様

いま劇場からかへつて来ました。

兎にも角にも精一杯の力を出して舞台をつとめたあとの心持ちは無上の愉悦であります。そして夜更けて埃の静まった街を軽やかに電車に乗ると、そのまま星空の果てをどこまでも消えて行きたいやうなおもひが湧きます。

おハガキまことにありがたうございました。私のやうなものにまでよくお言葉をかけて下さるお心に私はいつも涙ぐんでは感謝してをります。

あなたがお登りになるといふ羽黒山＊――私は、生れ落ちた越後の山の奥で一度遥かに眺めたおぼえのあるやうな、そのお羽黒山へお登りになるといふあなたの旅姿をいま涙のこぼれるやうな心で想像してゐます。酒田のもの寂びた古い港町へは先年、島村先生＊や須磨子＊など、一緒に芝居でゆきました。

先日室生＊さんからもおハガキ頂きました。私はかうして皆さんから愛されてゐる事を心からありがたい！と感じて涙ぐましく暮してをります。

大分夜が更けました。どこかで虫が啼いてゐます。
頭が疲れてゐますのでこれで失礼いたします。何だか沢山おはなししたいおもひがいたします。私はこれから星を眺めても少し起きてゐませう。

八月二十六日深更

さよなら

田邊生

多田不二様

■「文房堂製」四百字詰の原稿用紙を使用。

＊あなたがお登りになるといふ羽黒山　不二は、この年（大正八年）、八月から九月にかけて山形県に竹村俊郎を訪ねたが、その折、竹村ほか土地の人たちと出羽三山めぐりをした。書簡10の「＊御はがき」参照。

＊島村先生　島村抱月。明治四年～大正七年（一八七一～一九一八）。文芸評論家、劇作家、演出家。島根県生まれ。『早稲田文学』を復刊し、自然主義文学運動を支えた。また文芸協会を創立。後に芸術座を興し、西洋近代劇の紹介に尽力した。著書『新美辞学』『近代文芸之研究』など。

＊須磨子　松井須磨子。明治一九年～大正八年（一八八六～一九一九）。新劇女優。長野県生まれ。明治四二年、文芸協会第一期の女優となり、「ハムレット」のオフェーリア、「人形の家」のノラで好評を得た。大正二年、島村抱月の芸術座に参加し、新劇の普及に尽力。特に、「復活」のカチューシャ役で人気を博した。

＊室生さん　室生犀星。

茅野蕭々書簡

（ちの　しょうしょう）明治一六年〜昭和二一年（一八八三〜一九四六）。詩人、独文学者。長野県生まれ。東京帝国大学独文科卒。『明星』『スバル』に作品を発表。旧制第三高等学校、慶応義塾大学、日本女子大学の教授をつとめ、ゲーテやドイツ近代詩の研究に力を注いだ。『帆船』創刊号の冒頭に、評論「現代独逸詩壇に於ける神秘派」を載せている。著書『ギョエテ研究』、訳詩集『リルケ詩抄』など。

45――大正7年4月29日　はがき　毛筆／市外田端一六四　多田不二様／麻布区本村町百十八　茅野蕭々

拝復
毎度雑誌を御送り下さいまして有り難く厚く御礼を申上げます。同人の方々へも何分宜敷く御伝へ被下度う存じます。

46――大正7年5月10日　はがき　毛筆／府下田端一六四　多田不二様／麻布区本村町百十八　茅野蕭々　五月八日

拝啓　毎度御親切に雑誌を御恵投下さいまして有り難う存じます　御陰で皆様の面白い御作を拝見することが出来ます　私も本月からデエメルの詩を毎月「アララギ」誌上で発表しやうと思つてゐます　御気づきの点があらば御注意を願ひ度いものです

＊本月からデエメルの詩を……思つてゐます　『アララギ』には、大正七年五月号に「デエメルの詩」と題して「序」「我等の時」二篇の訳詩、同題を付して、同年七月号に「渡河」「神意」の二篇の訳詩、同年八月号には「優越」「夜の怖」の二篇の訳詩を載せている。

＊「アララギ」　明治四一年、蕨真（けっしん）が「阿羅々木」と命名して創刊した短歌雑誌で、翌年から伊藤左千夫が編集し「アララギ」となる。のち、斎藤茂吉、古泉千樫、島木赤彦、土屋文明らが加わり、大正、昭和歌壇の主流を成した。平成九年終刊。

富田砕花書簡

（とみた　さいか）明治二三年〜昭和五九年（一八九〇〜一九八四）。詩人、歌人。岩手県生まれ。日本大学殖民科卒。大正詩壇における民衆詩派の詩人として活躍。詩集『地の子』『手招く者』、訳詩集『民主主義の方へ』（カーペンター）、『草の葉』（ホイットマン）など。不二は、砕花の詩について「旅の詩人砕花の作には旅や山を歌つたものが多く、どこかに放浪性にねざす孤独な影がたゞよつてゐる。彼の詩の底は、愛の深さとコスモポリタンの哀愁がひそんでゐる」（草稿「現代の詩と詩人」）と記している。

47――大正7年12月17日　往復はがき（往信）／市外田端五一三　多田不二様／幹事　富田砕花　金子保和

詩話会*例会御通知

時、十二月二十一日　后五時より

処、万世橋駅楼上『ミカド』

費、一円十銭

御出欠の儀会場内幹事宛御報煩し度候

*詩話会　大正年代における最大の詩人団体。書簡11参照。

鳥谷部陽太郎書簡

（とやべ　ようたろう）明治二七年〜昭和二一年（一八九四〜一九四六）。編集者、評論家。青森県生まれ。明治学院に学ぶ。慶応義塾大学教授、向軍治に誘われ、ローマ字ひろめ会の機関誌『ROMAJI』の記者となる。三土社（出版社）を運営。個人誌『兄弟通信』を発行する。著書『大正畸人伝』など。

48――大正6年7月18日　封書／茨城県結城町　多田不二様／東京市丸ノ内　ローマ字ひろめ会*　鳥谷部陽太郎

Tokyo, Taishô 6nen 7gatsu 18nichi

Tada Fuji Sama,

Senjitsu wa shi* futatsu ookuri kudasai mashite, makotoni arigatô gozaimasu. Sugu orei no otegami wo ageru hazu deshitaga, zatsumu ni owarete, imamade shitsurei shite imashita. Ashikarazu negaimasu.

Jitsuwa "Romaji*" no 9gt.-gô wa Sijin-gô ni shiyô to kangae masu node, anata no shi mo 9gt. no zasshi e kakage sarete(ママ) itadaku koto ni itashimashita. Kochira no tsugô de, katte ni okurashitari suru wagamama wo oyurushi kudasai.

Ijo, orei wo kanete goaisatsu made.

Toyabe Y.

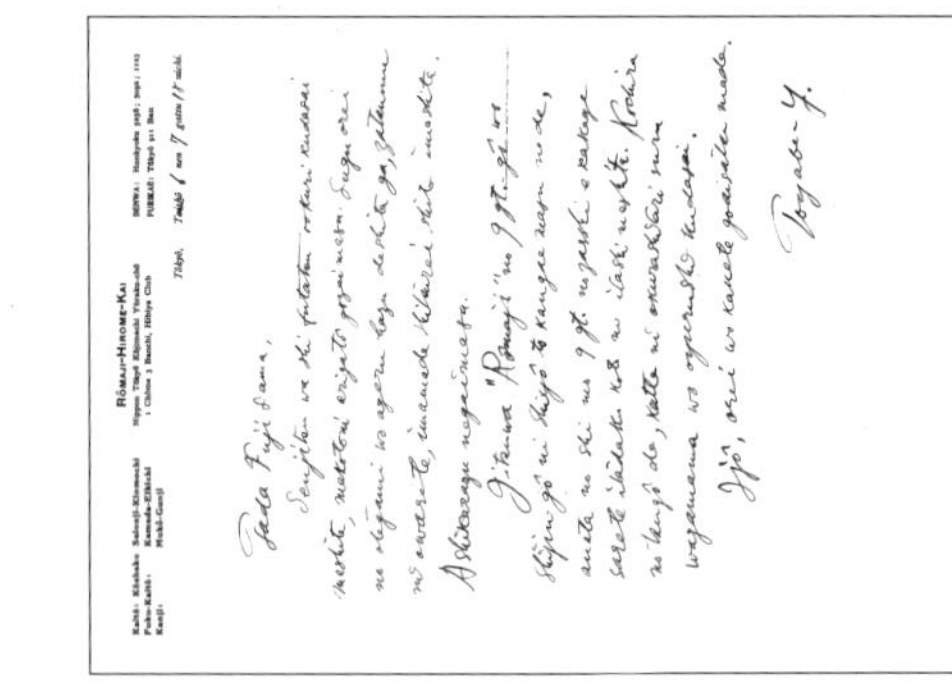

RÔMAJI-HIROME-KAI

Tôkyô, Taishô 6 nen 7 gatsu 18 nichi.

Tada Fuji Sama,

Senjitsu wa shi futatsu ookuri kudasai mashite, makotoni arigatô gozaimasu. Sugu orei no otegami wo ageru hazu deshita ga, zatsumu ni owarete, imamade shitsurei shite imashita. Ashikarazu negaimasu.

Jitsuwa "Rômaji" no 9gt.-gô wa Sijin-gô ni shiyô to kangae masu node, anata no shi mo 9gt. no zasshi e kakage sarete itadaku koto ni itashimashita. Kochira no tsugô de, katte ni okurashitari suru wagamama wo oyurushi kudasai.

Ijô, orei wo kanete goaisatsu made.

Toyabe Y.

〈参考〉 1　邦訳

東京、大正６年７月18日

多田不二様

先日は詩二つお送り下さいまして、誠に有難う御座います。すぐお礼のお手紙をあげるはずでしたが、雑務に追われて、今まで失礼していました。あしからず願います。

実は「ローマ字」の9月号は詩人号にしようと考えますので、あなたの詩も9月の雑誌へ掲げされ（ママ）ていただくことに致しました。こちらの都合で、勝手に遅らしたりする我儘をお許しください。

以上、お礼を兼ねて御挨拶まで

鳥谷部. Y

＊ローマ字ひろめ会　ローマ字の普及を目的とし、ローマ字論者の大同団結を意図して明治三八年一〇月に設立された団体。

＊shi futatsu「Yopparai」と「Kôgansha wo muchiute!」の二作品。このうち、前者は「酔漢」という題名で『悩める森林』に収録されている。後者の詩は未収録作品か。これを〈参考〉として後に記す。

＊"Romaji" no 9gt.-gô　ローマ字ひろめ会発行の月刊誌『ROMAJI』九月号目次に、「酔漢他一篇」とある。鳥谷部陽太郎は、当時の『ROMAJI』の印刷人。会頭は侯爵西園寺公望。副会頭は貴族院議員鎌田栄吉。幹事兼常務評議員、発行兼編集人は向軍治。

〈参考〉2　未収録作品「Kôgansha wo muchiute!」

Kôgansha wo muchiute!

Nande mo shitta yô na kao shite iru watashitachi wa,
Mattaku no tokoro, nanni mo shiranai no da,
Soshite, nanni mo shiranai yô ni damatte iru kimitachi koso,
Hontôni yoku, subete wo shitte iru no da,
Seikatsu ni yopparatte,
Guden guden ni natte iru kimitachi kara,
Watashitachi wa arayuru koto wo oshierarete iru no da,
Kangaereba kangaeru hodo watashi wa hazukashii,
Watashi no seikatsu, â nanto iu chippoke na,

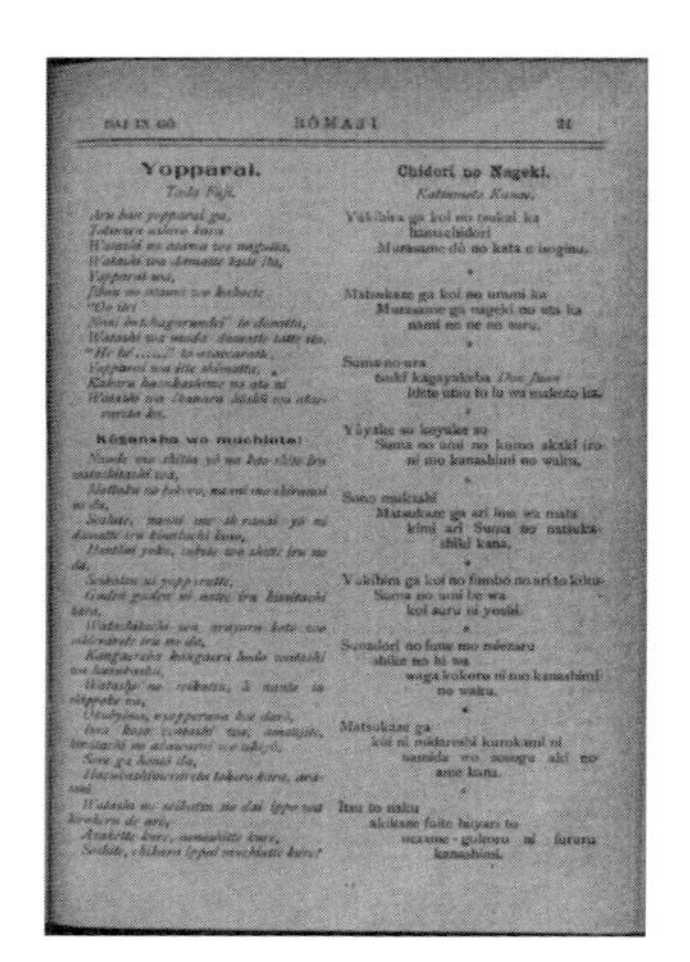
RÔMAJI

Yopparai.

Chidori no Nageki.

Kôgansha wo muchiute!

Okubyôna, usupperana koe darô,
Ima koso watashi wa, amanjite, kimitachi no azawarai wo ukeyô,
Sore ga hontô da,
Hazukashimerareta tokoro kara, aratani
Watashi no seikatsu no dai ippo wa hirakeru de arô,
Azakette kure, nonoshitte kure,
Soshite, chikara ippai muchiutte kure!

西尾憲二郎書簡

（にしお　けんじろう）明治二一年〜昭和三二年（一八八八〜一九五七）。俳人。石川県生まれ。金沢第二中学校卒。本名、源二郎。俳号、舷朶子。小学校教師を経て北国新聞社記者。「北国俳壇」の選者。室生犀星らの協力によって大正四年一月に発行された『遍路』の編集兼発行者。不二は同誌第四号にトッドハンター詩訳「烈風」、タゴール詩訳「ざ・ふらわあ・すくうる」を、また第五号には詩「愛心」「漂へる心」を発表している。

49——大正6年1月8日　はがき／茨城県結城町　多田不二様

わけて嬉しきこのはつ春に際し
あなた並びにあなたの愛せらるる
ひとびとの上に幸福多からむこと
を祈りますする

　　三十の春を迎へて

ひとり者の春はうれしい事もあろ　　紘朶子
金沢市南町北国新聞社内　西尾源二郎
■裏面、活字印刷。名宛は手書。

灰野庄平書簡

（はいの　しょうへい）明治二〇年～昭和六年（一八八七～一九三一）。劇作家、演劇評論家・研究家、詩人。新潟県生まれ。東京帝国大学文学部卒。『スバル』『帝国文学』『演劇画報』『新演芸』などに戯曲や劇評を載せる。日本大学文学部で一五年間にわたって日本演劇史を講じた。大正三年には、三木露風、他に服部嘉香、川路柳虹、山宮允、西條八十らと『未来』を創刊。大正六年には、不二らとともに詩話会に参加した。戯曲集『秦の始皇』、研究書『大日本演劇史』など。

50――大正8年1月1日　はがき／市外田端五一三　多田不二様

謹賀新年
大正八年元旦
東京小石川丸山町十九　灰野庄平
■活字印刷。「庄平」のみ毛筆。

萩原恭次郎書簡

（はぎわら　きょうじろう）明治三二年～昭和一三年（一八九九～一九三八）。詩人。群馬県生まれ。恭二郎とも。県立前橋中学校卒。未来派の提唱者平戸廉吉を知り、強烈な影響を受ける。壺井繁治、岡本潤、小野十三郎らと『赤と黒』を創刊。詩人会同人となり『新詩人』に不二らと詩を発表する。大正一四年、前衛的芸術運動の頂点に立つものと評価される第一詩集『死刑宣告』を刊行。他に、詩集『断片』『萩原恭次郎全詩集』など。

51――大正7年6月22日　往復はがき（往信）／東京市外田端三二四　感情詩社の側　多田不二様／前橋市外上石倉　萩原恭二郎

それからながい失礼をいたして、ほんとになんだかそらおそろしいやうな思ひがいたします。さて、いつであったか桜*の花の頃に頂きました原稿のことですが、そのうち七月号となりて発行されます、「新生*」におのせいたします、ほんとに長くなってお気を悪くはしないかと思ふ位です。秀才文壇*に萩原、室生二氏のことを貴兄さま方がおかきなすってゐたのはほんとに私を喜ばせました、詩集*上梓の時をまってゐます、

*桜の花の頃に頂きました原稿　未確認。

*「新生」　萩原恭次郎が歌人角田恒と原始詩社を起こし、大正七年一月に創刊した詩歌雑誌。三号で廃刊。その三号は同年四月一〇日に発行されており、不二作品掲載予定の七月号は発行されなかった。

*秀才文壇に……なすってゐた　大正七年六月発行の『秀才文壇』に載せた不二の随想「萩原氏と室生氏」。書簡1の「*秀才文壇六月号」参照。

*詩集　不二の第一詩集『悩める森林』。大正九年二月五日、感情詩社から刊行された。「亡父の霊に捧ぐ」という献辞があり、室生犀星の「序に代へて」（序詩）がある。装丁は、恩地孝四郎。

萩原朔太郎書簡

（はぎわら　さくたろう）明治一九年〜昭和一七年（一八八六〜一九四二）。詩人。群馬県生まれ。旧制第六高等学校中退。室生犀星を介して朔太郎を知った不二は、「萩原氏は室生氏に次いで私の文学道に於ける恩人である。萩原氏の詩風と人柄は私に強い刺激と感化を与へた」（「文学修業」）と記している。また、朔太郎の詩に関して「萩原氏自身で感覚的憂鬱性と自分の詩を評してゐる様であるが、詩作に現れた萩原氏はたしかに根強い幻覚のうちにうごめく思索によつて、ます〳〵憂悶を深めていつたやうである。／精神の孤独といふものをひし〳〵感じながら、一面現実の生に対する執着のつよさを加へて行つたところに、彼の詩の特異な姿がある」（草稿「現代の詩と詩人」）と評している。

52――大正5年10月30日　はがき／東京市本郷区駒込神明町十六　村田氏方　多田不二様／病床にて　萩原朔太郎

たいへん御無沙汰しました、
この間中からたびたび手紙をありがたう、
去る十四日頃から病気になつてまだよくならないで困つて居ます、病気にさへならなければ今頃は東京へ出て居る筈です　そして兄とも逢へたかも知れません
近頃の御生活はどうです、どんなことを考へてお居ですか。詩の方はやつて居ますか。

53――大正5年12月31日　はがき／東京市本郷区駒込神明町十六、村田方　多田不二様

賀正
大正六年一月一日
在鎌倉長谷海月楼*
萩原朔太郎

昨年中は御無沙汰がちですみませんでした

*在鎌倉長谷海月楼　朔太郎は大正五年一二月初旬、保養のため海月楼に滞在し、『月に吠える』の編集にあたっていた。

54――大正6年1月22日　はがき／東京市本郷区湯島天神町一ノ二十九　梅屋旅館　多田不二様／鎌倉にて　萩原朔太郎

二月号の感情に貴兄のデエメル*の訳詩を掲載させていたゞきたいと思ひます。それについて室生君からも話があつたことゝ思ひます、御多忙中恐れ入りますが何卒御願ひ致します、詩歌*の詩も拝見しました。久しく御目にかゝらないので逢ひたく思ひます、小生*の詩集が出たら是非批評を書いて下さい、今からそれを楽しみにして居ます、

デエメルの訳詩　大正六年三月発行の『感情』に、不二はデーメルの訳詩として「休息外二篇」を掲載した。書簡61の「『デエメル』のこと……よいでせう」参照。

*詩歌の詩　大正六年一月発行の『詩歌』に載った「空の人力車」。

*小生の詩集　大正六年二月、感情詩社・白日社出版部共刊の、朔太郎の第一詩集『月に吠える』。

55――大正6年3月8日　封書／東京市本郷区湯島天神町一ノ二十九　梅屋旅館内　多田不二兄／前橋市　萩原朔太郎

実*に意外な御やつかいになりました、始からしまひまで今度は兄に心配のかけ通しでした、何とも感謝にたえないことです、

病気について停車場では甚だ心配しましたが兄が同乗して下さつたので大に気が落付きました、あれから熊谷で少し苦しくなつて眩惑を感じましたが大したこともなく無事に帰宅しました、帰ると早々、兄のお土産

を出しました、
*愛子も峯子も非常なよろこびでした、二人でお礼の手紙を書くと言つて居ります、併し妹たち以上に兄の御好意をよろこんだのは母でした、母は「何といふ気のきいた親切な人だろう」と言つて心の底からうれしそうでした。厚く御礼を言つてくれといふことでした、殊に小生に対して兄がいろいろ気をつけて下さつたことを話したので限りなき感謝を兄に捧げて居るのです。
金銭のこと、その他種々のことで兄に御述惑(ママ)をかけたことは一々お礼を申しあげません、ただ感檄(ママ)あるのみです。
昨夜発汗剤をのんでねたので今朝はいくらか気分を回復しました、病気といふものを考へると幽霊の幻覚をみるやうな恐怖をかんずる、影のやうな気味の悪い微笑を私の背後にかんずる、今朝もまだ少し熱があります、
出発のとき室生君に話すのを忘れましたが、恩地君のところへ小生の書物が一冊と*田中恭吉の遺作画稿一包とを残して来ました、それから恭吉の肉筆画を一枚もらふわけになつてゐて忘れましたから、以上三種のものを恩地君から受とつて発送してくれるやうに室生君に話して下さい、
*拙著の御批評を来月の詩歌にお願ひ致します、加藤介春氏からたいへん讃めてきた、*同氏の批評は来々月に出るそうです、いろいろ他にも話がありますが後便にゆづり取りあへずお礼まで申しあげます、

萩原朔太郎

多田　兄

下宿で病気のとき世話になつた医師と、お話のあつた画家によろしくお言づけを願ひます、

＊実に意外な御やつかいになりました　大正六年三月七日、梅屋旅館に同宿中の萩原朔太郎が発病、不二は看病し、赤羽駅まで送った。

＊愛子も峯子も　共に朔太郎の妹。愛子は五女、峯子は四女。

＊田中恭吉の遺作画稿　朔太郎が自身の第一詩集『月に吠える』の装丁と挿画のために依頼し、恭吉の死後に恩地孝四郎を介して送り届けられた遺作画稿。朔太郎は、「故田中恭吉氏の芸術に就いて」（『月に吠える』収録）で恭吉への深い哀惜の念を記している。恭吉は、明治二五年（一八九二）和歌山市に生まれ、結核を患い、大正四年（一九一五）に二三歳で夭逝した版画家。作品はすべて友人の恩地孝四郎によって発表された。

＊拙著の御批評を来月の詩歌にお願ひ致します　「拙著」は『月に吠える』。『詩歌』に不二の批評はなく、大正六年五月発行の『感情』に「詩集『月に吠える』及び萩原朔太郎氏の芸術を論ず」が載っている。

＊同氏の批評　「『月に吠える』雑感」（目次題「詩集『月に吠える』雑感」）と題して、大正六年五月発行の『感情』に掲載された。

56――大正6年3月10日　はがき／東京市本郷区湯島天神町一ノ二十九　梅屋旅館内　多田不二様　㊉至急／前橋　萩原朔太郎

赤羽からの御端書拝見しました、
とんだ御述惑(ママ)をかけて失礼でした、
昨日小生及び妹たちから礼状をさしあげました、
さて例の松坂屋の帯の話をした所妹が欲しいといふことですから、御足労でも松坂屋へ行つて至急代金先払

で送るやうに話して下さい、兄と一所にみた例の印度更紗の品です、（先日の分は昨日届きました、松坂屋に落手の通知して下さい）

57――大正6年3月23日　はがき／東京市本郷区湯島天神町一ノ二十九
梅屋旅館　多田不二兄／まへばし　萩原朔太郎

かへつてからさかんに勉強して居ます、
いまは「虹を追ふ人」*の続扁（ママ）をかきかけてゐる。これがすむと「キリスト一代記」*をかく。

今度の感情に送つた詩*はどうです「寝台を求む」は自信がある、御読み下さるやうに。

詩集の御批評は来月の感情に是非間に合はして掲載させて下さい。

トキハギ*をみんなに広告してゐる。僕の悪口を書いたのですか。

先日は松坂屋を御足労でした、たしかに。

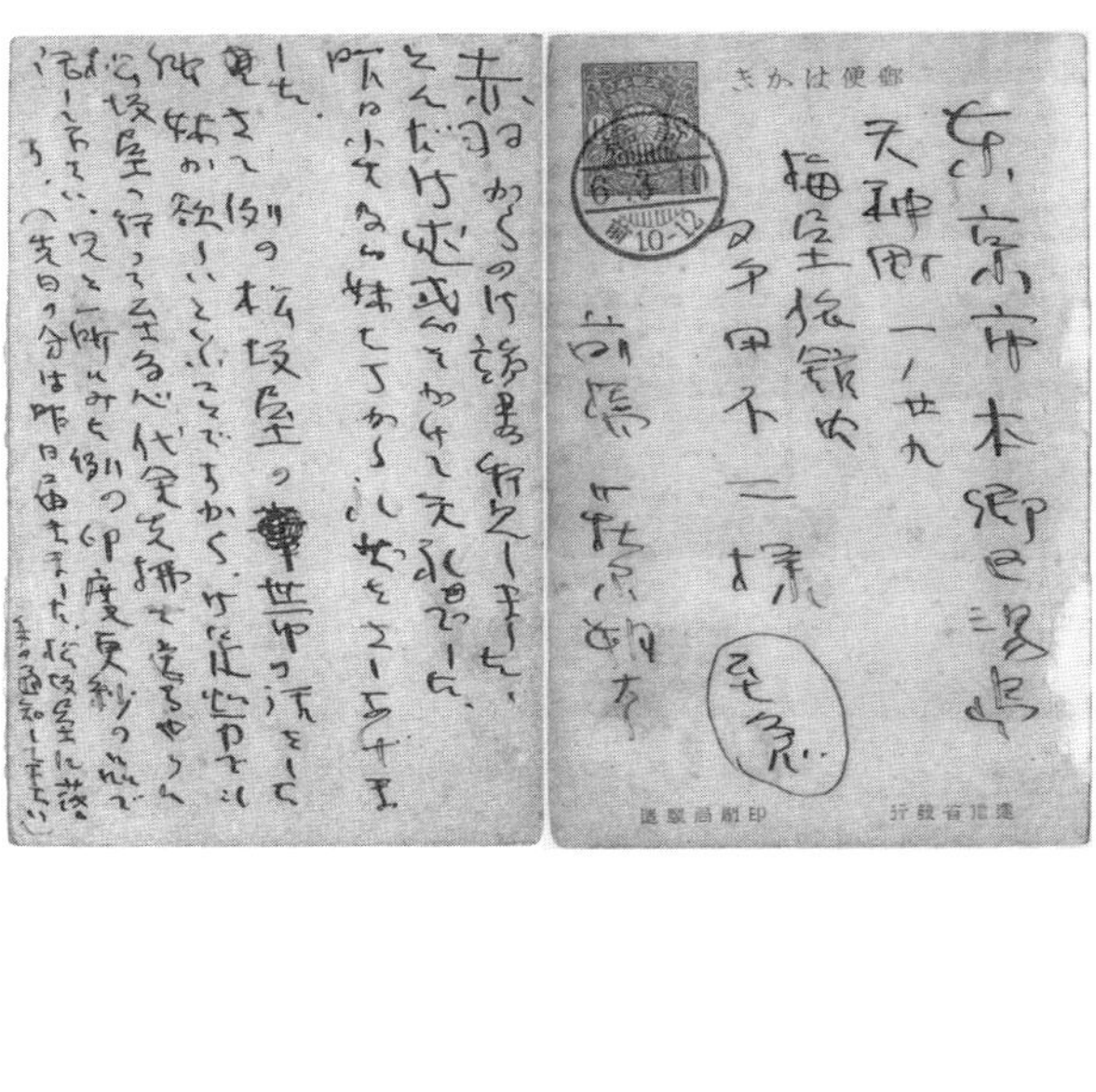

*「虹を追ふ人」　大正五年六月『感情』創刊号に「虹を追ふひと（対話詩）」として載った作品。続篇に関しては未詳。
*「キリスト一代記」　未詳。
*今度の感情に送った詩　大正六年四月発行の『感情』には、「寝台を求む」「強い心臓と肉体に抱かる」の二篇が載っている。
*トキハギ　大正三年九月創刊の俳誌。書簡27の「常盤木」参照。

58――大正6年4月4日　はがき／東京市本郷区湯島天神町一ノ二十九　梅屋旅館　多田不二様／萩

御葉書、国からと東京からと二葉拝見、
御批評*をかいて下さつた由、感謝します、批評が非常に多く五月号に全部をのせきれないかと思ふ、このことで室生とよく相談して編集の様子を知らせて下さるやうお願ひします、
小生は五月の文章世界に三木一派放追論*をかいて送つた、これからつづけて彼等を根絶する。ご覧なさい。
デエメルの詩一、二編(ママ)五月号に下さい、今後は*感情の純同人格でやつてもらひたいです、
　小生も室生と同じく例の衝動に苦しんでゐる、実に烈しい、

*御批評　大正六年五月発行の『感情』に掲載された評論「詩集『月に吠える』及び萩原朔太郎氏の芸術を論ず」。
*三木一派放追論　評論「三木露風一派の詩を放追せよ」(『文章世界』大正六年五月号)。
*今後は……やつてもらひたい　不二は『感情』第10号(大正六年五月)以後最終号32号(大正八年一一月)まで、27、29、30、31、32号を除いた各号に作品を発表しており、この時期に本格的に同人になったと思われる。

59――大正6年4月15日　はがき／東京市本郷区湯島天神町一ノ二十九　梅屋旅館　多田不二様／萩

トキワギ(ママ)を拝見、高村氏のあの明るい白昼のやうな健康性と室生のやや憂鬱をもつた健康性(室生の詩とその人格は私とは正反対の健康性をもつたものだ、私がドストエフスキイ*なら室生はトルストイ*)とを比較して共通があると言はれた言葉を面白く思ひます、室生にドストエフスキイをよましたことは小生の大失敗だつた、室生はどんなにしてもド氏とは肌のちがつた人だ。どんなにしてもあの人はトルストイだ。それを言はれたことも面白く思ひます。トキワギ(ママ)の記者の低能で下等なことには驚く。室生はドストイエフスキイの

中からトルストイらしい所ばかりを見出した、その健康性の所ばかりを見出した（白樺の武者小路や、何かと同じやうに）私はこの同じ理由で武者一派の思想の浅薄なことを賤辱する、併し室生には却つて敬意を加へるばかりだ、彼の健康性がドスト氏の病的小説からその健康性と叙情詩とを発見した、これは尤のことだ、ただその概念が武者小路等の人道主義（こんなくだらぬ者はない）と類似することを悲しむ、

■この書簡は、二枚続きのはがき。・を付した「室生は」以後は二枚目。

*ドストエフスキイ　Fyodor Mikhailovich Dostoevskii（1821～1881）。ロシアの小説家。小説「罪と罰」「悪霊」「カラマーゾフの兄弟」など。

*トルストイ　Lev Nikolaevich Tolstoi（1828～1910）。ロシアの小説家。小説「戦争と平和」「アンナ・カレーニナ」など。

*武者小路　武者小路実篤。明治一八年～昭和五一年（一八八五～一九七六）。小説家、劇作家。明治四三年、志賀直哉らと『白樺』を創刊。大正七年、「新しき村」を創設。小説「お目出たき人」「友情」、戯曲「人間万歳」など。

60――大正6年4月16日　はがき／東京市本郷区湯島天神町一ノ二十九　梅屋旅館　多田不二宛

兄の所に未来*が行つてゐるそうですね、至急見せて下さい、三木*が何を言つてゐるか

萩

*未来　三木露風の主唱で大正三年二月に発行された詩雑誌。同人に川路柳虹、西條八十、服部嘉香、柳澤健、増野三良ら。ここでの『未来』は、大正六年四月一日発行のもの。ここに、露風は「新刊紹介」を載せ、そこで『月に吠える』をとりあげている。

*三木　三木露風。

〈参考〉久保忠夫著『萩原朔太郎論』上（塙書房、平成元年）中の「大正初期の詩壇」には、書簡58及び60の背景にある事実、つまり、三木露風の『月に吠える』の紹介文及び「三木一派」の詩人たちの朔太郎詩に対する論評、一方それに対す

る朔太郎及びその仲間の詩人たちの発言等が明快に記されている。そこに示された詳解によって、「三木露風一派の詩を放追せよ」の背景の真相を正確に把握することができる。

61 ―― 大正6年5月4日　封書／東京市本郷区湯島天神町一ノ二十九　梅屋旅館　多田不二宛／萩原朔太郎

多田不二兄

たびたび通信を頂載(ママ)しながら失礼しました、

昨夜感情で兄の批評をよんだ、兄の直覚性と正直に敬嘆(ママ)しました、貴族を悪む貴族主義者、孤独を恐るる孤独者、病気をおそるる病人、といふ兄の観察はよく私の実相をうがつて居ます、また私を感覚派とよばれたことは私自身にとつ〔て〕も、今迄自ら知らずにゐた「真実」の啓示でした、そうです、私は情緒よりも寧ろ感覚に動きすぎました。白秋氏の歌つたものは「官能の愉楽」でしたが私のは「紳(ママ)経の苦悩」でした。

貴兄が「主観的に敬虔なる信徒であつて客観的にはヘドニストである」と言はれたのは単に私の叙情詩人としての生活のみならず、私の思想、及び全人格的感情の核心を言ひあてられました、私は実際、性格の一面に非常に耶蘇坊主臭い所があります、敬神家で熱心な求道者です。私の正体は一言にして言へば、詩人といふよりは寧ろ求道者です、「徹底したる耶蘇坊主」です。これは私の人格の核心です、然るに他の一面には本能主義的なエゴイズムが根をはつてゐます、それが私の純愛をさまたげます。兄の言はれた「本能主義に帰着し」といふことは結局に於て私の哲学の結論であり同時に私の苦しみです。兄はほんとによく私の人格の全部を見ぬいて下さいました。「氏の悩みは耐え難い執着を振り棄てやうとする不断の努力とその切ないあきらめに対する懺悔とのもつれあひである」と兄の言はれた言葉はよく私の人格を言ひあてられました。

私の「*内部にゐる病人」「*春夜」「*猫」「*ありあけ」「*くさつた蛤」をほめて下さつたことは非常な満足です。

私自身として「月に吠える」中で最も自信のあるものは之等の詩扁(ママ)です、少なくとも此の表現だけは私の新発明であり、何ぴとに向つても自負をもち得るものです。そして今ではもはや作れないほど緊張したリズムです。

私の詩から「惨忍性(ママ)」を発見されたことは兄の驚くべき直覚と批評家としての最も高価な理解を啓示されます。私にとつては「紳経(ママ)」を透視されたる恐怖です。

「心を愛するものを肉体で愛されない」といふ私の詩に就いて正当な理解をもつてゐる人が少ないやうです、併し私は自らそれを説明する勇気をもたない、

「*笛」は私にとつては「知識の詩」です、これはほんとの意味で純叙情詩とは言はれません、併しこれも「惨忍性(ママ)」の産物です、私が私自身に対する虐殺的惨忍(ママ)の思想的表現です。

要するに兄の批評は私にとつて驚くべき「自個発見(ママ)」でありました。自ら意識することのできなかつた自個(ママ)を兄によつて教へられました。それは私にとつて何よりもよい教訓と自覚でした。兄の直覚と胴察(ママ)とはしばしば恐怖に価するものがある。

厚く御礼を申しあげます。

*加藤介春氏の評を兄はどう思ひます、あの人の評は一見当らないやうでよく当つてゐる。併しあの人はあまりに物を観念的に見すぎる、そこにやや不満がある。私に「デカダン的、悪魔的の所がなく宗教的の所もない」と言はれたのは甚だ不思議に思はれました、何故ならば私自身の人格は「神を求めつつある悪魔」なのですから。けれども加藤氏の言葉は、私の思想を逆に観察して所(ママ)でよく当つてゐます。つまり私の哲学の結論としては「我自ら神と合体すること」ですから。

*室生君のネルリは近頃になくよいものですね、「*結婚時代」はまづい、ああ感情がガサツになつては困る、
韻文的な情藻（ママ）がまるでない、表現にも内容にも。
「*デエメル」のこと簡単に正誤をしたらよいでせう。十行以内の文章で。ああいふことはだれにでもあることだから、くどくどと弁解すると自ら品格をさげるやうなものです。
*感情の表紙画は僕の顔だそうです、
僕の性格のある一部とその苦痛と感傷が出てゐる、

萩原

*兄の批評　書簡58の「*御批評」に同じ。

*「内部にゐる病人」　大正四年六月『ARS』に載せた「内部に居る人が畸形な病人に見える理由」。

*「春夜」　大正四年四月発行の『ARS』に掲載された詩。

*「猫」　大正四年五月発行の『ARS』に掲載された詩。

*「ありあけ」　大正四年四月発行の『ARS』に掲載された詩。

*「くさった蛤」　初出未詳。

*「笛」　大正五年六月発行の『詩歌』に掲載された詩。

*加藤介春氏の評　書簡55の「*同氏の批評」に同じ。

*室生君のネルリ　随筆「少女ネルリのこと」（『感情』大正六年五月）。

*「結婚時代」　大正六年五月発行の『感情』に掲載された詩。

*「デエメル」のこと……よいでせう　『感情』（大正六年三月）に載せた「休息外二篇」における誤りのこと。不二は、その『感情』に、リヒャルト・デーメルの詩として訳詩三篇「休息」「沈思」「夕の声」を載せたが、「夕の声」だけがデーメル作で、他の二篇はヴェルレーヌによるフランス語の詩を、デーメルがドイツ語訳したものの重訳であった。この誤りを指摘したのは矢野

峰人で、峰人はその事実を『水甕』（大正六年五月）に載せた「忙中閑話」の中で、文中に「一言憎まれ口を叩きおき候」とあるように、やや揶揄気味に指摘した。これに対して、不二は『感情』（大正六年六月）の「感想」の中で、朔太郎の忠言を受けてか、「三月号の訳詩に於てなした私の子供らしい間違ひをわざわざ注意してくださすつた矢野氏の好意を深く感謝する」と、冷静に謝意を示している。

＊感情の表紙画は僕の顔だそうです　大正六年五月号の『感情』は「詩集『月に吠える』合評号」であり、その目次に「ある詩人の肖像（表紙画）　恩地孝四郎」とある。

62 ── 大正6年6月4日　はがき／東京市下谷区谷中真島町一　旭日館方

多田不二様／萩原朔太郎

常槃木（ママ）をありがたうございました。

選の詩について短評をかいてやつたら如何ですか、

感情*に出した兄の詩は如何にも兄らしいものですね、どこか独乙式の所があつて面白い、ああした知的の行き方にも小生は共鳴をもちます、あれは小生の詩にも室生の詩にもないものです、そこから兄の独創の天地がひらける、

デエメル号*を期待してゐる、どんな工合ひですか、

＊感情に出した兄の詩　大正六年六月発行の『感情』に載せた「一人の完全」と「生存を求むるために」。

＊デエメル号を期待してゐる　大正六年七月発行の『感情』は、不二の「リヒヤルト・デエメル詩集」を収めている。書簡8の「＊兄のやつてくれた

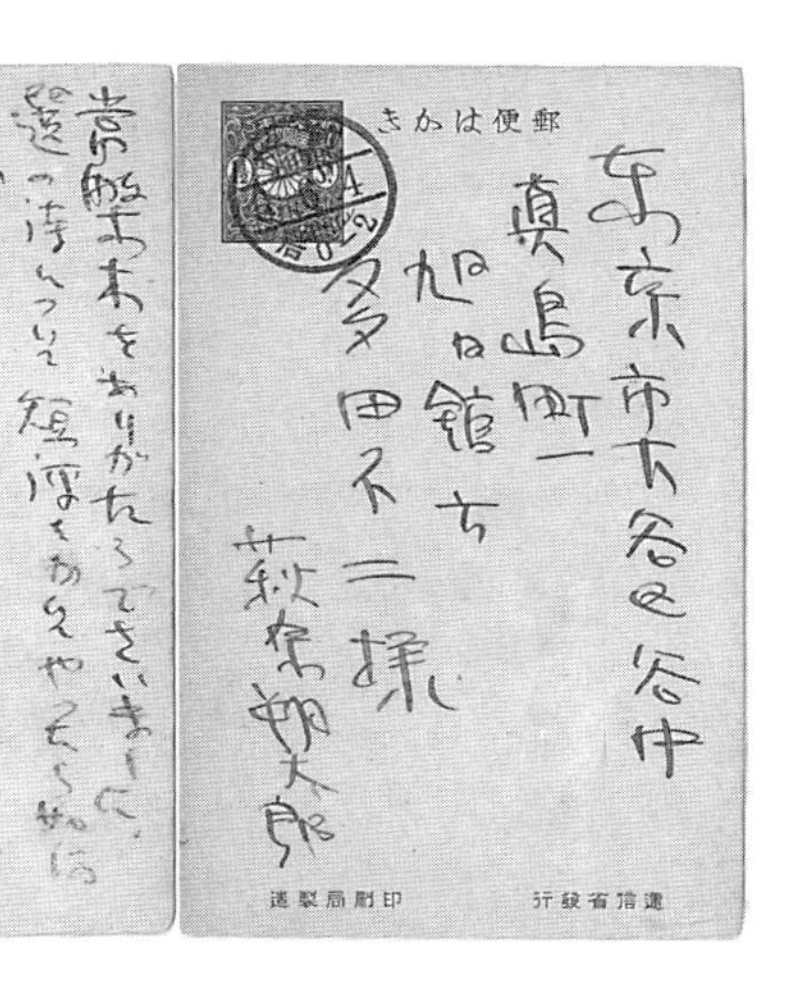
郵便はがき
東京市下谷区谷中
真島町一
旭日館方
多田不二様
萩原朔太郎
印刷局製造　逓信省発行

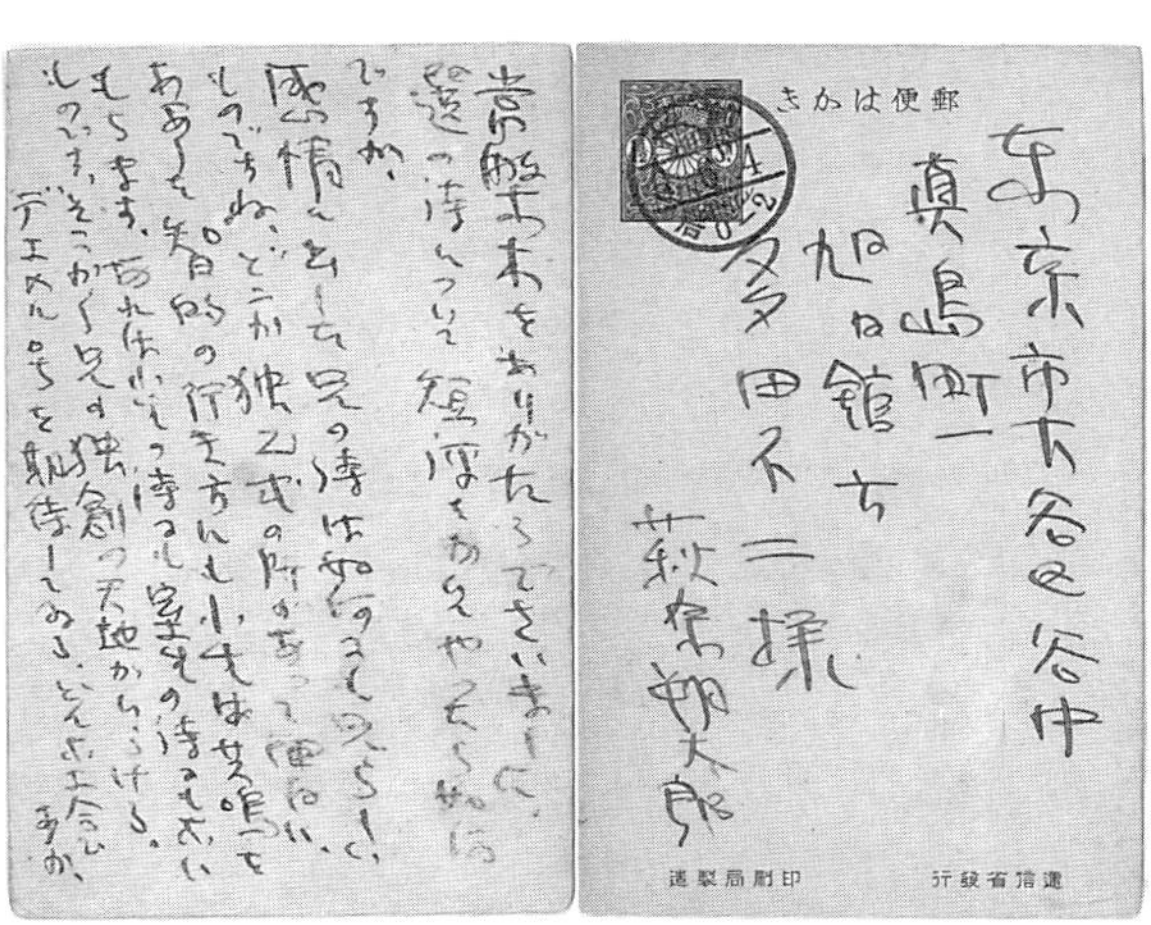

デエメル」参照。

63――大正7年1月3日　はがき／茨城県結城町　多田不二様／前橋市
萩原朔太郎

賀正
一月三日

■はがき上部に、シルクハットをかぶった朔太郎らしき人物の横顔絵あり。

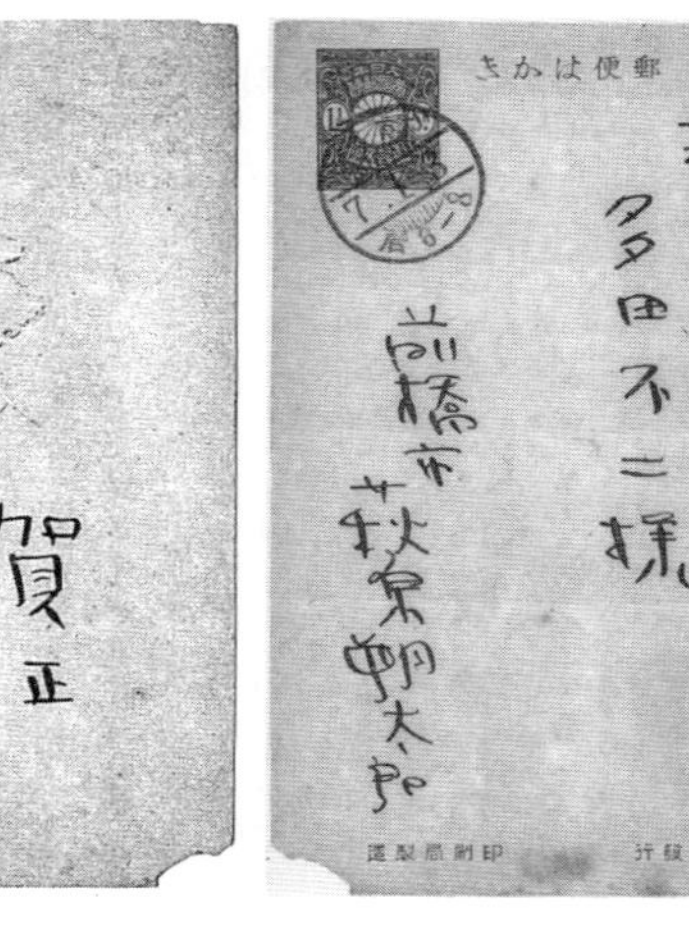

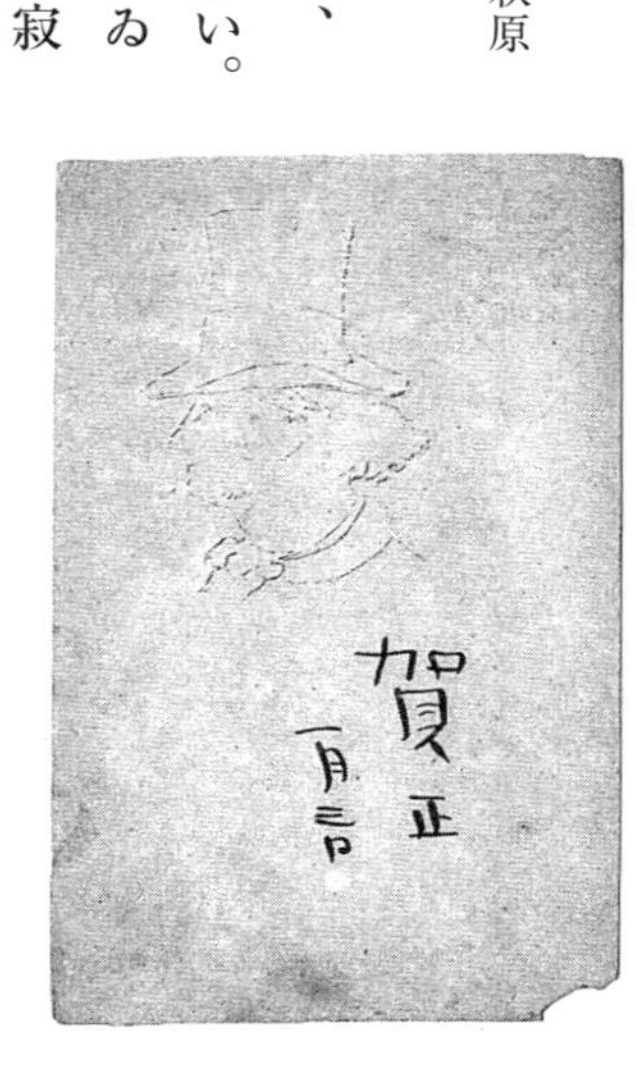

64――大正7年4月15日　封書／東京市外田端一六四　多田不二様／萩原
朔太郎

*今度は少しも貴兄に御満足をあたへることができなかつたので、何より心苦しいことに思つてゐます。何卒万事をお許しください。

今度の貴兄は、どこかロマンチックの詩人らしい憂愁をもつてゐるやうに思はれた。停車場へ見送して別れ〔て〕から何となく寂しくなつた。も一晩、一所に話がしたくてたまらなくなつた。その日は、*大間々の付近の人気のない旅館にゐる兄のことを考へて、何となく感傷めいた心になりました。

家の者は、たいへん音なしい人だといふ評を下してゐます、妹たちも悦んでゐます。是非またお出で下さるやうにとのことです。それから、お土産を度々ありがとう。

ああいふ心もちは、僕もたびたび経験しました、あの孤独は最も尊いものです、しかもそれは詩人のみがよく知る所の悲しみです、人生のリズムはこの種の苦きメロヂイにあるのでせう。貴兄は結局、宗教に行く人でせう、宗教がなければ、貴兄や私のやうな人間は駄目です。自分で自分を仕立て直すといふことは、私たちのやうな意志の弱い人間にはできないことです。自分以外の者――たとへば恋人とか、酒とか、神とか――の力がなくては、我々の生活は救はれません。酒も女もよいのですが、併しそれは一時的であつて、却つて疲れを増すばかりです。だから私は恋愛神秘主義に道を求めてゐるのです。恋か、然らずんば宗教です。貴兄も此の点では、結局私と同じ神秘主義になつてしまふのでせう。

貴兄の今の心もちはよくわかります。矢張、兄も生れたる詩人ですね。生れたる哲学者ですね。暗い所に理知の鍵を投げかけると、光のある魚がつれます。その魚は鮮新な感情です。

萩原朔太郎

多田不二様

本屋のことは御手数ながら御願ひ致します、

＊今度は　不二は、大正七年四月、塩原、伊香保と半月余りの旅行をしたが、その折に朔太郎を前橋に訪ねている。

＊大間々　群馬県山田郡大間々町（現、みどり市）。

65――大正８年１月18日　はがき／東京市外田端五一三　多田不二様／前橋　萩原朔太郎

たいへん御無沙汰すみません、僕の冥想生活もいよいよ此の四月までには終る筈です、過去一年余に渡る哲学的思索は可成自分を学者（美学者）にしました。貴兄の詩集を待ち遠うに思つてゐます、今の私は貴兄のリズムに最も接近したものをもつてゐる。私は思想の哲理と情緒の宗教に於ける叙情詩を求めてゐる、それを兄に期待する。

*僕の冥想生活　大正七年から同一〇年にかけて、詩作品、および評論、随筆等の発表が極端に少ない。

*貴兄の詩集　不二の第一詩集『悩める森林』。書簡51の「*詩集」参照。

66 ― 大正8年4月13日　局不明　封書／東京市外田端五一三　多田不二兄　親展／十三日、在、相州大磯町、カギヤ旅館内

萩原朔太郎

御手紙拝見して意外の念にうたれました。僕は別に兄に対して怒つてゐる事情を持ちません。殆んど思ひがけないことです。また元よりさうしたことを人に話したこともありません。室生君が何を考へてそんなことを言つたのか不可〔思〕議な次第ですね。一体、兄の悪いこととは何です。実際、僕は何も知らない。兄に対しては充分以上の好意と敬愛とをもつてゐますが、悪意や不満などは夢にも持つてゐない。またそんな感情をもつ何等の原因もないではないですか。寧ろ僕こそ勝手に消息を絶つて、兄から悪く思はれて居ないかと心配してゐる所なのです。

こんなことで、兄の御手紙は全く意外ですが、想像するに、多分、僕の妹（みね子）に関することだと思ひます。兄と妹とが少し以前から手紙の往復をしてゐることは僕も気がついて居ました。妹は少しく兄にラヴしてゐるやうです。併しそんなことは別に悪いことではないでせう。僕はむしろ妹の行為に好意を持つて見て居ました。併し、妹は御存じの通りの醜婦ですからとても兄の気に入る筈はない。勿論、彼女は失敗すると思ふと、いささか可笑しくもあり可愛さうでもありました。それに遇然の機会から兄の妹へ宛てた手紙を見ましたが、果して兄に意のないことを知つて独りで微笑しました。だが妹の態度も、私の見る所では真剣のラヴでなくて、むしろ恋を恋する乙女心からきた一種の「浮気」もしくは所謂「岡惚れ」の類かと思ひ

ます。だから彼女も、今では兄のことは断念して、他の縁談を決定的に迫つてゐる様子です。それ故、どんな意味から言つても、兄に悪いことは少しもない筈です。但し、単なる書面の交換以外に、別に重大な秘密でもあるのですか。とにかく私の知つてゐる般囲のことは之れだけです。順つて別に兄に悪意をもつ理由はないのです。

若し、今言つた件でないとすると、何事だかさつぱりわからない。文檀的のことでもあるのですか。文檀の消息とは此頃殆んど無関心で居るから、いくら悪口を言はれても平気です。またそんな話に耳もかたむけません。そもそも何ですか。具体的に内容明細に示して下さい。でないと御返事に困ります。

兄が私の知らない事情のために一人で苦脳して居るといはれるのは、勿論、異性に関する性的問題のことでせう。

僕も今迄、異性から恋されて、可成のつぴきならぬ所まで押しつまつたことが数度あります。併し不幸にも、僕に対してアクチーヴの恋を持ちかけた女は、奇体に容貇が醜くかつた。さういふ女は、今迄に三人ほどありました。一人は芸妓で、一人は田舎の豪農の娘で、一人は女教育者でした。御承知の通り、僕は極度に気の弱い内気な男ですから、こちらからアクチーヴの恋をもちかけることができない。僕の情史が、常に受働的であり、そして対手が美人でなかつた理由もここにあると思ひます。（容貇に自信のある女は、決してアクチーヴに出ないものです。）。それ故、僕にとつて、さうした女の恋は少しも嬉しいものでなく、むしろ不快極まる迷惑の者でした。（何といつても、恋の第一義は容貇ですからね。）かういふ場合に最も危険なのは、性欲それ自身の一時的欲求です。男は女から仕かけられるとき、殆んど之れを制する手段がないのです。しかも一度誤まつてそれを許したならば、遂に惰性で無理にも「好ましからぬ結論」に達せねばならぬ。即ちその女——真の恋を感じ得ない女——と結婚せねばならぬ。こんな馬鹿げたことはないでせう。幸に僕は、この点で自重し、成るべく対手の要求を避けるやうにして居たので、この種の煩悶を免かれることができましたが、兄の場合には、多分これが悪い結果になつてしまつたのでせう。

*さて、僕もいよいよ決断して結婚することにしました。多分、今年の中——しかも案外近い中に——式をあげることになるでせう。対手の女は、不美人です。併し醜といふほどでもないので、あまり気は進まないながら、とにかく極めることにしました。要するに女は、醜婦でさへなければ何でもよいのです。十人並の容懇さへあれば僕は満足します。（男から恋を感じられないやうな女は、よくよくの醜婦でせう。）

話はちがふが、兄の詩集「*脳める森林」といふ題は、たいへん善いですね、どこか象徴的で、知的で、デ*エーメルといつた感じがある。

萩原、

多田不二兄。

六日ほど前から、ここにきて居ます、一人で退屈してゐますから、都合できたら遊びに来ませんか、久しぶりで兄とも逢ひたくなつた。（十八日頃まで滞在）

■この書簡文は、『萩原朔太郎全集』第一三巻（昭和五二年、筑摩書房）所収の書簡「二四一」を転載したものである。
■誤字・誤記、仮名遣いの誤りは、全集での表示のまま、「・」で示してある。
■文末の追伸の部分は、手紙の最初の頁欄外に書いてある。
＊さて、僕も……しました　朔太郎はこの年（大正八年）五月一日、上田稲子と結婚した。
＊「脳める森林」　不二の第一詩集。書簡51の「＊詩集」参照。
＊デエーメル　書簡8の「＊兄のやつてくれたデヱメル」参照。

67――大正8年4月17日　神奈川大磯　封書／東京市外田端五一三　多田不二様／四月十七日　在磯、萩原朔太郎、

兄の長い手紙を拝見して、ルツソオ*の告白を読むやうな気がした。人間は生涯には、むしろ必然的にさうした暗い影が必要です。趣味高くして人格的修養の深い人が、一面にさうした暗い歴史を持つてゐるといふことは、何となく深酷な「人間らしいなつかしみ」を感じさせるものです。島崎藤村*――あの温厚篤実な、そして真面目すぎるほど真面目な君子である島崎氏――が、その肉親の姪と不倫な関係があつたことを知つたとき、私は何ともいへず、人なつかしい、一種、崇高な宗教的興奮にかられました。罪悪は人間の陰影です。それは暗くして、しかも知恵深きものである。即ちその人の生活を「立体的にする」ものです。この陰影のない人の生活は、影のない生活である、順つて深みのない平面的な感じがします。兄にさうした陰影があるといふことは、兄をしてより人間的価値あらしめるものである。私はそれを、兄のために決して不名誉のこととは考へない。併し、目下の事情からいへば、兄にとつて可成脳ましい不快なことでせう。何といつても、我々の生活を支配する第一義の問題――善い方面でも、悪い方面・でも）――は性欲ですね。今の私にとつては、芸術の解決よりも、この問題の方が大切でもあり、先決問題でもあります。私は真の意味での「人生のための芸術家」――「芸術のための芸術家」に対していふ――なのです。即ち、私にとつての第一義は趣味（芸術）でなくして、生活そのものなのです。だから芸術は私にとつての仕事ではなくして、慰安であり、玩具であり、第二義の者なのです。この点で私は、今の詩檀の何ぴとども傾向を異にして居ます。（彼等はすべて「芸術のための芸術家」です。即ち詩を以て生命的の仕事と認め、芸術を「神聖なる生活の権威」と認めてゐるのです。）

それはとにかく、兄も悪い女にかかつてつまらない目に逢つたものだと思ふ。その女といふのは、ことに

よると大間々の六郎ではないかとも思ふ。同国の女で、私の知つてゐる女とすると、彼女以外に心あたりがないから、とにかくそんな下等の女は、話をきくだけでも不愉快でたまらぬ。併し一方から考へ〔れ〕ば、それが下等な不良少女であるだけ、それだけ兄の煩悶もすくないわけでせう。若しそれが善良な真面目な女であつたとしたら、物質上の苦脳は受けずにすんだかも知れぬが、精神上で道徳的苛責を受けねばならなかつたでせう。処女の貞操を破つて、責任を避けるなんて言ふことは我々青年の道義心が許さない。いくら何でも、そんな悪いことはできませんからね。我々の良心は極めて過敏ですから。併し対手が、そんな娼妓のやうな女であるなら、道徳も何もあるものぢやない。そんなのは全く問題外です。つまり兄が女の悪手段にかかつたのです。とにかく兄の苦脳はお察し致しますが、遠慮なく言へば、兄があまり善良すぎる――人が善すぎる――ために、悪漢共につけ込まれてゐるのではないですか。最初二百円も出したら、それで充分です。そこでしつかり証文をとつておけばよかつた。ここはぐづぐづしないで、一つはつきり態度をきめる方がよいでせう。でないと、いつまでも迷惑な関係がつづいて長い間にはたいへんな不幸ですからね。

要するに併し、兄の手筋は女難の相ですね。(だから色男は困る。) 兄の生涯は、女のために苦しむやうにできて居るらしい。高等学校時代から、さうではなかつたですか。兄の詩がさうした生活から生れるとすれば、つまりモーパッサンや、ダヌンチヨを叙情詩で行く型かも知れぬ、近代的性愛生活は、快楽といふよりはむしろ苦脳ですから。

詩についての御意見は同感です。思想のない詩、即ち近頃流行な空虚な感激的な詩は実にくだらない。あんな者からみれば三木露風なんかの方がよつほど価値がある。勿論、三木一派の所謂象徴詩はごまかしであつて、ほんとの象徴詩ではないが、それでも例の感想めいた無内容な詩よかよつぽど重みがある。

私は島崎藤村などの新体詩に非常な敬意をもつてゐる。あれだけの美しい情緒は、今の詩壇に見られない。今の薄つぺらな感激的な詩をよんで、藤村詩集などを見ると涙がでるほど真実な声がきける。今の詩が何と浅薄で、概念的で、昔の新体詩が何と重厚で、高貴な感情に富んでゐることか。結局、最後の勝利は「真実」そのものに帰するのでせう。文檀的名声や、見得や、流行や、人真似や、浮気や、人道主義やで作る今の詩人の作物と、昔の詩人の純真なる感情――押えんとして押へ得ざる青春の恋心――から自然と口につい て歌はれた作物とを比べて、どつちに真の価値があるかといふことは言ふ迄もなく明らかです。

だが併し、勿論、私は――私の年齢では――新体詩式の叙情詩は作れません。一口に言へば、それは少し甘たるくて口に合はないのです。三十になつて人間は始めて「思想」を要求する。では「思想」とは何であるか。普通、世間では、思想といふ言葉を感情と対象させます。然るに感情はそれ自身直感であり趣味であるから、この場合にいふ思想は概念を意味してゐる。だが私の言ふ思想は、概念――即ち感情に対していふ思想――ではないのです。真の意味での「思想」といふ言葉は、兄の言ふ如く、統覚的心理にもとづく感情でなければならぬ。（兄は観念と概念とを区別されてゐる。つまりその意味は、観念はそれ自身感情であるといふことでせう。）たとへば聖書にあるキリストの言葉の如きものを、私は私の意味で「思想」と呼ぶのです。何故ならば、それは感情であつて、同時に哲学である。聖書は一扁の叙情詩であるが、同時に思想的の書物です。ニイチエの著書の如きも、また叙情詩であつて同時に哲学です。すべて真の人格的表現といふものは、必ず広義の意味での叙情詩、即ち「感情を以て語られたる心像」でなければならぬ。かのシラアやゼームスの如きプラグラチズムに於て「趣味としての思想に非ずは価値なし」と言つてゐることを考へれば、この道理は明らかでせう。併しこのことについては、来月の「感情」に書く『親鸞とその美しき思想』に於て細説するつもりです。

ヴント*の感情論は是非近く読みたいと思つてゐます。近頃、福来博士*の訳で、ゼームス*の「自我と意識」をよみ非常な興味を感じました。ほんとの心理学といふものは、矢張あゝいふものでせう。科学と呈も、矢張、感情を以て書かれた科学、即ちプラグラチズムの所謂「趣味としての思想」でなければ価値がないと思ひます。僕のいふ象徴詩とは、この「趣味としての思想」を徹底的に押しつめて「趣味即哲学」としたもの、つまり芭蕉の俳句のやうなものに外ならないのです。

それ故、「月に吠える」以後の僕の傾向は、竹村君*よりもむしろ兄に近いのです。今の詩檀で、思想らしい思想をもつてゐる詩人は極めてすくない。第一、感情らしい感情がないのだから、思想らしい思想のないのも当然でせう。(思想が即ち感情ですから)。この際、僕は兄に対して絶大な期待をもつてゐます。

萩原

多田不二様

明後日、帰宅します。今後御手紙は前橋の宅へ。

■この書簡文は、『萩原朔太郎全集』第一三巻（昭和五二年、筑摩書房）所収の書簡「二四三」を転載したものである。

■誤字・誤記、仮名遣いの誤りは、全集での表示のまま、「・」で示してある。

＊ルツソオ　Jean-Jacques Rousseau（1712～1778)。フランスの思想家、文学者。小説「新エロイーズ」、教育論「エミール」、自伝「告白」など。

＊島崎藤村……知つた「その肉親の姪と不倫な関係」を描いた作品は、『朝日新聞』に連載（前編大正七年五月一日から一〇月五日、後編大正八年八月五日から一〇月二四日）された小説「新生」。島崎藤村（明治五年～昭和一八年）は長野県生まれの詩人、小説家。詩集『若菜集』、小説「破戒」「春」「夜明け前」など。

＊六郎　書簡33の「＊六郎氏」参照。

＊悪漢共　書簡101の「＊TAKEUCHI氏」参照。

*モーパッサン　Guy De Maupassant（1850～1893）。フランスの小説家。自然主義作家の代表。小説「女の一生」「ベラミ」など。

*ダヌンチヨ　Gabriele D'Annunzio（1863～1938）。イタリアの詩人、小説家、劇作家。詩「天と海と地と英雄の頌歌」、小説「死の勝利」、戯曲「死都」など。

*藤村詩集　明治三七年、春陽堂刊。『若菜集』『一葉舟』『夏草』『落梅集』の合本。「遂に新しき詩歌の時は来りぬ。そは美しき曙のごとくなりき」で始まる有名な序文が付されている。

*ニイチエ　Friedrich Wilhelm Nietzsche（1844～1900）。ドイツの哲学者。著書『ツアラツストラはかく語りき』『善悪の彼岸』『この人を見よ』など。

*シラア　Johann Christoph Friedrich von Schiller（1759～1805）。ドイツの劇作家、詩人。戯曲「群盗」「ウィルヘルム・テル」など。

*『親鸞とその美しき思想』　この一文は発表されていない。

*ヴント　Wilhelm Wundt（1832～1920）。ドイツの心理学者、哲学者。実験心理学の創始者であり、民族心理学を発展させた。不二は自著『心理学と児童心理』（大正一三年、実業之日本社刊）、「霊怪異説」（『聖潮』大正一四年九月）等においてヴントの感情論に、またヴントの民族心理学に触れている。

*福来博士　福来友吉。明治二年～昭和二七年（一八六九～一九五二）。心理学者。東京帝国大学助教授。大正三年、「透視と念写」事件で休職処分を受け、翌年退職。のち、高野山大学教授。特に、催眠研究、心霊学研究の分野で活躍した。

*ゼームスの「自我と意識」　William James（1842～1910）はアメリカの哲学者、心理学者。福来友吉訳（共訳）『自我と意識』は、大正六年、弘道館から出版されている。なお、不二は著書『心理学と児童心理』の中で、ジェームスの「意識の流れ」に触れている。

*竹村君　竹村俊郎。

〈余録〉　随筆「萩原さんの手紙」より

不二は、随筆「萩原さんの手紙」（『詩風』昭和二二年五月）の中で、「萩原さんの手紙は概して長く原稿紙に五六枚といふのが多い。どれもこれもほんたうに親し味の籠つたまるで肉身の小弟を諄々となだめすかす様な愛情の深いものばかりである。特に私の身辺に或るトラブルの起つた時に呉れた二三の手紙など実にその典型的なものである」「萩原さんの手紙は大抵後半は持論で、想念の迸るにまかせて当時の詩壇や文壇を痛烈に論難したものが多い。かなり辛辣な言葉を沢山使つてゐながらいさゝかも皮肉や悪意が感じられない。まつこうから純情一路に物を言つてるせいであらう」と記している。

林倭衛書簡

（はやし　しずえ）明治二八年〜昭和二〇年（一八九五〜一九四五）。画家。長野県生まれ。若き日、大杉栄と知り合い傾倒する。大正五年、二科展に「サンジカリスト」が初入選。翌年、同展において「小笠原風景」で樗牛賞、同七年、「H氏肖像」などで二科賞を受賞。大正一〇年、坂本繁二郎、小出楢重らと渡仏。帰国後、春陽会などで活躍した。

68――大正8年8月21日　はがき／市外田端五一三　多田不二様／牛込筑土八幡町二十一　林倭衛　二十日

昨日から松戸へ行つて、今朝その帰りにお寄りしましたがお留守だつたので帰りました。帰つてからおはがき拝見いたしました。

僕明日我孫子へ行きます。一週間位の予定だつたのですが、向ふの高橋君の居る家が売れたと云つて来ましたから、予定通りは居られそうも有りません、他分(ママ)三四日で帰ることにならふと思ひます。帰つたら直ぐあがりたいと思つて居ります。

69――大正8年8月21日　はがき／市外田端五一三　多田不二様／牛込筑土八幡町二十一　林倭衛

二十一日朝
昨晩ハガキを書いて未だ出さないうちに、今朝おはかき頂きました。我孫子から帰るのは他分(ママ)二十五日過ぎかと思はれます。
折角お光来を願つて、帰つて居らないといけませんから、帰つたら、僕の方でお伺ひします。

日夏耿之介書簡

（ひなつ　こうのすけ）明治二三年～昭和四六年（一八九〇～一九七一）。詩人、英文学者。長野県生まれ。早稲田大学英文学科卒。後に母校にて教鞭を執る。詩集『転身の頌』、『黒衣聖母』、『咒文』など。評論『明治大正詩史』、『明治浪漫文学史』など。不二は、草稿「現代の詩と詩人」の中で「日本に於ける最もパルナツシヤン風の象徴詩人」と評している。

70――大正6年10月26日　はがき／東京市外田端一六四　加村方　多田不二様／大森山王二七七九　日夏耿之介　十月二十五日

啓上。「感情」[*]を有難くいたゞきました。犀星君に御よろしく願ひます。御帰路の節は御遊びにおいで下さい。ハカキを下されば在宅いたします
先は御礼迄　早々

＊「感情」　大正五年六月、室生犀星と萩原朔太郎によって創刊された詩誌。書簡4参照。

71――大正7年1月1日付　はがき／田端一六四　加村様方　多田不二様

迎春
一九一八年元朝
大森山王
日夏耿之介

72――大正7年1月1日　はがき／田端一六四　加村様方　多田不二様／大森山王　日夏耿之介

「感情」拝見しました。小生詩集*に対する貴下の御紹介を感謝します。尚わたくしは、深く鋭き小生の疾患に対する貴下の批判を翼望(ママ)致してをります。御礼ばかり。　頓首
三十日

＊小生詩集に対する貴下の御紹介　大正七年一月号『感情』の「新刊紹介」の頁で、不二は日夏耿之介の第一詩集『転身の頌』の紹介をしている。

〈余録〉不二は草稿「現代の詩と詩人」の中で、「『転身の頌』は僅少の限定版になる豪華な本型の美本で今は中々手にする機会もない稀本の部に入らう。戦争前でも大阪辺の詩集専門の書店が百金余を投じて探し求めてゐた位である。同氏（耿之介――編者記）が病軀をわざ〳〵大森から田端の私の下宿へ持参してくれたもので、私は今も大事に保存してゐる」と記している。

73――大正7年1月28日　はがき／田端一六四　加村様方　多田不二様／大森　日夏生　二十八日

感情毎々多謝。貴兄の作に於て小生の偏狭なる趣味主張を以てすれば最後の詩*を好み且愛し申めり　匆々

＊最後の詩　大正七年二月発行の『感情』に、不二は「月光」「街路」「思念」の三作品を載せているが、そのうちの「思念」を指

していると思われる。

74――大正8年1月1日　はがき／市外田端五一三　多田不二様／大森山王二七七九　日夏耿之介

己未元朝

研田無悪[*]
歳酒因　　日夏
有長春　　耿之介

■「己未元朝」は毛筆、他は篆書刻印。
＊研田……長春　「研田悪歳無ク酒因ヨリ長春有リ」の意。

75――大正8年5月15日　往復はがき（往信）／府下田端五百十三　多田不二様

山宮允君送別会

今度山宮允君が第六高等学校教授として近日赴任されることに決まりましたので吾々友人が聊か送別の意を表はすため一夕山宮君を招待して心ばかしの小宴を催したいと存じます。どうか御賛成下さいまし。

時日　五月十七日午後五時
場所　京橋南伝馬町　鴻ノ巣
会費　参円

発起人　日夏耿之介　川路柳虹

西條八十　茅野蕭々
福士幸次郎　正富汪洋
出欠の御返事恐縮乍ら十六日迄に願たう存じます
■表面、毛筆。裏面、活字印刷。

76――大正8年12月17日　はがき／市外田端一六四　加村方　多田不二様

詩談会*
場所　万世橋ミカド
時日　十二月二十一日午後五時
会費　六十銭
幹事
日夏耿之介
北原白秋

＊詩談会　詩話会誕生の母体となった詩人懇談会。書簡19参照。

福士幸次郎書簡

（ふくし　こうじろう）明治二二年〜昭和二一年（一八八九〜一九四六）。詩人。青森県生まれ。国民英学会卒。口語自由詩に新領域を開いた。詩集『太陽の子』『展望』。後年の著作『日本音数律論』、民俗学研究『原日本考』など。不二は、草稿「現代の詩と詩人」の中で、『太陽の子』に触れて「私が詩を作り始める動機の一つとなつたのは、たしかに『太陽の子』を愛読してからであつた」と記し、また、『太陽の子』『展望』両詩集を取り上げて「実に純情一路な人間性の豊かさを感じさせる実によい詩集である」と評している。

77――大正7年3月20日　はがき／市外田端一六四　加村氏内　多田不二様

拝啓
今月の詩話会*例月通り来る二十一日の午後六時よりミカドにて開会致します。
御来会希望致します。

月番幹事　茅野蕭々
福士幸次郎

*詩話会　大正年代における最大の詩人団体。書簡11参照。

78――大正7年7月18日　はがき／市外田端一六四　加村氏内　多田不二様

例月の通り詩話会本月二十一日開催いたします。
場所　万世橋停車場上ミカド
時間　当日午後七時
当番幹事　渡邊順三*

福士幸次郎

*渡邊順三　明治二七年～昭和四七年（一八九四～一九七二）。歌人。富山県生まれ。窪田空穂の『国民文学』同人。のち、プロレタリア歌人として活躍。歌集『貧乏の歌』『烈風の街』など。

79――大正7年（推定）11月16日　はがき／市外田端五一三　多田不二様／谷中坂町臥龍館　太陽の子生*

感情有難う存じます。久し振りで読んで見ましたが、貴方がたの同人で開拓した一種の詩風が出来たと思ひました。詩壇唯一のHumanistes！　私は悪口を申せば貴兄等の詩に或る余りの淺(ママ)かさを見るのを白状したいと思ひます。感情に花が咲いてるといふことも詩の貴むべきところでないでせうか。

遠慮のない口、悪しからず。

君の抒情詩集*の批評も読みました。そして教えられたところがありました。矢張り愛する人はよく紹介してくれますと思ひます。私も今に書きます。

例の無精者で此処へ移る当の目的であった図書館へも未だ行つたことがなく、公園もどの位離れてるかも未だ知りません。その内室生君*のところへブラ〳〵気まぐれ散歩をしたいと思ひます。

*太陽の子生　自身の第一詩集『太陽の子』（大正三年、洛陽堂）に「自分は太陽の子である」という作品があり、これを差出人名に用いたもの。
*君の抒情詩集の批評　大正七年一一月発行の『感情』に載せた「『抒情小曲集』を読む」を指していると思われる。
*室生君　室生犀星。

福田正夫書簡

（ふくだ　まさお）明治二六年～昭和二七年（一八九三～一九五二）。詩人。神奈川県生まれ。東京高等師範学校体操科中退。大正七年、『民衆』を創刊。井上康文、百田宗治、白鳥省吾、富田砕花らと民衆派の中心となって活躍。また、詩話会に参加し、『日本詩人』『日本詩集』の編集に携わった。詩集『農民の言葉』『船出の歌』など。

80――大正7年1月3日　はがき／茨城県結城町　多田不二様

賀正　　元旦

早々とありがたうございました。御自愛を祈ります。

小田原　福田正夫

81――大正8年7月16日　はがき／東京市外田端五一三　多田不二様

あなたの方に年賀出したかどーか忘れて、兄から頂きました。とにかく御許し下さい。――　今年は兄も御卒業でしたか、どうぞ御活動下さい。私も今年こそと思つてますけど――、憂鬱にとりつかれてゐます。春になつたら詩話会*あたりでおめにかゝりたいものです。

小田原在石橋　福田正夫

＊詩話会　大正年代における最大の詩人団体。書簡11参照。

堀口大学書簡

（ほりぐち　だいがく）明治二五年～昭和五六年（一八九二～一九八一）。詩人、翻訳家。東京生まれ。慶応義塾大学文学部予科中退。フランス現代詩に精通、詩壇に新風を送り込んだ。詩集『昨日の花』『月光とピエロ』『砂の枕』『人間の歌』、訳詩集『月下の一群』など。またラディゲ『ドルヂェル伯の舞踏会』、モーラン『夜ひらく』など小説の翻訳がある。不二は、草稿「現代の詩と詩人」の中で、「生粋のパルナツシヤン風の詩人であり、また明るさ、ウイットの豊富な詩人として、我が詩壇に特殊の地位を占めてゐる」と記している。

82――大正7年1月17日　はがき／市外田端一六四　加村方　多田不二様

一、詩談会*
一、来る二十一日午後五時より
一、万世橋ミカドにて
一、会費　金六十銭
御差繰りの上御来会被下度候
一月十七日
月番　山宮允　堀口大学

■はがき裏面、逆使用。
*詩談会　詩話会誕生の母体となった詩人懇談会。書簡19参照。

83――大正7年1月24日　はがき／府下田端一六四　多田不二様／中渋谷五六〇　堀口大学

御恵贈被下候感情*一月号有難く拝受仕り候。詩話会*の夜にお目にかゝり御礼申上げ度くぞんじ居り候へし為め御返事の相遅れ候次第御ゆるし被下度候。室生兄にもよろしく小生感謝の意をお伝ひ置き被下度願上候。
先づはおくればせながら御礼まで
一月二十三日

＊感情一月号　ここに、不二は詩二篇「冬の風」「野原へ」を載せている。
＊詩話会　大正年代における最大の詩人団体。書簡11参照。

84――大正7年1月28日　はがき／市外田端一六四　多田不二様

おはがき及び二月のSENTIMENT＊只今ありがたく頂戴いたしました。御作＊及び竹村氏の作品新らしき感激を以つて拝見いたしたことを申上げたくそんじます。
とりあへず御礼まで　不一
二十八日　大学

＊SENTIMENT『感情』16号（大正七年二月）から、表紙に「SENTIMENT」と記された。
＊御作及び竹村氏の作品　大正七年二月発行の『感情』に、不二は「月光」「街路」「思念」の詩三篇を、竹村俊郎は一五篇の詩を「抒情詩集」として載せている。

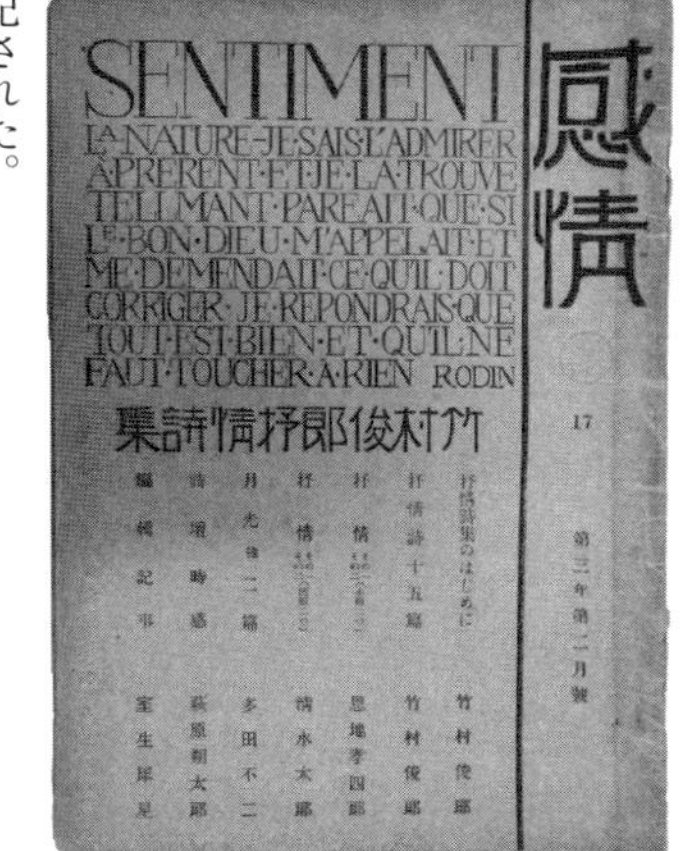

85――大正7年4月23日　はがき／府下田端一六三（ママ）　多田不二様

＊感情四月号御恵贈下されありがたく御礼申上げます。諸兄の御近作何れも面白く拝見いたしました。中にも

萩原君[*]の二篇の怪（あや）しき幻像に心をひかれました。今月の詩話会はロシアの若き詩人ベネヂクト[*]、マルト氏も参会され同人二十余の盛会でした。感情の諸君は相憎皆さん御欠席で残念でございました。昨日の花[*]は二十六日に出来ます。

四月二十三日

堀口大学

＊感情四月号　ここに、不二は詩二篇「詩境」「悔恨」を載せている。

＊萩原君の二篇　「憂鬱の川辺」「黒い風琴」の二篇。

＊ベネヂクト、マルト氏　Venedict Mart（1896〜1937）。ロシアの未来派の詩人として活躍したが、銃殺、粛清された。父は、革命後日本に亡命し神戸で晩年を送った詩人ニコライ・マトヴェーエフ。詩人イヴァン・エラーギンは息子。

＊昨日の花　大正七年四月、籾山書店から刊行された、大学の最初の訳詩集。

〈余録〉1　大正七年発行の『現代詩歌』の「余録」に「本号巻頭の『日本の若き詩人に』は先頃来朝中の露西亜青年詩人ヴェネデクトマルト君が先月の詩話会席上で朗読したものだ。特に本誌に貰つた」とあり、巻頭にその詩（金田常三郎訳）が揚げられている。また、日夏耿之介は、昭和二四年一一月、創元社刊の改訂増補『明治大正詩史』（巻ノ下）で特にこの折の詩話会に触れ、「この旧詩話会の事業としてはひろく詩の文芸上本質価を叫び、アンソロヂーを発兌し、露西亜の未来派青年詩人ベネディクト・マルトを集会に招いて松永信成及び金田常三郎の通訳で詩見を交換し、特に青少年への詩の普遍をはかつたことなどで、その提議者と努力者と斡旋者とは多く川路柳虹であつた」と記している。

〈余録〉2　不二は大正七年七月発行の『感情』の「六号雑記」で『昨日の花』を取り上げ、「氏の訳筆は極めて流暢で羨やましい位訳詩にありがちな臭味から離れてゐる」「集められた詩のうちでは秋の詩が最も多い、訳者の寂しかつた旅の情も忍ばれて懐しく思はれる。アメリカやイギリスやドイツの詩が盛んに読まれてゐる折柄、この芳醇なフランスの新らしい詩も広く人人に悦ばれることと信ずる」と記している。

86――大正7年10月下旬（推定）　絵はがき／東京市外田端一五三（ママ）　多田不二様（Monsieur F.Tada Tokio Japan）／Via

New-York

出発前に一度お目にかかれなかつたことを今も残念に思ひます。
*永い船路もやうやく果てて昨日当地へつきました。*あなたの詩集がもう出た頃とぞんじます。今年の詩だんの秋はさだめてにぎやかでございませう。感情を御恵贈下さい。御健康を祈ります
リオ、デジヤネロ日本公使館内　大学

■「Rio de janeiro」の「Quinta da Bio a Vista」の絵はがき。文は、表面下部に書かれたもの。

*永い船路も……当地へつきました。　大正七年、父、九万一（くまいち）が特命全権大使としてのブラジル赴任の命を受け、家族は父の任地に同行することになる。一家は同年九月、日本を離れ、約二か月後の一〇月二〇日にリオ・デ・ジャネイロに到着。この先、堀口大学は、同一二年七月帰国までの約五年間を当地で過ごした。

*あなたの詩集　不二の第一詩集『悩める森林』。書簡51の「*詩集」参照。

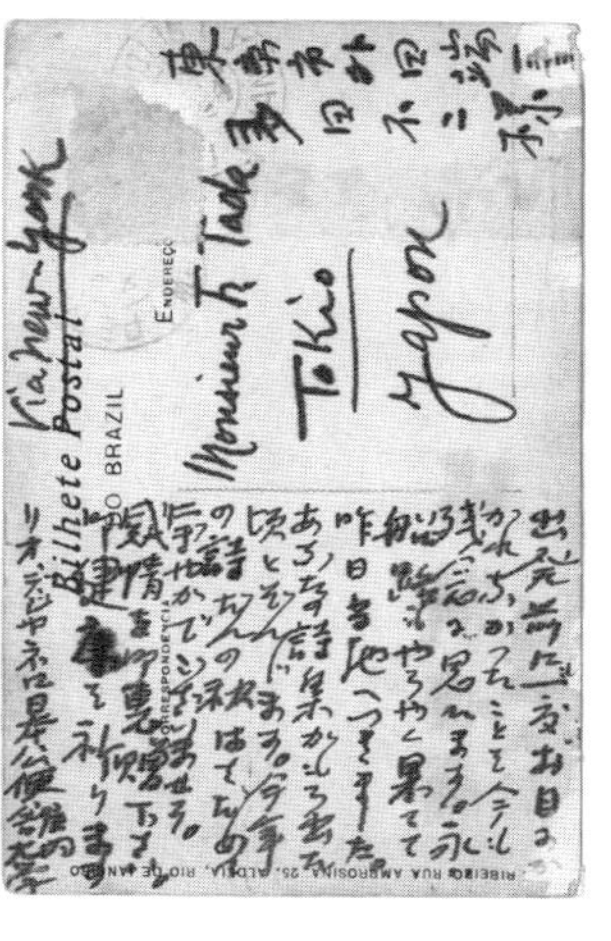

前田夕暮書簡

（まえだ　ゆうぐれ）明治一六年～昭和二六年（一八八三～一九五一）。歌人。本名、洋造。洋三とも。神奈川県生まれ。中郡中学校中退。明治四四年、『詩歌』を創刊。大正一三年、北原白秋、古泉千樫、土岐善麿らと『日光』を創刊し、精力的に活動した。歌集『収穫』『生くる日に』『深林』など。

87――大正6年1月17日　はがき／本郷駒込神明町十三、村田方　多田不二様／　西大久保二四七　前田洋三　十五日

先日来又病気いたしてをりますので失礼いたしました。さてまことに結構なる御稿*御恵送下さいましてあつく御礼申上げます。折角よい御稿送つていたたいて御返しするのはまことに忍びぬ次第ですが「詩歌」*も社友が全然短歌ばかりに疑里(ママ)固つてゐるものばかりなので詩に就ての理解は殆んどもつてゐるものがありません、随て普通号はどうしても短歌を主として編集せねばならなくなります。かういふ次第で若し御稿が短歌でしたら進んで御願ひしたいのですがこんな次第故次号には御願ひ出来ませんし、一月号にのせきらなかつた詩に関する評論や其他の原稿でいつぱいなのでしてまことにすみませんがこんどたけ御許しを願ひます

○いづれ特別号には御願ひいたしたく存じます

■「○いづれ……存じます」の一文は、はがき初めの余白部分に書き加えたもの。

＊御稿　未詳。

＊「詩歌」　前田夕暮が明治四四年に創刊した詩歌雑誌。第一期は創刊から大正七年一〇月、第二期は昭和三年四月から同三二年五月、第三期は昭和四二年一月から同五九年六月まで。夕暮の死去後は長男透が編集にあたって続刊した。

〈余録〉　大正六年一月発行の『詩歌』に「空の人力車」「不思議な男」「我」の三篇を載せている不二は、この雑誌について「これは恰も詩歌壇の登竜門の観を呈した。この雑誌は歌人前田夕暮の編集にかゝり、詩人としては富田砕花、白鳥省吾、福士幸次郎、山村暮鳥、室生犀星、萩原朔太郎等がこゝに発表する常連で、私などもこの雑誌へ二段組に載つた時には天にも登つた気持であつた」（草稿「現代の詩と詩人」）と記している。

88――大正7年1月6日　はがき／茨城県結城町　多田不二様

賀正　一日

東京市外西大久保　前田洋三

89――大正8年1月15日　はがき／市外田端五一三　多田不二様

賀正　一日　　前田洋三

旅行中失礼仕候

正富汪洋書簡

（まさとみ　おうよう）明治一四年～昭和四二年（一八八一～一九六七）。詩人。岡山県生まれ。哲学館（現、東洋大学）卒。大正七年、『新進詩人』を創刊。詩集『豊麗な花』『月夜の海』『世界の民衆に』など。不二は、草稿「現代の詩と詩人」の中で「大正七年に発行され昭和につゞき多くの新しい詩人を生み、詩壇の寺子屋とも見られたのは正富汪洋の主宰する『新進詩人』で」、「平野威馬雄、宵島俊吉（今の勝承夫）や女流詩人として特色のあつた中田信子、角田竹夫などがこゝから巣立つた」と記している。

90――大正8年1月8日　はがき／市外田端五一三　多田不二様

拝啓　詩話会*例会一月二十一日午後五時より神田万世橋停車場楼上ミカドにて開催（会費壱円拾銭）いたし候　而して当日は露西亜のネオロマンチシズムの詩人アレキサンドルイワノヰッチヂユーリン*氏も出席の筈

に有之候　右御案内申上候　なほ御出席の有無その前日までに葉書にてミカド内詩話会宛御通知下さらは仕合に存じ候

敬具

当番幹事　近藤栄一[*]　正富汪洋

*詩話会　大正年代における最大の詩人団体。書簡11参照。

*詩人アレキサンドルイワノヰッチヂユーリン氏　未詳。

*近藤栄一　明治二九年～昭和三一年（一八九六～一九五六）。詩人。東京生まれ。慶応義塾大学文学科卒。『白樺』の衛星雑誌『愛の本』で、千家元麿とともに活躍した。詩集『微風の歌』など。

水上茂書簡

（みずかみ　しげる）明治二六年～不詳（一八九三～）。北海道小樽生まれ。多田不二の、旧制第四高等学校（現、金沢大学）時代の学友。小樽中学校卒業後、第四高等学校に入学し「大学予科第一部第一乙類」のクラスで不二と同級生となる。東京帝国大学文学部卒。

91――大正5年7月31日　はがき　名宛、毛筆／茨城県結城町　多田不二様／福井県大本山永平寺　水上碩也

失敬しました、退屈して居らるることでせう

僕もこっちへ来て一月近くなります。慣れると云ふことは恐ろしいことです、自分は今呪ふべき冷静に帰って居ます、僕には今此所の空気が余り身体にしっくりつきまとってしまいました　三四日中に思ひ出の多い大本山を去らうと思ひます、君の状態には同情します、君は余り幸福すぎたのです、当然誰しも感じてる苦痛が漸く君に来たに過ぎないと思ひます、君はその不快な状態から始めて幸福

の真の姿はどんなものであるかわかると思ひます、境遇の不幸は我々にとってどれ位の価値を持ってるか真の幸福がとこから生れて来るか、
この解決は宗教に迄の徹定(ママ)に依って得られます、そして其が只一つの絶対なものなのです、
欲望と満足との差異は我々に此の問題の解決を教へて呉れる気がします、君の寂寥が何かを生むことを期待します、我々の是迄の苦しみはこんなとき生きて来ねばならないのです、
僕は今興奮のあとの静けさに休息して居ます、疲れて居るのですね、その状態に甘へて居る傾向もあります、君は近頃はどうです、矢張り休暇の懶怠に襲はれて居ませんか、
休みは不快ですね、しかし其は僕の状態の説明になっては居ません、僕は休の方がいゝんです、もっと専念して居たいと思って居ます、近頃よく余り自分がせっかち過ぎると思ふことがあります、五年十年を待たなければと云ふ気がします、しかし矢張り休息してるからこんなことを考へるのですね、又直ぐあはて出しますよ、僕には火がついてるのですからね、
そしてどうせ燃えつきる様に生れてるのですから　君達も今に水上君も死んだってねと云ふことがあるでせう、そのうちにしっかり自分きりの問題を凡て片づけておかなければなりません　泣き言を云いたくない
芸術でありません安心問題です、
僕は二三日中に金沢へ出て二三日の後直く上京しようと思ひます、ある問題のためです
そう十二三日滞在して又九月の十日頃又上京します、そのとき君にも一度逢って最後の愉快な快談をしたいと思ひます、一年の金沢の生活自分には其は悦びと闘を意味します、
語学を考へるとしっかり骨を抜かれた様に勢がなくなります、神よ助け給へ、
君のその後の様子も聞きたい、しっかり元気がなくなってね、毎日村へ出て滋養分をとって居ます、今に又

元気を出します　君もね、駄目ですよ、馬鹿でね、だがこう云ひたくなります　くせですね　全く人生の解決はもう十年かゝると思ひますが生きそうもありません

手紙は金沢長町永井方に下さい、もう帰沢しますから久し振りで町を手をふつて歩きたい

しかし独りだ　この感じが自分の悦びを寂しみに消し去ります、其では、

92――大正5年9月18日　はがき／東京市本郷区駒込神明町十六番地　村田様方　多田不二様／金沢にて　水上茂

度々御葉書有難う、いま夕飯を終へました、うすぐらいなかに雨が降ります、北国の空です、今日学校でハガキいたゞきました、学校へはひどくいやでもなく出て居ます、

近頃君も心がゆるんでるんではありませんか、ぼくも三四日前からボンヤリして妙にかんしやくもちになって居ます、ちかころ創作ができますか　だん〳〵心細くなるばかりです

つくるとなほさら悲観します、これでも一生をこの道へ捧げるかと思ふと心細いときはなんにもみなまっくらに見えます、まったく一寸も油断できないのですから苦しい生涯です、でもぼくは自分を憂鬱にし嵐を吹き出さすることは知ってますがいま恐ろしすぎるのです、学校があるとみんな控目になります、其に体とあたまがとても堪えないのでついふるえてしまいます、これでも大学へ行って卒業が眼の前へ迫るときっと不安だらうと思ひます、こうして落ちついてそっとしてるのが幸福に思はれます、

こんな意志地のないときはなにからなにまで不安です、自分で自分の主となることの出来ないときの不安は全く絶望的な生きてることが呪ひのやうにさへ思はれます

それてもほんとに力がよみがえって来るときはこんなバカな不安はみんな消えて仕舞うのですね　つい前日

には随分はりつめた気持が二三日つゞきました
ぼくには生きてるのがこんなたまに姿を見せる充実した一日に相逢するためのやうなものです　しかし一生のうちそれが廿日もあるだらうか、こんな短い日のためのながい苦悩と努力です、そしてこのあふれた魂になにも生れなかったとしたら、
それこそ悲惨な一生です、ぼくは自分の表現の道に迷いぬいて居ます、
ぼくは矢張り具体的な生みの子を残したいのです、しかしいつも自分の力の足りないのに苦しめられるだけです、しかしぼくは充実しかゝると同時に人間の心にひそんだ隠れた力の無限なほど偉いのに感謝し怖れます、一生かゝってどれだけもつ可能力を現せるか、自分には表現の才はかけ、一生貴い嬰児を世に出すことができずとも自分の狂える性格の焔こそはあまり多く類のない気がします、たゞこの実在の発生せる生命の焔にもえた性格だけでぼくは真人を求めようとして居ます
かゝる力にあふれた人こそかの世界征服による万衆の降誕の光栄に双手を挙げて天地に力溢る貴い声が出せるのです、まことに予言者のみの力よ、あらゆるものの荘厳なる力よ、この神厳なる力によりてのみあらゆる偽者的才物や天才を否定し得ると思ひます、これがぼくの確信です、

93――大正5年9月30日　はがき／東京市本郷区駒込神明町十六番地　村田様方　多田不二様／金沢市長町三番一――十九
永井三郎方　水上茂　廿九日夜

今夜高木のところへあそびに行きました
そして石川ヤから出て来て斉藤さんに逢いました　金沢へ来て初めてです、
それでなほひとり帰り〳〵君のことに連想が浮んで直ぐ書かうと思ひました

何度も便りをいたゞいてすまなく思ひます、有体に申しますといまの境遇にありがちな一種のひっこみ思案がつい筆をとる鋒先をにぶらします、

ぼくには金沢に居ても君達の連想なくして居られない気持がするほどふるい君達を背景としたむかしの感情が支配して居ます、

九月の八日に矢部が来ました　別れたのちは今更ほんとの淋しい気持がして涙が出ました

いまは少しらくな気持になって居ます、そして可成り落付いて本を見て居ます

ぼくには矢張り今度のことが幸福であったやうな気がして居ます、それは今度のいろ〳〵の苦しみがなかったぼくの大学生活の軽薄さが想像するも恥かしいからです、

だん〳〵不幸を味はされて真面目になります　君にもほんとの君自身の内部の戦に寂しがっていつも誠実な気持が永続することを祈ります、ぼくに東京と云ふ都会の空気が恐ろしい気がします　この二三日中に夏目*さんのものを四冊見ました　感心しました　昔と違った眼でゆるやかな気持をもうけいれる余祐(ママ)を持つことが出来ました、君も創作をして居ますか、

ぼくは近頃室生*さんのものに非常に親しみを持って居ます　可成りいゝ素質があると思ひます　いゝフィルドを創れる人だと思って居ます、しかし未だつくる気があるんでむらが多いのを惜しく思ひます　自重して欲しく心から思って居ます、あの人は凡ての日本の詩人のうちで貴いのです。各々皆自分の領土をつくりたく思ひます、このあいた露風*氏の三冊の詩集を研究してびっくりしました　これ迄わからないからどこかにいゝところがあるんだらうと思って居ました

そしてあきれました　馬鹿な　ベラボウなものです　よくあんな世界に居て不自由な縛(つな)に首がしめられなかったものです　しかしぼくはしっかり自分に信用をなくして居ます　それに僕の肉体は可成り強大な内在力

を容れるに弱すぎるやうです、
君の近況はもっとくわしい、
ぼくはそのうち、いまはこれだけ
そのうち金沢の珍らしいことをたんと知らしてあげます、
室生氏　石川君に宜しく

＊夏目さん　夏目漱石。慶応三年〜大正五年（一八六七〜一九一六）。江戸牛込馬場下（現、東京都新宿区）に生まれる。小説家、英文学者。東京帝国大学文科大学英文科卒。森鷗外と並ぶ近代文学界における巨匠。代表作「吾輩は猫である」「こころ」「明暗」など。
＊室生さん　室生犀星。
＊露風氏　三木露風。

94——大正5年10月6日　はがき／本郷区駒込神明町十六番地　村田様方　多田不二様／金沢市長町三番一——十九——一　永井三郎方　水上茂

いま朝飯をたべて一時ほど本を見ました、演習へ行かぬので昨日から御体（ママ）み、少し面倒なものを見てるので頭が錯雑して居ます、いま少しするとこの本に没頭できそうです、昨日から珍らしくい丶御天気でほんとに秋らしい気がします、初めて昨日犀川の鉄橋へ行って見ました、学校以外（それも教室での語学）はそういけない気持で日を送っては居ません、君から葉書をいたゞいたり詩をいたゞいたりして有難う、非常に嘻（ママ）しく見ました、
ぼくには矢張りよくわからないと云ふた方がよいのです、そしてそのわからないと云ふことが余り恥でもな

い気がします、そう感想を述べることが一番簡単で全体の説明もつきそうです、室生さんに感心したのは二三の感想文でした。詩には……

ぼくはひどく自分の意識が詩とか創作とかと云ふことにまじってるのをけちくさい気持がしてそれが自分の弱少(ママ)な証拠でもあるやうに苦しく思はされて居ます、

自分には時間とは世界と自己の征服的争闘でありつねに必死の苦闘であるべきところへそんなけちな興味的な感じのあるのを恥ぢます、この言葉は多くの反対を持つべき問題が含まれて居ます、しかし委しい説明によってその妥当性を説明しなくとも僕の気持はわかってくれるでせう、とにかくぼくは毎日自分の無力　自分の浅薄　自分の高慢　自分の安心、それらの凡てに憎悪と恥辱を感じて居ます、

自分のあたまの認識的思索の力のないことなどはひどくぼくを絶望さします、

たゞぼくの行く道は充溢による世界大の一念にみたされて立ち上るその充実の増大による道です、　創作家としての自分にはひどく失望して居ます、

とにかくぼくには失望し〳〵（それも徹底的絶望に行って居ない呑気たから駄目だ）たよりない歩みを歩いて居ます、とき〴〵他人と比較して自分が真実な実感を持ち自分が生長して居ることを認識するきりで他人

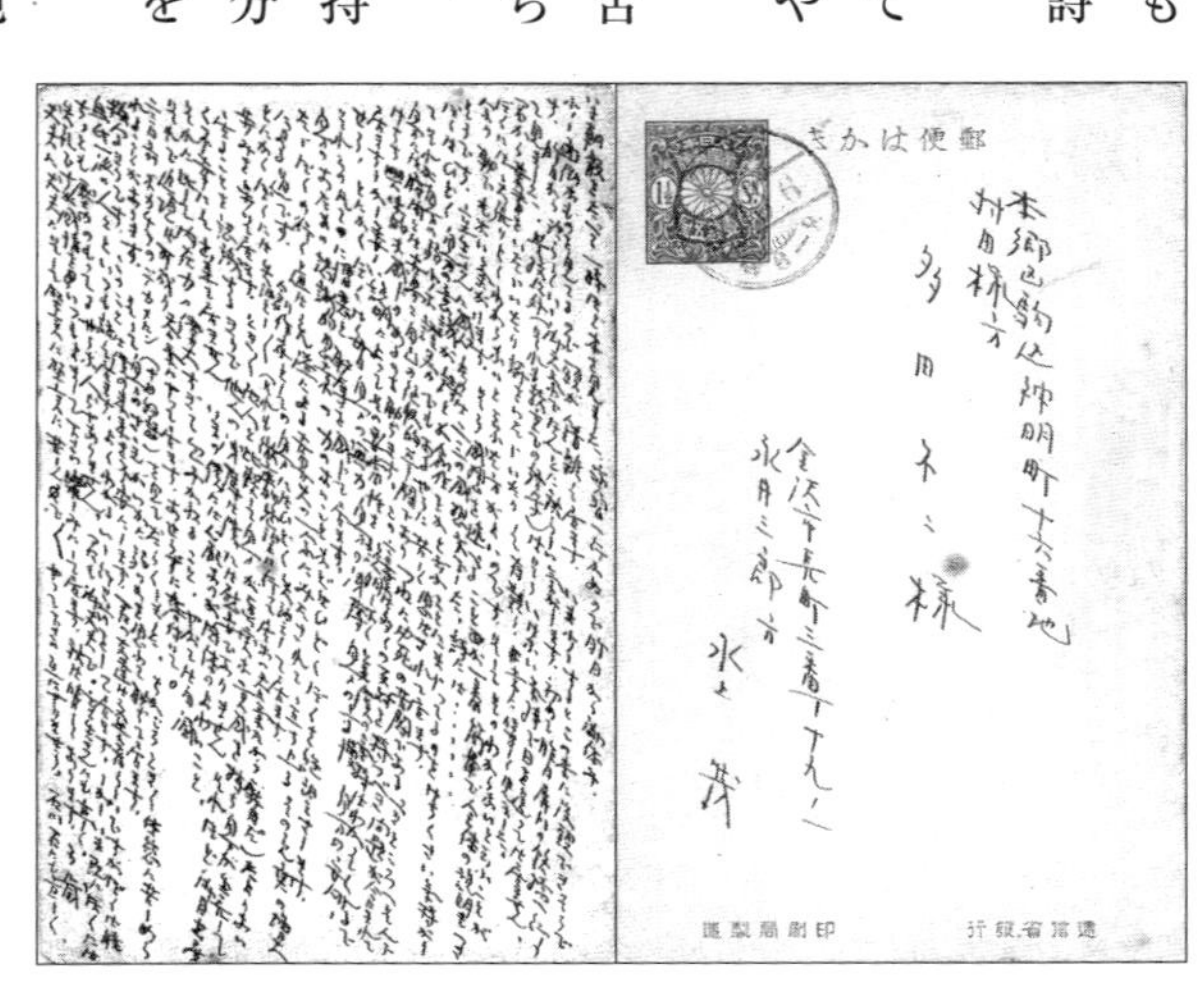

の浅薄は僕には慰安でありません　それほど御目出度く不幸にして出来て居ません　いまの僕には心配なのが肉体のよわいこと、
それに比して内在力の偉大すぎて包みかねること、やがては自滅
それで近頃は可成り呑気にやって居ます、あせらずに落付いて。
二三日前ボカチヲ*のデカメロン（十日物語）を見てだらくしました、ちかごろときぐ〜体欲に苦しめられることがあります、そして自分のさ、えがいかに弱いかを思ふて恥ぢて居ます、
堪へるきりです、このことは僕の未来を不安にします、君の友達は文学者らしいですがぼくは暁烏氏*一派の人々といつも話して居ます、よくわかるい、行き方をして居ます、しかしいま既にぼくにはちっとも圧力をもってるやうな人ぢやありません、君も御丈夫で。室生さんにも宜しく、
失礼ですが感情をいつもよまして下さい　楽しみにして居ます、秋は嘻(ママ)しくなります、万歳
丈夫に丈夫にそして堅実に堅実に苦しんでく〜やって下さい　互にやりませう。石川君にも宜しく、

*ボカチヲのデカメロン　ボッカチオ（Giovanni Boccaccio　1313~1375）は、近代小説の先駆者とされるイタリアの文学者。「デカメロン」は、三人の紳士と七人の貴婦人が、一人一日一話ずつ、十日間にわたって物語る形式の、風刺、ユーモア、エロティシズムを交えた小説。
*暁烏氏　暁烏敏(あけがらすはや)。明治一〇年~昭和二九年（一八七七~一九五四）。石川県生まれ。歌人、評論家。明達寺住職。歌集『地球を巡りて』、感想集『生くる日』など。

95——大正6年5月22日　はがき　毛筆／東京本郷区湯島天神町一ノ二十九　梅屋旅館　多田不二様／金沢市石浦町六二
正木旅館　水上茂　五月二十一日夜

友達が学校へハガキ持って来て呉れました。僕が移ったからです。四枚もつゞいてるので何か面白いことがかいてあるだらうと丁度浦井さんの筆記中であったのでよみ出すひまがないので腹が立ちました。昼飯に帰る途中道々読みました。

不意に離れてる世界が現れて来た様にいろ〳〵考へさせられました。(岡田のことは心配しなくてよいと思ひます) 自分には君の生涯をとりまいてる周囲のことは想像して見ても一寸困難を感じます。ですから君の精神をうかがうこともしっかりした背景なし丈に弱くひゞいて来ます。でも独立して君の心は自分の心に直接触れて来ます。そこから記憶に残ってる君の感じが僕の胸のうちにひろがって行きます。今年ほど僕には短かい年はない気がします、君達にはどうでせうか。でも君達を考へるとその記憶の間に非常に距れた時間がいりこんで来るのを感じます。僕は皆と別れて独りで寂しい気持を忍ふのに随分苦しい気持もしました。いろ〳〵な痛手が僕の胸に食ひこんで行きました。

そして時が私に孤独に慣れることを強いました。苦しいなかにしかし私はそれを悔みませんでした。私は昔に帰って本を読んだり考へたりしました。十二月に詩が一つ出来上りました、一月には上京しました。それから私には自分に自信を回復せずにつゞいて来て居ます、恐らくだんだん自分は自信がなくなって行く気がします、寂しいことです。そこから私に新しい自然に対して素直な謙遜な心が生れて来ました。私には昔の高慢を毎日思ひ出しては泣きたいやうな恥かしい気がします。それも自分のほんとの深い自己を力にあまったために感じることが出来なかったからだと思ひます。君達にも一度あやまりたいと思ってました　そして私は互に個性を深いものによって生かして行く各々の道に於いて尊敬し合い又優しく手を新に握り返したいと思って居ました。

何年たっても私から自信が生れさうもありません、その自己に対する幻滅は私を苦しくします。初めて私は強くつよく駄目な自分を見てます、こゝから生れるものがあったら駄目なまゝで生きてることのほんとの意味を知り感謝出来ることだらうと思ひます、

96――大正6年7月3日　はがき／茨城県結城町　多田不二様／安宅海岸　米谷氏宅にて　茂

昨日朝矢部達がこゝへついて電話をかけてくれたのでやって来ました、去年君達と一日の日を送った米谷の家の二階に居ります、さっき泳ぎに行って独りであのきれいな石を拾（ひろ）ってると卒然として去年の記憶が蘇って来ました、それはなんとも云へない憂鬱なものでした。
あの時の悩しさを思ひ出すと今更に自分は今の幸福を思はずには居れませんでした。そのとき自分の胸には去年の悩しい記憶とこれからの東京の生活のぼんやりした予想とがごっちやになって入って来ました、そしてそのなかに君の姿が生々して生きて来ました、僕は思はず二三歩離れたわきに居た辰平に不ちやんのところへ書かうねと静かに囁きました。一年間をまたいだ向ふにある去年の近頃の想ひ出を考へると今更に君達と別れたあとの一年間の生活が考へ出されます、君にも恐らくそうだらうと思ひます、僕は二三日中に金沢へ帰って十日頃出発しようと思って居ます、
僕の胸から離れがたいほど愛着と思ひ出がひそんでる金沢を去らうと云ふ考が近頃の自分をいつもいろ〳〵な記憶のうちにのみ住まして居ます、顧みると物足りない自分が悩しい感情を引き起すのみです　でも自分にはこの五年間の一つ一つがなくてならなかったことのやうな気がします。特に記憶があざやかな丈に去年の事件がなかった今の自分を考へることが出来ません、そのことは又いつか話す日もあると思ひます、今の自分は昔の様に簡単になれずに居ます、それ丈烈しく燃え上る日も持たづに居ます、どんなときも胸に未だ

満たぬ気持があります、自分は新しい転向の予感を要望して居ます、さうあることを自分は望んで居ます、い、休を送って貰いたいと思ひます、〔東〕京大の人が自分の外に五人居ます

97――大正6年7月3日　絵はがき　毛筆／茨城県結城町　多田不二様／安宅町　水上　矢部　米谷

一行六人で此所へ来た昨年の様に天気が良くなくて困って居る　今日浜に行って水上氏と昨年を偲んで一寸御見舞申しました

かって矢部にかいたよせがきを君にかくやうになったことを思ふと今更に時の流れに胸が打たれる。

・この悲しみを消すためにたゞ自分は永遠なものに生きたいと思ふ。

■・を付した「この悲しみを」から「思ふ」までが水上の文か。

■文は、表面下部に書かれたもの。裏面は、加賀安宅全景写真。

98――大正7年7月5日　はがき／東京市外田端一一八　加村様方　多田不二様／小樽区富岡町一丁目三十一　竜田方　水上茂　七月五日

故郷へ帰ってもう三四月たとうとして居ます。

生活が簡単で整理されてるので気持がよいやうです、

かうして自分に帰って来たやうな生活には落付きがあってそして精神の内に入って来る問題も無駄が少ないのが嬉しいです。

不ちゃんはいつ帰郷しますか。

休中勉強しませう。心の内にほんとの悩みを少なくして行ったやうなこの頃の生活から転開(ママ)したいと思って居ます。

小樽は賑かであかるい街です、
幼ない時の気憶(ママ)があるせいか親しみがあります。

本を読みたいと思ってます、それが楽しみです。

家庭の暖かいなかに入ってのんびりした気持になって居ます。

子供と遊んで居ます、自然な生活に密接してるのが嬉しいです、それも東京の自然と異ってこゝにはほんとの自然がありますからね。

いろ〳〵考へてることがあります。

そのうち述べませう。とにかく生活を正しくしたいものです。

便りを下さい　御壮健を祈ります。

室生様にも宜しく。

99――大正7年7月12日　絵はがき／茨城県結城町　多田不二様／札幌にて　水上茂

昨日久し振りで札幌へ来ました、
僕達の記憶に生きて居た原始的な旧い札幌がどこかへ行ってしまいましたけれども郊外へ出るとさすがに美しいものがそのまゝになって居ます。
休になってから本を見て居ます、そのために表皮を破って純粋に自分の心に帰ったやうな心持になって居ま

す、
思慕は再び明確な形をとって現はれる日がありさうで元気が出ます、涼しい日がつゞきます、
先日は「感情」どうも有難う。
七月十三日(ママ)

■文は、表面下部に書かれたもの。裏面は、札幌郊外ポプラー並木の写真。

100――大正7年9月2日　はがき／茨城県結城町　多田不二様／小樽　水上茂　九月二日

いよいよ逢へる日が近くなりましたね、
久し振りで逢へるのが一番嬉しいです、
心持から云ふとでも未だたつ日が近づいてるやうな気持もせずに居ります、
或る意味で未だこゝが飽きないからでせう。
八日位にたって途中寄り道して十三四日に着京したい考です、
近頃は体も少しできたやうな気持がして居ます、
先日矢部さんからたよりがありましたが矢部さんは可成り成績がよかったらしいです、喜んで居ます、けれども辰平は又駄目であったらしいです、気の毒ですね、(横山駒原等も駄目)
北海道はもう秋です、どこにも寂しさがあります、
八月に入ってから大に遊びました　頭がうつになって居ります、けれども読書は少しづつして居ります、
不ちゃんはいつ頃帰りますか。

僕も帰京次第御尋ねしたい考で居ります、
矢張り東京へ帰ると思ふと嬉しいですね、新学期の心持がよいですからね、休中の便りを是でひきあげます、
さよなら

二月十六日

101――大正8年2月16日　はがき／田端五一三　多田不二様／しげる

いつでしたか君に葉書を貰った日の直ぐあとに君もgeldのことなどで弱って居るだらうと思ひましたし一寸訪ねたのですが留守でした。土曜日にはと思って居ましたが近頃忙しいため徹夜をしたりして寒冒(ママ)にかかってしまって外出も出来ずに居ます、
今度のことが君の心に深くだん〳〵食ひ入ってることを君のハガキで知りました。
それに対して君の全体を以って処して居ると云ふことは嬉しいことです。それだけで君は一番い丶道を見出せると思ひます、
僕達第三者は、それを聞く丈で一番愉快なことです、
思を潜めて心の隅々にまで君の意志を働かせらるることを祈ります、
そのうち是非御訪ねしたいと思って居ります、忙しいんで大変困って居ます　熱があるんで無理も出来ず気をあせらして居ます、近頃は学校へも行かず誰にも逢はずに居ます、　たまにスルメのやうにひらったいT*AKEUCHI氏が来る丈です。
さよなら

二月十六日

＊TAKEUCHI氏　大間々の酌婦「六郎」の陰にいて、不二を強請っていた男か。書簡33の「＊六郎氏」参照。

102——大正8年3月（推定）□日　郵便書簡／茨城県結城町　多田不二様／田端にて　しげる

毎日のやうに今日も来るんぢやないかしら〳〵と思って居りました。

ハガキも沢山来て居りましたけれどさう思って回送しませんでした。

僕はその後どうして暮したか自分でもわからずに居りますけれど心のなかではいろ〳〵苦んで居りました。

今日は学校へ行くのがつまらないので家に居りましたけれど寂しくなって今まで寝ました、
今一人で飯を食ってるとだん〳〵世界の隅に押しやられて寂しく生えてる草のやうな運命が考へられたりしました。

僕はさう云ふ気持がすればするほど霊が働きかけて来るのを感じます。

人懐こくなったり寂しくなったりしてうろつき回りますけれどその弱さも僕の全体が生き出さないからだと思ひます。

僕の内の火が燃え出したらそんなものは焼きつくして了ふんだと思ひます。

僕は自分の働く空隙を見出す時があると思ひます。さう云ふ気持が僕のいろ〳〵の運命を考へて一層深く考へさほ（ママ）されます。

◇

一昨日でした竹内*が来て三四日中に結城へ行くと云って来ました。（二度来ました）だから不ちやんも二三日中に上京するだらうからとなだめて置きました、けれどいつ行くかわからないやうな形勢でしたから不ちやんも姉さんに逢はれては具合のわるいこともあるでせうしとにかく上京して見て交渉してはどうでせうか。いつ行くかわかりませんし早い方がよいと思ひます、
それから序ですから申しますか麹町の菊岡とか云ふところからもハガキが来て居りました
だん〳〵泥沼へ入りこむやうなものですけれどかう云ふ場合仕方がありませんから若し具合がわるければこちらの方で又何んとか工面したらどうです。学士号を餌にしたら少し望があらうと思ひますから窮策として申上ます。いろ〳〵不愉快なこともあるだらうと思ってこちらでひとり考へて居ます。

つまらないことに気をいためるのが残念ですね。

とにかく竹内が行っては面倒になるでせうから東京の様子観望にだけでも来ては如何です。

僕のところに泊ったらいゝでせう。

室生さんは大変な元気です。

傑くなったものです。さう云ひたくもなります。

事業が人間のカチにはならないです　さう云ひたくもなります。

もっと〳〵寂しさにうちひしがれてるやうな人の魂が胸を打って来ます。

成可出ていらしやい　又相談しませう。


しげる。

＊竹内　書簡101の「＊TAKEUCHI氏」に同じ。

103――大正8年4月2日　はがき／東京市田端五一三　多田不二様／茅ヶ崎南湖下町　渡辺別荘内　水上茂

三十日に茅ヶ崎へやって来ました。
松の多い穏やかな田舎です、しっかり気に入って了ひました。
暖いのと可愛い自然のために体までが健かに感ぜられます、
朝起きると直ぐ浜へ出て魚をとる網の引くの見ます、丁度僕の居るところは砂浜つゞきで海へ出れます、白亜の南湖院*もぢきです、
独歩*が野も単調海も単調と嘆じたところですけれどなか〳〵健康な者にとってはよい所でした。この平和な田舎に入ると同時に病人の隠れ所としての予想がしっかり消え去って了ひます、
五日にボールの試合がありますので是非帰らなければなりませんけれどこゝの平和な気持にしっかり引きつけられて居ます、なんならもっとこゝで勉強したいものです、よく本が読めます、思索も力強く育って呉れます、
あのことがどうなりましたか、僕は来る日君の所へよったのでしたけれど逢えなかったのです、帰ったら直ぐ訪ねます、
時々東京と云ふことも考へますけれどこゝには相当に生活が楽しめます、それにこゝには都会人が可成り居ますからそう考へるだけでもいろ〳〵の幻想が湧いて寂しい気持がしません、それだけ妙にロマンチックな憧れが延びて来ます、東京と違ってこゝにはほんとの春閑(ママ)さがあります　少し勉強の癖をつけて行きたいと思って居ます、
故郷へ帰りましたか。

これから昼飯です、そのあとには南湖院へでも行かうと思って居ます、友達が本を沢山持ってるので幸福な気持で居ます、さよなら、

*南湖院　明治二九年、高田畊安（こうあん）によって開院され、当時「東洋一」と称されたサナトリウム。昭和二〇年五月、海軍に接収され閉院。国木田独歩が肺結核でここに入院し、明治四一年六月二三日病没した。

*独歩が……嘆じたところ　国木田独歩（明治四年〜明治四一年）は、千葉県生まれの詩人、小説家。小説「源叔父」「武蔵野」「運命論者」などの他、『独歩詩集』がある。独歩は『渚』（明治四一年、彩雲閣）の中で、「近郊には林を見受ない、たゞ見渡す限り平板な畑が際限なく連なつて居るばかり。斯くて海も単調、陸も単調、これが此地の特色とでも言はうか」と書いている。

104――大正8年6月27日　はがき／東京市田端五一三　多田不二様／小樽区富岡町一丁目三一番地　龍田方　水上茂　二十七日朝

漸く今朝起きたら気持が鮮（あたら）しくなりました、昨夜十一時に着いたのです、途中東京が懐しくなって困りました、空が曇り出して寂しいことでした。青森では曇雨になって海が怖くなって泊って了ひました、夜更けて居てYさんをお訪ね出来ませんでした。あの辺は未だ冬のやうです、朝になっても冷めたい雨が降って居ました、一日滞在しようかとも思ひましたけれど陰鬱な街の模様がさうさせませんでした旅へ出るとどれだけ僕達の心に東京を慕ふ心が深くなってるかわかります。ましてや青森のやうな寂しい街に居ることは苦しいことだらうと今更に考へました。たいへん途中が寒いんでふるへながら運ばれて来ました。北海道へ入って一息つきましたけれど雑草のやうな樹木の茂り方を見ると心も荒涼となって来ます、

今も東京のことを考へて居ます　こゝで静かな日を送れることがしかし懐しい気持もします、折角なんとかして君も体を動かして見給へ　一つ所に居るよりその方がよくはありませんか。かうしてるといろいろ君のことなんかが心配になって来ます。

室生さんにも宜しく。

105――大正8年7月2日　はがき／東京市田端五一三　多田不二様

漸く少し慣れて来ました。

これから札幌へ遊びに行きます、三日ほど泊って来ます、慣れて来たものの未だ寂しさがとれずに居ります、不ちゃんも近頃はどんな日を送って居ます、何か用でもありますか、暑いのに退屈なのは一寸閉口ですね。こちらは矢張り寒いですね。

来るとき君に頼むのを忘れましたが来る日に八百屋へ預けて来たものの一つは安島君の書いたものですから返して下さい、もう一品は高木から預って置くやう頼まれて居た品ですから不ちゃんの手元に預けて置いて下さい、それから学校前のさかなやの家の名御知らせ下さい。少し気になって居りますから。そのうち落付いて手紙がかけると思ひます、

安島君にも宜しく。

水谷辰巳書簡

（みずたに　たつみ）明治二六年～不詳（一八九三～）。静岡県生まれ。多田不二の、旧制第四高等学校（現、金沢大学）時代の学友。真岡中学校卒業後、第四高等学校に入学し「大学予科第一部第一乙類」のクラスで不二と同級生となる。真岡中学校で、不二と同窓。

106――大正6年1月16日　はがき／東京市本郷区湯島天神町一ノ二九　梅屋旅館内　多田不二様／洛北にて　辰巳　十六日

憲ちゃん相変らずオクさんと云れてるだろーね。

休みも過きて仕舞った、今日からノートをブラサケル様な始末だ。

金沢時代の様な○○点の宣告も無しで安心。と云ふても大方ノートもたまった、東都のライフは定めし面白い事でせふ、旧い金沢の友人も大分遊学致して、居る相たね、それに兄か又湯島当りに下宿と来ては定めて三年以前の受験時代の事か忍はれるでせふ、僕にも兄か本郷通りを行く姿が目に見ゆる様だ、何時か兄か在京中（在学中）に一度御尋ねして見たい、旧い中学時代の友人と語って見たい、
旧都に来てからの僕の生活は、四高時代分も一増（ママ）平凡だ、紅葉の頃には嵐山や清水当りをブラ付いたか今は寒いのでスッカリ参って仕舞た、それに当地には親しい友か只照井君*ばかりだもの。同君と時々バー攻撃に行く位さ、寺田君か去年コヽに居った相だから当地の事は詳しく聞いたろー、（金はないかね）何れ僕も当地の事を詳しく知らせ様。冬の旧都は、京極の裏通り四条、や祇園当りをブラ〳〵するだけだ、加茂の流れも冷た相だ、長田ハンと云ふた赤い襟（エリ）の人も見えない。

志築君に宜しく、鯉渕、中里、其他の諸君にも宜しく、

＊照井君　不二より一級上の照井剛毅。大正四年、京都帝国大学の法科に入学した。

〈余録〉不二は、随筆「魚眠洞先生」（『日本詩人』大正一四年一月）において、「ある晩、ひようきん者でとほつてた法科

志望の照井といふ私の連れの男が、偶々ひよつこりと北国バーへ入つて来た例の長髪の人を見掛けると『やあ室生君』と頓狂な声で喚びかけた。これがきつかけで親しくなつた室生犀星氏と私とは、毎晩のやうに二三十銭づつの金を工面しては北国バーへ出かけて行つた」と記している。

107――大正6年5月4日　はがき／東京市本郷区湯島天神町一ノ二九　梅屋旅館ニテ　多田不二様／京都市祇園町　東山病院分院内　水谷

御葉書有りかとう

生をむさぼる活社会の落伍者の一人と僕はなってしまった　恐ろしい病魔の手は僕の命を奪はんとした　僕はあの熱の高かった一週間は夢中で過ごした、
生‼命‼僕は只医者の手と運命とに強き「生きる」といふ確信を加へてまあ漸く悪魔の手から逃れ出たのだ。花の四月も僕には呪はれた春となってしまった、一ヶ月も抑(ママ)臥したまゝだからたまらない。漸く二日許り前から三才位の小児の様な歩み方が出来る様になった、僕は生に対してはウンと執着する、二十五才と云ふのは何でも男の変な年た相だ、
病院の陰気な一室に朝日のさすのを見てはまた暮るゝ事を思ひ日の過きて全快する事をのみ祈って居る、兄も充分御自愛専一に御勉学を祈ります、

生の努力の渦中より　辰巳

108――大正6年5月12日　はがき／東京市本郷区湯島天神町一ノ二九　梅屋旅館　多田不二様／京都市東山通　辰巳

先日は見事なる雑志(ママ)御贈恵に預り有りかとう、徒然なるまゝの慰みには何よりもの楽しみでした、それに漸

く目で兄の文章をも見、また室*さんや兄かよく話した萩*原等申す方の名を見たゞけでも何となく昔の金沢の事か思はれてなづかしかった、昨日照井君か来てあの雑志(ママ)を持って行った、七*月号に兄の訳詩を出す相だね、是非拝見致したい、実は此間の雑志(ママ)にも兄の詩があったらばとおしく思はれた、こんなに御礼のおくれたのは、一寸此間熱が出て何もする事か出来なかったからだ　御用捨を‼僕も随分弱くなった、今月中には退院出来ると思ふがどーなるか

＊室さん　室生犀星。

＊萩原等申す方　萩原朔太郎。

＊七月号に兄の訳詩を出す相だね　大正六年七月発行の『感情』は、不二の「ルヒヤルト・デエメル詩集」を収めている。書簡8の「＊兄のやってくれたデエメル」参照。

室生犀星書簡

(むろう　さいせい)明治二二年～昭和三七年(一八八九～一九六二)。詩人、小説家。石川県生まれ。長町高等小学校中退。不二の初期の活動は、詩誌『卓上噴水』『感情』を主舞台としたが、犀星はこの二誌の中核的存在であった。不二は、『感情』時代を振り返って「室生氏は私の唯一の師兄である」「私は朝から晩まで室生氏の腰巾着であった」(「文学修業」)と記しているが、二人の親密な関係は終生変わらなかった。不二の第一詩集『悩める森林』に、犀星は、「序に代へて」を寄せている。

109――大正6年1月9日　はがき/茨城県結城町　多田不二兄/田端一六三　室生犀星

けふ、落手しました。ありがとう。ありがとう。

山村君が泊つてゐる。[*] こまつた。いづれくわしくかく。今同君の眼をぬすんで。当分ゐるそうです。

＊山村君が泊つてゐる。こまつた。　暮鳥は、前年（大正五年）の一二月二九日から五日間余り、犀星の下宿に滞在した。

〈余録〉　犀星は評伝集『わが愛する詩人の伝記』の中で、この間の困惑について触れ「暮鳥がこの年の暮れようとしてゐる東京に、何の用事があつたのだらうかといふ疑ひを私は必然に持つた。寝具に客用なぞのない貧乏暮しの私は、近くの貸しふとん屋から一人前の寝具を借り入れ、雑用の金を作るために質屋に衣類を持つて行き、暮鳥の知らない間にそれらの用意を整へてゐた。三十日も暮れ、三十一日になり正月元旦になつても、暮鳥は悠然と帰郷するふうもなかつた」と記し、続けて「その間に『詩歌』の前田夕暮を訪ねて行き、新潮社に翻訳『ドストエフスキヰの書簡』の原稿を持つて行つた。その翻訳の売り込みが大事な上京原因であつたらしい」と書いている。なお、『ドストイエフスキー書簡集』は大正七年九月、新潮社から出版されている。

110――大正6年1月30日　はがき／本郷、湯島天神前通り　梅屋旅館　多田不二様／東京市外田端一六三　感情詩社

昨晩おたづねしたが留守で遺憾でした。本郷の電車交叉点へ、あなたの方から行くまでに、盛春堂といふ本屋があります。そこで、感情を一部かつて送つて下さい。代は、おかへしします。まだ一部も、そこでは、売れてゐないのです。二月号を持つて行くには、ぜひ一部か二部売れてないと都合がわるいんです。お友人で、外に一二人かつて下さる方があれば、二

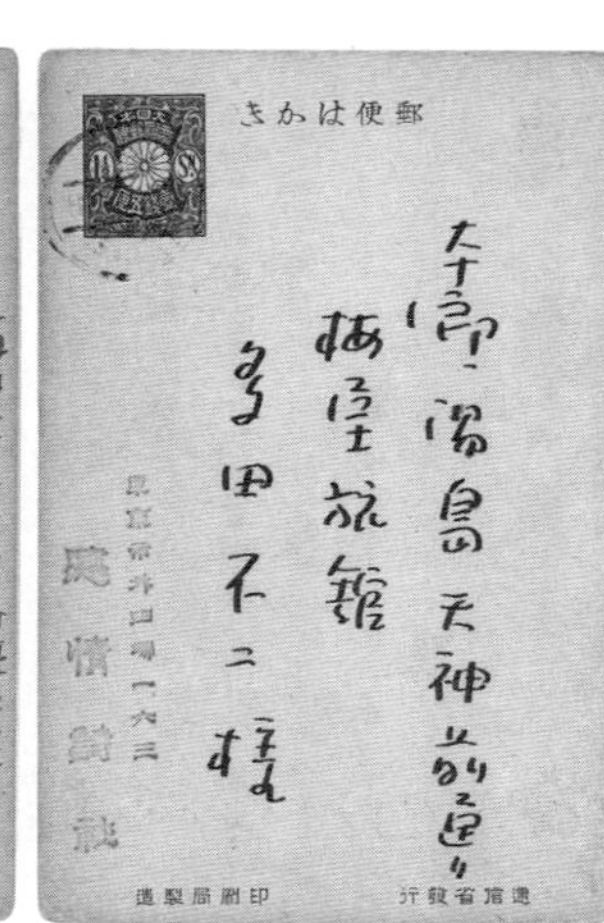
郵便はがき
本郷湯島天神前通り
梅屋旅館
多田不二様
東京市外田端一六三
感情詩社
逓信省発行　印刷局製造

月の犀星詩集号を一部進呈してもいいのです。お托みします。
・[*]二月は室生犀星詩集といたします。

■・を付した「二月は室生犀星詩集といたします。」の一文は、追記として裏面の右余白に記入されている。
■「東京市外田端一六三　感情詩社」は印字。
＊二月は室生犀星詩集といたします　大正六年二月発行の『感情』には「室生犀星詩集」という表題があり、「東京の大街道」他九篇の犀星作品、「見知らぬ犬」他四篇の萩原朔太郎作品が収められている。

111――大正6年2月8日　はがき／本郷　湯島、天神、前通り　梅屋旅館　多田不二兄／東京市外田端一六三　感情詩社

此間は留守をしてすみません。

『デエメル』[*]を訳して送つてください。十四日までに。

この二三日中はたいがい在宅します。雑誌を送らうと思つても、番地が分らなくて、試験的にこのハガキを出します。決して、兄に贈呈しないのではないから、ここは善い心でゐて下さい。

とにかく、一緒に為事をする心になつてほしい。僕にもあなたにも、それが肝心です。

■「東京市外田端一六三　感情詩社」は印字。
＊『デエメル』を訳して送つてください　大正六年三月発行の『感情』に、不二はデーメル訳詩として「休息」他二篇を掲載した。書簡61の「＊『デエメル』のこと……よいでせう」参照。

112――大正6年2月17日　はがき／本郷区湯島天神町　梅屋旅館　多田不二様／東京市外田端一六三　感情詩社

ウエルレエヌに与ふる詩[*]は、まことにいいのがありました。多忙中の御執筆感謝します。編集便[*]に、デエメ

ルのことを、その訳をいそいだ言ひわけを五六行用意して下さい。芦辺生介*で売出して下さい。それから感情二十部の発行費を、兄の出資者と御相談下さるまいか。お話したとほり、肉体的にも物質的にも活動してほしいのです。萩*の資金の半減を実行しつつあるのですから。山村*三、竹村*四、のホ助は今日要求しました。

■「東京市外田端一六三　感情詩社」は印字。

＊ウエルレエヌに与ふる詩　『感情』（大正六年三月号）に、詩の題名に「エルレーヌに寄す」と語句を添えて載せた「休息」「沈黙」二篇の訳詩を指す。「ウエルレエヌ」は、フランスの象徴派の代表詩人 Paul Verlaine（1844〜1896）のこと。書簡61の「＊『デエメル』のこと…よいでせう」参照。

＊編集便に、デエメルのことを……五六行用意して下さい　大正六年六月号『感情』の「感想」欄に「三月号の訳詩に於てなした私の子供らしい間違ひをわざわざ注意してくだすつた矢野氏の好意を深く感謝する」と記すまで、『感情』に「デーメルのこと」、「訳をいそいだ言ひわけ」を記した文章はない。書簡61の「＊『デエメル』のこと…よいでせう」参照。

＊芦辺生介　旧制第四高等学校時代に用いていた筆名。草稿を記したノートの中にその名が記されているが、これを用いた作品の発表は見当たらない。

＊萩　萩原朔太郎。

＊山村　山村暮鳥。

＊竹村　竹村俊郎。

113――大正6年4月7日　はがき／茨城県結城町　多田不二様／東京市外田端一六三　感情詩社　室生犀星

上野の桜は六分通り咲いてゐる。田端にも色色な花が咲いてゐる。ありがたい限だ。その反対にからだの調子がとれない。熱い。目が非常に悪（ワル）い。やはり結婚することを考へる。あひて次第だ。かけない。読める方は大変読める。しつかりして出て来て呉れ。

前橋へは行かない。萩原のとこへ是非寄つて来たらいいでせう。

厳格な真面目を。

■「東京市外田端一六三　感情詩社」は印字。

114――大正6年4月20日　はがき／本郷区湯島天神町　梅屋旅館　多田不二様／東京市外田端一六三　感情詩社　室生犀星　二十日晩

いつかの田甫の新しい方の六畳が空いた。今明中に見においでなさい！

まかないつき十ルーブリ半、電燈も入つてだ。

編集をすつかり終へた。やつとけふ「常槃木（ママ）」[*]が来た。

■「東京市外田端一六三　感情詩社」は印字。
＊「常槃木」　大正三年九月創刊の俳誌。書簡27参照。

115――大正6年（推定）5月7日付　封書（梅屋旅館宛封書と推定される）

明早朝、発つ、あちらでは仕事をするつもりなり。いざ発つことになれば、凡てに責任を感じて苦しい気が

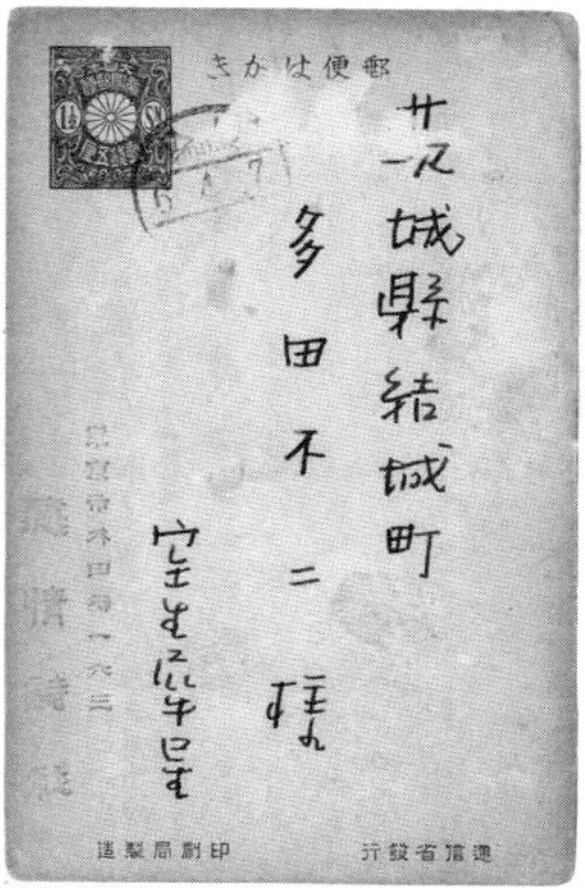

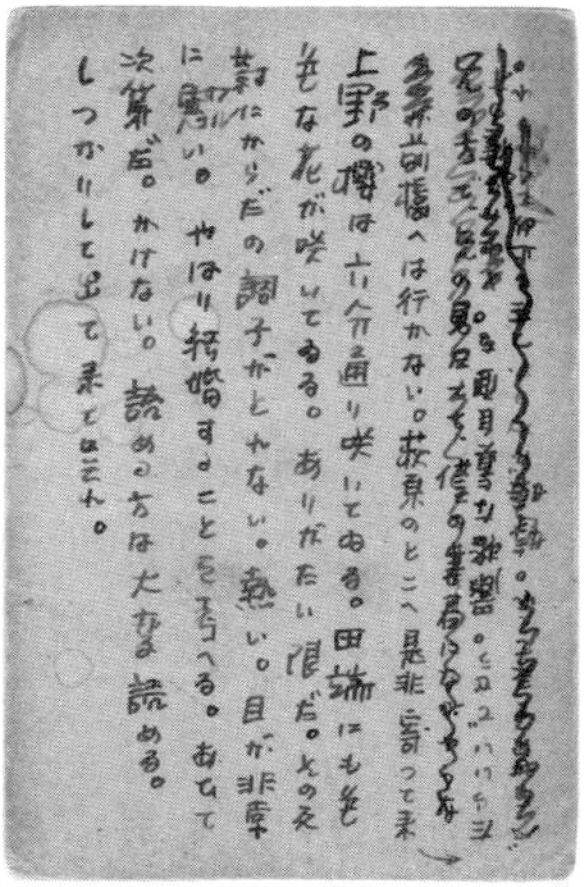

する。

室生犀星

多田不二様　　五月七日后3

■ 封筒なし、便箋一枚。

116——大正6年5月9日　はがき／東京本郷区湯島天神町　梅屋旅館　多田不二兄／梨木*にて　室生犀

多田君、今ついて、凡てがさがさしてゐて、一ト晩堪へがたいほどの不快をかんじた。汚ない襖出された昼飯と薄ぺらな百姓どもの繞舌(ママ)と、僕はまだ山も何も見ない。僕は失敗した。

＊梨木　赤城山の梨木鉱泉。この時、不二は梨木鉱泉を回って前橋に赴き、一一日萩原朔太郎と伊香保温泉千明旅館に谷崎潤一郎を訪問。翌日三人で前橋へ戻った。

117——大正6年5月23日　はがき／本郷区湯しま、天神町　梅屋旅館　多田不二様／東京市外田端一六三　感情詩社　室生犀星　二十三日夕

デエメル*の詩を五行ばかり、ドイツ語のまま、かいてお送りを乞ふ。恩地にかいてもらつて、表紙の肖像の下に入れるため。右は、二拾五六日までに、早ければ、なほよし。書体かたい方の

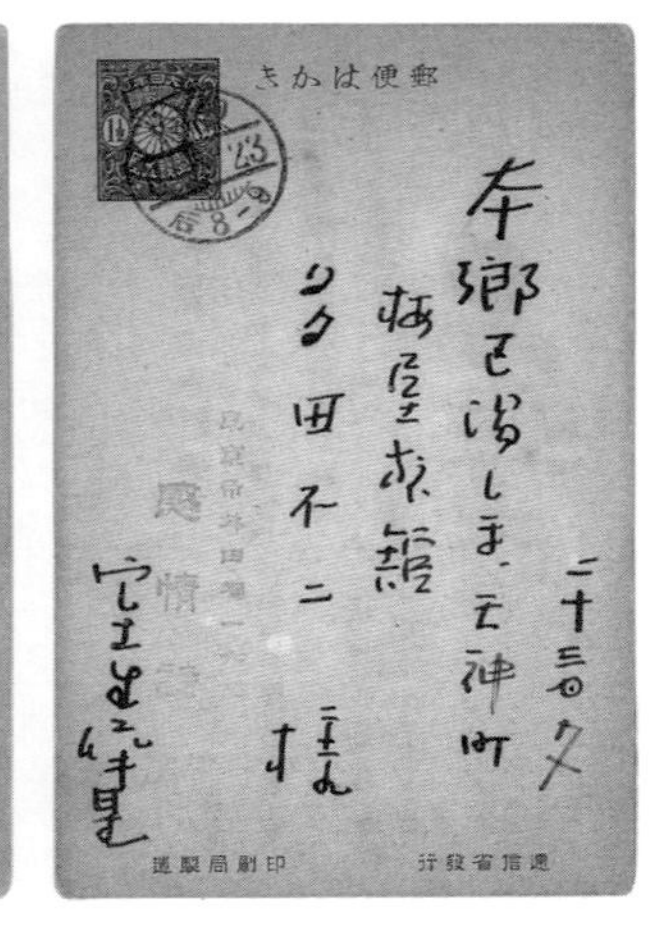

こと。

＊デエメルの詩を……表紙の肖像の下に入れるため　大正六年七月号『感情』の目次に、「デエメル肖像及びゴチック西洋文字（表紙）恩地孝四郎」とあり、それが表紙になっている。

118――大正6年6月初旬（推定）　はがき／本郷区湯島天神町　梅屋旅館　多田不二様／東京市外田端一六三　感情詩社　室生犀星

此間は失礼しました。昨日印刷へわたしした。左記の新聞通知をたのみます。

○感情[*]　長詩五篇（萩原朔太郎）十字街（山村暮鳥）一人の完全[*]（多田不二）憂鬱から（恩地孝四郎）

路上（竹村俊郎）赤城山にて（室生犀星）感想（同人）

万朝[*]、みやこ[*]、世界[*]、やまと[*]、日日[*]、

■「東京市外田端一六三　感情詩社」は印字。

＊感情　大正六年六月発行の『感情』。

＊一人の完全　大正六年六月発行の『感情』に初出の詩。

＊万朝　万朝報。

＊みやこ　都新聞。

＊世界　世界新聞（もと、『二六新報』）。

＊やまと　やまと新聞。

＊日日　東京日日新聞。

119――大正6年6月11日　はがき／下谷区谷中真島町一、朝日館　多田不二様／東京市外田端一六三　感情詩社　十一日夕

あひにく留守をして、済まなく思ひます。左の通信をおたのみします。
「感情*」七月号は一週(ママ)年紀念号として多田不二氏のリヒヤルト・デエメル詩集を発行いたすべく、その他室生犀星萩原朔太郎山村暮鳥の近作をも掲ぐべく、恩地孝氏*これが装幀致すべく、右御消息下されたく候。
・これ以外は十二日の新聞に出した。――東京、京橋みやこ、日日、朝日*、東京毎夕*、中央*、神田区、世界新聞、
・コレデユク――大阪市、大阪毎日*、大阪時事*、同朝日*、京都市、京都日ノ出新聞*、

■・を付した「これ以外は…出した」までは、上部欄外に記載。「これ」は、「東京」から「世界新聞」までを指している。
■・を付した「コレデユク」は、上部欄外に記載。「コレ」は、「大阪市」から「京都日ノ出新聞」までを指している。
*「感情」七月号　書簡8の「*兄のやつてくれたデエメル」参照。
*恩地孝氏　恩地孝四郎。
*朝日　朝日新聞。
*東京毎夕　東京毎夕新聞。
*中央　中央新聞。
*大阪毎日　大阪毎日新聞。
*大阪時事　大阪時事新聞。
*同朝日　大阪朝日新聞。
*京都日ノ出新聞　京都日出新聞。

120――大正6年6月14日　はがき／本郷湯島天神町　梅屋　多田不二様／室生犀星

今夜かへつた。旅は面白かつた。二三日中に編集を初める。

十三日

121――大正6年〔(推定)6月　田端より　多田不二宛〕封書

デエメル号[*]は立派になる
表紙は木炭紙、君は、あれに索引を感じないやうだが、あれが出ると、兄に重さが加わる
自重してくれるやうに
八月は創作、(詩)五篇、六号(二十字詰四枚)送れ。十五日まででいい
萩原は当分、どこへも通信しないさうだ　休みにいちど出かけたらどうか　手みやげを持つて、そして妹を見て来い　そして手紙でおれにしらせ　もらへるものならもらつて上げよう　必らず、あそこの宅の信用を得るに決つてゐる
君は仕合せにも、君の心にある雑念をあまり説明的に容貌に出してゐない人だから
これで止める
女をつくるか、本をよむか、二つの内一つを祈る

犀

不二兄

■この書簡文は、『室生犀星全集』別巻二(昭和四三年、新潮社)所収の書簡「一二二」を転載したものである。

＊デエメル号　不二の「リヒヤルト・デエメル詩集」を収めた、大正六年七月発行の『感情』。書簡8の「＊兄のやつてくれたデェメル」参照。

122――大正6年6月30日　封書／茨城県結城町　多田不二様／東京市外田端一三六　感情詩社　室生犀星

昨日カワセ受取つて安心した。
雑誌は、一日の朝送る　十五冊だつたね　校正は昨日全部やつた　君が発つてから熱病で四日ばかり寝た
おたのみの件承知した　ジーベンその他
あたまを円めたことは遺憾だ　いくらでも生へるものを刈らせる方も愚だ　順柔に円めて　又生やすことを
考へる君は、人が悪い
カラマゾフの全訳（上）をかつた*
戦争と平和の、ピーエルとエレン、ナタシヤとラストフ、女官アンナの夜会を注意してほしい。
一巻かへり次第送る　二冊あて送るか*
木綿は、白くて地のいいのをすぐたのむ
君が居ないと　訪ふ人もなく　かなりに静かだ
君がかへりしなに、よつてもつかなんだのは、どうしたことか、ヨーカンはよかつたか
寄贈ザツシは送る　返送に不及、上京のとき持つて来てくれ

犀

不二兄

■「東京市外田端一六三　感情詩社」は印字。
■原稿用紙一枚に書かれたもの。
＊カラマゾフの全訳　米川正夫訳『カラマーゾフの兄弟』上・中・下（大正六年～七年、新潮社）か。上巻の発行は、大正六年六月二九日。
＊一巻　馬場孤蝶訳『戦争と平和』第一巻～第四巻（大正三年～同四年、国民文庫刊行会）の「一巻」か。

123――大正6年7月1日　はがき／茨城県結城町　多田不二兄／局にて

今、部数をしらべずに発送したら、百部すくなく刷つたのが分つた。あとで送るから、左記新聞社へたのむ、すぐ送つてやつてくれ

世界、やまと、万朝、時事*

*時事　時事新報。

124――大正6年7月7日　封書／茨城県結城町　多田不二様／東京市外田端一六三　室生犀星　七月七日

僕はしばらく病気になつて、すぐ快くなつて、今夜は日比谷の楽隊をききに行かうと思ふほどになつてゐる。べつにかはりはない。どこを見てもすがすがしい生活がみなぎつてゐるやうで、僕ばかり力の足りないのを切に感じる。わけても美しい女共のゐるところで、自分のほんとの値を忘れるやうな頓間(マヽ)な観照に囚はれることを苦しく思つてゐる。いまは気候が不順で、あたまがいけない。これは、「小包」を出さう出さうと思ひながら気がすすまない。兄に対する考へがないのではなく、自分の気力が活きて出ないのだ。兄が帰京するまでにはもつと今よりよい生活をしたいと思つてゐる。そして又一気に兄に色色なものを送りたく思つてゐる。

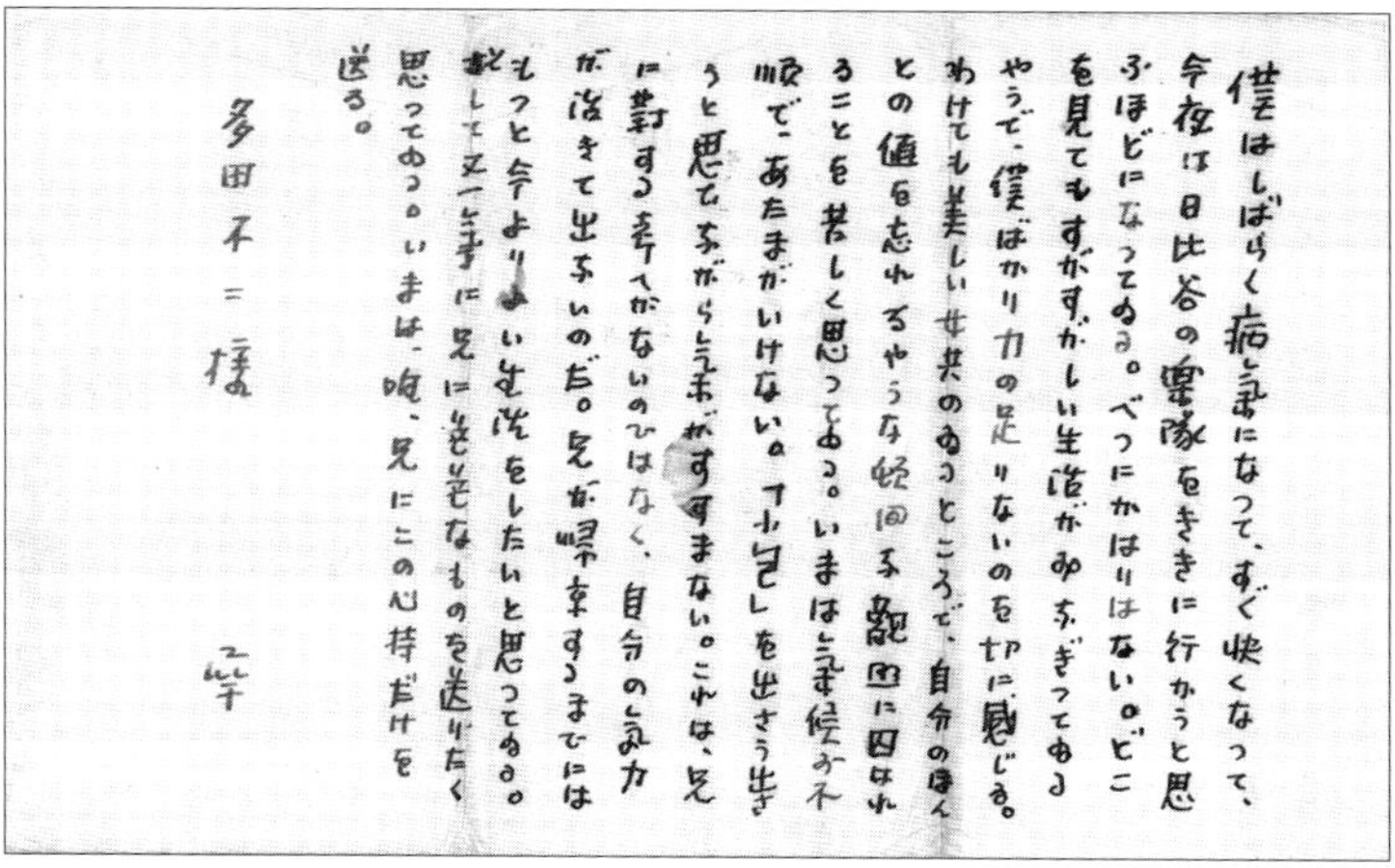
僕はしばらく病気になつて、すぐ快くなつて、今夜は日比谷の楽隊をききに行かうと思ふほどになつてゐる。べつにかはりはない。どこを見てもすがすがしい生活がみなぎつてゐるやうで、僕ばかり力の足りないのを切に感じる。わけても美しい女共のゐるところで、自分のほんとの値を忘れるやうな頓間な観照に囚はれることを苦しく思つてゐる。いまは気候が不順で、あたまがいけない。「小包」を出さうと思ひながら気がすすまない。これは、兄に対する考へがないのではなく、自分の気力が活きて出ないのだ。兄が帰京するまでにはもつと今よりよい生活をしたいと思つてゐる。そして又一気に兄に色色なものを送りたく思つてゐる。いまは、唯、兄にこの心持だけを送る。

多田不二様　犀

いまは、唯、兄にこの心持だけを送る。

犀

多田不二様

125――大正6年7月□日　はがき／茨城県結城町　多田不二兄

昨夕御贈りのものたしかに落手して、たいへん感謝した。医者に見てもらふと別に異状はないさうだが、虫でも居るのでないかと思つてゐる。その手当をしてゐる。

東京はまるで地獄のやうな暑さだ。　犀

126――大正6年7月12日　はがき／茨城県結城町　多田不二様／東京市外田端一六三　感情詩社

御依頼のものの処分は承知した。凡てああいふ風のものの件については、かつきりした物質的提供に基き、これを事務的に処理させることは、失礼である場合が多い。お含みあれ。非常に今からだがよくないのです。八月号ゲルトは今月二五日に着くやう。萩原は殆んど休刊の意見だが、僕は出す。兄の方で何時よりの増加が出来得るか意見を待ちます。

ローマ字*は丁重にしてやれ。僕はすぐにはかけない。

素的なてがみだつたらふ。

■「東京市外田端一六三　感情詩社」は印字。

*ローマ字　雑誌『ROMAJI』のこと。書簡48参照。

127――大正6年〔消印7月17日　田端より　多田不二宛〕封書

原稿とハガキを落手した。ハガキの長椅子は見つけて送る。季節が丁度ああいふものの必要時だから、あれだけで全部あればいいと思つてゐる。原稿は、老人と若者*がいい。田舎へかへつた君の感じと一種の哲学的思索の一部的表現がたいへんにいい。六号*があれば送つてくれ。詩ももう二篇くらゐはいい。手紙によつて兄の厚意のよく透つてゐることを感謝してゐる。休暇中だけ定額より、兄の意向によりたく思ふ。八月は萩原から平常の半分しか貰へない。うすくするわけに行かないし、山村は、十頁も送つてきたので、ゲルトを申しやつた。けふは気分がたいへんにいい。庭がきれいになつたので喜んでゐる。君も幸福でゐてくれ。

犀

不二様

■この書簡文は、『室生犀星全集』別巻二（昭和四三年、新潮社）所収の書簡「二六」を転載したものである。

＊老人と若者　大正六年九月発行の『感情』に初出の詩。『悩める森林』に収録。

＊六号　六号欄に載せる原稿。

128――大正6年7月27日　はがき／茨城県結城町　多田不二兄／金沢にて　室生犀　二十七日

今月二十一日に急電に接して金沢に来てゐた　病父*のかい抱で非常に疲れて明日かへる。八月号四五日遅れて出す　長椅子も見つ

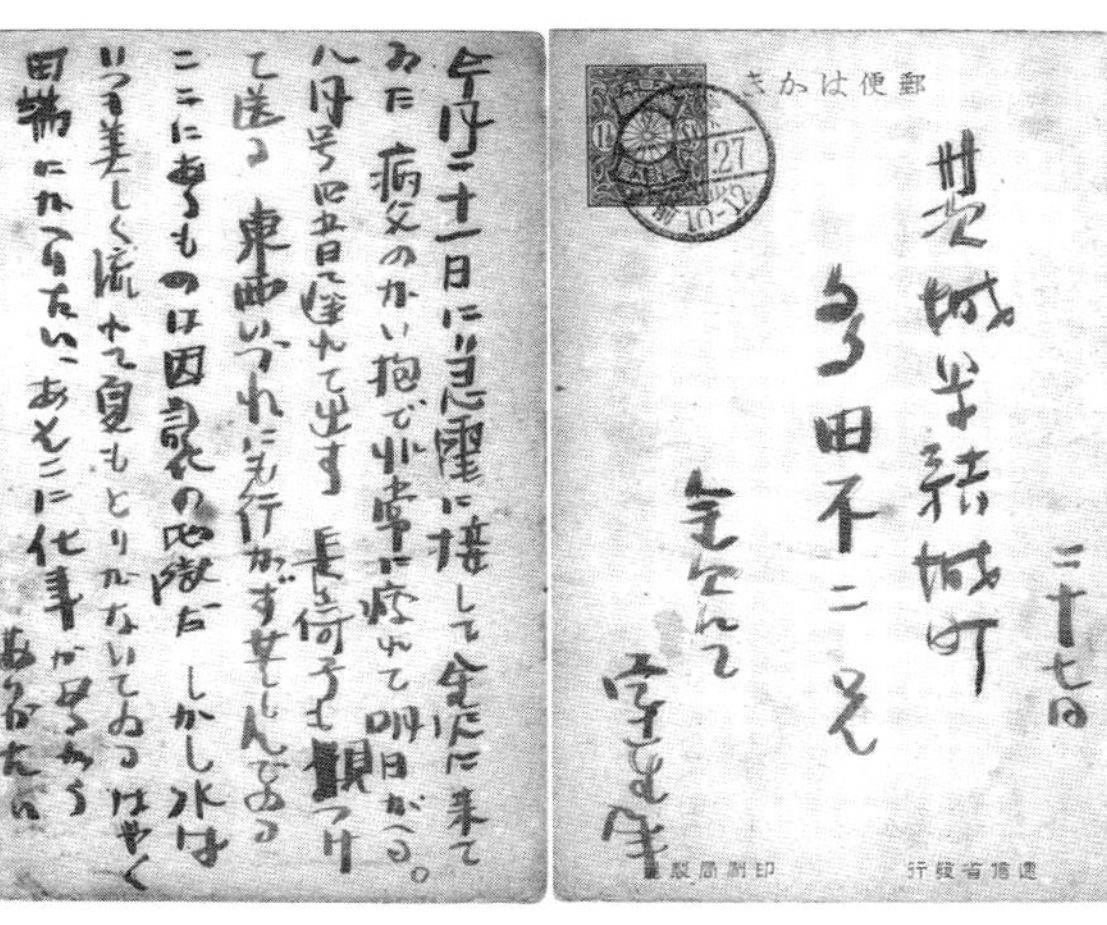

けて送る　東西*いづれにも行かず苦しんでゐる　ここにあるものは因襲の地獄だ　しかし水はいつも美しく流れて夏もとりがないてゐる　はやく田端にかへりたい、あそこに仕事があるからありがたい

＊病父　室生犀星の養父、室生真乗。
＊東西　東の廓と西の廓。

129――大正6年7月31日　はがき／茨城県結城町　多田不二兄／室生犀星

今かへつた　手紙落手した　深謝する
金沢では何処へも行かずに父のかい抱に日々くらした　神明さん裏*など思ひもよらない　金沢はしづまりかへつて　川はやはりいつもきれいに流れてゐた。車にゆすられながら行きにもかへりにも唯肩みのせまい思ひをしたのであつた　ザツシは二三日遅れる　七日までには出す

＊神明さん裏　神明神社の裏に位置する、西の廓。

130――大正6年〔消印8月6日〕　田端より　多田不二宛〕　封書

今日はゆつくり手紙をかき僕の近況を報じる
雑誌は十二三日ころの発行になる　萩原が先月塩原へ行つて了つて　お父様から昨日あたり帰橋する旨を言つて来た　その上でなければ　万事がすすまない　君にも悪く思つてくれないやう
僕はやはり静かにくらしてゐる　金沢へ行つた打撃を受けて少し窮屈をかんじてゐる　信子も見つからなければ　見つからないやうに取計つて　兄の迷惑を除きたく思ふ

北原君[*]がすぐ動坂へ来て　今来てかへつたところ　田端へこんど出て来て下宿するかどうか　また宿の方もどうか　今から意向をききとつてをきたい

しばらく会はないので　話をしたい気がする　金沢では　片町で平栗の文子が車にのつて行つたのを一寸見ただけで　一歩も廓へは入らなかつた　それが僕にとつて　いいことのやうに思はれた

戦争と平和[*]あと三巻送る　送らうといふ心持が起きて出ても　それに伴ふ僕の健康がいま添つてこないのでこまる

僕の庭も少しづつよくなつて来てゐる　今は夏のさかりだ　まだ街へは出ない　どこへも行く気がしない　こんど兄が出て来て　やるべき生活について兄は十分考へてくれることと思ふ　僕ももつと勉強したり　生活に持久力をつけたりしたく思ふ　それがさう思ふ端から旅行が出来たりして破れる

僕は何よりも　自分の力切(き)りでやつて行きたい願をもつてゐて、つい他人の力に加はつてゆくことを苦しむ　他人の物質に入つてゆくたびに人一倍苦しむ　僕を笑はないでくれ

犀

多田兄

■この書簡文は、『室生犀星全集』別巻二（昭和四三年、新潮社）所収の書簡「三〇」を転載したものである。
*北原君がすぐ動坂へ来て　北原白秋はこの年六月に本郷区駒込動坂に転居しており、犀星と白秋はしげく往来していた。
*戦争と平和　書簡122の「*一巻」参照。

131――大正6年〔消印8月9日　田端より　多田不二宛〕　封書

兄のてがみを読み　最近の気稟に触れ得たことを喜んでゐます　萩原から何のたよりもなく　唯逃避的な緘

黙の内に今月を過ぎ去らさうとしてゐるらしく　それを僕はおかしく思ひます　従つて九月号と合巻して八月二十日ころに発行するかもしれません　あの人はたいへんいい人にちがいないけれど　あの人を苦しめるやうな問題になると　すぐに逃げをはつてしまふのです　あの人はやはり一種のおとなしい人間でせう　僕は晩には隔日くらゐに冷やした酒を一合だけ食前にやり　その他にはあまり用ゐない　寂しいけれどよく自分を知つたくらしをして居ります

戦争と平和の中のナタアシヤはすきな人物だ　瘠せてゐて愉快でおはねさんなところが僕の陰気なとこを索引して来る　ロマンロオラン*も彼女の小鳥のやうな明るい健康を推賞してゐる　アンドレイよりもピエルの方が最后にナタアシヤを贏（か）ち得るところを見ると　トルストイの愛した人間がピエールでもあるやうだ　あそこに出てくる人物はみなすきだ　もう三度もあの長いものを読んだのだ

ドストイエフスキイ*の悪霊が今日友人から到くはづ。汚ない本ではあるが苦しんである金額を払つて求めたものです

僕は家郷で盃や皿やの陶器類をすこし集めて、室の一隅に納めてある　又これも兄を慰さめることだらう　ああいふコレクシヨンは　まことに僕の無意味で後悔の多い外室を止めてくれるから恭いのだ　働くことをしらず働いても得ることのない僕は　絶えず生活を計営する上に憂苦をかんじる　又無意味な発散は　僕だけの苦しみに停らないで　他を苦しめることを考へると　僕は今つい凡てを我まんする気になるのだ　力を蓄へたいのだ

今の貧しさから　もつと貧しいところへ墜落することはなからう　けれども墜落しかかるところまでは行くやうに思つてゐる　それも又力になるのだ

犀

多田兄

■この書簡文は、『室生犀星全集』別巻二（昭和四三年、新潮社）所収の書簡「三一」を転載したものである。

*ロマンロオラン　Romain Rolland（1866〜1944）。フランスの小説家、劇作家。人道主義的知識人、平和主義者として活躍。一九一五年、ノーベル文学賞受賞。小説「ジャン＝クリストフ」「魅せられたる魂」、戯曲「愛と死の戯れ」など。

*ドストイエフスキイの悪霊　森田草平訳『悪霊』（大正四年、国民文庫刊行会）か。

132――大正6年9月6日　封書／茨城県結城町　多田不二様／東京市外田端一六三　感情詩社

非常に御無沙汰をして了つた　手紙が心に添はないで　永い間不消化な気分に保留されてゐて苦しかつた　萩原が突然に上京して三日間滞京して昨日かへつた　雑誌の用事をすましたり　*詩集の打合せをしたりした　僕の詩集には四十ルーブリ借りることにして　感情を四ケ月休刊することにした　もう一口は　三十ルーブリの分は今月十五六日ころに判明する　さうすると都合七十ルーブリ入るので　外に融通する分とまぜて来月は刷れ〔る〕だらふと思ふ　それらはこの月の十五六日に決定する　感情を休刊するといふても　たんに萩原の資金が止まるだけで　つづけてゆくことは依然としてやる　それに自信もあるのだ

*兄の宿は田端の川にそつて　すこし奥まつたところで　今月の二十日ころにあくらしい　だからなるべく遅れて上京する方がいい　物価が高くなつて下宿料が上つて　一ト月そこの宅でも十二ルーブリ五十コペイカはかかるだらふ　七つ位の女の子と十九ほどの娘と四十ばかりの優しい後家さんとしんみり暮してゐる娘はつとめてゐるらしい　室は六畳で　縁側があり南向きだ　庭もあつて青い明るい草をも見渡せる　ニイチエの宿のやうだ　ただ隣がすぐに後家さんの茶の間になつてゐるのは　いけない気がするがそこなればついえがなくていいでせう　本でもよんで　あまりがつがつにならなければいいと思ふ　僕だちは自信のある生活に根を置くことが必要だし　それが僕たちを不幸にしてくれることは無いからいい

不二兄　　　　　　　　　　　　　　　　　　　　　　　犀星

萩原のとこへよつて行つてもいい　いつでもよれるだらふけれど　とにかく卒業后なら妹さんをもらふことに話してをいた　みね子*は十九で　あい子*は十四　どちらでも見てからにしたらいいだらふ　萩原も安心だし　僕もよその人にとられるより君にとられた方がいいから　僕も少しばから(ママ)映象(ママ)されたほどだが　事情が許せないから止める　とにかくふつくりした白い腕(て)や胸をもつた子だ

＊詩集　室生犀星の第一詩集『愛の詩集』（大正七年一月、感情詩社）。
＊兄の宿　東京市外田端一六四、加村方の家。
＊みね子　朔太郎の妹。四女、み祢。
＊あい子　朔太郎の妹。五女、アイ。

133──大正6年9月8日　封書／茨城県結城町　多田不二様／東京市外田端一六三　感情詩社

詩を落手した　無題の詩は「感情」へもらひたく思ふ　あれはたいへんによく僕に添つてきた　あの中のものよりも　あの韻律も　文章のうまみを喜ぶ
宿*はあそこがあくまで　澤田の下宿の新らしい室に一週間ばかりゐてもらひたい。ひろくて、いいだらふと思ふ　わづかな間だからあそこでがまんしたらいい　荷物は澤田あてで送つていい　僕の名あてでも　澤田地内室生方多田不二でもいい　兄が出て来てからあつちの方があくまでだ　僕のボルゲンは　だんだんに返してゆく　澤田にゐる間の分を僕が払ふやうにして上げたいが　今はかんにんしてくれ　僕もすこしたまつてゐるから
とにかく勉強がしたい　今いろいろな煩雑な想念が君に乗りかかつてゐることだらふ　それも間もなくな

ほる
離れてゐると君は非常に美しいしつとりした感じを感じさせて来る　それをとり容れることを　喜んでゐる
では何時でも来たまへ　日と時とがわかれば迎へに出よう　田端へついた方がいい
君がこんどやる都会の生活に仕合せあることを予期する

犀

不二兄

■「東京市外田端一六三　感情詩社」は印字。
*あそこ　東京市外田端一六四、加村方の宿。
*澤田の下宿　澤田は、澤田喜右衛門。犀星は大正五年七月から同一〇年三月まで、田端一六三番地澤田喜右衛門方に住む。不二は犀星の紹介によって、大正六年九月から同七年九月まで、その隣家、加村方に住んだ。

134――大正6年〔9月21日付　金沢より　多田不二宛〕封書

午前に着いた　父はむしの息だつた　二三日中に死と面責することだらうと思ふ
郵便は左記回送を乞ひます
河越弥一*（朝鮮）萩原、清水、の三氏　河越の分は　兄が状袋をその上へもう一つつけて兄から発信したものにして下さい　絨氈はたたんで了つてください　室には絶対に人を入れないで下さい　兄の意志の働く人は別(べつ)としましてね
あとの郵便は、とつておいて下さい

戸棚の中に「生に至る者」*がある。あれを東京堂のいつも金をとりに行く方へ持つて行つて、市内の本屋へ出してくれるやうにたのんで　受取をとつて来ておいて下さい
植木には夕方水をすこしづつ、しづかにやつて下さい
出発は月の内にはできない　いづれ知らす　その僕の帰京の日の前に兄が越して居て下さい　宿賃はよろしい　澤田へは小生からさう言うてやる
いつもとは反対に兄に世話をやかして　すまない
この外に用事はない
当分は外出できなかろう　手紙も出さないよろしく

犀

不二兄

■この書簡文は、『室生犀星全集』別巻二（昭和四三年、新潮社）所収の書簡「三三」を転載したものである。
＊河越弥一　河越風骨。明治六年〜昭和七年（一八七三〜一九三二）。弥一は本名。犀星が雇として職に就いた金沢地方裁判所の職員で、犀星に俳句の指導をした俳人。
＊「生に至る者」未確認。

135――大正6年9月23日　はがき／東京市外田端一六三　感情詩社　多田不二兄

今朝九月二十三日、父逝去しました
九月二十三日禍の日

室生犀

136――大正6年9月（推定）30日付　はがき／茨城県結城町　多田不二様／室生犀星

竹村氏[*]の分全部で22.50でした。いづれ会つたうへでくわしくおはなしします。鮎は天来の珍味でした。おれいを申しあげます。竹村はそのうち来そうです。秘密にか。――　創作はまい日したしんでゐるが中々はこどら(ママ)なくてこまつて居ります。いづれ拝眉の上、不一

＊竹村氏　竹村俊郎。

137――大正6年12月29日　はがき／茨城、結城町　多田不二宛／東京田端一六三　室生

雑誌がお入用だつたらお送りします。

けふ山村兄が来ます。奈良が来てゐます。

僕に休息といふものがあると思ひますか。いつもトゲトゲした心持で黙つてゐてばかりゐる僕に、何が潜んでゐると思ひますか。

とにかく兄にも休息とその上

安眠が必要です。前田[*]へしらせをやつて、そちらへ雑誌をおとん(ママ)なすつたらいいでせう。

＊前田　前田夕暮。

138――大正7年2月9日　はがき／東京市外田端一六三　感情詩社　多田様

昨夕[*]着。一週間滞在します。萩原の詩を十五日までにとつてをいて下さい　いろいろお世話になることと思ひます　郵便はとつてをいて下さい

当分

「金沢市泉寺町宝勝寺」[*]方です。
何分よろしくおたのみ申します

＊昨夕着。一週間滞在します。この時、犀星は浅川とみ子との結婚のために帰郷した。書簡141参照。
＊金沢市泉寺町宝勝寺　雨宝院は売却されており、帰郷した犀星は宝勝寺に宿泊していたようである。ここは、養父室生真乗の墓所であった。

139――大正7年2月13日　はがき／東京市外田端一六三　感情詩社　多田不二様／室生犀

文武堂[*]の原稿を至急にこちらへ回して下さい　その外郵便はようございます
おゆきさんのお母さんなどと　僕をいびりつけるな！
帰京は二十三日に決定
よろしくおたのみします　すまないと思ひますが　これからさういふことを　おたのみすることもないと思ひますから

＊文武堂の原稿　『新らしい詩とその作り方』（大正七年四月、文武堂書店）の原稿。不二は、犀星著のこの本の作成に協力した。

140――大正7年2月14日　はがき／東京市外田端一六三　感情詩社　多田不二様／犀

十七日の晩当地を発つて　十八日午前十一時上のに着きます　出て下さるやうおたのみします　但し一人です　お会ひした上で　くわしくお話しします

141――大正7年2月16日　はがき／東京市外田端一六三　感情詩社　多田不二様／犀

十七日に発てないと思ひます
発つ日の午前デンポーを打ちます
または　正確にてがみ出します
一人ですからきつと　迎へにたのみます　すこし荷物がありますからかへつてすぐ感情を初めます
こんどは　たいへん世話になつたことを喜ぶ　妻君*も　それを心から好意をもつて　喜んでゐる　美しい人
てはない　それが僕の全部の求愛ではない
雪がさかんにふつてゐる

＊妻君　新妻、とみ子。犀星は、大正七年二月一三日（一六日の説もある）に、浅川とみ子と、金沢市裏千日町三一番地、小畠家で式を挙げた。

142――大正7年〔消印8月13日　田端より　多田不二宛〕封書

御無沙汰をしました
肉体的には健康だと思つてゐます　感情は八月号を休みました　九月号*にはこの間の詩をのせませう　詩が少しよけいにかけてゐるやうだつたら　君の詩集にしませう（これは兄にたいする僕の好意だ）　なければ止めます　それから会ヒのことは九月からその月にちやんとしておいて下さい　それが僕にとつて苦しいことを及ぼさしめます　これまでののは　今都合がつかなければつくだけ十七八日ころに送つて下さい　雑誌に用ゐたく思ひます　そしてゲルトの帳消しをしませう　小曲集*は今さかんに機械の音響を伴つて刷られつつあります　暑気と戦ひ　困難を叩きのめし　毎日進行しつつあります　君にもあげます

安島君がきました　寂しく気のどくに思ひます

不二兄　　　　　　　　　　　　　　　　　　　　　犀

■この書簡文は、『室生犀星全集』別巻二（昭和四三年、新潮社）所収の書簡「三七」を転載したものである。
＊九月号にはこの間の詩を　大正七年九月発行の『感情』には、不二の詩「山峡の家」「日没」が載っている。
＊小曲集　室生犀星の第二詩集『抒情小曲集』（大正七年九月、感情詩社）。

143――大正7年〔消印8月26日付　田端より　多田不二宛〕封書

兄の宿について[*]　まだよき報告ができない　貸家はみな一杯になつてゐる　田端の澤田の畑のあたりに　一つの道路が拓かれて　間もなく小さな燐寸箱が建つ日が近づいて来た

僕はますます内にのみ斬りこむことより以外に　いまあまり人人との交りを乗り気になつてやれない　ことに僕の古いグループの煩しい感傷的な習慣的交誼に倦怠をかんじてゐる　恩地のきてくれることに喜びをかんじる　君とあふことも　また楽しみを感じる

不二兄　　　　　　　　　　　　　　　　　　　　　犀

白瓜をいただいて　嬉しくお礼申上げます　淡白すぎて少しく甘みが足りないやうに思ひました

さて小曲集は兄の御紹介で一人ありました

「小曲集」は全部校了になつて　多分兄が着京后でき上るだらうと思ひます四五日ころでせう　いい本になるだらうと思つても　でき上らなくては　どうともいへない　トツパンを十四五枚とりました

経済的には完全無きまでに入念にしたつむりです

「感情*」は　作曲を巻頭に入れて　兄と僕、恩地北原それに瀬田*との詩をのせました　竹村から送稿がなかつたので　そのまま作り上げた
表紙はロダンの裸体のデッサンを入れるつもりで　今内務省へ送つて　許可をもらひにやつてあります　あの表紙なれば立派だらうと思ひます

犀

不二兄
妻からよろしく

■この書簡文は、『室生犀星全集』別巻二（昭和四三年、新潮社）所収の書簡「三八」を転載したものである。
*兄の宿　不二は、この年九月上京し、東京市外田端五一三に転宿した。
*「感情」　大正七年九月発行の『感情』。ここに、不二、室生犀星、恩地孝四郎、北原白秋、瀬田の作品は載っているが、巻頭に「作曲」はなく、表紙は「ロダンの裸体のデッサン」でもなく、変更がみられる。
*瀬田　瀬田弥太郎。大阪の詩人。詩集『哀吟余情』『さびしき水上』など。室生犀星を氏と仰ぎ、大正七年一月発行の『感情』に詩「諸君と一緒に自分も考えて見やふ」を載せて「感情」グループに参加するが、作品を発表したのは、その28号（大正八年四月）までで、ここから離れる。犀星は大正八年五月発行の『感情』の「編集記事」で、「瀬田とは今後感情と関係のないことにした。もつと謙譲で精神的になることを君に言つておく」と記している。

144——大正7年〔消印9月7日　田端より　多田不二宛〕　封書

けふ庭に遣り水をしてゐたところへ　珍らしい鮎が到いて大変嬉しかつた　さつそく夕食に味つて見て　妻と一しよに鬼怒川の激しい「水の流れ」を味つた　このことばはあまりに詩的であるかもしれない
本*は「八日」にでき上るつもり　「感情*」も同時にでき上ることと思ふ　はやく凡ての仕事をすまして　心

持だけを平和に整へたいと思ふ　今夜妻の着物で百円近く作つた　明日の払ひのためだ　しみじみ寂しく心苦しく感じる　どうかしてこんどの本にもよき収穫と多くの喜びとを　人にも自分にも与へてくれるやうに祈つてゐる

■この書簡文は、『室生犀星全集』別巻二（昭和四三年、新潮社）所収の書簡「三九」を転載したものである。
＊本　室生犀星の第二詩集『抒情小曲集』（大正七年、感情詩社）。
＊「感情」　大正七年九月発行の『感情』。不二は、ここに「山峡の家」「日没」の二篇の詩を載せている。

〈参考〉　詩集『抒情小曲集』出版案内状（大正7年8月1日付　はがき／東京市外田端一六三　感情詩社　室生犀星　多田不二（連署））

小曲
いづことしなく／しいいとせみの啼きけり／はや蟬頃となりしか／せみの子をとらへむとして／熱き夏の砂地をふみし子は／けふはた何処にありや／なつのあはれにいのちみぢかく／みやこの街の遠くより／空と屋根とのあなたより／しいいとせみのなきけり

兼ねて出版したいと思つてゐました、『抒情小曲集』をこの夏の終りに自費出版することにしました。この詩集は上記のやうな美しい音楽的リズムに拠つたものばかりを選みました　なるべく多くの人人によんでもらつて、自分の心持を広く人類に求めたいと思ひます。左記によつて申込み下さい。
四六判　二五〇頁　箱入　挿画五葉入
装　幀　廣川松五郎氏　恩地孝氏
作　曲　小松玉巌氏　信時潔氏
詩　　美しき詩　六十篇
売　価　金一円二十銭

締　切　八月三十日
発　行　八月三十一日

■二段に印刷（上段に「小曲」の詩。下段「兼ねて…」より出版案内を記載）。案内状名宛人の部分が、誤記したものか、文字を抹消したように林の絵が描かれている。

■差出人連署のうち、「室生犀星」は活字印刷。「多田不二」はペン書。

145 ―― 大正8年1月1日　はがき　印刷／茨木(ママ)県結城町　多田不二兄

賀正

千九百十九年元旦

東京市外田端一六三

室生犀星

146 ―― 大正8年5月19日　はがき／市外田端五一三　多田不二様

詩話会例会

二十一日午後六時万世橋ミカド楼上にて開会いたし候間御出席下されたく候

会費金一円十銭

当番幹事室生なりしも旅行中につき福士これに代はり申候

岩野泡鳴*

福士幸次郎

■活字印刷。名宛は犀星の手書。裏面、岩野泡鳴、福士幸次郎に並べて、不二によると思われる「室生犀星筆」という手書メモがある。

＊岩野泡鳴　明治六年〜大正九年（一八七三〜一九二〇）。詩人、小説家、評論家。兵庫県生まれ。初め詩人として活躍。『露じも』『悲恋悲歌』などの詩集を刊行する。のち、小説、評論の分野で活躍。小説に「耽溺」、評論に「神秘的半獣主義」など。

147――大正8年6月12日　はがき／市外田端五一三　多田不二様／室生犀星

啓白　過日は私のやうなもののために盛大な会合*をお催し下さいまして、心から嬉しく深謝いたします。あれらの善き美しい会合は、私をして一層奮励させる強力な動機になることを信じます。失礼ながらここで厚く御礼を申しあげます。

＊盛大な会合　大正八年六月一〇日、本郷燕楽軒で催された「愛の詩集の会」。これに不二は参加した。出席者は、北原白秋、萩原朔太郎、日夏耿之介、川路柳虹、福士幸次郎、佐藤惣之助、白鳥省吾、恩地孝四郎、百田宗治、井上康文、正富汪洋、富田砕花、相川俊孝、加能作次郎、林倭衛、吉田三郎、加藤一夫、廣川松五郎、田邊孝次ら。閉会直前に芥川龍之介が参会し、出席者は三十二名。二次会を白秋、龍之介らと百万石で行った。この会への案内状の作成段階と思われる印刷物（往復はがきの返信面に、逆さまに印刷されたもの）が、不二の来簡資料の中にあった。これによって、この会の内容が明らかになると思われるので、次に記すことにする。

〈参考〉『愛の詩集の会』案内状（大正8年6月2日付　はがき）

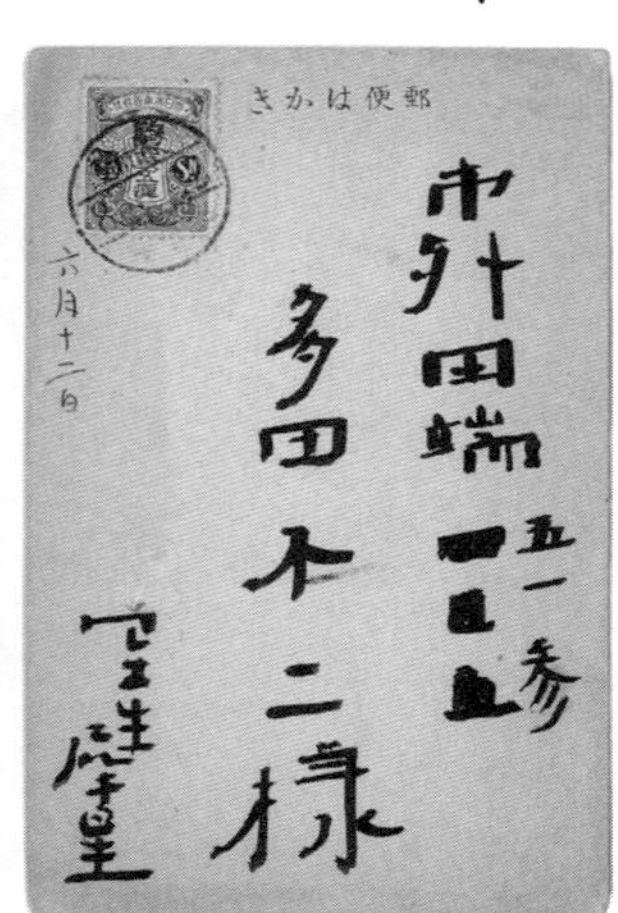
郵便はかき

市外田端五一三

多田不二様

室生犀星

六月十二日

啓白　過日は私のやうなもののために盛大な會合をお催し下さいまして、心から嬉しく深謝いたします。あれらの善き美しい會合は、私をして一層奮勵させる強力な動機になることを信じます。失禮ながらここで厚く御禮を申しあげます。

『愛の詩集の会』の知らせ　清純な感情、温柔なリズムの所有者、温柔なリズムの所有者、詩人室生犀星君の第二『愛の詩集』が出ました。火薬と鉄の酸鼻な世界的戦戈も、平和の殿堂中に納つて、人心も漸く至愛な感情に蘇らんとする時期、この詩人の天性持つてる如き声は、慥かに吾吾新代の者の魂と喃んでくれる懐しい優しい声の稀な一つと存じます。どうぞ吾吾発起人の企てに御賛同なさいまして表記の会合に御参会、この詩人の新行路とその新鮮な結実を祝して下さいまし。

期日　六月十日午後六時

会場　本郷四丁目　燕楽軒（電車本郷三丁目下車）

会費　金二円半

発起人

萩原朔太郎、恩地孝四郎、佐藤惣之助、多田不二

百田宗治、川路柳虹、福士幸次郎、北原白秋

付記　尚今回の会は第一愛の詩集と合併にし、『愛の詩集の会』の名称に致します。

大正八年六月二日

■本文が逆さに印刷されてあり、試し刷りのはがきと思われる。余白に似顔絵（多田不二か）あり。

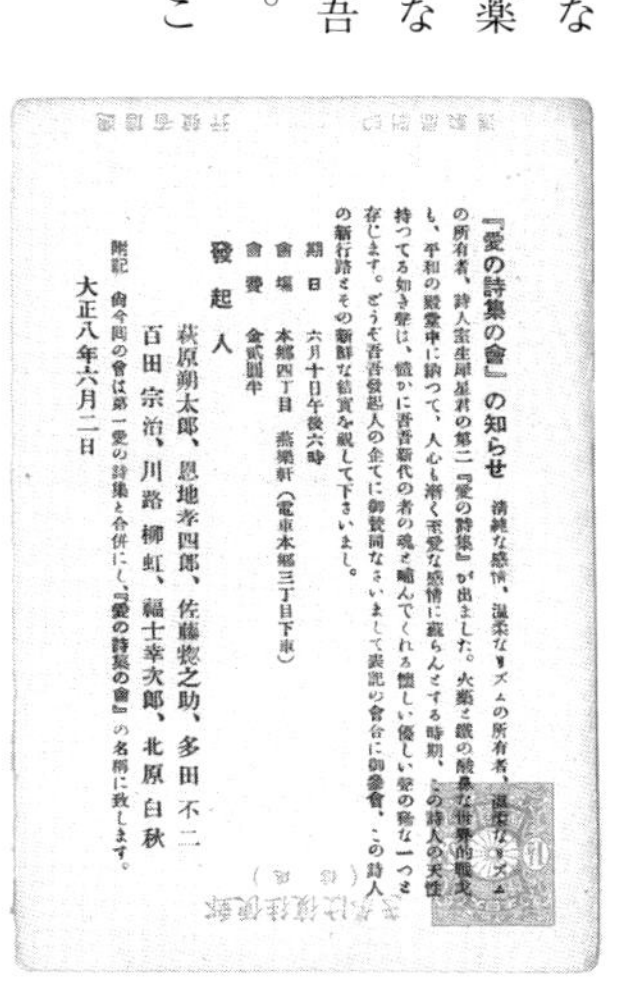

『愛の詩集の會』の知らせ　清純な感情、温柔なリズムの所有者、温柔なリズム
の所有者、詩人室生犀星君の第二『愛の詩集』が出ました。火薬と鐵の酸鼻な世界的戰戈
も、平和の殿堂中に納つて、人心も漸く至愛な感情に蘇らんとする時期、この詩人の天性
持つてる如き聲は、慥かに吾吾新代の者の魂と喃んでくれる懷しい優しい聲の稀な一つと
存じます。どうぞ吾吾發起人の企てに御贊同なさいまして表記の會合に御參會、この詩人
の新行路とその新鮮な結實を祝して下さいまし。

期日　六月十日午後六時

會場　本郷四丁目　燕樂軒（電車本郷三丁目下車）

會費　金貳圓半

發起人

萩原朔太郎、恩地孝四郎、佐藤惣之助、多田不二

百田宗治、川路柳虹、福士幸次郎、北原白秋

附記　尚今回の會は第一愛の詩集と合併にし、『愛の詩集の會』の名稱に致します。

大正八年六月二日

矢口達書簡

（やぐち　たつ）明治二二年～昭和一一年（一八八九～一九三六）。英文学者、翻訳家。茨城県生まれ。早稲田大学英文科卒。早稲田大学講師となる。日夏耿之介、西條八十らの『聖盃』同人として活躍。著書『近代英文学概観』、翻訳書にワイルド『架空の退廃』、ロレンス『恋する女の群』など。

148――大正7年2月12日　封書　巻紙　毛筆／市外田端一六四　多田不二様／牛込ワカ松町一三一　矢口達　十二日

お手紙と「感情」とを有難うございました　同県と承りなつかしいまゝに室生さんにお言伝を煩はしましたのです
赤門に心理の御研究中とのこと羨しう存じます
私は土浦中学からわせだに飛び込み有耶無耶の中に社会へ抛り出され今以て訳の分らん生活に行悩んで居ます　どうかして一歩づゝでも健かに育ちたいと念じては居りますれど　中々意に任せません　だん〴〵プロゼイクな人間になりやしないかとあやぶんで居ります　これからいろ〳〵と刺激を下さるやう願ひます
午後と夜は大てい在宅いたしますからお遊びにおいで下さい　飢寒階級の私ですからむさい処ではございますが　室生兄にもよろしくお暇の節お見えなさるやうお伝下さいまし
昨朝早く外出明治座へ寄つて来ましたので返事がおくれてすみません
　面談万々
　十二日　　　　達生
多田不二様

149――大正7年4月24日　絵はがき／市外田端一六四　多田不二様／若松町一三一　矢口達

*室生さん御新婚の由どうぞ御祝のことばをお伝下さい　お遊びにいらつしやいませ
御・無沙汰いたして居ました　*サンチマンまた〳〵ありがたう　来月本所の親戚の者が田端へ引移ります　その中是非伺ひます

二十四日　　たつ生

不二様

■・を付した「御無沙汰いたして」から「是非伺ひます」までは、表面下部に書かれたもの。
■南総長者町海岸ノ景（海水浴旅館太平館）の絵はがき。
＊室生さん御新婚の由　書簡141の「＊妻君」参照。
＊サンチマン　詩誌『感情』のこと。書簡84の「＊SENTIMENT」参照。

150――大正7年6月9日　はがき／市外田端一六四　多田不二様／牛込ワカ松町一三一　矢口達

*Sentiment ありがたうございます
もうそろ〳〵お休みでせう　遠方へ旅をなさる由　よき夏をあなたへ招ぎます
僕も七八両月は海か山へ行つて居るつもりです　一度お目にかゝりたいものと思ひつゝその機を得ません
室生さんによろしく

九日　　たつ生

多田兄

■はがきを横に使用。

＊Sentiment　詩誌『感情』のこと。

山村暮鳥書簡

（やまむら　ぼちょう）明治一七年～大正一三年（一八八四～一九二四）。詩人。群馬県生まれ。堤ヶ岡尋常小学校高等科中退。一八歳で洗礼を受け、のち伝道師となる。萩原朔太郎、室生犀星と『卓上噴水』を発行、『感情』にも参加する。詩集『聖三稜玻璃』『風は草木にささやいた』『雲』など。不二は、草稿「現代の時と詩人」の中で「とにかく私の接した暮鳥は、大きな人間の愛と悩みの交錯をいつも持ちつゞけてゐる敬虔な使徒の謙譲さを感じさせた」と記している。

151――大正5年10月22日　はがき／東京本郷区駒込神野町十六　村田方　多田不二様

おたよりはまた私をして東京にあこがれしめる、けふは珍しい天気でした。こどもの手をひいてお城山の濠の水をみやうと思つて黍の畑をぶらつきました。幸福です、然し何たる悲惨でせう、先日[*]はとんだ我儘ばかりいたしまして何とも御礼のまうしやうありません、

リキユールをついだ高脚玻璃杯の「形」には実際なみだは惜しまれません、ね。　暮生。

＊先日　暮鳥が、不二に初めて会った大正五年九月二九日の日。この日、暮鳥は初対面の室生犀星を訪ねて田端に行く。不二は犀

星に誘われて駅まで暮鳥を迎えに出た。

〈余録〉不二の随筆「初めて会つた日」（『日本詩人』大正一五年二月）より。

夜になつて室生さんがどこかへ出た留守に、山村さんと私は室生さんの部屋でや、長い時間話しをした。（略）暮鳥さんはマリア像の真向ひになつて籐椅子に腰掛け、ドストエフスキーのことをいろ〳〵私にはなして呉れた。電灯をともさない部屋の中にまで月の光が庭の柿の木の影を投げこんで私達の心境を一層深く砥ぎすませた。

「ドストエフスキーは苦しみましたよ、ほんとにあんなに苦しんで芸術に生きた人はありません……」

かう言葉に力を入れたとき、私はふと暮鳥さんがぽろぽろ涙をこぼしてるのをみつけたのであつた。私はその純情に打たれて自分もまた息づまるやうな思ひがした。

152――大正6年1月5日　絵はがき／茨城県結城町　多田不二様

賀正

■自作の版画印刷使用。版画の脇に「（山村暮鳥）」と活字で印刷されてある。

153――大正6年1月17日　はがき／東京本郷区湯島天神町一ノ二十九　梅屋旅館方　多田不二様

ああ東京！東京！

その東京にゐる、君をめに描けば今しも雪である

平にて

山村生

──大正6年6月7日　封書／東京下谷区谷中真島町一　旭日館方　多田不二様／平にて　山村生

お手簡なつかしく拝見いたしました
ああその無数の蟻にもひとしき鈍感者、また芸術界の蛆虫の、まあ何といふすばらしい勢ではありませんか
馬鹿正直な自分等は田舎でびつくりして唯凝視沈黙する外ないのです
──どうせ、(自信をとほりこした自惚かはしれませんが)こんな世でちやほやされるのを望むやうな手合にろくな創造はできますまい。いまの芸術家といふものはあまりに未来がなさすぎる、その現在に於て、永遠の生活ができてゐない
まあ詩人の雑評はどうです、ちつとは遜譲もあつていいてば(ママ)ありませんか、おかげで少しは此の頃の田甫のやうに喧かなんですが、それにしてもあんまりですね。
「時」の証明をまてばいい、それでいいのに、文芸界のコケツトめ!

何といふても意義は新しいところにひかるものです。
文壇詩壇の雑輩は自己の地位のあやふさと鍍金のはげる怖しさに(つまり徹底してこどもになつてゐないから、こどものやうでないなら詩人でない)いつも後より来る者の道をふさぐ、馬鹿々々、河流が堰き止められると思ふか
自分の詩弟等が「芸術」*をだすのを自分の賛成したのもこれがためです、
自分は彼等の靴の紐をときたいのです、否、彼等をして彼等の仕事をやらせるのは自分の義です。

この彼等とは若き人間若くはゼネレーションのことです。

「芸術」はヨコハマの豪商のむすこ二人が出資するのです。

これはちつぽけなグループの機関ではありません、「感情」の人人も誤解してはいけない。それに「感情」はあの通りいろいろの関係上狭隘なので、つまりそれを拡げたやうなものが「芸術」でもあります。

大にかいてください。

創刊号におたのみしなかつたのは、どんなものか出てからと大事を取つたからのこと他意はどちらへも無い。

ベル*の「新芸術論」をよみました。ベルつてほんとに鈴だ。単純なあたまでよく饒舌る男ですね。

でも彼のセザンヌ*観察はいい

平にて
暮生

"お互に掛値のない生活をすることだ"
"芸術と共に死ねる人間であれ!
芸術を生かすものは彼だ、その人だ"

■・を付した「"お互……その人だ"」は、封筒の裏面に記されたもの。
*「芸術」創刊されなかった雑誌と推測される。未詳。

*ベルの「新芸術論」大正六年一月、岩波書店から刊行された、クライブ・ベル著、鈴木禎二訳の『新芸術論』。

＊セザンヌ観察　『新芸術論』の「第四章　芸術的運動」にセザンヌ論が収められている。

155――大正6年9月25日　はがき／東京市外田端一六三　澤田方　室生氏気付　多田不二様

室生兄の父君のことではおどろきました。どんなでせう。

私の原稿に就てはなくしてさえくださらねば、安心してお預けします。

別封で拙著をおくります。よんでください、しかし恥しい。その一冊を北原君にとどけてくださいませんか。

その近くださうですが住所を知りませんので……（山村暮鳥）

■・を付した「その一冊を」から「知りませんので……」までは波線で消されている。
＊室生兄の父君のこと　犀星は九月二〇日、養父、真乗危篤の電報を受け金沢に帰る。九月二三日、真乗逝去。
＊私の原稿　大正六年一〇月号『感情』に掲載されている「愛の力」「秋のよろこびの詩」「秋ぐち（TO K. TOYAMA）」三篇の詩の原稿のことか。
＊拙著　随筆集『小さな穀倉より』（大正六年九月、白水社）のことか。

156――大正7年1月15日　はがき／結城郡結城町　多田不二様

賀正
新年早々転任の事などあり御挨拶遅延いたし申候
水戸市大町六三五
土田八九十
大正七年一月

（山村暮鳥）

■活字印刷。名宛は毛筆。

＊新年早々転任の事　暮鳥は、大正七年一月、ステパー聖公会堂宣教師として、平から水戸に転任した。

157――大正7年4月2日　はがき／結城郡　多田不二様

私こそ御無沙汰ばかりいたしをり候。

近火に就ては早速御見舞、御礼申上候。棟一つへだてたところとておどろき申候、而も無事。

ちと御でかけくだされたく候。

山村生

水戸市大町

158――大正8年1月1日　はがき／東京市外田端五一三　多田不二様

賀正。　吉日

ことしも貴下の御活動をのぞみます。

房州北条町六軒町

塩津方　山村生

（静養中*）

＊静養中　大正七年九月二八日、暮鳥は突然大喀血し、この年一二月二日、静養のため千葉県北条町に一家で転住した。

159――大正8年3月14日　はがき／東京市外田端五一三　多田不二様

*トキハギ多謝。大へん自分はよくなりました。もう何でもありません。
*あなたの第一詩集に光あれ、とよろこばずにはゐられません。

北条にて

暮鳥生

*トキハギ　大正三年九月創刊の俳誌。書簡27の「*常盤木」参照。
*あなたの第一詩集　不二の第一詩集『悩める森林』。書簡51の「*詩集」参照。

横瀬夜雨書簡

（よこせ　やう）明治一一年～昭和九年（一八七八～一九三四）。詩人。茨城県生まれ。三歳の時佝僂（くる）病にかかる。『文庫』に詩を投稿。河井酔茗に認められたのを機に詩作に励む。詩集『夕月』、『花守』、詩文集『花守日記』遺稿集『雪あかり』など。

純真、多感な地方色豊かな詩風を確立し、筑波根詩人と呼ばれた。不二は、草稿「現代の詩と詩人」の中で、「私は自分の生家が夜雨の家とは鬼怒川を隔て三、四里しか離れていないので、学生時代にはよく遊びに行った」と記している。

160――大正6年1月18日　はがき　毛筆／東京市外田端一六二・　室生犀星様方　多田不二様

先達ては御たつね下され御そまつ致候　房州よりのお葉書もあり

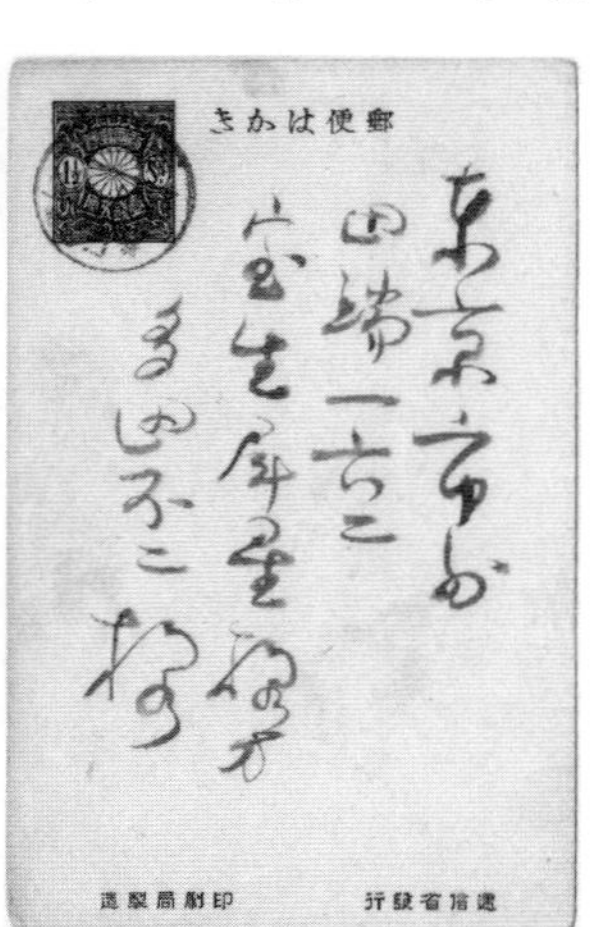

がたく拝見仕り存候　背教者[*]はお序での折にてよろしき事候間ゆふ〳〵おさがし下さるやう希望に堪へず存候

十七日　　横瀬夜雨

■・を付した「二」は「三」の誤り。

*背教者　メレジコフスキー作、島村苳三訳『背教者ジウリアノ』（『ホトトギス』明治四三年一一月、増刊）か。

161――大正6年7月8日　はがき／東京市田端五一三　多田不二様／茨城大宝　横瀬夜雨　六日

少し取りこみありて失礼致候、背教者は古本屋へお頼みおき下され度候、「変体心理[*]」めつけものに候、全部揃へたく候。恐れ入り候へどお序の折に御めつけ下され度頼み上候、代金其内さし上たくと存じ候。

「感情」もありがたく拝見いたしをり候

*「変体心理」　中村古峡主幹、日本精神医学会発行の『変態心理』（大正六年～同一五年、全三四巻、別冊一）のことか。

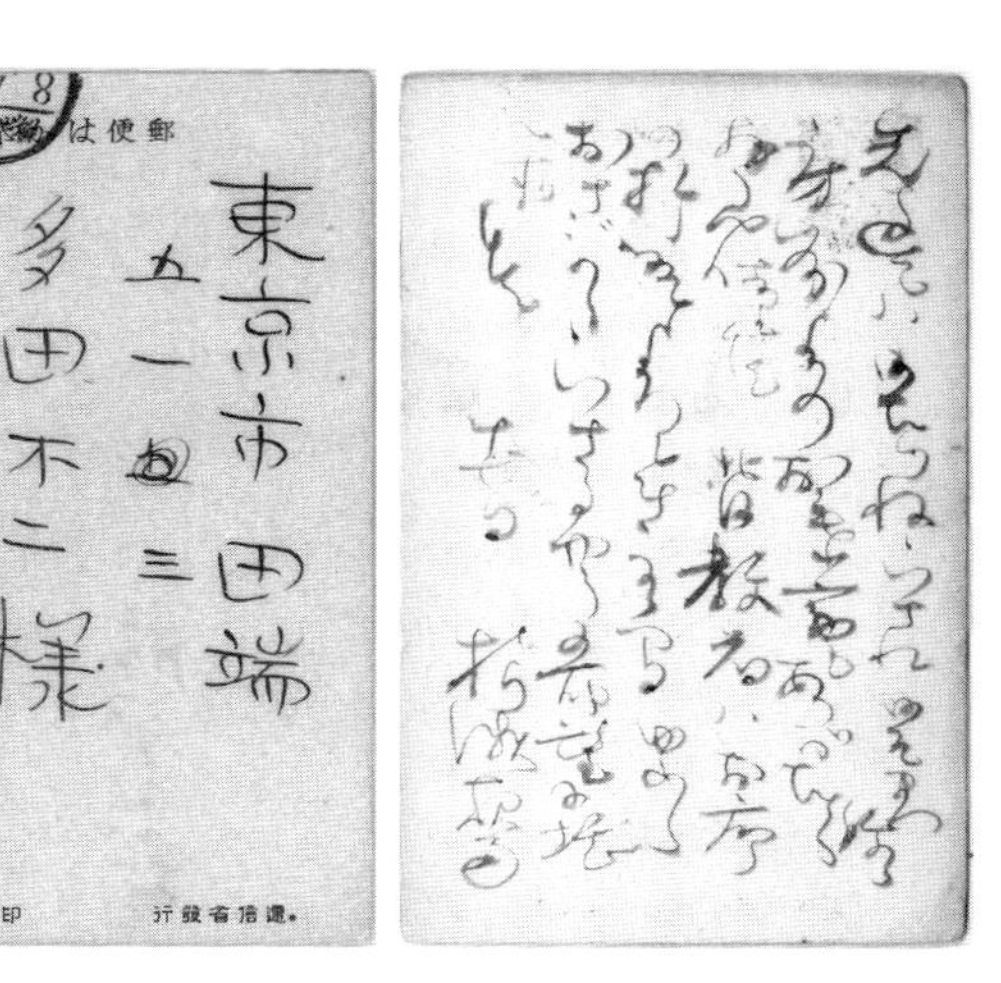

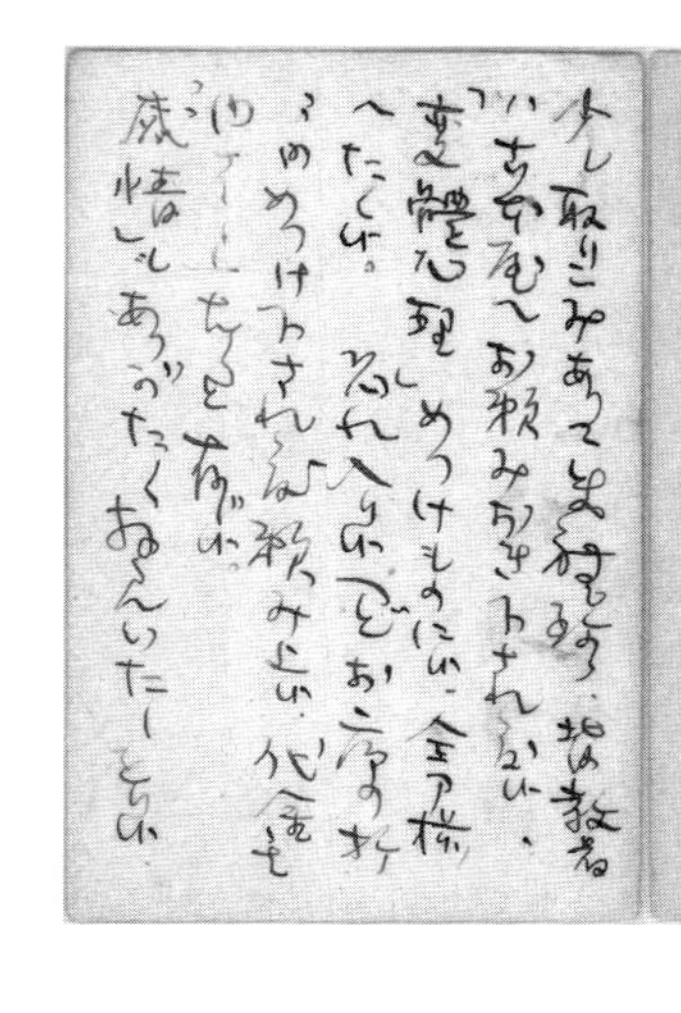

吉田三郎書簡

（よしだ　さぶろう）明治二二年～昭和三七年（一八八九～一九六二）。石川県生まれ。彫刻家。石川県立工業学校で板谷波山に学ぶ。東京美術学校（現、東京芸術大学）彫刻科卒。室生犀星の幼友達。昭和一〇年、多摩美術学校彫刻科教授。日本芸術院会員。日展常務理事、日本彫塑家クラブ委員長等を歴任。

162――大正6年4月23日　絵はがき／本郷湯島天神前通　梅屋旅館　多田不二様／府下田端一〇五　吉田三郎

先日は態々御はかきを頂戴いたし有りかたふ御座いました。
其後まゐりましたら九ふらうよりと云事でした。
春の日は通して見る事は出来ませんか美しい晴れた秋には常州筑
波山か美しい紫色に見えます
御話の件につき申度候に付散策かてら御出被下度御待ち居候
二十三日

■絵は、浅草寺五重塔と凌雲閣。

〈余録〉細馬宏通著『浅草十二階』（平成一三年八月、青土社）には、十二階からの眺望に関する次のような文章がある。

かと思えば、その眺めについて、花袋のような賞賛ばかりがあるのではない。花袋とほぼ同時期に十二階に登った今東光にかかると、同じ景色もさんざんである。「はじめの頃こそ物見高い江戸っ児やお上りさんの赤毛布（あかげっと）が押しかけたものの、十二階の展望はわずかに富士山や品川の海が見え、頭（こうべ）をめぐらせば雲の下に筑波山が眺められるくらい

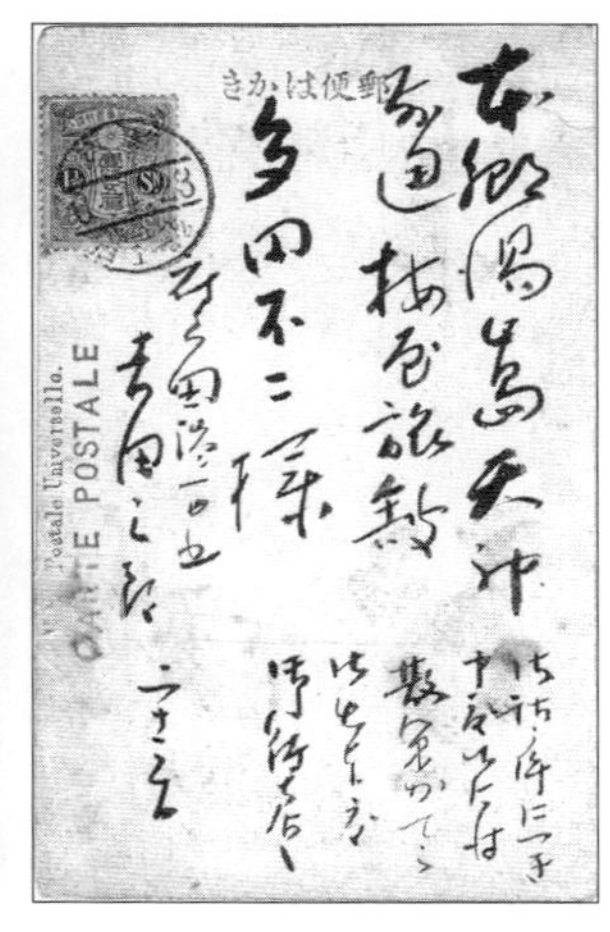

のもの、その他は漠々たる坂東平野とあっては直ぐに飽きられて仕舞った。富士山なら、よく晴れた日の夕方など東京の横町からでも眺められるもので、ちっとも彼等にとっては興ある風景ではなかったのだ」（『十二階崩壊』昭和五三年）。
なお、書簡文にある「九ふらう」の「ふらう」は、「ｆｌｏｏｒ（階）」の意と思われる。

163――大正7年1月5日　はがき／茨城県結城町　多田不二様／東京府下田端一〇五　吉田三郎

謹賀新年
元旦
東京府下田端一〇五　吉田三郎

Ⅱ 報道機関勤務の時代

大正九年（一九二〇）三月——昭和二一年（一九四六）五月

相川俊孝書簡

（あいかわ　としたか）明治二二年～昭和一五年（一八八九～一九四〇）。詩人。石川県生まれ。旧制第四高等学校中退。大正八年『感情』に詩を載せ、同人となる。詩誌『壷』を主宰。『新詩人』『詩聖』に詩を発表する。詩集『万物昇天』、長編小説『世紀の哄笑』など。

164 ── 昭和13年5月22日　はがき／大阪府豊中市桜塚一、一三五ノ四　多田不二様／相川俊孝

久方振りの御通信に接し東京時代の思出も多き事に御座候　何れ出阪の節は是非とも御訪可申上候　不一

■消印は、金沢。

青木誠四郎書簡

（あおき　せいしろう）明治二七年～昭和三一年（一八九四～一九五六）。教育・児童・青年心理学者。長野県生まれ。東京帝国大学卒。同大学で不二と共に心理学を学ぶ。卒業後、東京帝国大学、日本青少年教育研究所等に勤め、戦後、文部省に入り教材研究課長に就任。のち東京家政大学教授、同学長。著書『青年心理学』『学習心理学』など。

165 ── 昭和13年9月18日　封書　毛筆／大阪市　大阪中央放送局　多田不二様　平安／小石川区大塚仲町三十六番地一号　青木誠四郎　九月十八日

拝啓

この度は突然参上非常な御厄介をかけて恐縮して居ります、こんな人間にしよつちうでかけられてはとてもたまらんと思ひます、たゞ久し振りで御目にかゝり、御元気に御活動の様子を拝見し、かつ私達の仲間が二人も大阪の中堅として社会に働きかけておられることは、自分の影甚だうすきに拘らず喜びにたえませんで

した、まあのび〳〵とうんと活動して頂き度いものです、
昨日は御厚意を無にして、帰途あの秋晴の天気を車中で見て残念なことをしたと思ひました、
どうぞ御健康に御注意下さつて、御活動を祈ります、
右たゞ御礼まで　足立氏にもよろしく御鳳声を願ひます、

九月十八日　　青木誠四郎

多田兄　玉案下

166――昭和14年2月11日　封書　毛筆／大阪、中央放送局　多田不二様　侍史／小石川区大塚仲町三十六番地一号　青木誠四郎　二月十日

謹啓　其後は御無沙汰いたし申訳も無之候
さて、昨年参上の節一寸申上げおき候、大阪市の職業指導の講演三月三日と決定いたし候まゝ、同前日夜大阪へまゐる予定にて候（かもめ若くは桜）間いつぞや御話し有之候宿へ一寸御電話下され度、部屋の都合願上候、尚三日午後もしくは四日午前、御都合つき候はゞ放送いたし得るやう願はるまじきかと存じ居り候（出来得べくんば職業指導に関し）この講演は研究大会と言ふこと故気勢を添へてやらばやと存じ無躾なる御願ひに及びし次第に御座候
右たゞ御願ひのみ如斯に御座候　早々

二月十日　　青木誠四郎

多田兄　侍曹

167――昭和14年2月20日　封書　毛筆／大阪中央放送局　多田不二様　貴酬／小石川区大塚仲町三十六番地一号　青木誠四郎　二月二十日

拝復

御葉書拝見、かつ先日放送局より電話ありし由にて御配慮有難く存じます、今度の御願ひは三日に旭区城東小学校で職業指導の研究会があつての出張故　同会の意味を強くよびかけるつもりの売込なものですから図々しいことを申上げたまでゞ別に他意は無いのです。そこで同日できねば無意味に小生がでしやばる事で変ですので、願ひさげをしたいと思ひます、たゞ三日は一日同校にゐるわけで、三時からの時間（或は午後のどこかに）を少し学校で都合して呉れられゝば、午後やらせて頂いてもと存じて居ります、もし同校へ御問合せ下さつて差支がないのでしたら組んで頂き、それが不都合でしたら右のやう願ひ下げにして頂きませう、

先便二日夜と申上げましたが、三日朝つきます故三日夜一泊いたし四日は帰り度く思つてゐます、尚拝眉の上おわび申上げます、

二月十九日　　青木誠四郎

多田兄　侍史

168――昭和14年2月28日　封書　毛筆／大阪、中央放送局　多田不二様　平安／小石川区大塚仲町三十六番地一号　青木誠四郎　二月二十八日

前略

とんだ御迷惑をかけてまことに済みませんでした、御諒恕願ひます、
三日朝着、宿に一休　午後四時半まで城東高等小学校、同夜フキ屋へとまり度くと存じて居ります、四日は
一寸奈良へ用達しにゆき午後か夜帰る予定です、いづれ御目にかゝつて　万

二十八日　　青木誠四郎

多田兄

秋庭俊彦書簡

（あきば　としひこ）明治一八年〜昭和四〇年（一八八五〜一九六五）。露文学者、俳人。東京生まれ。早稲田大学英文科卒。新詩社同人となり『明星』に短歌を載せたが、脱退。のち、チェーホフに傾倒し、『チェーホフ全集』の翻訳で著名になる。昭和に入って句作を始め、句集『果樹』がある。

169――昭和3年1月5日　はがき／市外調布町下沼部堀越　多田不二様

賀正

昭和三年

東京府荏原郡玉川村字等々力山谷六十五　等々力農園

秋庭俊彦

■・を付した「東京府」から「等々力農園」までゴム印。他は毛筆。

170――昭和14年（推定）□月□日　はがき／大阪府豊中市桜塚一、一三五ノ四　多田不二様

移転お知らせ申しあげます。

玉川等々力にて十三年間温室園芸を業としてをりましたが、今度都合により下記へ転居いたしました。競走馬を種育する広爽な牧場の一角へ温室も住居も移し、同牧場農事部の管理に携はり、牧草栽培を主業とし、また蔬菜を作ったり、花も作ったり、今までよりも一さう農民的な生活にはいったわけであります。相変らず季節に追はれる忙しい明け暮れですが、時を得ては、随筆を書き、俳句に精進し、物語をも書きたい念願です。春秋好晴の折には、ハイキングにお出かけ下さい。

京成電車「上野」より、省線は「両国」より「成田駅」着。成田より吉岡（キチオカ）回り「佐原」行バスにて約二十分、十余三（トヨミ）の秋山店前下車。徒歩三丁。

千葉県印旛郡遠山村十余三ベルエーヤ牧場

秋庭俊彦

■活字印刷、名宛は手書。

171――昭和16年3月5日　はがき／市内麴町区内幸町二丁目　日本放送協会　業務局教養部　多田不二様／秋庭俊彦

身辺の事情により、千葉県遠山のベルエーヤ牧場農事部を辞し、暫く下記へ寓居いたしました。晩春頃まで此寺にをります。

いづれ又、こん度は真鶴方面に場所をさがし蝸牛小屋を作って、自給耕作をやりながら、自炊の坐り込む生活にはいります。お知らせのみ。　三月五日

東京市品川区北品川三ノ二六〇

清光院（電、高輪五四一一）内
秋庭俊彦

芥川比呂志書簡

（あくたがわ　ひろし）大正九年～昭和五六年（一九二〇～一九八一）。俳優、演出家。東京生まれ。慶応義塾大学仏文科卒。文学座を経て劇団「雲」で活動。のち「雲」を脱退し演劇集団「円」を創立し代表となる。福田恆存訳、演出「ハムレット」の主演は特に有名。映画、テレビでも活躍した。著書『決められた以外のせりふ』『芥川比呂志エッセイ選集』など。芥川龍之介の長男。

172――昭和2年7月27日　はがき（黒縁取り）／市外田園調布下沼部堀廻七〇五　多田不二殿

故*芥川龍之介葬儀の節は暑中にも不拘遠路御会葬被下難有奉存候　乍略儀書中御礼申上候

昭和二年七月二十七日

東京市外田端四三五

男　比呂志

女　文子

■活字印刷。名宛は毛筆。

＊芥川龍之介葬儀　龍之介は、昭和二年七月二四日未明に自死。葬儀は、同月二七日、谷中斎場で行われ、日暮里火葬場で荼毘に付され、染井の慈眼寺に納骨された。

芥川龍之介書簡

（あくたがわ　りゅうのすけ）明治二五年〜昭和二年（一八九二〜一九二七）。小説家。東京生まれ。東京帝国大学英文科卒。大正七年一月、不二は日夏耿之介の第一詩集『転身の頌』出版記念会に室生犀星とともに出席し、そこで龍之介を知る。龍之介の死を知った不二は、「芥川龍之介氏回想」（『創造日本』昭和二年九月）で龍之介の人と文学について述懐し、「恐らく氏ほどにその死の早きを惜まれ、その遺徳を慕はれる者があるであらうか。私は思ひこゝに到つて、誠に暗然たるものがある」と記している。

173——大正15年5月24日　封書／東京市外調布村下沼部七〇五　多田不二様／鵠沼にて　芥川龍之介

冠省
高著「夜の一部」*を頂きありがたく存じます。この頃やつと一通り拝見しました。「夜の一部」*と云ふ詩が一番すきです。右とりあへず御礼まで。

芥川龍之介

五月二十四日

多田不二様

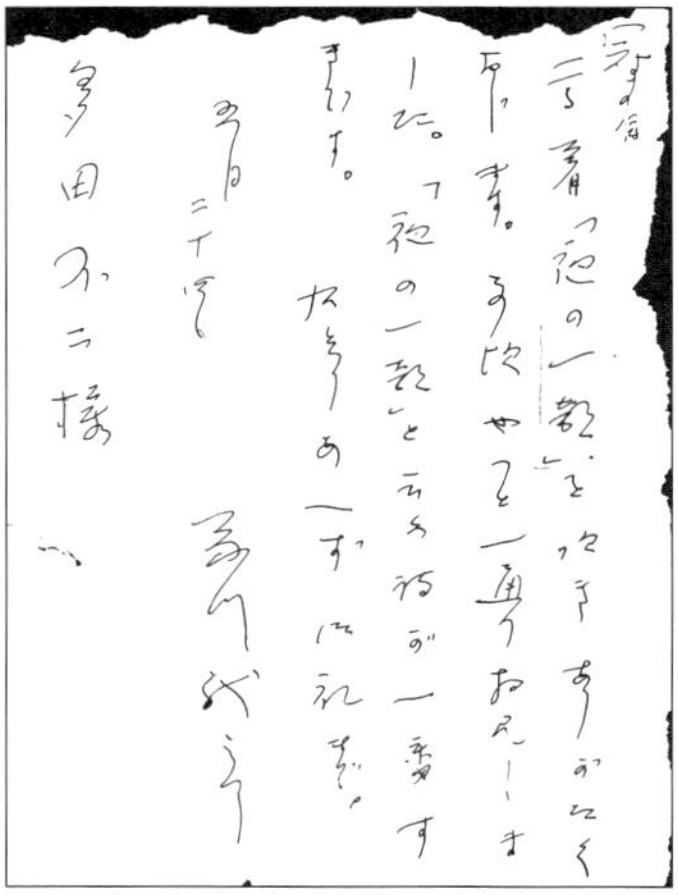

*「夜の一部」　不二の第二詩集。大正一五年四月二〇日、現代詩人叢書第一九篇として、新潮社より刊行された。不二は、「詩集の終りに」で「私のいふ『夜の一部』は人生の夜の一部である。もつと極限すると、作者の心の裡に若し神性と魔性とが同棲し、ローマン・ローランなどの言ふ様に始終互ひに烈しく相戦つて居るならば、この詩集一巻こそ、作者が夜の偽らない姿に於ける悪魔のあさましい武者振りを絶えず凝視めてきた意念の形見である」と書いている。

*「夜の一部」と云ふ詩　大正一〇年五月『現代詩歌』掲載の、三連から成る詩。

〈参考〉 詩「夜の一部」

夜の一部

都会には　毎日歩いてゐても／まるで初めて見る様な気のする街がある

時をり　その街のいろんな物象が／私の記憶のうちで／どうにも摑めないぼんやりした形で浮び出す

なぜか私は　さういふ街が好きだ／そこには寂しい劇場があつたり／暗い樹陰があつたり／もしか　ひよつとすると　白い襟巻した得体の知れない女が居る

〈余録〉 昭和三一年一〇月二〇日の『愛媛新聞』に載せた「犀星、朔太郎と交友のころ」で、不二は「ボクは大正十一年ごろ詩集〝悩める森林〟を、ついで〝夜の一部〟を出したが〝夜の一部〟に幽霊のことをかいた詩があつた。芥川龍之介に〝夜の一部〟を送るとその詩に表われた夜の精霊の幻覚が生々しいほど迫つてくるという意味の手紙がきた。それから十五日くらいで芥川は自殺したがボクにも責任があるような気がして何ともいえない感慨に打たれた」と記しているが、この書簡は不二の心の中で長い年月の間成長し続けていたようである。

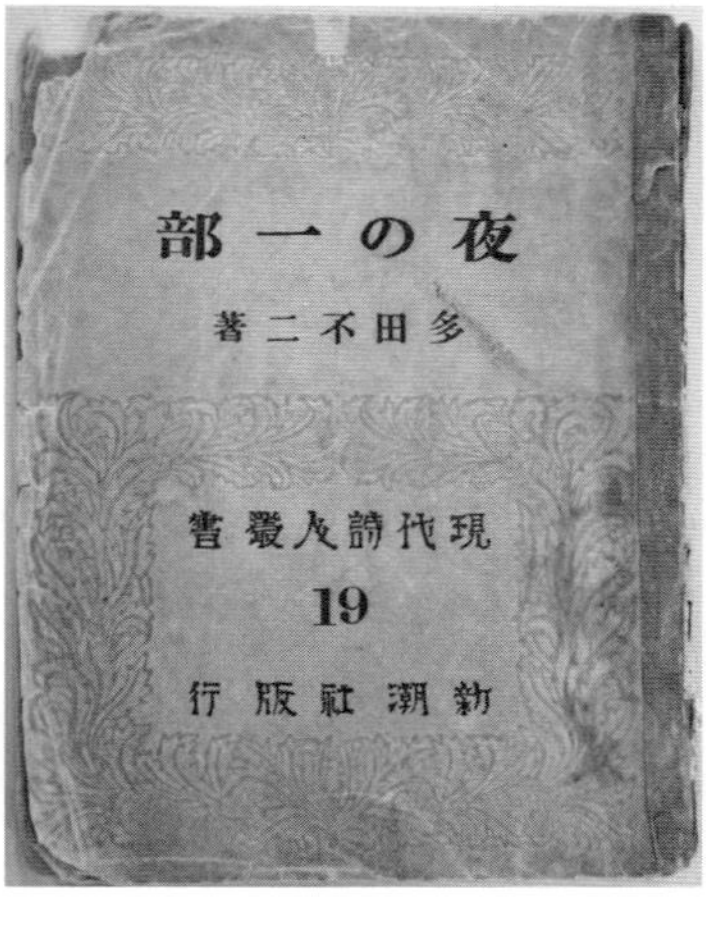

足立直郎書簡

（あだち　なおろう）明治二九年～昭和五五年（一八九六～一九八〇）。歌人、小説家、劇作家、演劇評論家。千葉県生まれ。早稲田大学国文科卒。橋田東声の『珊瑚礁』によって歌人として出発。のち、小説、戯曲、演劇評論を書く。戯曲集『芭蕉終焉記』、演劇評論集『歌舞伎への情熱』など。

174――昭和14年1月1日　はがき／大阪市(ママ)豊中市桜塚一、一三五ノ四　多田不二様

謹賀新年

足立直郎

昭和十四年元旦

東京市世田谷区北沢三ノ九七五

■活字印刷。名宛は毛筆。

175――昭和15年11月1日　封書　毛筆／麹町区内幸町　放送会館内教養部　多田不二様　御直披／世田谷区北沢三の九七五　足立直郎　十一月一日

啓、其後はすつかり御無沙汰申上げて居ります、先日南江君から伺ひ、大兄にはこの程より東京の方へ御転任の由、一度お目にかゝりたく存じてゐます。

就は別送の「女学生」登戴(ママ)の拙作「少女勤労隊」を、子供の時間*なり中学生の時間で放送方御取計ひ願へませんでせうか。白鳥氏の注文で書いた銃後国策劇です。原稿二十二枚ですから放送には適当かと存じます

この頃、久しく局からも用事なく、一年目です。一つお願申上ます。

幸、大兄が教養部に主任されたと伺ひ、御願申上げる次第です

御一読の上、よろしく御取計ひ下さい。いづれ、近日、夕方白鳥氏と逢ひますので、局へ御電話しますから

その時は御都合してお逢ひして頂きます。

では右御願まで　いづれ拝眉の上万々

十一月一日

足立直郎

多田不二様

＊子供の時間なり中学生の時間　「子供の時間」は、大正一四年七月一二日、愛宕山の放送舎で本放送が開始された初日から登場した、子どもを対象として設けられた番組。昭和一六年に「小国民の時間」と番組名を変え、同二〇年八月一五日の終戦当日まで続けられた。のち、同二一年一二月から「仲よしクラブ」として再登場し、同二八年にはテレビ番組に移行し、同三三年に放送を終えた。「中学生の時間」は、昭和一二年一〇月五日に放送が開始され、同一六年三月まで続けられた番組。

安達峯一郎書簡

（あだち　みねいちろう）明治二年～昭和九年（一八六九～一九三四）。外交官、国際法学者。羽前国（現、山形県）生まれ。東京帝国大学仏法科卒。外務省に入省。明治三八年、ポーツマス講和会議の全権随員となって小村寿太郎を補佐。ベルギー、フランス大使などを務め、国際連盟の日本代表として活躍した。昭和五年、常設国際司法裁判所判事、翌年同所長。ハーグ国際法アカデミー教授。ルーベン大学法学部名誉教授。アメリカ学術科学アカデミー名誉会員。オランダ科学協会会員。

176――昭和5年6月12日　封書／芝区愛宕山公園　東京中央放送局　多田不二様

七十日ノ滞京、倉皇夢如ク相過キ親シク御暇請出来兼ネ来ル十四日再ヒ祖国ニ離ル、コト誠ニ遺憾ノ至リ何卒御許容願上候

■「特命全権大使　安達峯一郎」と印刷された名刺に書かれたもの。

安倍季雄書簡

（あべ　すえお）明治一三年～昭和三七年（一八八〇～一九六二）。童話作家。山形県生まれ。函館中学校卒。明治四一年時事新報社に入社、同社発行の『少年』『少女』の主幹を務めながら童話を執筆。時事新報社退社後、東京中央放送局の『こどものテキスト』の編集顧問となる。また、久留島武彦とともに口演童話の開拓に務め、大阪毎日新聞社の嘱託講師として全国各地を巡講した。著書『愛のふるさと』『日本よい国』など。

177――昭和18年8月16日　はがき／大阪市大阪中央放送局　多田不二様／東京市小石川区茗荷谷町一八　安倍季雄　電話大塚五二八八番

御栄転御めでたう存じます。丁度旅行中だつたため、東京で御目にかゝり兼ね残念に存じます、時下一層の御自愛を願上げます。御歓びまで　頓首

■差出人、住所、氏名、電話番号はゴム印。

178――昭和19年7月□日　はがき／松山市松山中央放送局　多田不二様／東京市小石川区茗荷谷町十八番地　安倍季雄　電話大塚五二八八番

御葉書難有誦読、
御栄転、御累進、御目出度う存じます、松山はいゝ処ですな、せつかく御自愛御精進を願上げます。小生近頃は交通機関に不自由なため、旅行を封じられた形で、東京にたてこもり、連日連夜の敵襲に備へて居ます。
御挨拶まで

■差出人、住所、氏名、電話番号はゴム印。

新井紀一書簡

（あらい　きいち）明治二三年～昭和四一年（一八九〇～一九六六）。小説家。群馬県生まれ。小学校卒業後小石川砲兵工廠の職工となり、ストライキに惨敗した経験をもとに書いた「友を売る」は労働文学の代表作の一つ。労働者作家として認められる一方、「山の誘惑」「煽動」「雨の八号室」などを発表し反戦作家としても活躍した。著書『燃ゆる反抗』『怒れる高村軍曹』など。

179――昭和9年10月16日　封書／芝区愛宕山　東京放送局　社会教育課　多田不二様／豊島区長崎東町三ノ五六六　新井紀一　十月十六日

多田不二様

その後は御無沙汰申上げて居ります。御健闘の段、何よりの事と御悦び申上げます。

さて、小生近頃子供のものを多く書いてゐるのですが、子供テキスト*に童話を書かせて下さいませんでせうか。面白いものを書ける自信を持ってゐますが、是非御下命下さるやうお願ひ申上げます。

先達て一寸、銀座で金谷完治さんにお会ひしてその事をお願ひして置いたのでしたが、何しろ金谷さんとは初対面の事ではあり、委しい事はお話しませんでしたが、大兄からよろしくお取り計ひを願へませんでせうか。一度お訪ねしやうと思ひながら迷ひ出不精なもんで、いつも失礼ばかりしてゐます。

右取り敢えず要件のみ　草々

十月十六日

新井紀一

■池袋三一堂製の便箋を使用。

*子供テキスト　東京放送局の本放送初日、大正一四年七月一二日から始まったラジオ放送番組「子供の時間」専用の月刊誌『コドモのテキスト』（昭和八年、『ラヂオ　子供のテキスト』と改題）。昭和三年から同一七年まで発行された。

荒井星花書簡

（あらい　せいか）明治二〇年～昭和一七年（一八八七～一九四二）。詩人。茨城県生まれ。大関五郎の『私達』に作品を発表した。詩集『見えぬ雲雀』『誓願つつじ』、民謡詩集『草の実』など。

180――昭和2年3月5日　封書　毛筆／東京市外大久保百人町一九五　帆船詩社　多田不二様／茨城県真壁町　荒井星花

拝啓
本澤*君からの度々の知せに
多田さまと一緒に出てゆくからとのことに私は大へんそれをたのしみにしておまち申上げてゐました。だが遂にお見えにならぬので実に心寂しくおもひました。
本澤君は三日の夕くれに着きまして翌日の午後水戸を回って帰京いたしました。
次に「帆船*」をご送付いただきたく不取敢三ケ月分の為替を同封いたしましてお手かけをお願ひいたします。

三月五日

荒井星花

多田不二様

■四百字詰原稿用紙使用。

＊本澤君　本澤（ほんざわ）浩二郎。明治三〇年～昭和四三年（一八九七～一九六八）。

詩人。茨城県生まれ。北原白秋に師事し、『近代風景』に作品を発表した。詩集『太陽』『蒼ざめし指』など。

＊「帆船」不二の主宰した詩誌。大正一一年三月、帆船詩社から創刊。創刊時の同人は、原丈、林信一、笹澤美明、泉浩郎ら。特殊同人として、室生犀星、萩原朔太郎、恩地孝四郎、竹村俊郎がいた。第一次『帆船』は、大正一一年三月から同一三年一一月まで、二四冊。その後、不二は、帆船社から詩誌『馬車』を創刊する。同人は、不二の他に旧『帆船』の同人の笹澤美明、鈴木顕児、泉浩郎、旧『更生』同人の阿部哲、大谷忠一郎、平澤貞二郎、小田揚、それに個人的に親交のあった竹村俊郎、栗木幸次郎。『馬車』は、大正一五年三月から同年五月まで、三冊。同六月に、『馬車』を『帆船』と改題して発行する。同人は、『馬車』同人に富田充を加える。この第二次『帆船』は、昭和二年三月まで、四冊を発行した。

〈参考〉1　『帆船』（大正一二年二月号）の「編集後記」より

室生氏が編集し萩原、恩地、竹村氏及び私などを同人として四年余り続いた『感情』が大正九年に『感情同人詩集』を出して以来殆んど廃刊同様になつてたのを、去年旧同人が集まつて再び『感情』を出さうかといふ相談がほゞ纏まり、『第二感情』と名付けようか『独乙黒』と名付けようかといふ様な点まで行つたが、機が熟しなかつた為めか、そのまゝ中止する様な事になり、その際、経営費の一部として竹村氏から当時編集の仕事を引き受けた萩原氏の手元まで三十円寄付してあつた。処が上述の次第でその儘萩原氏が保管していたところ、『感情』復活も暫く延期する事になつたので旧同人合議の上創刊以来『感情』と因縁浅くない本誌に同金額を基本資金として回してくれた。同時に室生氏も、萩原氏も恩地氏も竹村氏もこれからはもつと密接な関係をもつてすべての方面で親身に尽力してくれる事になつた。

〈参考〉2　横瀬夜雨宛、多田不二のはがき（大正11年2月7日）。はがきを横に使用し、右に、帆船詩社の「清規」を印刷し、続けて手書きしたもの。表に、夜雨の自筆と思われる「横瀬夜雨様」のペン書きがある。――資料提供、青木正美氏。

清規

□「帆船」詩社は主として神秘主義の研究作品及詩の創作を愛好する人々によつて組織す

□「帆船」は毎月一回一日発行とす

□社友は雑誌の経営を援けるために毎月社友費として金一円五十銭を三ヶ月分前納と定む（社友には毎月「帆船」を配布す）

□「帆船」の発行について特別の関係ある者を同人と定む

□「帆船」は同人、社友以外に寄稿家の作品も掲載す

□「帆船」は多田不二編集主宰す

□原稿及社友費は東京市外大森町澤田七〇六多田方帆船詩社宛のこと（切手代用は断る、為替による事）

帆船詩社

久しく御無沙汰しました。御壮健の事と存じます。新聞でお承知でせうが右の内規で三月から雑誌を出します。宜しくお教授下さい。貴下のお門下で同好の方がお在りでしたら社友にお周旋下さいませんか。右お願ひまで　六日　多田生

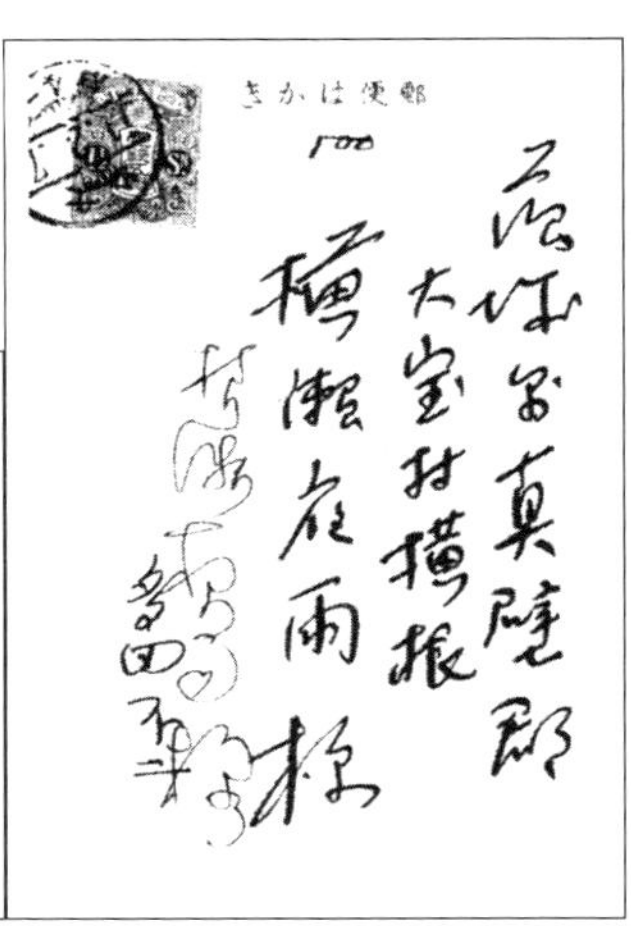

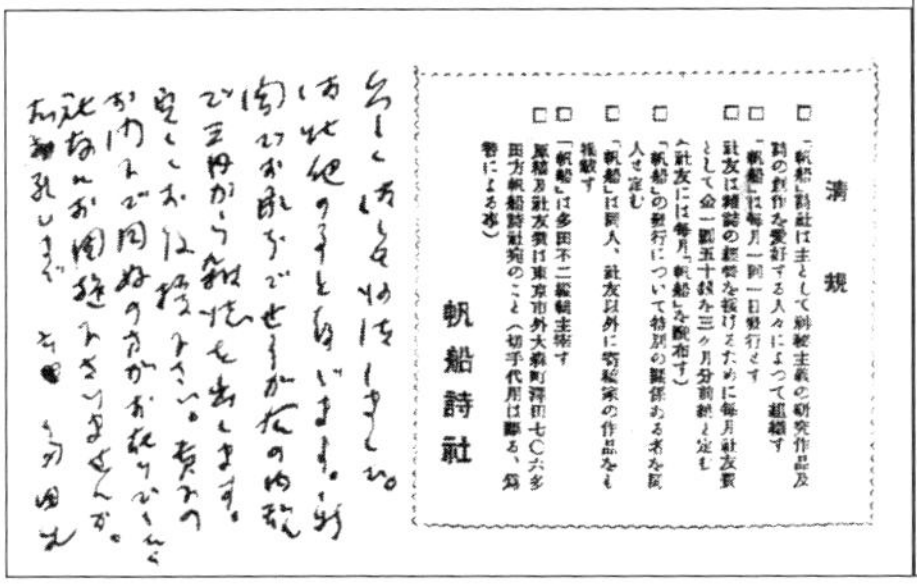

飯塚友一郎書簡

（いいづか　ともいちろう）明治二七年～昭和五八年（一八九四～一九八三）。演劇学者。東京生まれ。東京帝国大学法学部卒。日本大学芸術学部教授、のち二松学舎大学教授。弁護士業のかたわら、歌舞伎の研究を深め、『歌舞伎概論』『世界演劇史』等、多くの著書を刊行。日本演劇学会理事、松竹歌舞伎審議会専門委員等を務める。

181――昭和12年10月9日　封書／東京市大森区田園調布町二丁目七〇五　多田不二様　親展／飯塚友一郎　自宅　神奈川県腰越町東漸寺前　電話片瀬三一一番　学校　日本大学芸術科（東京本郷金助町）電話小石川二一四・五〇二一番　十月八日

拝啓、その節は誠にお世話様になりました。やはり放送は反響が大きいので、何よりも愉快に感じます。や丶もすれば象牙の塔にこもりがちな学究を街頭に引張りだして頂いたことを感謝いたします。今後も時々そうした機会に恵まれたく存じます。

そのうちに、久しぶりで拝眉を得たいと存じます。

とりあへず御挨拶まで、

頓首

十月八日

飯塚友一郎

多田不二様

座右

■封筒裏、活字印刷。

井川定慶書簡

（いかわ　じょうけい）明治三一年～昭和五二年（一八九八～一九七七）。浄土宗の僧侶、仏教学者。奈良県生まれ。京都帝国大学文学部国史科卒。大正一三年、京都大学嘱託のかたわら、近衛公爵家の文書整理の仕事を恩師三浦周行のもとで手伝う。同一四年、『法然上人絵伝』との初縁を得、のち研究を重ね法然上人伝研究に業績を残す。昭和二〇年三月、四八歳にして初めて専称寺住職となる。同二八年、知恩院教務部長。仏教大学教授、同名誉教授。著書『法然上人絵伝の研究』『随筆松花堂』など。

182――昭和13年3月2日　はがき　毛筆／東京市大森区田園調布二丁目七〇五　多田不二様／神戸市神戸区山本通四丁目一四一ノ一三　三月二日　井川定慶　電話葺合七三〇九番

拝啓
*BK教養課長に御栄転のよし夕刊にて拝承候　先づ祝詞申述候　安藤君の照会にて初めて拝眉して親しくして頂き存候　貴殿の西下を心より歓迎申上候、大阪に御落居の上はゆっくり一夕食卓を囲みたく存候　*松内則三氏は一度*知恩院大法要にてお目にかゝり申候　報道課長に御西下よろ敷候　不一

■差出人、住所、氏名、電話番号はゴム印。
*BK　大阪放送局のコールサイン（呼び出し符号）、JOBKの略。書簡244の「*AK」参照。
*松内則三（のりぞう）　NHKアナウンサー。不二は、「アナウンサー雄弁五人男」（『雄弁』昭和七年一月）の中で、「扨、何と云つても野球と角力の中継放送で、一躍人気の筆頭を占め、名アナウンサーとして謳はれてゐるのは松内則三君であらう」と書き出し、その人気と活躍振りを紹介している。
*知恩院　京都市東山区にある浄土宗総本山の寺院。

183――昭和13年4月2日　はがき／大阪市上本町六丁目　大軌上六終点南〝やまと〟東隣　浪花園アパート　多田不二様／

神戸市神戸区山本通四丁目一四一ノ一三　井川定慶　電話葺合七三〇九番

拝啓
小林大巖氏*の宅は左記、
　住吉区平野宮町、満願寺　電話　平野、七二
尚ほ出来るだけ尽力致すべく候　　　　怱々　頓首
　四月二日

■差出人、住所、氏名、、電話番号はゴム印。
*小林大巖氏　明治二七年～昭和五一年（一八九四～一九七六）。大阪満願寺住職（浄土宗）。

184――昭和13年7月16日　はがき　毛筆／大阪市東区馬場町　大阪中央放送局　多田不二様／神戸市山本通四丁目一四一
　井川定慶　電・葺合七三〇九

拝復　幸に何の被害も無之御安心下され候*、先日は御不在にて詮方なく藤田関知課長と久ぶりに快談致し候、九月十八日が松花堂*三百年に相当、幸に日曜日、八幡松花堂*より法要中継とか座談会（吉川英治*、堂本印象*、千家尊建*）をしては如何　京都、矢部部長*とも御協議願上候、不一

■差出人、住所、氏名、電話番号はゴム印。
*幸に何の被害も……下され候　昭和一三年七月五日、神戸市と西宮市が大水害に見舞われ（「阪神大水害」）、阪神間未曽有の被害（死者、715人とも、933人とも）を被った。そのお見舞いに対するお礼の言葉。
*松花堂　松花堂昭乗。天正一二年～寛永一六年（一五八四～一六三九）。書家、画家、僧侶。近衛信尹（のぶただ）、本阿弥光悦とともに、寛永の三筆の一人。絵は狩野山楽に学び、独自の世界を創造した。

＊八幡松花堂　松花堂昭乗が、晩年に京都八幡市に構えた草庵。

＊吉川英治　明治二五年～昭和三七年（一八九二～一九六二）。小説家。神奈川県生まれ。代表作に「宮本武蔵」「新・平家物語」「私本太平記」など。

＊堂本印象　明治一四年～昭和五〇年（一八八一～一九七五）。日本画家。京都生まれ。

＊千家尊建（たかたけ）　明治二三年～不明（一八九〇年～）。出雲大社大阪分院長。千家鐵麿から改名する。

＊矢部部長　矢部謙次郎。

〈余録〉　井川定慶著『我が歴史』（昭和四九年、井川博士喜寿記念出版部）より

昭和十三年七月、例の神戸地方の豪雨で東海線が不通となり、山から水を押し流して岩石を国道へ運びだし幾多の損害を与えた。私は京大への出勤のため朝早く神戸を出た時は何ら水害もなかったのに、午後五時前に京都駅へ着いて汽車に乗ろうとしたら大阪以西は不通だと掲示されている。私は簡単に汽車が不通でも阪急、阪神電鉄が通っているだろうと軽く考え大阪へ着くと全部不通である。止むなく京都の向日町の河合卯之助邸へ戻って来て泊めてもらった。翌朝ラジオによると、「神戸港へは汽船を利用されるとよい」というので家の事が気にかかり、汽船に乗って帰ったが、神戸港は泥海であった。山手の家へたどりつくと何事もなく安心した。そこへ、京都の五十嵐太一郎氏から電話があり、／「東京の吉川さん（吉川英治――編者記）から電話で、神戸の水害はひどいらしい。井川君は困っているだろう、心配している」という親切な伝言である。私は無事だから安心してほしいと答えておいたが、両三日して吉川氏より速達書留便が来て、「お困りだろう、食糧でも衣料でも送りますから遠慮なく云って来てください。失礼だが当座のまかないに」と金一封が入れてあった。／何と親切な方だろう。郷里の肉親から見舞のはがきさえも来ないのにと感謝したものである。

185――昭和13年8月26日　絵はがき　毛筆／大阪市東区馬場町　大阪中央放送局　多田不二様／井川定慶

拝啓　九月十八日（日）は松花堂三百年忌に相当当月山城八幡松花堂にて実況放送如何

尚そのお願は小生最近発見の「茶人江月と松花堂＊」との関係文書を中心に趣味放送致度候　プロ編成願上候

八月二十六日

井川定慶

■文は、表面下部に書かれたもの。
■裏面は、兵庫県史蹟、良純親王並御生母御遺蹟、御墓所標石の写真。
*茶人江月　江月宗玩（こうげつそうがん）。天正二年～寛永二〇年（一五七四～一六四三）。江戸時代初期の臨済宗の僧侶、茶人。津田宗及の子。大徳寺の住持。

186──昭和13年9月9日　封書　毛筆／豊中市桜塚、十二　多田不二様／京都帝大図書館　井川定慶　九月九日

拝復　芳墨拝見候　御多忙中益々御清適奉賀候
おほかたの　良純法親王*は知恩院宮第一世にてなつかしく小生　今春　其の遺蹟顕彰会にまゐり候　懐旧のおもひにしばしふけり申候
小生の放送日取り御配慮のよし拝謝候　九、十月中に候　空時なければ　十一月九日（水）が　旧暦九月十八日にて松花堂の正当忌日に相当り候　一寸御参考迄申上候
明日御転宅のよし何かと御とり込みと拝察候　頓首

九月九日

井川定慶

多田不二様

安藤十九木君は先般東京星岡茶寮*にて久方ふりて面会、去二十八、九日頃西下帰任せしよし、よるも関西にては行違ひにて面談の機を逸し候

■「京都帝国大学」用箋を使用。

＊良純法親王　良純入道親王。慶長八年〜寛文九年（一六〇四〜一六六九）。江戸時代初期の皇族。当初は徳川家康の猶子として直輔親王と名のった。知恩院初代門跡。

＊星岡茶寮　明治から昭和にかけて、現在の東京都千代田区永田町にあった料亭。

187――昭和14年2月3日　はがき　毛筆／大阪市東区馬場町　大阪中央放送局　多田不二様／神戸市神戸区山本通四丁目一四一ノ一三　井川定慶　電話葺合七三〇九番

拝復　かねて申上げ存候　落語の始祖　安楽庵策伝＊、入寂　正月八日は　太陽暦　二月二十六日（日）に相当り候　亡くなって　三百年に近く　秀吉に召され松花堂、石川丈山＊等と交友有り、お茶、趣味に通じ　安楽庵裂は名物ぎれとして　天下に名有之候　頓首

二月三日

■差出人、住所、氏名、電話番号はゴム印。

＊安楽庵策伝　天文二三年〜寛永一九年（一五五四〜一六四二）。江戸時代初期の僧侶、茶人、笑話作者。著書『醒睡笑』『策伝和尚送答控』など。

＊石川丈山　天正一一年〜寛文一二年（一五八三〜一六七二）。江戸時代初期の漢詩人、書家。晩年、京都一乗寺に詩仙堂を建て、文筆生活を送った。著書『詩仙詩』『詩法正義』など。

188――昭和14年12月30日　はがき　毛筆／豊中市桜塚十二　多田不二様／奈良県生駒郡郡山町洞泉寺　井川定慶　十二月二十九日

拝啓　年内三日と相迫り申候

正月十二日午後五・三〇より六時迄随筆風のもの「旅に聞く伝説」としては如何　梗概その中御送り致すべ

く候
十二日は午後五時過ぎまでに奈良より大軌にて上六、Ｂ・Ｋへまゐり申候　自動車は必要無之
藤田義信君へよろしく　　頓首
十二月二十九日

■差出人、住所、氏名はゴム印。

189――昭和15年3月16日　絵はがき／大阪市東区馬場町大阪中央放送局　多田不二様

拝啓　神武天皇聖蹟調査のため十一日より出張　昨日は国栖（くず）*、今日は井光（いかり）の遺跡を訪ね候、明日は五社峠*を越え下市の弥助すしにとまり候　大阿太（おおあだ）へ出て帰寺候　史蹟めぐり座談会「奈良県」の分いつに候や
三月十五日
吉野郡川上村迎ニテ　井川定慶

■差出人、住所、氏名はゴム印。文は、表面下部に記されたもの。
■裏面、『国栖景観』の写真。神武天皇の功神国栖の御祖石穂押別神を祀る『上宮国栖神社』（左下）、並に『下宮国栖神社』（右上）。
*昨日は国栖、今日は井光の遺跡　国栖、井光、後出の大阿太も、ともに奈良県吉野郡にある地名。特に、国栖は、古代吉野川上流の山地に住み、特殊な風俗をもつとされた部族。また、そこの地名をいう。
*五社峠を越え下市の弥助すし　五社峠は、奈良県吉野郡吉野町と川上村との町村境にある峠。下市の弥助すし（正式にはつるべすし弥助）は、奈良県下市町にある。歌舞伎「義経千本桜」の三段目「すし屋」の舞台となっている、由緒あるすし屋。

190――昭和20年8月12日　はがき／愛媛県松山中央放送局長　多田不二様／大阪泉北郡取石村綾井　専称寺　井川定慶

拝啓　益々御清祥奉賀候
陳者　今般浄土宗別格専称寺住職を拝命仕り、晋山式は時節柄簡素に執行ひ候　乍略儀以書中御挨拶申上候
敬具

城蹟山専称寺住職　井川定慶
（近畿日本南海本線・高石駅東三丁）

■謄写版印刷。名宛は、毛筆。
■上部に、南海本線高石駅から専称寺までの略図あり。

〈余録〉　井川定慶著『我が歴史』（同前）より

昭和十九年十月頃だった。いつも私のことを御配慮頂いている八木町国分寺田村澄善師より和泉国綾井専称寺という寺へ住職してはどうかという話があった。（略）先住大橋戒俊君は私の仏専一年先輩で東京の宗教大学を卒業してから独逸へ留学、ドクトル学位を貰って帰り仏専教授、そして専称寺住職八年有余で病没し遺族は未亡人と遺子三人である。（略）そして戦時中であったので鉄甲に巻きゲートル姿で三月二十日単身で専称寺へ行き御遺族と挨拶を交わした。ところが寺の本堂と観音堂とに大阪市粉浜小学校の生徒百余名が疎開中で、離れの座敷へ先生四名が宿泊、境内に炊事場と便所を仮設され、本堂前には大きな防空壕が二つ掘られて万一に備えている有り様であった。

〈参考〉『随筆松花堂』出版記念祝賀会案内状（昭和14年7月12日　はがき　印刷／大阪市東区大阪中央放送局　多田不二様）

出版紀念会御案内
拝啓　我等の知友　井川定慶君が『随筆松花堂』（立命館出版部刊行、定価一、五〇）を出版致し候に就ては聊か祝賀を表し、兼ねて同君を回る人々の会合機関として左記の如く催したく候間御同好御誘ひ合せ御参会被下度御案内申上候
日　時　七月十七日（月曜）午後六時開会
処　　大阪平和楼　　大阪市西区江戸堀南通一丁目

但シ市電江戸橋下車東半丁　電話土佐堀　五八三　五八四

費　金三円五十銭（随筆　松花堂　一本呈上）

準備の都合も有之候まゝ折返し御返事待入候

発起人

大江素天　木下寂美　サハイ　坂本　陽

千家尊建　高安吸江　高原慶三　富田正二

堂本印象　戸田芳助　成瀬無極　中村竹白

新村　出　林　春隆　福良竹亭　本田季麿

武藤貞一　六花真哉　吉川英治

泉浩郎書簡

（いずみ　こうろう）明治三五年～昭和五〇年（一九〇二～一九七五）。詩人。茨城県生まれ。明治大学中退。大関五郎の『私達』に参加。大正一三年四月、『帆船』に編集同人として参加し、同誌に詩二〇篇、評論一篇を載せている。詩集『曠野の彼方を行く者』『大地の展望』など。

191――昭和14年1月1日　はがき　毛筆／大阪府豊中市桜塚一、一三五ノ四　多田不二様　梧右

謹賀新年

先生の益々御清康祈上候

己卯元旦

茨城県真壁郡紫尾村

泉浩郎

伊東月草書簡

（いとう　げっそう）明治三二年～昭和二一年（一八九九～一九四六）。俳人。長野県生まれ。大須賀乙字、吉田冬葉に師事し、『獺祭（だっさい）』に参加。昭和三年、『草上』を創刊、主宰する。戦後は、『俳句研究』の編集に携わった。著書『伝統俳句の道』、句集『わが住む里』など。

192――昭和13年7月11日　封書／大阪府豊中市桜塚一一三五　多田不二様　御礼用／東京市外保谷村　伊東月草

拝啓　過日はいろ〳〵難有う存じました　御陰様ではじめて放送を経験する事ができました　厚く御礼申上げます　帰庵匆々子供の病気やら、展観準備やらで、転手古舞の体にて捗々しく御礼も申上げず御無礼いたしました　本日やう〳〵小閑を得ましたので、書中とりあへず御礼のみ申上げます

御自愛専一に祈上げます

七月八日　　伊東月草

多田不二様

御作句ナド時々御投恵下され様御願申上げます

二伸　尊居訪問の心算で海苔少々持参いたし居ました処、ホテルのボーイが荷物仕舞ひ忘れ、とう〳〵こちらへ返送しましたやうな次第、即ち別送いたします　御笑味賜わらば幸甚に存じます

〈参考〉葬儀通知状（昭和21年4月□日　はがき　印刷／愛媛県松山市竹原町三八　多田不二様／東京都下保谷町　保谷村塾　葬儀世話人）

伊東月草先生去月末突然発熱せられ帝大分院にて御加療中の処俄に御病状革まられ本月十二日午前六時遂に御逝去被遊候痛恨哀悼に不堪茲に有志相謀り塾葬として来る二十八日（日曜日）午後二時より保谷町草上文庫に於て告別式相営む事と致し候間当日は御焼香被成下度此段御通知旁々御案内申上候　拝具

昭和二十一年四月　日

東京都下保谷町（武蔵野線保谷駅下車）
保谷村塾
葬儀世話人

伊藤信吉書簡

（いとう　しんきち）明治三九年～平成一四年（一九〇六～二〇〇二）。詩人。評論家。群馬県生まれ。高等小学校卒。詩的アナーキズムからマルクス主義へと進むが、昭和七年の検挙を機にプロレタリア文学運動から退く。萩原朔太郎、室生犀星に師事した関係から、多田不二との接点を得た。詩集『故郷』『老世紀界隈で』、評論『島崎藤村の文学』など。『多田不二著作集　詩篇』の「序」として「『感情』『帆船』に沿うて」を載せている。

193――昭和17年7月11日付　封書／世田谷区玉川奥沢二ノ二一一　多田不二様／中野区文園町二十一　伊藤信吉

謹啓
いつぞや*は失礼いたしました。ここ数日来ほんとの夏になりましたが、御元気にお過しのことと存じます。萩原朔太郎全集*のことについてですが、日本詩人*、日本詩*、その他、拝見させて頂きたいものがあります。お忙しいところをお邪魔して申訳ありませんが、このこと、お願ひいたしたく存じますので、明日（十二日）午後お伺ひいたします。
玉川おく沢と言ひますと、どの辺にあたるのか私には見当もつかぬのですが、ともかくお伺ひします。
よろしくお願ひ致します。
敬白
七月十一日

伊藤信吉

多田不二様

＊いつぞやは失礼いたしました　「いつぞや」は、昭和一七年六月一五日に開かれた『萩原朔太郎全集』のための最初の協議会の時のことか。この時のことを、丸山薫が「『四季』のころ」（『風』昭和三七年七月）に「朔太郎全集刊行の話が小学館でもちあがったのは、その年の内の事だったろうか。その最初の相談のために、私たちは出版社から帝国ホテルの一室に招かれた。たしか室生さん、多田不二さん、保田与重郎君、伊藤信吉君などが出席したと憶えている。席上、遅れて顔を出した三好達治君と室生さんとの間に不意に感情の衝突がおこって、三好君が頭ごなしに室生さんをドヤしつけた。そのはげしい罵詈の前に薙ぎ倒されそうになった室生さんの、背をまるめた小さな姿をいまも忘れられない。（略）室生さんと三好君の衝突の原因は、いまもって私には解らない。たぶんそのとき両者それぞれの胸に高まり来たった故人への友愛と尊敬の感情との触発したものだったろう」と記している。

＊萩原朔太郎全集　小学館版『萩原朔太郎全集』（昭和一八年三月刊行開始、同一九年一〇月完結）全一〇巻別冊二巻のこと。多田不二、伊藤信吉共に編集委員であり、信吉は全巻の解題執筆を担当している。

＊日本詩人　詩雑誌。大正一〇年一〇月～同一五年一月。通巻五九冊。詩話会が新潮社から発行した機関誌。創刊当時の委員は、福士幸次郎、百田宗治、川路柳虹、白鳥省吾、室生犀星、佐藤惣之助、生田春月、福田正夫、千家元麿、富田砕花の十名。

＊日本詩　詩雑誌。昭和九年九月～同一〇年四月。アラキ書房刊。赤松月船、伊福部隆輝、井上康文、大木惇夫、勝承夫の五人が編集。

〈参考〉伊藤信吉宛、多田不二書簡（昭和36年9月30日　封書／東京都杉並区荻窪一の162　伊藤信吉様／松山市道後祝谷四

六四　多田不二　九月二十九日）

拝復

益々御健康にて御よろこび申しあげます

さて御照会の件関連御返事申しあげる筈のところ大層おくれて誠に申しわけありません

御質問の条々殆んど記憶が薄弱ではっきり御答え出来ないことは残念です　何か書きとめたものでもないかといろいろ古い文書類を探して見たのですが一向に見当りません

そんな次第で気にかけながら今日まで延引し本当に申しわけなく存じております　何とぞ御寛恕願います　従って別紙に認めたものは内容的に全く御役に立たないものばかりで平に御ゆるし願います　後日また何か御参考になるようなものでも見つけましたら直に御通知いたします

先ずは御返事旁々御詫びまで　　怱々

九月二十九日　　多田不二

伊藤信吉様

このカミに御記入ください

○大正六年十月二十一日（夜？）万世橋駅ミカドで「詩話会」第一回の集り（この日、設立に決定）があり、多田さん出席（室生さんモ中欠席）したのですが、このとき萩原さんは出席したでしょうか。

○多分出席しておられなかったのではないかと思います。萩原さんはあの頃象徴派の詩人諸氏に好感をもっておられなかったのでその人達と会いたがらなかったようでしたから。

○多田さんが室生さんをはじめて訪問したのは、「卓上噴水」第二号（大正四年四月）の出たときでしょうか。

○も少し前だった様な気がします。第二号の編集中にはしばしば雨宝院（室生さんの家）へ遊びに行っていましたから。

○多田さんが萩原さんにはじめて会つたのは、萩原さんが金沢へいった時（大正四年五月八日）でしょうか。

○これもはっきりしないのですが、多分上述の通りだったかも知れません。

○「感情」を復刊しようという話合いがあり、「第二感情」「ドイツ黒」という題名が出たりしたときの集りをどこで開いたか誰々が出席したか御記憶でしょうか。

○これもよく判りませんが特別の会合はなかったのではないですか。萩原さんが「ドイツ黒」という名前を口にしたことについては朧気な記憶があります。時と場所は覚えていません。

■質問状の上部は伊藤信吉の質問。下部は多田不二の回答。

井上剣花坊書簡

（いのうえ　けんかぼう）明治三年〜昭和九年（一八七〇〜一九三四）。川柳作家。長門国（山口県）生まれ。独学で小学校代用教員となり、のち『越後日報』に就職、主筆となる。その後日本新聞社に入社、新聞『日本』に川柳欄を設け選者を務める。『大正川柳』（のち『川柳人』と改題）を発行し、新興川柳の普及に努めた。著書『江戸時代の川柳』『新川柳自選句百三十三人集』など。

194――昭和2年5月17日　封書（速達）毛筆／東京芝局　愛宕山放送局　多田不二様／東京市外杉並区馬場五四七　井上剣花坊

謹啓　未得御意候得共御高名は兼々承知仕居候　さて今回時事新報社安倍季雄氏の御口添にて来二十四日午後七時二十五分御局の御厄介に相成る事可有成候　よろしく御願上候　題目梗概及住所直に御通知申上候処去十三日より感冒臥蓐昨日漸く床上げの故にて契約期限の各方面へも大失礼致上候次第貴下へ対しても延引申訳無之別紙に演題及梗概記しつけ封入御還、他は拝面之際御挨拶可申上候　用事にて　如此御座候　怱々

不一

二年五月十七日朝　　　　　　　　　　井上剣花坊

多田不二様

御座下

二白

拙生住宅は

市外杉並区馬場（原）五四七

にて中央沿線駅は高円寺付近之高円寺変電所沿い中野電信隊の練兵場の長き濠有候　拙宅は其向フにて隣家迄は杉並町字高円寺にて拙宅より字馬場と相成候　即ち字堺に有之候　変電所側そばやの横に案内図有之候　井上剣花坊と大書記入有之候　為念申上置候

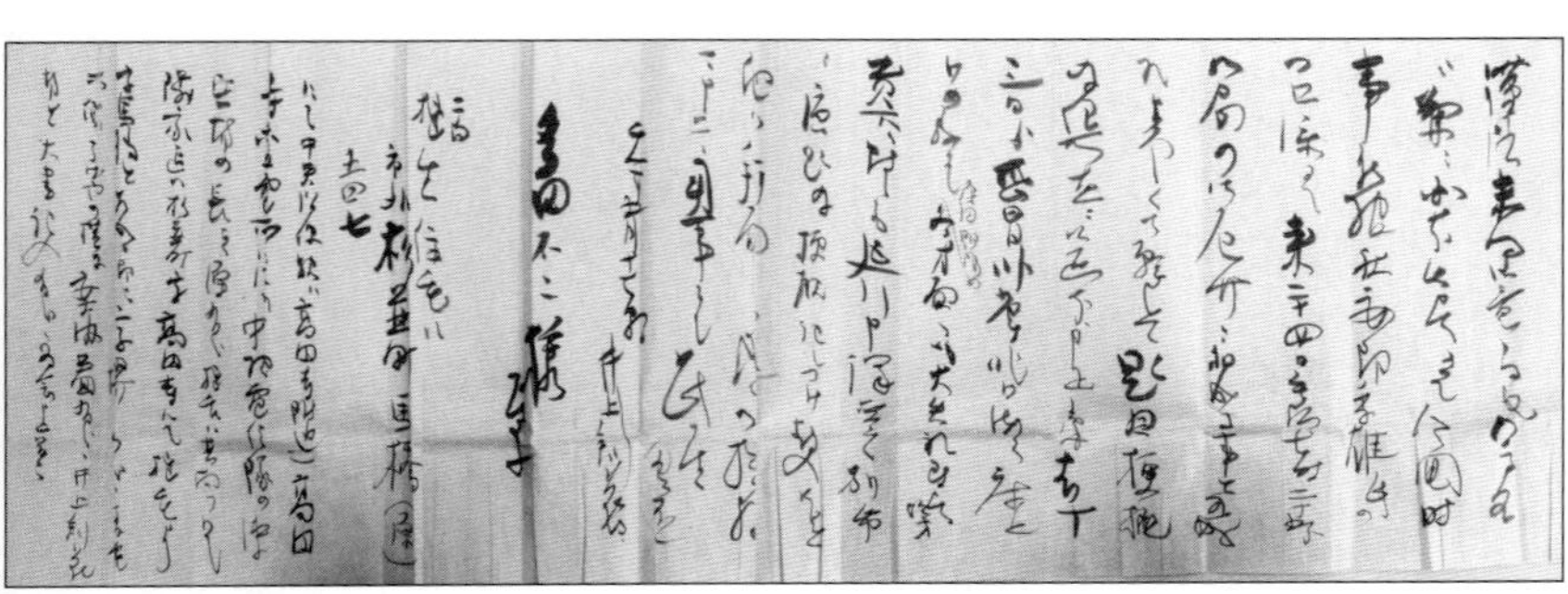

井上康文書簡

（略歴22頁参照）

195――大正15年4月26日　はがき／市外調布村下沼部七〇五　多田不二様／四谷区三光町一　井上康文　四月二十六日

先日は失礼いたしました、
詩集*ありがとう存じます、久しぶりに兄の詩をたくさんよめるので嬉しく思ひます。いづれ熟読の上何かに感想書きたいと思ひます。私の散文詩集*の方御友人に御すゝめ下さる様切にお願ひ申上ます、

＊詩集　不二の第二詩集『夜の一部』。書簡173の「＊『夜の一部』」参照。
＊私の散文詩集　大正一二年、草原社刊の散文詩集『華麗な十字街』のことか。

196――昭和4年4月1日　はがき／市外田園調布下沼部七〇五　多田不二様／市外野方町上沼袋七三　井上康文

御手紙拝見いたしました、子供をつれて病妻の見舞にいつて昨日帰へりましたので返事をくれてすみませんでした、あなたのお仕事*に対して喜んで賛成いたします。明日原稿はお送りいたします。
（尚金子*は上海にをりますが、同様の用事ですか　急用ですか　他の。）

＊あなたのお仕事　国民図書株式会社刊行『新日本少年文学全集』全一八巻の内の「童謡傑作集」編纂の仕事。書簡436参照。
＊金子　金子光晴。明治二八年～昭和五〇年（一八九五～一九七五）。詩人。愛知県生まれ。早稲田大学、東京美術学校、慶応義塾大学等を中退。第二次世界大戦前後に痛烈な反戦詩を書き、戦後も抵抗詩人として活躍した。詩集『こがね虫』『鮫』など。森三千代（詩人）は妻。光晴は、昭和三年九月から同七年四月にかけて、三千代とともに東南アジアからヨーロッパへの放浪の旅

に出ていた。

197――昭和20年2月□日　絵はがき／松山市竹原町三八　多田不二様／東京都杉並区中通町四七　井上康文　二月三日

御寒さ酷しき折柄益々御多祥の趣き大慶に存じます、此度の御栄進は新聞にて拝承、陰ながら御喜び致してゐました。戦局益々苛烈、寸時の猶予もゆるさぬ状勢となつてきました、ただたのむは日本国民の奮起、実際の上の粉骨砕身の御奉公のみです。官にあるもの、また一般国民のゆきがかりや情実を捨ててただ頑張り戦ふだけです。あまりに道学者多く、あまりに理屈が多く、あまりに面倒な手続きときづなが多すぎます。これが戦局に大きくひびいてゐます。勝てる日本は、これではいけないと思ひます。御奮闘祈ります、

■文は、表面下部に記されたもの。

■裏面、石川啄木関係の写真（盛岡中学校）と次に記す三首を載せたもの。

盛岡の中学校の
露台の
欄干に最一度我を倚らしめ

教室の窓より遁げて
ただ一人
かの城址に寝に行きしかな

解剖せし
蚯蚓のいのちもかなしかり

伊波南哲書簡

（いば　なんてつ）明治三五年〜昭和五一年（一九〇二〜一九七六）。詩人、小説家。沖縄県生まれ。高等小学校卒。警視庁に入り、警察勤務のかたわら佐藤惣之助に師事し、詩文集『南国の白百合』を出版。のち、郷土を母胎とした詩、小説、随筆集を発表。詩集『伊波南哲詩集』、少年少女小説『オヤケ・アカハチ』など。

198——昭和18年（推定）8月20日　封書／大阪市東区馬場町　大阪中央放送局　多田不二様　御直披／東京都淀橋区角筈三ノ一八九　伊波南哲

前略御免下さい。

昨夜小国民の時間[*]に於ける貴局からの放送〝荒潮の若人〟[*]の脚色〝海の快男児〟を面白く拝聴致しました。実は拙作をどの程度に脚色されたものやら見当もつかず半ば不安に似たものを感じながらラジオをお聴きしたのですが、予想以上の出来ばへで悦んでゐます。小生の友人の詩人たち、或ひは国民学校の教師たちが拙宅で一緒にお聴きしたのですが、思はず拍手したくらゐですから、大成功だと思ひます。烈々として迸る海国魂と愛国的熱情を感じないではをれませんでした。

少国民の魂に、深く食ひ入ったことと思ひます。物語の泉田行夫[*]氏にも心から感謝致します。詩人の貴殿が、放送部長の椅子にをられるので、小生たちは、どんなに力強いでせう。

何かしら、ほのぼのとして明るい気持ちになります。

小生は、このほど、江田島海軍兵学校を二週間に亘って見学し、詩集　江田島*　を脱稿致しました。出版次第、貴殿の下へ一部贈呈致しますから、何かと御利用下さい。

今朝は、少国民文化協会の招待で、茨城県の陸軍飛行場へ一日入営の見学に出向きますので、これで失礼致します。

時節柄御体専一に御自愛下さいませ。

八月二十日

伊波南哲

多田不二様

*小国民の時間　昭和一六年に、「子供の時間」から改名された番組名。書簡175の「*子供の時間なり中学生の時間」参照。

*〝荒潮の若人〟　伊波南哲著『荒潮の若人』。昭和一八年、講談社刊。

*泉田行夫氏　大正三年〜平成七年（一九一四〜一九九五）。東京生まれ。帝塚山学院で教師生活のあと、NHK大阪放送局に芸能嘱託として入局。

*詩集江田島　未完詩集。

植村敏夫書簡

（うえむら　としお）明治四一年〜平成七年（一九〇八〜一九九五）。独文学者。宮崎県生まれ。東京帝国大学独文科卒。日本放送協会勤務、のち、満州国建国大学助教授。戦後、日本放送協会嘱託。文化放送教養部長。のち、日本大学法学部教授。著書『ゲーテと音楽』、翻訳書にヘルマン・ヘッセ

『惜春の賦』、オスカー・ビー『ドイツ・リード詩と音楽』など。

199——昭和7年4月10日　はがき／大阪府豊中市桜塚一二　多田不二様

拝啓　春暖の候いよいよ御健祥に亘(ママ)らせられます御事とお慶び申上げます　日頃は御無音に打過ぎ失礼の段何卒あしからず御海容のほど願上げます　さて小生このたび放送協会を退職仕り満州国建国大学に赴任いた*すこととなりました　つきましてはこれまでながいあひだ公私ともに一方ならぬ御高庇を忝ういたしまして洵に有難う御座いました　心から厚く御礼申上げます　なほ今後ともよろしく御指導御鞭韃賜りますよう伏して懇願申上げます

時節柄御自愛専一に祈上げます　　敬具

三月三十日　　植村敏夫

留守宅　東京市板橋区小竹町二七二八

新京市　建国大学教官室

・こちらにまゐりますまへに　いちど御目にかかりたく思つてゐましたが研修の都合で失礼致しました　いづれ夏に帰京いたしますからその節御挨拶を申上げ度く存じをります

■消印は「新京中央」。

■「拝啓」から留守宅表記までは印刷。「新京市　建国大学教官室」は手書きで添えたもの。

■・を付した「こちらに」から「存じをります」までは、はがき右余白に手書きしたもの。

*満州国建国大学　かつて存在した満州国の首都・新京（長春）にあった、国務院直轄の国立大学。

論』など。

牛山充書簡

（うしやま　みつる）明治一七年〜昭和三八年（一八八四〜一九六三）。音楽・舞踊評論家。長野県生まれ。東京音楽学校（現、東京芸術大学）卒。同大学の講師を務めるかたわら、大正一四年から『東京朝日新聞』の音楽・舞踏欄を担当。のち、東京バレエ学校を創立、校長を務めた。著書『音楽鑑賞論』など。

200──昭和13年3月20日　はがき／大阪市天王寺区石ケ辻町四三　浪花園　多田不二様／杉並区西田町一ノ六六一　牛山充　二十日

御栄転とも知らず御無礼いたし相すみません、併し、お住居なれたこちらをお引上げにするには奥様方も嘸御心残りがおありの事と存じます。どうぞよろしく御伝へ下さい。BK*はすべて潑剌としてゐるやうです。御活躍を切に御祈り申上げます。　可祝

＊BK　大阪放送局のコールサイン（呼び出し符号）、JOBKの略。書簡244の「＊AK」参照。

201──昭和18年9月22日　はがき／大阪市東区馬場町　大阪中央放送局　放送部長　多田不二様／東京都杉並区西田町一ノ六六一　牛山充　二十二日

百人町を通る度毎に昔を思ひ出します。御清栄の上御栄転慶賀至極に存じます。益々御責任重きを加へるにつき御心づかひが多く御心労さこそと拝察いたします。それにつけても折にふれての御詩作もあらまほしく思はれます。詩人藤村逝き*、今日また児玉花外*老の長逝の報に接し、明治大正の詩壇に雄視した諸家の昨今を思ふと秋風落莫の感にたへません。

＊詩人藤村逝き　島崎藤村。明治五年〜昭和一八年（一八七二〜一九四三）。詩人、小説家。長野県生まれ。藤村は昭和一八年八月二二日に逝去している。書簡315参照。

＊児玉花外老の長逝　児玉花外。明治七年～昭和一八年（一八七四～一九四三）。詩人。京都生まれ。花外は昭和一八年九月二〇日、六九歳で逝去した。

202――昭和20年4月11日　はがき／松山市竹原町三八　多田不二様／東京都杉並区西田町一ノ六六一　牛山充　十一日

拝啓、此度は御昇進御栄転御目出度うぞんじます。東京は小生の帝都生活四十余年中一度も経験しなかつた寒さで、郷里信州諏訪を思はせる霜柱と防火用水の凍結の中で防空活動をしてをりますが、今度御栄転の松山は気候的にも恵まれてをりますので御一家の皆々様にも定めしお喜びのことと存じます。戦局の切迫と共にお仕事の国家的重要性が日一日と加はります昨今定めし御多端の事と拝察致します。どうぞ御自愛の上邦家のため御健闘下さいますやう、御一家の御清祥を祈りつゝ。

■名宛は毛筆。

生方俊郎書簡

（うぶかた　としろう）明治一五年～昭和四四年（一八八二～一九六九）。随筆家、評論家。群馬県生まれ。早稲田大学英文科卒。朝日新聞記者を経て文筆家となり、新聞や雑誌に各界にわたっての風刺、批判文を書く。昭和二年『ゆもりすと』、同一〇年『古人今人』を創刊。著書『明治大正見聞史』『謎の人生』など。

203――昭和13年1月29日　はがき　毛筆／世田ケ谷区玉川奥沢町二ノ二一一　多田不二様／世田ケ谷区松原町二ノ七六五　生方俊郎　一月二十八日

謹賀新正　過日はおハガキ下され難有存候　書画展は私のかいた依頼状（印刷物）の文句に間違ありそのため御返事無之故材料お届けいたさず、そのため御出品無之人々多く有之老兄の方もそのための手ちがひには候はずやと恐縮いたし居り候

源氏と平家*、その中多田源氏*の事もかいてます、多田は大富豪でした

*源氏と平家　生方俊郎著『源氏と平家　治承四年五月より寿永三年正月まで』。昭和一四年、古人今人社刊。

*多田源氏　多田家系図によると、多田家は清和源氏の流れを汲み、初代は、清和源氏発展の基礎をつくった平安前期の武将、源満仲で、不二はその一八代にあたる。満仲は、天禄元年（九七〇年）、摂津多田に住んで多田源氏を称し、多田院を建立した。

〈余録〉『古人今人』（昭和一二年六月）掲載の「社告」

社告

ユウモリストの見たる日本史

源氏と平家

右の本を自費出版致し度きに就き。何卒御後援を願ひます。

一、紙数四六判五百頁内外、

一、定価金参円本が出来てから御送金の事、

一、ムダな形容詞や冗漫な文句を省き内容豊富にします。従来の史書と比し事件は十倍も多く書きます。

一、総振仮名を付け、子供さんにも親しまれる様にします。

一、政治経済外交風俗祭祀戦乱等、多方面にわたり趣味的です。

一、少納言信西の少納言、頭ノ中将資盛の頭ノ中将、大理時忠の大理、畠山ノ庄司重忠の庄司、武蔵ノ国の住人の住人等、一々職柄を説明して、子供にも解るやうにします。

一、私の描いた下手クソな地図を添へます。

右は五百部まで予約を確めてから出版に着手し度いと思ひます。何卒一日も早く一口も多く御予約申込み下さい。知己友人の間にもお勧め下さい。御送金の節は振替が最も安全です。

六月吉日

生方俊郎　敬白

各位様

■同誌同月号の「高円寺便り」には、「『源氏と平家』もおかげ様で今や四百二十を突破し予定数の五百にヂリ〳〵近づいて来た」とある。

204――昭和15年10月11日　封書　毛筆／世田ケ谷区玉川奥沢町二ノ二一一　多田不二様／世田ケ谷区松原町二ノ七六五　生方俊郎　十月十一日

拝啓　今朝はわざ〳〵フリカへにて古人今人*へ過分の御寄付いたゞきその上に源氏と平家御注文にあづかり御芳志のほどありがたく御礼申上ます　老兄が大阪へおいでられたのは昨日のやうに思つてましたが早一年余もたちましたらうか　私も老兄の御在阪中に一度上方へ紅葉見物に参りたく考へて居りましたがつひぐづ〳〵と東京で暮してしまひました

御時勢で今は放送の方もなか〳〵お骨が折れること、御察し申上ます　古人今人四十七号も発禁になりました、多分「贅沢*カード」の一文が祟つたものと想像します　お上の手加減は何処に在るかなか〳〵分らずめんどうです　放送の方は一層神経質に取締るんぢやないかと思ひます　今度はまた御栄転の由御祝辞申上ますと同時にお骨折のほどお察し申上ます　次に別封小包にて源氏と平家御送り申上ます　製本印刷時節柄でお気に召すやうには出来ませんでしたがお宥し下さい　又去年辺りも老兄より御注文があつたやうな気もいたしますがその時送本を怠つたのではないでせうか、何しろ何もかも一人でやるためゴタ〳〵して失策ばか

りです　何事も大目に見て下さるやうお願ひ申ます
先は右御礼まで

頓首

十月十一日

生方俊郎

多田老台　梧右

＊古人今人　生方俊郎執筆、編集の個人雑誌。昭和一〇年八月より同四〇年代まで発行された。
＊「贅沢カード」の一文　不詳。

205——昭和16年6月13日　はがき／世田谷区玉川奥沢町二ノ二一一　多田不二様

転居お知らせ

拝啓　都合により先へ転居いたしました　御手数ながら早速名簿を御訂正下さい　頓首

新居　東京市板橋区志村清水町四百三十九ノ九号

古人今人社

生方俊郎

昭和十六年六月十日

追テ旧住所は世田ケ谷区松原二丁目でございましたことを念のために申添へます

■裏面、活字印刷。名宛は毛筆。

206――昭和18年2月13日　はがき／世田谷区玉川奥沢町二ノ二一　多田不二様

謹啓　立春に方り謹しみて皇軍の必勝と貴家の清福とを祈願し奉り次に厳しい本年の余寒を御見舞申し上げ折角御養生の程お願ひ致します

降つて小誌「古人今人」の儀は創刊以来茲に八周年未だ曾て一部たりとも店頭に鬻(ひさ)かず衆愚の鼻息を窮はずして永続し来る二月中旬には第七十七号を玉机の辺に御郵送申し上げるの光栄を予想出来ます事は偏に貴台を初め拙者年来欽慕致す所の賢良諸彦の力強き有形無形の御援助に拠るものと日夜感謝して居ります　戦争が愈々深刻に進むに連れて益々本誌使命の重大さを痛感致し六十二才の駑鈍に鞭ち只管愛国赤誠の情を此一管の禿筆に托する以外に又他意無之次第でありますから貴台に於かせらても何卒旧倍の御後援を賜らん事を偏に希ひ奉ります

敬具

昭和十八年立春

東京市板橋区志村清水町四三九

古人今人社　生方敏郎

・御近況御洩らし被下度候　いつぞやは御後援ありがたく御礼申上候

■・を付した「御近況」から「御礼申上候」までは毛筆。他は印刷。

江木理一書簡

（えぎ　りいち）明治二三年～昭和四五年（一八九〇～一九七〇）。軍人、ＮＨＫアナウンサー。昭和天皇御即位時大礼記念事業として、昭和三年一一月から始まった「ラヂオ体操」を担当。不二は、「アナウンサー雄弁五人男」（『雄弁』昭和七年一月）の中で「君は陸軍軍楽隊の楽長補でフルートの名手、福島県の出身である。福々したエビス顔にいつもニコ〳〵と微笑を湛へ、早暁鶏のやうに『皆さんオハヤウございます』と、全国の家庭に健康な挨拶を贈るわが江木アナウンサーの毎朝の実演を、筆者は諸君に一度見て貰ひたいと思ふのである」と書いている。

207――昭和19年（推定）9月23日　はがき／大阪市東区大阪放送局　多田部長様／中野区野方町二ノ一四四七　江木理一

再度の関西お務めにて種々御多忙の事と存じます　今日では、あの美味左手も思ふに任ぜず　と遠察仕ります　御健勝をお祈り申上げます　此度は早速玉書を賜りありがとう御座います

江戸川乱歩書簡

（えどがわ　らんぽ）明治二七年～昭和四〇年（一八九四～一九六五）。小説家。三重県生まれ。本名、平井太郎。早稲田大学政治経済学部卒。大正一二年、『新青年』に「二銭銅貨」「一枚の切符」、次いで「屋根裏の散歩者」「人間椅子」などを発表して作家生活に入り、我が国最初の本格的な探偵小説を開拓した。また、『少年倶楽部』に連載した「怪人二十面相」「少年探偵団」「妖怪博士」などの少年推理小説で人気を博した。

208――昭和5年7月9日　封書（速達）毛筆／芝区愛宕山　放送局講演部御中／戸塚町源兵エ一七九　江戸川乱歩　九日

拝啓、
昨日は失礼しました　其後考へますにシャーロックホームズ云々は長過る上に少し変でもありますのでやはり仰せの如く分り易くドイル*の探偵小説と致した方よろしくはないかと存じます
右一寸申上け度　　敬具

九日　　江戸川乱歩

講演部　御中

＊ドイル　Arthur Conan Doyle（1859〜1930）。イギリスの小説家、医者。探偵シャーロックホームズを主人公とした推理小説で有名。

209 ―― 昭和9年6月30日　封書（速達）／芝区　中央放送局講演係　多田不二様／芝、車町　平井太郎　六月三十日

拝啓
先刻は失礼しました。

御下命の事何とか都合つけるべく考へましたけれど、既に荷物運搬を始め居り、九日頃はまだあとかたづけの際中（ママ）にて、気分も落ちつかぬ事と存じますので、今回は他の探偵作家に御依頼下さらば幸に存じます。

御承知の如く人に話をする事ひどく不得手の小生、そこへ右の事情がありますので、迚も気軽に放送など致し難く、誠に遺憾ですが今回は御許し下さいます様御願致します。

　小生先年来鼻の持病あり、話下手の上発音不明瞭にては致方なく、これも気の進まぬ一つの理由です。

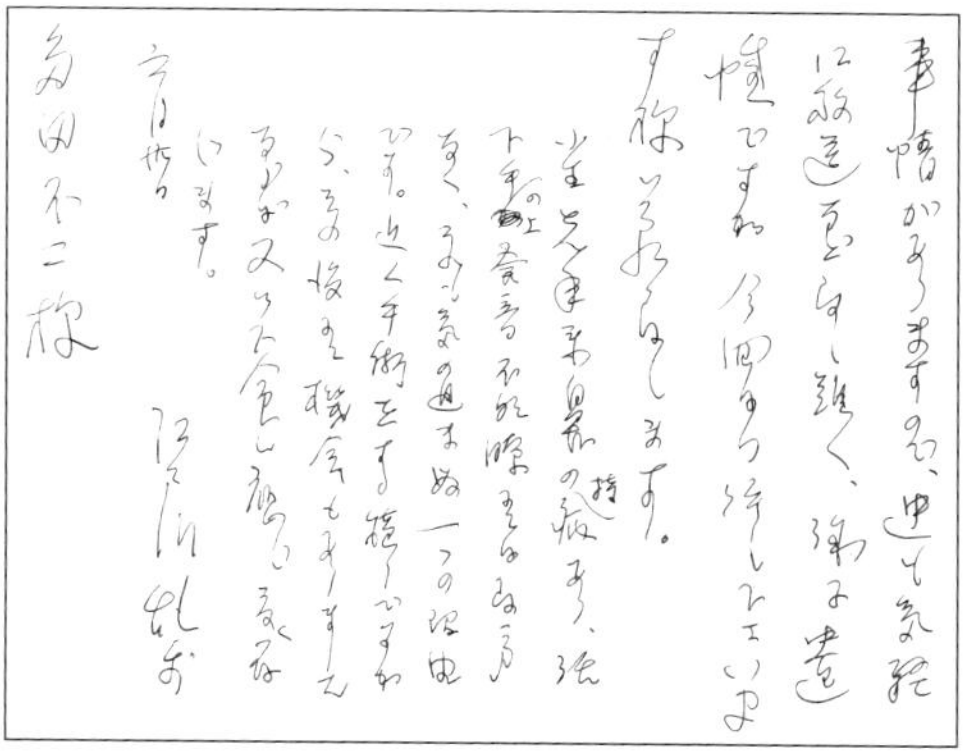

近く手術をする積りですから、その後にて機会もありましたならば又御下命に応じ度く存じます。

江戸川乱歩

六月三十日

多田不二様

大木惇夫書簡

（おおき　あつお）明治二八年～昭和五二年（一八九五～一九七七）。詩人。広島県生まれ。一時「篤夫」も名のった。県立広島商業学校卒。詩集に『風・光・木の葉』『失意の虹』など。晩年に至っても創作意欲衰えず、詩集を刊行。童話、童謡を書き、児童文学の翻訳も多い。不二は、草稿「現代の詩と詩人」で「大木篤夫は白秋門から出た才気煥発の詩人で、フランス風の美しい詩句を得意とし、その詩の多くは見るからにソツのない叡知と情熱を適度に盛つた清々しい抒情詩である」と書いている。

210 ―― 昭和4年4月1日　往復はがき（返信）／市外田園調布下沼部七〇五　多田不二様／東京市外阿佐ケ谷小山六七　大木篤夫

拝復

*新日本少年文学集へ編入の童謡の件、拝諾いたしました。

不取敢　右御返事申上げます。

（その後しばらく御目にかゝりませんね。一度ゆつくり歓談したいものと思つてゐます。

（放送局の方へも一度お伺ひしてみたくも思つてゐます。

＊新日本少年文学集　不二が編纂したと推測される『新日本少年文学全集』全一八巻の内の「童謡傑作集」のこと。書簡436参照。

大関五郎書簡

（おおぜき　ごろう）明治二八年～昭和二三年（一八九五～一九四八）。詩人。茨城県生まれ。東京主計学校卒。山村暮鳥と親交を結び、詩作。『私達』を創刊。のち、北原白秋、野口雨情の協賛を得て、昭和六年『新日本民謡』を創刊し、民謡詩を創作する。詩集『愛の風景』、童謡集『星の唄』、民謡集『煙草のけむり』など。

211――（封筒無し）昭和6年（推定）11月3日付

拝啓
秋冷の候益々御清適の御事と存じます。
さて、突然ながら別便にてお目にかけました小生編輯の雑誌[＊]「新日本民謡」新年号に貴方様の御作品（詩一篇）を賜り、以て誌上を飾りたく存じます。まことに恐入りますが、来る八日迄に当方着便のやう、御寄稿下さいますやう御願ひ申上げます。実は参上御願ひ申上ぐべきでございますが書状を以て失礼させて頂きます。
尚、当分のあひだ何の御礼もいたしかねますが何分よろしく御力添へ下さいますやう願上げます。　草々。
十一月三日　　大関五郎
多田不二様

＊雑誌「新日本民謡」昭和六年一〇月、北原白秋の協力を得て帝都書院から創刊された、「民謡の機関雑誌」（「編集後記」より）。創刊号、表紙題字は北原白秋。口絵に白秋近影。
＊貴方様の御作品（詩一篇）不詳。不二は、昭和七年三月号の『新日本民謡』に、詩「古風な町」を載せている。

212――昭和12年12月11日　封書（速達）／大森区田園調布二ノ七〇五　多田不二様／中野区鷺宮二ノ七八八　大関五郎　十二月十一日

事後は御無沙汰いたしました　今年もまた寒い季節になりましたがます〳〵御勇健のこととおもひます　さてぶしつけですが小生この暮かぎり雑誌運動をやめて今後は歌謡界に乗出すべく着々勉強中です　ついては放送局の方の仕事も是非何かさせて頂きたいとおもひますので此際貴兄の御尽力を仰ぎたくいろ〳〵とお話もうかがひたいと思ひますので一両日中に是非おめにかかりたいと思ひます　まことに勝手ですがどんな時間に何処へお訪ねすればいいかを大至急御返事頂きたくおねがひいたします　久しぶりで大いに話したいとおもひます

万々拝眉の上　失礼不悪

十二月十一日　大関生

多田兄

213――昭和14年6月11日　はがき　謄写版印刷／大森区田園調布二ノ七〇五　多田不二様

拝啓
風爽かなる初夏の候益々御精励のこと丶存じます。

扨て早速乍此度遠大なる理想と抱負とをもつて創刊致しました雑誌[*]「国民詩」に是非共貴下の御寄稿を仰ぎ公器としての意義を更に一層深め度く存じます、就きましては（「感情[*]」の思ひ出）を来る六月二十五日迄に御送付下さいます様御願ひ申上ます。

敬具

昭和十四年六月十一日

東京市中野区鷺宮二ノ七八八
国民詩編集所
大関五郎

＊雑誌「国民詩」　昭和一四年六月に創刊された、大関五郎主宰の詩歌雑誌。千家元麿、白鳥省吾、百田宗治、濱田廣介らが選者として協力した。

＊「感情」の思ひ出　不詳。

太田稠夫書簡

（おおた　しげお）明治二四年〜昭和三〇年（一八九一〜一九五五）。小説家、戯曲家、評論家、編集者、冠句研究者。兵庫県生まれ。早稲田大学英文科卒後、時事新報、のち講談社に入社。その間、小説、戯曲、評論等を『聖盃』（のち『仮面』と改題）などに発表。昭和二年、冠句研究誌『文芸塔』を創刊した。冠句界では久佐太郎、「冠句中興の祖」と呼ばれている。

214 ―― 昭和13年4月12日　封書／大阪市東区馬場町　大阪中央放送局教養課　多田不二様―御直披―／神戸市神戸区中山手通六丁目二八　冠句研究　月刊雑誌　文芸塔社　振替大阪九三四四番　太田稠夫　昭和十三年四月十二日

多田不二兄。

その後失礼してゐます。

御家庭の方お落着きになりましたか。ことしの春は急激にやつて来たので面くらつて居ります。花見もどうやらおしまひらしいです。

矢部氏*はまだ御帰坂にはならないでせうか。奥さんがずつとお悪いのではないか心配してゐます、あれから一度、お国の方からお便りがあつたゞけ故甚だ不安な気持でゐます。

今月の土、日曜日はずつと詰まつてゐますから、来月初旬あたりお揃ひで御来駕を得たくなど考へ居ります。

五月と申せば、冠句始祖*の、祥月に当り各地で冠翁忌*など営まれますので一度講演致し度し、それに青年講座の事で御相談申し度儀も有し、大塩氏御出勤前にでも一度おつかはし被下ば幸甚です。大低(ママ)午前中は在宅、殊に中旬以後は小生、ズツといつも籠城して居ります。

十二日

太田稠夫

多田不二雅兄

■「文芸塔社」の封筒使用。封書裏は、差出人名のみ手書。

*矢部氏　矢部謙次郎。

*冠句始祖　江戸時代の俳人、堀内雲鼓。雲鼓は、元禄八年『夏木立』を選して笠付（冠付）を俳諧の新領域として確立し、その流行の契機をなした。

*冠翁忌　雲鼓の没年は、享保一三年五月二日。雲鼓の墓碑が京都に発見された昭和九年、稠夫が中心となって冠翁忌を制定、以後、毎年五月に雲鼓の遺徳を顕彰する「冠句大会」が催された。

215――昭和15年1月24日　封書／大阪市東区馬場町　大阪中央放送局教養課　多田不二様　御直披／神戸市神戸区中山手通六丁目二八　冠句研究　月刊雑誌　文芸塔社　電話元町〇〇六六番　為替大阪九三四四番　太田稠夫　昭和十五年一月二十四日

多田不二兄

御無沙汰してゐます、

さて突然ながら、――けさ*の大毎大兄の「批評家出でよ」を面白く拝見、頗る同感、といふより小生がアテツケられるやうにさへ感じた、と云つて何も小生「暇も金もあつて自分の体を持扱ひかねてゐる」ほどの人間ではないが、かねてからこの事を考へて居り矢部氏時代にも一端の素懐を漏らした事があるのです。

そこで私は講演（硬いものは自信無し、主として芸術方面）と邦楽方面にかなりの自信を持つて居ります、講演は自分も放送した経験が多少あり邦楽は――就中長唄の如き普通の師匠より巧いし、故桃水翁*（半井桃水）に就いて基本的な教育を受けて居り、長唄をはじめてから今日まで二十年余になります、自分でもこれをネカして置くのは惜しいと思ひます、それでかねて新人放送の場合など審査の上にお役に立てば、と思つた事もあるので、大兄の大毎のあの一文、真面目に考へておられるなら、御起用下さい、一度貴局へ押かけて御懇談申したい位に思つて居ります。

二十四日　　太田稠夫

■「文芸塔社」の封筒使用。封筒裏は、差出人名のみ手書。

*けさの大毎大兄の「批評家出でよ」　昭和一五年一月二四日の『大阪毎日新聞』に載った記事「批評家出でよ」のこと。ここで、不二は「今の我が国で生活的に成り立つかどうかは疑問であるが、私は専門のラヂオ批評家、ラヂオ評論家があつて宜い様に思

ふ」と書き出し、「そこで最後に私は甚だ虫のよい考へであるが、頭と閑のある金持インテリに自前でこれをやつて貰ひたいといふのである。世の中には自分で自分を持ち扱つてゐる（ここは太田稠夫書簡にあるように「扱ひかねてゐる」の誤植と思われる—編者記）有閑階級の知識人、学校は出たが金もあり勤めは厭だといふので、ぶらぶら毎日を持てあましてゐる勿体ない人達が随分居るやうに思ふ、さういう人々にはこれは実にうつてつけの仕事ではないだらうか」と結んでいる。

＊半井桃水　万延元年〜大正一五年（一八六〇〜一九二六）。小説家。大阪、東京の朝日新聞社に勤めた。通俗小説家として名を馳せ、代表作には「天狗回状」「大石内蔵之助」など。晩年は長唄、歌沢、清元などの歌詞の作者として俗曲界で活躍した。樋口一葉の師として有名。

大槻憲二書簡

（おおつき　けんじ）明治二四年〜昭和五二年（一八九一〜一九七七）。心理学者、文芸評論家。兵庫県生まれ。早稲田大学文学部英文科卒。精神分析学専攻。大正末期から、『文芸日本』『新潮』などにマルキシズム文学論批判の評論を発表。昭和三年、東京精神分析学研究所を設立し所長となる。昭和四年から同八年にかけて『フロイド精神分析学全集』を刊行。同八年、雑誌『精神分析』を創刊した。著書『精神分析学概論』『結婚心理学』など。

216——（封筒、欠）

拝復

過般は御栄転の御通知に接し誠に有難う存じました。東京御在勤中は毎々御好意ある御取計ひに浴し、厚く御礼申上げます。

小生は関西出身の者にて久しぶりに御地へ行つて見たいと云ふ願望を持つてをります。その内機会ありましたら「豊太閤の心理分析」を大阪人のために試み、その現実適応能力の由来を説いて見たいと思つてをりますが、その節には一つよろしく御推薦の程願上げます。

まづは御慶びまでに、

敬具

大槻憲二

多田不二様

昭和十三年三月二十四日

■「東京精神分析学研究所　東京市本郷区駒込動坂町三二七　振替口座・東京七八八一七番」と印刷された便箋使用。

大橋八郎書簡

(おおはし　はちろう)明治一八年～昭和四三年(一八八五～一九六八)。政治家、官僚、俳人。富山県生まれ。東京帝国大学卒。日本放送協会第四代会長。日本電信電話公社第二代総裁。NHK会長の時、終戦時の玉音放送に携わった。越央子の俳号をもち、句集『野梅』がある。

217――昭和21年(推定)1月24日　はがき/松山市竹原町三八　多田不二様/東京都板橋区石神井谷原町一ノ一五二　大橋八郎

お寒さきびしき折御きげんよくゐらせられ御よろこび申上げます。お早々と御祝詞頂きおそれ入りました。旧冬より健康を害し引こもりをり失礼いたしてをりました　お寒さの折御いとひのほど念じ上げます

一月二十四日

大谷忠一郎書簡

（おおや　ちゅういちろう）明治三五年～昭和三八年（一九〇二～一九六三）。詩人。福島県生まれ。旧制下野中学校卒。『北方詩人』『日本詩人』に参加。平澤貞二郎らと『更生』を発行した。詩集『北方の曲』『空色のポスト』など。萩原朔太郎と結婚（朔太郎は再婚）した美津子は、妹。

218 ―― 大正15年11月13日　封書／東京市外調布村下沼部七〇五　多田不二様／福島県白河町本町五四　大谷忠一郎　十一月十二日

前略

二三日前に上京しましたが例に依つて忙しかつたのでお訪ねしませんでした。

白河は、もうすつかり紅葉もおわり、寒い風が終日、ガラス戸を鳴らしてゐます。

小生は、このごろ少しく健康に留意して来ましたので、今後は、明るい御対面が出来るようになるだろうと思ひます。

何時もながら悪作を、お送りして多田さんを悩ませることを心苦るしく思ひますが、斯う十篇並べて見ると捨てるのも、いたましいばかりでなく、マンザラ捨てたものでもないと言ふ自惚れからお送りします。近日中に、恋愛詩篇を、数篇まとめて「帆船*」へおくります。この原稿は、どこかへ御紹介を願われないものでせうか。いつも、お願ひやお頼みばかりして大層御手数を、おかけします。

只今丁度阿部君*が、遊びに来ましたので、これで擱筆します。御機嫌よう

十一月十二日　　大谷忠一郎

多田不二様

波に狎れる

大谷忠一郎

奥さん　あなたの乳房は新らしい水密桃のやうで
むつちりとふとつてゐる両足は
白い犬のやうに波にぢあれつき
こころよいそよ風に
さざなみのやうに乱れるあなたの微笑は
真夏の明るい風光をゆるがせる
奥さん　日光にきらきらきらめく銀色の肌を
くつきり色彩る肉色の海水着を染めかへて
潮にぬれた黒髪を
茶色の海水帽の中へ早くかきあげて下さい
そうして　はやくはやく
くすぐられてくすぐられて逃げ場のない夢を見てゐる
あはれなわたしを救つて下さい
よその奥さん

雲母

砂原にながくのばした素肌には

人造大理石にちりばめた金粉のやうに
きららが　きらきら光つてゐる

美くしい半島の砂浜に
きらきらとひかりかがやくきららをあびて
うら若い女たちは人魚のやうに水をくぐり
青い潮でからだを洗ひ
砂地に寝ては金粉の化粧する

かくて銀光の陽射のもとで
女たちの絹肌はだんだん栗色に日焼けするのです

——牝鹿半島にて——

■詩二編は同封されたもの。
＊「帆船」　不二の主宰した詩誌。書簡180参照。
＊阿部君　阿部哲。福島県出身の詩人。『更生』同人。のち、不二主宰の『馬車』および第二次『帆船』に同人として参加した。
〈参考〉大谷忠一郎の詩集『北方の曲』（昭和二年一〇月、印刷所　帆船社、発行所　文武堂、装丁挿画　栗木幸次郎）の跋文、「北方の詩人——巻尾小言——」

我々は同国人はあまりに南方を慕ひすぎてゐるやうに思ふ。

明るい華やかな彼の暖い国々の生活に興味を持ちすぎてゐるやうに思ふ。

だが私はこれらのいはゆる文明的な我国のインテリゲンチヤと非常に生きる上の興味を異にしてゐる。
私にはあの南国風の瞬間的なめまぐるしい灼熱の感情よりも、力強い内燃的な北国の憂鬱な情熱の方がはるかに親しみを覚えるのだ。
元来私は北国の、陰惨な冬の季節が大好きだ。
鈍色の天に垂れ下つた、いらいらするまでに頭を圧しつける重い空気。
その下にものものしくそびえたつ暗緑の大森林、
見はてもつかぬ広漠の黒い耕地。
それらすべての自然は、人情は私の心を慰さめ安堵させる。
私自身郷土的には厳密な意味の北国人ではないが、
しかし思想上からいつても感情上からいつても、
私はあくまで北方的なものの讃仰者であり、溺愛者である。
私は過去現在を通じての芸術世界に於いて、
いかに多くの勝れた天才がこの北方人の間から現れ出たかを知つてゐる。
なんと異色ある作家がそこから生れでたか。
かりに我々の国の一チヤンピオンとして石川啄木を考へて見よう。
彼の一生を貫くあの深刻な生活苦、あの陰惨な愛闘、そして其れを包む鉛いろの雰囲気、
ああ　この詩人のもの宿命的な暗さを、どうして我々は南方詩人の激情的な、はなやかさのうちに見出すことが出来やうか。
飢ゑと寒さに培はれた彼の詩境は、とりもなほさずニエクラーソフのもつ鬼哭啾々たる苦悩の世界ではないか。
幾多の先行者追随者とともにこの特異な北方詩人の素質は、
やがて永久の連鎖となつた、我等の文芸史上に推積（ママ）されつつあるのだ。

南欧詩人の弾力的な、真紅に燃える情感は私の胸を充分掻き乱す。
しかも北欧詩人の底知れず湧き上つてくる、地熱のやうな圧力は私の心をしつかり捕へて放さない。

大谷忠一郎君の新著「北方の曲」は
その題名に依つて知り得るやうに、この若き北方詩人のあふるる感情が奏でる青春の頌歌である。
しかしこの著者は、私の相識る範囲では現在性格的にまた嗜好的には寧ろ南国風への被誘惑性に富んでゐるやうである。
彼国のエキゾチツクな、近代都市的な情趣に、より多分の興味を感じてゐるやうに思ふ。
が、畢竟君の歌つてゐる世界は
雪ぐもりのどんよりした北国の土壌の上を、あわたゞしく軌りゆく心音のひびきである。
そこには君が強い愛着をもつて探し蒐めてゐる、哀歓のピエロの代りに
ぴんと長い尾を立てた黒猫が、疑ひ深い眼をみはつて読者を窺つてゐるのだ。
私は君の詩が、
どこまでもこの懐疑派の動物の野生のままで、北国の幽鬱な風景のうちに放置してくれることを切に望んでゐる。

昭和二年九月下旬

東京にて

多田不二

岡本一平書簡

（おかもと　いっぺい）明治一九年〜昭和二三年（一八八六〜一九四八）。漫画家、作詞家。北海道生まれ。東京美術学校（現、東京芸術大学）卒。大正元年、夏目漱石の紹介で朝日新聞社に入社して漫画記者となり、同紙を中心に新聞や雑誌に漫画漫文を載せた。終生、妻かの子を支え、画家志望の長男太郎を応援した。

219――昭和14年12月29日　はがき　印刷／大森区田園調布二ノ七〇五　多田不二様

喪中に付年始の*
御挨拶遠慮申上ます
昭和十四年十二月
東京市赤坂区青山高樹町三番地
岡本一平
電話青山（36）三五七五番

*喪中　妻、岡本かの子は、この年（昭和一四年）二月一八日に死去。

小川武書簡

（おがわ　たけし）明治四一年〜平成元年（一九〇八〜一九八九）。漫画家。東京生まれ。筆名、皿皿。北澤楽天に学ぶ。大正一四年、時事新報社に入り、日曜付録「時事漫画」（のち「漫画と読物」）に「まのぬけヌーさん」を連載。戦後は『読物と漫画』などで活躍した。

220――昭和13年11月12日　はがき／東区馬場町大坂中央放送局　多田教養課長様

大阪毎日新聞連載
マンガ　街の斥候
スッテン太郎

突然！　の事ながら、やうやくお馴染になりました「大阪時事」*からお暇を戴き、新しく　大阪毎日新聞へ連載漫画を描く事になりました。かへり見れば大阪へ来て、もう四年になります。その間支那事変に依る日本のはげしい変化―現情打破の熱情に動かされての新しいスタートですから銃後の一員として懸命に努力したいと存じます。相変らず御指導の程を願ひ上げます。

昭和13.・11.・11.　画室・大阪・豊中市新免九三八

（蟬尖兵（せみせんぺい））小川　武

■文面（イラスト、署名含む）は活字印刷。

＊「大阪時事」　福澤諭吉が大阪に進出し、明治三八年に創刊した『大阪時事新報』。

221――昭和15年2月23日　はがき／大阪豊中市桜塚十二　多田不二様

東京へ辰（たつ）どし！
生産都―大阪で二児を授かりまして今回再び帝都へ
　画室を移しましたドウゾヨロシク
昭和10年（亥）　猪突―大阪へ
　11年（子）　長女七七子生る
12年（丑）　支那事変

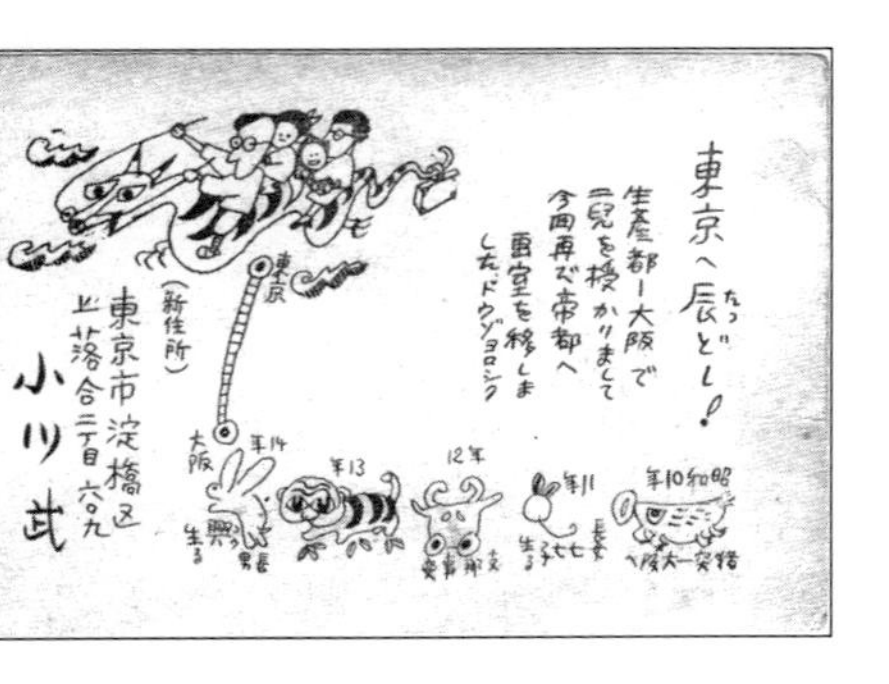

13年（寅）
14年（卯）　長男興(こう)生る
東京（辰）↑　大阪
（新住所）
東京市淀橋区上落合二丁目六〇九　小川武

■文面（イラスト、署名含む）は手書印刷。

小川未明書簡

（おがわ　みめい）明治一五年〜昭和三六年（一八八二〜一九六一）。小説家、童話作家。新潟県生まれ。本名、健作。早稲田大学英文科卒。初め新浪漫主義、社会主義的傾向の小説を書き、のち童話創作に専念した。小説「魯鈍な猫」「血で描いた絵」、童話「赤い蠟燭と人魚」「野薔薇」など多数。

222――大正15年4月26日　はがき／市外、調布村下沼部七〇五　多田不二様／小石川雑司ケ谷町七十六　小川健作

御筆硯の御多祥を祝します。
高著[*]「夜の一部」をいたゞきまして、まことに有かたう存じます。常に、御健康御精進の意気に対して敬服いたしてゐます。時節柄、何卒御自愛遊されんことを祈ります。先は、厚く御礼まで　匆々
四月二十六日

＊高著「夜の一部」　大正一五年四月、新潮社より刊行された、不二の第二詩集。書簡173参照。

沖野岩三郎書簡

（おきの　いわさぶろう）明治九年～昭和三一年（一八七六～一九五六）。小説家、童話作家、評論家、牧師。和歌山県生まれ。明治学院神学科卒。大正七年、大逆事件に連座して処刑された親友大石誠之助をモデルにした小説「宿命」を書いて、作家生活に入る。小説集『生れざりせば』、童話集『労働の少年』、評論『日本の児童と芸術教育』『娼妓解放哀話』など。

223――昭和13年11月14日　封書／大阪府豊中町桜塚一一三五ノ四　多田不二様／東京市淀橋区下落合三ノ一五〇七　沖野岩三郎

永い間研究してゐました「日本建国史考」[*]が、いよいよ刊行の運びとなりました。これは題名の示す如く、建国史考であつて、建国史ではありません。

吾等は自国の完全なる建国史を要求します。けれども我が日本建国史の基礎をなす所の古典の解釈が区々であつて、まだ完全な統一がついてゐません。たとへば、別天神と天神、天神と地神との区別。天之御中主之神が、絶対唯一神であらせられるか、又は日本最初の現人神であらせられたか。天照皇大神が男神であらせられたか、女神であらせられたか。豊受大神宮の御祭神が豊受比売であるか、天之御中主之神であるか。こんな大きな問題が、学者の間に今に結論を見ないで、議論を続けられてゐるのであります。

拙著「日本建国史考」は、先づこれらの解釈を主として、天之御中主之神より彦五瀬命までを、別天神、天神十代、地神七代と断定して、新しい体系を樹て而して徐々に研究の歩を進めたのであります。けれども、其の「神」とは何であるか、ことに吾等の祖先が、開国当時信じてゐた神と、その神の意義の如きは、古典のみに其の意義を求めては不十分である事を知りまして、日本民俗の諸種の習慣風俗から、根気よく材料を集めました。そして、開国当初の日本人の信念を断定し、それを土台として、神を説明し、高天原の意義を決定しました。

然らば、此の信念を有した吾等の祖先が、如何にして此の日本を開拓統治して来たかといふ大きな問題に際会します。其の問題を解決しない限り、日本建国の精神も、神の意義も、世界無比の国生（くにうみ）の思想も判然致しません。

固より浅学な私の事でありますから、此の難問題の解決には言ひ知れない苦心を要しました。けれども、出来るだけ先輩の意見を尊重し、努めて軽率な独断を避けてまゐりました。たまたま無謀に似た大胆な結論を与へた箇所もありませうが、それは単なる私の空想からのみ来つたものではありません。斯る際には、十分に先輩の言説を尊重し、その上に近代科学に背反しない一定の原理を仮定し、それを出発点として、古典の事実に即した説を樹てたのであります。

前に発行しました『迷信の話』*と、『日本神社考』*との二書は、幸に諸賢の御愛読を得まして、重版の光栄に浴しましたが、その二書と共に、三部作をなす本書の為にも、是非諸賢の御叱正と御教示とをお願ひ致したいのであります。

何卒御一読下さいましたならば、御知友にも御推挙下さるやうお願ひ致します。

昭和十三年十一月三日

東京市淀橋区下落合三丁目千五百七　沖野岩三郎

多田不二殿

■本文中「多田不二」以外は、活字印刷。
*「日本建国史考」　昭和一三年に、恒星社から刊行された『日本建国史考　古事記・日本書紀の読み方』。
*『迷信の話』　昭和一二年、恒星社刊。
*『日本神社考』　昭和一二年、恒星社から刊行された『日本神社考　日本宗教史の読み方』。

荻原井泉水書簡

（おぎわら　せいせんすい）明治一七年～昭和五一年（一八八四～一九七六）。俳人。東京生まれ。東京帝国大学言語学科卒。明治四四年、新傾向俳句運動を主導する河東碧梧桐と『層雲』を創刊。大正二年に俳句観を異にする碧梧桐が離れてからは、同誌を主宰し、自由律俳句を提唱した。門下には尾崎放哉、種田山頭火など。句集『原泉』『長流』、俳論集『俳句提唱』など。

224――昭和5年8月23日　はがき／東京芝区愛宕公園一　中央放送局講演部御中／鎌倉二二一、荻原井泉水　二十三日

御手紙拝承、二十五日はあまり早すぎぬやう（仕事の都合もありますので）七時四十分頃、御迎へを願ひます（麻布新座町三、へ）

多田様

225――昭和5年10月21日　封書／芝区愛宕山公園　東京放送局御内　多田不二様／鎌倉材木座光明寺内　荻原井泉水　十月二十二日(ママ)

啓　秋もやうやく深くなりました　御清祥の事と存ます、近頃佐佐木信綱*氏の万葉の連講をおもしろく承聞してをりますが、俳句史（主として人物中心に）についてあゝいふ風な御試みをなさつては如何ですか、私の案としては、次のやうでまとまると思ひます

一、芭蕉*
二、其角*と嵐雪*
三、去来*、丈草*其他
四、蕪村*

五、太祇*と几董*其他
六、蓼太*と白雄*其他
七、一茶*
八、子規*
九、大正以後

心づきましたま丶一寸
鎌倉もしづかになりました　海の光が和やかになりました、御話しに御出で下さい

十月二十一日

荻原生

多田様

*佐佐木信綱氏　明治五年〜昭和三八年（一八七二〜一九六三）。歌人、国文学者。東京帝国大学古典科卒。特に、万葉学者として著名。竹柏会を主宰して『心の花』を創刊し、ここから多くの歌人を輩出させた。歌集『思草（おもいぐさ）』、著書『日本文学史』など。

*芭蕉　松尾芭蕉。正保元年〜元禄七年（一六四四〜一六九四）。俳人。撰集『俳諧七部集』、紀行文『奥の細道』『笈の小文』など。

*其角　榎本其角。寛文元年〜宝永四年（一六六一〜一七〇七）。俳人。芭蕉十哲の一人。句集『枯尾花』、撰集『虚栗（みなしぐり）』など。

*嵐雪　服部嵐雪。承応三年〜宝永四年（一六五四〜一七〇七）。俳人。芭蕉十哲の一人。句集『玄峯集（げんぽうしゅう）』、編著『其袋（そのふくろ）』など。

*去来　向井去来。慶安四年〜宝永元年（一六五一〜一七〇四）。俳人。芭蕉十哲の一人。句集『去来発句集』、俳論書『去来抄』など。

*丈草　内藤丈草。寛文二年〜宝永元年（一六六二〜一七〇四）。俳人。芭蕉十哲の一人。句集『丈草発句集』、随筆『寝ころび草』など。

*蕪村　与謝蕪村。享保元年〜天明三年（一七一六〜一七八三）。俳人、画家。句文集『新花摘』、撰集『蕪村七部集』『夜半楽』な

ど。

*太祇　炭太祇。宝永六年～明和八年（一七〇九～一七七一）。俳人。句集『大祇句選』など。

*几董　高井几董。寛保元年～寛政元年（一七四一～一七八九）。俳人。蕪村の高弟。句集『井華集』、編著『其雪影』など。

*蓼太　大島蓼太。享保三年～天明七年（一七一八～一七八七）。俳人。句集『蓼太句集』など。

*白雄　加舎白雄。元文三年～寛政三年（一七三八～一七九一）。俳人。句集『白雄句集』、俳論『俳諧寂栞』など。

*一茶　小林一茶。宝暦一三年～文政一〇年（一七六三～一八二七）。俳人。句文集『おらが春』、随筆『父の終焉日記』など。

*子規　正岡子規。慶応三年～明治三五年（一八六七～一九〇二）。俳人、歌人。伊予国（現、愛媛県）生まれ。東京帝国大学国文科中退。近代俳句、短歌の創始者。俳論『獺祭書屋俳話』、歌論『歌よみに与ふる書』、随筆『病牀六尺』、句集『寒山落木』、歌集『竹の里歌』など。

226――昭和6年8月15日　絵はがき／東京市外田園調布下沼部七〇五　多田不二様／鎌倉材木座光明寺内　荻原井泉水

残暑みまひ申します　御自愛専一に願上ます

八月十五日

■「鎌倉光明寺庭園」の絵はがき。文は、表面下部に記されたもの。

227――昭和13年9月23日　はがき／大阪市　大阪中央放送局御内　多田不二様

拝啓、左記に転居致しました。なほ、ここは当分のうちの仮寓であります。

来月十日頃御地に参りますが時間あらば局に御尋ねいたし度存じをります

昭和十三年九月二十三日

東京市渋谷区常盤松町四十三

荻原井泉水
電話青山五六〇三番

■活字印刷。•を付した「来月十日頃」から「存じをります」までは、手書。

228――昭和14年1月3日　はがき／大阪府豊中市桜塚十二　多田不二様

賀正
東移西転、御不便をかけてをりましたが、当分左記に定住いたします所存
御控へおき下され度
昭和十四年一月三日

東京渋谷区青葉町二十一番地
荻原井泉水
電話青山五六〇三番

■表書き、及び、裏の「三日」が毛筆。「賀正」、上部に横書き。

尾崎喜八書簡

（おざき　きはち）明治二五年～昭和四九年（一八九二～一九七四）。詩人。東京生まれ。京華商業学校卒。高村光太郎の知遇を得、白樺派の武者小路実篤や千家元麿を知り、詩作を始める。大正一一年、『空と樹木』を出して詩壇に登場。大正一三年、片山俊彦らと『大街道』創刊、大正末期には「ロマ

ン・ロラン友の会」を設立、人道的詩人として活躍した。詩集『旅と滞在』『花咲ける孤独』など。

229――昭和4年3月30日　往復はがき（返信）／市外田園調布下沼部七〇五　多田不二様／市内京橋区四日市町五　尾崎喜八
三月二十九日夕

拝復　童謡[*]の御慫慂の御手紙まことにありがたう御座ゐました。いつごろまでが期限でせうか、兎も角も新らしく作って見ますから御予定のうちに御加へ置き下さいまし。
四月十一日の詩人協会[*]親睦会に御出かけ下すって、御話が伺へれば幸に存じます。先は御うけの御返事まで不敢取如斯に御座ゐます。

＊童謡の御慫慂の御手紙　不二が編纂したと推測される「童謡傑作集」への、作品収載依頼の手紙。書簡436参照。

＊詩人協会　詩話会解散後に、島崎藤村、河井醉茗、野口米次郎、高村光太郎、北原白秋らが発起人となって昭和二年一二月四日に第一回発起人会を開き、のち、数度の発起人会、総会準備会を経て、昭和三年一月二一日の第一回総会において成立した詩人団体。詩人協会規約の本則、第一条には「本会を詩人協会と称し、一に詩人相互の親睦と共済、二に擁護と進展を計る事を目的とする」とある。不二は、第二回発起人会から参加し、総会において選挙の結果、年鑑編集委員、評議委員に選ばれている。同会は昭和六年一月に解散が決定。

尾山篤二郎書簡

（略歴23頁参照）

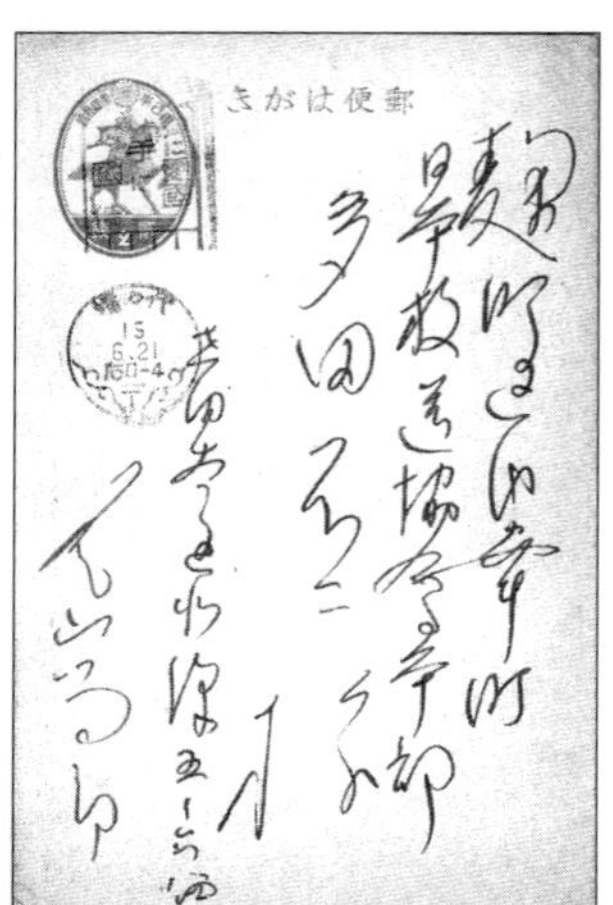

230――昭和15年6月21日　はがき／麹町区内幸町　日本放送協会本部　多田不二様／世田谷区北沢五―六八四　尾山篤二郎

拝呈　御栄転の由御祝詞申し上候　御閑暇の節御立寄被下度御待申上候　尚大阪と違ひ 　が不味く当分御困りの事とお察し申上候　艸々

六月二十日

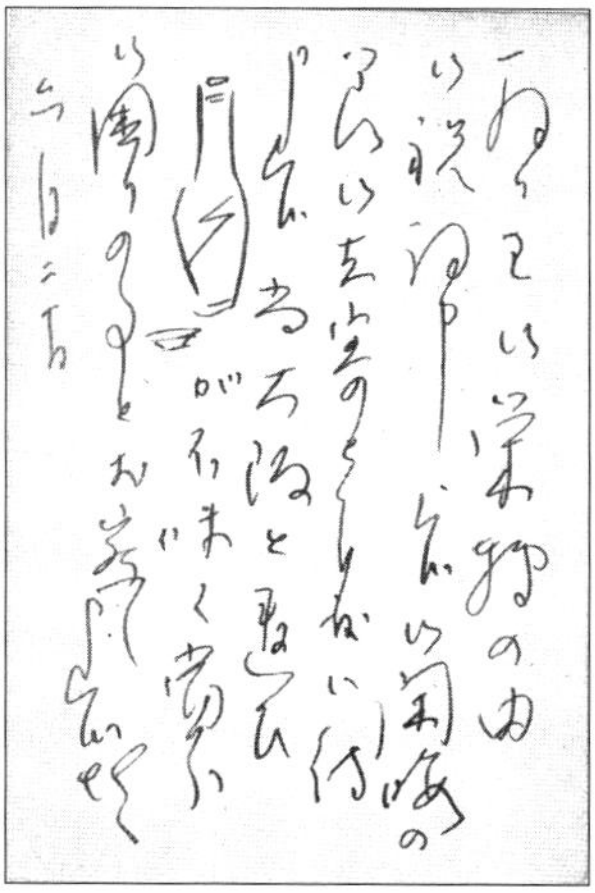

小山龍之輔書簡

（おやま　りゅうのすけ）明治一四年～昭和三八年（一八八一～一九六三）。国文学者。京都生まれ。東京帝国大学国文科卒。国学院大学、日本大学、法政大学の教授。旧制第四高等学校、東京大学で不二の先輩。昭和一九年、法政大学を辞して夫人の郷里長浜に疎開し、長く教育者として活躍。また愛媛県立農林専門学校講師、松山自由大学の講師（不二もその一人）などを務め、戦後の松山においても活躍した。著書『日本浄瑠璃史』『文芸鑑賞新講』など。

231――昭和12年12月25日　封書／大森区田園調布二ノ七〇五　多田不二様　親展／豊島区雑司ケ谷町一ノ三十二　小山龍之輔　十二月二十五日

拝啓　小生

今度文芸鑑賞新講*といふ一書を公にしましたので出版書肆から御手もとにおとゞけ申させるやうにいたしましたからどうか読んで見て下さい　もしまだとゞいてゐませんやうでしたら御遠慮なく小生の許まで仰つし

やつて下さい
該書は無論小生の生命的要求から生れたものですが一面には当代の政治家達が文化的方面殊に文芸方面にすなほなそして深い興味と理解を持たない原因は蓋し遠く〳〵小学、中学、専門学校の国語教育で鑑賞の科学的教授が与へられないからであらうといふ考へに基いて著したのです　国語教育は「意」の教育のみで「味」の教育は殆どよい加減のものであります　国語教育を通して思想教育、芸術教育が国民的教養を培ふことなき所には文化的な芸術的な真の理解と同情を持たない政治家の輩出するのは当然かと思ふのです　あなたは心理学科の御出身で且詩人でおありなさるから私の言に理解を持つて下さるだらうと信ずるのです　殊に放送局に於いて文化的学芸的教養に関する職能にたづさはつてゐられるのですからかうした方面にも御注意を向け下すつて大衆教育に御努力して下さる上に何らかの力に此の書がならうかと存じまして呈上したわけです
御高評を願ひます　乱筆御免
十二月二十五日　小山龍之輔
多田不二様　侍史

＊文芸鑑賞新講　昭和一二年一二月、時潮社から刊行された、「恩師故芳賀矢一先生の御霊に捧げ奉る」という献詞の記された著書。「序　心の旅の道草の記、第一講　文芸鑑賞学、第二講　文芸鑑賞への道、第三講　意と味との概念と鑑賞、第四講　文法の知識と鑑賞、第五講　解釈の実践と鑑賞、第六講　創造的解釈と鑑賞、第七講　解釈の諸方法と鑑賞、第八講　感覚と連想と鑑賞、第九講　原典批評と鑑賞、第十講　鑑賞と生活評価と芸術評価」から成る。

232――昭和19年8月8日　封書／県下松山市放送局　局長　多田不二様　親展／県下喜多郡長浜町甲四一番地　久保田方

小山龍之輔　八月八日

多田さん　昨日は俊寛が都人にあつた思ひがしてつひ〳〵長談をして多忙な中をお邪魔してすみませんでした　一時三十二分の汽車に乗るつもりでしたが切符制限でだめ　三時〇二分にやつと乗れてかへりました　車中つく〴〵と日本の現状を考へさせられました　小磯*首相は大和一致を説きますが平沼*内閣の総親和といひ此の頃の標語総決起といひどうも起床ラッパが人を起すにも及ばない程きゝめもなさそうに思はれてなりません　小生目下大和民族の指導理念と題する一書を物しようと思ひまして読んだりかいたりしてゐます　産霊神の「むすび」の語意を六七年前から考へてゐた事ですが今こそ声を大にして私の新見を国民に説いて大和一致に対する日本精神的裏づけをせねばならぬと思ふやうになりました　「むすび」は単に在来の国文学者諸君の見解の如く生成力といつただけではまだその真意が尽されてゐないと思ひます　日本の政治家殊に明治以後の政治家は法治万能で民族の文化とか思想方面の理解と知識に乏しいので総親和総決起大和一致などと少しづゝ言葉と意味を変へて言ふだけの事でこれらの言葉を大和民族的精神の土壌中に根を下して踏張らせないので国民の腹の底へ徹して働きかけないやうな感がします　拙作太陽鳥*の歌は結局産霊の精神を描かうとしたもので続太陽鳥*の歌でその全貌を示す予定です　集団的利己主義てふネオエゴイズムは産霊の精神のアンチテーゼとして役立てたのです　いつか時がありましたら拙作の読後感といふやうなものをおきかせ願ひたいと存じてゐます

お言葉によれば松山放送局は古事記の所謂身一つにして面四つの国の行政的にも文化的にも中心的機関の一役割をなすものと思ひますから国家現状のために御努力願上ます　四国地方に居る文学報国会員の集りか或は又帝大出身者の集りか何か開いて足元の県下の思想や生活指導改善に何かの力になるやうにしたら如何な

ものでせう　誰か適当な世話人はないものでせうかナ
私はまだ釣といふ経験はありませんが土地の人の話をきくとなか〳〵むつかしさうです　食膳のための太公望になる資格はなか〳〵持てさうもありません　落胆〳〵　先は右まで　不一

八月八日　小山龍之輔

多田不二様

机下

*小磯首相　小磯国昭。小磯内閣は、東条英機内閣倒壊後の昭和一九年七月二二日に組閣、同二〇年四月五日に総辞職。

*平沼内閣　平沼騏一郎（きいちろう）。平沼内閣は、昭和一四年一月五日に組閣、同年八月二八日に総辞職。

*太陽鳥の歌　昭和一七年（一九四二）、右文書院刊。

*続太陽鳥の歌　未詳。

恩地孝四郎書簡

（略歴25頁参照）

233――大正15年4月27日　はがき／市外調布村下沼部七〇五　多田不二兄／恩地生

*御著ありかたく拝受、折からの大掃除で家のものたちドタバタや

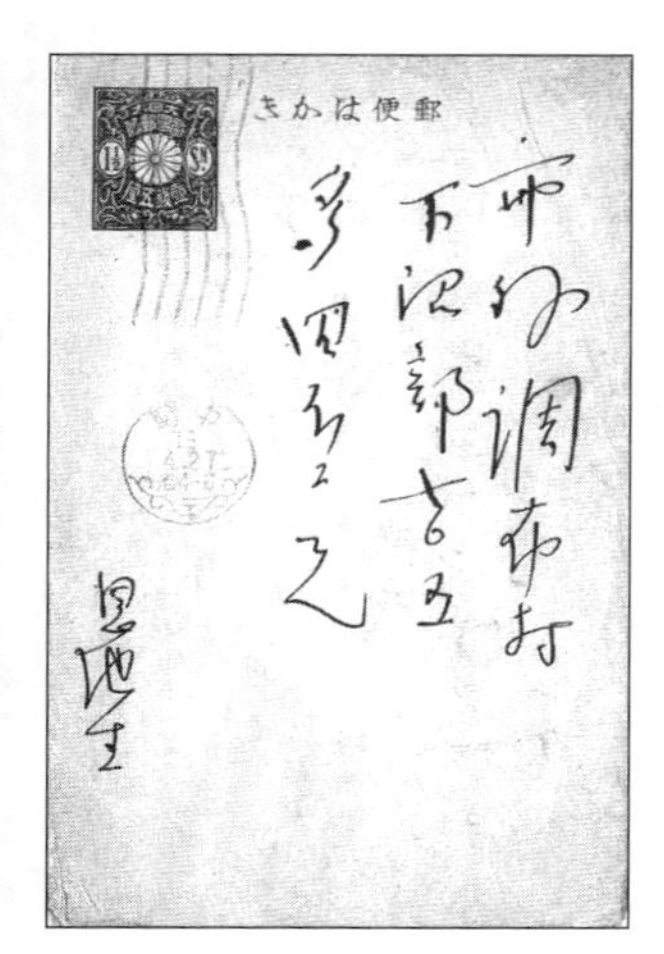
郵便はかき
市外調布村
下沼部七〇五
多田不二兄
恩地生

つてゐるなかで、その義務労働をのがれて、早速によみ込んで了ひました。これは確に悪業に違ひない。
ずいぶん永く出ないでゐたことを憤慨するそして何だか安心しました。
*マダムも*小さい方もおたつしやですか、遠くなつちやつてずい分御無沙汰して了ひました。

*御著　大正一五年四月、新潮社より刊行された、『夜の一部』のこと。書簡173参照。

*マダム　胤子夫人。

*小さい方　長男篤司と長女明世。

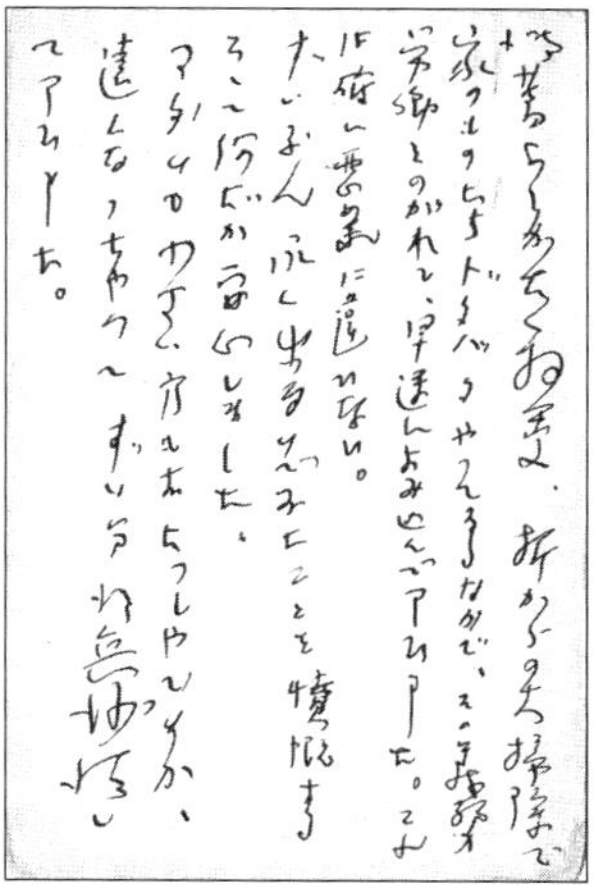

234――昭和4年（推定）□月□日　往復はがき（返信）／市外田園調布下沼部七〇五　多田不二様／中野町3123――
恩地孝

お手紙ありがたうございました、*私の童謡が日の目を見られるとは、何といふ幸ですか、感謝の至りです。
但し作は旧作にてよろしきかと存じますが、もし新作の必要ありましたら、御一報を煩したくお願ひします、
御健勝何より、小さい方ずい分御成人と思ひます、ずい分御無沙汰しましたね、

*私の童謡……見られる　不二が編纂したと推測される「童謡傑作集」への、作品収載承諾の意。書簡436参照。

勝峯晋風書簡

（かつみね　しんぷう）明治二〇年～昭和二九年（一八八七～一九五四）。俳人、国文学者。東京生まれ。東洋大学卒。万朝報、時事新報等で新聞記者をしたのち、俳諧研究、著述に専念。大正一五年、俳誌『黄橙（こうとう）』を創刊し、俳諧史の研究、連句の普及につとめた。『日本俳書体系』一七冊の編纂の外、著書『奥の細道創見』、句集『汽笛』など。

235――昭和9年10月13日　封書／芝区愛宕公園一号地　日本放送協会業務局　多田不二様　親展／東京市杉並区高円寺六丁目七三〇番地　黄橙発行所　勝峯晋風　振替東京一六三二九番　昭和九年十月十三日

拝啓。昨日御面談の折は時間が乏しく、御話を致し得ませんでしたが、俳諧連句の作り方の講座を五回位連続して行ひたい希望なので、いかゞでせうか。御打合せの上、急ぐ事ではありませんから、いつにても宜しく御内諾を得れば、予じめ相手方人選、準備を致して置き度、御願ひかたぐ〳〵御内意を伺ひます。

別紙、説明御参考、御一覧願ひます。

十月十一日

勝峯晋風

多田不二様

家庭講座　新連句の作り方

解説、指導　勝峯晋風

作者　A

同　B

所要時間、一回三十分、五日間

第一回

連句の大体の約束をお話する。

発句へ脇句をつける実習する。脇句から第三まで、A作者の試作を口述させて、法則に違ふものはB作者に、再び作らせ、よい句を得て、これを定める。

第二回

前回了つた第三以下をA、B作者を交互に使つて作らせる。連句の定座に就いて月の座の付句を作る時に解説する。第二回には六句作る。

第三回

六句を試作する予想で、連句で一番難かしい愛情の付句（むかしは恋の句と称した）の解説と作法を述べる。ＡＢ作者

第四回

定座の中の花の座に就いてお話をする。今回も六句、A、B両作者を相手方に、付句を作らせて、作り方を会得させる。

第五回

最句の三句で、連句の古典的儀式である匂ひ花の場で、文台捌きの折のことを述べる。A、B、両作者、全巻二十四句の纏まつたところで、短詠して了る。

俳句を知らない人に、知つてゐてもよいが、連句の手解きをする方針で、平易に全く座談的に進めて行く。

連句は共同制作が中心視されるので、どうしても、A、Bの相手作者を使はないと、聞き人（て）に了解させ難い

かと存じます。相手方を要するのが、家庭的な文学となり得る訳であり、俳句が個人的なのに対して、連句が相当社会性を帯びてゐるものとなる次第です。

黄橙*十月号、新連句両吟（七五頁）御参照を頂きたく、御送り申しました。

■「黄橙」の原稿用紙使用。封筒裏、日付、差出人名の外は活字印刷。

*黄橙　大正一五年一月、伊藤松宇（しょうう）の『にひはり』を継承して「黄橙」と改題し、勝峯晋風の主宰した俳句雑誌。中絶後、昭和五年に、復刊。作品発表の外、特に俳諧史の研究、連句の普及につとめた。

加藤介春書簡

（かとう　かいしゅん）明治一八年～昭和二一年（一八八五～一九四六）。詩人。福岡県生まれ。本名、寿太郎。早稲田大学英文科卒。早稲田大学在学中の明治四〇年、人見東明、三木露風、相馬御風、野口雨情らと早稲田詩社を結成。ついで、人見東明、福田夕咲らと自由詩社を結び、『自然と印象』を創刊。大学卒業後、九州日報、福岡日日新聞社に勤め詩壇から遠ざかったが、のち復活し、『獄中哀歌』『梢を仰ぎて』『眼と眼』等の詩集を出した。

236——大正15年5月10日　はがき／東京市外調布村下沼部七〇五　帆船社　多田不二様

お変り御座いませんか、御無沙汰ばかりして相すみません。私、今度左記のところに移転しました。元のところの直ぐ近所です。此方面にお出の際は是非お寄り被下いませ

大正十五年五月八日

福岡市薬院西川端十番地
加藤寿太郎（介春）
（電話四八七番）

「馬車」はい、雑誌です　難有く存します。近頃「夜の一部」拝読、何かの機会に何か書きたいと思ふてゐます。

■「（介春）」と、•を付した「『馬車』は」から「思ふてゐます」まで（左上余白に書かれたもの）は手書。外は、活字印刷。
＊「馬車」　大正一五年三月から同年五月まで、帆船社から発行された、不二主宰の詩誌。書簡180の「＊『帆船』」参照。
＊「夜の一部」　大正一五年四月、新潮社より刊行された、不二の第二詩集。書簡173参照。

加藤まさを書簡

（かとう　まさお）明治三〇年～昭和五二年（一八九七～一九七七）。童画家、童謡詩人。静岡県生まれ。立教大学英文科卒。大正一〇年代に『少女倶楽部』『少女の友』『令女界』などに、抒情画や少女詩を掲載して活躍した。大正一二年、『少女倶楽部』に載せた抒情詩「月の砂漠」（佐々木すぐる作曲）は広く知られている。詩画集『カナリヤの墓』『合歓（ねむ）の揺籃』など。

237——昭和4年4月6日　はがき／市外田園調布下沼部七〇五　多田不二行

御手紙拝見
お返事延引致し申訳なく候　御申越しの件承知致し候
不敢取お返事のみ
かしく

小石川区久堅町八六
加藤まさ越

＊御中越しの件　不二が編纂したと推測される「童謡傑作集」への、作品収載依頼の件。書簡436参照。

河合卯之助書簡

（かわい　うのすけ）明治二二年〜昭和四四年（一八八九〜一九六九）。陶芸家。京都生まれ。京都市立絵画専門学校卒。大正一一年、陶器研究のため朝鮮を旅行する。昭和三年、京都向日町に向日窯（むこうがま）を開設。昭和八年、押葉陶器の特許を受ける。昭和二二年発行の文芸雑誌『天平』に参加。陶芸家の河合栄之助は弟。

238――昭和13年10月6日　はがき　毛筆／豊中市桜塚四三五（又ハ四三五一）　多田不二様／京都市外向日町　河合卯之助
十月六日

拝啓　中秋爽気御健勝奉慶賀候
御恵贈の御菓子ありかたく御礼申上候
親鶏に孔雀生ひたち
秋晴る丶
卯之助

■差出人の住所氏名は印章。

川上三太郎書簡

（かわかみ　さんたろう）明治二四年～昭和四三年（一八九一～一九六八）。川柳作家。東京生まれ。大倉商業学校卒。井上剣花坊の門下で、詩的川柳の先駆者。『川柳研究』を発刊し、新聞、雑誌の選者としても活躍した。著書『孤独地獄』『川柳二〇〇年』など。

239――昭和14年4月18日　封書／大阪市東区馬場町ＪＯＢＫ放送局内　多田不二様　直披／東京市王子区中十条四ノ九
川上三太郎　14．4．18

拝呈
御無音にすぎました。弥栄(いやさか)お芽たう存じます。
先般は失礼いたしました。又今度御地へ参る用が出来ました。に就ては例に依り厚顔な御願ひなのですが三十分御割愛願って放送させて頂けたらと思って居ります。時日は五月十四日ですが、十二日か十三日の両日の中もし御配慮願へたら幸甚であり光栄であります。放送内容は
　　戦地の川柳生が作った川柳の紹介及解説即ち「陣中の川柳」でもよろしいし又戦争を離れて初
　夏の川柳風景
でも結構です。何卒御配慮の程御願ひ致します。本当に厚かましいお願ひで恐縮ですが永い御高誼にあまへ正直に申し上げました。末筆ながら邦家の為め御自愛下さいまし
各位によろしく
　　四月十八日
川上三太郎
多田不二様

但し既に時間が御座いませんでしたら止むを得ませぬ。御無理をなさらぬやうその点は御遠慮なく御申し聞け願ひます。

尚、御小閑御座いましたら「川柳研究」[*]の御批評「詩人として見たる新川柳の動向」といふやうな題下で御執筆願へたら、本当に夢のやうな悦びです――。

■封書裏、住所・氏名はゴム印。

＊「川柳研究」　昭和五年、川上三太郎が『国民川柳』を創設。同九年に同誌を『川柳研究』と改題、現代に至る。

240――昭和14年5月5日　封書（速達）／大阪市東区馬場町六　大阪中央放送局内　多田不二様／東京市王子区中十条四ノ五　川上三太郎　14．5．5

多田様

お手紙只今拝受致しました。

お忙しい中を色々御配慮下さいましていつもながら御高情（ママ）感謝致します。十三日午后五時半より三十分嬉く割愛させて頂きます。有難う――。

実は駄目だと思ってゐたので将に非常な悦びであります。早速今夜色々考慮し、明朝梗概を速達で急送致します。「陣中」は小生も少々食傷気味だったので久しぶりに初夏のすっきりした気持を味へる事を嬉しく思ひます。但し元よりケタ外れの事を申し上げるやうな事は万々ありませぬ。その点は御信頼下さいまし　重ねて御配慮の御礼を申し上げます。右取あへず――

五月五日

今日は娘マサコの誕生日で嬉しい事ばかり有難い日でありました。

川上三太郎

東京市王子区中十条四ノ五

川上三太郎

■名宛は毛筆。封筒裏、住所・氏名はゴム印。

241——昭和14年5月6日　封書（速達）／大阪市東区馬場町六　大阪中央放送局内　多田不二様／東京市王子区中十条四ノ五
川上三太郎　14．5．6

多田様

取急ぎ梗概お送りいたします。簡単すきるやうですが、もしいけなければ行数枚数等御指示下さい（但し内容はあれ以上には出ないのですけれども——）

右——

川上三太郎

五月六日午后

■名宛は毛筆。封書裏、住所・氏名はゴム印。

242——昭和15年12月9日付　封書／麴町区内幸町　日本放送協会　教養部　多田不二様／東京市王子区中十条四ノ五　川上

三太郎　15・12・9

多田様
愈々御健勝何よりであります。東京へ御栄進の事、少しも存ぜず豊中とばかり思って居りました。「川柳研究」もずっとその方へお送りしてゐましたが、御落手になってゐたでせうか。
さて年末が近づきましたので、例の通り川柳漫談をお願ひしたいと思ひます。五六年続けて毎年やってゐるので、本年もと我儘を申し上げます。御註文があれば何かと御下命願ひたいと存じます。日限が迫って居りますので
或は駄目かも知れませんが、よろしく御配慮願へたら光栄であります。末筆ながら時下御自愛下さい。
右取あへず御願ひのみ
十二月九日　　　　川上三太郎
放送の時日、時間等はいつでも結構であります。が、なるべく押し詰まった方がよくはないでせうか。

■名宛は毛筆。封筒裏、住所・氏名はゴム印。

243――昭和16年8月23日　封書／麹町区内幸町一ノ一　日本放送協会　講演部　多田不二様／東京市王子区中十条四ノ九
川柳研究社　振替東京九四〇四六番　川上三太郎　16・8・23

多田様　　八月廿四日　　川上三太郎
いよいよ御健勝何よりであります。小生もお陰さまで頑健です。慮外ながら御放心下さい

さて早速ですが過日放送で拝承したのですが今度講演部で俳句の募集をやってゐるのですが、あれは迚もよい思ひつきと双手を挙げて賛成いたしました。就ては甚だ図に乗るやうですがこの機会に川柳も募集して頂きたいのです。勿論釈迦に説法で申し上げるまでもありませんが川柳も少くとも俳句より人間的であり生活に密接して居ります。この時局に募集しても必ず俳句より優れた作品が現はれるといふ自信があります。そして大衆もきっと歓迎してくれると思ひます。ゲンに小生は去る五日から来る十日頃まで毎週金曜日に御局の国際部の御依頼で海外放送をやってゐます。（川柳の作り方といふやうな題下で）そして我田引水のやうですが迚も好評だと聞いてゐます。色々御計画のご都合もある事と存じますから急にとは申し上げません。俳句が済んでからでも結構です。何卒プランの一つにお差し加へ下さいますやうくれぐれもお願ひいたします。なほ小生は九月五日、十五日、廿二日何れも午后六時頃貴局の国際部に居ますから御用がありましたらお呼びつけ下さい。その時改めてよく御話しも申上げお願ひもいたします。

末筆ながら時下御自愛を、右取あへずでお願ひのみ

■便箋は「震災予防協議会」の特製品、二枚。封筒裏、署名は手書。住所は活字印刷。

244 ―― 昭和16年11月25日　封書／麴町区内幸町　日本放送協会　教養部　多田不二様　直披／東京市王子区中十条四ノ九　川柳研究社　振替東京九四〇四六番　川上三太郎

多田様

御無音に打ちすぎました。愈御健勝何よりであります。いつもＡＫ*で御厄介になって居ります。さて本年ももう終りに近づきました。愈御多忙の事と存じます。就ては例年の通り年末放送をお願ひしたいのですが如

何でせうか。本当を申しあげますと十二月十四日以前に「川柳より見たる赤穂義士」といふのを放送させて頂きたいのですが或は時日がないのでお願ひしてもダメかと思ひます。出来れば義士の放送をしたいのであります。然し年末の方が御配慮願へるのでしたらそれでも結構であります。要は最近川柳の放送がないのでファンから色々に申して来ますので、私一箇の考へでもないのであります。よろしく永年の御高誼に免じ御配慮賜りたく願ひ上げます。但し小生としてはAKには毎月二回国際放送をやってゐますし、先月はBK*、今月は六日にHK*とやってゐます。ゲンに来る廿八日もAKに伺ひます。当夜六時頃伺って居りますから、もしお尋ねがありますなればその時申し上げます。

末筆ながら時下御自愛を――

十一月廿五日　　　　川上三太郎

〝小誌〝川柳研究〟御小閑の節御叱声賜らば光栄であります〟

■封筒裏、署名手書。住所は活字印刷。

*AK　東京放送局のコールサイン（呼び出し符号）、JOAKの略。「J」は、日本の無線局であることを示す国際識別符号。大正一四年三月東京放送局開局の際、第二文字と第四文字は明るく発音しやすいという理由で「O」と「K」が、第三文字はアルファベットの第一字である「A」が選ばれたという。同年六月開局した大阪放送局は「JOBK」、同七月開局の名古屋放送局は「JOCK」となっている。ほかに、京都放送局「JOOK」、仙台中央放送局「JOHK」など。

*BK　大阪放送局のコールサイン。JOBK。

*HK　仙台放送局のコールサイン。JOHK。

川路柳虹書簡

（略歴27頁参照）

245――昭和2年4月23日　はがき（速達）／芝区愛宕山一号地　東京中央放送局　多田不二様／上落合五八一　川路柳虹

童謡選[*]出来ました、今明日の中にとりにお出で下さい　留守でもわかるやうにしておきました、その節選料を届て下さらば幸甚です、

四月二十三日

＊童謡選　未詳。

246――昭和4年3月30日　はがき／市外田園調布下沼部七〇五　多田不二様／上落合五八一　川路柳虹

詩[*]集上々相集、いづれあとより原稿おとどけ申し上げます。

三月三十日

＊詩集　不二が編纂したと推測される「童謡傑作集」のことか。書簡436参照。

247――昭和15年1月元旦付　はがき／大阪市東区馬場町　大阪中央放送局　多田不二様

皇紀二千六百年の迎春の辞申上げます

日頃御芳情に与り乍らいつもご疎音にて失礼申上げて居ります。

本年は「芸苑」の改装月刊の他、年鑑「美術綜覧」を一層充実近々単行本として発行の準備を致して居ります。

芸　苑　四六倍版に改装東洋美術専門誌として三月号より刊行（二月中旬発行）
美術綜覧（昭和十五年版）二月上旬発行
芸術研究　国民芸術研究所会報として四月刊行

昭和十五年一月元旦　芸苑社
川路柳虹
東京市淀橋区上落合二ノ五六九
電話落合長崎二八〇八番

■活字印刷。名宛は手書。

川田順書簡

（かわだ　じゅん）明治一五年～昭和四一年（一八八二～一九六六）。歌人、実業家。東京生まれ。東京帝国大学法学部卒。佐佐木信綱、のち窪田空穂に師事。実業に携わる傍ら作歌に専念、古典研究にも打ち込む。昭和一一年、住友合資会社常務理事で退社。歌集『伎芸天』『山海経』『鷲』、研究書『西行』『新古今論抄』など。

248――昭和19年1月17日　はがき／大阪市東区馬場町　大阪中央放送局　多田不二様／京都市左京区北白川小倉町五十番地
川田順　電話上三六四〇番　一月十七日

朝日文化賞[*]御祝辞頂て却て恐縮千万に候

愚なる身を省みむ
　いとまなし
　　剣にはあらぬ
　　　筆を執りつゝ

順

■差出人の住所、氏名、電話番号は印章。

*朝日文化賞　昭和一八年「愛国和歌の研究」で受賞。同時受賞者に「『大漢和辞典』の編著刊行」による諸橋轍次。同五一年に朝日賞と改名されている。

249——昭和20年2月1日　はがき／松山市竹原町三八　多田不二様／京都市左京区北白川小倉町五十番地　川田順　電話上三六四〇番　二月一日

拝啓　御無音申上候処へ松山中央放送局長に御栄転の御通知頂き、御慶申上候と同時に恐縮も致し候　土佐沖よりの米機、貴地の空を飛ぶ事も漸く多く、何かと御苦心拝察仕候、

伊予の国　石鎚山の荒鷹の
　捕りも来ぬかも
　　亜米利加の鳥を

順

■差出人の住所、氏名、電話番号は印章。

河竹繁俊書簡

（かわたけ　しげとし）明治二二年～昭和四二年（一八八九～一九六七）。演劇学者。長野県生まれ。早稲田大学英文学科卒。早稲田大学教授。早稲田大学坪内博士記念演劇博物館館長。演劇史の研究に多くの業績を残し、歌舞伎の啓蒙、普及に尽くした。著書『河竹黙阿弥』『歌舞伎史の研究』『日本演劇全史』など。坪内逍遥の斡旋により河竹黙阿弥家の養嗣子。演劇学者、登志夫は二男。

250――昭和14年6月29日　はがき／大阪府豊中市桜塚一一三五ノ四　多田不二様

拝啓　時下御障りもございませんか。小生事渋谷区松濤より都合により、今般左記へ移転致しましたから、御通知申し上げます。

東京市　世田谷区　成城町四八五

河　竹　繁　俊

電話砧四二六番

昭和十四年六月二十五日

（小田急沿線、成城学園前駅下車、北側、西南約六丁）

■活字印刷。名宛は手書。

河村光陽書簡

（かわむら　こうよう）明治三〇年～昭和二一年（一八九七～一九四六）。童謡作曲家。福岡県生まれ。小倉師範学校、東京音楽学校（現、東京芸術大学）選科卒。ラジオ放送の台本として書かれた不二の児童劇「人形師の夢」（昭和八年三月二日放送）、「日本三部曲」（昭和一〇年一月一、二、三日放送）の作曲をした。作品に「うれしいひなまつり」「かもめの水兵さん」「赤い帽子白い帽子」「グッドバイ」など。歌手の河村順子は長女。

251――昭和14年1月1日　はがき　毛筆／芝区愛宕公園　東京中央放送局　多田不二様／東京市豊島区長崎仲町一丁目二三二九番地　河村光陽（コウヨウ）（河村直則改メ）電話落合長崎二六三九番

謹賀新年

元旦

■差出人の住所、氏名、電話番号は印章。

252――昭和18年9月4日　封書／大阪市　大阪中央放送局放送部長　多田不二先生　御直披／東京市豊島区長崎二丁目四番地　河村光陽　電話落合長崎二六三九

拝啓　残暑尚厳しき折柄先生には益々御清穆慶賀申し上げます。

この度先生には大阪中央放送局放送部長に御栄転遊ばされました由まことに御芽出度存じます。顧みまするに、今を去る十余年前、愛宕山*時代に、関屋五十二*氏の御指図によりまして、先生御作になる「人形師の夢*」の児童劇の作曲、並に、編曲指揮の任を忝ふしました小生は（当時、本名河村直則として）放送の伴奏に、管弦楽を用ひました最初のことでありまして当時お賞めの言葉を賜はりました由、其後、あの放送を契機としまして、種々の児童劇の作曲編曲の指令を戴きお陰様で過分の栄誉を戴きました次第です。

当時を追憶して感慨無量なるものがあります。

今、先生の御栄転に際しまして、当時を追懐して御祝詞を申し上げる次第であります。

現在では少国民の放送も、外国音楽模倣の唱歌一てんばりでありまして、日本民族性に根ざした童謡を恰も流行歌の如き解釈を持たれる教養部当事者の考へ方に甚だ遺憾の念を持つてゐます。*(ママ)

「人形師の夢」の如き作及び作曲こそ、真に日本の子供に与ふべきものでは無いかと考へてゐる次第であります。

先生東京御在任中に斯る事を申し上げてはお袖に縋る誤解もありますので、何も申し上げませんでしたが遠く大阪へ御栄転遊ばされましたので、御祝詞旁々右追懐を申し述べます

先生の御健勝をお祈り申しあげます

草々

昭和十八年九月四日

河村光陽

多田不二様

■封筒裏は活字印刷。

*愛宕山時代　東京市芝区愛宕山の局舎で放送業務がなされていた時代。愛宕山で放送が開始されたのは大正一四年。昭和一四年に東京府東京市麹町区内幸町の東京放送会館から全国放送が開始された。

*関屋五十二氏　明治三五年～昭和五九年（一九〇二～一九八四）。童話作家。栃木県生まれ。青山学院卒。大正一四年、東京中央放送局に入局。昭和七年六月一日放送開始された「コドモの新聞」に、村岡花子と一週間交替で話し手として出演し、子供や母親達の人気を集めた。番組は昭和二〇年まで続いたが、関屋は同一八年一〇月に退いている。童話集『笛吹橋』、童話劇集『魔法の鏡』など。

*「人形師の夢」の……編曲指揮　「人形師の夢」（初出未詳）は、昭和一一年八月、吉川弘文館から刊行された、不二の児童劇集

『人形師の夢』（新撰こども叢書・第五巻）に収録された作品。『人形師の夢』の「まえがき」に、次のような説明が記されている。

『人形師の夢』（河村直則作曲）　昭和八年三月二日放送

お雛祭に因んで幼い人形師の出世物語。（東京放送童話劇協会）

なお、『人形師の夢』に収録されている「日本三部曲」の作曲も、「河村直則」と記されている。

＊少国民の放送　昭和一六年、「子供の時間」から改名された番組「小国民の時間」の意。書簡175の「＊子供の時間なり中学生の時間」参照。

〈参考〉『人形師の夢』の「まえがき」

先生及び保護者の方々へ

児童劇には、児童自身が無邪気に演じて楽しむものと、専門的素養のある人達が演じ、これを児童達が見物して楽しむものと、二種の作品を考へることが出来ます。この本に納めたものは、殆んど大部分が後者の類ひでありますが、たゞラヂオ放送の台本として書かれたものであるだけに、いろんな点から、児童劇としての要素に欠くる点があるのはやむを得ません。御承知の通りラヂオでは、全く眼をふさいで、声と音ばかりを聞いてゐるやうなものですから、あまりに芸術味を盛らうとすれば、結局児童には判りにくいものとなり、同時に興味を多く減じることになりがちです。殊にこれらの劇は、大抵何かの催しに因む放送を目的に、その係から委嘱されて作つたものなので、第一にその事柄の趣旨を児童に了解させること、第二に教育的な題材を選ぶこと、第三に短い規定の時間内で放送出来ること等、いろ〳〵束縛される点がありました。従つて題材を選ぶに当つては、児童に最も親しみ深い国定教科書となるべく離れないやうにし、唱歌も出来るだけ文部省唱歌を引用するやうにしました。又史実は、主として『古事

記』『大日本史』『太平記』に拠りました。それから歌劇調になつてゐるものが多いのは、いづれもＪＯＡＫ唱歌隊の出演を考慮に入れたがためであります。左に少しく各作品の簡単な説明を書き添へて置きます。（作者しるす）

喜志邦三書簡

（きし　くにぞう）明治三一年～昭和五八年（一八九八～一九八三）。詩人。大阪生まれ。早稲田大学英文学科卒。大阪時事新報社を経て神戸女学院教授。三木露風に師事し、第三次『未来』『リズム』に参加。また、佐藤清、竹内勝太郎らと『想苑』を刊行。詩集『堕天馬』『沙翁風呂』、詩論『現実詩派』など。また、作詞も多く、昭和一四年、ＮＨＫの放送文化賞を受賞。

253――昭和14年1月2日　はがき　印刷／豊中市桜塚一一三五　多田不二様

謹賀新年

昭和十四年一月

西宮市北昭和町六九

喜志邦三

254――昭和14年（推定）3月31日付　封書／豊中市桜塚一三五（ママ）　多田不二様／西宮市北昭和町六九　喜志邦三

拝啓　此度河井醉茗*氏来阪に付来る四月十三日（土）夕刻より大阪に於て歓迎会開催の計画有之（会場未定）就ては右発起人中に貴名を拝借の儀御許容被下度懇願仕候

尚時日切迫致居候ため御諸否同封端書を以て折返し御返事賜度特に御願申上候　敬具

三月三十一日

西宮市北昭和町六九　喜志邦三

多田不二様

■差出人住所ゴム印。便箋は「神戸女学院」用。

＊河井酔茗　明治七年〜昭和四〇年（一八七四〜一九六五）。詩人。大阪生まれ。不二は、草稿「現代の詩と詩人」の中で「酔茗の詩には哀調があり、抒情味がゆたかで、ゆつたりと落ち着きと力がある。その著には『無弦弓』他数冊があり、酔茗は『文庫』時代から青年詩人の育成に大いに力があつた。特に『女子文壇』時代には、多くの女流詩人をこの門から送り出した」と書いている。

255――昭和14年8月18日　封書／豊中市桜塚一一三五　多田不二様／西宮市北昭和町六九　喜志邦三　八月十八日

拝啓　先日はいろいろ有難く存じました、お陰にて昨日は無事放送させて頂きまして有難く存じてをります、なほ過分の放送料まで頂きまして厚く御礼申上げます

いづれ局へ参上の節万々御礼申上げたく右寸楮にて取敢ず御礼申上げます

末筆ながら一層の御健勝を祈ってをります

八月十八日

喜志邦三

多田不二様

■差出人住所ゴム印。便箋は「神戸女学院専門学校」用。

256――昭和15年1月1日　はがき／豊中市桜塚十二　多田不二様

謹賀新年
昭和十五年元旦
西宮市北昭和町六九
喜志邦三

北澤楽天書簡

（きたざわ　らくてん）明治九年～昭和三〇年（一八七六～一九五五）。漫画家。埼玉県生まれ。明治三八年、近代漫画の出発点とされる漫画誌『東京パック』を創刊し、風俗、政治風刺漫画で活躍。ここには、坂本繁二郎、川端龍子、山本鼎、石井鶴三らが執筆した。大正から昭和初期にかけて漫画界の中心にあり、多くの後進の育成に努めた。『楽天全集』がある。

257――昭和14年1月6日　はがき　毛筆／大森区田園調布二ノ七〇五　多田不二様

謹而奉賀
戦勝之新年
昭和十四年己卯元旦
東京市芝区白金三光町二六三番地
北澤楽天

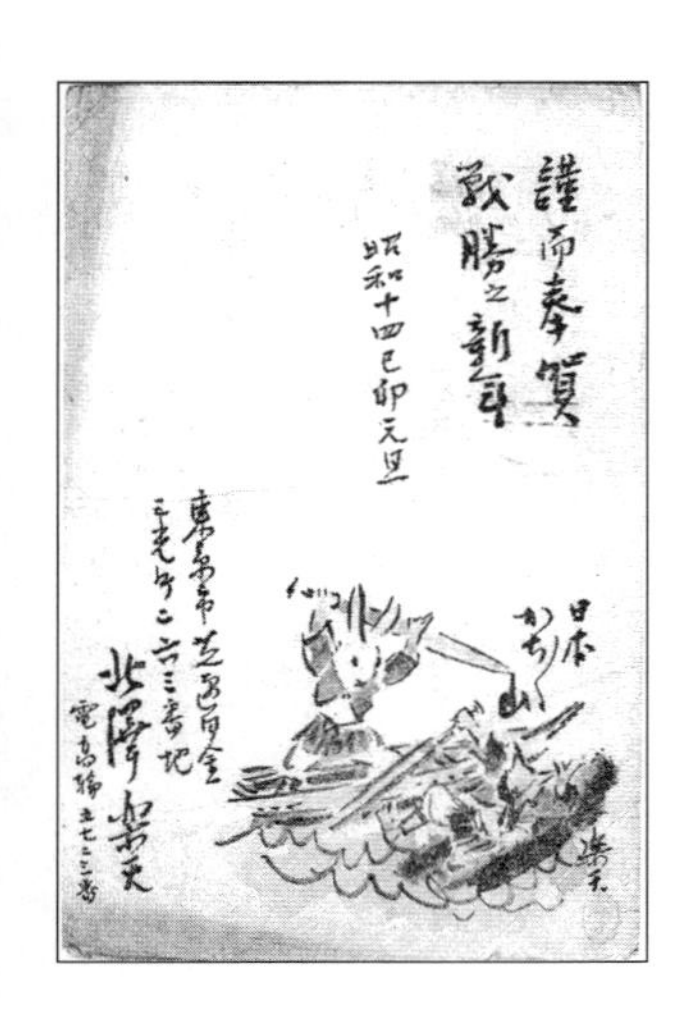
謹而奉賀
戦勝之新年
昭和十四己卯元旦
北澤楽天

電高輪五七二三番

■「日本かち〳〵山」「楽天」と字の記された、狸を打ちのめす兎の絵が描かれている。

木谷蓬吟書簡

（きたに　ほうぎん）明治一〇年～昭和二五年（一八七七～一九五〇）。浄瑠璃研究家。大阪生まれ。大阪市立商業学校卒。昭和九年、近松研究会を創り、生涯、近松門左衛門研究に没頭し、その顕彰に努めた。著書『浄瑠璃研究書』『私の近松研究』など。五世竹本弥太夫の次男。

258 ―― 昭和14年1月1日　はがき／大阪市東区馬場町　大阪中央放送局　多田不二様

御・慶

世界よ皆東を仰げ初日出ず

乱に居て文を忘るな初音鶏

木谷蓬吟

京都絵専在学　吟一

木谷千種

大阪府布施市長瀬外島（寓居）

電話布施三七三番

昭和十四年正月吉旦

■活字印刷。名宛は毛筆。

■・を付した「御慶」は、はがき上部に横書き。

259――昭和14年11月12日　はがき／東区馬場町　大阪中央放送局　多田不二殿

大近松*二百十六年忌

記念講演と展墓巡礼の会（第五十七回御案内）

十一月十九日（日曜）午後一時、法妙寺（谷町八、近松翁墳墓所在）集合

（一）記念講演　大近松の名コンビを語る

大近松対、巨匠竹本義太夫*、政太夫*、坂田藤十郎*の芸生活に就て

木谷蓬吟

（二）大近松墓前追福　　導師　法妙寺住職　釈能郁師

（三）展墓巡礼　　続いて左記墓所を巡り追慕感謝の意を表す

（1）竹本政太夫事二代義太夫後に播磨少掾墓、他に賜展覧曲ゴマ名人竹澤藤治*墓

（夕陽丘町　天瑞寺）

（2）坂田藤十郎、義太夫三味線元祖竹澤権右衛門*追慕碑（天王寺境内西北）

（3）元祖竹本義太夫後に筑後掾墓（天王寺南門外超願寺）

（4）元祖及二代義太夫供養塔、播磨少掾曲帯塚其他（天王寺境内西南）

◇雨天の節は巡歴を取止め講演及追慕談話会を開く

大阪市天王寺区谷町八丁目（法妙寺内）

昭和十四年十一月　　近松研究会
電話南(75)四〇九七番

■活字印刷。名宛は手書。

＊大近松　近松門左衛門。承応二年～享保九年（一六五三～一七二四）。浄瑠璃、歌舞伎台本作者。西鶴、芭蕉とともに元禄文学の代表作家。浄瑠璃の竹本義太夫、歌舞伎の坂田藤十郎と提携して「冥途の飛脚」「心中天の網島」など多くの名作を残した。

＊竹本義太夫　慶安四年～正徳四年（一六五一～一七一四）。浄瑠璃太夫。受領号、竹本筑後掾藤原博教。義太夫節の創始者。貞享元年、大阪道頓堀に竹本座を創設し、近松門左衛門、竹田出雲の作品を語って人形浄瑠璃を大成させ、名声を得た。

＊政太夫　竹本政太夫。元禄四年～延享元年（一六九一～一七四四）。浄瑠璃太夫。二世竹本義太夫を襲名。受領名、竹本播磨少掾。近松門左衛門、竹田出雲の協力を得て、竹本座を支えた。

＊坂田藤十郎　正保四年～宝永六年（一六四七～一七〇九）。歌舞伎役者。元禄歌舞伎を代表する名優。近松門左衛門と提携。世話物を得意とし、和事の演出を創始した。

＊竹澤藤治　生没年不詳。幕末に活躍した曲独楽師。その芸は、曲独楽に水芸、からくり、手品などを組み合わせ、音曲まで加えた独創的なものであったという。

＊竹澤権右衛門　生没年不詳。浄瑠璃三味線方。竹本義太夫（筑後掾）の相三味線。竹本座から豊竹座に移り、豊竹上野少掾の相三味線をつとめたが、のち再び筑後掾の元に戻って活躍した。

260――昭和15年1月1日　はがき／府下豊能郡豊中市桜塚一二　多田不二様

御・慶

天壌無窮

おもろかに二千六百年の初日哉

世界展望
鬼ばかり出して見せけり傀儡師
木谷蓬吟
京都絵専在学　吟一
木谷千種
大阪府布施市長瀬外島（寓居）
電話布施三七三番

■活字印刷。名宛は毛筆。
■・を付した「御慶」は、はがき上部に横書き。はがきは横に使用。

261――昭和15年5月31日　封書　毛筆／大阪市東区馬場町　大阪中央放送局　多田不二様／布施市長瀬　木谷蓬吟　五月三十日

謹而　御栄転を祝賀申し上げます
昭和十五年五月三十日
木谷蓬吟
多田不二　様

〈余録〉　多田不二の随想「人形芝居雑感」（昭和二三年一月、『四国文化』）より
さて話はだんだん傍道へ外れてしまつたが、私はかねがね人形芝居といふものを最も日本的芸術だと思つてゐる。（略）近来邪道に踏迷つてゐると劇評家などに酷評されがちの歌舞伎劇は人形劇の再認識によつて何等かそこに活路が見出さ

れるのではなからうか。或批評家は『昔の歌舞伎芝居は人形芝居の影響下に発達したのだが近代では逆に人形芝居が歌舞伎芝居の影響下に入つてしまつた。』といつてゐるが私はさきに大阪で放送部長をやつてゐた関係から文楽の古靭太夫とか栄三、文五郎とか三味線の広助などといふ大どころの人達から芸談を聴く機会も屢々あり、又木谷蓬吟氏の解説をきゝながら屢々観劇したが、これらの人達の芸術の重みと深みを通じて感得したところでは寧ろその反対の印象を受けたのである。将来はいざ知らず現在では少くとも文楽に関する限り人形劇は歌舞伎に引きずられずそれを引きずつてゐるやうに思つてゐる。私は日本の劇芸術の伝統がこゝに最も正しく保存され演じられてると信じてゐるのである。

北原隆太郎書簡

（きたはら　りゅうたろう）大正一一年〜平成一六年（一九二二〜二〇〇四）。禅哲学者。神奈川県生まれ。京都帝国大学大学院修了。禅哲学者久松真一に師事。共著『久松真一の宗教と思想』、遺著『父・白秋と私』など。北原白秋の長男。阿蘭陀（おらんだ）書房の創立者北原鐵雄は、叔父。

262——昭和17年11月5日　はがき（黒縁取り）　印刷／麹町区内幸町　日本放送協会　多田不二様

父帝国芸術院会員北原白秋儀予而病気中ノ処十一月二日午前七時五十分死去致候　茲ニ生前ノ御厚誼ヲ拜謝シ此段御通知申上候

追而来ル五日午後零時三十分ヨリ青山斎場ニ於テ神式ニヨリ葬儀　午後二時ヨリ三時マデ告別式相営可申候　猶御供物ノ儀ハ乍勝手固ク御辞退申上候

昭和十七年十一月二日

東京市杉並区阿佐ケ谷五丁目一番地

男　北原　隆太郎
親戚　北原*　鐵雄
総代　山本*　鼎

■活字印刷。名宛は毛筆。
*北原鐵雄　明治二〇年～昭和三二年（一八八七～一九五七）。出版者。北原白秋の弟。大正四年四月、白秋が森鷗外、上田敏を顧問として阿蘭陀書房から発刊した雑誌『ＡＲＳ』の発行者。白秋の多くの著作を出版した。
*山本鼎　明治一五年～昭和二一年（一八八二～一九四六）。画家。愛知県生まれ。北原白秋の妹、家子と結婚し、白秋の義弟。山本太郎の父。児童自由画運動を興し、活躍。農民美術運動を提唱し、長野県に日本農民美術研究所を設立した。

旭堂南陵書簡

（きょくどう　なんりょう）明治一〇年～昭和四〇年（一八七七～一九六五）。講釈師。大阪生まれ。一八歳で正流斎（しょうりゅうさい）南窓の弟子になって鶴窓と名のり、その後初代南陵に師事して南花を名のる。二〇歳で上京し神田伯龍門下で修業、帰阪後、明治四二年、二代目南陵を襲名し、以後大阪で活躍した。昭和三〇年、ＮＨＫ放送文化賞受賞。

263――昭和20年4月3日　はがき／松山市　松山中央放送局　多田局長様／香川県大川郡三本松町　大島伊太郎方　旭堂南陵　四月三日

拝啓　意外御不沙汰（ママ）致居候　此春御健康に被遊奉賀上候　私モ十四日*の大阪の変事の為家屋全蓄財モ共々灰燼と帰り全く裸一貫にて避難仕り然シ身に怪我なく一家無事を悦たるは不幸中の幸ひにてそして自分の芸は確かに持ち居り早速十七日カラ大阪ヨリ慰問に廿日迄出張致し又三十日には療養斯時間の放送致しロク音も

取り大いに活躍致し少し疲れ相休むる為表記の所へ四五日静養に参り居り近頃其方へ度々参る報お聞き居り局長様初め皆様に御無事を切に御祈り申上居り候　大阪より御伺申上度候へ共大阪よりの交通は日数がかゝり此地の方が早いと存じ御伺申上候　何卒皆様へ宜敷御伝言被下度候
先は諸君の御健康と御幸福を御祈申上候

草々
拝

＊十四日の大阪の変事　昭和二〇年三月一四日の大阪大空襲。B29約九〇機による焼夷弾爆撃により一三万戸が焼失した。（『決定版　昭和史　第12巻』昭和五八年、毎日新聞社刊による）

清澤洌書簡

（きよさわ　きよし）明治二三年～昭和二〇年（一八九〇～一九四五）。評論家。長野県生まれ。渡米し、ホワイトヴォース大学に学ぶ。昭和二年、下村宏の紹介で朝日新聞企画部次長に就任。同四年に退職後、『中央公論』『東洋経済新報』などで、国際感覚のある自由主義的な言論活動を展開した。著書に『転換期の日本』『非常日本への直言』、没後に刊行され反響を呼んだ『暗黒日記』など。

264――昭和5年（推定）2月3日付　絵はがき／東京市芝　中央放送局　多田不二様　Mr.F.Tada,Tokio,Japan.

ロンドン会議[＊]を見るためにロンドンに来てゐます。これから欧州[＊]を一回した上、米国に帰ります。御健康を祈る

ロンドンにて　二月三日　清澤洌

■TOWER BRIDGE, LONDON の写真。

■文は、表面左方部に記されたもの。
*ロンドン会議　昭和五年一月二一日から四月二二日にかけてロンドンで開催された、ロンドン海軍軍縮会議。補助艦（巡洋艦、駆逐艦、潜水艦）に関する軍備制限についての国際会議で、英、米、日本、伊、仏が参加した。日本全権若槻礼次郎元首相らが出席。清澤は、中央公論特派員としてこれの取材に当たっていた。この会議での軍縮条約調印をめぐって統帥権干犯問題が生じ、翌年一一月、時の首相浜口雄幸（おさち）が、東京駅で右翼によって狙撃され、その翌年に死亡するという事件が生じた。
*欧州を……帰ります　清澤は、三月四日、ロンドンを発ってヨーロッパ旅行に出かけ、四月三日、ロンドン帰着。四月一二日にロンドンを出発し、同二〇日にニューヨークに帰っている。

草野心平書簡

（くさの　しんぺい）明治三六年～昭和六三年（一九〇三～一九八八）。詩人。福島県生まれ。慶応義塾普通部中退後、中国に渡って嶺南大学に学び、在学中に黄瀛（こうえい）らと『銅鑼』を創刊。帰国後、昭和三年伊藤信吉らと『学校』を、同一〇年逸見猶吉らと『歴程』を創刊。詩集『第百階級』『富士山』『定本蛙』、評論『わが光太郎』『わが賢治』『村山槐多』など。なお、心平は、大正一二年八月、『帆船』に同人として参加、大正一三年一月号から同年七月号までの同誌に一一篇の詩を載せている。

265――大正12年8月26日　封書／東京市外大久保百人町一九五　多田不二様／京都市相国寺東門前町　草野心平

獄裡

草野心平

日暮れがたである

黒蜘蛛がすゝけた白壁にすえつき　ひとしれず
じっと囚人の心にのぞきいってゐる

青白い空気がだんだん黒色の縞をつくり

囚人の眼には又いつもの死骸があらはれ
彼等共通の淋しさがふくれ上る

空気細胞の一ツ一ツは青黒い耳をふるはせ

黒蜘蛛はそろそろ
しだらな指の尖に緑青のでた古代のはかりをぶらさげる

あゝ、しかし囚人の犯した人殺しへの懺悔は
はたして彼一人の懺悔であるべきだらうか

　　――――に、

どこまでもそまってゐる空の下腹部を

青い星がすうーっと流れた
湖のほとりである

その瞬間
しゅうねん深いやもりが
女のまつ毛につきさゝれた
あたりは夢よりも静かで
やもりのみがひとり　ぴくぴく
顔面神経をたかぶらせ
こゝろよい泪にぬれてむづがゆい微笑をつゞけてゐる

無題

へとへとにつかれて
眼をひらいて見ると
運命がいちめんにたちこめてゐた
その中につったって
孤独が王冠をつけてじっと俺のことを凝視(み)てゐた

いくら狂艶な女が
お白粉をなすりつけやうたって駄目だ
孤独がつったって ゐた
死が生を子供あつかいにからかってゐた
結局
なくなってしまふ各々の一本道であった
だが、まだまだドリヤングレーにもなりたいのだ
もうこれ以上運命哲学などは考へずに
金粉の道路におどりでゝ
青馬車の鞭を光らせやう

野に出よう

おゝまってゐたゴッホ
ゴッホの自画像
いんさんな私の心の扉を打たたいて
おゝゴッホ

よくも来てくれました　ね

臘燭のやうなペン軸はへし折って
さあ早く
このまゝでいゝ破れたシャツのままで
まっかな日本の炎天にかけだそう

もうどこかで
草と光りと色との
大きなもつれ合ひがきこえるやうだ

死への途上

幾千兆億のともしび
だが新しい瞬間ごとに
私自身ふきけす
私自身のともしび
ひとつのともしびをけせば

ひとつのともしびのあかるさを失ひ
若さを失ひ
そしては
幾千兆億のともしび……
あゝいまふきけしたばかりで
又ふきけさなければならないのか

若さ　若さ
だが　結局この肉もすたれゆくのだ
そして、平凡な私には何がとりのこされるのか
よそ事ではない
今だ

長い珠数玉のやうな私のともしびが
一ツ一ツ眼まぐるしい速さで消えてゆく
くらいくらいかげをうしろにのこして

在京中は色々有難う御座いました、深く感謝いたします、

二十八日の船は大連によりますので、三十日か九月二日にたとうと思ひます。
あまりに小額でありますが、為替、同封いたしました、最初の月の同人費にしていたゞきます、たりないと思ひますが
詩は二頁以上とるのを恐れて、短いのを御送りいたします、
未だ、未だといふ感じだけが胸に来ます、

広東の私の住所は
広東嶺南大学　草野心平

二十五日

多田不二様
同人諸兄によろしく

■これらの詩は、『帆船』に掲載されていない掲載誌未詳の作品。関東大震災が原因しているものと思われる。震災後、『帆船』は一一月に発行されたが、それは「震災特集号」としてであった。

葛原しげる書簡

（くずはら　しげる）明治一九年～昭和三六年（一八八六～一九六一）。童謡詩人、童話作家。広島県生まれ。東京高等師範学校（現、筑波大学）英語科卒。教師生活の傍ら唱歌、童謡を数多く創作。作曲家の梁田貞、小松耕輔とともに『大正幼年唱歌』『大正少年唱歌』を制作、編集した。また、宮城道雄と組んで、多くの箏曲童謡を発表した。童謡集『かねがなる』『雀よこい』など。

266——昭和13年3月26日　はがき／大阪市天王寺区石ケ辻町四三浪花園　多田不二様／東京市本郷区西片町十　*Kuzuhara*

大阪へ御栄転、新しい環境で、また新しく詩情の豊かなる御事と御悦び申上げます、大阪は、理屈ぬきに、「実行」のはかどる所、社会教養のため、御勇健祈上げます、
　東京は、やつと春心地、外套をぬいで、手袋はづして、ほつとしてゐル

267——昭和15年6月24日　絵はがき／麹町区内幸町　日本放送協会　業務局　教養部長　多田不二様／本郷区西片町十　葛原しげる

御栄転御帰京、御悦び申上候。「おかへんなさい」を、心より申上げ候。

大久保時代、省線の故障で、シナノ町*あたり迄、だまつて、二人で歩いた事を、時々、思ひ出し申し候。

御自愛祈上候。

■「オリムピア映画　民族の祭典　レーニ・リーフエンシユタール女史総指揮　独逸オリムピア映画協会製作」の絵はがき。
■文は、表面下部に記されたもの。
＊シナノ町　信濃町。

国枝史郎書簡

（くにえだ　しろう）明治二〇年〜昭和一八年（一八八七〜一九四三）。小説家。長野県生まれ。早稲田大学英文科中退。大阪朝日新聞社に入り、演劇担当記者、のち松竹座の座付き作家となって演劇活動に専念。大正一一年から連載を始めた長編「蔦葛木曽桟」が高く評価されて作家生活に入り、「神州纐纈城（こうけつ）」「神秘昆虫館」などの伝奇小説を多数発表した。

268――昭和9年7月10日　はがき／芝区愛宕公園　東京中央放送局内　多田不二様／大森区新井宿四丁目一〇五六　国枝史郎

拝啓　昨日は車中にてお眼にかゝりましたのでろく／＼御話も出来ず残念に存じました。
私事ラヂオ放送では二回までも御配慮いたゞき居ります。今後何卒よろしく御ねがひいたします。
とりあへず御挨拶申しのべました。　敬具
七月十日

倉野憲司書簡

（くらの　けんじ）明治三五年～平成三年（一九〇二～一九九一）。国文学者。福岡県生まれ。東京帝国大学卒。神宮皇学館教授をへて、昭和二五年、福岡女子大学教授。同三五年同大学長。「古事記」の研究で著名。著書『古事記全註釈』『稽古照今』など。

269――昭和20年1月31日　はがき／松山市竹原町三八　多田不二様／宇治山田市吹上町二〇九　倉野憲司

拝復　厳寒の折柄愈々御多祥の段大慶至極に存じます　今度は松山中央放送局長に御栄転の趣衷心より御祝ひ申上げます　時局下最も重要なる意義を有する放送事業御管掌の事とて定めし御心労の事と拝察致しますが切に御敢闘を祈ります　小生相変らず元気で奉公致して居ります　この一週間は半田市の工場出勤の学徒隊長として元気に勤務して居ります、
先づは寸楮を以て御祝詞言上まで　草々
一月三十一日
中島飛行機半田製作所内

神宮皇学館大学々徒隊長室にて

栗木幸次郎書簡

（くりき　こうじろう）明治四〇年〜昭和五六年（一九〇七〜一九八一）。詩人、画家。岩手県生まれ。盛岡中学校中退。大正一五年三月、『馬車』（のち、「帆船」と改題され、第二次『帆船』となる）創刊時から編集同人として参加した。同誌の大正一五年三月号から七月号までの表紙絵は幸次郎のもの。『帆船』終刊後、平澤貞二郎らと『金蝙蝠（ゴールデンバット）』を創刊。

270 ―― 大正15年4月25日　はがき／東京市外調布村下沼部七〇五　多田不二様／栗木幸次郎　26日ひる

まったく突然、詩集*をいただいて子供のようによろこびました。

新聞へ広告が出たと友達が云ふてましたが私はみませんでしたので。厚く御礼申しあげます。

今日はいい日曜日です。遊びに出ます、かへつてきて「夜の一部」をゆつくり読むのをたのしみにして。
・今まで（三号まで）馬車にはルーズしてみんなの同人に顔だてもありません、第四号*から大いにふんとういたします、

■・を付した「今まで」から「いたします、」までは、逆さ書き。
＊詩集　『夜の一部』。大正一五年四月、新潮社より刊行された、不二の第二詩集。書簡173参照。
＊第四号から大いにふんとういたします　『馬車』は三号まで出され、次号は『馬車改題　帆船』として発行された。幸次郎は『馬車』一号から同人として参加し、改題『帆船』の終刊号まで、毎号に詩、評論、随筆等を発表し、昭和二年一月号の編集を担当している。書簡180の「＊『帆船』」参照。

呉文炳書簡

（くれ　ふみあき）明治二三年〜昭和五六年（一八九〇〜一九八一）。経済学者。東京生まれ。慶応義塾大学法学部卒。日本大学第四代総長。貴族院議員。経済学における「信託」という概念を日本に初めて導入した。著書『経済問題としての信託』『江の島錦絵集成』など。統計学者の文聰は、父。医学者の秀三は、叔父。内科学者の建は、兄。西洋古典学者の茂一は、従弟。

271――昭和15年7月4日　封書　毛筆　巻紙／東京市麴町区内幸町　日本放送協会本部　多田不二様／神奈川県腰越町六六三　呉文炳

拝啓
愈々御清栄之段奉賀候　陳者今度東京に御栄転に相成候由大慶至極に存申上候　機を得て一度拝眉の上いろ〳〵御話承り度存候
先は右不取敢御喜び迄如此御座候　草々
七月四日　呉文炳
多田不二様　侍史

272――昭和15年11月26日　封書／東京市麴町区内幸町　日本放送協会　教養部長　多田不二様　親展／神奈川県鎌倉市腰越町六六三　呉文炳

拝啓
晩秋の候愈々御清栄の段奉賀候　陳者いつぞやは大変御多用中を御邪魔致し且つ御高配に預り忝く奉存候
御手紙により関理事を御訪ねすることは取り止めに致候　その中御無沙汰御わび序に別に御訪ね致すことに

致候　右御含み置願ひ度候　小生も暫く放送の方この処打絶へ居候が来月十四日赤穂浪士討入の日にそちらの御都合よろしくば放送を致してみたく存候が如何のものに候や　経済方面は猫も杓子も当今のこと故沢山話有之候へ共寧ろさうした精神的方面のこと余り立入つて面白く話する向も多からざる様に存ぜられ候儘如何かと御伺ひ申上致候　尤も無理に申上げる訳には無之候間その点も御含み願ひ度御都合願へれば折返し御返事を願ひ度　実は二三学校方面より依頼も有之候故放送と決定すればその方は別の話を致し度考へ居る次第に御座候　何れ御訪ね致す考に有之候へ共御都合も有之る事と存じ手紙を以て御伺ひ致す次第に御座候先は右御無沙汰御わび旁々如此御座候　草々

十一月二十六日　呉文炳

多田学兄　侍史

273――昭和16年9月15日　絵はがき／東京市麴町区内幸町　日本放送協会　教養部長　多田不二様／鎌倉　呉文炳

過日は御多用中御邪魔して申訳無之其節は又御無理奉願事を致し恐縮に存候　御手紙も拝誦いろ〳〵と御厚情忝くいづれ詳細を後便で申述度候も不取敢御礼のみ申上置度候　草々

九月十五日

■文は、表面下部に記されたもの。

■裏面は、相州湯河原温泉・中西旅館はなれ・庭園の一部の写真。

黒澤隆信書簡

（くろさわ　たかのぶ）明治三三年〜昭和二七年（一九〇〇〜一九五二）。国文学者。長野県生まれ。東洋大学東洋文学科卒。千葉県立東葛飾高等学校教頭、同校定時制課程主事。一茶の足跡をたどって房総の地を巡歴、資料の発見と蒐集に努め、一茶研究を葛飾、常総地方に拡大した。著書『一茶の生涯及び芸術』『俳人一茶とその周辺』など。

274――昭和18年9月25日　絵はがき／大阪市東区馬場町　大阪中央放送局　多田不二様／千葉県立東葛飾中学校　黒澤隆信

御栄転をお祝申上げます　何だか又遠くなり淋しく秋に向って居ります。京都大阪方面を憶出して無性になつかしう存じます。〝一茶の生国民意力〟を書いてみました　見ていたゞけないのが残念です。いづれ又、

九月二十五日

■「一茶翁胞衣塚」の絵はがき。文は、表面下部に書かれたもの。

小泉苳三書簡

（こいずみ　とうぞう）明治二七年〜昭和三一年（一八九四〜一九五六）。歌人、国文学者。神奈川県生まれ。東洋大学国文科卒。立命館大学、北京師範大学、関西学院大学で教授。尾上柴舟に師事し、『車前草』『水甕（みずがめ）』同人となる。大正一一年、短歌雑誌『ポトナム』を朝鮮京城で創刊、優れた新人を多く歌壇に送り出した。歌集『夕潮』、研究著書『明治大正短歌資料大成』など。

275――昭和15年3月26日　はがき／大阪市大手前　大阪中央放送局教養課　多田不二様／京都市左京区鹿ヶ谷寺ノ前町八九　小泉苳三

前略

先日橿原よりの放送の際はいろ〳〵お世話さまに相成りまして有りがたう存じました　早速御礼をと存じながら遂延引致しました　あしからず願上ます

右御挨拶まで

二月二十五日

■毛筆。差出人、住所のみ印章。

276――昭和15年4月8日　封書／大阪市東区馬場町六　大阪中央放送局　多田不二様／京都市左京区鹿谷寺ノ前町八九　京都ポトナム短歌会　振替口座京都一一七六五番　小泉苳三

拝復

速達便拝誦、御子息*成績良好御安心被下度候

余は拝眉の節万々　不一

四月七日　小泉苳三

多田不二様

尚　小生　此度国立師範大学に転任　北京に赴任、就ては　予科部長に紹介状同封致しておきます　必要あらば御利用下さい。

■「京都ポトナム短歌会」の封筒を使用。

＊御子息　当時明治大学予科に在学していた、不二の長男篤司。

277――昭和15年9月4日　はがき／大阪市大手前　大阪中央放送局教養課　多田不二様

拝啓　愈御清昌の段賀上ます。陳者去る五月国立北京師範学院（大学）に赴任の節は御鄭重なる餞別を頂き且つ御多忙中態々御見送り下さいました段深く感銘罷在ります。御陰をもちまして六月初旬無事着任致しました。今後とも一層御指導御誘掖下さいますやう懇願申し上げる次第でございます。

追つて休暇等には帰省立命館大学に於いて講義致す事にして居ります故御通信はすべて便宜留守宅宛に願上たう存じます

邦家多端の折柄皆様の御自愛御自重を切に祈上ます。　不一

昭和十五年八月　小泉藤造

（苳三）

北支那北京和平門外

勤務先　国立北京師範学院日文系研究室

留守宅　京都市左京区鹿ヶ谷寺人前町九〇

京都市上京区小山西大野町四三

ポトナム　東京都杉並区上荻窪一ノ二五〇

短歌会

■名宛、毛筆。他は、活字印刷。

甲賀三郎書簡

（こうが　さぶろう）明治二六年〜昭和二〇年（一八九三〜一九四五）。小説家。滋賀県生まれ。東京帝国大学工学部卒。大正一二年、「真珠塔の秘密」が『新趣味』の懸賞募集に一等入選。同一三年、『新青年』に発表した「琥珀のパイプ」で脚光を浴びる。昭和三年より官吏を辞めて作家生活に入り、「姿なき怪盗」「黄鳥の嘆き」「四次元の断面」などの作品を発表する一方、「探偵小説講話」等のエッセイで探偵小説論を展開した。

278——昭和8年6月3日　封書／芝区愛宕山　東京中央放送局　多田不二様／渋谷区栄通一ノ四三　甲賀三郎

拝啓
初夏新緑の候益御清栄賀し奉ります
さて　新聞で拝見いたしますと今般社会教育課長に御昇任の趣誠にお目出度う存じます　多年御努力の賜と存ぜられ今後の御奮闘を期して居ります
先般来いつも掛違つてお目にかゝれませんでしたが友人土師清二君[*]AK[*]では未だ一度もやつた事がないさうで何かの機会に大衆文学に関する趣味講演を依頼せられん事を希望いたします
先は右取敢へずお祝ひまで

草々

六月二日

甲賀三郎

多田不二様

＊土師清二君　明治二六年〜昭和五二年（一八九三〜一九七七）。小説家。岡山県生まれ。大阪『朝日新聞』に連載した「砂絵呪縛」が出世作。「あばれ熨斗（のし）」「風雪の人」など多数の作品があり、代表的な大衆小説作家の一人。
＊ＡＫ　東京放送局のコールサイン（呼び出し符号）、ＪＯＡＫの略。書簡244の「＊ＡＫ」参照。

279――昭和15年5月30日付　封書／麴町区内幸町　東京中央放送局教養部　多田不二様／渋谷区栄通一ノ四三　甲賀三郎

拝啓
時下新緑の候益々御清栄の段大慶に存じます　其後は大へん御無沙汰いたし申わけありません　この度は東京へ御復帰教養部長の要職に御就任の由誠にお目出度存じます　実は先般大阪へ御転任の節は些か適所に非ざるやうな気持がいたし　ついお喜びも申上げませんでしたが　それは事情に疎き小生の考へ過ぎにてやはり御栄転の途上にあつた事を只今悟りました　時局多端の折柄教養部の仕事は有意義且つ緊急の事と存ぜられます　国家の為に御奮励のほど切にお祈り申します
先は取敢へず右お祝ひまで
五月三十日　甲賀三郎
多田不二様

■「甲賀三郎」用箋使用。

280――昭和16年9月27日　封書／麴町区内幸町二ノ二　東京放送局　講演部長　多田不二様／渋谷区北谷町三八　甲賀三郎

拝復
先般は早速の御返書忝う存じました　田沢氏へ御依頼下さる由紹介者として誠に嬉しく存じます　最早お取運びかと存じますが田沢氏は近く奉天へ赴任の由ですからなるべく早くお定めを願へれば大慶に存じます
さて　其後小生ふと思ひついた事ですが　近頃流言飛語の事が問題になつてゐますが　その判断については探偵小説の最も得意とする所で、即ち真犯人は常に誠らしい顔をして現はれますが　いかに言動に於て誠らしさを粧ふともその片言隻語の矛盾不合理を捕へて看破するのが読者の仕事であります　即ち探偵小説に於て真犯人を看破する観察力と判断力を備へてゐれば流言飛語を判断する事が出来ます　探偵小説は兎も角として、一寸とした矛盾や不合理からいかに真実らしく見えても嘘である事が看破出来ることを国民に教へてその判断力を養はしめ流言飛語の判断に迷ふ事のないやうに示唆するのは無駄の事ではないと思はれます　小生その事について頃日或所で講演をいたしましたがこの趣旨は国民一般の人に知らしたいと思ひます　別紙要旨をお目にかけますが　この他に一寸とした観察や判断から虚構事実である事が推理された面白い例など引きたいと思ひます　もし大兄が有意義の事であるとお考へでしたら一度ラヂオを通じて大衆に教へさせて貰ひたいと思つてをります

先は右まで

九月二十七日

甲賀三郎

多田不二様

要旨

流言飛語とその看破
（探偵作家の立場より）

甲賀三郎

近頃指導者を以つて任ずる人達が、口を開けば流言飛語に迷はされるな、といふが、この言葉は一見理屈に合つてゐるやうで、仔細に考へて見るに、余り意味のない言葉である。何故なれば、誰しも流言飛語と分れば、信ずる者も迷ふ者もない。流言飛語、殊にデマといふものは為にする所あつて流布するのであるから、極めて本当らしい外貌を取るものである。流言飛語やデマが最初から本当らしくなければ、最早それは流言

飛語乃至デマとして取るに足らぬものである。もし大衆が迷ふとすれば、それが果して流言飛語であるか、デマであるかといふ判断に迷ふのである。だから指導者達はかういはなければならないのである。流言飛語かどうか判断せよ、と。

所が、今いふ通り、デマは元より騙す目的で作られるものであり、流言飛語にしても、極めて誠しやかに伝はるものである。百%信じなくつても、少くとも半信半疑の状態になれば、デマとしては成功である。デマを製造する者はいかにして誠しやかに粧はうかといふ事に苦心し、流言飛語は誠しやかに見えるものだけ伝播するのである。だから、流言飛語やデマの判断は中々むつかしい。国民大衆はやはり平生からその力を養つて置かねばならぬ。

一体日本人は人が好いのか、他人のいふ事が、自分の生活に直接影響しない限り、いゝ加減に聞いて、何等検討を加へない欠点がある。人のいふ事を何でも疑ふのはいけないが、さりとて、頭から信じて終ふのも悪い。書を読んで尽く書を信ずれば書なきに如かずと、聖賢が戒しめてゐる通りである。流言飛語やデマといふものは、どんなに誠しやかに話されても、少し考へて見れば、どこかに矛盾した所や、合点の行かぬ事がある筈である。日本人はどうも物事を検討してみるといふ考へが少い。この事については大衆作家に罪もあつて、興味本位に辻褄の会(ママ)はない事を平気で書き、大衆も少し検討して見れば、馬鹿々々しくならなければならないものに、面白がつてついて行く。かうして、いつの間にか、物事に対する検討心を麻痺されてゐる恐れが十分ある。探偵小説は元来読者の検討心に訴へるもので、多数の嫌疑者群と無邪気に見える真犯人の言動をよく観察し検討して、矛盾や不合理を発見し、種々の点をチエックして、遂に真犯人を推定する事に興味の中心を置くものである。然るに、探偵小説が一部作家や読者に誤まられて、探偵小説といへば何か陰惨な残虐なものであると考へられるに至つたのは大へん遺憾である。

兎に角、平素から、単なる世間話のうちからも、信ずべきものと、信ずべからざるものを判断する癖をつけて置く必要がある。それは、合点の行かない事でもそのまま鵜呑みするかしないか、矛盾不合理の点を発見し得るか、得ないかといふ問題である。

■「流言飛語とその看破」は、別紙原稿。

古賀残星書簡

（こが　ざんせい）明治三六年〜昭和四三年（一九〇三〜一九六八）。柔道家、詩人。佐賀県生まれ。東京高等師範学校（現、筑波大学）卒。講道館六段。大正一三年、同人誌『牧人』を主宰、創刊。著書『講道館今昔物語』、詩集『煙』、短編集『学校宿直室物語』など。

281——昭和13年5月6日　封書／芝区　中央放送局　多田不二様／東京小石川白山御殿町一二七　古賀残星

御無沙汰いたしてゐますが御壮健のこと丶存じ上げます　小生　去る四月二十三日名古屋に行きＣＫ*で武道について放送講演をして来ました
恩師*嘉納治五郎先生の急逝はひどく心を搏つものがあります、つきましては、子供*の時間か、趣味の時間に嘉納先生と柔道及びオリンピックについて語りたいと思ひますが如何でせうか　プログラムは一ヶ月前に組まれてゐると存じますから、小生はいつでも結構です
右お願ひいたします
五月六日　小石川白山御殿町一二七
古賀残星

多田不二　様

■封書裏の差出人住所氏名はゴム印。

■本文原稿用紙使用。

＊ＣＫ　名古屋放送局のコールサイン（呼び出し符号）、ＪＯＣＫの略。書簡244の「＊ＡＫ」参照。

＊恩師嘉納治五郎先生の急逝　嘉納治五郎（万延元年～昭和一三年）は講道館柔道の創始者。昭和一三年、カイロ（エジプト）でのＩＯＣ総会からの帰国途上の五月四日（横浜到着の二日前）、氷川丸の船内で肺炎により死去。七七歳没。

＊子供の時間　東京放送局の本放送初日、大正一四年七月一二日から始まったラジオ番組。書簡175の「＊子供の時間なり中学生の時間」参照。

282――昭和13年9月28日　はがき（速達）／大阪市天王寺区　中央放送局　多田不二様／東京小石川白山御殿町一一七　古賀残星

冠省　いろ〳〵御面倒をおかけいたしました　大阪毎日の柔道がまとまらなくなりましたので小生も下阪する必要がなくなったのです　甚だ勝手でありますが、右の事情で　十月八日午後三時からの時間よろしくお願ひいたします　いづれ又お願ひいたします　御好意を感謝しお詫び申し上げます　九月二十八日

■差出人住所氏名、赤ゴム印。

小島政二郎書簡

（こじま　まさじろう）明治二七年～平成六年（一八九四～一九九四）。小説家、随筆家、俳人。東京生まれ。慶応義塾大学卒。のち、同大学教授。『三田文学』『赤い鳥』の編集に携わり、芥川龍之介、菊池寛らを知る。大正一一年、『表現』に載せた「一枚看板」が出世作。純文学、大衆文学での活躍の外、国文学に造詣が深く『大鏡鑑賞』『わが古典鑑賞』等を著す。著書に『眼中の人』（小説）、『場末風流』（随筆集）など。

283 ―― 昭和10年6月12日　封書／芝区愛宕山　中央放送局社会教育課　多田不二様／麻布区笄町一五五　小島政二郎

前略

先日お願ひの狩谷棭斎*先生百年祭当日（七月四日）の放送の件、出来るなら全国中継にして戴けないでせうか、と云ふのは、棭斎先生の子孫は今大阪に住んでゐるので、折角の百年祭の放送故是非聞かせてやりたいと思ふのですが。この件重ねてお願ひ致します、

猶、当日は紀念として、棭斎先生の遺著の展覧会が史料編纂所の肝入りで催される筈ださうです。またラヂオ講演者としては、

文学博士
山田孝雄*（よし）
先生

が鷗外*先生以来の脈を引いてゐて、最も適任者ではないかと云ふことを耳に

したので、一寸御参考までに申し添へます、以上　我儘なお願ひばかりで恐縮に存じます。
猶、全国中継について、もっと何か公的な理由が必要なら改めて申し上げに参上致ても宜しうございます。

拝具

六月十二日

小島政二郎

多田不二　様

硯北

＊狩谷棭斎先生　安永四年～天保六年（一七七五～一八三五）。文献学者、考証学者。漢学の素養深く、特に唐代律令の研究に優れ、また、日本の古典、古辞書などの研究に力を注ぎ、終生を校勘と小学に費やした。著書に『箋註和名類聚抄』『日本霊異記攷証』など。森鷗外は、「渋江抽斎」の「その十三」で、抽斎の経学の師としての棭斎に関して詳述している。

＊山田孝雄先生　明治六年～昭和三三年（一八七三～一九五八）。国語学者。富山県生まれ。独自の文法理論による文法研究と綿密な語学的注釈による国文学研究に尽力した。また、棭斎の『箋註和名類聚抄』を研究、整理し、棭斎の業績を称揚した。著書『日本文法論』『万葉集講義』など。

＊鷗外先生　森鷗外。文久二年～大正一一年（一八六二～一九二二）。小説家、戯曲家、翻訳家、評論家、軍医。石見国（現、島根県）生まれ。夏目漱石と並ぶ近代文学界における巨匠。小説「舞姫」「雁」「高瀬舟」「寒山拾得」「渋江抽斎」、訳詩集「於母影」など。政二郎は、大正五年一一月、文壇諸家の文章を検討した「オオソグラフィ」を『三田文学』に載せ、これによって年少時から私淑していた鷗外に認められた。

児玉花外書簡

（こだま　かがい）明治七年～昭和一八年（一八七四～一九四三）。詩人。京都生まれ。早稲田大学中退。明治三六年、『社会主義詩集』が発禁処分になる。翌年、岩野泡鳴、幸徳秋水らの発禁処分に抗議した「同情録」を添えて『花外詩集』を出す。不二は、草稿「現代の詩と詩人」で「児玉花外は、初め社会主義傾向の詩を書いたりしたが、後に英雄詩や戦争詩などを書いたりして異色ある詩人であつたが、酒に溺れ、晩年の生活は殊に悲惨であつた。先頃東京の養老院で淋しく死んでいつたが、『白雲なびく駿河台』といふ明大の校歌がせめてもの名残となつてゐる。私も度々会つたが、すつかり老衰と落胆で、詩人の末路をあはれに感じさせた。詩集には『花外詩集』『行く雲』『天風魔帆』等がある」と記している。

284 ― 昭和6年3月28日　はがき／市外田園調布下沼部七〇五　多田不二様／牛込市ケ谷甲良町十六　児玉花外

転居御通知
久しく御無沙汰してゐます　今回小生さゝやかなる一家を構へました、隣家にあるラヂオも淋しき僕には朝夕の楽しい音楽です、併せて放送局にある貴兄の音声も聴く如く愉快です
◎独り身の詩人は留守よ春の雨
・紫檀の机は家妻とも家宝ともして慰められてゐます、

■・を付した「紫檀の」から「ゐます、」までは、右端余白に書き添えられている。

285 ― 昭和6年8月24日　はがき／市外田園調布下沼部七〇五　多田不二様／牛込市ケ谷甲良町十六　児玉花外

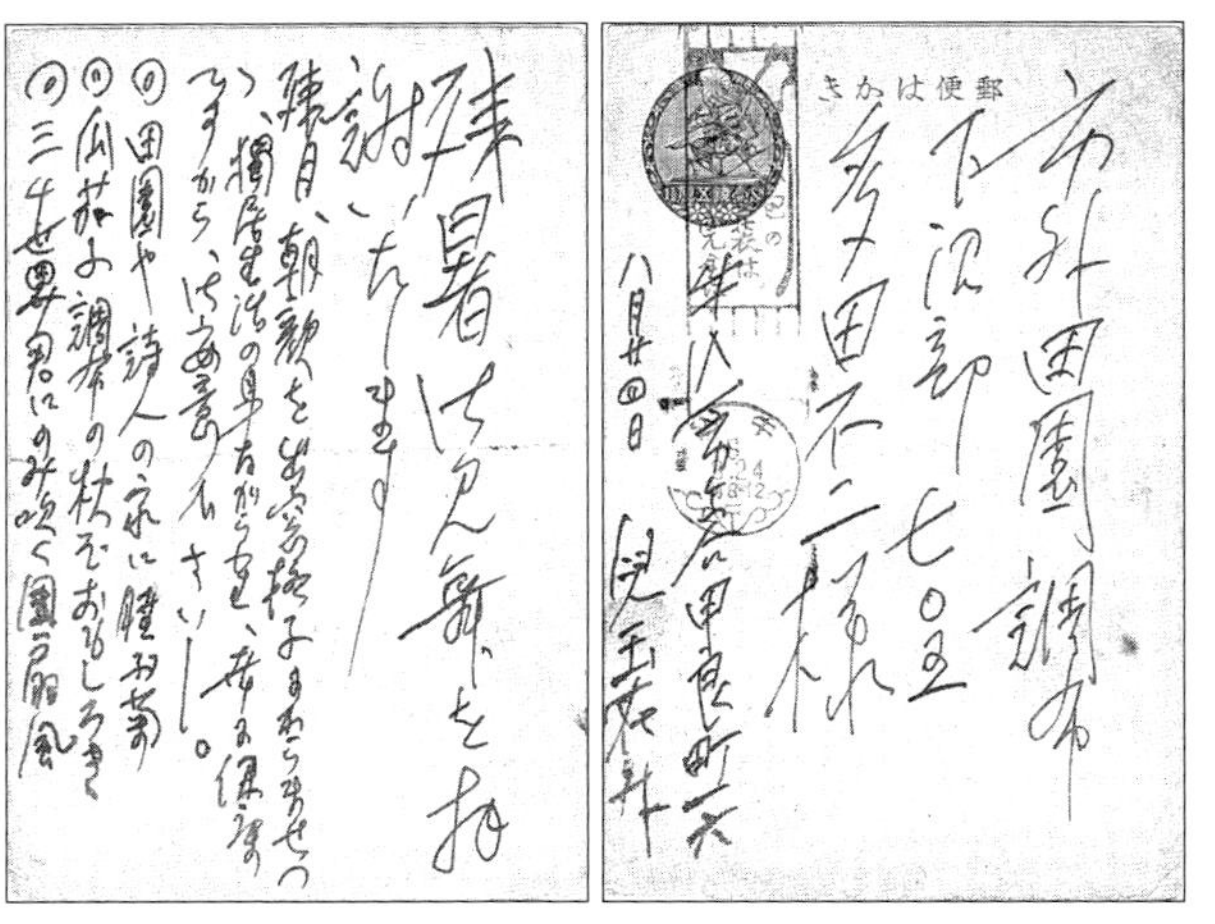
郵便はがき
市外田園調布
下沼部七〇五
多田不二様
牛込市ケ谷甲良町十六
児玉花外
八月廿四日

残暑御見舞を拝謝いたします
残月、朝顔を出窓格子にからませつゝ、独居生活の身ながら小生、幸に健康ですから、御安意下さい——。
◎田園や詩人の家に睦ぶ菊
◎瓜茄子調布の秋ぞおもしろき
◎三千世界君にのみ吹く団扇風

西條八十書簡

（略歴32頁参照）

286——昭和18年□月□日　はがき／大阪　中央放送局放送部　多田不二様

移居御通知
拝啓、ご無沙汰お宥し下さい、このたび移居いたします、御記憶に御留めをき下されば幸ひに存じます。
（新居）茨城県下館（しもだて）町西町甲一二五番地（電話下館二六六番）
（東北本線にて小山駅乗換へ）
昭和十九年一月より在住の予定
（東京仮寓）牛込区納戸町四三番地三井方（電話牛込五〇五六番）
毎週金曜日前後在住の予定
敬具

東京都淀橋区柏木
三丁目三七七番地

西條八十

■裏面は活字印刷。名宛は手書。

287――昭和20年2月2日付　絵はがき／松山市竹原町三八　多田不二様／茨城県下館町西町　西條八十　二月二日

御栄転の御はがき頂きうれしく御よろこび申上ます　先日矢部放送部長[*]におあひした節あなたが結城を故郷とされてゐると伺ひ、不思議な感にうたれました。私は山形あたりと記憶してゐたやうにをもひましたので――それではいつかこちらへお出になることがあると、お目にかゝれるだらう――などと考へましたすつかり田舎に馴れこのころは鶏の飼育に夢中になつてゐます　御元気いのり上ます

・往年杯を手に眺めた莨山[*](たばこやま)の風光とはるかに想見しどうぞ良生活を希つて居ります

■水戸の好文亭（上）と水戸市（下）を写した絵はがき。
■書き出しの「御栄転の」から「いのり上ます」までは、表面下部に書かれたもの。・を付した「往年杯を」からは、裏面の絵の上方に記されたもの。
＊矢部放送部長　矢部謙次郎。
＊莨山　加波山の別称。加波山にはたばこ神社がある。

櫻井忠温書簡

（さくらい　ただよし）明治一二年〜昭和四〇年（一八七九〜一九六五）。軍人、作家。愛媛県生まれ。陸軍士官学校卒。陸軍少将。松山連隊の旗手として日露戦争に出征、重傷を負った旅順攻防戦の体験を描いた「肉弾」は高く評価され、英国、米国等数十カ国語に翻訳紹介された。著書『銃後』『哀しきものの記録』など。

288――昭和12年6月11日　はがき　毛筆／芝、愛宕山　放送局　多田不二殿／東京　世田谷区成城町　櫻井忠温　六月十一日

前略、先日は御来訪被下有難存じ候、大沢殿二三日前にお出で下され、序文をとの御依頼で厶（ござ）いましたから、原稿精読の上、したゝめました、原稿共に書面にて貴殿宛御送りいたしました（八日）御受領の上は御一報を願上升（ます）

289――昭和15年1月18日　絵はがき　毛筆／大阪　中央放送局教養課　多田不二殿／東京　世田谷区成城町　櫻井忠温　十八日朝

このたびは色々と御厚志の段有難御礼申上ます　寒いところを御見送り下さいまして恐れ入りました、御丁寧にいろ〳〵と有難く〳〵御礼申上ます　御期待に副へえなかつたこと、存じます御ゆるし願上升　櫻井忠温

・放送局長殿はじめ皆様へよろしく御伝へ方願上ます。
松内さんへよろしく〳〵
切に御健康を祈上ます

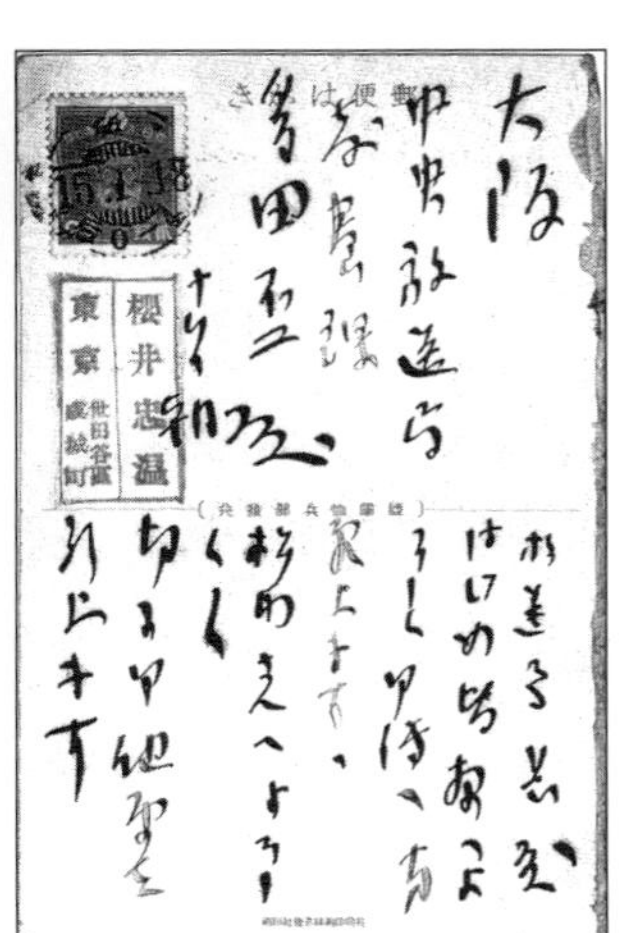

■・を付した「放送局長殿はじめ」からは、はがき表面下部に記されたもの。
■「陸軍恤兵部発行」の絵はがき。

290――昭和15年6月24日　絵はがき　毛筆／麹町区、内幸町、日本放送協会本部　教養部長　多田不二殿／東京　世田谷区成城町　櫻井忠温
二十四日朝

切に御健康を祈り上升　櫻井忠温
・謹て御栄転を賀し奉ります、大阪にてはいろ〳〵と御厚情を蒙むりました　厚く〳〵御礼申上ます

■・を付した「謹て」から「御礼申上ます」までは、表面下部に記されたもの。
■裏の写真の下に、「(新東京名所) スポーツの桧舞台明治神宮競技場」とある。

笹澤美明書簡

(ささざわ　よしあき) 明治三一年~昭和五九年 (一八九八~一九八四)。詩人、独文学者。神奈川県生まれ。東京外国語学校 (現、東京外国語大学) 独語科卒。『帆船』同人。同誌に、詩、訳詩、評論、随想を合わせて七〇篇を超える、寄稿者中で最も多くの作品を載せている。詩集に『蜜蜂の道』『形体詩集おるがん調』、訳詩集にノヴァーリス『夜の讃歌』、研究書に『ゲーテ――その生涯と作品――』など。左保は三男。

291――大正15年4月26日　はがき／東京市外調布村下沼部七〇五　多田不二様／横浜市根岸町豆口二六〇〇ノ八四　笹澤美明

先日は失礼致しました、
けふ「夜の一部」[*]有がたく落手致しました、始めてみると、帆船[*]創刊当時の事、ひいては自分のことなど、についてある親しみを感じます、後半はまだ見ませんので詠みかへしてはをります、面白い、い、詩があると思ひます、近頃の軽いものより、どっちかと云へば思索的なのが、私には親しめるやうな気がします、
右御礼迄　　敬白

＊「夜の一部」　大正一五年四月、新潮社より刊行された、不二の第二詩集。書簡173参照。
＊帆船　不二の主宰した詩誌。書簡180参照。

292――昭和13年3月19日　はがき／大阪市天王寺区石ヶ辻町四三　浪花園　多田不二様／横浜市神奈川区篠原町二二八　笹澤美明

御手紙有難く拝誦しました。無事御就任大賀に存じます。暫らくは旅行してゐるやうな御生活でせう。そちらも暖かでせう。当地もすっかり春めいて来ました。御留守宅へ伺はうと思ってまだ果たせません。いつ頃御来京か御寸暇の折御しらせ下さい。本の方はどうなりましたか?

293――昭和13年5月13日　封書／大阪府豊中市桜塚一、一三五ノ四　多田不二様　直披／横浜市神奈川区篠原町二二八　笹澤美明　五月十日

其後皆々様御変りなく祝着に存じます。御手紙拝誦いたしました。御家のことにつき心当りをきいてみますが、そちらで御決まりでしたら、御手数乍ら早速御一報願ひ上げたく存じます。

さて　詩集のことは前にも申上げた通り拝借した詩集一つも見当らず、誰れが持って行ったやら記憶にもない始末、誠に申訳けなく存じます。栗木君*には其後会ひませんが、友人がよく知ってゐるやうですからその方からきいて、御返事を差上げる約させます。詩集も大分集りましたから、そのうち折を見て御送りいたします。此頃はそろ〳〵サラリーマンらしくなって文学方面の勉強も怠りがち明方不図目が覚めて絶望に似た寂寥を感じます。かうなると、そろ〳〵物欲が旺盛になりさうで、なるべく苦労せずに富を作りたく思います。

大阪も住み慣れると好いさうで、そのうちにはそちらへ行けると思って楽しみにして居ます。奥様へよろしく御伝へ下さい。皆様御大切に　敬具

五月十日　笹澤美明

多田不二様　侍史

*栗木君　栗木幸次郎。

294── 昭和13年7月31日　封書／大阪府豊中市桜塚一、一三五ノ四　多田不二様　直披／横浜市神奈川区篠原町二二一八　笹澤美明　六月三十一日(ママ)

拝復　毎日の暑さ愈々御清栄と拝察します。却説(さて)御用件につき、毎日心がけてゐるのですが、始めての勤めなので、洋服代にかゝって困ってゐます。先月から禁烟節酒を実行してゐます。ボーナスは嘱托(ママ)のせいもあ

りますが、只の一枚です。
御不便をかけて恐縮です。然し毎日心がけてゐることは何卒御了承下さい。そして暫らく御猶予を願ひ度く存じます。
最近は会社の大きな問題のため、夜おそく帰ることが続きます。忙しいばかりで、不愉快です。金さへあれば、悠々読書三昧に暮したいものです。
先は御詫び迄　草々
七月三十一日　笹澤美明
多田不二様　侍史

295——昭和13年9月20日　はがき／大阪府豊中市桜塚一一三五の四　多田不二様／九月二十日夜　銀座かほるにて

秋雨の音を聞きつゝ以下書き連らねる帆船同人が集り大兄の話に濡れてゐます　平澤*
旧帆船同人ここに会合し、オンタイ多田不二を思ふこと切なり。遥かに敬意を表す　大谷忠一郎
月のない夜ですが楽しい会合でした。多田さんがゐたらなあー　いふ声も切です　栗*
東京へ御出での節は、是非御知らせ下さい　小田*
曇。不二見えず（笹）

*平澤　平澤貞二郎。
*栗　栗木幸次郎。
*小田　小田揚。もと、『更生』同人。『馬車』に平澤貞二郎らと同人として参加。『馬車』、第二次『帆船』に、詩二六篇、他に随想等を発表し、編集も担当した。

296――昭和14年1月1日　はがき　毛筆／大阪府豊中市桜塚一、一三五の四　多田不二様　御令室様

献春

昭和十四年元旦

横浜市神奈川区篠原町二二八

笹澤美明

297――昭和14年1月23日　絵はがき／大阪府豊中市桜塚一、一三五ノ四　多田不二様／横浜市港北区篠原町二二八　笹澤美明

過日御上京の節、大変失礼いたしました。ヨーロッパの戦争がはっきりしないのでかへってトラブルを生じそのために多忙をきはめてゐます。一週間位の休暇がとれるとい丶のですが、休みも一日位でどうにもなりません。休み毎にハイキングをしてゐます。先日は北相嵐山の与瀬へ行きました。よろしく御伝へ下さい

不一

■文は、表面下部に記されたもの。
■裏面、伊豆堂ヶ島洞窟の写真。

298――昭和14年（推定）4月30日　絵はがき／大阪府豊中市桜塚一、一三五ノ四　多田不二様／下田にて　笹澤美明

過日は失礼しました。又御便り有難く存じます。昨日西海岸から回って来ました。蓮台寺に一泊、山を穿ったトンネルのある宿屋で、面白い処です。下田見物それから伊東へ回ります。

草々

■裏面、伊豆下田の写真。

299——昭和14年8月3日　はがき／大阪府豊中市桜塚一、一三五ノ四　多田不二様／横浜市港北区篠原町二二八　笹澤美明
八月三日

酷暑の砌皆々様御機嫌如何ですか、御伺ひ申上げます。私共一同無事で居ります　却説昨日、例のセット漸く発送いたしました。長々有難う存じ上ました。手許には七月の始めからあったのですが、荷造りのことで、考へては、そのまゝ忙しさまぎれ到頭延びてしまひました。相済みません。
御礼旁々御案内迄　敬具

300——昭和14年8月7日　はがき／大阪府豊中市桜塚一、一三五ノ四　多田不二様／横浜市港北区篠原町二二八　笹澤美明
八月七日

冠省　本月二日に発送いたしました例の小包につき、只今、白楽駅員が参り、伊丹駅より電報にて、宛名先見当ラズと言って参りました由、どうしたかと案じてゐた矢先のことゝて恐縮して居ります。或は駅が違ってゐるのではないかと思ひ取敢へず御伺ひ申上げます。取扱駅が間違ってゐましたら御手数乍御一報願上度、存じます。又、私の葉書は確かに御落掌のことゝ存じて居ります。先は要用のみにて、　草々

佐藤周子書簡

（さとう　かねこ）明治三七年～昭和五七年（一九〇四～一九八二）。萩原朔太郎の妹。アイ、愛子とも。萩原家の五女。昭和八年、周子と改名して後、佐藤惣之助に嫁した。

301――昭和17年5月16日　はがき（速達）／世田ケ谷区玉川奥沢町二ノ二一一　多田不二様／東京市大森区雪ケ谷四〇三
佐藤周子

佐藤惣之助儀五月十五日夕六時突然脳溢血症状にて永眠いたしました　此段御知らせいたします

頓首

五月十六日

■文字は、周子のではなく、男性のもののようである。

302――昭和18年4月10日　往復はがき（往信）／世田谷区玉川奥沢町二ノ二一一　多田不二様／世田谷区代田一ノ六三五
萩原方　佐藤周子

陽春の候となりました　其後は御無沙汰致して居りまして申訳御座いません　昨年はいろ〳〵と御世話様に相なりました
さて来る十五日故惣之助一週忌（ママ）相営み度く存じます故誠に遠路にて恐れ入りますが川崎まで御越し願ひ度くお願ひ申上げます　当日は室生様他ごく内輪の者だけの集まりで御座います
四月十五日午後三時までに川崎市紺屋町正教寺まで御越し頂き度く場所は川崎駅下車鶴見寄りの降車口から

御出になりますとバスがいろ〳〵御座いますが小向（コムカヒ）南河原方面行きのバスにて製鉱裏下車左へ曲り国道をお越しになりますと右側で御座います
端書にて誠に失礼で御座いますが右御挨拶まで

佐藤惣之助書簡

（略歴32頁参照）

303――昭和4年3月30日　はがき／市外田園調布下沼部七〇五　多田不二様／川崎市砂子　佐藤惣之助

お手紙拝見、お指定の事*承知仕候　〆切日何日なるや、一寸お知らせ下され度候
右とりあへず
三十日

*お指定の事　不二が編纂したと推定される「童謡傑作集」への、収載依頼のこと。書簡436参照。

304――昭和5年6月8日　絵はがき／日本　東京市芝区　愛宕山放送局内　多田不二様

とふ〳〵蒙古までやって来ました。文字通りの一望千里以外何もないところです。チ、ハルへで、ハルビンがたのしみです。六月十五六日に門司へつきます。新谷氏にどうかよろしく

五月二十七日

斉々哈爾（チチハル）在
□□仲にて

佐藤

■裏面、写真「双塔子後方」。

305――昭和6年10月2日　はがき／東京市外田園調布下沼部七〇五　多田不二様／川崎市砂子一ノ二六　佐藤方　詩之家編集部　佐藤生

いつも留守で失礼。又あんなお礼を頂いては痛み入ります。一度こんどどこかで一杯やる事にしませう。義理のかたい事で、恐縮です。次長によろしく　お鳳声を　例の詩人座談会、いかゞにや。二十日すぎ五六日北陸に旅するやも知れず、その前か、後に、是非実行して見たし。よろしくお配慮にあづかりたし。手持で失礼、いづれゆっくりお拝眉の折り　お礼まで

佐藤

多田兄

306――昭和12年3月20日　封書／東京市芝愛宕山　放送局内　多田不二様／川崎市砂子一ノ二六　佐藤惣之助　三月二十日

その後失礼してゐます。
お多忙だろうと推察しますが、是非一度川崎へもお来駕下さい

今日一寸お願ひがあるのですが、例年の旧詩話会*員の旅行話が又出て、四国行きとなったのですが、いよ〳〵といふと三人になってしまったのです。白鳥*、福田*、小生　就てはキングの方も駄目らしいので名古屋と大阪の放送に出てチト　ケチな話ですが、かへりの旅費をつくりたいのですが、何とかお紹介願へんでせうか。

勿論三人の内の自分でも福田でも一人でもよろしいのです。

名古屋と大阪へ貴下の手からお話し願へれば幸甚です。

期日は行きが四月七八日、かへりが四月十三四になりませう。

お都合はお面当(ママ)ですが、一寸ハガキ願へればうれしく存じます。

佐藤生

多田兄

*詩話会　大正年代における最大の詩人団体。書簡11参照。

*白鳥　白鳥省吾。

*福田　福田正夫。

307――昭和15年12月9日　はがき／世田ヶ谷区玉川奥沢町二の二一一　多田不二様／東京・大森・雪ヶ谷四〇三　佐藤惣之助

つい〳〵そのまゝにて失礼。

君の帰京歓迎会をやるところいろ〳〵行き違って遂にまだやらず、その他に魚眠洞*とも相談するつもりです。

いよ〳〵お元気を祈って

お令閨にもよろしく

九日

＊魚眠洞　室生犀星の俳号。

308――昭和16年2月1日　往復はがき（往信）／世田谷区玉川奥沢町二ノ二一

一　多田不二様　至急

お寒い折柄　お変りもございませんか
さて今度　笹澤美明君の『密蜂の道』＊（ママ）が上梓されましたにつき一宵友
人相寄り祝意を表して同君を囲んで懇談いたしたいと存じます　万障
お繰り合はせの上御出席下さい

時　日　二月六日（木）午後六時（桜木町駅集合）改札口外
場　所　横浜市中区伊勢崎町五丁目西側『蛇の目』
会費　参円

発起人　佐藤惣之助　多田不二　＊城　左門
＊村野四郎　＊那須辰造　＊岩佐東一郎
（お手数ながら折返し御返事お願ひ申上ます）

■当書簡文中「発起人」名の中に多田不二の氏名が記されているが、これを来簡とし、発信連盟人代表と思われる佐藤惣之助書簡の中に収めた。

＊『密蜂の道』　正しくは『蜜蜂の道』。昭和一五年一二月文芸汎論社刊、笹澤美明の第一詩集。

*城左門　明治三七年～昭和五一年（一九〇四～一九七六）。詩人、小説家。東京生まれ。小説家としては城昌幸。日夏耿之介門下。詩誌『ゆうとぴあ』（のち『詩学』と改題）を創刊。探偵小説雑誌『宝石』を主宰。詩集『近世無頼』『恩寵』など。連作小説「若さま侍捕物手帖」が有名。

*村野四郎　明治三四年～昭和五〇年（一九〇一～一九七五）。詩人。東京生まれ。慶応義塾大学経済学部卒。川路柳虹の『炬火』同人。山崎泰雄、福原清らと『旗魚（かじき）』を、のち笹澤美明らと『新即物性文学』を創刊。詩集『罠』『体操詩集』『亡羊記』など。

*那須辰造　明治三七年～昭和五〇年（一九〇四～一九七五）。小説家、児童文学者、翻訳家。和歌山県生まれ。東京帝国大学仏文科卒。第一〇次『新思潮』同人。フランス児童文学の紹介に努めた。短篇集『釦つけする家』、少年小説『緑の十字架』など。

*岩佐東一郎　明治三八年～昭和四九年（一九〇五～一九七四）。詩人。東京生まれ。法政大学仏文科卒。堀口大学、日夏耿之介に師事し、『パンテオン』『オルフェオン』に詩を載せる。城左門と『文芸汎論』を発行。『ぷろむなあど』『春秋』など。

309――昭和17年4月27日　はがき／世田ヶ谷区玉川奥沢町二ノ二一一　多田不二様／東京・大森・雪ヶ谷四〇三　佐藤惣之助

拝復

お申越しの件拝承いたしました。お近況いかがですか、いづれ又お拝眉の上　万々

二十七日

310――封書／放送局にて　多田不二様　親展

二日にはわざ〳〵お来駕下すったのに釣りに行って、失礼〳〵。三日にといふお話しだったので、心待ちにしてゐました、是非釣りに同行したいと思って。昨日（三日）上京し、電話できくとお旅行の由、お多忙と

存じ、今日梗概（といふより前置きみたいなもの）と写真届けます。何分よろしく、当日はお指定通り、新橋駅へ七時にまいります。では当夜お目にかかって　万々

毎日、小生　家を后、五時半にで丶、海づりです。かへりは十一時、是非一度来て下さい。今鯛です、必ず釣れます

四日午后

惣　生

多田　兄

■持参封筒に日付なし。

サトウハチロー書簡

（さとう　はちろう）明治三六年～昭和四八年（一九〇三～一九七三）。詩人、童謡作詞家、小説家。東京生まれ。立教中学校中退。西條八十に師事し、『金の船』『童話』等に童謡を載せ、童謡詩人として世に出るが、のち、ユーモア小説、歌謡曲など多くのジャンルで活躍する。戦後は『赤とんぼ』を中心に童謡復興運動に専心。「リンゴの唄」「長崎の鐘」「小さい秋みつけた」等の作詞者として知られる。詩集『爪色の雨』、童謡集『叱られ坊主』など。父は佐藤紅緑。佐藤愛子の異母兄。

311 ── 昭和4年3月30日　往復はがき（返信）／市外田園調布下沼部七〇五　多田不二様／サトウハチロー

お申し越しの童謡のこと承知しました。*

久しくお目にか丶りませんね

お逢ひしたく思つてゐます、

ハチロー

＊お申し越しの童謡のこと　不二が編纂したと推測される「童謡傑作集」への、作品収載依頼のこと。書簡436参照。

佐藤緑葉書簡

（さとう　りょくよう）明治一九年〜昭和三五年（一八八六〜一九六〇）。小説家、詩人、翻訳家。群馬県生まれ。本名は、利吉。早稲田大学英文科卒。東洋大学教授。大杉栄らの『近代思想』創刊に協力、大正三年、同誌に翻訳ラムスズスの「人間屠殺所」を連載、評価を得る。同六年、『近代芸術』を主宰。小説『黎明』、評伝『若山牧水』など。

312 ―― 昭和14年1月1日　はがき／大森区田園調布二ノ七〇五　多田不二様

謹賀新年

よい年を迎えられて、ます〳〵御幸福ならむことを祈り上げます。平素の御無沙汰をお許し下さい。私もことしは新しく生れたつもりで、本当にしつかりと勉強したいと思つて居ります。

昭和十四年元旦

東京市杉並区天沼二ノ四六〇

佐藤利吉

〜〜〜〜〜〜〜〜〜〜〜〜〜〜

新しきいのちをもとめなえふるうわが日の本の尊くもあるかな

われもまたあらたに生れ新しく生きむとぞねがふ年のはじめに　　緑葉

■活字印刷。名宛は手書。

寒川鼠骨書簡

（さむかわ　そこつ）明治八年～昭和二九年（一八七五～一九五四）。俳人。愛媛県生まれ。本名は陽光（あきみつ）。旧制第三高等学校中退。正岡子規に師事し、『子規全集』、『正岡子規の世界』等、子規関係の編纂書や著作が多くあり、また、句作とともに写生文にも力を入れ、長編小説「新囚人」の外、『寒川鼠骨集』『写生文の作法』等の著作もある。晩年、根岸の子規庵の維持管理に努め、戦災後はその復興に力を注いだ。

313――昭和3年9月15日　封書（速達）／芝区愛宕山、放送局　多田不二様／東京下谷上根岸八十二番地　正岡家内　子規庵維持会　振替東京六七〇八三番　寒川陽光　十五日午前八時

拝啓
昨日は欠礼仕候　いろ〳〵繰合方交渉仕候へ共今に都合つきかねよわり申候
就ては
　代々木山谷　岡麓君*
に依頼され度存候　子規居士の俳句は知られ過ぎ居り歌の方の少しも知られぬは残念に候　先年俳句の碧梧桐*がしやべりしに対し今度は和歌の人よろしからんと存候
岡君差支なら
　田端四三八　香取秀真君*

よろしからんと存候
両君の内御捕へ被下度候　尚岡君の番地はアラ、キ社*にて分明可
仕候も場所は代々木、天神橋停留所前に御座候　右御断の旁愚意
中進候　　　　　　　　　　　　　　　　　　拝具
　　　　　　　　　　　　　　　　　　　寒川生

多田不二様

*子規庵維持会　「子規庵保存会」のこと。子規の門弟を中心として明治末年に結成され活動してきた子規庵維持保存会は、昭和三年八月、財団法人子規庵保存会として認可され、初代理事長に妹、正岡律が就任。理事の中に、高濱虚子、中村不折、香取秀真とともに鼠骨も名を連ねている。鼠骨は、それ以前、同三年四月より、自身の寄付により新築された子規庵事務所に管理人として移住していた。

*岡麓君　明治一〇年～昭和二六年（一八七七～一九五一）。歌人、書家。正岡子規に入門し、『馬酔木』編集同人となる。大正五年、長塚節、斎藤茂吉らと『アララギ』に参加。歌集『庭苔』『涌井』など。

*碧梧桐　河東碧梧桐。明治六年～昭和一二年（一八七三～一九三七）。俳人、随筆家。高濱虚子とともに、正岡子規門の中心俳人。子規没後、新聞『日本』の俳句欄を担当。新傾向俳句運動を展開した。句集『新傾向句集』、俳論『新傾向の研究』、紀行『三千里』など。

*香取秀真君　明治七年～昭和二九年（一八七四～一九五四）。鋳金工芸作家、歌人。東京美術学校（現、東京芸術大学）教授。アララギ派の歌人。歌集『還暦以後』『秀真歌集』など。

*アラ、キ社　機関誌『アララギ』を発行した、日本を代表する短歌結社。明治四一年に伊藤左千夫を中心に創刊された『阿羅々

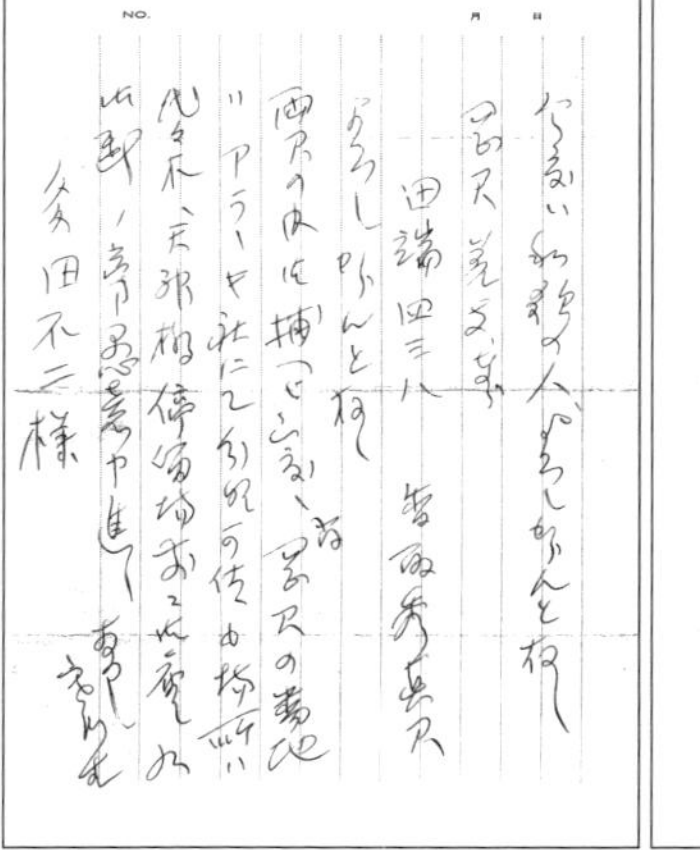

木』は、翌年『アララギ』と改題され、正岡子規門下の歌人らが集まった根岸短歌会の機関誌となった。

山宮允書簡

（略歴34頁参照）

314――（封筒無し）

拝啓　愈御多祥奉大賀候　陳者小生予而明治大正詩書目録*の作成に従事致居候処昨年来日本学術振興会の援助を受けしを以て益其の完成に努力罷在候次第につき今後何卒御力添を賜り候様悃願仕候　就ては早速乍ら右詩書目録に関連して編纂中の詩家年譜の正確なる資料を得度と存候間御多用中甚恐縮に御座候へども同封の用紙に成るべく詳細に御記入の上御回付賜り度此段御依頼申上候　敬具

昭和十三年五月十六日

山宮允

多田不二様　侍史

追而詩歌以外にても御業蹟を詳細に亘り承り度雑誌等に御掲載の分も御垂示賜らば難有存候　又記入欄狭隘の節は別紙の同欄に続けて御記入願上候　頓首

■年月日の「十三」「五」「十六」、及び「山宮允」「多田不二」以外は、活字印刷。

*明治大正詩書目録　不詳。

島崎楠雄書簡

（しまざき　くすお）明治三八年〜昭和五六年（一九〇五〜一九八一）。随筆家。島崎藤村生家の馬篭本陣跡に藤村記念館を設立。藤村記念館顧問。島崎藤村の長男。

315――昭和18年8月26日　はがき（黒縁取り）／芝区田村町　日本放送協会　多田不二様

父島崎春樹[*]葬儀ノ際ハ御多用中ニモ拘ラズ御会葬被下難有謹而御礼申上候

昭和十八年八月二十六日

東京都麹町区六番町十三

嗣子　島崎楠雄

■このはがきには、「麹町区内幸町」への転居を示す付箋が貼られてあり、さらに、はがき表には「大阪へ」と鉛筆で書かれてある。この当時不二は、大阪勤務であった。

■活字印刷。名宛は毛筆。

＊島崎春樹葬儀　藤村は、昭和一八年八月二二日神奈川県大磯の別邸で脳溢血で死亡。本葬は八月二六日、東京の青山斎場で行なわれた。春樹は、藤村の本名。

清水澄書簡

（しみず　とおる）慶応四年〜昭和二二年（一八六八〜一九四七）。憲法、行政法学者。石川県生まれ。東京帝国大学法科卒。ドイツへ留学後、学習院大学教授、次いで慶応義塾大学法学部教授。大正天皇、昭和天皇に憲法学を進講した。昭和七年行政裁判所長官、九年枢密顧問官、一〇年帝国美術院院長、二一年最後の枢密院議長。

316――昭和2年1月12日　封書　毛筆／芝区愛宕山公園一号地　中央放送局ニテ　多田不二殿／四谷区愛住町六十三　清水澄

多田学兄机下　　清水澄

拝啓　局より御送付の小生写真二葉とも正に受取申候　扨先日小生放送致候節速記（或は筆記？）せられたる人有之候様見受け候が万一夫を印刷（プリント）せられし場合には一応検閲の為小生の方へ草稿御回し被下度候　御願申候　敬具　一月十一日

■鳩居堂特製の原稿用紙を使用。

317――昭和13年3月22日　封書　毛筆／大阪市天王寺区石ケ辻町四十三　浪花園ニテ　多田不二殿／東京市渋谷区代々木大山町一〇六〇　清水澄

御栄転ヲ祝ス
東京御勤務の節は太（はなはだ）御世話に相成難有多謝候

■「枢密顧問官　法学博士　清水澄」の名刺に書かれた書簡。

318――昭和15年6月23日　封書　毛筆／麹町区内幸町　日本放送協会ニテ　多田不二殿／東京市渋谷区代々木大山町一〇六〇　清水澄

久しく不得拝眉候処今回東京に御栄転の趣慶賀の至に不堪候

■「枢密顧問官　清水澄」の名刺に書かれた書簡。

下島勲書簡

（しもじま　いさおし）明治三年〜昭和二二年（一八七〇〜一九四七）。医者、俳人、随筆家。雅号は、空谷（くうこく）。長野県生まれ。慈恵医学校卒。田端に開業し、芥川龍之介、室生犀星ら田端居住の作家たちと交流。龍之介の主治医として知られる。句集『薇（ぜんまい）』、随筆『芥川龍之介の回想』など。

319――昭和14年1月1日　はがき　印刷／東京市大森区田園調布二ノ七〇五　多田不二様

恭頌
戦勝新禧
一月元旦
下島勲
東京市外武蔵野町関前一一九六

下田惟直書簡

（しもだ　これなお）明治三〇年〜不詳（一八九七〜）詩人、編集者。長崎県生まれ。早稲田大学英文科中退。明治四五年、東京社から発行された『少女画報』の、大正末期の編集者。不二は同誌に「二人の舞姫」「人魚の王女」「残照」などの童話、少女小説を載せている。抒情詩集『胸より胸に』、童謡集『異人のお花見』など。

320――昭和4年4月1日　はがき／市外田園調布下沼部七〇五　多田不二様／東京・西巣鴨・堀の内一一八　クロネコ編輯部
下田惟直　四月一日

*新日本少年文学集の中の、童謡集の人選に当っては、小生をもその一人として御選定下さいましたことをこのうへもなく嬉しく存じます。

就きましては、童謡五篇は、新に作ったものをお送りするのでせうか。或ひは既に発表したものの中よりその自信のあるものをお送りすればよろしいのでせうか。右一寸お伺ひまで。

■差出人住所はゴム印。

*新日本少年文学集の中の、童謡集　不二が編纂したと推測される「童謡傑作集」。書簡436参照。

霜田史光書簡

（しもた　しこう）明治二九年〜昭和八年（一八九六〜一九三三）。詩人、小説家。埼玉県生まれ。日本工業学校建築科卒。三木露風に師事。柳澤健らの『詩王』、井上康文の『新詩人』に参加し詩を発表する。のち、『日本民謡』を主宰し新民謡を創作、野口雨情と『日本民謡名作集』を編む。また、大衆小説も手掛けた。詩集『流れの秋』、童話集『夢の国』など。

321 ── 昭和4年4月23日　往復はがき（返信）／市外田園調布下沼部七〇五　多田不二様／市外雑司ヶ谷東通り六〇八　霜田史光

暫く田舎へ行ってゐたものですからお返事がおくれて申訳ありません。

*童謡集の件洵に結構と思ひますが、まだ加入が間に合ふやうでしたら宜しくお願ひ申します。

作品は適宜にそちらでお選び下さる共私の方からお送りするとも都合のいゝやうにして下さい。

おくれて勝手ながら。

二十三日

＊童謡集の件　不二が編纂したと推測される「童謡傑作集」の件。書簡436参照。

下村宏書簡

（しもむら　ひろし）明治八年～昭和三二年（一八七五～一九五七）。官僚、新聞経営者、政治家、歌人。和歌山県生まれ。号、海南。東京帝国大学政治学科卒。大正九年、台湾総督府総務長官。昭和五年、朝日新聞副社長。同一八年、日本放送協会会長。同二〇年、国務大臣兼情報局総裁として玉音放送に深くかかわり、ポツダム宣言受諾の実現にも尽力した。また、佐佐木信綱の竹柏会に入り、『心の花』に作品を寄せ、『芭蕉の葉蔭』『歌集天地』など五冊の歌集を著した。

322――昭和19年（推定）7月（推定）23日付　封書／松山市小栗町　松山放送局　多田不二様　受信／麹町区　内幸町二ノ二
社団法人日本放送協会会長　下村宏　二十三日

海南

多田不二兄

このほどはメープルおくり下され珍重　それ〳〵お裾わけいたしました
多謝
その中是非出かけたいが蚊群来襲つゐ〳〵おくれてゐます
お大事に
雪澤長官　坂井朝日よろしく
二十三日

323――昭和20年4月□日　封書／松山市小栗町　松山中央放送局長　多田不二様／東京都麴町下区霞ヶ関一ノ二　情報局　下村宏

次第におたづね申すべき機を失し悔恨に存じます　四国辺にも高松とならば何かと便利の事と存じますが今後何かと一層多事　御健勝をいのります

■名宛は毛筆。差出人、住所、氏名は活字印刷。
■次に記す挨拶状（活字印刷）に重ねて、毛筆で書かれたもの。

今般小生国務大臣兼情報局総裁拝命につき御懇篤なる御祝辞を賜はり厚く御礼申上ぐ
時局柄一層の御指導下され度先は御礼をかね御挨拶申上ます
昭和二十年四月　　下村宏

白鳥省吾書簡

（略歴39頁参照）

324――大正15年4月27日　はがき／市外荏原郡調布村下沼部堀廻七〇五　多田不二様／白鳥省吾

拝啓
御著詩集「夜の一部」* 御恵送下さいまして有難う存じます、早速拝見いたすことを楽しみとします、いづれ寸感を申述べ度く取りあえず御礼まで

四月二十六日

＊「夜の一部」　大正一五年四月、新潮社より刊行された、不二の第二詩集。書簡173参照。

325――昭和4年3月30日　往復はがき（返信）／市外田園調布下沼部七〇五　多田不二様／東京市雑司ケ谷亀原六一　大地舎　白鳥省吾　振替東京三五〇一六番

御書信ありがたく拝見しました。

童謡集＊への参加おすゝめ下さいまして毎度御配慮多謝いたします。

簡単なこと故、別封にて童謡五篇御送りしましたから宜しく御願ひ申します、右用向のみ

＊童謡集　不二が編纂したと推測される「童謡傑作集」。書簡436参照。

326――昭和13年6月17日　封書　毛筆／大阪市東区馬場町　大阪中央放送局放送所教養課内　多田不二様／東京市小石川区高田豊川町四十二　白鳥省吾　六月十七日

拝啓　其の後御無沙汰いたしました。鬱陶しき梅雨の候お変りもありませんか。
さて来る七月二、三、四の三日間、大阪に参りますので、もし趣味講座等、割り込む余地がありましたら御力添へ願はれますまいか。三月に詩の講座やつたあとでもありどうかとも思ひますが、御相談申しあげます、題は大兄の御提案にてもよろしく。一寸考へたところ、
　夏の民謡を語る、　夏の海を語る　夏のたびを語る
といふやうなもの念頭に浮びました。

甚だ厚顔乍ら右御願ひ迄

六月十七日

白鳥省吾

多田不二様

327――昭和13年7月10日　はがき／大阪市東区馬場町六番地の四、大阪中央放送局内　多田不二様／東京市小石川区高田豊川町四十二　白鳥省吾　七月十日

過日は種々御高配多謝いたします。小生あれから芦屋の吉澤君*の宅に泊り居り、五日出発に際し洪水*に出逢ひ、山上の知人の家に避難、一夜を明かして、翌日阪神国道の雑踏の中を西宮市に出でて無事帰京いたしました、私としては千載一遇の体験をしたわけですが、芦屋川の氾濫の物凄さと沿道の被害とに同情いたしました。吉澤君も商品をだいぶ流し床上二三尺の浸水でした。

＊吉澤君　吉澤独陽。明治三六年～昭和四三年（一九〇三～一九六八）。大正一五年、白鳥省吾が創刊した『地上楽園』に参加。吉川則比古の『詩章』、自身主宰の『関西詩壇』が合流して昭和八年に創刊された『日本詩壇』の編集同人として活躍した。

＊洪水に出逢ひ　昭和一三年七月五日の阪神大水害。書簡184の「＊幸に何の被害も……下され候」参照。

328――昭和14年6月4日　はがき　印刷／大阪市東区馬場町　大阪中央放送局内　多田不二様

拝啓　初夏の候愈々御清適の段大慶に存じ上げます。日頃御無沙汰のみ致し申訳ございません。さて今回小生、陸軍省後援にて文藝春秋社特派員として、北支、中支にペンの従軍をいたすことになり、単身六月十日午後一時三十分東京駅を出発いたします。旁々満州、朝鮮も視察、八月中旬帰京の予定です。いづれ帰京の

節は親しく御土産話を申上度、取いそぎ先づ略儀ながら書信にて出発の御挨拶まで。

敬具

昭和十四年六月五日

東京市小石川区高田豊川町四十二

白鳥省吾

329――昭和14年8月16日　絵はがき／大日本帝国　大阪市東区馬場町　大阪中央放送局教養課内　多田不二様／上海にて

白鳥省吾　八月十三日

ごぶさたしました

ソ満国境やら開拓地やら北支、中支を経て暑いのに少々欲深いコースをあるき回り上海に来ました、此処では舟の都合で予定より永逗留をいたし、十四日の舟で長崎経由、神戸を経て帰京します

■「(上海戦跡) 呉淞砲台」の絵はがき。文は、表面下部に書かれたもの。

陶山務書簡

(すやま　つとむ) 明治二八年～昭和四九年 (一八九五～一九七四)。哲学者、宗教学者。広島県生まれ。青山学院高等部卒。東北学院大学教授。フィヒテなどドイツ哲学を専攻する。第一書房の「人生読本」シリーズの高山樗牛、国木田独歩、土田杏村、綱島梁川を編集した。著書『思索断章・微風ある精神史』『哲学への思慕』『真理への郷愁』など。

330 ── 昭和13年1月30日　封書／芝区愛宕山上　東京放送局内　多田不二様　御侍史／東京市世田谷区世田谷一ノ二五四
陶山務　拜　三十日

日頃は御ぶさたばかりいたしまして、何とも申訳ございません。平におゆるし下さいませ。またいつぞやは拙著*（大都書房）のために有難き御批評を賜りまして感謝いたします。

さて、昨日山*に伺ひましたところ、御外出との由で、ただ高橋邦太郎*さんにお目にかかり世間話をしてそのまゝ帰りましたが、実は少々野心を起しまして（赤面の次第ですが）左のやうなトピックで夜九時の「今日の知識」で一晩シャベリたいやうな気がしてゐますが、いかがなものでございませうか。

題目（もつと易しい題にでもいたしませうか）

民族哲学の世界観

内容は民族自覚の哲学の現状を述べまして、ドイツの政治哲学者アルフレット・ロオゼンベルク*のことなども語り、日本哲学の民族性に就いても話したいと存じます。

ロオゼンベルクの近著「二十世紀の神話」*は今月の「東京堂月報」にも吹田順助*氏が書いてゐますし、「丁酉倫理」*（ていゆうりんり）新年号には五来欣造*が大々的に批評紹介してゐます。

まことに厚かましき次第でございますが、御一考のうへ、御序での折に御返事頂きますれば幸せに存じます。時日はいつでも御任意でございます。ずつと延びて一、二ケ月後でも私の方は結構に存じます。或はおくれる方がよろしいかとも考へられます。昔から御懇意に願つたため勝手なことを申上げまして幾重にも御ゆるし下さいませ。

小生は五六年前から、学校関係を断ち、細々と原稿著述生活をやりつゝ、口を糊してゐる次第です。大体、健康が悪かつたためにさうしてゐたのですが、近頃また元気になりましたので、少々外の方へも出たくおもひをります。門外不出が五六年つゞきましたわけです。

いろいろ自分のことばかり申上げました無礼ごかんべん願上げます。お寒さの折柄、御大切に祈り上げます。

頓首

一月三十日　朝

陶山　拝

多田学兄

御侍史

なほ、御用件上で御一報下さいますれば、山の方へもお伺ひ申上げます。

*拙著（大都書房）　昭和一一年、大都書房刊『恋愛・結婚の新座標』。

*有難き御批評　不詳。

*山　愛宕山の東京放送局。

*高橋邦太郎さん　明治三一年～昭和五九年（一八九八～一九八四）。翻訳家、日仏文化交流研究者。東京帝国大学仏文科卒。NHK職員。NHK退職後、上智大学講師、のち共立女子大学教授。『帆船』4号（大正一一年七月）に、ジャン・モレアスの訳詩「断章」を載せている。

*アルフレット・ロオゼンベルク　Alfred Rosenberg（1983～1946）。ドイツの政治家、思想家。ナチスの論理的指導者。ニュルンベルク裁判で死刑。

*「二十世紀の神話」　昭和一三年、中央公論社から、原著第三版が、吹田順助・上村清延の共著で刊行されている。

*吹田順助氏　明治一六年～昭和三八年（一八八三～一九六三）。独文学者。東京帝国大学独文科卒。中央大学教授。著書『ヘッベル』『独逸精神史』、自伝『旅人の夜の歌』など。

＊「丁酉倫理」　倫理学の談話、研究会である丁酉倫理会（明治三〇年から昭和二四年まで存続）が発行していた機関誌。
＊五来欣造　明治八年〜昭和一九年（一八七五〜一九四四）。政治学者、文学者。読売新聞主筆。明治大学、早稲田大学教授。著書『日曜静観』『ファッシズムと其国家理論』など。

331――昭和13年3月6日　封書／芝愛宕山上。日本放送局業務課　多田不二様　御侍史　至急／東京市世田谷区世田谷一ノ二五四　陶山務　拝　六日朝

まだずいぶんお寒うございますが、御元気の御事と存じ上げます。

さて、小生の講演の事につきましていろいろ御厚情を忝なうし感謝申上げます。

実は昨日第一書房の人がまゐり、同書房から本年四月頃フタ開けとなる「世界大思想読本」＊の「フィヒテ篇」（小生執筆中のもの）を第二回配本にするから原稿を三月までに脱稿して欲しいといふ話を受けました。小生はまだ百五六十枚しか書いてゐませんので、予定の五百枚にするには一切を挙げてかからねばならず、そんなこんなで、御高配を頂きました講演の件は四月頃にでも、適当な題目で、願はしう存じますが、いかがなものでございませうか。こちらから勝手に申上げ、そして一時取下げるなどといふことは失礼の極みですが、どうぞ右の次第御了承頂ければ、こんな仕合せなことはございません。

他日の講演は四月でも五月でも御都合上御任意に願上げます。いづれ改めておわびに伺ひますが、期日決定後では大変御迷惑になることゝ存じ、至急右の由申上げたわけでございます。何とも我がまゝ千万、平に御海容のほど伏してお願ひ申上げます。まずは右取急ぎおわびまで

匆々頓首

六日朝

陶山　拝

多田学兄

御侍史

右、全集は第一回三木清氏[*]（パスカル）で、時局柄フィヒテを第二回に決定した訳ですが小生は実に弱つてゐます。

■・を付した「右、」からの一文は、余白に記された追記。

＊「世界大思想読本」の「フィヒテ篇」昭和一五年、第一書房刊『世界大思想家選集』の「フィヒテ篇」か。

＊第一回三木清氏（パスカル）三木清。明治三〇年〜昭和二〇年（一八九七―一九四五）。哲学者。法政大学教授。著書『パスカルに於ける人間の研究』『人生論ノート』など。「パスカル篇」は未詳。

332――昭和13年4月6日　封書／大阪東区馬場町六　大阪中央放送局、教養課　多田不二様　御侍史／東京市世田谷区世田谷一ノ二五四　陶山務　拝　五日夕

大変いゝ陽気になりましたが、御健勝の御事と存じ上げます。

さて、あなた様の御厚情によりまして、一昨日、西海氏来訪され、いろいろと打合せの結果この二十五日の「今日の知識」に「新しき民族意識の方向」といふ題目で放送することに決定いたしました。題は抽象的の方がうるさくないといふことで、さう決定しました。

過日御上京の砌に、小生のことをお話下さいました由、西海氏より承り、心から感謝申上げます。親しくお目にかかつて御礼申上げることも出来ず残念至極に存じます。御住ひはやはり旅館の方でございますか。御手数乍ら、お序での折、アドレスをお知らせ下さいませ。是非お願いたします。（先日頂いた所にお住ひ

ならば、存知しをります）今朝「夜の一部」*を繙き御作の詩を誦しましたが、「詩人多田不二」がなつかしくてなりません。詩の道にはいつまでも若さがありますね。どうぞ御自愛のほどを。では、とりあへず右の御礼まで　匆々

五日夕

多田不二学兄

＊「夜の一部」　大正一五年四月、新潮社より刊行された、不二の第二詩集。書簡173参照。

333――昭和14年1月2日　はがき／大阪豊中市桜塚一、一三五ノ一　多田不二様

賀正　睦月元旦

昨年は御厚情に対して病気の為め失礼いたし何とも申訳ございませんでした。

東京市世田谷区世田谷一ノ二五四

陶山務

■「賀正　睦月元旦」は朱色の印。他は手書。

334――昭和15年5月（推定）20日　はがき／麴町区内幸町　日本放送協会　業務局、教養部長　多田不二様　硯北／東京市世田谷区世田谷一ノ二五四　陶山務　拝

御ぶさたばかりいたしてをります。御ゆるし下さいませ。御芳書拝誦、再び東京へ御戻りなさいました由、御よろこび申上げます。今度は時々お目にもかかれませうし、うれしいことに存じます。

一層御自愛、祈り上げます。

二十日朝

匆々

大悟法利雄書簡

（だいごぼう　としお）明治三一年～平成二年（一八九八～一九九〇）。歌人。大分県生まれ。中津中学校卒。大正七年、若山牧水の『創作』に参加、改造社に入り『新万葉集』『短歌研究』を編集。昭和二一年、『新道』を創刊、のち復刊『創作』と合流し、選者となった。若山牧水記念館館長。歌集『第一歌集』『飛魚とぶ』、研究書『若山牧水伝』など。

335 ―― 昭和15年3月1日　はがき／豊中市桜塚一二　多田不二様

拝啓　春寒いまだ去りやらぬ折からですが、益々御健勝のことと存じます。

さて、私は今度改造社*を退き新たに筑紫(つくし)商会を興してその経営に当ることとなりました。皇紀二千六百年の春に際して急転向を試み、書籍用の手漉和紙の製造販売をやらうといふわけです。改造社在勤中の一方ならぬ御厚情を感謝すると共に今後一層の御引立を御願ひ致します。なほ、今までよりは多少自由な時間を得られるかと思ひますので、大いに勉強して文筆の方面にも活動してみたく、その方もよろしく御指導御鞭撻下さらば幸甚に存じます。

取敢ず右御挨拶まで。

敬具。

昭和十五年三月一日

筑紫商会　大悟法利雄

東京市豊島区雑司ヶ谷町一丁目七〇

■活字印刷。名宛は手書。

＊改造社　山本実彦が、大正八年に創立した出版社。大正末期から昭和中期にかけて、『中央公論』と並んで代表的な総合誌『改造』を発行。円本の先駆けとなった『現代日本文学全集』を刊行した。

高神覚昇書簡

（たかがみ　かくしょう）明治二七年～昭和二三年（一八九四～一九四八）。真言宗の僧、仏教学者。愛知県生まれ。智山勧学院大学卒。大谷大学で西田幾多郎に哲学、宗教学を学ぶ。大正大学教授。昭和九年三月から始まったラジオ講座「聖典講義」で、「般若心経講義」を担当した。この講座には、友松円諦（ともまつえんたい）、高嶋米峰らが出演している。著書『般若心経講義』『密教概論』など。

336――昭和8年3月29日　はがき／麹町区内幸町二ノ二　日本放送協会　多田不二様／東京市中野区鷺宮三丁目一四五　高神覚昇　三月二十九日

御無沙汰失礼仕居候　本日は誠に御丁重なる御書面に接し恐入候　××君の御令息無事入学　御同慶に不堪。折角御紹介のいたし甲斐ありし事を喜び居候　御序のせつ××君へよろしく御伝言下され度候　時局御愊（ひよく）憶（おく）の御事十分御自愛念上候　早々

■差出人住所氏名はゴム印。

337――昭和20年1月30日　はがき　毛筆／松山市竹原町三八　多田不二様／東京市中野区鷺宮三丁目一四五　高神覚昇　一月二十九日

只今御葉書落手有難く存候、此度は尊地へ御栄転之事目出度存上候　当分は御面晤の機か無之候事は聊か淋

しく存候へ共　三・四月頃には貴地へ出講可仕　その折には是非御尋ね申上度存居候　早々

■差出人、住所、氏名はゴム印。

高嶋米峰書簡

（たかしま　べいほう）明治八年～昭和二四年（一八七五～一九四九）。評論家、仏教学者。新潟県生まれ。浄土真宗西本願寺派の真照寺に生まれ育つ。哲学館（現、東洋大学）教育学部卒。明治期に、禁酒禁煙廃娼運動、仏教界の改革などで活躍。昭初期のラジオ放送で最も人気のあった仏教啓蒙家の一人。東洋大学学長を務めた。

338――昭和13年3月18日　絵はがき／大阪東区　大阪中央放送局　多田不二様　侍史／本郷曙町五　高嶋米峰

恭しく御栄転を祝し奉る

三月十八日

矢部兄*によろしく

■「（新大東京名所）機上ヨリ見タル明治神宮外苑全景」の絵はがき。

*矢部兄　矢部謙次郎。

339――昭和14年1月14日　はがき／大阪府豊中市桜塚十二　多田不二殿

拝復　新年早々賀詞を頂き御芳情有り難く深く感銘仕候　当方よりはいつも御疎音に打過ぎ申訳無之不悪御海容願上候　先は御礼のみ如斯御座候　敬具

昭和十四年一月十五日（小生の誕生日）

東京市本郷区曙町五番地

高嶋米峰

二白、小生昨年末及び今春旧稿を整理して
『仏法と世法』（定価一円五十銭送料十銭　本郷区動坂町三二七春潮社発行）
『随筆散弾』（定価一円三十銭送料十銭　神田区錦町一丁目明治書院発行）
の二小著を公に致し候　何卒然るべく御吹聴下され度願上候

■活字印刷。名宛は毛筆。

340――昭和15年8月16日　絵はがき／東京麹町内幸町　東京放送局　多田教養部長様　侍史

先日来四国、九州、北陸静岡等の各地を巡回してこゝまで参り候、いろ〳〵の人が「早朝講座」が早過ぎて聴かなかつたといふ訴甚だ多く候　⊖表へ⊖小生の信者で小生の放送を聴かなかつたと申し候ものも相当有之候、御参考までに申上候
九州も四国も北陸も暑くて閉口でしたがこゝは又甚だ涼しくて風（ママ）を引かぬ用心致し居候
遥に敬意を表す

八月十五日

登別グランドホテル

高嶋米峰

■登別グランドホテルの絵はがきを使用。
■・を付した「㊀小生の信者で」からは、はがき表面下部に書かれたもの。

341――昭和17年12月12日　はがき／麴町内幸町　東京放送局　多田不二様／本郷曙町五　高嶋米峰

拝啓　小生去る九月以来病臥中のところ漸く全快致しそろ〳〵動き出し申し候　病中三回ほど御電話頂き候がその都度御断り申上げ候事をこの際御詫び申上候　敬

十二月十二日

高信峡水書簡

（たかのぶ　きょうすい）明治一八年～昭和三一年（一八八五～一九五六）。編集者、児童文学作家。愛泉女学校校長。『婦人世界』『婦人公論』の編集者。著書『立志伝に輝く母の力』『婦人と交際』など。

342――昭和8年6月5日　封書／芝、愛宕山、放送局　多田不二様　親剪／東京市四谷区南寺町七番地　愛泉女学校　電話四谷（35）二二〇六番　高信峡水

謹啓
久しくご無沙汰申上げてゐますが益々御清栄およろこび申上げます　さて承りますれは此度御局社会教育課長に御昇進のおもむき素より当然むしろそのときのおそきを惜しみをりしくらゐではありますが　とにかくおめでたく厚く〳〵御喜び申上げをります

私も一つ勉強して講演させていたゞけるやうになりたいと存じてをります　拝借させていたゞいた御本お返しかた〲一度御伺ひ申上げます　　敬具

六月五日朝　　高信峡水

多田不二様

■愛泉女学校の封筒、便箋を使用。名宛、本文、署名は手書。

343――昭和14年1月1日　はがき／大阪市東区馬場町　大阪中央放送局　多田不二様

謹みて新年の御祝詞を申上げます

昭和十四年元旦

東京市麹町区飯田町二丁目十八番地　愛泉女学校

電話九段（33）二二〇五番

東京市外吉祥寺三一一七番地　高信峡水

旧臘、右のところへ引移りました。御承知おき下さいませ。省線三鷹駅下車、北へ二町、欅の木立にかこまれた二階建の家でございます。

■活字印刷。名宛は手書。

高濱虚子書簡

（たかはま　きょし）明治七年〜昭和三四年（一八七四〜一九五九）。俳人、小説家。愛媛県生まれ。旧制第二高等学校中退。伊予尋常中学校時代、学友河東秉五郎（へいごろう）（碧梧桐）を通じて正岡子規を知り、兄事。柳原極堂のあとをつぎ、『ホトトギス』の編集、発行に携わり、句作。客観写生による花鳥諷詠を説いた。句集『五百句』、俳論『進むべき俳句の道』、小説『俳諧師』、紀行『渡仏日記』など。

344 ―― 昭和□年□月2日　はがき（速達）／芝区愛宕山放送局内　多田文芸部長様

拝啓　本日帝劇迄御迎へ願ふやう申上置候所、都合により　丸ビル八七六　ホトトギス迄御迎車願上候、午後七時頃に奉願上候　怱々

東京麹町区丸の内ビルディング八七六区ホトトギス発行所
高濱　清　虚子
鎌倉原の台（宅）

■住所は活字印刷。文章および「虚子」は手書。

竹中郁書簡

（たけなか　いく）明治三七年〜昭和五七年（一九〇四〜一九八二）。詩人。兵庫県生まれ。関西学院大学英文科卒。北原白秋に傾倒し、『近代風景』『詩と音楽』などによって詩人としての活躍が始まる。大正一三年、『羅針』を創刊。のち、春山行夫らの『詩と詩論』、堀辰雄らの『四季』同人。戦後、児童詩の雑誌『きりん』を創刊した。詩集『黄峰と花粉』『象牙海岸』など。

345――昭和19年3月4日　封書（速達）毛筆／大阪市東区馬場町　大阪中央放送局　放送部長　多田不二様／神戸市須磨区行幸町二丁目一〇四　竹中郁

前略

唐突なお手かみ差上け失礼いたします　実は明五日姫路市公会堂にて姫路音楽文化協会と共催にて音楽と文芸講演会とをひらきますについて貴局専属の吉川佳代子氏を詩の朗読におねかひしておいたと姫路側で申し而も未だ放送局の方への挨拶はしてないと云ふので取いそぎおなしみに甘えて私の方から一筆とりしたゝめることと相成りました　何卒不届きの点御海容下さいましてこの度の所行御認み願上ます　いづれ近々拝顔の折　ゆる〳〵お詫言上いたすつもり　けふのところはとり急ぎ乱筆にて

三月四日

兵庫県文芸協会理事長

竹中郁

多田不二様

竹村俊郎書簡

（略歴47頁参照）

346――昭和13年11月10日　はがき／大坂市　大坂放送局内　多田不二様／東京市大森区馬込町東三丁目七四五　竹村俊郎

申訳ない程御無沙汰いたしました。実は昨年十二月来殆ど手紙を書くやうな余裕がなく失礼したのです。今月三日帰京やうやくホッとしてここ四五日初めてノンビリ休んでゐます。こんどはチョイ〳〵書きます。大坂の住心地奈何にや、奥さんへよろしく。

347――昭和14年1月1日　はがき／京都市　京都放送局内　多田不二様

謹賀新年

昭和十四年一月元旦

東京市大森区馬込町東三ノ七四五

竹村俊郎

■裏面は活字印刷。名宛は毛筆。

348――昭和14年2月22日　はがき／大坂府豊中市桜塚十二　多田不二様／東京大森区馬込町東三ノ七四五　竹村俊郎

過日は拝眉を得ず残念。先日帰京、近頃なんだか疲れてゐて眠りゐる日多し。東京に春未だしうそ寒う春雨の日を眠りゐるその中お遇ひいたしたし。

349――昭和14年4月6日　はがき　毛筆／大坂府豊中市桜塚一二　多田不二様／山形県北村山郡大倉村　竹村俊郎

事情もあり、東京を姑(しばら)く離れた方得策とも考ふる節もありとにかく帰国した折に上京もし、旅行もするからその中遇へませう。
みちのくの冬眠いまだ凧の音

350――昭和14年12月25日　はがき／大坂府豊中市桜塚十二　多田不二様／山形県大倉村林崎　竹村俊郎

御葉書ありがたく。其後小生無事冬籠り、事変下物の不足に困却
山国にゐて炭も不自由酒もロクに飲めぬ有様なり

冬至
故里の淋しき南瓜食(タウ)べけり

351――昭和15年6月25日　はがき／東京市麹町区内幸町　日本放送協会本部　多田不二様／山形県大倉村林崎　竹村俊郎

御帰京の由慶賀に不堪。街を漫歩する御容子が見える。小生田圃に夜毎蛙皷を聞く
全くどうにもならない。その中出京拝眉いたしたし。

352――昭和15年9月4日付　封書／東京市麹町区内幸町二ノ二ノ二　日本放送協会本部内　多田不二様　親展　至急／山形県北村山郡大倉村　竹村俊郎　九月四日

（此手紙同文二通出す。なるべく早く御覧になるやう）
御手紙拝見、とんだ事で御迷惑をお掛けしてすまない。しかし電報で申上げた通り、この件には一切手を出

さないで下さい。

××××とは僕は一昨年来一切の干渉関係を絶った。どんなことが起らうとも僕は一切かもうない、係らない。僕の友人としての貴台もさうして下さい。

××君へもこの意を序の時にお伝へ下さい。次第は手紙では書き切れない。いつか上京の折拝眉の節申上げる。こんな事に巻き込まれて　貴台に迷惑かからぬやうそれを御注意下さい。取急ぎ右迄

竹村俊郎

九月四日

多田不二様

353――昭和15年9月4日付　封書／東京市世田谷区玉川奥沢町二ノ二一一　多田不二様　親展　至急／山形県北村山郡大倉村　竹村俊郎

（此の手紙同文二通出す、なるべく早く御覧になるやう）

御手紙拝見とんだ事で御手数を煩してすまない。しかし電報で申上げた通りこの件には一切手を出さないで下さい。

××××とは、僕は一昨年来一切の関係干渉を絶った。どんな事が起らうと、僕は一切かもうない。係（かか）らない。貴台もさうして下さい。

××君へもこの意、序の時にお伝へ下さい。次第は手紙では書き切れないのでいつか上京の時に申上げる。たゞこんな事に巻き込まれて　貴台に迷惑のかゝらぬやう切に御注意下さい。取急ぎ右まで

竹村俊郎

九月四日

多田不二様

354 —— 昭和15年10月12日　はがき／東京市世田谷区奥沢町二ノ二一　多田不二様／山形県大倉村林崎　竹村俊郎

一昨夜無事帰宅東京暖かなれど当地早や寒く
光澄む岨（ソバ）はますほの
花すゝき
詩集*の件よろしく御願申上候

＊詩集　昭和一五年、四季社から刊行された、俊郎の第四詩集『旅人』。

355 —— 昭和15年11月3日　封書　毛筆／東京市世田谷区玉川奥沢町二ノ二一　多田不二様／山形県大倉村林崎　竹村俊郎

日下部*から詩集到着　予定部数は出ぬらしいが兎に角出たらし　大兄の御骨折大謝、今後共よろしく
近頃は北国めっきり寒く火がほしいが　今年は炭不足のため未だ炉も開かぬ有様也
出羽野（イッハ）や雪をくゝめる雲迅し
竹村俊郎
十一月三日
多田不二様

二三日前町へいったところ土地産の林檎見当り店より御送り申上たり　時節柄到着遅延致すべけれど　其中御届き申すべく御笑納被下たく

＊日下部から詩集到着　「日下部」は、雑誌『四季』の編集者日下部雄一。「詩集」は、『旅人』。『旅人』の「後記」に、俊郎は「尚出版の労を採られる四季編集者日下部雄一君にも併せてここに感謝する」と記している。

356――昭和15年12月7日　封書（速達）／東京市世田谷区玉川奥沢町二ノ二一一　多田不二様　親展　至急／山形県北村山郡大倉村林崎　竹村俊郎

御手紙拝見、多分さうしたことを予感してゐた。十二月は彼にとり悪い月だ。これまでよいことのあった例なし。

僕の態度は不変。あなたも一切係り合はないで下さい。司直の命令でもあれば仕方なく一応は応接するが、それもなるべくは避けたい考。

彼は彼自身で彼の行くところまで行くがいい。彼の為と思ってやった事、人、緒（トモ）に、いままでに善い結果あった例なく皆ヒドイ目に遇ふてゐる。

僕がここまでに考へるやうなったのはよく〳〵の事御察し願ひたい。×××××、それは彼が既に〳〵××に於て、東京に於て、ドロ〳〵に泥濘の中を引きづってゐる。これ以上汚れることなきまでに汚してゐる。僕が僕の殆ど生涯を通じて消極的でなければならなかったこと、そのため、実力の半分も動かせず、畢に現在の如く隠遁せねばならなかった潜在的原因が彼にあること、これ等の事は、僕の生涯の一半を知ってゐる貴兄に容易に御了解下さること〻思ふ。

一切係り合はんで下さい。彼が屡々貴兄の名を口にするのは、貴兄の善良さ――語弊は御許乞ふ――やさしさに食ひさがってゐるやう僕には見へる。

十二月七日　　竹村俊郎

多田不二兄

357――昭和15年12月8日　はがき／東京市世田谷区玉川奥沢町二ノ二一一　多田不二様／山形、大倉村　竹村俊郎

彼について、貴台は×××たるべし。そのため僕が貴台の×××たるべき拙者のいとはざる処なり。此意諒せられたく。七日夜

358――昭和16年7月9日　はがき／東京市麴町区内幸町二ノ二ノ二　日本放送協会ニテ　多田不二様／山形県大倉村　竹村俊郎

御無沙汰いたしました。当地方へ御出掛の節は御立寄下さい。田舎も静かではないがまづ老人向き。当地二三日来漸く夏らしく油蟬の声木の間より、
日盛りや水音咽ぶ古座敷

359――（送付先住所不記載）封書／多田不二様　用件／竹村俊郎

其後は御無沙汰いたしました。御変りないこと丶御察しいたします。

さて突然ですが一寸御願いたしたいこと出来、――

この春、小生そのむかし一時在学したことのある近くの楯岡国民学校からたのまれ　そこの校歌を作詞したのですが、認可を申請したところ表現難解との事で戻って来ました。（同封いたしました。）そこでどの程度が国民学校校歌として適はしいのか当局にあたって調べていたゞきたいのです。御多忙中恐縮と思ひまし

たが多分貴兄ならその筋に知己もあること丶拝察いたしましたので御願する次第何分の御協力を御たのみいたします。

全部書き換へることは作曲の方も換へなければならなくなるので、原形を保持して二つ書き換へて見ました。（この手紙の終りに添付）その一は一段調子を下げたもの、その二はぐっと調子を下げたもの。僕としてはその一位のところで認可になればまづいいのですが、当局の意向がその二にありとせばそれにて仕方なし。その二もいけなければ又なんとかせずばなりますまい。どうにか当局の内査なり、当局と折衝なりしていたゞいて認可になるやう御尽力下され御指導被下やう一遍に御願いたします。

所要の費用は僕から御送りいたしますから御遠慮なく御申越し下さい。

文部省のその方に坂本越郎君*が出てゐるやう聞いてゐますが若しこのことで同君と遇ふやうなことがあったら僕からよろしくと申上げて下さい。

上京すれば早く梟(けり)がつくのですが、途中のことや旅館のことなどを考へると一寸腰が立たない。在京の貴兄を煩す次第不悪御諒承下さい。しかし来月は勇を皷して上京して見るつもり　その節の拝眉を楽しみにしてゐます。

尚学校の方では発表の日取まで決めて練習してゐたさうでたいへん急いてゐるのです。それで甚だ勝手な御願ですが　出来るだけ早く事を運んでいたゞければ甚だ幸です。僕もすゝまぬ仕事を義理で引きうけ板ばさみになり弱りました。何分よろしく御願いたします。

九月十六日　　竹村俊郎

多田不二様

御送り申上げた学校の方の申請書類、歌詞草稿等は必要品なので用のすみ次第御面倒でも御返送下さい。

■昭和一六年九月一六日（推定）に投函された、「校歌の草稿」（書簡360中の語句）入りの封書に同封された書簡か。

*坂本越郎　阪本越郎。明治三九年〜昭和四四年（一九〇六〜一九六九）。詩人、独文学者。東京帝国大学心理学科卒。戦前は文部省に務め、昭和三〇年、お茶の水女子大学教授に就任。『椎の木』『四季』などで同人として活躍した。詩集『雲の衣裳』『未来の海へ』など。

360——昭和16年9月18日　封書／東京市世田谷区玉川奥沢町二ノ二一一　多田不二様　親展／山形県北村山郡大倉村　竹村俊郎

先便に御願いたしました校歌についての補足。
先便に同封しました校歌の草稿は勿論あれと決めた訳でなく、どの位の程度でよいのかを調べていたゞきたく御送りした訳でした。当局認可の程度を計っていたゞきたく、その御考で御交渉下さるやう御願いたします。
尚、今回推敲し直して見ましたので、御参考までに同封いたします。この辺で認可になれば有難い。何分よろしく。

九月十八日　竹村俊郎

多田不二様

361——昭和16年9月21日　封書　毛筆／東京市世田ヶ谷区玉川奥沢町二ノ二一一　多田不二様／山形県大倉村林崎　竹村俊郎

御手紙落掌　御骨折万謝。あれでは認可にならぬも無理なし。僕の作詞の態度がまるきり違ってゐた。しかし繰返しですが作曲家に気の毒でもあるので訂正程度で通るなら通らせたい。僕も助る。だが所詮書き直すより仕方ありますまい。

十月四日に東京に用が出来ましたので其の前後四五日位上京します。其の節拝眉いろいろ承りたく。書き直すならそれからにしやうと思ふてゐます。

今朝鮎入手しましたので焼いて御送り申上た　御笑納被下たく焼直して召上れ。

不日の拝顔たのしみつゝ

敬具

九月二十一日

竹村俊郎

多田不二様

362――昭和16年9月27日夕　封書　毛筆／東京市世田ヶ谷区玉川奥沢町二ノ二一一　多田不二様　御礼／山形県大倉村林崎　竹村俊郎

訂正の校歌落掌　数々の御尽力忝ない　さき程学校の先生方へ渡し重荷をおろしたところ。

各務さんへは上京のとき御礼申上げる　それまで大兄からよろしく。

三日か五日に放送局へ御たづね申上げやうと思ふてゐる。拝眉が待たれる。

とりあへず御礼まで申上ます。

九月廿七日夕

竹村俊郎

多田不二様

363――昭和16年10月7日　封書／東京市世田谷区玉川奥沢町二ノ二一一　多田不二様／山形県大倉村林崎　竹村俊郎

拝眉の節は数々の御厚志忝なく御陰様にて諸事滞りなく進捗万謝　小生一昨日離京途中飯坂一泊昨夕無事帰宅、
虫すだく草屋へ無事に戻りけり　不取敢御礼かた〳〵着報まで　各務さんへよろしく。其内御手紙差上る旨ついでの時申上置き被下たく。拝具

十月七日　　竹村俊郎

多田不二様

364――昭和17年5月8日　封書　毛筆／東京市世田谷区玉川奥沢町二ノ二一一　多田不二様／山形県北村山郡大倉村　竹村俊郎

拝啓　其後は絶えて御無沙汰申上多謝　空襲下の帝都にて益々御精勤の御事と拝察　小生相不変
さて昨秋いろ〳〵御高配を忝ふしたる例の校歌一二ヶ月位前やうやく認可になりたりとの事　先日校長さんが礼にみえました。今度は一字の訂正もなかったと自分の事のやうに喜んでゐました。小生微苦笑　まあこれで重荷を下した。全く大兄の御陰でした　厚く御礼申上ます　各務さんに御遇の節はよろしく御鳳声下さい
上京したく思ひながら宿の事や酒の事なぞ心配になり仲々腰が立ちません　目下室生さん病気のため殊に足が渋る　どこかいい宿がないもんか知らん　然しその中元気を出して出掛ます

五月八日　　竹村俊郎

多田不二様

〈余録〉「楯岡小学校校歌」　竹村俊郎作詞　信時潔作曲　（表記等、現在のもの——編者記）

一、われら山の子　野原の子
風さわやかに　土かおる
村山盆地に　おいたちて
鉄ときたえし　このからだ

二、志士徳内に　ゆかりある
こしきの岳を　仰ぎつつ
つどいて学ぶ　われらなり
心けだかく　励みなん

三、旅人　芭蕉に　名も高き
大河最上を　ながめつつ
つどいて習う　われらなり
うまずたゆまず　励みなん

四、けだかき山の　さとし受け
絶えぬ流れを　かがみにて
日かげおしみて　いそしまん
教えとうとび　いそしまん

365——昭和18年7月10日　封書　毛筆／多田不二様／竹村俊郎

そちらは梅雨にうすら寒き御様子なれど当方五月以来の照りつゞき畑のものから〳〵に相成りこの分にては野菜の収穫及束（ママ）なし　明日村の者前面の高山に雨乞ひに登る由　小生も御供致さむ覚悟なり　桜んぼ無事御入手の御様子にて何より　統制やかましく送達に日子（にっし）かかり無事到着如何はしく存ぜられしまゝ案内状も差上げざりし次第也

七月十日　　竹村俊郎

多田不二様

366――昭和18年8月14日　封書／大坂市天王寺区石ヶ辻町四三浪花園内　多田不二様／東京大森馬込町東三ノ七四五　竹村俊郎

玉葉ありがたく。先日は是非御見送り申上たく用意してゐましたところ、目下悩まされてゐる亡母のあと始末に不意の用件が突発とうとう時間に遅れて失礼いたしました。月末御上京の由　どうしても御目にかかりたく思ひます。小生も四月上旬帰郷。九月上旬まで滞在の見込なので　その機を逸すると一寸遇ひません是非御目にかゝりたい。

アパート住ひはうらやましい。御家族方はまだ東京ですか。御淋しいでせうが、うらやましい。

いづれ拝眉の節万々

十四日　　竹村俊郎

多田不二様

■原稿用紙二枚。

367――昭和18年8月25日　封書　毛筆／大阪市西区西長堀北通り一ノ一四　広田屋旅館方　多田不二様／山形県北村山郡大倉村林崎　竹村俊郎

玉葉拝見　また遠くなりましたね　しかし今度は大阪まで訪ねて行きますよ

出不精になり困りましたが涼が立ったら上京して諸氏に遇ひたき考　大兄の処迄行かうかしら

今年の夏は暑かった　日旱り丸二ヶ月畑のもの殆ど死滅　しかし四五日前大雨やうやく菜ツ葉と大根だけは食へさう也

八月二十五日　　竹村俊郎

多田不二様

368――昭和19年3月10日　封書／大阪市　大阪中央放送局内　多田不二様　親展／山形県北村山郡大倉村林崎八拾壱番地

竹村俊郎

其後は失礼　御建勝（ママ）のこと、拝察　小生も近頃は時局の波に渦巻き込まれ雑用に追はれ通し、村※のため仕方なしと諦めてゐる。さて長女凛々子こと今回麹町の和洋学院とかに入学許可になり四月七日入学式と言ふ次第になった。寄宿舎に入れたく入舎願を出すには出したが満員らしくアテにならぬ　それでこの廿日前後宿探しに上京の予定。差当り室生さんに御願して見るつもりではあるが、時局柄や且は奥さんの病気のことなぞも考へられて甚だ迷ふてゐる。何処か適当なところ御心当りありましたなら紹介状なりと御送り被下ば甚だ難有く。

女の子のことであり一寸心配、確りした教育家の知己でもあればいいと思ふが僕にはさうした方面に全然手蔓がない。幸ひ兄は交際が広いから御多忙中恐縮ではあるが御願して見る次第　何かいい知恵があったら借していたゞきたい。

北国もいよ〳〵雪解時、終日軒雫の音絶えず　大坂は梅も咲くらんか。

二月十日　　竹村俊郎

多田不二様

■用箋、「追補責任　北村山郡大倉村森林組合」を使用。

■差出人の住所氏名はゴム印。

＊村のため　俊郎は、晩年、村長に就任。他に農業会長、森林組合長をも兼任し、村のために尽くした。

〈余録〉竹村俊郎宛、多田不二書簡（大正10年4月5日　封書／山形県北村山郡大倉村　竹村俊郎兄／F.Tada）―資料提供、青木正美氏。


お手紙ありがたう。

相不変乱酔をつゞけてゐます、もういいかげんにやめようと思ってゐるが。

詩人会[*]へは原稿を送りました、案外妙な会になってる様だ、皆、調子が低くって弱る、僕は傍観的の態度をとってるが、苦言ばかり言ってやるので諸君はけむたがってる様だ。

日本詩集[*]は一両日中には送るつもりだが　雑誌にあまりかいてないので今探してるわけです。

近頃も小説をかいてる、ある友達が来て、「君も感心だ、金にならない原稿をかいてるから」とひやかしてたが、僕も少し感心してる。

新聞の方は相不変忙しい。

都合で三四ケ月大坂へ出張されるかもしれない、大に断るつもりだが。

今度御承知の通り時事が大増資をやったので、大坂時事も此れから一大飛躍をする事になり、目下大に画策中らしく、幹部なる連中が盛に行ったり来たりしてゐる。その結果大坂も旧来の社員の約三分の二をやめさせたのだ相な、で今度こっちから、大坂毎日、朝日に対抗できる様な若い連中を当分あちらへ四五人出張させて新に陣容を作る計画なのだ相だ、大坂時事は紙面もこちらより一頁半も多く使へるので、材料さへつくれば大に発展できるのだといってる、大坂時事は近来学生、官吏とか会社員などの間に大分販路を開いてきたらしいので、その方面の開拓が急務となり従ってそこへ出るより仕方ないらしい。尤も僕が提言したのだが京都の上流と大坂の中流家庭へどんどん入れる様にしなければならぬと意向がきまったらしいのだ。それで学芸部を新設し即ち教育方面と文芸欄を総括するものをつくり、社会事業方面をもそこで受持ことにするつもりなのだが、そこの部長として、勝手に振舞ってくれといふ相談なのだ、そこに約半年もゐて基礎さへつくってくれゝばいいと云ふので、社から外国へも行かせるといふ訳なのだ、大坂行を会社からたのまれてゐるのは僕と、内務省を受持ってる男が外交部長になるのと、労働問題や普選や逓信省、農商務省を受持ってる男と社会部長になる朝刊編集の男となのだが。僕はやめるつもりでゐる。あした正式に交渉されるだろうから断る気だ。昨宵は白山で行く者の送別会をやってまだよくさめ切らない所だ。

こんなわけで甚だ多忙です。

嫁は当分とらへ相もない。来年もなさそうだ。近頃、ある非常に芸名を轟した若い女と懇意すぎる位になってる、大に人目を忍んで遇ってる。かなり美人だ。信濃生れで本年十九才、本名を、、きみといふ。（此の女はかつて芸者だった、今新橋付近に住んでる。）

不二

竹村兄

■（　）の中の文は、「嫁は」の後の文章の行間に記されたもの。

＊詩人会へは原稿を送りました　「詩人会」について、不二は、草稿「現代の詩と詩人」の中で「大正十年には若い詩人の結合として、新に『詩人会』なる団体が生れ、井上康文が世話役となり、同人のために『新詩人』なる詩誌を発行した。同人には尾崎喜八、井上康文、大藤治郎、宵島俊吉、恩地孝四郎、竹村俊郎、藤村秀夫、霜田史光、沢ゆき子、萩原恭次郎、私など二十余名であつたが、この会は半年に至らずして内紛により潰れてしまつた。この詩人会の一部が集り『詩聖』なる詩誌に拠つたが、同誌も二年間つゞいて廃刊された」と記している。また、不二は、『新詩人』創刊号（大正一〇年五月）に「影」「曠野に立つて」「朝」「私情」、他に無題詩三篇を載せている。

＊日本詩集は一両日中には送るつもり　不二は、大正一〇年五月発行の『日本詩集』に詩「疲れた街」を載せている。

辰野九紫書簡

（たつの　きゅうし）明治二五年～昭和三七年（一八九二～一九六二）。小説家。鳥取県生まれ。東京帝国大学法学部卒。昭和四年、『新青年』に小説「青バスの女」を投稿、以後、『モダン日本』『サンデー毎日』などに寄稿する。昭和一一年、佐々木邦らとユーモア作家倶楽部を結成、世話人となる。

369――昭和20年4月3日　はがき／松山市　松山放送局　多田不二様／伊予小松町　辰野九紫　二〇．四．三

前略

ちょっと疎開の御通知みたいですが、それとは別で、実は去二十九日来滞留し駅前通りの大阪屋といふのに投宿してゐます。といふのは、愚弟（再応召で不在中）の三男坊（六年生）十四の子供が航空機乗員養成所を志願して、愛媛の方へ仮入所を許され、その付添人として下向したわけです。

古河[*]にもそれがあるので、無論、そこを狙ったとばかり独合点してゐましたら、それは陸の方で、こちらは海なる由、オヤ〳〵といふ次第・・・

もう一人の戦友と二人を伴れて来ましたが、昨日体格検査、今日は只今何やら試問中のやうです。明日採否確定しその如何に拘らず、いよ〳〵当地引上げとなりますが、この一週間実に何もなくて閉口しました。ラジオはどこのも雑音はげしくハッキリせず、新聞も切替時のせゐか、手に入ったり入らなんだり、さっぱり大勢に通じません。むかしだったら寸閑を利して、貴地へ参趨（ママ）といふ手もあるのですが、それも相叶はず、むなしくサヨナラを告げませう。洵に残念ながら御面語の機を逸します　不悪御諒恕

・追白　尚、東中野宅も省線30米以内とて強制疎開命令を受け（三月二十一日）十日間で立退くこととなりますので、小生この旅の不在中、同高根町五へ仮寓の筈

■・を付した「追白」以下の部分は、はがき左余白に記されている。

＊古河にもそれがある　茨城県猿島郡岡郷村（現、茨城県古河市）にあった古河地方航空機乗員養成所のこと。昭和一七年に設置され、同二〇年に廃校。

370――昭和20年4月4日　はがき／松山市　松山放送局　多田不二様／伊予小松町　大阪屋　辰野九紫

追信

前便昨三日のハガキでは、久闊を叙するに、あまりにもおのれの身辺のみを語るに急にして、尊兄日夜の御奮闘に感謝の辞を忘れたかの観(ママ)を呈し、いささか礼を失したやうで汗顔至極。——実は、昨夜頭上爆音数回に亘って、洵に容易ならぬものを痛感いたし、貴局の使命、愈々大なるを想ひ、早速、おわび旁々再書拝呈する気になりました　下衆の知恵は何やらとお笑ひ下さい。

尚、うつかりラジオの雑音で悪口を申上げましたが、これとても耳に慣れて来たら、昨日あたりから小生にもキャッチ出来るやうになりました。おかげさまで子供たち両名ともパス、明日は引上げる段取りになりさうです。

匆々

〈余録〉多田不二の随筆「放送局内輪話」(『婦人界』昭和九年一〇月)より

落語喧嘩の御両人

この春リーグ戦を見に行つて球場でひよつくら辰野九紫さんに出会つたところ「僕は評判がどうでも、あれにや責任を負へませんよ。まくらだけであとはまるつきり違ふんですからね」と突然話しかけられて、事件を知らない私は面食ひました。ところが翌日の新聞には新作落語にからんで作者の九紫さん、落語家金語楼君、AK久保田万太郎氏と三人三様の言分が載つて、何やら、ごてごて不穏な雲行が窺はれましたが、よくきくとその筋道は恁うでした。九紫氏に委嘱した新作の落語「ラッキー・セブン」を金語楼君が放送芸術化するといふのがAK案だつた処、九紫作を冒頭にだけちよつと使つて、あとはすつかり金語楼作の落語になつてしまつた。そこで原作者九紫さんがステートメントを発表する、久保田氏がAKの立場を明かにする、「いいやうにやつて下さい」と頼まれたので「いいやうにやつたまでです」と金語楼君は喉を撫でて納まりかへるといふ訳で、結局これはナンセンス的結末に終つたのですが、もともと放送は活字ぢやなくつて生きた人間をつかふのですから仲々厄介なものです。如何に原稿があらうとも、其の場のハヅミでどう口が滑らんものでもないのです。そこで私共は毎日首筋の上に正宗の銘刀をぶらさげてゐるやうなものです。

田中宇一郎書簡

（たなか　ういちろう）明治二四年～昭和四九年（一八九一～一九七四）。小説家、童話作家。山形県生まれ。東京高等師範学校（現、筑波大学）卒。島崎藤村に師事し、「夜明け前」の資料収集や校正に協力する。著書に、創作、随筆、童話などをまとめた『悩める人々』、回想録『回想の島崎藤村』など。

371――昭和3年1月1日　はがき／府下大久保百人町一九五　多田不二様

賀正

田中宇一郎
西スガモ新田七七五

■「賀正」は手彫による印字。

田中貢太郎書簡

（たなか　こうたろう）明治一三年～昭和一六年（一八八〇～一九四一）。小説家、随筆家。高知県生まれ。小学校中退。大正三年、『中央公論』に「田岡嶺雲、幸徳秋水、奥宮健之追懐録」を発表、これが出世作となる。のち、滝田樗陰の知遇を得て同誌「説苑」欄に毎号文章を載せ、それらは『怪談』などに収められた。昭和九年、随筆雑誌『博浪沙』を創刊。著書『桂月先生従遊記』『旋風時代』など。

372――昭和13年（推定）7月9日　はがき／大森区田園調布二ノ七〇五　多田不二様

謹啓　御清適賀し奉ります　早速ですがかねて御後援を賜りました雑誌*「博浪沙」を、此度更新続刊いたすことになりました　何卒倍旧の御高助を願ひ上げたく存じます　編集には、田岡典夫*、山崎海平、佐々木克子、牛島栄二、添田知道[*]の五人があたること〔に〕なりました　これ又よろしくお願ひ申します　尚今後編集人から何かと難題を申し上げること、存じますが、何卒御寛容下さい

とりあへず御挨拶旁々お願ひまで

七月　日

田中貢太郎

目黒区原町一三六七

・御多忙中恐縮でございますが玉稿三枚御無心申し上げ度く存じます　なほ、追而事務所は定めますが、今回は田中宛にてお願ひ致します、〆切りは二十日までにお願ひしたいと存じます

■「謹啓」から住所までは印刷。・を付した「御多忙中恐縮でございますが」からは手書。

＊雑誌「博浪沙」　田中貢太郎を中心として昭和九年八月に発行された随筆雑誌。昭和一〇年五月に休刊後、第二次『博浪沙』（編集発行人、田岡典夫）が同一三年八月に発行された。この八月号の最終ページに設けられた「五人囃子」欄には、田岡典夫、添田知道、牛島栄二、山崎海平、佐々木克子の編集後記が記されている。

＊田岡典夫　明治四一年～昭和五七年（一九〇八～一九八二）。小説家。高知県生まれ。昭和一八年、短編「強情いちご」で直木賞を受賞。『小説野中兼山』で毎日出版文化賞を受賞。短編集『腹を立てた武士たち』、長編歴史小説『かげろうの館』など。

＊添田知道　明治三五年～昭和五五年（一九〇二～一九八〇）。演歌師、小説家、随筆家。東京生まれ。『小説教育者』により新潮社文芸賞を受賞。『演歌の明治大正史』で毎日出版文化賞を受賞。父は、演歌師の唖蟬坊。

田邊若男書簡

（略歴55頁参照）

373 ―― 昭和8年8月24日　はがき／市外田園調布下沼部七〇五、多田不二様／市外蒲田町北蒲田一三〇、田邊若男

残暑御見舞ひ申上げます。いつも御無沙汰してをりますが、愈々御清栄に亘らせられ大慶至極に存じ上げます。

時節柄御摂愛専一に祈り上げます。　草々

八月二十三日

374 ―― 昭和13年11月20日　封書／大阪市豊中市桜塚十二　多田不二様／東京市豊島区池袋一丁目五七三、田邊若男　十一月二十日

拝啓

その後は永らく御疎遠にうちすごしましてまことに申訳もございません。切におゆるし下さいませ。

あなた様には愈々御健祥（ママ）に捗らせられますことと拝察およろこび申上げます。

扨て、甚だ唐突でございますが、私共芸術小劇場*は別送申上げましたごとく来る二十八日、二十九日の両日御地の朝日会館*で最初の地方公演をもつことなりましてございます。

一座は至つて若々しく熱意に燃えてをりますので、何卒御声援を賜りたく偏に御願ひ申上げます次第でございます。

なほ芸術小劇場は二十八日の昼間演芸で、貴放送局で放送決定の由何卒よろしく御指導を仰ぎ申したく、甚だ不躾ではございますが、御無沙汰の御詫びをかねて、御願ひ申上げます。

怱々敬具

十一月二十日

田邊若男

多田不二様　侍史

*芸術小劇場　北村喜八が、妻村瀬幸子と、昭和一二年に結成、主宰した劇団。
*朝日会館　大正一五年から昭和三七年まで大阪の中之島に存在していた総合文化施設。

375 ── 昭和13年11月20日　封書／大阪府豊中市桜塚十二　多田不二様／東京市豊島区池袋一丁目五七三　田邊若男　十一月二十日

御挨拶

拝啓　晩秋ともなり肌に寒冷を覚える候となりました。御機嫌麗はしくお過ごしのこと丶存じます。さて、甚だ突然ではございますが、私どもの劇団芸術小劇場が、このたび初めて御地で公演することになりました。演目は横光利一原作「紋章」ですが、これは第四回公演として去る十一月二日より六日まで築地小劇場で上演いたしまして非常な好成績の裡に終演いたしたものでございます。私どもの劇団は創立満一週年、未だ日も浅く未熟の集団ではありますが、劇団員一同飽くまでも真摯な態度で、明日の新劇のために努力してゆきたい考であります。何分、初めての大阪公演でもありますし、いろいろと不馴れの点もあること丶思ひますが、宜敷く御指導御

鞭撻を賜り度く、右御挨拶をかねて御願ひまで申上げます。　　　　敬具

十一月二十日

芸術小劇場

様

横光利一原作
松田伊之介脚色
「紋章」六幕
　演出　北村喜八
　装置　吉田謙吉

主なる出演者
藤輪欣司
鶴賀　喬
田邊若男
村瀬幸子
渡邊信子

十一月二十八日、二十九日、三十日　　於　大阪　朝日会館

▨活字印刷。名宛は手書。

▨この封書は、書簡374で、別送したと記されているもの。「芸術小劇場」と記された封書を使用。
＊横光利一原作「紋章」　横光利一。明治三一年～昭和二二年（一八九八～一九四七）。小説家。菊池寛に師事。川端康成と『文芸時代』を創刊し、新感覚派の中心として活躍した。「紋章」は、昭和九年一月から九月にかけて『改造』に連載され、同月に改造社より単行本が刊行された。
＊築地小劇場　土方与志と小山内薫が中心となって、大正一三年に結成された劇団。また、同劇団が東京築地に開設した日本初の新劇の常設劇場。

376――昭和14年1月1日　はがき／大阪市外豊中市桜塚十二　多田不二様

謹賀新年

昨年中は一方ならぬ御厚情を恭ふ(ママ)いたしまして御礼申上げます。

『芸術か、職業か』と曾つて恩師島村先生*がその『二元の矛盾』を痛嘆せられた新劇の道を、三十年、或る時期は職業へ、或る時期は新劇へ、と二つの平行線を、苦呻、彷徨して来ました私が、昨年『芸術小劇場』北村喜八氏*の御指導と御支持を得、その良き舞台を恵まれましてございます。

『新劇の職業化』といふ言葉がございますが、新劇に限つてこれは職業化ではなくして『生活化』でなければならないとおもひます。われ〳〵にとつていかなる職業的なことも、それは修業の一つで、人生と、芸術を最上の高さにまで生きぬくための生活化でないものはないからでございます。生活に根ざさない新劇は本質的な芸術とはいへないので、その点からも新劇と生活との一元化をこそ切に念願いたす次第であります。

本年は鋭意『芸術小劇場』で精進いたしますほどに、何卒あなた様の御愛顧と御鞭撻を賜りたく偏に御願ひいたします。

昭和十四年元旦

東京市豊島区池袋一丁目五七三

田邊若男

■活字印刷。名宛は手書。

*島村先生　島村抱月。

*北村喜八氏　明治三一年〜昭和三五年（一八九八〜一九六〇）。演出家、劇作家、翻訳家。石川県生まれ。東京帝国大学英文科卒。妻は女優の村瀬幸子。大正一三年、築地小劇場に参加する。昭和一一年、村瀬と芸術小劇場を結成、主宰。

377――昭和15年1月1日　はがき／大阪市東区馬場町　大阪中央放送局教養課　多田不二様

謹みて
皇紀二千六百年の初春を寿ぎ
高堂の万福を御祈り申上げ候
昭和十五年元旦
東京市豊島区池袋一丁目五百七十三番地
田邊若男
・昨年中は御無沙汰のみ申上げ失礼の段御海容下さいませ。本年も相変りませず御愛顧を賜りたく御願ひ申上げます。

■・を付した「昨年中は」からの二文は、下方余白への手書。外は、印刷。

月原橙一郎書簡

（つきはら　とういちろう）明治三五年～平成元年（一九〇二～一九八九）。詩人、歌人。香川県生まれ。早稲田大学専門部政経学科卒。内藤鋠策の『抒情詩』、白鳥省吾の『地上楽園』を主舞台に活躍。口語短歌では石原純の『立像』、また戦後は児玉敬一の『文芸心』に拠った。詩集『冬扇』、長田恒雄、都築益世との共著の民謡集『三角洲』など。

378――昭和8年6月3日　絵はがき／芝区愛宕山放送局　ＪＯＡＫ　多田不二様／麹町区陸軍省新聞班つはもの編集部　月原橙一郎

御栄転を祝します。

○

石を出る蜥蜴の

背ナや

青嵐

■「陸軍恤兵部発行」の「天橋」筆「終日小鳥を聞く」の絵はがきを使用。文、及び句は、表面下部に記されたもの。

都築益世書簡

(つづき　ますよ)明治三一年～昭和五八年(一八九八～一九八三)。詩人、童謡作家。大阪生まれ。慶応義塾大学医学部卒。小児科医院を開業。『赤い鳥』への投稿から出発し、『詩篇時代』『炬火』などで詩人として活躍する。昭和三二年、童謡誌『ら・て・れ』を創刊した。『帆船』同人。大正一一年七月号の『帆船』に、詩「白木蓮」を載せている。詩集『明るい街』、童謡集『赤ちゃんのお耳』など。

379――昭和4年3月31日　はがき／市外田園調布下沼部七〇五　多田不二様行／市外杉並町天沼一八五　都築益世

前略　御手紙*の趣承知いたしました。近く原稿御送りいたさうと思ひます。程度は小学生向に限りませうか。或ひはそれよりも高くてもいゝでせうか。尚ほいつも御無沙汰ばかりしてゐて、相済まぬと思つてゐますが、小生等の雑誌創刊号お手元迄過日御送付*いたして置きました。何卒御高見の程、おねがひいたします。

*御手紙の趣　不二が編纂したと推測される「童謡傑作集」への、作品収載依頼のこと。書簡436参照。

＊小生等の雑誌　不詳。

照井瓔三書簡

（てるい　えいぞう）明治二一年～昭和二〇年（一八八八～一九四五）。バリトン歌手。岩手県生まれ。栄三とも。歌手活動の外、放送による現代詩朗読の領域を開拓した。著書『国民詩と朗読法』など。

380――昭和14年8月17日　はがき／大阪市豊中市桜塚一一三五　多田不二様

残暑の砌益々ご清祥慶賀に存じます
年来の転居癖の為め辱知皆様に御煩瑣おかけ致しましたがこの度左記の所にやうやく根を下ろし居住いたすことになりました　何卒御序の節には御立寄り下さい
右御通知まで
昭和十四年八月二十日
照井瓔三
東京市世田ケ谷区下馬町二丁目一一八一
（東横線、青山師範駅下車、西へ二丁、改正道路を左へ尚ほ二丁、左角天野家を曲り二軒目）

■活字印刷。名宛は手書。

〈余録〉高村光太郎「照井瓔三の思出」（昭和二四年六月三〇日、盛岡朗読会主催「照井瓔三追悼　詩・朗読の夕」で代読さ

れた、光太郎の草稿）より

照井さんがはじめて小生の詩を放送朗読に用ゐられたのは昭和九年だつたと思ひます。放送局ではその頃まで詩の朗読といへば必ず藤村、晩翠、白秋、露風といふような詩人の詩ばかり放送してゐて、それ以後の者の詩はまるで問題にしなかつたのでした。／照井さんも声楽家としてフランス歌曲などを時々放送される傍らそれらの詩人の詩の朗読もやつて居られました。その頃は詩の朗読が放送せられることなどめつたになく東京の放送局は甚だ冷淡なものでした。むしろＢＫ（大阪）に理解ある人が居て、照井さんも多くＢＫから放送し、それが全国放送となつて一般に聴取されたのでした。それで詩の朗読は専らＢＫの出しものといふことになつてゐました。／照井さんは多分詩の朗読放送上に一生面を開く気だつたのでせう。ＢＫの人と相談して、その頃としては破天荒のことでしたが、小生の詩ばかり一夕放送されました。

※昭和九年九月二四日、ＪＯＢＫから朗読番組「文化ラヂオ・プログラム」第五回として、光太郎の詩「砂漠」「牛」「秋の祈」「水上戯技」「落葉を浴びて立つ」「龍」の六篇が全国放送された。

戸川秋骨書簡

（とがわ　しゅうこつ）明治三年～昭和一四年（一八七〇～一九三九）。詩人、英文学者、随筆家。肥後国（熊本県）生まれ。明治学院に学び、島崎藤村、馬場孤蝶らと親しく交わった。のち、東京帝国大学英文科選科を修了。明治学院、早稲田大学、慶応義塾大学等で教鞭を執る。明治二六年『文学界』創刊時に同人となり、樋口一葉と親交を結ぶ。同誌、及び『帝国文学』等々に多くの評論、随筆を寄稿する。著書『英文学講話』、『デカメロン』（翻訳書）など。

381――昭和□年□月□日　はがき／芝区愛宕山上　放送局　多田不二様／市外下荻窪三七一　戸川秋骨

御端書難有拝見、

静かな御正月で却つて昭和の御世の落着きを象徴して居るのかと思はれるやうです。放送局の御方も大分御変りの御様子、他の御方は存じ上げませんから失礼いたして居ります。小生の住居表記の通りかはりました。
五日午後

土岐善麿書簡

（とき　ぜんまろ）明治一八年〜昭和五五年（一八八五〜一九八〇）。歌人、国文学者。東京生まれ。早稲田大学英文科卒。同級の若山牧水、北原白秋らと親しく交わる。明治四三年、ROMAJI-HIROME-KAIから『NAKIWARAI』を刊行、三行書きを実践した。その後、同歌集評を『朝日新聞』に載せた石川啄木と知り合い、『樹木と果実』の創刊を計画するが未完。没後も啄木への厚い友情を示した。早稲田大学教授。また、国語審議会会長、日比谷図書館館長などを歴任。ローマ字運動家としても知られる。歌集『黄昏に』『春野』、評論『田安宗武』など。

382——昭和15年5月30日　絵はがき／大阪市東区馬場町　大阪中央放送局　多田不二様／下目黒　土岐善麿

実にいろ〳〵と御世話になりました、わざ〳〵御見送りまでして頂き恐縮に堪へません、御上京のときを楽しみにお待ちします、カバンの件一層恐縮、拝顔まで、御自愛を祈ります　御礼まで　五月三十日

■法隆寺「国宝・金堂金銅釈迦三尊像止利仏師作（飛鳥時代）」の絵はがき。文は、表面下部に記されたもの。

383——昭和20年1月28日　はがき　毛筆／松山市竹原町三八　多田不二様／東京　目黒区下目黒四ノ八〇一　土岐善麿　一月二十八日

御栄転御活躍の段大慶に存候　御仕事益重大のときと存候　切に御自愛の程祈上候　老生も帝都と共に敢闘

中いづれ拝顔の機に　万々
敬具

飛田穂洲書簡

（とびた　すいしゅう）明治一九年〜昭和四〇年（一八八六〜一九六五）。学生野球指導者、野球評論家。茨城県生まれ。早稲田大学野球部の選手、監督。大正一五年朝日新聞社に入社し、大学、高校野球に関する評論活動を精力的に行い、「学生野球の父」と称された。昭和三五年野球殿堂に入る。

384 ── 昭和13年3月19日　はがき　毛筆／大阪市東区馬場町六　大阪中央放送局教養課　多田不二様／東京牛込弁天町一三
四　飛田穂洲

拝啓　愈々御清安奉万賀候
さて此の度大阪御栄転の由何よりに御座候　今後とも御自愛御清勤被遊度切に願上候
先は一筆如斯御座候
敬白

富田砕花書簡

（略歴61頁参照）

385 ── 大正15年4月28日　はがき／東京市外調布村下沼部七〇五　多田不二様／兵庫県芦屋　富田砕花　四月二十八日

『夜の一部』[*]多謝。もう一度沁々と「悩める森林」[*]をも読みかへしたことでした。この頃は多くの時間を読書につかつてゐるので友人のものなども熟読できる次第です。あの詩集は出版までにかなり年数を経たやうですね、苦笑でせう、然しあゝやつて出れば何よりです。『書きつけたものは残る』古い諺を引張り出すまでもなく、結局我々の仕事は書くことをマイナスすればゼロ、だから懸命に書くことは歓喜であらねばならないといふ結論?に達して作のできるのが何よりだといふ気がするのです。

＊『夜の一部』　大正一五年四月、新潮社より刊行された多田不二の第二詩集。書簡173参照。

＊「悩める森林」　多田不二の第一詩集。大正九年二月五日、感情詩社より刊行された。「亡父の霊に捧ぐ」という献辞があり、室生犀星の「序に代へて」（序詩）がある。装丁・恩地孝四郎。大正九年二月一四日、万世橋ミカドにおいて、『悩める森林』出版記念会が開かれた。発起人は、室生犀星、萩原朔太郎、恩地孝四郎、日夏耿之介、竹村俊郎、相川俊孝、福士幸次郎ら。出席者は、多田不二のほかに、室生犀星、日夏耿之介、西條八十、福士幸次郎、佐佐木茂索、林倭衛、竹村俊郎、相川俊孝、井上康文、笹澤美明、大関五郎、田邊孝次、大澤新三郎、井田憲次、矢口達、柳橋好雄、藤森秀夫、宝田通元、安藤音三郎、川俣馨一、水上茂の二十二名。

〈参考〉　室生犀星の序詩「序に代へて」

君の詩集が今生れることは私の喜びだ／君の詩集こそ／とつくに出る筈だつたのだ／もつと早く／もつと　いさぎよい生誕の声をふり上げて／いま時分、君はさらに別途を踏んでゐるべきはづだつたのだ。

私が君と会つたのは／いまから六七年前だ／ちやうど君が私の郷里の四高にゐたときで／そのころ　私と君とは／よく町

をあるいたり／雪のふる晩を一しよに語つたりした／君ははじめから人のよい／真実に富んだ懐かしい人格者だつた／君の詩のところどころに泌みでるやうな／人懐かしげな言葉なぞ／君そつくりなものだつた。

君の詩に輪廓があるとすれば／それは重苦しい思想的な身悶えのしたリズムだ／あるいは隅隅に憂鬱なくらみをもち／それがためにいつも惶しげに歩いてゐる姿だ／君は君のエゴイステツクなものと戦ひ／君みづからの忌はしき情慾と戦つてゐながら／やはり然うしたものから脱けきらないところに君の姿がある。

君の詩は決して新しくはない／また決して古くない／どの詩にもこころよい完全さがあり／整へられた花のやうなところがある／君はそのままでいつも小さな批評に煩はされることなく／今日までよく忍んで来られたと思ふ／出ればどれだけでも有名になれるものを有ちながら／いそがず／よく我慢をして今ここまで来られたと思ふ／私の喜びもみな此処にある／君の最も善き資質もみな此処にある

私と君とは今も以前も／やはり親愛な相互のちからに惹きよせられ／殆んど子供のときから友だちのやうな／あけ放された心をもち合ふことを喜ぶ／何よりも君の真実な友誼に／何よりも理解し合ふた一点に集中できるからだ。

君が詩集を出すと私に告げたときから／慌しく一年はすぎ去つてしまつた／君はその間に／一種の君自身の中から発芽させたやうな／優しい一つの事件のために／その恐ろしい結果をつきつめられたために／君もかなりに変つた／しかし渝らないものはそのいつまでも失せきらない処女性だ／いつも恥づべきことを恥ぢる美をもつてゐたことだ／君に衒気はなく／うそいつわりは無かつた／そこが私のおなじい性分をもつてゐるところだ。

私はいまこの詩集の出るとともに／きみの安堵をしたやうなかほに出会す／そしてさらに君はあたらしく仕事をするため

に／また　これまでよりもより困難な道を辿られることを思ふ／それをおもへば君も私もたのしみだ／もはや仕事のみが生涯に循(ママ)つく／いつも前方に聳立する／君も私もそれに向つて行くより外／あまり多くのたのしみをもたない／それが次第に実現されることを今君と私との間に誓はなければならない。

千九百二十年一月十三日　郊外田端にて

室生犀星

386──（封筒無し）

謹啓　益々御健勝の事と拝察慶賀いたします

さて　小生儀先般大陸旅行中は並ならぬ御高配を忝くし難有存じました　三月出発七月帰還前後五ヶ月にわたつて御陰を以て終始元気一杯にて華中、華北、蒙彊及び華南と無事所期の目的を達し台湾を経て帰来し得ましたことはひとへに貴台御配慮の賜ものと深く感銘罷り在ります　実は帰来直ちに御挨拶申し上ぐべき筈のところ八月に入つて或る用務を帯び九州、山陽、山陰及び本州中部地方とあわただしい旅行に出て居りまして心ならずも延引いたしました　御諒恕願ひ上ます

茲に旅行中小生に与へられました御芳情に対し御厚礼申し述べ大陸各地に於ける忘れ難き多岐複雑なる印象を想起しつつ重ねて御健勝を奉賀し時局下一層の御自愛御健闘を祈り上ぐる次第寸楮不尽　敬具

昭和十五年九月

富田砕花　兵庫県芦屋　宮川校東

多田不二様

■「多田不二様」のみ手書、外は印刷。

豊竹古靫太夫書簡

（とよたけ　こうつぼだゆう）明治一一年～昭和四二年（一八七八～一九六七）。義太夫節の太夫。東京生まれ。本名、金杉弥太郎。明治二二年、二世竹本津太夫に入門、竹本津葉芽（つばめ）太夫を名のる。同四二年、豊竹古靫太夫を襲名。同四七年、秩父宮家より豊竹山城少掾（やましろのしょうじょう）を受領。芸術院会員、人間国宝、文化功労者。

387――昭和19年（推定）7月7日　封書　毛筆／大阪市東区馬場町　大阪中央放送局内　多田不二様／大阪市西区北堀江通三ノ六　豊竹古靫太夫　七月五日

謹啓　日に増し暑気相加はります折柄愈々御健勝に渉らせられ大慶に存じ上げます　陳者過日は時局下何かと御多端の御中不肖私の為身に余る*祝賀の会を御催し下さいまして有難う存じました　あの日の感激　*受賞の日のよろこびにも増す欣びでもう胸が一ぱいで御座いまして皆様の御厚情に対し何と御礼を申上てよろしきやらたゞ〳〵感謝の外御座いません　厚く〳〵御礼を申上ます　一生忘るゝ事の出来ないこのよろこびを賜りまして皆様の御厚情に報ゆるの道はたゞ身命を賭して斯道の為に尽す事であると考へております　此の上は一意芸道に精進仕り微力ながら全力をもつて斯道の発展に努力致しますればこの後ともよろしく御指導御鞭撻のほど願ひ上ます　早々御礼に御伺ひ致すべきでは御座いますが略儀失礼ながら書中をもつて右御礼迄申上ます

敬具

豊竹古靱太夫

七月五日

多田不二様

＊祝賀の会　「祝賀」は、古靱太夫が帝国芸術院賞を受賞したことへのそれであると推測される。祝賀会は、昭和一九年六月一〇日の人形浄瑠璃協会主催の祝賀会、同一九年六月一五日の日本因協会によるそれなど複数催されたようであるが、当書簡に記されている「祝賀の会」は、当時、大阪中央放送局放送部長であった不二が主催したか、あるいはどこかと共催したのか、そのいずれかであって、その日は七月の初めであったと思われる。不二は、この後すぐに、松山放送局長として松山に赴任する。

＊受賞の日　昭和一九年五月二七日。この日の式次第が、『浄瑠璃雑誌』（昭和一九年一〇号）に次のように記されている。

第三回授賞式次第

昭和十九年五月二十七日（午前十一時）於文部省

諸員着席

開会ノ辞

国民儀礼

院長挨拶

受賞ノ理由説明

第三部豊竹古靱大夫ノ金杉弥太郎

院長受賞

文部大臣祝辞

閉会ノ辞

〈余録〉帝国芸術院長よりの通知

昭和十九年四月四日

帝国芸術院長　清水　澄　印

金杉弥太郎殿

拝啓時下益々御清穆ノ段奉賀候
陳者今般帝国芸術院会員総会ノ
議決ニ依リ貴殿ニ対シ帝国芸術
院受賞規則第一條ニ依リ帝国芸
術員賞ヲ授与セラル、事ト相成
候間此段御通知申上候
追テ授賞式ノ期日其ノ他ニ関シテハ後日
決定次第御通知可申上候間為念申添候

大日本帝国政府

永井建子書簡

（ながい　けんし）慶応元年～昭和一五年（一八六五～一九四〇）。軍楽隊指揮者、作曲家。安芸国（広島県）生まれ。草分けといわれる軍歌作曲の外に、歌劇、唱歌や、早稲田実業、拓殖大学、大谷大学等の校歌も多く手掛けている。退役後、東京音楽学校講師、および帝国劇場管弦楽団の指揮者を務めた。自作の詩による軍歌「元寇」「雪の進軍」は有名。他に管弦楽曲「火焔の曲」、合唱曲「賛仏歌」など。

388 —— 昭和11年9月7日　封書／東京市大森区田園調布二ノ七〇五　多田不二殿／広島市古田町字古江　永井建子　九月六日

拝啓
残暑ナガラ愈々御颯爽欣快斜ナラス候
陳ハ貴著*児童劇一本御恵恤下サレ篤ク御礼申上候　早速拝見候得バ斯道ニ御造詣深甚ナル儀ハ別トシテ更ニ放送当局ニ関係アル御権威トハ一向ニ詳判仕ラス御承知ノコトナランガ貴局ニハ大塚君ヤ江木*君ノ如キ遠キ過去ニハ別シテ我カ門弟格ノ俊器ガ幸ニ御眷顧ヲ忝フシテ居ルコトヲ反省スル毎ニ貴局一般ニ対スル敬意ヲ損セサランコトニ考慮ヲ払ヒツヽ在リシ居常ナルニ茲ニ貴下ニ限リテ不遜ノ態度ヲ向ケ曩ニ傍若無人ノ蕪言ヲ申上シコトヲ深ク慚愧シ拱手御鞭笞ニ甘ンシ居候　畢竟私ハ明治ノ始メカラ軍隊育チナレバ恬淡ト申セハ飾言ノヤウナレドモ実ハ世間知ラズノ没常識トシテ惨々世相ニ揉マレ来リシ為メ心々僻ガミ鼠カモ老後ニ於テ中央ニ懸隔ノ身トナリ恰モ餓虎同様浅間シイ根性トナリシ為メ此際モ一概ニ未見ノ人ニハ貴下ニ対シテモ御心境ヤ御占位ヲモ等シキ圏内ノ人トノミ推判シ無茶苦茶ニ失礼申上シコトヲ恐懼シ身ノ措キ所ヲ失シ居リ候
斯クテ御高風ヲ仰キ候上ハ今後ニ於テ拙作ナカラ何カ覚召テモ有之候ハヽ御遠慮ナク御使用ノ儀ハ異存仕ラス　併テ御放送ノ都度何等カノ御割愛ニテモ接セハ此上ナキ満足ノ儀ト存シ一石二鳥ノ遁辞ニハ無之候得共右御諒承ト同時ニ失態ノ儀ハ御寛恕アランコトヲ伏テ希上候　頓首
九月六日　永井建子
多田不二殿

追テ御送本ノ手続キヲ履マレシ弘文館へ対シテモ貴下ノ御名刺ヲ見落シ居リシ際ニハ其ノ理由ヲ質問シタ様ナ粗忽、自然右御耳ニ入ルヘキ筈、飽迄私トシテハ大味噌ヲ付ケ申候　多罪

＊貴著児童劇一本　昭和一一年、吉川弘文館から刊行された、多田不二の児童劇集『人形師の夢』。書簡252参照。

＊江木君　江木理一。

中河与一書簡

（なかがわ　よいち）明治三〇年～平成六年（一八九七～一九九四）。小説家。香川県生まれ。早稲田大学英文科中退。大正一〇年『新公論』に発表した「悩ましき妄想」（のち「赤い薔薇」と改題）で文壇にデビュー。同一三年横光利一、川端康成、今東光らと『文芸時代』を創刊し、そこに「刺繍せられたる野菜」、また『新潮』に「氷る舞踏場」などの作品を発表し、新感覚派のひとりとして活躍した。「愛恋無限」により第一回透谷文学賞を受賞。代表作に「天の夕顔」「失楽の庭」「探美の夜」など。

389――昭和14年3月22日　封書　毛筆／大阪市東区馬場町六　大阪中央放送局教養課長　多田不二様　侍史／東京市世田谷区祖師谷町二ノ一三三一　中河与一　電話砧一三三三番

謹啓　先夜はあはたゞしく失礼申上げました　もう一度御目にかゝつてと存じながら翌日和歌山県知事に招かれ、向ふの座談会に出たりなどいたし、たゞいそかしき思ひのみいたし昨日東京に帰りました　何れまたそちらに参り一度ゆつくり御目にかゝりたく存じ居ります　別便にて　小作御とゞけ申上げました　御閑暇の折御繙読賜はり度

先づは失礼御わびをかね　頓首

多田不二様

中河与一

奥屋（オクヤ）様にもくれぐよろしく　御伝へ下さいませ

■封筒裏は活字印刷。

中田信子書簡

（なかた　のぶこ）明治三五年～不詳（一九〇二～）。詩人。山形県生まれ。報知新聞記者中田豊と結婚。正富汪洋の『新進詩人』から巣立ち、『帆船』『感触』『日本詩人』等に寄稿。『帆船』には、三三篇の詩を載せている。詩集『処女の掠奪者』『女神七柱』など。

390――昭和4年3月29日　はがき（返信）／市外田園調布下沼部七〇五　多田不二様行

生活におはれて大変にごむさたばかりいたして居ります、数ならぬ私をも御記憶下さいました事を深く感謝いたします、

御申しこし[*]の件有りがたく拝承いたしました。御指教にしたがひましてお送りいたします、先づはとりいそぎ

何れその中お目にかゝりまして親しく御礼申上げたいと思ひます、

中田信子

＊御申しこしの件　不二が編纂したと推測される「童謡傑作集」への、作品収載依頼の件。書簡436参照。

長田秀雄書簡

（ながた　ひでお）明治一八年～昭和二四年（一八八五～一九四九）。詩人、劇作家。東京生まれ。明治大学独文科卒。新詩社に入り『明星』に、またパンの会に参加し『スバル』に詩を載せる。『屋上庭園』の創刊にも加わった。のち、劇作家に転じ、現代劇「死骸の哄笑」「飢渇」や史劇「大仏開眼」「寺田屋騒動」などを発表。昭和九年、新協劇団に幹事として参加し、新劇運動に活躍する。小説家長田幹彦の兄。

391――昭和9年9月9日　封書／芝区愛宕山公園　中央放送局　多田不二様　親剪／本郷区元町一ノ一三　文化アパートメント　長田秀雄

啓上、相かわらず御暑い事です。貴兄には御変りもなく御精励の御事と存じます。

先日はラツソウ君の事について、いろいろ御厚情を頂き有難う存じます。

さて、突然ながら、貴兄も新聞紙上で御承知のこと丶存じますが、今年になつて、新劇俳優の間に俄然、合同の気運が起つてきました。私も、殆んど半生を演劇に捧げました関係上、今回の合同には、指導者の一人として働かねばならなくなりました。

今回大合同*の気運濃厚になつた事は、計らずも、隠れた社会の関心を買つたと見え、各新聞で残らず問題としてくれたのみならず朝日などでは、社説として取扱かつてくれました。

ついては、なほ、新劇と云ふもの丶発生、並びに国民の演劇文化水準向上の為めにも、新劇が日本の劇壇の中心位置に立たなければならない点、大合同が当然、新劇界に起らなければならなかつた理由、将来の新劇の向ふべき芸術的の方向、わが国の国民性と演劇との関係などについて、私並びに、今回大合同に指導的位置に立つ人々の意見などを、通俗的に解説してみたいと思ひます、ラヂオを通して。

世論、過去の新劇運動には、思想的、政治的の運動が付随してゐたので、その辺について、放送局、当局として、御心配もある事と存じますが、私の講演は、さう云ふ過去の錯誤には全然ふれず、もつと、抽象的に将来の新劇運動に関する意見だけをのべたいと思ふのです——右、もし講演を願はれますならば此次の土曜日曜あたりに時間をお与へ下されば、幸甚と存じます。問題が問題だけにどうかと思ひますが、兎に角、伺上げます。御手数ながら鳥渡、御考慮を願ひたいと存じます。

敬具

九日午後

長田秀雄

多田不二様

■「松屋製」原稿用紙使用。

＊大合同の気運　村山知義が昭和九年九月『改造』に発表した「新劇団大同団結の提唱」を受けて、日本プロレタリア演劇同盟、中央劇場、新築地劇団等に所属する演劇人の多くが加わり、同年九月二九日に新協劇団が組織されるにいたるまでの気運。長田秀雄は、藤森成吉、秋田雨雀らと同劇団の文芸部に所属していた。演劇部には、小澤栄太郎、滝澤修、松本克平、宇野重吉、原泉子、細川ちか子らがいた。

長田幹彦書簡

（ながた　みきひこ）明治二〇年〜昭和三九年（一八八七〜一九六四）。小説家。東京生まれ。早稲田大学英文科卒。明治四四年から『スバル』に連載した「澪（みお）」、同四五年『中央公論』に載せた「澪落」により文壇に認められる存在となった。「祇園小唄」「島の娘」「天竜下れば」などの作詞者としても有名。詩人、劇作家の長田秀雄は兄。

392——昭和6年8月24日　絵はがき／市外田園調布下沼部七〇五　多田不二様／東京市牛込区市ヶ谷仲之町四十八番地　電話　牛込（34）二〇三九　長田幹彦

残暑御見舞

昭和六年八月

修道尼は祈る

涙に濡れし、我が胸の、
嘆きの谷の、闇路を越えて、
五月の空の、薄明かりに、
永遠の十字架は、燦として輝けり。

宵闇深き、白樺の樹隠れには、
はや、蒼白き昴星輝きいでぬ、
御堂の窓に、ほのめく灯影、
白衣の修道尼等は、
草に俯して静に祈る。

幹彦作「緑衣の聖母」より

■・を付した「残暑御見舞　昭和六年八月」は、表面下部に印刷されたもの。

393――昭和13年3月19日　封書／大阪市東区馬場町六　大阪中央放送局教養課　多田不二様／東京市四谷区東信濃町十番地
長田幹彦　電話四谷（35）三〇二一番

前略

その後、大変御無沙汰いたしてをります　御障りもなくて何よりに存じあげます

大阪放送局へ御転任のよし承りこの頃ちょく〳〵京阪へ参りますので、そこらで自然拝眉の機もあるべく、何卒よろしく御願ひいたします。

早々敬具

長田幹彦

御自愛専一に

矢部様*へくれぐ〳〵もよろしく御伝声被下ませ

三月十九日

多田大兄　侍史

■封筒裏は活字印刷。

＊矢部様　矢部謙次郎。

中西悟堂書簡

（なかにし　ごどう）明治二八年～昭和五九年（一八九五～一九八四）。詩人、野鳥研究家。石川県生まれ。一六歳の時、深大寺で天台宗学林に学び、僧籍につく。大正一一年、第一詩集『東京市』を出版。『帆船』『嵐』の同人となり、『極光』を創刊する。『帆船』には、創刊号から第九号までに詩一〇篇、訳詩二篇、随筆一篇を載せている。昭和九年、日本野鳥の会を設立、自然保護に尽力した。

394――昭和4年4月1日　はがき（返信）／市外田園調布下沼部七〇五　多田不二様／府下千歳村烏山二〇〇八　中西悟堂

久しく御無沙汰して居ります。お手紙拝掌、童謡*のこと承知いたしました。二三日中にお送りいたしませう。

とりあへずお挨拶までに。随分お忙しいこと、思ひますが、お暇の折遊びにいらして下さるやうに。

三月三十一日

*童謡のこと　不二が編纂したと推測される「童謡傑作集」への、作品収載依頼のこと。書簡436参照。

中村孝也書簡

（なかむら　こうや）明治一八年～昭和四五年（一八八五～一九七〇）。歴史学者。群馬県生まれ。東京帝国大学大学院で江戸文化史を専攻。第一高等学校、日本女子大学で教鞭を執った後、東京帝国大学の資料編纂官をへて、同大学教授。大正一三年、月刊誌『歴史と趣味』を刊行。昭和九年発刊の研究誌『伝記』の編集に、伝記研究会顧問の一員として参加。著作『徳川家康文書の研究』『家康の政治経済臣僚』など。

395――昭和15年6月20日　はがき／麴町区内幸町　中央放送協会本部　多田不二様

御栄転を賀し御清福を祈ります。また再々お目にかゝかれることを本懐に存じます。敬具

昭和十五年六月十九日

東京市本郷区西片町十番地とノ六号　中村孝也

■住所氏名はゴム印。

396――昭和16年2月10日　はがき／麴町区内幸町　東京中央放送局　多田不二様

拝啓　厳寒の候御起居御伺ひ申上げます。偖私事この度広東大学講義並研究のため広東に赴く事となり、近日出発、四月帰京の予定で御座います。就ては自然御無沙汰になります事と存じますが、御高恕を仰ぎ度、

時下益々御健勝の程御祈り申上げます。

昭和十六年二月十日

東京市本郷区駒込西片町十番地との六号　中村孝也

広東ヨリ御通信イタシタク存ジマス

■活字印刷。・を付した「広東ヨリ」の一文、および名宛は手書。

397――昭和16年（推定）3月17日　絵はがき／大日本東京麴町区内幸町　中央放送局　多田不二様／広東市太平路　松原ホテル　中村孝也

広東大学で「明治維新史」講義をして居ります。男女共学ですが、全生徒数百名、非常な関心を以て、熱心に聴講して居ります。中国革命の発祥地故一層意義深く感じます。終了後月末上海に飛行し、中支、北支を一見、四月中旬帰京します。

広東市太平路　松原ホテル　中村孝也

■文は、表面下部に記されたもの。裏面は越秀公園の写真。

398――昭和16年（推定）4月16日　はがき／大日本東京麴町区内幸町中央放送局　多田不二様／車中　中村孝也　四月十五日

香港、澳門、広東より中支、北支の各地を縦貫し、只今、満州に向ひ居り候、過去の生活と、現在の生活と錯綜、多大の感興に、疲労を忘れ居り候　敬具

399――昭和18年9月22日　はがき／大阪市東区馬場町大阪中央放送局　多田不二様

御玉簡拝受御栄進を賀し上げ候　大阪には再度の御赴任のやうに覚え、いづれ御地にて御拝顔を期待いたし居り候　敬具

昭和拾八年九月二十一日

東京市本郷区西片町十番地と丿六号　中村孝也

■自宅住所はゴム印字。

中村星湖書簡

（なかむら　せいこ）明治一七年～昭和四九年（一八八四～一九七四）。小説家、評論家、翻訳家。山梨県生まれ。早稲田大学英文科卒。明治三九年、「盲巡礼」が『新小説』の懸賞一等当選。同四〇年、「少年行」が『早稲田文学』長編小説募集で一等当選。のち、『早稲田文学』『文章世界』『新潮』等に創作、評論を発表する。著作『漂泊』『女のなか』『失はれた指輪』、翻訳『死の如く強し』など。

400――昭和11年12月19日　封書／芝区愛宕山公園一号地　東京中央放送局講演講座課長　多田不二様　御直披／杉並区井荻二ノ二三　中村星湖　十二月十九日朝

拝啓

其後は御無音に打過ぎ申訳ありません　御健勝御清栄の事と存し上げます。

歳末はお忙しい事でせうが、例の勝手なお願を致します。

近いうちに、もしお頃合せの御都合つきましたら、次のやうな表題で、趣味講座なり、名著研究（鑑賞）なりで、久し振のお喋りをさせていたゞきたいと思ひます

「釣と文学」

趣味講座の方なら、釣具に関する色々な文学的記述を並べて、（いつぞや書肆からお手元へ差出させた筈の拙著「釣ざんまい」式）や、多方面の話にしたいと考へます。名著研究または鑑賞と云った方（第二放送にそんな講座が時々あるやうでしたが）なら、

アイザーク・ウォルトン*の、釣に関する世界的名著として、近頃英文学中の古典に数へ入れられた

「コンプリート・アングラア*」

の梗概を語り、其面白味を話してみたいと思ひます。この書は、以前から我国にも喧伝せられながら、部分的のみ、訳書も出てゐません。

或英文学者は「釣魚大全」と題名を訳してをりますが、適訳ではなく「釣の達人」などが当ってゐるでせう。冬、釣の話も変なもの、やうですが、寒くて実際の釣が出来ない期間こそ却って釣ファンにはかういふ話に興味が持てるだらうと思ひます。

今年はもう、余日もないし、無論御都合付かう筈もなく、一月、または二月頃、何とかお差繰の付きます時分で結構です。

なほ、文学的の講座物では

「フランスの女流作家」

グループとしての話にしても、中の一人、例へばその第一人者といはれるコレット*夫人の作品の話などし

てみたい考もあります。ついでにお含み置き下さい。
いつも勝手はかり申して汗顔です。どうぞあしからず　頓首

十二月十九日

中村星湖

多田不二兄
玉案下

■「東京文房堂製」の原稿用紙。
＊アイザーク・ウォルトン　Izaak Walton（1953〜1683）。イギリスの随筆家、伝記作家。
＊「コンプリート・アングラア」　アイザック・ウォルトンの著書。"The Complete Angler"（『釣魚大全』）。
＊コレット夫人　シドニー＝ガブリエル・コレット（Sidonie-Gabrielle Colette）。1873〜1954。フランスの女性作家。小説「シェリ」「青い麦」など。

401――昭和13年3月24日　はがき／大阪天王寺区石ケ辻町四三　浪花園　多田不二様／杉並区井荻二ノ二三　中村星湖

拝復　B・K[*]、へ御転任のよし
御通知によつて始めて承知、A・K[*]、御在任中は一方ならぬお世話になりながらお見送りも致さす失礼いたしました。十九日白石実之君埋骨式の日、松波君より送別会もあったと承り、甚だ迂闊で小生何事も存ぜず、失礼のみを重ねて申訳ない次第です。遥かに御健勝を祈ります

＊B・K　大阪放送局のコールサイン（呼び出し符号）、JOBKの略。書簡244の「＊AK」参照。
＊A・K　東京放送局のコールサイン、JOAKの略。同右。

南江治郎書簡

（なんえ　じろう）明治三五年～昭和五七年（一九〇二～一九八二）。詩人、人形劇研究家。京都生まれ。早稲田大学中退。初め、二郎を名のった。詩人としての活躍のほか、人形劇の啓蒙にも取り組んだ。昭和九年、ＮＨＫに入局し、企画部長、編成局長、理事などを歴任。詩集『南枝の花』、評論『放送文芸の研究』『世界各国人形劇の研究』など。

402 ── 昭和13年3月23日付　封書／大阪市東区馬場町　大阪中央放送局　多田不二様／南江治郎　三月二十三日

啓　ＢＫ*では日本第一の教養課長を得て殊に直属課員の喜びは想像以上だらうと信じてゐます
ただ　初めてお住みになる方には　大阪そのものがなか〳〵馴染みにくい点多く　当分の間大変だらうとお
察しいたします
矢部*部長や松内*さんなどと、時には　甘い酒美しい女に毒気をお散じ下さい
桜井の坪内氏の家は引継いで借りていただけるならこんな有難い事はない（坪内氏にはまだ伝へてません
が）と思つてゐます　これまで私が住つた借家のうちでは　ずばぬけて住心地のよい家で　今月末か来月
早々には移転準備に帰りますから　一度御覧下さい
今は家内も母が重患で郷里信州へ参つて居り、小生達の移転は四月十日過ぎまで延引の外なく　この点は貴
方の御都合におさしつかへが起らないかと案じてゐます
私は今日大森山王の高台に一軒見つけましたが予定より拾円ばかり家賃が高く弱つてゐます　東京へ来られ
た有難さは身にしみて感じてゐますが　四十歳を間近に控へて　いつまで続く書記生活かと思へば　詩情も
枯れてゆきます
ただ　かねての宿望を与へて下すつた矢部氏を初め諸家に報いたく気をとりなほして専心してゐます

今後とも何にかにつけ従来より一層宜敷く御願ひいたします　　二十三日

南江治郎

多田不二様

侍史

拝・
啓　貴下愈御清穆の段奉賀候　　私儀

大阪中央放送局在勤中は公私共に一方ならず御厚情を忝うし厚く御礼申上候　今般日本放送協会編成部勤務を被命三月二日左記に無事着任致候間今後共宜敷御指導御鞭撻の程伏而願上候

略儀乍延引先づは右不取敢御挨拶迄如斯御座候　敬具

昭和十三年三月十日

東京市芝区愛宕山公園一号地　日本放送協会編成部

南江治郎

追而私儀従来筆名には二郎を用ひて居りましたが今後は本名治郎を以つて一貫致し度く他事乍ら御容認願上ます

■・を付した「拝啓」以後の挨拶状（活字印刷）は、同封されていたものと思われる。

＊ＢＫ　大阪放送局のコールサイン（呼び出し符号）、ＪＯＢＫの略。書簡244の「＊ＡＫ」参照。

＊矢部部長　矢部謙次郎。

＊松内さん　松内則三。

403――昭和13年8月4日　絵はがき／大阪府豊中市桜塚一一三五ノ一　多田不二様／大森区山王一丁目二七四〇　南江治郎

啓上、また〳〵の水害[*]悲報にお案じ申上げてゐます。悪疫の流行等　お子達様の御健康をお祈り申上げます、東京にはだいぶなれましたが　何かと騒しく涼風を待つて一度ゆつくりお便り申上げます

八月三日

■文は、表面下部に書かれたもの。

■「官幣大社諏訪神社　下社宝物」の絵はがき。

＊水害　昭和一三年七月五日の阪神大水害。書簡184「＊幸に何の被害も……下され候」参照。

404――昭和14年1月1日　はがき　毛筆／大阪府豊中市桜塚十二　多田不二様

謹賀新年

昭和十四年元旦

東京市大森区山王一丁目二七四〇

南江治郎

西澤笛畝書簡

（にしざわ　てきほ）明治二二年～昭和四〇年（一八八九～一九六五）。画家、人形工芸家。東京生まれ。官展に属し、活躍。また、日本人形を収集し、研究に没頭。晩年は人形研究家として名高い。西沢龍宝文化研究所長、日本工芸会理事長を務める。著書『日本人形画集』、装丁に長谷川かな女著

『小雪』など。

405――昭和6年7月16日　封書　毛筆／芝区愛宕山中央放送局内にて　多田不二様　侍史／牛込、津久戸町三〇　西澤笛畝

十六日

前略

暑中御変りもなく大慶に存じ候

扨　四五日前私達人形玩具研究者（各方面の）五六集合各方面より見たる人形座談研究試み申処極見て有益にて然も面白に存せられ候　即ち近来諸外国より日本の人形玩具に対し色々の質問研究等多々有之立体の浮世絵と呼びて非常の注意をうけ居り候

日本にても近来教育と関係して玩具人形に留意いたされ候方々可成沢山と相成り候　就ては此際趣味的の座談会として暑中休暇中児童の家庭に於ける玩具への親しみ多き折からを活用して人形玩具に関する

○製作者　○趣味研究家

○日本画家　○西洋画家

○玩具研究婦人　○取扱者即ち問屋側

○小児科医

等代表者を命〔じ〕まして座談放送も斯界のために試み度く存じ候　列席者としては当方既に権威者としての腹案も有之候も御考へ如何と参考迄に伺上候　先は右迄に　早々

十六日　西澤笛畝

多田不二様　侍史

■用箋は、人形絵、1930.NKoide. の手刷。

西谷勢之介書簡

（にしたに　せいのすけ）明治三〇年～昭和七年（一八九七～一九三二）。詩人。奈良県生まれ。『大阪毎日新聞』『福岡日日新聞』等で記者をし、大正一二年、『風貌』を主宰。大正末年から昭和にかけて『文芸戦線』『不同調』等に詩や随筆を載せる。昭和三年、詩集『虚無を行く』で野口米次郎に認められ師事。晩年は俳句を研究。詩集『夜明けを待つ』、評論『天明俳人論』など。

406 ── 昭和4年4月1日　往復はがき（返信）／市外田園調布下沼部七〇五　多田不二様

御無沙汰しました。御手紙[*]有難う拝見委細了承しました。万々よろしく候。
尚小生長与善郎兄[*]の御紹介で心臓病の為め末記の処に入院してゐましたが近日中に退院転住します。退院し次第お知らせします。

四月一日　　西谷勢之介

芝区白金台町　帝大伝研病院七舎

＊御手紙　不二が編纂したと推測される「童謡傑作集」への、作品収載依頼の手紙。書簡436参照。
＊長与善郎兄　明治二一年～昭和三六年（一八八八～一九六一）。小説家、劇作家、評論家。東京生まれ。東京帝国大学英文科中退。「白樺」同人。代表作に小説「青銅の基督」「竹沢先生と云ふ人」、自伝「わが心の遍歴」など。

布利秋書簡

（ぬの　としあき）明治二〇年～昭和五〇年（一八八七～一九七五）。ジャーナリスト、思想家。愛媛県生まれ。早稲田大学卒。明治四三年に渡米し、以後一八年間、新聞社の通信員として世界各国を訪れ、海外生活を送る。帰国後は鎌倉に住み、執筆、講演活動に励む。昭和五年発行の『日本沈没か？』は、過激な内容のため発禁となる。反戦論者でもあった。

407――昭和13年（推定）3月□日　封書／大阪市天王寺区石ケ辻町四三　浪花園　多田不二様　親展／東京市世田谷区玉川奥沢町二ノ六〇一　布利秋

突如御情報に接し、驚入りました。先夜電車で遇つた時、既に決定してゐたのでせうが、黙つてゐられたのだと思ひます　我が家があるのに仮宅に移られる大兄の心情を察するには、あまりにも、よく洞察するだけの血をもつてゐます。いづれ二十八日には大阪に二十九日電気倶楽部の講演会に出ますから御目にかゝるのを楽しみに。

御令閨によろしく御伝へ願ひ上け升(ます)

拝具

布利秋

多田大兄

■封書の裏に布利秋の氏名、住所とともに「渋谷駅ヨリ自由ケ丘下車・目黒駅ヨリ奥沢駅下車（八幡小学校前）」の文字と、自宅付近の地図が印刷されている。

408――昭和13年3月30日　絵はがき／大阪市東区馬場町六　大阪中央放送局教養課　多田不二様

前略　大阪に来ましたので電話したら東京に御帰りのこと承りました。数日後に又参上致し升　先は消息ま

で　拝具

大阪にて　布利秋

■「（大阪）歓楽境の道頓堀」の絵はがき。はがきを横に使用し、文は表面下部に書かれたもの。

409――昭和13年8月1日　はがき／大阪市　大阪中央放送局教養課　多田不二様／東京　布利秋　八月一日

前略　滞阪中は御懇情に接し厚く御礼申上げ升　あれから神戸に出て本朝帰京致しました。先は御挨拶迄　拝具

410――昭和13年8月6日　はがき／大阪市　大阪中央放送局教養課　多田不二様／東京世田谷区玉川奥沢町二ノ六〇一　布利秋

前略、帯阪中（ママ）は御厚情に接し厚く御礼申上げ升　あれから神戸、名古屋といふ足どりで帰京致しました。先は帰京の御挨拶申上げ升　拝具

411――昭和20年（推定）12月21日　はがき／松山市竹原町三八　多田不二様／世田谷区玉川奥沢町二ノ二八一　布利秋

緑僧都*（みどりそうず）よりの御消息一週間前に拝見候　実は長く故山に起居してやつと上京候　食糧と燃料の圧迫を受けて生きる感が致しませ

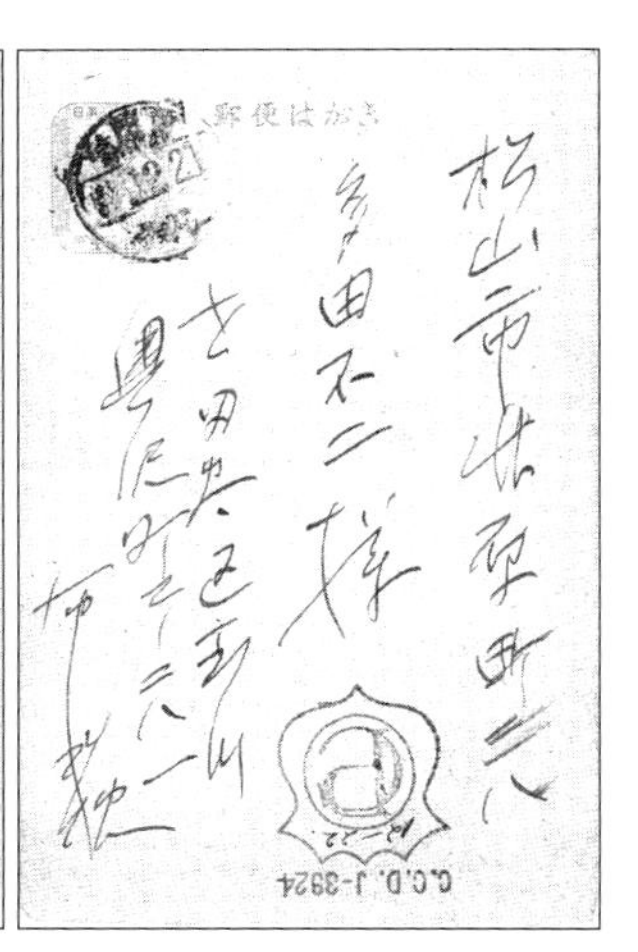

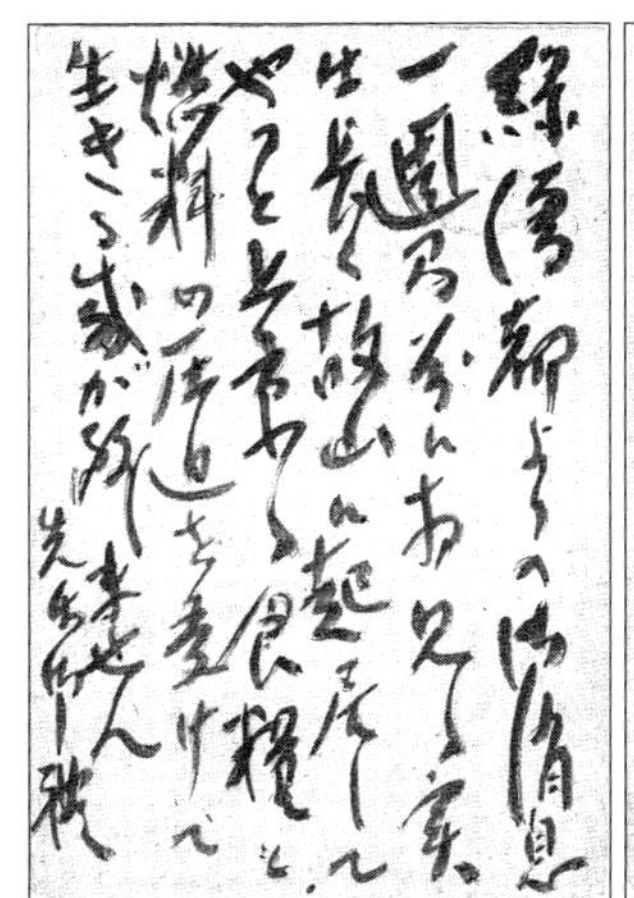

ん
先は御礼候

■はがき表面下方に「12—22」と書き込まれた印が押されている。第二次世界大戦後、日本を占領した連合国軍は、日本人の反米の思想やその動き、占領政策の効果などを探る目的で、終戦直後から昭和二四年まで、多数の日本人を雇って諜報（ちょうほう）活動、および書簡、雑誌類の検閲を行った。これは、検閲を済ませたことを示す印。「12—22」は、検閲を行った日の日付を示している。「C.C.D」は、Civil Censorship Division の略語。

＊緑僧都　愛媛県南宇和郡（現、同郡愛南町緑）にあった地名。

野口雨情書簡

（のぐち　うじょう）明治一五年〜昭和二〇年（一八八二〜一九四五）。詩人。茨城県生まれ。早稲田大学中退。明治三八年、最初の民謡集『枯草』を刊行。同四〇年、人見東明、三木露風、相馬御風、加藤介春らと早稲田詩社を結成。大正八年、民謡調の詩集『都市と田園』を出版した頃から創作活動盛んになり、同一〇年に民謡集『別後』、童謡集『十五夜お月さん』を刊行する。童謡「赤い靴」「青い目の人形」、創作民謡「船頭小唄」「波浮の港」「紅屋の娘」などの名作を発表し、童謡、民謡の普及に尽力した。童謡集、民謡集のほかに、評論『童謡十講』『童謡教育論』など。

412——昭和2年5月14日　封書（速達）　毛筆／芝区愛宕山　東京中央放送局　多田不二様／市外吉祥寺七八七　野口雨情
五月十四日

拝啓。昨夕、葛原氏*より電話にて申上げました如く、原稿全部差上げしこととのみ思つてをりましたところ、昨朝、選出の分と、募集の分とが、残つてをりましたことを発見致し、まことに相すまざる粗漏の段平に御

容赦のほど御願ひ申上げます。万事は拝顔の上にて御詫び申上げます。　乱筆多罪

五月十四日

野口雨情

多田大兄　侍史

＊葛原氏　葛原しげる。

413――昭和4年3月30日　はがき　毛筆／市外、東調布町下沼部七〇五　多田不二様

拝啓。御手紙拝受。童謡集[*]中へ御推薦を蒙り御礼申上げます。偖〆切りの日を御指定下さらば、御下命の如く十篇御届け申します。　拝具

府下吉祥寺七八七

三月三十日

野口雨情

＊童謡集　不二が編纂したと推測される「童謡傑作集」。書簡436参照。

414――昭和13年3月19日　はがき　毛筆／大阪市天王寺区石ケ辻町四三　浪花園　多田不二様　御侍史

拝啓。大阪へ御転任の御報有り難く拝受致しました。この後とも何にくれとなく宜敷やう御願ひ申上けます。　拝具

東京市外吉祥寺七八七

三月十九日

野口雨情

415――昭和15年6月21日　はがき／麹町区内幸町　日本放送協会本部　多田不二様

拝啓。教養部長におなりの由お目出たう存じます。この後とも宜敷御願ひ致します　拝具

東京市外、吉祥寺七八七

六月二十日

野口雨情

能村潔書簡

（のむら　きよし）明治三三年～昭和五三年（一九〇〇～一九七八）。詩人。兵庫県生まれ。国学院大学国文科卒。村野四郎らと『詩篇時代』を創刊。川路柳虹の『炬火』復刊に参加。『鷲』『日本詩人』に詩を発表した。詩集に『はるそだつ』『髣髴』『反骨』など。

416――昭和15年1月1日　はがき／大阪府豊中市桜塚十二　多田不二様／奈良市法蓮町北一丁目一三四三　能村潔

皇紀二千六百年を寿ぎ奉る

昭和十五年一月一日

能村　潔

奈良市法蓮町北一丁目一三四
（聖武天皇御陵西麓）

家族春信

父　利吉　寿　古希を超えて愈々矍鑠、相州平塚市に在りて晴耕雨読の閑日月を送らる

妻　百代　昨五月、母を、旧臘、父を喪ふ。亡父、谷氏は最近、防府市編入まで村長として尽瘁、防長史研究家として名あり、其遺稿近く上梓せらる。血族に維新の俊傑大村益次郎、内閣参議藤沼庄平氏らあり。

長男哲郎　奈良女子高等師範学校附属小学校三年在学。「模範綴方全集」（中央公論社刊）に「保津川下り」の一文を収む。

二男道郎　同上二年在学

三男光郎　第三春を迎へ、言語生活活発となれり。

弟　寛　母の実家、板倉氏を嗣ぐ。南洋興発を辞し、満州開発に勤務。ノムハン事件前後より軍に所属。一女あり。

妹　郁子　三菱重工業社員小清水氏に嫁し、横浜市にて大家族を擁す。

次妹和子　駿東病院佐藤医学士に嫁し、沼津市に現住。

■裏面は印刷。名宛は手書。

417――昭和15年3月18日　封書／大阪市東区馬場町六ノ四　大阪中央放送局放送部教養課　多田不二様　親展　至急／奈良

市法蓮町北一丁目一三四三　能村潔　昭和十五年三月十七日

冠省　御無沙汰申上げてをります。
新聞の報ずるところに依りますと、二十一日、橿原神宮に於て、川田順、吉植庄亮[*]氏らの案に依る歌会が開催せらる、由でございますが、地元奈良県から、どういふ歌人を来賓と内定若しくは決定せられましたかは存じませんが、近く創立せられます筈の万葉文化懇話会の肝煎をやってをられる多磨第一部会員湯浅那羅氏（奈良市水門町三七）だけは、是非御招き下さいますやう、甚だ差出がましくは存じますが、御考慮賜りたくお願ひ申上げます。

万葉文化懇話会の組織内要は、何れ、本月末、下相談の会合を催し、内定の運びになってをりますので、その会合後、お知せ申上げ、今後、いろ〳〵と御鞭撻賜り度く、存じ上げてをりますが、とりあへず、その代表として、又、多磨の幹部として、湯浅氏を御招き賜りましたならば、私どもといたしましても、光栄と存じます。
それに、五月上旬、北原白秋氏も来寧せられて、関西多磨大会を奈良で催される予定にもなってをりますので、その気勢の上にも、影響するところ少くないと存じ、些か私情に偏する傾きもございまして、恐縮至極なのでございますが、よろしく、御幹旋賜りえましたら、と、かくはお願ひ申上げます次第、何分ともよろしく御願申上げます。

敬具

昭和十五年三月十七日

能村潔

多田不二先生

*吉植庄亮氏　明治一七年〜昭和三三年（一八八四〜一九五八）。歌人。千葉県生まれ。東京帝国大学法科卒。大正一一年、短歌雑

誌『橄欖』を創刊した。『日光』同人として活躍。歌集『寂光』『開墾』など。

萩原恭次郎書簡

（略歴66頁参照）

418――大正15年5月11日　はがき／市外調布村下沼部七〇五　多田不二様

高著*有難く拝受致しました、
この前は拙著*お送り致しました所フセン付きでもどって来ました、近く新らしいお住ひの方へ一本をお送り致しますからご覧下さいまし、

本郷駒込千駄木六五
萩原恭次郎

*高著　『夜の一部』。大正一五年四月、新潮社より刊行された、不二の第二詩集。書簡173参照。
*拙著　『死刑宣告』（大正一四年、長隆舍書店）か。

萩原朔太郎書簡

（略歴67頁参照）

419――大正15年5月6日　はがき／東京府下荏原郡調布村下沼部堀廻　多田不二様／萩原朔太郎

夜の一部*御寄贈下されありがたく、目下拝読中です、その後御無沙汰してゐます、追て手紙かきませう、馬車*は特色ある雑誌で面白く見てゐます、

*夜の一部　大正一五年四月、新潮社より刊行された、不二の第二詩集。書簡173参照。
馬車　大正一五年三月から五月まで、帆船社から発行された、不二主宰の詩誌。書簡180の「『帆船』」参照。

420――昭和3年7月（推定）　封書／多田不二様、萩原朔太郎、

拝啓、
先日は折角御出でのところ、無人にて失礼致しました。また近く御遊び〔に〕御出で下さい御待ちして居ります。
さて三好達治*君を御紹介致します。僕の最も懇意にしてゐる人で、本年、帝大を出た文学士ですが、貴君に御頼みしたいことがあるさうですから御多忙中でせうが是非御面会して下さるやう御願ひ致します。

萩原朔太郎

多田不二様、

■本書簡は三好達治が直接届けたもの。

■この書簡文は、『萩原朔太郎全集』第一三巻（昭和五二年、筑摩書房）所収の書簡「三二一」を転載したものである。

＊三好達治　明治三三年～昭和三九年（一九〇〇～一九六四）。詩人。大阪生まれ。東京帝国大学仏文科卒。『詩と詩論』『四季』同人。詩集『測量船』『艸千里』など。不二は草稿「現代の詩と詩人」で「三好達治は萩原朔太郎に師事したが、元々フランス系統の詩人で、繊細な感覚と軽妙な詩形は概して朗読調の文語体である」と記している。

421――昭和4年12月10日　局不明　封書／東京市芝区愛宕山　東京放送局内　多田不二様　用件／市内赤坂区桧町九　乃木坂クラブ内　萩原朔太郎

先夜は御遅刻のため、ゆつくり御話しができないで残念でした。早速乍ら小生の知つてる若い女（二十五才位）で、放送局の事務員を志願してゐる人があるのですが、目下欠員がありませうか。どんな仕事でもよく、給料も問はないのです。もし貴君の事務課で下級事務員にでも御採用できたら好都合ですが、他の部門でもよく、女給仕でもよいのです。高等女学校三年卒業、後は簿記（ボキ）学校に通ひボキができる。目下家庭を持つてゐるが子供はない。もちろん女のこと故、本人を見ないと採否の判断がつかないでせうが、とりあへず可能性の有無をうかがひます。若し可能性があるやうなら、本人を直接貴下に紹介します。電話交換手か女給〔仕〕にでも採用される欠員の可能がありましたら、至急ハガキにて一寸御通知下され度御願ひします。勝手の御願ひで失礼ですが、急ぎ右迄。

萩原朔太郎

多田不二様

■この書簡文は、『萩原朔太郎全集』第一三巻（昭和五二年、筑摩書房）所収の書簡「三五八」を転載したものである。

422――昭和12年11月9日　往復はがき（往信、速達）／大森区田園調布二丁目七〇五　多田不二様

室生犀星全集祝賀会[*]下記の通相催候条万障御繰合御来駕被下度候

時　十一月十七日（水曜）午後五時

場所　宮川鰻店（深川八幡前）

会費　三円

十一月九日　発起人　萩原朔太郎　福士幸次郎

佐藤惣之助　百田宗治

竹村俊郎

（大森・馬込・東三ノ七四五）

＊室生犀星全集　非凡閣版『室生犀星全集』（全一三巻　別冊一巻）完成祝賀会。第一回配本が昭和一一年九月一五日、同一二年一〇月一五日に配本完結。

423――昭和13年6月□日　はがき／大阪府豊中市桜塚一一三五、多田不二様／萩原朔太郎

御丁寧なる御祝辞ありがたう存じました　今度は再婚[*]の事とて一切披露を略して御通知だけに致しました、いづれ今秋また大阪で御目にかかれる事と存じます

＊再婚　昭和一三年四月二七日、北原白秋夫妻の媒酌により大谷美津子（大谷忠一郎の妹）と結婚。（「二七日」は、佐々木靖章氏の調査により判明）

萩原葉子書簡

（はぎわら　ようこ）大正九年〜平成一七年（一九二〇〜二〇〇五）。小説家。東京生まれ。国学院大学中退。昭和三五年、随筆「父・萩原朔太郎」でエッセイスト・クラブ賞を受賞。同四一年、『新潮』に載せた小説「天上の花」で田村俊子賞を受賞し、文壇に登場した。他に『木馬館』、『蕁麻（いらくさ）の家』（女流文学賞受賞作品）など。萩原朔太郎の長女。

424 ―― 昭和17年5月19日　はがき（薄墨縁取り）印刷／世田谷区玉川奥沢町二ノ二一　多田不二様

亡父朔太郎葬儀の節*は遠路御焼香下さいまして有難う存じました。とりあへずお礼まで

初七日

東京市世田谷区代田一ノ六三五

萩原葉子

親戚一同

友人一同

・過分の御供物頂きまして有がたく厚く御礼申上げます

■・を付した「過分の」の一文は左上余白に墨書されたもの。

＊亡父朔太郎葬儀　朔太郎は、昭和一七年五月一一日、肺炎のため自宅で長逝。一三日、佐藤惣之助が葬儀委員長となり、自宅において、告別式が執り行われた。書簡483参照。

畑耕一書簡

（はた　こういち）明治二九年〜昭和三二年（一八九六〜一九五七）。小説家、評論家、劇作家。広島県生まれ。東京帝国大学英文科卒。『東京日日新聞（現、毎日新聞）』の記者を務めるかたわら、『三田文学』に「怪談」「おぼろ」「道頓堀」などを発表。大正一三年松竹キネマに入社し、企画と脚本を担当する中で、大衆小説などを執筆した。戯曲集『笑ひきれぬ話』、小説『棘の楽園』『夜の序曲』など。

425――昭和2年1月13日　はがき／東京市中央放送局　多田不二様　貴下／東京市本郷区元町一ノ五　文化アパートメント内（小石川　二九三二　五九〇一　七五三六）畑耕一

諒闇中年賀欠礼いたします、小生昨冬より風邪にて病臥本日出社御ハカキ拝見まことに失礼いたしました放送局の方へ御勤務とは存じませんでした

■差出人住所、氏名等、ゴム印。

服部嘉香書簡

（はっとり　よしか）明治一九年〜昭和五〇年（一八八六〜一九七五）。詩人。国語学者。東京に生まれ、松山市に育つ。早稲田大学英文科卒。大学の同級に土岐善麿、若山牧水らがいた。後に母校にて教鞭を執る。口語自由詩の主唱者、解説者として活躍。雑誌『現代詩文』を主宰。昭和二五年『詩世紀』を創刊。詩集『幻影の花びら』『星雲分裂史』など。歌集に、『夜鹿集』。不二は草稿「現代の詩と詩人」の中で「自由詩といふ名称を与へたのは、服部嘉香が『詩歌の主観的権威』といふ論文の中でさう叫んだのが始めであるといふ説がある。／服部氏自身もいつか私にさう話したことがあるが、或はさうかも知れぬ」と記している。

426――大正15年12月12日　はがき／市外、大久保百人町一九五　多田不二様／東京市外松沢村上北沢左内町東三丁目五番地　服部嘉香

拝啓　旧詩話会仮事務所から来た委員除名の印刷物を受取りましたが、小生の名が会員中にあるので、いやな気がしました、小生は詩話会*成立当初から何らの議によらず、一日すら会員であったことの無いのは御承知の通りであります、本日陶山氏*にまで取消を申し込んでおきました。
詩話会解散に関する私見の詳細は「詩神*」一月号に出る筈です、御高覧をお願ひします
時下御自愛を祈ります、

頓首

十二月十二日

■差出人住所はゴム印字。他は手書。

*詩話会　大正年代における最大の詩人団体。書簡11参照。

*陶山氏　陶山篤太郎。明治二八年～昭和一六年（一八九五～一九四一）。詩人。横浜商業学校（現、市立横浜商業高校）卒。『日本詩人』に詩を発表。詩話会解散時、委員告発の檄文を発表した。後に、政界で活躍。詩集に『同牌』。『帆船』3号（大正一一年五月）に、詩一篇を載せている。

*「詩神」　詩誌（大正一四年―昭和六年）。編集発行人、田中清一。福田正夫、清水暉吉、宮崎孝政が編集に参加。『現代日本詩人号』『現代日本女性詩人研究号』等の特集号を出した。

*「詩神」一月号に出る筈　奥付に「大正十六年一月一日発行」とある『詩神』に「詩話会から日本詩会へ」が掲載されている。ここには、詩話会解散時に委員、会員間にみられた対立に関する批判、論評、そして、嘉香の家を発祥地とし、北原白秋、三木露風、前田夕暮らと企てて幻に終わった「日本詩会」創設に関する経緯、意味について等が記されている。

427――昭和12年2月9日　封書／大森区田園調布二ノ七〇五　多田不二様　親展／東京市世田谷区上北沢町三丁目八九九
服部嘉香　二月九日

拝啓

寒暖不整に御座候処愈御清安賀し上候　過日は拙著差し上候に対し御懇書を賜り恐入申候　最近別封の如き事にて講演相試み申候

商業文

受験作文

学生処世道

などに付御配慮願はれ候節の御調査資料とも相成候はゞ幸甚に奉存候　其内拝面を仰申候　御自愛祈上候

敬具

二月九日

服部嘉香

多田詩兄

御座右

■毛筆、巻紙。差出人住所はゴム印。

428――昭和13年6月13日　はがき／大阪市東区　大阪中央放送局　多田不二様／東京市世田谷区上北沢町三丁目八九九　六月十三日　服部嘉香

拝啓　愈御清祥奉大賀候

其後愈御壮健御精励の御事と存上候へ共御家族の方々に土地変りの御障ども無之やと御案じ申上候　御自愛祈上候　近刊の拙著

合格作文の狙ひ所と仕上方

一部発行所より送らせ申候　御笑覧被下度崎山氏にも拝呈仕置候　其内講座にとて願はれ申候はゞ難有御配慮の程願上候

敬具

■毛筆。差出人住所はゴム印。

429――昭和13年9月15日　はがき／大阪市豊中市桜塚一、一三五　多田不二様／東京市世田谷区上北沢町三丁目八九九　九月十五日　服部嘉香

拝啓　愈御清祥奉大賀候　陳ば　新刊の拙著「新例手紙文範」壱部　拝呈仕候　例の如く通俗奉候にて恥入候へ共御笑草に供へ申候　御叱教願上候　十月十六日に御地へ参り詩文学会にて研究発表の機会を得る模様に有之　もし参れ候はゞ拝芝を得度楽しみに仕候　御自愛専一に祈上申候　頓首

■毛筆。差出人住所はゴム印。

430――昭和15年9月11日　封書／麴町区内幸町　日本放送協会　多田不二様　親展／東京市世田谷区松原町一丁目八一　服部嘉香　九月十日夜認

拝啓

愈御清祥奉大賀候　一昨夜は最良の時間に御下命頂き難有御礼申上候　意外の事にて時間測量の実験を試み候遑もなく誠に大の不出来にて汗顔の至に御座候　御許し被下度候

崎山氏よりは「拝啓から敬具まで」といふやうな事にてと　御来示御座候処文例の用意に時間乏しく我儘申

上候次第深く御詫申上候　右の題にてその内折を得候はゞ埋め合はせに大努力可致候　本日別封にて独歩論外御目にかけ申候　御一覧賜り度「明治文学*」には今秋朽葉*論　露風*論等を受持居その内独歩*の詩と日記などに機会御与へ被下候はゞ幸甚に奉存候

万古来の詩と日本精神

東湖*正気歌と日本精神

朗誦と御逸話

明治神宮参拝記（佐藤紅緑*の文）

秋の文章（夏、冬、春も）

遺族と同期生が語る若山牧水*（喜志子*氏、令嬢、白秋*、善麿*、佐藤緑葉、仲田勝之助*（小生等）

なども考へ候事有之　牧水は間に合はぬ事と存候へ共他の故人作家に付て御計画如何やと愚考仕候

右御詫びのみと存じつゝつい冗文と相成申候　御恕し被下度候

秋涼却って用心を要し候　時下有之御自愛専一に祈上候

敬具

昭和十五年九月十日夜

服部嘉香

多田不二様

御座右

田園調布の御旧宅に候や御序に御聞かせ願上候

■毛筆、巻紙。差出人住所のみゴム印。

＊「明治文学」には……受持居　『明治文学』は、昭和一二年五月、早稲田大学明治文学研究会が発行した研究雑誌。編集兼発行者、稲垣達郎。終巻は、第九号（昭和一五年九月）か。服部嘉香が受け持ったとされる号は未詳。早稲田大学明治文学研究会は、中谷博の肝煎りで、文学部有志諸教授の賛同を得、若い学者たちの参加によって誕生した研究会。稲垣達郎がその推進役をつとめた。昭和一〇年七月八日、大隈会館で発会式が行われ、吉江喬松が会長に推薦された。

＊朽葉　三富朽葉。明治二二年～大正六年（一八八九～一九一七）。詩人。早稲田大学英文科卒。明治四二年、人見東明、加藤介春らと自由詩社を結び『自然と印象』を発行。犬吠埼で、友人今井白楊を救おうとして溺死した。詩集『生活表』『三富朽葉詩集』など。

＊露風　三木露風。

＊独歩　国木田独歩。

＊東湖　藤田東湖。文化三年～安政二年（一八〇六～一八五五）。幕末期の思想家。水戸藩士。徳川斉昭（なりあき）の側用人として藩政改革を推進。尊王派志士の指導的立場にあった。安政の大地震で死亡。著書『回天詩史』『弘道館記述義』など。

＊佐藤紅緑　明治七年～昭和二四年（一八七四～一九四九）。小説家、劇作家。少年小説「あゝ玉杯に花うけて」「英雄行進曲」などが有名。サトウハチロー、佐藤愛子の父。

＊若山牧水　明治一八年～昭和三年（一八八五～一九二八）。歌人。早稲田大学英文学科卒。歌誌『創作』を主宰。歌集『別離』『山桜の歌』など。

＊喜志子　若山喜志子。明治二一年～昭和四三年（一八八八～一九六八）。歌人。夫、牧水の死後、『創作』を主宰。歌集『無花果』『芽ぶき柳』など。

＊白秋　北原白秋。

＊善麿　土岐善麿。

＊仲田勝之助　明治一九年～昭和二〇年（一八八六～一九四五）。美術史家。早稲田大学英文科、東京帝国大学美学美術史科卒。浮世絵研究に業績を挙げた。著書『写楽』『絵本の研究』など。

431 ―― 昭和17年3月4日付　封書（速達）／麴町区内幸町　日本放送協会　多田不二様　親展／東京市世田谷区松原町一丁目八一番地（電話松沢二〇六五番）　服部嘉香　三月四日

拝啓

愈御清祥奉大賀候

久しく御無音に打過居候処　時節柄何かと御繁多一遍の御事と拝察致候　小生一月末より肺炎にて臥床　老境の事とて時に往生かと存候刹那も御座候処四十日目に快癒二月末日の後昨日散髪　両三日中には外出を許さるゝ程に相成可申上事には候はねど　乍他事　御休神被下度候　然度　右袖中　皇軍の戦捷に感動し詩篇十二三試み申候　別封にて八篇御目にかけ申候　何れに差出すべきや　又何へかの手を経由致すべきにや不案内にこれ有り　お役に立てさうに候はゞ　然るべく御執成下され候は　未だ手首硬直致候　文字の形を為さず代筆せしめ候事も有之　御諒承願上候　数日中に尚三四御目にかけ申すべく候　御叱導の程願上候　誰に御送り申し上候　日本精神論叢は　小生指導致候ものにて　早大専門部政経科一、二年論文並に日本精神史の時間に用ゐ居候

　*正気の歌

　*小野妹子

に付ては特に詳講を重ね居二三回機会御与へ下され候はゞ幸甚に存じ奉り候　春日一度拝面を期し申候　御自愛専一に祈上候

敬具

昭和十七年三月四日　夕

多田不二様

御座右

服部嘉香

■毛筆、巻紙。差出人住所、電話番号はゴム印。

*正気の歌　藤田東湖の著書。弘化二年（一八四五）刊。

*小野妹子　生没年不詳。推古一五年（六〇七）、我が国最初の遣隋使として渡海した。

432——昭和20年9月12日　はがき／松山市　松山放送局長　多田不二様／岡山県都窪郡加茂村字新庄下一、八四八　服部嘉香

九月十日

拝啓　時局急変痛恨の至に御座候　過般来の空襲*には御被害無之候ひしや　御案じ申上居候　小生松原町の旧宅焼失病気静養の必要も有之七月五日当地に疎開致候処健康大に回復致し候間十月中には帰京致度其前展墓の為帰松仕度存候　拝芝を得候事を楽しみ居候　文化方面には大に創意御会心の御開拓可有之御期待申上候　御自愛専一に祈上候

敬具

*過般来の空襲『松山市史』第五巻（平成七年、松山市役所）には、昭和二〇年「7．26　米軍機Ｂ29約60機城北地区より爆襲を開始する（道後・新立・立花・旭町・小栗・持田各町の一部と三津浜、農村部を残して焦土と化す、死者２５１人、罹災戸数１万４３００戸、罹災市民6万２２００人）」「8．9　米軍艦載機垣生地区空襲、機銃掃射・焼夷弾攻撃により死者３人、行方不明１人、火災民家３軒をだす」「8．12　米軍機Ｂ29約40機市上空に飛来し、焼夷弾を投下する」とある。

服部龍太郎書簡

（はっとり　りゅうたろう）明治三三年～昭和五二年（一九〇〇～一九七七）。音楽評論家、民謡研究家。静岡県生まれ。早稲田大学卒。新交響楽団（のちＮＨＫ交響楽団）機関誌の編集主筆。ニットー・レコードの洋楽部長を務めた。戦後は日本民謡の研究に従事、『日本民謡の発見』等を著す。他に著書『歌劇全書』『易と日本人』など。

433――昭和13年5月7日　はがき／大阪市東区馬場町　大阪中央放送局　教養課　多田不二様／東京市京橋区銀座五丁目二番地　服部龍太郎

今般小生オフィスを左記へ移しました

昭和十三年五月

服　部　龍　太　郎

東京市京橋区銀座五丁目二番地

ニ　ュ　ー　ギ　ン　ザ　階上

電話銀座（57）〇九八四番

銀座電車通り千代田帽子店三階

・突然の御転任でおどろきました。

今度貴地へ旅行の節は一度お目にかかりたく存じます。

■活字印刷。名宛は手書。・を付した「突然の」から「存じます」までは手書。

434――昭和14年3月29日　はがき／大阪市豊中市桜塚十二　多田不二様／東京市世田谷区北沢二丁目二四六番地　服部龍太郎

今般左記の電話架設仕候
昭和十四年三月二十五日

東京市世田谷区北沢二丁目二四六番地
服部龍太郎
電話・世田谷四七七一番

■活字印刷。名宛は手書。

435――昭和18年8月20日　絵はがき　毛筆／東京都麹町区内幸町日本放送協会　多田不二様／能登和倉温泉　加賀屋にて
服部龍太郎

二、三日前から当地へ滞在中です
過日お願ひしました草野心平氏は二十五日からの文学者大会*に来朝される旨を新聞で見ましたので若しお会ひする機会が出来ますならもう一歩進めて頂きたく存じましたので、二十七、八日帰京致します、何卒よろしく

■文は、表面下部に記されたもの。
■裏面、加賀屋を紹介する写真。
*草野心平氏は……新聞で見ました　「文学者大会」は「大東亜文学者大会」のこと。大東亜戦争の目的遂行のため、大東亜共栄圏内の学者が一堂に会して親善を図り、協力関係を深めようという目的の下に、昭和一七年一一月、同一八年八月、同一九年一一月の計三回開催された大会。当大会の推進母体は日本文学報国会で、この構想はその初代事務局長であった久米正雄によるもの。

ここでの「文学者大会」は、昭和一八年八月二五日から三日間にわたって開催された、その第二回大会。これに参加するために、草野心平は昭和一八年八月一六日に帰国した。

〈参考〉『朝日新聞』（昭和一八年八月一七日）に掲載された「中支の文学者代表来る」という見出しの記事より

第二回大東亜文学者大会に出席する中支代表十名は、国府宣伝部囑託草野心平氏を引率者格に十六日来朝したが、一行中には中国側唯一の女性代表である閨秀作家関露女史のほか、昨年第一回大会に出席した柳雨生氏も交つてゐる、一行の元老格周越然氏は語る

若いころから是非一度は日本をと思つてゐましたが、五十九歳になつた今日この希望が遂げられ、非常に嬉しく思ひます、お互に手をとり米英撃滅に邁進したいものです

花岡謙二書簡

（はなおか　けんじ）明治二〇年〜昭和四三年（一八八七〜一九六八）。詩人、歌人。東京生まれ。東京薬学校中退。『詩歌』『民衆』同人を経て井上康文を中心に結成された「詩人会」に不二らと参加、同人となってその機関誌『新詩人』に詩を発表した。『現代口語歌集』を編集するなどして口語短歌運動に専心した。詩集『母子像』、歌集『歪められた顔』など。

436――昭和4年3月31日　往復はがき（返信）／市外田園調布下沼部七〇五　多田不二様／市外長崎町北荒井五二四　花岡謙二

*国民図書株式会社刊行　新日本少年文学集中童謡集へ小生の作品を求められましたことを光栄として有難く御受けいたします。

貴兄の友情を謝します。

近くお目にかゝりたいとおもひますが、日曜は御在宅でせうか。何れまた――

三月三十日

＊国民図書株式会社刊行　新日本少年文学集中童謡集　国民図書株式会社刊『新日本少年文学全集』全一八巻の内の「童謡傑作集」のこと。この全集は、その「内容見本」によると、予約会員のみに、昭和四年六月より毎月一冊宛刊行、昭和五年一一月迄に完結するという予定で、分売は認めず発売されたのだが、現在発行の確認できるのは〈参考〉1に示すとおりであり、これが完結したかどうかは、現時点では不明。「編集担任者」は、児童文学者の安倍季雄と劇作家の仲木貞一。その第六巻が「童謡傑作集」であり、そこに多くの詩人が不二の依頼を受けて作品を寄せていることは当来簡集において確認でき、また、藤田健次書簡（書簡460）に「御編纂」とあるところなどから、不二が「童謡傑作集」の責任編集者であったことは十分に推測される。また、「第十七巻　児童劇集」収録作品の中には、不二の「狐大名」「夢見る木」「鬼やらひ」などが記されている。なお、全巻の「編集担任者」である安倍季雄は、時事新報時代の不二の上司であり、その当時『少年』『少女』の編集責任者であったが、不二はここに「南洋曲馬団」「無言の飛行機」「少女探偵」「霧の夜の怪」などの長編少年少女小説や「天の邪鬼」「俄蕎麦屋」「化け地蔵」などの児童劇を多く載せている。また、仲木貞一は、昭和二年、日本放送協会に社会教育課長として勤務することになるが、不二はその部下であった。つまり、安倍、仲木と不二は極めて関係が密であったということになる。次に、〈参考〉1として、刊行を確認し得た巻と、刊行されなかったと推測されるそれを、〈参考〉2として、「予約」に関する官報の記述を、〈参考〉3として、「内容見本」に収められている「新日本少年文学全集発行趣旨」を記す。

〈参考〉1　刊行を確認し得たもの――第一巻「建国物語集」、第二巻「長篇童話集」、第四巻「科学童話集」、第五巻「宗教童話集」、第七巻「幼年冒険小説集」、第一〇巻「文芸童話集（一）」、第一三巻「動物童話集」、第一七巻「児童劇集」。刊行されなかったと推測されるもの――第三巻「実演童話集」、第六巻「童謡傑作集」、第八巻「世界神話集」、第九巻「幼年童話集」、第一一巻「文芸童話集（二）」、第一二巻「文芸童話集（三）」、第一四巻「女流童話集」、第一五巻「歴史小説集」、第一六巻「名作物語集」、第一八巻「伝説童話集」。

〈参考〉2「官報」（第二三四二号、昭和九年一〇月二〇日）より

●予約出版廃絶　昭和四年四月十二日中塚栄次郎ヨリ警視庁へ届出テタル「新日本少年文学全集」ノ予約出版ハ廃絶セリ（警視庁）

〈参考〉３　新日本少年文学全集発行趣旨

次の時代の新国民を形作る少年少女を、最も健かに、最も純良優美に作り上げることは、今の時代の凡ての人々の責務であります。殊に父兄に取つては、最も大きな責任であります。

その優美純良な精神と人格と知識とを、養ひ育てて行くものは、文芸以外に見出す事は出来ません。少年少女に向つての文芸は、童話童謡及び童話劇であるのです。児童の世界は、童話である、と云はれる所以です。

然し、その童話、童謡、童話劇が、真に正しく少年少女の心の糧とならぬ場合には、年少者の心をよこしまに導き、その一生を過ることとなります。これ程効果の多い代りに、又恐るべき害毒を持つものはありません。

所で、当今程少年少女向きの文芸の夥しく発表される時はありません。われ人共に、その真に良き物の選択に迷ふ有様であります。それを、少年少女をして、只手当り次第に選ばせる事の危険は、付添人なくして、児童を多数人の中に放り出すと同様です。

この時に当つて、幸ひ日本少年文学各方面の創作家達大多数の賛同を得て、茲に「新日本少年文学全集」の編纂を企てる事が出来ました。集める所の作品は、現代日本の童話、童謡及び童話劇各方面一流の作家方が、自ら選んで推挙された、何れも代表的な傑作揃ひであります。それに、同じく一流の童話画家が、特にこの全集の為に丹念に筆を揮つた彩色画其他の名画を多数挿入致します。

斯る模範的な、未だ曾て日本に見ざる、内容の充実した、外形の優美な少年文学集が、日本に初めて生れたことは、邦家の為めに慶賀に堪へぬ所と密かに自負を感じて居る次第であります。

この「新日本少年文学全集」は、純真な少年少女の心の糧として、各家庭に欠くべからざる常備の定本たると共に、各家庭の書架を飾る唯一の優雅なる美本であることも、併せて申し添へておきます。

濱田廣介書簡

（はまだ　ひろすけ）明治二六年〜昭和四八年（一八九三〜一九七三）。児童文学者。山形県生まれ。早稲田大学英文科卒。大学在学中の大正六年、大阪朝日新聞の「懸賞お伽話」に応募して「黄金の稲束」が一等入選。卒業後、『良友』の編集をしつつ同誌に多くの作品を発表する。昭和九年には『童話童謡』を主宰。幼年童話の分野に新しい道を開いた。童話集『椋鳥の夢』『竜の目の涙』など。

437――昭和4年4月1日　はがき／市外田園調布下沼部七〇五　多田不二様／東京市小石川区大塚坂下町七四　濱田廣介　三十一日

承知*いたしました

■差出人住所氏名は印章。
＊承知いたしました　不二が編纂したと推測される「童謡傑作集」への、作品収載の承諾。書簡436参照。

438――昭和15年6月22日　絵はがき／麹町区内幸町　日本放送協会教養部　多田不二様／大森区田園調布三ノ六六三　濱田廣介　六月二十一日

御栄転のお知らせを下され拝誦、誠におめでたく存上げます
絵葉書の本城寺（ママ）*は、御承知なされますことと存じますが、越後三條在にありまして日蓮宗の総本山として聞えてをりますもの、かつてここを訪ねました際、高僧より貰ひました。とにかくも鶴の絵とありますので。
余事ながら　怱々

■「本成寺什物　古法眼元信筆（其二）」の絵はがき。文は、表面下部に記されたもの。
＊本城寺（ママ）　本成寺。新潟県三条市西本成寺にある法華宗陣門流の総本山。山号、長久山。

半田良平書簡

（はんだ　りょうへい）明治二〇年～昭和二〇年（一八八七～一九四五）。歌人。栃木県生まれ。東京帝国大学英文科卒。大正三年、窪田空穂の『国民文学』創刊に参加し、中心メンバーの一人として活躍する。同四年、私立東京中学の英語教師となる。歌集『野づかさ』『幸木』、歌論集『短歌新考』『短歌詞章』など。

439――昭和11年1月29日　封書／大森区田園調布二の七〇五　多田不二様／淀橋区上落合一の四二七　半田良平　一月二十六日

啓　旧臘放送の際は御丁寧な挨拶を戴きながらその後お伺ひも致さず失礼致しました。一昨日学校*放課後、時間に余裕がありました為め、一寸お伺ひ致しましたところ、生憎御不在で、お話も承ること出来ず、残念に存じます。いづれそのうち御面悟(ママ)出来る機会もあらうかと、それを楽しみに致してをります。

御子息*風邪をひかれたと見え、三日程欠席されましたが、もうお宜しいやうで何よりです。今年は寒気も烈しいことゆゑ御用心なさるゝやうお願ひ申上げます。拙宅でも愚妻が風邪で十日間程臥床した為め、朝早く起きて朝飯の用意をするやら、夕方学校から帰つて夕飯の支度をするやらで、かなり疲れてしまひました。しかしもう大丈夫ですから、これから気持も落着けるだらうと思ひます。

別便で私等のやつてをります歌の雑誌を一冊御進呈致します。「国民文学」*といふ名前は初め文学雑誌としてスタートを切りましたとき前田晁*氏の命名したもので歌の雑誌としては名前が少々をかしいのでございますが、右申上げたやうな関係からでございます。この二月七日「歌の歴史」中の現代歌の放送をやることになつてをります松村英一*君が編集を長らくつゞけ、私等がそれを助けることになつてをります。お暇の節お目通し戴ければ結構でございます。

一昨日差上げました「アスカ」といふのは、矢張り「国民文学」の同人の一人なる塚田菁起(ママ)*君が経営してゐる「富美屋」といふ食料品店から発売してをるものでありまして、専売特別となつてゐるのでありますが、卵の燻製といふところがヤマでございます。実は昨日久し振りにたべて見ましたところ寒気の為め硬くなつて、夏や秋に食べた時のうまさがすつかりなくなつてゐるのに驚き、失礼したやうな気持を覚えてをります。召しあがつてうまくございませんでしたら、何卒お許し下さいませ。
末筆ながら奥様によろしく申上げて下さいませ　　　　　　　　敬具
　昭和十一年一月二十六日　淀橋区上落合一の四二七　　　　半田良平

多田不二兄　御座右

*学校　私立東京中学校。
*御子息　不二の長男、篤司。
*「国民文学」　大正三年、窪田空穂によって創刊された「文芸、美術に関する月刊雑誌」（「創刊の辞」より）。創刊号の「消息」欄で空穂は「藤懸静也君、中山丙子君、半田良平君、高瀬俊郎君、黒田玄一君、松村英一君、柴田清一君、私など」が中心となって発刊すると記している。
*前田晁　明治一二年～昭和三六年（一八七九～一九六一）。小説家、翻訳家、評論家。山梨県生まれ。早稲田大学英文科卒。『文章世界』『早稲田文学』などに小説を載せる一方、多くの翻訳を発表する。翻訳にモーパッサン『兄の憂愁』、評論『明治大正の文学人』など。
*松村英一　明治二二年～昭和五六年（一八八九～一九八一）。歌人。東京生まれ。千家元麿、半田良平らと窪田空穂を中心に「十月会」を結び、のち、『国民文学』の同人となり経営、編集に当たる。歌集『やますげ』『山の井』など。
*塚田菁起（ママ）　塚田菁紀。明治三一年～昭和五一年（一八九八～一九七六）。歌人。長野県生まれ。窪田空穂の歌集に刺激を受け大正一一年『国民文学』に参加、同人。歌集『風韻』『寒庭』『春燕』など。

――昭和13年6月4日　封書／大阪府豊中市桜塚一、一三五の四　多田不二様／東京市淀橋区上落合一の四二七　半田良平

六月四日

啓　衷心から今回の御栄転をお祝ひ申上げます。大阪御赴任のことは後から承知致し、お見送りも致さず失礼申上げました。私は最近縁あつて大阪へも時たま参り殊に昨秋は安部兄の御厚意で放送させていただき、その節初めて新築の大阪放送局を見たのでありますが、設備の整つてゐることは、寧ろ東京以上だと感心して参りました。今回は重要な職に御就任のこととて、さぞかし御多忙を極めてをらるることとお察し申上げます。御新居の豊中市には私の友達もゐたことがあり、殊に大朝主催の中等学校野球大会発祥の地として、私には脳裏深く刻まれてをります。大阪市中は、何れかと申せば関東人たる私などには親しみにくいのでありますが、郊外は東京の比でなく、住居として快適なところが沢山あるやうに思はれます。どうかお身体を大事にして御奮闘あらせらるゝやう、陰ながらお祈りいたしてをります。篤司さんも御元気で何より結構です。平生から、どちらかといへばおとなし過ぎる位のお子さんですから、この際お父さんに見習つて元気を出さるゝやう祈つて止みません。学校の方で、篤司さんの承知せられてゐる先生の動静を左に申上げますから、宜しくお伝へ下さい。

佐藤清三郎先生（数学）五月初旬長野県立諏訪中学校に栄転

榎塚保之輔先生（美術）五月初旬名古屋市立商業学校に栄転

石川公博先生（国語）四月十五日甲府連隊に入隊十七日朝出発、目下朝鮮竜山に於て三ケ月訓練の後、どちらへか向はるる由

石垣義道先生（英語）五月十九日上野発二十一日仙台第四連隊に入隊

小峯米蔵先生（教練）五月二十二日習志野に入隊

以上のやうに異動烈しく、この二三ケ月間に教員室の顔触れもかなり変つてしまひました。新四年の主任は丸山先生と新任の大中先生。宮地先生は一年の総主任格に回りました。私は新三年の主任を仰せつけられ、返り咲きの主任といふ形で一寸変なことになりました。新四年で篤司さんの同級生であつた人達の中にも、家庭の都合で止めたものがあり、目下二組百二十一人といふ数に減少致しました。このことだけを篤司さんにお伝へ下さいませ。

私の長女は今年三月末に嫁にやりました。長男は高等工芸印刷科を卒業して目下日本タイプライター会社に勤めてをりますが、今月末徴兵検査をうけることになつてをります。次男は今年で二月浪人生活を送ることになりますが、本年はどこかへはひつて貰はねばなりません。(ママ)

今度日本文学*といふ雑誌が出ましてその第一号に佐藤惣之助さんが詩壇の回顧を書いてをられましたが、その中に貴兄が名を見出しまして、実になつかしく存じました。現在の詩壇に就ては私は殆ど存じませんが、一と頃のやうに活発な運動はないのでないかと竊かに考へてゐます。貴兄には再び詩を作つてみたいやうな気持を起されることはないでせうか。詩は常に心のふるさとだと信じてゐる私には、その当時の人達が多く声をひそめてしまつたことが、何だか残念に存じます。その点、文学者の物嗤ひになつても歌壇の人達の方が、何か頼りになるやうな気持が致します。貴兄にも折々詩作を見せてほしいものだと考へてをります。どうもつまらぬことを書き並べました。御判読下さいませ。末筆ながら、奥様にも宜しくお伝へ下さいませ、拝具

昭和十三年六月四日

半田良平

多田詞兄　侍史

＊中等学校野球大会発祥の地　全国高等学校野球大会の前身で、全国中等学校優勝野球大会が大正四年に初めて開催されたのは、豊中市玉井町三丁目にあった豊中グラウンド。

＊日本文学といふ雑誌が……書いてをられました　『日本文学』は昭和一三年五月、日本文学社から創刊された日本文学研究創作誌。この創刊号に、佐藤惣之助は「日本詩人時代」を載せ、そこに記した詩話会当時の回想の中で、多田不二に触れている。

441——昭和14年3月30日付　封書／大阪府豊中市桜塚一、一三五の四　多田不二様／東京市淀橋区上落合一の四二七　半田良平　三月三十日

啓　この間お伺ひ致しました折は久し振りでお目にかゝりまして洵に嬉しく存じました。今回の放送は何せよ万葉集の座談会といふので、多少準備して参りましたが、時間の関係上、半分も申し述べることが出来ず、非常に変なものになりまして、失礼したと存じてをります。帰つて来ましてから、あの放送をきいたといふ人にもかなり会ひましたが、結果のことに就ては遠慮してか、何とも申しません。たゞ私の一つ嬉しく感じましたことは、あの節、発表した元義の新発見の歌が、美作の藤本実といふ、元義研究家の第一人者である人も、まだ聞いて居なかつたといふことと、松本の知人が、あゝいふ新発見の歌を直ちに知ることが出来るのは、ラヂオのお陰だといつて来られたことでした。

私はお別れしてから住吉区田辺の知人の家に厄介になり、翌日は土師天神応神天皇の御陵を参拝して午後の歌会に臨み、翌々日急いで帰京致しましたが、それから直ちに入学試験、在校生の学年考査成績計算判定会議とつゞいて、多忙な日を送りました。東京中学も本年は志願者八百一名、実際の受験者四百七十余名、そのうちから二百六十名近く採りましたが、数年以前に比べますと丸で夢のやうな話でございます。御子息の

同級生も今度愈々最上級となりました。

私は数年前から柳田国男先生[*]の民間伝承の会に加へていたゞき、毎週一回その講義をきいて参りましたが、雑誌「国民文学」に文章を書く必要から同封のやうなものを連載致してをります。これによつて、多少平民の歴史めいたものが分ればよいといふやうな気持から書いてをるのであります。（その一）は抜刷を作りませんでしたので差上げることの出来ないのが残念であります。お暇の節、お目通し下さらば光栄に存じます。

東京は三日程前から寒い朝がありましたが、今日あたりやつと本調子になりました。これからは寒い日もないだらうと考へてをります。

この間差上げましたものは、実は自身持参致すべき筈のものでしたが、途中荷物になるのを惧れ、失礼ながら郵便に托したやうな次第であります。中村屋の、素樸な菓子といふところで、東京を偲んで下さいますれば、結構に存じます。

末筆ながら奥様御子息に宜しく申して下さいませ。

啓具

昭和十四年三月三十日

半田良平

多田詞兄　侍史

＊元義　平賀元義。寛政一二年～慶応元年（一八〇〇～一八六五）。国学者、歌人。備前国（岡山県）生まれ。正岡子規によって万葉調の和歌が高く評価され、注目された。「吾妹子」をよく用い、「吾妹子歌人」といわれたという。歌集に『平賀元義歌集』。

＊柳田国男　明治八年～昭和三七年（一八七五～一九六二）。民俗学者、詩人。兵庫県生まれ。東京帝国大学法科卒。国木田独歩、田山花袋らと抒情詩を書いて後、民俗学研究に専念し、その発展に尽くした。著書『遠野物語』『海上の道』など。

日夏耿之介書簡

（略歴89頁参照）

442――大正15年4月27日　はがき　毛筆／市外調布町下沼部七〇五　多田不二様／阿佐谷六九六　日夏耿之介

啓上　御高著夜の一部[*]御恵賜玉はり御厚志深謝いたします　不取敢本御礼申述ます　艸々

＊夜の一部　大正一五年四月、新潮社より刊行された、不二の第二詩集。書簡173参照。

443――昭和□年8月22日付　封書（持参）毛筆／多田不二様　××××持参／八月二十二日　日夏耿之介

啓上　御無音申上ます　乍突然今年早大英文出×××を御紹介申ます　放送局の仕事につき御高見おきかせ御高配願へれば至幸に存じます　拝具

八月二十二日　日夏耿之介

多田不二様

平木二六書簡

（ひらき　じろう）明治三六年～昭和五九年（一九〇三～一九八四）。詩人。東京生まれ。本名は「にろく」。府立第三中学校卒。大正一〇年、室生犀星を知り、詩作を始める。同一五年、犀星の序文、芥川龍之介の跋文を付した詩集『若冠』を上梓し、注目される。『驢馬』創刊に加わるが、のちに脱退。詩集『藻汐帖』『春雁』『鳥葬』など。

444――昭和4年4月1日　往復はがき（返信）／市外田園調布下沼部七〇五　多田不二行／府下馬込町谷中一〇七六　森方　平木二六

冠省　何時もよんどころなき御無音のみ、御健勝にて何よりの事と存じます。お手紙[*]の趣拝誦、近日中に原稿をお届けいたしたいと存じます。先は

四月一日

＊お手紙　不二が編纂したと推測される「童謡傑作集」への、作品収載依頼の手紙。書簡436参照。

平澤貞二郎書簡

（ひらさわ　ていじろう）明治三七年～平成三年（一九〇四～一九九一）。詩人。福井県生まれ。大正一五年、不二主宰の『馬車』に同人として参加。同誌、および「馬車改題」の『帆船』に、詩二九篇、外に評論等を載せている。昭和二年、栗木幸次郎らと詩誌『金蝙蝠（ゴールデンバット）』を創刊。昭和五年、伊藤信吉らと『前衛詩人』を創刊、のち、プロレタリア詩人会の委員長に就任して機関紙『プロレタリア詩』を刊行。昭和一二年、三国商会、同一二年に協栄産業株式会社を設立し、社長。昭和二六年、私財を投じて「H氏賞」を創設した。詩集『街の小民』など。

445――昭和14年1月1日　はがき／大阪府豊中市桜塚一、一三五ノ四　多田不二様

賀捷春第三年

国威八紘に輝き

一層銃後の緊張を覚え申候

昭和十四年元旦

三国商会

平澤貞二郎

営業所　東京市京橋区木挽町六丁目六番地

電話銀座　（57）四六九六番

六二四〇番

工場　東京市蒲田区仲六郷一丁目二番地

電話蒲田　（117）四九七八番

自宅　東京市大森区上池上町二〇四番地

■活字印刷。名宛は手書。

〈参考〉平澤貞二郎の詩集『街の小民』（昭和三年九月、発売所　章華社、金蝙蝠社版、装丁　栗木幸次郎）の序文、「平澤君の詩集のために」

『街の小民』の著者平澤貞二郎君は越前三国の港に生れた。君の詩は郷土的浪漫性を多分にもつてゐる。私たちは旅の空で夜更のものわびしい汽車の窓からはるか遠く点滅する烏賊釣り舟の灯をいかにしば〳〵郷愁をもつて眺めたことであらう。おゝあのうらがなしい純情こそわが平澤君の詩の底に潜み息づくいのちの流れである。実に君のたましひは北陸の暗い碧りの海にも似た寂しいなやましい色に染められてゐるやうである。

君の詩にはあまりにも人間的な哀しみと、若さに別れてゆくやるせない思慕の情感が滲み出てゐる。それは君のあの郷土性からくるどうにもならない宿縁そのもの、影ではないか。君は詩の上で人の世を咀（のろ）ふ、しかもまた同時に忍従の何物であるかを切々と説いてゐる。或る時の君は人生での若き Knight の勇気をもつて其の同志等に喚びかけてゐる。そして君はいつもけがれぬ清澄の心をもつてしづかに新らしい運命の塔を築くことに努めてゐる。

強ひていへば君は人生派の詩人である。君の往く手は一筋である。君は顧慮しない、君は傍見をしない、君はたゞひたすらに生くることの如何なるものであるかを考へ、その法則に順つて恒に不変の軌道を進んでゐる。よし此れは君の天性であるとはいへ私は君のこの精進を尚いものだと思ふ。君の詩集の或る読者は恐らく君の詩味の単純に過ぎることを物足らなく感じるかも知れない。しかし其の人々と雖も君の詩境の純一にして、何処となくその胸底ふかく親愛と熱意の籠つてゐることを必ずや見逃さないであらう。君の詩の一つの大いなる特色はむしろ此の点にあるやうである。

私はいま平澤君が其の第一詩集を世に問ふに際して、君の詩人としての生涯の長き行程に対して善禱の言葉を贐(はなむけ)すると共に、君の将来の大成を世の友人等に約束しようと思ふ。

平澤君の日本詩壇に於ける活動は私達の詩誌『帆船』の同人としての数年間を第一期として、現在は其の若き詩友等とともに詩誌『金蝙蝠』を月々刊行して着々と堅実なる歩みをつづけてゐる。今や本詩集の上梓を一つの段階として君の吾が新しき詩壇への進展はいよいよ鮮かに華々しく決せられるであらうと私は信じてゐる。乾杯!『街の小民』の著者に祝福あれ。

相州三崎港の旅舎にて記す

昭和三年八月　　多田不二

深尾須磨子書簡

(ふかお　すまこ)明治二一年~昭和四九年(一八八八~一九七四)。詩人。兵庫県生まれ。京都菊花高等学校卒。与謝野晶子に師事して『明星』に作品を発表。詩集に『真紅の溜息』『イヴの笛』『洋燈(ランプ)と花』、評伝に『君死にたまふことなかれ』など。不二は、草稿「現代の詩と詩人」の中で「その詩に見るつよい情熱と才知は、近代人の勝れた感覚を自由に操縦して美しい世界を巧みに織り出してゐる。フランス、イタリーに遊び欧羅巴各国の詩人と交友を結び、国際詩人の一人に数へられる」と記している。

446 ―― 昭和5年10月11日　封書／市外田園調布下沼部七〇五　多田不二様／麹町区三番町七六　深尾須磨子　十月十一日

十月十一日

多田不二様

晴朗の節ます〱御健昌(ママ)何よりにぞんじあげます

この間はお手紙を頂き恐れいりました　放送の件お心におかけ下さいましてありがたく

実は遠からず再び日本を後に無銭の旅に出たいと思つてゐますのでおわかれをかねて何か話させて頂けましたら幸です　つきましては何か興味のあるプランでもおたて願へないものでせうか　女流文学者の印象と云ふやうなのはどうもわたしのがらにないやうに考へますが　何分よろしく願ひあげます　出発は多分十一月中かともぞんじますが　今のところまだはつきりいたしません　此度は主として　田舎で暮したいと思つてゐます

では何卒御配慮をたまはりますやうに

御自愛下さい

艸々

深尾須磨子

動物のモノログそんなものは

いかゞでせう

＊実は遠からず……思つてゐます　深尾須磨子は、昭和五年一二月から同七年五月にかけて、声楽家荻野綾子とともに第二回目の渡欧（第一回目は、大正一四年から昭和三年春にかけて、フランスへ）をしているが、その計画を記しているものと思われる。

この時、ソルボンヌ大学でトールーズ博士に性科学を学び、帰国後、性科学書『葡萄の葉と科学』を刊行している。また、滞仏中にマルセル・モイーズにフルートを学んだ。

447――昭和5年11月15日付　封書／市内芝区愛宕公園一号地　東京中央放送局　多田不二様／麹町区三番町七六　深尾須磨子　十一月十五日

多田不二様

お手紙拝受　ありがたく　御配慮頂きました二十二日の放送の儀たしかに御引受けいたします　話題はやはり仕事に関係のある真面目なものにいたしたくなるべくは『詩と日常生活』と云つたものにさせて頂きたいのです　題意など簡単なものを後便でお届けいたします　来月十日頃に　さよならをいたしますので此度の放送をとほしてよそながら皆様にも御挨拶を申しあげることになります　ではくれ〴〵も御厚意を謝しあげます　いづれ御目にかゝりまして　御自愛下さいまし　艸々

十一月十五日

須磨子

448――昭和13年3月21日　封書／大阪市天王寺通石ケ辻町浪花園　多田不二様／東京千駄ケ谷新宿ハウス　深尾須磨子　三月十九日

多田不二様

三月十九日

冠省

お知らせを忝なく拝受いたしました。当地に御在任中は　何かと御好意を頂きながら、ゆる〳〵御挨拶を申述べる機会もなく、思ひがけなき御報を拝受、今更ながら心なき身を恥ぢ入つてをります次第、いづれ西下の節はお目にかゝりに伺ひたく存じてをりますが、どうぞこの上とも伏して何分の御指導をおねがひ申上ます。大阪もお慣れになりますまではさだめしお住み心地もぴつたり遊ばさないでせうとお察し申上げてをります。東西共に何かと騒々しきをりからせつかく御自愛よいお仕事をなすつて頂きますようにおねがひ申上げます。とりあへず御挨拶のみ一筆啓上くれぐ〵も御健康を念じあげます。艸々

深尾須磨子

449 —— 昭和14年3月9日　はがき／芝区愛宕山　日本放送局　多田不二様

啓上　平素の失礼を深くおわび申上げます。さて、私儀来る三月十六日神戸出帆の箱根丸にて出発、約半ケ年の予定にて欧州から亜米利加を一周のことになりました。もとより祖国の大事をひかへての旅でもあり、一介の詩人として、いかによりよく苦しむべきかを目標に、ささやかながら応分の使命を果したく希つてをります。とりあへず御挨拶のみ。切に御自愛御健康を念じあげます。草々

昭和十四年三月上旬

深尾須磨子

留守宅・東京市渋谷区千駄ケ谷・新宿ハウス

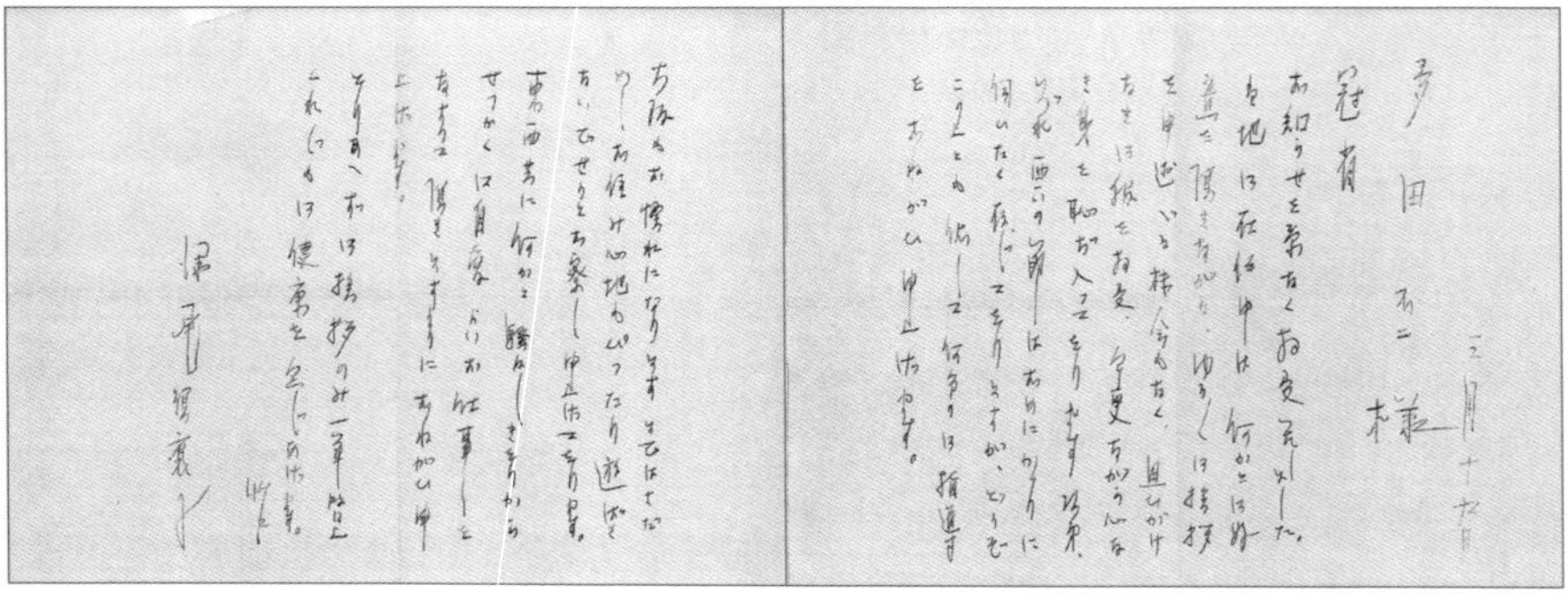

■活字印刷。名宛は手書。
*三月十六日……なりました　昭和一四年三月から同一五年一月にかけての第三回目の渡欧。外務省派遣の独伊への文化使節として出発したが、ナポリに使節罷免状が先まわりして届いていて、手当金ももらえず、冒険旅行になったという。この旅行は、やがて長いこと深尾の自虐と反省の種となった。

450――昭和15年1月16日　はがき／大阪市東通馬場町　大阪中央放送局内　多田不二様

謹賀皇紀二千六百年の春

昨年三月出発、日独伊親善協会の親善使節として、欧州を一回りいたしましたが無事に帰つてまゐりました。貧しき身にて重任を果し得ましたこと、ひとへに皆様方のお陰と厚くお礼申上げます。とりあへず御挨拶のみ。

切に御多幸を念じ、この上共に御指導を願上げます。

昭和十五年一月十五日

東京千駄ケ谷五ノ九〇二・新宿ハウス

深尾須磨子

電話四谷一八三八

■活字印刷。名宛は手書。

451――昭和15年6月24日　はがき／麴町区内幸町　東京放送局教養部　多田不二様

六月二十三日

啓上　ます〳〵御清勝の御おもむき御同慶申上げます。この度はまたお帰りになりまして、何となく心うれしく御健康にてお勤め下さいますよう、とりあへず片紙失礼ながら、お答へのみ申述べます。

艸々

深尾須磨子

＊この度はまたお帰りになりまして　不二は、昭和一五年五月、日本放送協会業務局教養部長となって東京に戻り、東京市世田谷区玉川奥沢町二―二一一に住んだ。

福士幸次郎書簡

（略歴93頁参照）

452――昭和14年1月30日　封書　巻紙　毛筆／大阪市東区馬場町　大阪放送局　多田不二様　御親披／京都市上京区小松原北町六三　日疋重亮氏内　福士幸次郎

拝啓

昨晩は思ひも依らぬところにて御面晤致し人間の遇然(ママ)の奇なるに愕かされます

小生の入洛はこの正月六日にて久々に京大の大宰(ママ)施門(しもん)教授とも面談、貴兄兼て御存じの伝統主義の底固めの為めなりし。本当に時の立つのは早いもの貴君角帽を被った当時のものは二十年と相成れり。小生も此の間ずつと手懸け来りし日本古代社会の或る研究、昨年一杯紀州各地を踏査したるを以て最後の収穫を了し愈々是れからその方面の事を以て―つまり日本伝統の研究者として―世の中の事に出ようと存じ昨年末紀州を出て大阪にて新春を迎へ大和橿原神宮にて発掘物等を見回りし後（ノチ）京都にまゐり伝統主義上の唯一の先輩大宰教授と十年振りにて懇談したる次第なのです。もう是れで小生も日本の伝統に関する限りは天下晴れての相続人と相成り得、押しも押されもせぬ貫主様であります。東京へ帰つて今後二年位もかけて此の方面の本を一冊出し日本ファッシヨ哲学の基礎建築を立てゝの後、天寿尚われに幸ひせば初めてもとの詩人に帰って余命を全うせんと思ひます。小生の言稚臭を帯びたるを哂ふ勿れ　貴兄が小生を最も古きより知れる人なるを以て斯く胸裡の奥のものを披瀝せしのみ。願はくは粗雑粗慢の言の裡に小生が二十年放浪の微哀を汲まれむ事を。右研究は昨年より発表を決意、紀州巡りの間論文三つを物したり。

さて前述紀州踏査の内借財相当出来し特にその中にて帰京前払つて行きたきもの一と口あり。よつてＢＫ*放送御斡旋願へれば小生の帰京も心残りなく出来て甚だよろし。成るべく早くも帰へりたいので日取りは早くやつて戴きたいのです。題目は小生に於ても名古屋に於ける夏季大学以下慣れたものでもありそれに俳壇、歌壇等に於ても問題化してゐるものでもあるので「音数律の話」にしたいと思ふのです。いかゞ？　尚奥屋*氏も日疋重亮君（小生旧友にて京都の目下の小生の止宿先）よりの話にて御承知の筈ですが日数は三日間続続にて御願ひ致したいと存じます。場所も京都の放送局より御願ひ致します。むつかしい理論を説くので無く通俗講演の事なれば例を沢山に俳句、短歌、俚謡等から採りこれ等のものを材料本位にして話を進行させて行きたいと思ひ居り四五日先き岡崎の図書館等に参り材料を採つて参りました。今晩あたりからは放送の原稿を書下して見るつもりです。

第一日、音数律の種類

第二日　音数律の分解

第三日　音数律の原則

と凭(ママ)り分けて見たいと思ひます。

右等を御考慮に入れ御尽力下さる様宜しく御願ひ申上げます。御必要あらば梗概要点を認めそちらに提出して置きませうか。以上小生近況お知らせかた〴〵御願ひまで。

末筆ながら宜しく奥屋部長にも御伝へ下さい。何しろ小生昨年中は紀州の避遠(ママ)の海岸や山地を径歴(ヘメグ)り居りし事とて貴兄こちらに来た事も南江*君東京に転任した事も少しも知らず過ぎ京都へ来てすべての情況判明し前述日疋君から年来の部長との熟懇を利し御願ひする順序と成りました。尚日疋君宅に遇々(ママ)遊びに来られた事から旧大朝記者の高尾亮雄氏をも煩はして居ります。右それ〴〵悪からず御諒承下さい。

尚日疋君の話にては小生の日本の古代の話の方も放送として面白からざるかと申しますが、是れの選択如何はそちらの貴意に御一任します。小生の古代研究に関しては高尾氏が小生の論文を御覧下された筈（昨年六月以下「科学ペン」*連載のもの）ですから放送に乗り得るものか否やの御高見が御在りの事と思ひます。以上

一月二十九日　　福士幸次郎

多田不二様　侍史

＊大宰施門教授　明治二二年～昭和四九年（一八八九～一九七四）。仏文学者。東京帝国大学仏文科卒。京都大学教授。著書『仏蘭西文学史』『バルザック』など。正しくは「太宰」。

＊ＢＫ　大阪放送局のコールサイン（呼び出し符号）、ＪＯＢＫの略。書簡244の「＊ＡＫ」参照。

＊奥屋氏　当時ＪＯＢＫの文芸課長だった奥屋熊郎。昭和一一年、午後二時一五分から五〇分までの三五分間、ＪＯＢＫ（大阪放送局）は「新歌謡曲」という番組を、桃谷演奏所から全国放送した。この番組の発案者。

＊南江君　南江治郎。

＊「科学ペン」連載のもの　科学ペンクラブ発行の『科学ペン』に連載（第一回は昭和一三年七月特大号、同年九月号まで三回連載）された「鐸（さなき）の話」。これは特集「国史と歴史文学」の中に収められている論文で、これに関して、「編集後記」には「福士幸次郎氏、及び、小島氏（小島威彦「国史と世界史」―編者記）の力作等は、正に刮目に値するものである」と記されている。

453――昭和14年2月11日　封書／大阪市東区馬場町　大阪放送局　多田不二様　侍史／京都市右京区小松原北町六三　日疋重亮氏方　福士幸次郎

拝啓　先日は御葉書早速の御斡旋有りがたく御礼申しあげます。早速御返事差上ぐべきの処、丁度一回分位の適宜のもの何が宜しからんと考慮の途、二三日うか〳〵過ぎてしまひ、更にその他の雑事にて三四日と成ってしまひ〔ま〕した。悪からず御了承願ひあげます。

さて放送一回は御願ひ申上げる事としまして、小生希望の題目は別紙の通りですから、この中から貴君適宜のものを御択びの上、放送時日御一報下さい。その場合小生に於ては京都放送局の方に早速面談し放送当日の手筈打合せ置く事にします。

尚この他に何等か御注意の事あらば申聞け下さい。以上

二月九日　　福士幸次郎

多田不二様

侍史

小生は右放送を京都にて終了後帰京に上るつもり故、放送は京都でさせて下さい。

454――昭和（不明）はがき　毛筆／大阪市東区馬場町　大阪放送局　多田不二様／京都市右京区小松原北町六三　日疋氏内　福士幸次郎

拝啓　お葉書有りがたく拝読しました。仰せの来月四日夕五時半から「郷土愛の話」（京都ＯＫ[*]）といふ小生の放送に関し一切御手順願上げます

小生方も準備一切つけて置きますから御安慮願上げます

日疋氏もいろ〳〵心ぱいしてくれてゐます

■当書簡は、書簡453の後、二月中旬か下旬のものと推測される故、書簡454とした。

＊京都ＯＫ　京都放送局のコールサイン（呼び出し符号）、ＪＯＯＫの略。書簡244の「＊ＡＫ」参照。

455――昭和14年4月21日　絵はがき／大阪市　大阪放送局　学芸課長　多田不二様／東京にて　福士幸次郎

拝啓　先月は御斡旋多謝　あの後間もなく京都を去り江州湖岸の雪風を衝き若狭越前真近かまで到り以後美濃伊勢等を回り名古屋等にても一個月余り滞在したなれど爰も居る処転々し御礼状書く機を逸しました。悪からず御諒承を乞ふ

本月十八日夜一ケ年と四月振りにて帰京しました。これにて小生多年の全国踏査しての研究も完了、今後二ケ年を期し執筆し学会に打って出るアムビションです
奥屋部長にも改めて御礼状差上げますが宜しく御鶴声乞ふ

■裏は、書院造り床の間の写真。文は表面下部に記されたもの。

福田正夫書簡

（略歴95頁参照）

456――昭和4年4月1日　往復はがき（返信）／市外田園調布下沼部七〇五　多田不二様

御手紙[*]の件承知致しました。
原稿はこちらから御送り申上げるのでせうか　若しお送りするとしましたら何日頃までにでせうか。又はそちらにてお選び下さるのでせうか。御うかがひ申上げます。旅先からたゞいまもどり御挨拶が申おくれました　おわび存します。

福田正夫

*御手紙　不二が編纂したと推測される「童謡傑作集」への、作品収載依頼の手紙。書簡436参照。

457――昭和12年7月15日付　封書／芝区愛宕山　東京中央放送局学芸課　多田不二様　願用／東京市世田谷区大原一、一五

四　日本詩人会　振替東京、二五五〇九番　主観社　福田正夫

多田不二兄

御無沙汰多罪候、日本詩人会*のことで一度お目にかゝりたいと思ひながら、どうもうまく逢ふ機会を得ず、失礼してゐます。相変らず御忙しいことゝ思ひます、御自愛のほど。

ところで、また御迷惑な御願ひをして、まことに済みませんが、実は日本詩人会で催した、朗読コンクールの優勝もしくは優秀者に、何等かの形で放送させて頂きたく御配慮を得たいのです。勿論単に優勝優秀といふ意味で、河井酔茗先生もしくは小生でもの前置きを附して、当日の作品を朗読さして頂ければこの上もありませんが、例へば作品を季節向きに変へるとしても、多少放送がむづかしくはないかと思ひます。

で、それでいけないとすれば、大兄の学術講演の時刻に、夏の詩情とでも題して趣味として話をさせて頂き、それに詩の朗読を加へてそれを優勝者にさせて頂きたいのです。

但し、日本詩人会の名は出さないまでも、第一回詩朗読コンクールの優勝者といふことだけは、いはさして頂きたく存じます。

講演者は、小生でいけなければ、河井酔茗先生もしくは白鳥*兄がよく、

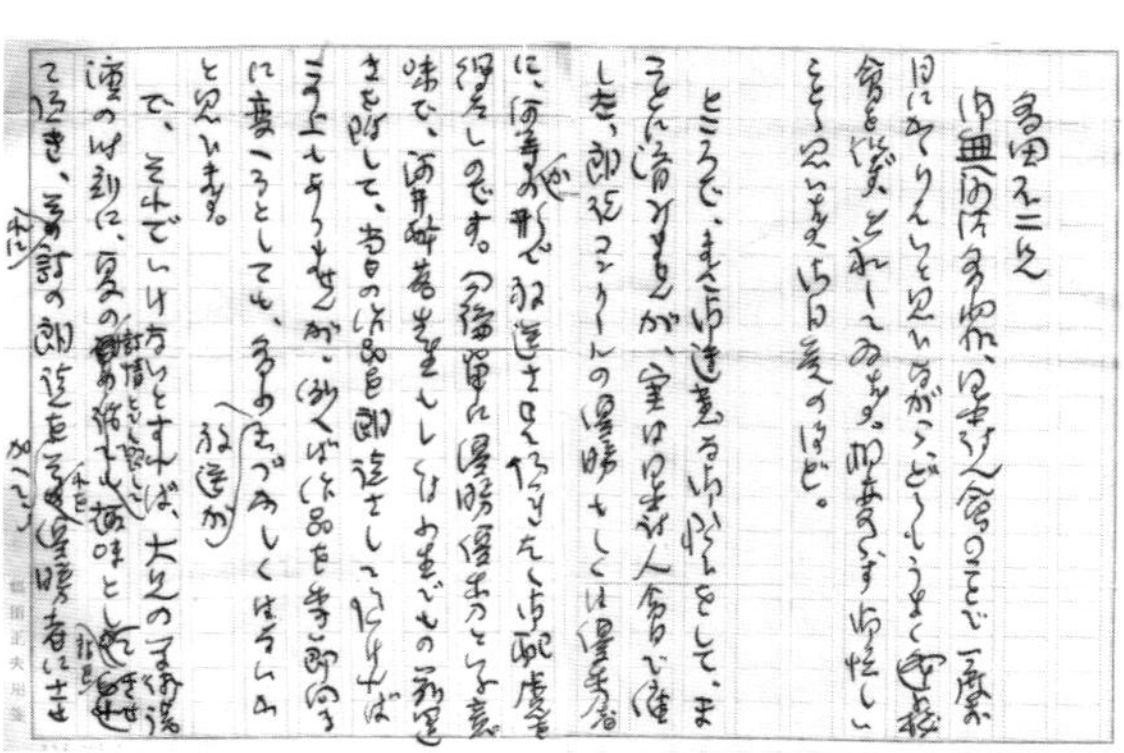

時日は御都合のよい折をお待ちします故、なるべく第一放送の方へ願ひたく存じます。

詩の朗読の方はほんとの朗読で、伴奏などいりません。ただ、季節の詩をつくらせるなり、過去のものからえらませるなりするにしても、優勝者等の自作をさせることを御承諾願ひたく、これはコンクールに作品点もとって、自作をやらせたからです。

以上、大変ご迷惑と思ひますが、貴意を得たく、何分どうぞ。

福田正夫

東京市世田谷区大原一、一五四　日本詩人会

七月十五日

■封書裏、氏名のみ手書、他は印刷。
■福田正夫用箋の原稿用紙を二枚使用。
■本書簡文末尾の日付、差出人名は手書。他はゴム印。
＊日本詩人会　中堅詩人の発起により、詩人相互の親睦を計り詩の向上と詩人の社会的進出を目的として、昭和八年三月第一回準備会を開き、直ちに創立された詩人団体。この日本詩人会は、昭和一二年一月二六日の総会で改組決定し、『文学年鑑』（昭和一四年一〇月）に「昭和十二年一月の総会に於て、全国詩人の入会を計ることに決定し、大家を勧誘、地方にも呼びかけ、全詩壇の賛成を得、今日全国支部十六、会員四百名（事変のため全員全決定を見ざる支部の未登録者をも推算）を数ふるに至つた」とあるように、大きく変革する。評議員に、河井醉茗、野口米次郎、北原白秋ら、役員に、白鳥省吾、萩原朔太郎、井上康文、福田正夫らが名を連ね、仮事務所が福田正夫の主観社におかれた。会の事業として、詩朗読コンクールがこの年の七月に開催されたのも初めてであった。
＊白鳥兄　白鳥省吾。

〈参考〉1　おの・ちゅうこう「福田正夫の回想」（昭和五九年、教育出版センター『追想福田正夫―詩と生涯』収録）より

そのころ、日本詩人会という日本ではともかくトップクラスの詩人団体があり四百名ちかい中央地方の代表的詩人が参加していたが、主流は白鳥省吾と福田正夫だった。このふたりは兄弟のように意気があって、正夫は省吾を兄貴とよんでいた。詩人会のことは正夫が主として運営していた。私は正夫に信頼されて常任理事になり、ある時期にはほとんど雑用を任かされてアシスタントでもあった。

〈参考〉2　おの・ちゅうこう「福田正夫の回想」（同前）より

日本詩人会では詩朗読のコンクールを新宿の大山（だいせん）でやり読売新聞社から優勝者にカップが贈られた。全国的に選手が出場したが武井京が「馬蝿」を朗読して優勝した。審査員には河井酔茗、野口米次郎なども当った。正夫、省吾はもちろんである。

〈参考〉3　田村昌由「『私の時代』―「福田正夫の思い出」―」（昭和五九年、教育出版センター『追想福田正夫―詩と生涯』収録）より

昭和十二年七月の、日本詩人会全国詩朗読コンクールで、野口米次郎、佐藤惣之助、白鳥省吾らと共に福田正夫は審査員。この時、一位武井京、二位田村昌由、三位山之口貘。

458――昭和13年2月22日　封書（速達）／大森区田園調布町二ノ七〇五　多田不二様　願用／世田谷区大原一、一五四　福田正夫

多田不二兄その後御無沙汰のみ御許しのほど、いつも御忙しい御様子御自愛下さい。

さて、また御迷惑と御配慮を願ふ件にて恐縮乍ら、小生の若き知友××××君が、今度放送局を受験、どうやら第一次を通って、二十四日午後の第二時（ママ）受験の由です。

本人は日大法科出身者、第一志望事務、第二志望アナウンサー、そのことですが、就職といふ問題よりか、

文化方面への好みへの生きる道のために、必死になってゐますので、どうぞして通らしてやりたい気持―大兄を先輩としてぜひお願ひしてくれといふので、一筆いたします。

何分、御配慮を得れば幸甚、御援助のほど、どうぞ。

本当なれば、お伺ひさせるのが至当ですが、日時がなく、放送局へ御伺ひさせるのもどうかと存じ、たゞ書翰のみにて御願ひいたします。

本人アナウンサーを第二にしたのは、声に自信がないらしく、やはり事務の方が志望ながら、いづれにても結構といってゐます。

失礼な御願ひながら、とりあへず。

二月二十一日夜

福田正夫

明朝速達にいたします。

■福田正夫用箋の原稿用紙使用。

459――昭和13年3月25日　はがき／大阪市東区馬場　大阪中央放送局　多田不二様／東京世田谷区大原一、一五四　福田正夫　三月二十五日

その節は御世話になりました、御礼まで。なほ、御子息の件、うまくいった様子に拝聴、うれしく思ひます。御一家もそちらへ御移りと存じますが、四月中上京の見込日時、一寸と御知らせ願へれば幸甚です。仲間だけの会でも持ちたいので――。御自愛祈る。

福田生

藤田健次書簡

（ふじた　けんじ）明治二四年〜昭和四三年（一八九一〜一九六八）。詩人、編集者。富山県生まれ。川路柳虹、白鳥省吾、竹久夢二、濱田廣介とともに、大正一四年に結成された童謡詩人会の実行委員を務める。昭和初期から野口雨情、中山晋平らと新民謡運動を展開し『民謡詩人』『民謡音楽』等で活躍、編集も行う。『日本詩人』に「明治大正詩書一覧表」を連載。日本作詞作曲家協会副会長、日本詩人連盟常任理事、日本歌謡芸術協会相談役等を歴任。『帆船』創刊号から3号までの各号に、詩一篇を載せている。

460——昭和4年3月30日　往復はがき（返信）／市外田園調布下沼部七〇五　多田不二様／市外高田町雑司ケ谷九三五　藤田健次　三月三十日

拝復

御無沙汰致して居りますが御健在の由大慶の至に存じます。

扨て新日本少年文学全集[*]の童謡集御編纂の由誠に結構な御事と存じます。ついては御言葉に甘へて童謡お送付させていたゞきますから何卒よろしく御願申あげます

先は右取りあへず御返事まで

＊新日本少年文学全集の童謡集　不二が編纂したと推測される「童謡傑作集」。書簡436参照。

藤森秀夫書簡

（ふじもり　ひでお）明治二七年〜昭和三七年（一八九四〜一九六二）。詩人、童謡作家、独文学者。長野県生まれ。東京帝国大学独文科卒。金沢大学教授。大正六年、舟木重信らと『異象』を創刊し小説を載せるが、やがてゲーテに心酔して詩作を始める。また、『童話』に童謡を発表。「めえめえ児山羊」は長く愛唱されている。『帆船』の1、4、10、11号に、デーメル、ニーチェなどの訳詩を七篇載せている。詩集『若き日影』『欅』など。

461――昭和4年4月1日　往復はがき（返信）／市外田園調布下沼部七〇五　多田不二行

御懇書拝読しました、上京中にて御目に掛って種々の御話致度いと思ってゐますがまだ要事が済まぬし二、三日後には帰らうと思ってゐますので、此のハカキを利用して不取敢、応諾[*]の御返事のみ申述てをきます

千駄木林町七六　金澤久氏方

藤森秀夫

＊応諾の御返事　不二が編纂したと推測される「童謡傑作集」への、作品収載に関する応諾の返事。書簡436参照。

前田鐵之助書簡

（まえだ　てつのすけ）明治二九年〜昭和五二年（一八九六〜一九七七）。詩人。東京生まれ。正則英語学校卒。三木露風主宰の『未来』、柳澤健主宰の『詩王』に参加し詩を発表した。詩集『蘆荻集』、翻訳詩集『フランシス・ジャム詩集』など。不二は、鐵之助について「露風門下で春声と号し、象徴的な詩を書いてゐたが、漸次現実的な傾向になり、叙景詩、抒情詩風の、やゝロマンティクの明るい音楽的な詩を多くつくってゐる。その詩からは、若々しさと線の細さを感じる。詩雑誌『詩洋』を発行して大に後進の誘掖につとめた」（草稿「現代の詩と詩人」）と記している。

462――昭和4年4月2日　往復はがき（返信）／市外田園調布下沼部七〇五　多田不二様／東京小石川区小日向台町二ノ二十六　前田鐵之助　横浜ニテ　四月一日

拝復

御手紙拝見しました。

御申越の事*承知近きに御送り申上げますからよろしく願ひ上げます。只今旅行の途上ですが、六日か七日頃には東京に帰へつて居りますからその上で御送りしたく思つて居ます。では取急ぎ御返事まで。

＊御申越の事承知　不二が編纂したと推測される「童謡傑作集」への、作品収載承諾の回答。書簡436参照。

前田夕暮書簡

（略歴100頁参照）

463――昭和5年7月2日　封書／芝区愛宕公園　東京中央放送局　多田不二様／市外西大久保一二八　前田夕暮　七月二日

啓

御手紙有難く拝見いたしました　北海道旅行は本月中旬から八月上旬までに予定の旅程を終へたいとおもひますので札幌で放送しますとなるとどうしても八月二日にしてほしくおもひます　若しその日どりでよろし

かつたら是非放送させていたたきたくおもひます
放送の課題は「北海道の自然と自由律短歌」に就いて――というふやうなものを撰ひたくおもひます　趣味講座にしていたたきます、内容は標題の示す通り別に何ら左傾向題材でありません、北海道の自然の印象と私達の近来唱道してゐます自由律短歌に就いて少しく語りたくおもひます、私の想像する北海道の自然は必らず自由律短歌によつてよりいき〳〵と生かされるであらうことを予期してゐます、
滞在は一定して居ませんが、七月二十七日より八月二日迄は帯広町平和街千葉青樹*方にをります。放送の日と時とを決定していたたけますならばその時間に間にあふやうに、或は一日早く札幌に参ります、右のやうな条件にてよろしかつたらお受けいたしたくおもひます
先は右とりあへす御返事まで

二日

前田夕暮

多田不二様

電話　四谷一、六九〇番です
大抵をります、御都合にて電話で御願ひいたします

■原稿用紙使用。

＊千葉青樹　明治三四年〜昭和五二年（一九〇一〜一九七七）。歌人、教員。岩手県生まれ。札幌師範学校卒。昭和三年、『詩歌』を発行する白日社に加盟、前田夕暮の指導を受け同人となる。昭和三八年、帯広第三中学校長で退職し、四一年間の教員生活を終えた。

〈余録〉　千葉青樹の妻、登美の追悼文「千葉青樹を憶う」（『詩歌』昭和五三年四月）より

昭和五年前田夕暮先生が北海道十勝に来られた時主人は途中迄お迎えしました。その時の先生のおうた「ああ生まれた日にこえる狩勝　一本のくさにさへいのちを感じる　夕暮」（夕暮の誕生は、七月二七日―編者記）と記された掛軸をいつも床の間にかかげて先生を偲びお慕いしていました。

主人が逝きまして早や三ケ月余も経ちました。ふり返ってみますと主人は教育と詩歌、考古学研究、郷土研究等で一生を終った様に思われます。

正富汪洋書簡

（略歴101頁参照）

464 ― 大正15年4月27日　はがき　毛筆／府下荏原郡調布村下沼部堀廻七〇五　多田不二様／代々木富谷一四五五　正富汪洋

ひさしくおめにかゝりません　昨日は「夜の一部」*をお贈り下さつて有り難う存じます　ちよつと御礼まで

＊「夜の一部」　大正一五年四月、新潮社より刊行された、不二の第二詩集。書簡173参照。

465 ― 昭和6年8月20日　はがき／東京市外田園調布下沼部七〇五　多田

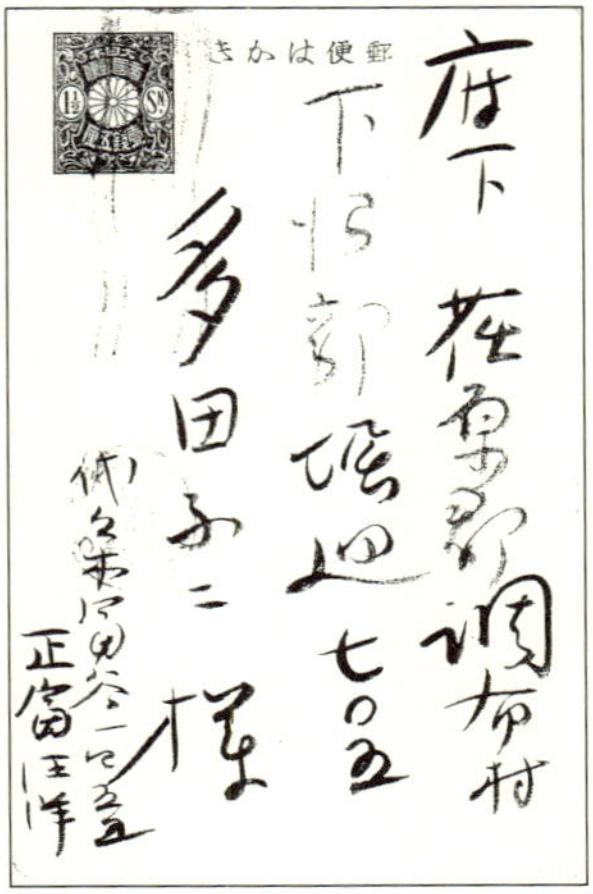

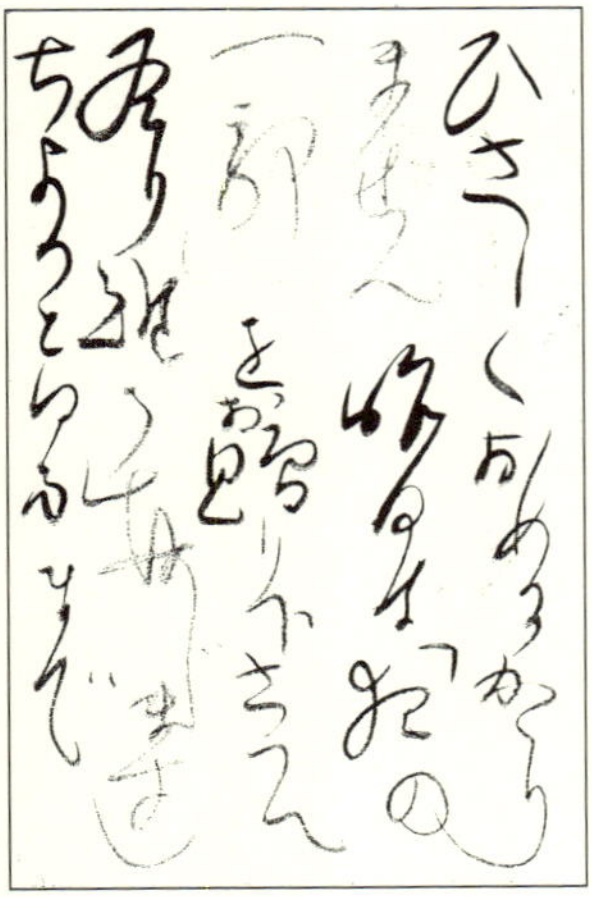

不二様／市外吉祥寺中道南二九三一　正富汪洋

残暑きびしきもおかはりなく何よりうれしく存じます　先日表記に転居いたしました　三鷹駅に近ひところで山本有三[*]氏の邸と畑を隔てゝゐます

八月十八日

＊山本有三　明治二〇年〜昭和四九年（一八八七〜一九七四）。劇作家、小説家。栃木県生まれ。東京帝国大学独文科卒。第三次『新思潮』同人。戯曲「嬰児殺し」「同志の人々」、小説「女の一生」「真実一路」など。

466——昭和15年6月21日　はがき／麹町区内幸町　日本放送協会本部　多田不二様／杉並区上高井戸三丁目七八六　正富汪洋　六月二十二(ママ)日

仰せの如く初夏の候と相成り候　大阪に赴かせられてゐた間何と無くさびしく候ひき　これよりはお目にかゝりたければ一日の内に苦も無く伺へることゝてうれしく存じ候
御健勝をいのり候　敬具

松原至大書簡

（まつばら　みちとも）明治二六年〜昭和四六年（一八九三〜一九七一）。児童文学者。千葉県生まれ。早稲田大学英文科卒。大正七年、東京日日新聞社（現、毎日新聞社）に入り『小学生新聞』編集長を務める。少女小説、童話、童謡、翻訳と多方面に活躍した。童話集『鳩のお家』『お日さま』、童謡集『赤い風船』、翻訳『若草物語』（オールコット）など。

467——昭和4年3月30日　はがき／市外田園調布下沼部七〇五　多田不二様／千葉県市原郡八幡町一二九四　松原至大　三月三十日

御手紙ありがたく拝見いたしました。どうぞよろしくお願ひいたします。[*] 拙稿は別便をもちまして早速お送りいたします。

まづはお返へしまで

■差出人住所氏名は押印。

*どうぞよろしくお願ひいたします　不二が編纂したと推測される「童謡傑作集」への、作品収載願いに対する挨拶。書簡436参照。

468——昭和13年3月6日　はがき／大阪市東区馬場町六　大阪中央放送局　多田不二様／東京中央郵便局私書函第三十八号　東京日日新聞社　松原至大

拝啓　わざ〳〵お出で下さいましたのに　先日は留守をして失礼いたしました。御栄転のことは承ってをりました。また何にかと御厄介になります。よろしくお願ひいたします。

敬具

三月六日

■差出人住所等は押印、氏名は手書。名宛は手書。

469——昭和15年6月20日　はがき／麴町区内幸町　日本放送協会本部　教養部　多田不二様／東京市世田谷区玉川奥沢町三ノ二三七　松原至大

拝復　この度は再び東京へ御栄転の由何よりのこととお喜びを申し上げます。またなにかと御厄介になるこ

とと存じ存じます。よろしくお願ひいたします。お喜びまで
敬具

■差出人住所氏名は押印。

470――（封筒なし）

御返事なつかしく拝見しました
早速電話するつもりでしたが　十四日の晩に赤ん坊が予定より早く生れ　何しろ年子四人のところへ手不足ときてゐるのでてんてこ舞をしてゐます
いづれ一と落ちつき落ちつき次第　近日中に是非　お会ひしたいと思ってゐます
どうも空気が乾きすぎぢやうですね　風邪などひかないで下さい
いづれおめにかゝつて其由に
十二月十六日　至大生
多田兄

■原稿用紙二枚。

松本亦太郎書簡

（まつもと　またたろう）慶応元年〜昭和一八年（一八六五〜一九四三）。心理学者。群馬県生まれ。東京帝国大学哲学科卒。イエール大学、ライプツィヒ大学に留学、実験心理学を学ぶ。京都帝国大学教授、のち東京帝国大学教授。一九二七年日本心理学会を設立し会長となる。業績は多方面にわたり、

東京帝国大学での不二の指導教授であり、不二結婚の仲人。

471――昭和15年6月22日　はがき／東京市麴町区内幸町二　日本放送協会　多田不二様／小石川区小日向台町二丁目一五
松本亦太郎

拝啓　愈々御清安又此程は御栄進東京御勤務に相成慶賀之至奉存候　本日は態々御光来被下候処折悪しく不在にて失礼仕候　結構なる御土産の品頂戴誠に難有厚く御礼申上候　何れ其うち拝眉を得候事共奉存候　不取敢御栄転御祝申上候　敬具

六月二十二日

■はがき表、差出人名は、「『東日小学生』編集部」の押印の上に記されている。

三上於菟吉書簡

（みかみ　おときち）明治二四年～昭和一九年（一八九一～一九四四）。小説家。埼玉県生まれ。早稲田大学英文科中退。大正四年、『春光の下に』を自費出版したが発禁。やがて「白鬼」「日輪」などの通俗小説、「敵討日月双紙」「鴛鴦呪文（おしどりまげ）」などの髷物作品を書き、名声を得る。代表作に「淀君」「雪之丞変化」。夫人は、長谷川時雨。

472――昭和16年9月30日　封書／麴町区内幸町　日本放送協会内　多田不二様／三上於菟吉

謹啓　長谷川時雨*逝去に際しては御鄭重なる御弔文を玉はりありがたく御礼申上候
書中を以て御挨拶申上候

昭和十六年九月二十九日

三上於菟吉

多田不二様

■弔文のお礼、慶弔用はがき（二つ折り）活字印刷。名宛、毛筆。

*長谷川時雨　明治一二年～昭和一六年（一八七九～一九四一）。劇作家、小説家。東京生まれ。史劇「操」が「さくら吹雪」と改題されて六世尾上菊五郎一座によって上演され、劇作家としての地位を確立。『女人芸術』を創刊し、多くの女性文学者を育てた。評伝『近代美人伝』、伝記小説集『情熱の女』など。

三木露風書簡

（みき　ろふう）明治二二年～昭和三九年（一八八九～一九六四）。詩人、童謡作家。兵庫県生まれ。早稲田大学、慶応義塾大学ともに中退。相馬御風、野口雨情らと早稲田詩社を結成。詩誌『未来』を主宰。大正一〇年『樫の実』に発表した童謡「赤蜻蛉」は広く知られている。不二は草稿「現代の詩と詩人」において、「白秋と並んで明治より大正にかけての詩壇で双璧と謳はれたのは、三木露風である」として、『廃園』『寂しき曙』『白き手の猟人（かりうど）』『信仰の曙』等の詩集について評した後で、「かくて露風は上記の詩風に明らかな如く、思想詩から信仰詩へ入つて行つた」詩人であると結論している。

473――昭和2年5月24日　はがき／芝区愛宕山公園　東京中央放送局放送部　多田不二様／市外上戸塚三七五　三木露風

五月二十四日

啓

先日は御来訪の処旅行中にて失礼致候　来月初めの土曜日の文芸講座の講演題目は

童謡に就て
と可致候乍延引　御一報迄
匆々

474――昭和4年4月2日　往復はがき（返信）／市外田園調布下沼部七〇五
多田不二行／東京市外吉祥寺牟礼五八二　三木露風　四月一日

御来書[*]の事承知致しました　尚詳細は御面会して伺ひ度く思ひます
御返事迄　草々

*御来書　不二が編纂したと推測される「童謡傑作集」への、作品収載依頼の書簡。書簡436参照。

水上茂書簡

（略歴102頁参照）

475――昭和14年1月4日　はがき　毛筆／大阪豊中市桜塚十二　多田不二様／東京市京橋区西八丁堀二　まつや旅館　水上
茂

吉祥献寿

京都御室の白玉椿を活けて
　天地の春を迎ふるに、
若水の春を虔しみ活けらくば
　御室の椿鮮らしからむ
吉祥春来
　十二時中　不三依二倚一物一
　一念万年　無二在ト不在ト一
八衢に鐘はなりいづ百八の
　としをさかへて春告ぐるなり。
　聖降誕祭
基督も稚きときのありけむと
　くるしきときはかくは思ふに。
元旦

水谷まさる書簡

（みずたに　まさる）明治二七年〜昭和二五年（一八九四〜一九五〇）。児童文学者。東京生まれ。早稲田大学英文科卒。コドモ社の『良友』、東京社の『少女画報』で編集をする傍ら童話、童謡を発表。昭和三年、千葉省三、酒井朝彦らと『童話文学』を創刊、「犬ものがたり」「野ばら」などの作品を発表した。童話集『葉つぱの眼鏡』、童謡集『歌時計』など。

476――昭和4年3月30日　はがき／市外田園調布下沼部七〇五　多田不二様

拝復
承知いたしました。[*] よろしくお願ひ申しあげます。
先は取りあへず御返事まで

三月三十日
東京市西荻窪
上井草一三八〇
水谷まさる

■差出人住所、氏名、ゴム印。
＊承知いたしました　不二が編纂したと推測される「童謡傑作集」への、作品収載の承諾の回答。書簡436参照。

三宅やす子書簡

（みやけ　やすこ）明治二三年～昭和七年（一八九〇～一九三二）。小説家、評論家。京都生まれ。お茶の水高等女学校卒。理学博士三宅恒方と結婚。夏目漱石、小宮豊隆に師事し、小説を書く。大正一二年、『ウーマン・カレント』を創刊、主婦の立場から女性問題を論じ、啓蒙作家として活躍した。小説『奔流』『燃ゆる花びら』、評論『未亡人論』『婦人の立場から』など。評論家、艶子は長女。

477――昭和4年8月29日　絵はがき／東京芝区愛宕山　東京放送局　多田不二様／三宅やす子

残暑御見まひ申上げます

八月廿九日
千葉県御宿町　三宅やす子
■文は、表面下部に書かれたもの。
■裏、風景写真とタイトル「御宿名所三夜台ヨリ見タル御宿町」。

478――昭和□年□月12日付　封書／芝区愛宕山　中央放送局　多田不二様／府下砧村　三宅やす子　十一日

御無沙汰申しております、突然でこさいますが、かつて放送されたことがあると記憶して居ります宮下貫一氏（箏曲家）の現住所が御わかりになりましたら一寸御一報下さいませんか。御ねがひ申上けます
御多忙中恐縮ながら　よろしく
十日　三宅安
多田不二様

室生犀星書簡

（略歴123頁参照）

479――昭和6年7月21日　はがき　毛筆／東京　芝区　アタゴ山放送局　多田不二様／信州軽井沢千百三十三、七月二十一日
室生犀

僕の家[*]はせまいが気が向いたらお出で下さい、いつかは失礼、二三日中に家のものも来る筈です、昨日正宗[*]さんが来軽、僕は二合の酒をのんで茫乎とくらしてゐる。

*僕の家　この年（昭和六年）、軽井沢に造った山荘。

*正宗さん　正宗白鳥。明治一二年～昭和三七年（一八七九～一九六二）。小説家、劇作家、評論家。岡山県生まれ。早稲田大学卒。自然主義作家として名を成した。小説「何処へ」「牛部屋の臭い」「入江のほとり」、戯曲「人生の幸福」など多数。評論に『作家論』『文壇五十年』など。犀星の長女、朝子の結婚の媒酌人。犀星は「正宗白鳥氏」「正宗白鳥論」などを書いている。

〈余録〉室生朝子「軽井沢と私——後記にかえて」（『犀星軽井沢』昭和五六年、徳間書店）より

昭和六年に犀星は東京の家より一年早く大塚山の麓に、小さい山荘を作った。／軽井沢の別荘は、広い塀のようなもののない庭と、ベランダのある山小屋風な家ばかりであった。私も弟も昭和六年の夏休みには、／「新しい、お父様のおうちに行くのですよ」／と、母から言われていたから、子供心にも新築の家のイメージを描き、楽しみにしていた。軽井沢の駅から十分ほど自転車にゆられていった。細い道を少し歩き、南瓜と豆畑の間の薄（すすき）の大きい株が三株並んでいる、急な小さい坂を下りてくねくねと二度曲ると、左手に柴垣に囲まれて家はあった。小さい日本家屋で、玄関の前にはおいらん草のばら色と白の花の大きいむれと薄が、勢いよく葉をのばしている丸い塊があった。家の右方に草むらつづきの山が、大塚山だ、と母が言った。落葉松（からまつ）も白樺も一本もない、もちろんベランダもなく、ぬれ縁から茶の間にはいれるような、むしろ軽井沢には珍しい形の家であった。家の中は白壁で明るかったが、考えていたイメージとは違っても、私も弟も、新しい家は気にいっていた。

480——昭和8年（推定）11月29日付　封書（封筒なし）　毛筆／多田不二宛

拝けい、この間は失礼、京都[*]ゆきのこと承知しました。六日に出発、二泊のヨ定、若しできるなら百二十円ほど取つてほしいのですが、無理にとはいはない由お申伝ひねかひます。どうせ持ち出しになるやうですか

ら伝へ下さるならは結構です。一ぺんして一ぺんでおしまひに致したく、

室生犀

十一月二十九日

多田不二様

＊京都ゆき　犀星は、不二の依頼で、京都放送局開局記念の放送をするために、昭和九年一月六日京都に発ち、一三日まで滞在した。不二とともに過ごしたその折のことを、犀星は「京洛日記」（『婦人公論』昭和九年二月）「京の町」（『大阪朝日新聞』昭和九年一月一九日）「旅愁」（『大阪朝日新聞』昭和九年一月二一日）「京洛」（『行動』昭和九年四月）などに描いている。

481――昭和13年8月24日　絵はがき／大阪府豊中市桜塚一一三五　多田不二様／軽井沢　室生犀星

お酒有難く頂だいしました。大変おいしくいたゞいてゐます、上京の由、信州に回つて貰ふといいが回らずにかへるのです。秋、またどこかで会ひませう。

秋待や径ゆきもどり日もすがら

■文は、表面下部に書かれたもの。

■裏面、落葉松林の写真。左下方に、北原白秋の詩あり。

軽井沢高原

から松の林を過ぎて／ゆゑしらず歩みひそめつ／から松はさびしかりけり／から松とささやきにけり　白秋

482――昭和14年8月4日　絵はがき／大阪　豊中市桜塚十二　多田不二様／軽井沢千百三十三　室生犀星

お菓子ありがたう、一つは東京におくります、僕は十日スギアサ帰京、十七八日頃こちらにかへります、お

ついであつたら来て下さい、
八月三日

■裏は、浅間山噴火の写真「（高原軽井沢）峠の茶店よりの浅間山」。

483――昭和17年5月11日　電報／九　マゴ　メ　一九　コ四、二一　ウチサイワヒテウ」ニホン　ハウサウキヨウカイ」タ
ダ　フジ　殿

ハギ[*]　ハラケサシス

コ三、四二　キ

■「近接地電報」矩形印あり。
＊ハギ　ハラケサシス　萩原朔太郎の死。五月一一日午前三時四〇分、肺炎のため自宅で逝去。五五歳。
〈余録〉多田不二の随筆「萩原さんの思ひ出から」（『文芸世紀』昭和一七年七月）より
五月十一日の夕方会議をやつてる処へ突然「ハギワラケサシス」といふ電報が届いた。発信は馬込となつてゐるのでどうも室生さんかららしい。然しまるで真当のやうな気持がしないので、ちよつとどうかと思つたが萩原さんのお宅へ電話をかけて見た。電話口へは佐藤惣之助氏が出て「オー萩原は今朝死んだよ、残念なことをしたよ」と例のせつこみ調子でさう言つたが、其の惣さんもその時から五日目には実に慌しく幽明を異にしてしまつたとは、今更ながら人生の果無きを痛感させた。（略）
棺上に飾られた萩原さんの写真は幾分いかつい顔に見えて、何となく気嫌の悪い時か又は創作に全心を打ち込んだ後の疲れからくる気むづかしさといつた様なものが感じられた。萩原さんは死の瞬間まで意識もはつきりして居られ「今日の睡眠薬は効くのが遅いな」といひながら時計の針を凝視めたまゝ永遠の眠りにつかれたさうである。もつとも其の薬は病状の関係から本物の睡眠薬ではなく別の薬であつたといふことである。なほ惣之助氏の話では数日前に家庭上のことで後

事を図つたところ「いゝよ、其の内に治つてからゆつくり相談しよう」と事もなげに言ひ切つて終はれたとか、どう考へても萩原さんは自分の死ぬなんてことは全然予想してゐなかつたやうに思へる。

484 ── 昭和20年（推定）3月（推定）21日付　封書（速達）／東京　麹町区、内幸町　日本放送協会「会議室」多田不二様／軽井沢千百三十三　室生犀星　二十一日

久振りで話したいが、此方はまだ厳寒でお泊めする部屋がない、一家一部屋で寝てゐるので困つてゐます、切角光来あつても駅から車はなし、燃料もない始末也、よろしく、若しもお回りだと大変だから此の手紙だします、

犀星

二十一日

多田不二様

■原稿用紙使用。

485 ── 昭和20年11月21日　封書／松山市竹原町三八　多田不二様／軽井沢千百三十三　室生犀星

短冊どうでもして書き申候、さうめんいらん、果物がほしい、

さて、ボンタン（大きな奴）五十円程お送り願へずや、右一報下さい、みかんはいらず、大きい奴をかざつて冬ごもりの友としたいのです、ぎんなんは垂乳根の思ひをえがくためなり。

永住、それほどよき事なし、

局長の住み古すまで雑煮かな

犀

多田兄

■原稿用紙使用。

本山桂川書簡

（もとやま　けいせん）明治二一年〜昭和四九年（一八八八〜一九七四）。民俗学者、文学碑研究家。長崎県生まれ。早稲田大学政治経済学科卒。長崎商業会議所に勤務するかたわら郷土誌『土の鈴』を刊行。のち、昭和三年、『民俗研究』を発行し民俗学研究を行う。戦後は金石文化研究所を主宰し、金石文研究に没頭した。著書『日本民俗図誌』『史蹟と名碑』など。

486――昭和8年6月5日　はがき　毛筆／東京市芝区愛宕山　東京中央放送局　社会教育課長　多田不二殿／千葉県市川町六八四　本山桂川

社会教育課長に御就任を御喜び申上げます

旭をうけて
青葉いよいよ照りにけり

桂川

百田宗治書簡

（ももた　そうじ）明治二六年～昭和三〇年（一八九三～一九五五）。詩人、児童文学者。大阪生まれ。高等小学校卒。雑誌『民衆』に詩、評論を載せ、民衆詩派の主要メンバーの一人として活躍するが、のち、ここから離れる。大正一五年、詩誌『椎の木』を創刊、主宰。ここに丸山薫、三好達治、伊藤整、阪本越郎らが集まった。昭和七年頃から、児童自由詩の指導や作文教育に力を尽くした。詩集『ぬかるみの街道』『冬花帖』など。

487――大正15年4月28日　はがき／府下調布村下沼部七〇五　多田不二様／中野二七四五　百田宗治

「夜の一部」*拝受しました。悩める森林*以来はじめて兄の文才に接し得てたのしみです。雑誌*もいつも貰いつぱなしにしてゐて申訳ありません。とりあえず御礼までに。

＊「夜の一部」　大正一五年四月、新潮社より刊行された、不二の第二詩集。書簡173参照。
＊悩める森林　大正九年二月、感情詩社より刊行された、不二の第一詩集。書簡385参照。
＊雑誌　不二の主宰した詩誌『帆船』。書簡180の「＊『帆船』」参照。

488――昭和3年7月4日　封書／麴町区有楽町　東京中央放送局内　多田不二様／牛込区若松町四十　百田宗治

此間の晩は失敬しました。小生ひとりはぐれてしまい、雨の銀座を歩き、どうにか帰りました。三年振りで、一家共、この十日頃大阪へ帰り、夏ぢう過して来ることにしました。それで、丁度この機会にもし面倒見てもらへるやうだつたら大阪の放送を一度やつてみようかと思います。大阪の伊達俊夫君は小生旧知にて、何かと便宜がいゝかと思いますが、東京の方から（貴兄の手を経て）交渉しておいてもらつた方が好都合かと思ひ、この手紙をかきました。

まだ一度もやつてゐないので、一寸見当がつきかねますが　何とかごま化せやうと思ひます。僕の考へでは、もし事情ゆるせば二日連続位にて明治以降の日本の詩の発達（新体詩時代から現在まで）をやつてもい丶と思ひますが、或は一日の方がい丶かも知れませぬ。或は大阪出身の一詩人として、大阪と縁故の深さうな何か文学漫談でもよいと思ふ。

なるべく七月中にすませたい考へです。八月中旬くらいまではあちらにゐるつもりではゐますが。

多分九日か十日に東京出発の予定です。それまでに一応お話しおき願へれば幸ひです。

ハガキでも貰へば、そのうち有楽町まで貴兄をたづねて行きます。

右要用のみ、

百田宗治

多田不二様

■原稿用紙使用。

489――昭和4年3月11日　往復はがき（返信）／市外田園調布下沼部七〇五　多田不二様／府下中野三三四二　百田宗治

小生その後久しく童謡をかきませんが、旧作[*]から抜いたものでよろしかつたら何時でもお役に立てます。とりあえず数日中にお送りしませう。御取捨その他御一任。

そのうちまたゆつくり逢いたいものですね。

*旧作から……お役に立てます　不二が編纂したと推測される「童謡傑作集」への、作品収載承諾の回答。書簡436参照。

490――昭和11年5月11日　封書／芝区愛宕山　東京放送局　多田不二様／中野区小淀町三三　百田宗治

此間はいそがしいなかを大変申訳のないことをしました。あれから大森までゆき、また銀座に舞ひ戻つて酒にして了ひました。そのときお願ひしておいたこと、何分にもよろしく頼みます。それから、それまでに、もし東京何とかなるやうだつたら、

1　婦人（家庭）講座で
◎家庭で見てやる子供の綴方
（或は）田舎の子供と都会の子供の綴方

2　小学教師への放送（もし可能なら）
尋一から尋四まで
◎新国語読本の韻文の扱ひ方

右のうち、どちらか、もし実現し得たら非常に有難く思ひます。五月中、六月初旬頃までは何処へもでかけませんから。

それから、仙台、札幌、新潟の方ですが、都合で、小生から一々先方の係りの人へ手紙で頼んで見てもいゝと思つてゐますから、それ〴〵の地方局の人の名をお教へ願へたら――と思つてゐますが。そのうち仙台では、向ふで望めば石川啄木*の詩の朗読と解説をやつてもいいと思つてゐます。

君が忘れてしまふと困るから、ちよつとこの手紙を書きました。万々よろしく御願ひします。

百田宗治

多田不二様

■原稿用紙使用。

*石川啄木　明治一九年~明治四五年（一八八六~一九一二）。歌人、詩人。岩手県生まれ。旧制県立盛岡中学校中退。与謝野寛、晶子夫妻に師事。歌集『一握の砂』『哀しき玩具』、詩集『あこがれ』『呼子と口笛』など。不二は、草稿「現代の詩と詩人」の中で、啄木は「詩人といふよりは歌人として人生と芸術派に重きをなし、自然主義に立脚し、人生の悲哀を歌つたが、その思想は虚無的なものがあり、一方、その純情と情熱は内燃的であつた」と記している。

491――昭和12年2月10日　封書／芝区愛宕山東京中央放送局　多田不二様／東京市中野区小淀三一　百田宗治　椎の木社綴方学校

御元気のこと丶思候　さて、また放送の方のことだけれど、この四月初旬頃大阪まで行くので、その頃大阪でも、東京でもいいのですが、何かの時間に子供の綴方の朗読を一度やつて見たいのです。できることなら、その綴方を前に選んで子供のテキストにでも入れ、全国中継が希望なんですが、どんな都合でせうか。だいぶ、さきのことだけれど、テキストの方もあるから、ちよつと手紙かきました。係りの人に話して見て下さいませんか。

もつと外のものでもいいのですが、この頃全力を綴方教育の事にそ丶いでゐるので。よみたい綴方は都会と田舎から各一篇位づつ、尋常三年位と六年位からのものから抜きたいと思ひますが。

日の予定は四月九日に大阪へ行くので、十日か十一日だと都合がいいのです。ぶしつけ失礼ですが、とりいそぎ

百田宗治

多田不二様

■名宛は手書。封筒裏、差出人名手書、外は押印。
＊子供のテキスト　ラジオ放送番組「子供の時間」専用の月刊誌。書簡179の「＊子供テキスト」参照。

492――昭和12年12月20日　封書／芝区愛宕山　東京中央放送局　多田不二様／東京市中野区小淀三一　百田宗治

「婦人公論」＊の新年号に書いたものから思ひついたのですが、一月に入ってからでも

事変と小学生
事変と子供の綴方
事変を子供はどう観てるのか

といふやうな題目で一席つとめたいと思ひますが、よろしかつたら御下命下さい。内容は十分精選して、安全で勇ましいものを選びます。

右、唐突ながら。

百田宗治

多田不二様

いつか室生君の会＊では失敬しました。

■原稿用紙使用。差出人住所氏名、押印。
＊「婦人公論」の新年号に書いたもの　昭和一三年一月発行の『婦人公論』に掲載された「銃後の僕たち・私たち――事変を反映する全国小学生の作品――」。小学生たちの作文を収め、宗治が「はしがき」を書いている。
＊室生君の会　昭和一二年一一月一七日、深川の宮川鰻店で催された、室生犀星全集祝賀会。書簡422参照。

493――昭和15年（推定）□月18日　封書／麹町区内幸町　日本放送協会教養部　多田不二様／東京市中野区小淀三一　百田宗治

こんな手紙で失敬

君が帰つて来られたので、たいへん心づよく思つてゐます。そのうち一度お目にかかりに行きたいと思ひ、忙しくて、ついそのままにしてゐます。

けふ、小森[*]会長の名義で、去年中のお礼と、お礼のお金と、今年度もひきつづいてよろしく頼むといふあいさつ状を貰ひました。このことは別に金谷完治君からも手紙もらつたので、お役に立つやうなら、つづけてやらせて貰ひませうといふ返事を上げておいたのですが、その後一向委員会の通知にも接しないので、どうなつたのかと思つてゐました。ただ小生、いま文部省の方――図書局の方が毎週木曜、社会教育局の方が毎月第一或は最終の月曜日といふことになつてゐるため、この両者とぶつつからない日が選ばれるとたいへん好都合です。わが儘をいふやうですが、御高配えられたら幸ひです。

室生君も映画の方で御用つとめてゐるらしい様子ですが、その後会ひません。

以上小森さんへ返事かくのもおかしいのでご挨拶かた〴〵ちよつと一筆しました。

百田生

多田不二様

小生は毎日午後麴町の厚生閣にゐます。部員の諸君はよく判つてゐてくれると思ひますが。
電話は九段の三二一八番です。

■原稿用紙使用。
＊小森会長　日本放送協会第二代会長、小森七郎。

494——（消印不明）封書／芝区愛宕山東京中央放送局　多田不二様／東京市中野区小淀三一　百田宗治

御紹介状かたじけなく。昨日は忙しい中をたいへん失礼しました。さつそく手紙出しますが、君を煩はさなくとも、どなたかに僕のことをあの二氏に書いてやつて貰つてくれませんか。僕のことなど向ふでよく判つてゐてくれればいゝのだけれど、自分で自分を紹介するのも少し可笑しいから。どうぞ頼みます。それからラジオのことを書いて貰ふ苫米部氏の方へもどうぞよろしく頼んでおいて下さい。いつも勝手なことばかりで御迷惑をかけ申訳なし。お允(ゆる)しを乞ふ。

百田宗治

多田不二様

そのうち様子見て東京での放送のことも御配慮かた願ひたく。重ねて。
話題の内容については迷惑かけないやう十分慎重にやります。

森田茂書簡

（もりた　しげる）明治四〇年〜平成二一年（一九〇七〜二〇〇九）。画家。茨城県生まれ。茨城県師範学校（現、茨城大学）卒。昭和六年、熊岡美彦の熊岡洋画研究所に入門。昭和四一年、山形県羽黒山地方の郷土芸能である黒川能に出会って強く心を惹かれ、これが生涯のテーマとなる。昭和四五年、このシリーズの中の一作で日本芸術院賞を受賞。文化勲章受章。日本芸術院会員。日展顧問。茨城県名誉県民。豊島区名誉区民。筑西市名誉市民。

495――昭和13年11月24日　絵はがき／大阪市　放送局講演課長　多田不二先生／東京市豊島区長崎東町三ノ五五二　森田茂

このヱ、外務省買上、白鳥大使*がイタリーへ持参、仲々面白いことになりました。都合で本人もイタリーへ行かうかとも考へてゐます。

■裏面、森田茂の油彩画。金藏獅子（特選）第二回文部省美術展覧會出品。

*白鳥大使　白鳥敏夫。明治二〇年〜昭和二四年（一八八七―一九四九）。外交官。昭和一三年イタリア大使となり、日独伊三国同盟を推進、同一七年衆議院議員。昭和二三年一一月一二日、極東国際軍事裁判（東京裁判）でA級戦犯として終身禁錮の判決を受け、服役中に病死した。

496――昭和14年1月7日　はがき　毛筆／大阪中央放送局　多田不二先生／森田茂

飛騨の人とゐろりに酒呑んで正月をくらしました、雪の山々にみとれてゐます

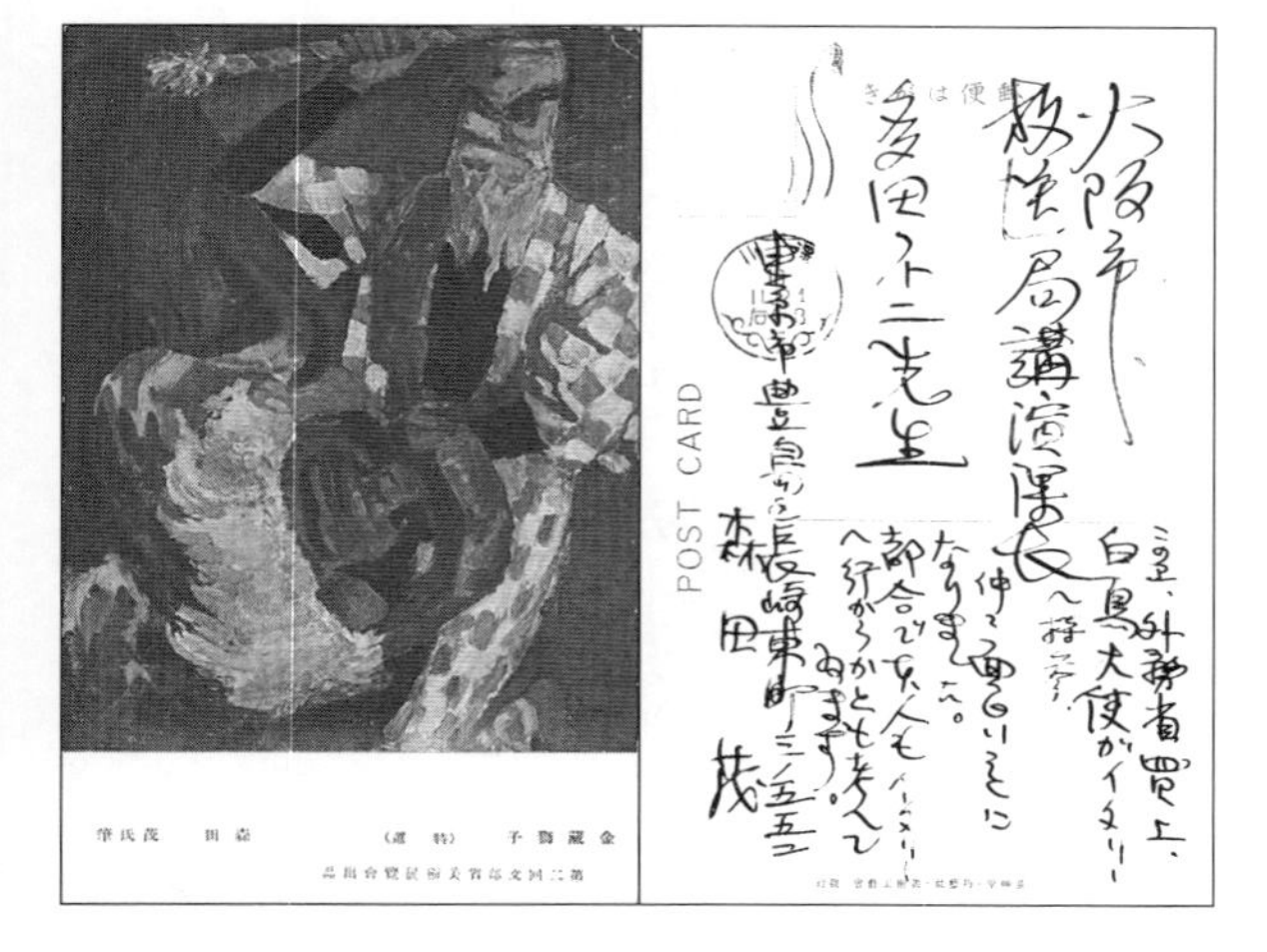

497――昭和16年11月19日　封書　毛筆／東京市世田谷区玉川奥沢町二ノ二一一　多田不二様／東京市豊島区要町一ノ三二　森田茂

十一月十日乃木神社に於て結婚式をあげました　九州貿易商の娘です　父死後苦労をした人読書もいたし頭脳も悪くなく二人懸命にやつたら面白い人生が送れると存じます

森田茂

多田不二様

柳瀬留治書簡

（やなせ　とめじ）明治二五年～昭和六三年（一八九二～一九八八）。歌人。富山県生まれ。日本大学卒。初め『創作』に入り若山牧水に、のち窪田空穂に師事。昭和四年、『短歌草原』を創刊。歌集『雑草』『立山』などの外、随筆『作歌随想』など。

498――昭和15年7月13日　封書　毛筆／芝区田村町一　放送会館　中央放送局　教養部長　多田不二先生　机下／豊島区巣鴨七ノ一六五三　柳瀬留治

謹啓

時下厳しき暑さで御座いますが先生にはお障りも御座いませんか　嘸々公務御多忙にゐられます事と存じ上ます　何時も御無沙汰許り申しまして誠に失礼致して居ります　年々御厄介をお願申ます　貴第（ママ）ですが　八月二十八日は勤皇歌人橘曙覧*翁の忌日に当りますので　御願出来ましたら何かプロの中へ講演なりを織込んで頂き度存じます次第　何分にも御依頼申ます　私もこの三年仰慕研究致して居りますので私でもよろしけ

れば第二にてもお話申上ましても構ひませんが　前に佐々木[*]、折口[*]、故宇津野研[*]の先生に願はれた関係　窪[*]田空穂先生ならば此上ありませんが　何分にも御尽力の程御願申上ます
時下不順の折柄御身御大切願上ます　早々再拝
七月十三日　柳瀬留治

多田不二先生
机下

＊橘曙覧翁　文化九年～慶応四年（一八一二～一八六八）。歌人、国学者。越前国（福井県）生まれ。歌集『志濃夫廼舎歌集』、書簡・随筆集『藁屋文集』など。
＊佐々木　佐佐木信綱。
＊折口　折口信夫。明治二〇年～昭和二八年（一八八七～一九五三）。国文学者、民俗学者、歌人、詩人。筆名、釈迢空。大阪生まれ。国学院大学国文科卒。同大学教授。民俗学の分野に創見を残し、歌人として古語を駆使した独自の歌風を創造した。著書『古代研究』、歌集『海やまのあひだ』、詩集『古代感愛集』、小説『死者の書』など。
＊宇津野研　明治一〇年～昭和一三年（一八七七～一九三八）。歌人。愛知県生まれ。東京帝国大学医学部卒。佐佐木信綱、のち窪田空穂に師事し『朝の光』（のち『勁草』と改題）を創刊。歌集『木群（こむら）』、歌論集『実作者の言葉』など。
＊窪田空穂先生　明治一〇年～昭和四二年（一八七七～一九六七）。歌人、国文学者。長野県生まれ。早稲田大学中退。同大学教授。『明星』を経て水野葉舟、吉江孤雁らと『山比古』を創刊。のち『国民文学』を創刊し、旺盛な作家活動に入った。研究書『評釈伊勢物語』『新古今和歌集評釈』、歌集『まひる野』『土を眺めて』など。

矢部謙次郎書簡

（やべ　けんじろう）明治一八年～昭和三七年（一八八五～一九六二）。ジャーナリスト、実業家。川越中学校卒業後上京し、国民英学会、早稲田大学に学ぶ。国民新聞社に入り、徳富蘇峰に敬事し、社会部長千葉亀雄の補佐役として活躍。明治四五年、同氏と共に時事新報社に転じ、大正八年部長となる。のち東京放送局理事、日本放送協会常任監事を歴任。昭和二六年、日本芸能連盟社長に就任した。

499――大正15年3月11日　封書／市外荏原郡調布村下沼部堀廻七〇五　多田不二様　急／東京市京橋区南鍋町二丁目十二番地　電報略号　ジジ　株式会社　時事新報社　振替貯金口座東京三四九九番　矢部謙次郎

多田不二様

矢部生

先日は失礼、さて放送局割込の件*快諾を得ましたが月給が安いのでどうかと存ぜられます、俸給は一〇〇それに二三十円の手当ださうです、尤も、成績によりぢきに昇給にはなると云って居りますが如何ですか、仕事は当分講演係で教育の方を担任して頂きたいとの事です、それで若し興味的にやって見る御思召があったら至急服部放送部長に会見をして下さい、服部君は大抵午後一時頃愛宕山の放送局に居ります、

■時事新報社の会社便箋、封筒使用。名宛は毛筆。封筒裏、自署以外は印刷。
＊放送局割込の件　不二の、東京放送局への就職斡旋の件。

500――昭和14年8月3日　封書／大阪市東区馬場町　大阪中央放送局　多田不二様　親展／仙台市北一番丁三二　仙台中央放送局　電話三一〇〇番振替口座　仙台二〇〇番　矢部謙次郎

八月三日

矢部生

多田仁兄

その後ご無沙汰に打過ぎ居候ところ弥御清勝の御事と拝察祝賀申上候　別して本年は暑熱酷敷涼しいと云は

れるこちらでも日中は阪神に負けぬ暑さに御座候　御地は嘸々と推察候次第に御座候
偖先日高須梅渓氏[*]松島見物に参りたりて来訪有之　その節本月下旬大阪地方へ参るに付ＢＫ[*]にて放送したし
御招介（ママ）を乞ふとの申出を受け候、同君は河井酔茗、中村春雨[*]など、共に大阪に文学青年時代を持ちし人にて
故広江局長とも別懇の間柄、同氏在世の頃一度放送せしこと有之、今回も広江氏の未亡人を訪ね亦たお墓へ
もお参りする由に候
いろ〳〵組合せの御面倒可有之も何とか御差加へ願ひたく依頼の書状封入仕候、御都合出来候はゞ同君宛御
一報願上候
小生明日は秋田の小坂鉱山まで参りそれより二三地方回りをする予定に候、暑い折の旅行は閉口也
高須氏宅付
東京市世田谷区上北沢二ノ五一〇

■封筒裏、自署以外は印刷。
＊高須梅渓氏　明治一三年～昭和二三年（一八八〇～一九四八）。評論家、水戸学研究家。大阪生まれ。早稲田大学英文科卒。著書『爛熟期頽廃期の江戸文学』『明治文学史論』など。
＊ＢＫ　大阪中央放送局のコールサイン（呼び出し符号）、ＪＯＢＫの略。書簡244の「＊ＡＫ」参照。
＊中村春雨　明治一〇年～昭和一六年（一八七七～一九四一）。劇作家、演劇研究家。島根県生まれ。早稲田大学英文科卒、後に同大学教授。「春雨」は、本名「吉蔵」の号。欧米に留学し、イプセンの影響を受け、帰国後、劇団の主宰、戯曲の創作などで活躍する。著書に『日本戯曲技巧論』、戯曲に「剃刀」「井伊大老の死」など。

〈参考〉中村茂「アナウンサー今昔譚」（『放送文化』昭和二五年三月）より――資料提供、竹山昭子氏。

氏（松田義郎――編者記）の一世の放送は、何といっても大正天皇御葬儀の放送であろう。この放送は当時の放送部長矢部謙次郎氏（現常任監事）の熱意、英断によつて実現したもので、行列の順序は予行演習もあり予め判つていたので、要

所々の情況を番号をつけた幾枚かの紙片に書き写し、これを持つて松田氏はスタジオに待機していた訳である。一方御順路に当る青山御所前には吸収マイクを置き、中継係は電話で愛宕山に「只今一番目、只今二番目」と連絡する。この合図に従つて松田氏は例の荘重な調子で一番目の原稿、二番目の原稿とアナウンスをつづけたのである。吸収マイクの音とよく調和して感激的な放送が出来上つたわけである。因みにこの原稿は多田不二氏（前松山中央放送局長）の物した名作である。

501——昭和18年11月25日　はがき／大阪府東区馬場町　大阪中央放送局　多田不二様／東京都下谷区谷中天王寺町三一　矢部謙次郎

謹啓　今般左記肩書の処に転居いたしましたからお知らせ申し上げます
敬具

昭和十八年十一月十五日

東京都下谷区谷中天王寺町三一

（省線　日暮里駅西口下車）

矢部謙次郎

■名宛は毛筆、裏面は印刷。

山崎斌書簡

（やまざき　あきら）明治二五年～昭和四七年（一八九二～一九七二）。長野県生まれ。小説家、評論家。国民英学会に学ぶ。朝鮮で『京城日報』の編集。帰京後創作活動に入り、大正一三年、赤松月船、鷹野つぎらと『芸術解放』を発行。昭和一三年、生活文化雑誌『月明』を主宰。また、「草木染」の命名者でもあり、手染め手織りの復興に努めた。小説『結婚』『犠牲』、評論集『藤村の歩める道』など。

502――昭和6年7月5日付　封書／市外田園調布下沼部七〇五　多田不二様／東京・銀座一ノ五・銀座一ビル三階　山崎斌

拝　呈

さわやかな夏になりました、御機嫌御麗はしいことに存じ上ます。さて、昨年来私指導いたし居ります草木染手織「月明織」及び手すき「月明紙」も御高庇により漸く新興の機運に向ひまして、従業の田園も楽しくその手を染めその機を動かしてよき製品の多くを産出いたしました。就て今回、東京銀座一丁目紀伊国橋詰銀一ビル三階に営業所を開設しましたのを機会に記念展覧会を主催いたしました。七月十日（金曜）より十四日まで五日間の会期で御座います。御多用中恐縮に存じますが幸に御来観の栄を賜りたく御案内ながら御願申し上げます。右まで

昭和六年七月五日

山崎　斌

信濃工芸研究所
東京・銀座一ノ五・銀座一ビル三階
電話京橋（56）一七八番

自宅　東京渋谷大和田六一

様

追て、十日を御招待日といたします。尚御来場の節この状封筒のまゝ御携帯下さいます様御願ひ申し上げます。

草木染月明織について

草木染月明織は信濃工芸研究所山崎斌が唱導して信州山村の農民の中にその産出を計つた処の手織の絹織物で、糸染は古来の染法師即ち山野に自生する植物の草葉木根で染め上げる手法を復興し、機織も昔ながらの手ばた織を復活したものであります。もともと斯様した織物は単に営利を目的として製造される性質のものでありませず、従つて近時の工場製品の洪水に押流されて、心ある人の間にはその強さ美しさを惜まれつゝも遂に衰滅してしまつた様のものであります。然し今日はそのよき織物も更生したのであります。

此処に出陳しましたものはその一部で、糸から織物になるまで、すべて農人各戸の手で一切を造り上げたものであります。質実清閑な風趣は田園人の手芸美による処であり、純麗温雅な色調は造物本来の自然力による処であります。しかも国産、寧ろ郷土産とも謂はるべきこれは、当に見捨てられた天地間の富源をも興したことになりまして、又折柄の農村の苦境を救う一助ともなるのであります。どうぞ、農民のために、これの復興のために御愛援の手をのべて頂きたいのであります。

尚、これは一切手芸によるものでありますから労賃の点では工場製品より比較的高価になつて居りますが、純真無垢その物のたしかさに於て結極大変安価であると申し上げられます。所謂「三年寝巻、それから外出着」といふ強さ、美しさは実にこの織物の永久性について言はれてゐたことばなのであります。

以上

信濃工芸研究所

松本市南源池一二六九

山崎　斌

東京渋谷大和田六一

天のめぐみ土のいはひをうけにつゝわれらまことの衣織らんとす
日のいろのけふたのしもよ草を煮てわれら染むる糸の色はしづかに
紫は紫根に紺は草藍にたのみて染むよこの色糸は
野に山に満てるよろこびいまは知るとこのよきこゝろよき布を織る
織りきり夕陽にかざすこれの布の麗しさこそまことの美しさ

■名宛のみ毛筆、他は印刷。
■書簡文の後に案内図（省略）あり。

山内義雄書簡

（やまのうち　よしお）明治二七年～昭和四八年（一八九四～一九七三）。仏文学者、翻訳家。東京生まれ。東京外国語学校（現、東京外国語大学）卒、のち京都帝国大学法学部に在籍。その後、東京外国語学校、早稲田大学で教鞭を執る。大正一〇年、フランス大使として来日した詩人ポール・クローデルと親交を結ぶ。アンドレ・ジードの「狭き門」「贋金つかい」、マルタン・デュ・ガールの「チボー家の人々」をはじめ、多数の名訳がある。没後、随筆集『遠くにありて』が刊行された。

503――昭和6年7月24日　封書／府下田園調布下沼部七〇五　多田不二様／小石川区久世山ハウス　山内義雄

先日はいろ〳〵、お礼も両三日前頂き恐縮でした　けふこれと同便で小生友人の油絵を一枚お送りしました
先日お話のあつた御新邸におかけ頂いたら幸甚です　額縁もありあはせの粗末なのをつけておきました。トワルも　張るとよかつたんですが　思ひ立つた儘にスケッチ板にはさんで　釘も打たずにお送りしました
なほ　同人の画会の広告を入れておきました　何かの機会に御知友に御吹聴下さいまし

山内義雄

七月二十四日

多田詞兄

■「東京文房堂製」原稿用紙使用。

504――昭和8年8月24日　絵はがき／東京市外田園調布下沼部七〇五　多田不二様／山内義雄

お見舞おそれ入りました　随分あつい夏ですね　この夏は秋に出す『窄き門』*改訂版の校正におはれて海にも二三度しか入らないといふなさけないありさまです　いまラヂオで林髞(たかし)*君の話がありますね、日本詩人での林久策*君時代を思ひ出して久しぶりに聞く彼の声をなつかしく思ひました

八月二十三日

■「江の島　奥津の宮」の絵はがき。文は、表面下部に、横書きされたもの。

＊『窄き門』改訂版　「窄き門」は、フランスの作家アンドレ・ジードの小説。原題 La Porte étroite。この改訂版は、昭和六年白

水社刊『窄き門』の改訂版で、同九年同社から刊行された訳本か。

*林髞君 「林髞」の本名は「木々高太郎」。明治三〇年~昭和四四年(一八九七~一九六九)。小説家、生理学者。山梨県生まれ。慶応義塾大学医学部卒。同大学教授。推理小説作家として、また大脳生理学者として著名。昭和一二年、「人生の阿呆」により直木賞を受賞。医学、科学評論家としてラジオ放送でも活躍した。

*日本詩人 大正一〇年一〇月から同一五年一月まで、詩話会が新潮社から発行していた機関誌。書簡193参照。

*林久策君時代 「林久策」は木々高太郎の若い頃の筆名。林久策は、大正一一年五月発行の『日本詩人』に、訳詩と略伝「フランツ ウェフェル(独逸現代詩抄1)」を載せ、この連載を六月、七月、八月と続け、同一一月発行の同誌に「ヨハネス ベッヘル(現代独逸詩抄5)」を発表して終えている。山内義雄も、同じく大正一一年五月発行の『日本詩人』に訳詩「ファルグ三章」を載せ、以後ほぼ毎月翻訳を載せている。「時代」は、この大正一一年頃を指していると思われる。

横瀬夜雨書簡

(略歴160頁参照)

505――昭和4年4月2日 はがき/市外田園調布下沼部七〇五 多田不二行/茨城県大宝村 横瀬夜雨

よろしくお頼み申上候 ○余事ながら小生の詩集岩波文庫の一として出る筈なりしが 沙汰やみとなり候につき近く孔雀船と一しよに岡書院から□□□ 一部さしあげ申候 校正も何も向うまかせ故

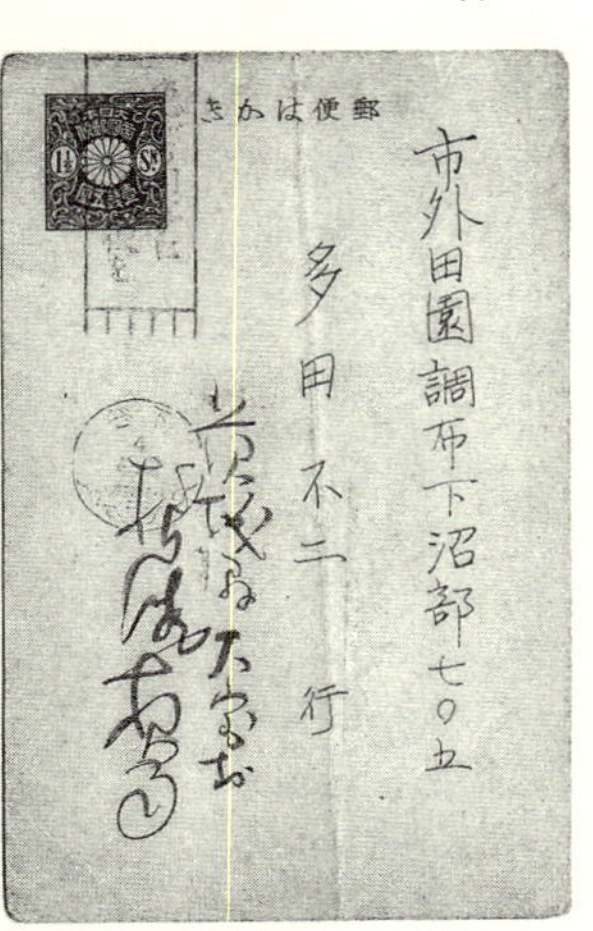

出来ばえは案じ居候　岡氏はそれが売れゝば五百部限定　あとも詩集を出すと申居候　人選は岡氏はあつからず

三月二十九日

*よろしくお頼み申上候　不二が編纂したと推測される「童謡傑作集」への、作品収載依頼の回答。書簡436。

*孔雀船　昭和三九年五月、佐久良工房から刊行された、伊良子清白の詩集。明治時代の名詩集の一つとされるが、発表時にはほとんど注目されなかった。

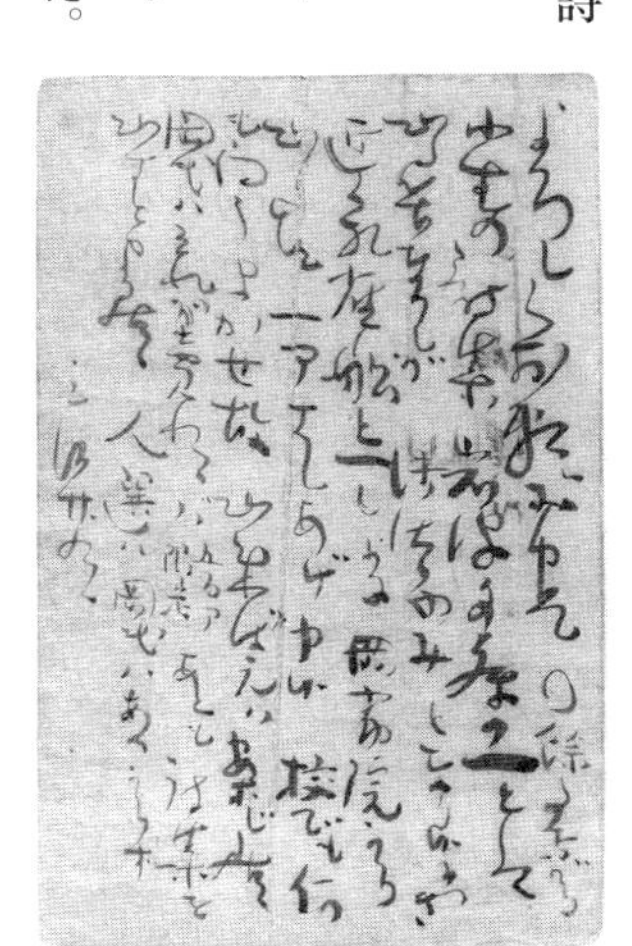

横山青娥書簡

（よこやま　せいが）明治三四年～昭和五六年（一九〇一～一九八一）。詩人、国文学者。高知県生まれ。早稲田大学国文科卒。早くから西條八十に師事。大正一五年に創刊された『愛誦』の編集を終刊まで担当し、作品を発表する。昭和九年、『昭和詩人』を創刊、主宰。昭和四三年から昭和女子大学短期大学部に出講、のち教授。詩集『黄金の灯台』『蒼空に泳ぐ』、著書『日本詩歌の形態学的研究』『日本女性歌人史』など。

506――昭和4年3月31日　はがき／市外田園調布下沼部七〇五　多田不二様／淀橋町朽木九七〇　横山青娥

御手紙ありがたう存じました。御仰せ*の趣正に拝承いたしました。いづれ後より七八篇御送り申上げます故よろしき様御選択の上、御採用下さいませ、先は右取敢えず御返事申上げます、末筆ながら「愛誦*」への御助力厚く御礼申上ます。

三月三十一日

*御仰せの趣正に拝承いたしました　不二が編纂したと推測される「童謡傑作集」への、作品収載承諾の回答。書簡436参照。

*「愛誦」への御助力　不二は、『愛誦』には、この頃、昭和四年一月「或る裏町にて」「吾が子」、同年四月「贖罪」を載せており、その後も、同年九月「意想詩篇1」、同年一〇月「意想詩篇2」を載せている。『愛誦』は、大正一五年五月、交蘭社より創刊された詩誌（終刊、昭和九年四月）。一巻一一号から西條八十が主宰、のち辞退。その後横山青娥が全面的に編集を担当した。

与謝野光書簡

（よさの　ひかる）明治三五年～平成四年（一九〇二～一九九二）。東京生まれ。慶応義塾大学医学部卒。米国ジョンズ・ホプキンス大学大学院修了。医学博士。東京都国民健康保険診療報酬審査委員会委員長を始め、（財）ライフ・エクステンション研究所理事長、東京医科大学理事、呉竹学園校長、東京厚生信用組合理事等々の要職を歴任。与謝野寛、晶子の長男。

507――昭和17年6月1日　はがき（黒縁取り）　印刷／麹町区内幸町　放送会館　日本放送協会講演部長　多田不二様

*母晶子告別式の際は御多用中遠路態々御焼香なし下され御芳志有り難く御礼申上候

昭和十七年六月一日

東京市杉並区荻窪二ノ一一九

与謝野　光

秀

外親戚一同

*母晶子　与謝野晶子。明治一一年～昭和一七年（一八七八～一九四二）。歌人、詩人。大阪生まれ。『明星』の中心歌人。寛の妻。歌集『みだれ髪』、詩集『晶子詩篇全集』など。与謝野晶子は、五月二九日、家族や弟子らにみとられ、東京荻窪の自宅で長逝した。享年六三歳。葬儀告別式は六月一日、東京青山斎場で京都の鞍馬寺・信楽香雲管長が導師となって執り行われた。その折り、高村光太郎が自作の詩を朗読した。

吉川則比古書簡

（よしかわ　のりひこ）明治三五年～昭和二〇年（一九〇二～一九四五）。詩人。奈良県生まれ。青山学院卒。正富汪洋の知遇を得て『新進詩人』に加わる。昭和三年、三木露風のもとで『高踏』を創刊。昭和八年から同一九年まで、『日本詩壇』を発行する。没後に『吉川則比古詩集』が刊行された。

508――昭和13年3月14日付　封書／大阪市東区大手前　大阪中央放送局内　教養課長　多田不二様／大阪市外布施市御厨川島二十七番地　吉川方　日本詩壇発行所　吉川則比古

謹啓　唐突乍ら粗簡を呈し上げます。

此の度、BK*に御栄転、当地に御赴任になられました由、大慶至極に存じ上げます。関西に在住し、詩作してゐるものにとっては、今後の御指導を仰ぐにも甚だ嬉しく、御厚誼の程をおねがひ申します。

就きましては、関西在住の主立った詩人のみ集めまして、尊殿の歓迎会を催させて頂きたく、御都合のよい日時をお伺ひして計画いたしたい所存でありますす故、お含みおき下さいませんでせうか。いづれ、小生拝眉の上、御挨拶の上、何かと御意向をお伺ひいたします。

尚、BKの詩の朗読、解説の放送のため、川路*、百田*、福田*、前田*、丸山*、白鳥*、萩原*の諸氏が相前後して来阪されます故、此等先輩との懇談会を催すことに決定いたしました。

大体、左の通りのプランを樹て、準備も完了いたしてをりますので、尊殿におかせられましても、御余暇をお割き下さいまして、御参席ねがひたく存じます。

一、三月十六日、午后五時より六時半まで、座談会

(特定の者十余名で内密に催します。話題は「ヤンガア・ジェナレーションの問題」御臨席下さいまして、御高説を聞かせ頂ければ幸せです。速記して、拙誌「日本詩壇」*に発表させてもらひます。

会場は——市電「京町橋」東際「魚安」)

一、同　午后七時より、懇談茶会。心斎橋通り「明治製菓」三階にて。全関西の詩人五、六十名は集る予定です。

一、同　午后九時より、主立った詩人のみで、歓迎酒宴。

(一時解散後、更めて、上述の「魚安」にて催します。)

右の次第で御座ゐますれば、御都合を御考慮下さいまして是非御臨席下さい。拝眉の上、小生より、いろ〳〵おねがひ申したいと存じてをります。

十九日には、小生も照井栄三氏とともに、ＢＫより「戦争詩」の放送を致すことになってをりますれば、何卒よろしくねがひ上げます。

御多用中に拘らず右、おたのみまで如斯に御座います。

頓首

三月十四日朝

日本詩壇発行所

吉川則比古

追って、別便にて拙誌「日本詩壇」新年号をお届けいたしました。「住所録」がついてゐますので、何か御用に立つと存じます。御笑覧下さい。
いづれ四月号、近々発売いたしますれば、お届けいたします。

多田不二様
硯北

■封筒裏、差出人名の外は印字。
＊ＢＫ　大阪中央放送局のコールサイン（呼び出し符号）、ＪＯＢＫの略。書簡244の「＊ＡＫ」参照。
＊川路　川路柳虹。
＊百田　百田宗治。
＊福田　福田正夫。
＊前田　前田鐵之助。
＊丸山　丸山薫。明治三二年～昭和四九年（一八九九～一九七四）。詩人。大分県生まれ。東京帝国大学国文科中退。愛知大学教授。堀辰雄、三好達治と第二次『四季』を創刊。詩集『帆・ランプ・鷗』『物象詩集』など。
＊白鳥　白鳥省吾。
＊萩原　萩原朔太郎。
＊「日本詩壇」　昭和八年一二月創刊の詩誌（終刊、昭和一九年四月）。『詩章』の吉川則比古と『関西詩壇』の吉澤独陽とが合流して創刊した。創刊時、発行所は東京の日本書房であったが、のち、大阪の「吉川方　日本詩壇発行所」に移った。編集、吉川則比古。

吉田絃二郎書簡

（よしだ　げんじろう）明治一九年～昭和三一年（一八八六～一九五六）。小説家、劇作家、随筆家。佐賀県生まれ。早稲田大学英文科卒。早稲田大学講師となる。大正三年『早稲田文学』に発表した「磯ごよみ」で文壇に登場、同誌発表の「島の秋」が出世作。「清作の妻」「大地の涯」「人間苦」など多数。戯曲には「大阪城」「二条城の清正」などの史劇がある。随筆集『小鳥の来る日』など。

509――昭和3年2月29日　封書（速達）　巻紙　毛筆／芝区愛宕山　東京放送局放送部　多田不二様　御人々／本郷駒込林町二百十六　吉田絃二郎　二月二十九日

拝啓
昨夜は折角お越しいたゞきましたに生憎にて誠に失礼いたしました　さて御仰せの私の講演の題は「文学と旅のさま〳〵」とでもいたしていたゞき度存じます　いづれ御目にかゝりまして万々
草々

二月二十九日
吉田絃二郎

多田不二様
御人々

510――昭和3年7月1日　絵はがき／東京市芝区愛宕山　東京放送局放送部　多田不二様／修善寺温泉　菊屋別荘　吉田絃二郎　七月一日

お忙しくお過しの御事と存じます　わたくしは毎日山の雨をながめて暮してゐます　久し振りでのんきに落ちついてゐます　ほとゝきすや水恋*が啼きますのでいかにも梅雨らしい山の情趣がわきます　御大事にいの

り上ます

■裏面写真、「伊豆修善寺　とっこノ湯」。
*水恋　水恋鳥（みずこいどり）。アカショウビンの別称。

511――昭和4年1月29日　絵はがき　毛筆／市内芝区愛宕山　東京中央放送部　多田不二様／駒込林町　吉田絃二郎

・昨夜初雪と箱根にて一緒になり帰宅いたしました　ぜひ小林様とご一緒に御出かけ下さい　御待ちいたしてをります・　草々

お寒さおいとひ被遊度念じ上ます　一月二十九日

■・を付した「昨夜」から「をります」までは、表面下部に書かれたもの。
■裏面、比叡山延暦寺釈迦堂の写真。

512――昭和4年（推定）2月12日付　封筒なし　巻紙　毛筆／多田不二様／吉田絃二郎

・今度御越しのせつは一寸御葉書にても御寄せ被下ますれば必ずお待ちいたしてゐます

拝啓

過日は小林さんとお揃ひにて御越しいたゞきましたさうですか又々不在にて誠に失礼いたしました　当日明治座へ招かれ出かけましたのでお気の毒なことをいたしました　小林さんへも何卒宜しく御わびをおつたへ下さい　十八日の講演の概略御仰に従ひ御送り申上ます　御寒さのみぎり御大事にいのり上ます

草々

二月十二日

吉田絃二郎

多田不二様　御人々

■・を付した「今度」から「ゐます」までは、「拝啓」に始まる文の前に記されている、追伸。

513――昭和4年2月12日　封書（速達）　巻紙　毛筆／芝区愛宕山　東京中央放送部　多田不二様　御人々／駒込林町二百十六　吉田絃二郎　二月十二日

世間には文学嫌いといふ人がある。同時に文学愛好者もかなり多い。ところで文学嫌ひといふ人は大抵はほんたうな文学を読んでゐない。文学を理解してゐない。また自分ではいっぱし文学愛好者のつもりでも実は真の文学を読んでゐないといふこともある。世間的にはおほく成功した人々でも中にはまったく文学については何の理解もない人もある。即ち趣味からいへば野蛮人にちかいやうな人たちがある。専門的な学問もあり、立派な社会的地位ある人で文芸に対して全然無理解な人がある。むしろお気の毒に思ふ。そのやうな人々の家庭生活にはうるほひがない。ゆかしさがない。自分ではいゝつもりでゐても、側（はた）から観察すれば落莫たる感じがする。

文芸にも無論正しい文芸と仮面をかむった似而非文芸とがある。正しいものと正しからざるものを見分ける必要がある。私たちは自分等の家庭生活をうるほひあるものとする為にも自分自身の心を一日一日と深くしてゆく為にも文芸をもっと家庭と接近させなければならぬ。ところで文芸は必ずしも理解するにさほど困難なものではない。真人間の心を持ち、嬰児の心を持って接するものには必ず霊犀相通ずるところがある。しからば先づいかなる文芸をいかにして家庭生活は取り容るべきかといふことについてお話をして見たいと思ふ。漱石先生は則天去私といふ言葉をつかってゐられるが、先以文芸を愛好する者にも作者にもあの言葉は洵によい言葉である。先づあのあたりの心がけから出発すべきであります。

■書簡512に記されている「講演の概略」と思われる。

514――昭和5年8月26日　絵はがき／東京市芝区芝公園愛宕山　東京放送局　多田不二様／軽井沢局区内　沓掛星の温泉　吉田絃二郎　八月二十五日

大変御無沙汰いたしてゐます　おかはりもあらせられませんか　当年はこちらもなか〳〵お暑うございます　近年になきことで御座います　しかし流石にけさあたりさかんに落葉松の葉が落ち雉子の声などがきこへます　御からだ御大切に被遊度念じ上ます　草々

■文は、表面下部に書かれたもの。
■裏面は、「浅間登山者（軽井沢口）」の写真。

515――昭和6年5月19日　封書（速達）毛筆／芝区愛宕山　東京放送局放送部　多田不二様／玉川村瀬田五四五　吉田絃二郎　五月十九日

拝啓
御無沙汰いたしてゐます　御障りもあらせられませんか　さて小林さんにも一寸御頼みいたして置きましたが　今日十七日[*]の東京朝日新聞の鉄箒欄に「日陰のラヂオ」といふ文を絃二郎寄として掲げてあります　昨日友人に聞いてはじめて知り驚いた次第で御座います　誰か悪意あってあんな一文を私の名で出したものか

ともおもひますが　放送局の方々に対しても洵にお気の毒に存じます「朝日」には土岐哀果さんに取り消[*]しの原稿を頼んで置きましたがもし小林さんが御休みでしたらあなたから放送局の方へも宜布おつたへ下さい　そのうち小林さんや内山さんを御誘ひ下され御立寄り下さい　今度は御宅からもずっと近くなりました

五月十九日　　紘二郎

多田不二様

＊今日十七日の東京朝日新聞……掲げてあります　『朝日新聞』の「鉄箒」欄には、「住所氏名なきものは採らず但紙上筆名は随意」という文が添えられている。昭和六年五月一七日『朝日新聞』の「鉄箒」欄に載っている「日陰のラヂオ」の内容は、母と兄妹三人暮らしの極貧の家族が聴取料金を払えないままラジオを聞いているのを知った「ラヂオ勧誘員」が、料金を立て替えつづけて一家を助けてやるという話を紹介した上で、「同時に放送協会の人々が社会政策的機構への関心をどの程度に持ち合せてゐるかを知りたいと思つてゐる」と結んだもの。

＊土岐哀果さん　土岐善麿の、初期の筆名。

516——昭和6年5月25日　封書　巻紙　毛筆／芝区愛宕山　放送局　多田不二様　人々／玉川村瀬田五四五　吉田紘二郎
五月廿五日

拝啓
過日は飛んだ御心配をかけまして厚く御礼申上げます　早速御たよりたまはり千万忝く存じます
奥様や御子様方御わづらひ被遊嘸々御心配被遊ましたこと、御察し申上げます　予後御大切に被致度念じ上ます　そのうち御立ち寄り下され度御待ち申してをります　瀬田停留場より北へ約一丁のところで御座いま

す

五月廿五日

草々

吉田紘二郎

多田不二様　人々

517 ―― 昭和13年10月13日　絵はがき／大阪市東区馬場　大阪中央放送局　多田不二様／京都にて　紘二郎　十月十三日

・久しく御無沙汰いたしてゐます　御ことつてありかたく存じます　京のしくれにふりこめられてゐます
御大事に被遊度　御目にもかゝらず失礼いたします
比叡の燭をしぐれのうへに見る夜かな

■・を付した「久しく」から「いたします」までは、表面下部に書かれたもの。
■裏面、柊家旅館調製「嵐山」、および自署の俳句。

吉田三郎書簡

（略歴162頁参照）

518 ―― 昭和16年3月2日付　封書／麹町区内幸町　日本放送協会　多田講演部長殿／東京市滝野川区田端町一〇五　吉田方

板谷波山先生古稀祝賀会　吉田三郎　三月二日

拝啓
先日は御多用中色々御面倒な事を申上げ誠に恐縮でした　其後態々御電話を頂戴する等御芳志之段幾重にも御礼申上升(ます)　然る処余興の事は大分困雑なものである事もわかり他に世話する事も沢山あるので一切他の人に委し自分は関係せない事にしました様な次第で随って此事は私の手からはなれる事になりました様な訳でこれきりの事になりました　これまでの御世話下されし事を幾重にも御礼を申し上げます
尚御紹介下されました方の紹介状も不用となりましたのでこゝに御返し申被下度存候

二日　三郎

多田不二様

■毛筆。封筒裏、「吉田三郎　三月二日」は毛筆、外は印刷。

519――昭和20年6月□日　はがき（速達）／愛媛県松山市　放送局　多田局長様／東京都下吉祥寺二五四六ノ一三四　小早川貞登方　吉田三郎

拝啓　空襲頻繁の折柄其後益々御清祥奉賀候　陳者(のぶれば)小生儀今回御多分にもれず遂に田端*の家も戦災にかゝり目下表記妹の家に立退中に御座候　就は所持のラヂオが空襲の折柄命の親程の貴重にても時々故障生じ世の中が真黒になりホト々(ママ)困り抜き従来斯様な場合に飛んで来て診察する仁も有之候も矢張戦災にて帰郷したる為め適当の人なく此際何とか貴下の御懇意で上手な然もよくきいてくれる方有之候はゞ、何卒御紹介被下度御願申上候　これ迄親類の霞村外雄氏にも時々厄介かけたるも何分北京の事とて間に合はず然も昨今飛行機

事故あった様な噂さもあり迷ひ居る次第に有之尚同氏健在なるや御承知ならば御一報願候　右勝手ながらよろしく御願申上候

■差出人住所は押印。

＊田端の家も戦災にかゝり　昭和二〇年四月一三日、午後一一時から約三時間、東京市街地はB29三五二機による無差別爆撃を受けた。戦災家屋200，277戸、罹災人口666，986人、死者2，459人。（『東京大空襲の記録』昭和五七年、三省堂刊、による）

520――昭和20年（推定）6月23日　絵はがき／松山市小栗町　松山中央放送局　多田不二様／東京武蔵野町吉祥寺本田南二五四六　小早川方　吉田三郎

拝復　早速に御高配被下千万御礼申上候　これで今後は時局柄第一線の武器の安全を得る事に相成大に意を強ふいたし居候

霞村外雄氏も健在の由飛行キ事故もデマと云ふ事になり嬉ひ居候　今夕出立一寸帰郷いつれ又上京仕度存し居候

不取敢御礼迄申述候　早々

六月二十三日

■文は、表面下部に記されたもの。

■裏面、「韮山　野口別荘温室　熱帯植物室正面」の写真。

吉田晴風書簡

（よしだ　せいふう）明治二四年～昭和二五年（一八九一～一九五〇）。尺八奏者、邦楽作曲家。熊本県生まれ。熊本商業学校卒、日本音楽学校卒。一〇歳の頃から吹き始めた尺八に熱中し、鳥井若菜に師事。朝鮮に渡って大豆商を営み、かたわら竹堂の芸名で尺八を吹いて活躍する。大正三年、京城で宮城道雄と出会い、生涯の友となる。大正九年、宮城道雄、本居長世と新日本音楽の第一回演奏会を開催。昭和七年、晴風会を組織して尺八普及運動を全国的に展開した。著書に『清風随筆』『琴と尺八』など。

521――昭和11年（推定）早春（推定）　持参便／多田課長様　吉田晴風／東京市麴町区下二番町十一番地　吉田晴風　電話九段（33）一四一〇番

多田課長様　　　　　　　　　　　　　　　吉田晴風

拝啓　春寒料峭の砌愈々御清安奉賀上候、過日は突然お伺ひ致し、勝手なるお願を致し、失礼の段御用捨の程願上候

国民音楽として尺八趣味の普及に専念致して居ります。何卒御後援被下度お願申上候。

過日申上ました、講演及尺八稽古の内容大要別紙の通りに候。

本日は来月三日の放送打合わせのため参上致候ため此状持参仕候。　　　　　　　　　　　　　　敬具

趣味講座　二題

一、尺八曲に取入れたる生物の声

内容
- 古典本曲により　鶴の巣籠り、鹿の遠音　夕暮の曲（ひぐらし）
- 宮城道雄*曲より　鈴虫、こほろぎ
- 吉田晴風曲より　かもめ、春謳歌（うぐひす）

二、尺八の話
　起原と変遷―虚無僧の話―尺八の現在と将来
尺八の稽古
　初心者　手ほどきより六段の曲吹ける迄。

前回第二回目の放送（尺八の導く力）の内容、別冊、「尺八入門」中に御座候間　御参考までに御一覧披下度候、尺八の稽古も「尺八入門」をふえん致すものに御座候、

■封筒裏は、活字印刷。
■吉田晴風氏用の便箋二枚使用。
＊宮城道雄　明治二七年～昭和三一年（一八九四～一九五六）。箏曲演奏家、作曲家。兵庫県生まれ。幼くして失明したが、生田流箏曲、地歌を学び、演奏家、作曲家として活躍。邦楽界に革新的業績を残した。第一回放送文化賞受賞。作品「春の海」「桜変奏曲」など。

522――昭和11年5月25日　封書／芝区愛宕町　東京中央放送局　多田課長殿　御侍史／東京市麹町区下二番町十一番地　吉田晴風　電話九段（33）一四一〇番

多田様　　晴風
拝啓　愈々御清安の段奉賀上候　此度は種々御厚配を忝し難有奉深謝候　過日は　わざ〳〵電話を頂戴仕候由、又先にて好様も到来致事と存候　何卒御放念被下度御厚志に対しては深甚の感謝致居候　此上共何分御

後援伏而願上候
乍末筆御自愛の上益々放送事業のため御健闘の程願上候
先は不取敢御礼申上度如斯に御座候
敬具

■封筒裏は、活字印刷。

米澤順子書簡

（よねざわ　じゅんこ）明治二七年〜昭和六年（一八九四〜一九三一）。詩人、小説家。東京生まれ。三輪田高等女学校卒。熊谷直彦に日本画を学び、のち詩作を始めた。大正八年、詩集『聖水盤』を発表。『日本詩人』『地上楽園』『女人芸術』などに詩を発表した。小説も書き、昭和三年『時事新報』に応募した小説「毒花」が第一位入選。没後、『米澤順子詩集』が刊行された。

523――昭和2年4月8日　封書／府下、田園調布下沼部七〇五　帆船社内　多田不二様　御前に／府下　中野町二九七二
米澤順子　四月六日

日頃は御無沙汰にのみ打過ぎてをりまして失礼致してをります
「帆船」*御送り下さいましてまことにありがたうこさいました　非常に興味深く有益に拝見いたしました
御忙しい御仕事のかたわらにこうした立派な雑誌を御出しになりますことは並々ならぬ御骨折と御察し申上てをります　尚ます〳〵御発展のほどいのつてをります
先は御礼のみ申上たく
かしこ
四月六日

多田不二様　御前に

■「松屋製」便箋使用。

＊「帆船」不二の主宰した詩誌。書簡180参照。

米澤順子

和気律次郎書簡

（わけ　りつじろう）明治二三年〜昭和五〇年（一八九〇〜一九七五）。翻訳家、小説家。愛媛県生まれ。慶応義塾大学予科中退。大杉栄、荒畑寒村の『近代思想』、土岐哀果の『生活と芸術』に翻訳、小説、評論を発表。大正一三年創刊の『苦楽』に毎号探偵小説を載せる。著書『犯罪王カポネ』、翻訳『奈落の人々』など。

524 ―― 昭和13年12月31日　はがき／大阪市東区大手前　大阪中央放送局　多田不二様

賀正

元旦

西宮市南昭和町九八

和気律次郎

■「賀正」「元旦」は雅印。それ以外は毛筆。兎の絵あり。

Ⅲ 社会・文化活動の時代

昭和二一年（一九四六）六月——昭和四三年（一九六八）一二月

畦地梅太郎書簡

（あぜち　うめたろう）明治三五年～平成一一年（一九〇二～一九九九）。版画家。愛媛県生まれ。船員、石版印刷工などを経て内閣印刷局に就職し、のち、版画の道に進み、恩地孝四郎に師事。山の風景を描いた作品が多く、「山の版画家」として知られる。昭和六〇年、愛媛県教育文化賞、愛媛新聞賞を受賞。随筆集『山の足音』『北と南の話』など。

525――昭和22年8月10日　はがき／松山市竹原町三八　多田不二様／南宇和郡御荘町平城　畦地梅太郎

恩地様*を通じ御目にかゝる機を得て有りがたし。
当地にある石崎様*などにも宜しく今后のこと宜しくたのみ上げます。目下進行中の三越での版画展*またよろしくたのみます。御あいさつまで。

＊恩地様　恩地孝四郎。
＊石崎様　石崎重利。明治三四年～平成八年（一九〇一～一九九六）。版画家。愛媛県生まれ。日本創作版画協会展、帝展、国画会展等に出品し、多数入選。昭和二七年、愛媛県美術展審査委員及び愛媛県美術会常任理事に就任、同四六年まで、同会の理事、評議員を歴任。愛媛県美術界の発展に貢献した。
＊版画展……たのみます　不二は、当時、愛媛県版画研究会の顧問であった。

526――昭和22年□月17日　はがき／松山市竹原町三八　多田不二様／御荘町平城　畦地梅太郎　十七日

月末ごろこの辺へ御来遊の由、ぜひ御出かけ願ひます。此の平城の地は俳、歌、人多く、一夜座談会でも願へるとい、と思ひます。が、小生等あるいは月末には家族引き連れて上京してゐるかも知れず残念至極ですそのときはまたレンラクをり（ママ）ます。

527――昭和24年1月1日　絵はがき／松山市竹原町三八　多田不二様／東京都港区芝二本榎西町二　畦地梅太郎

迎春　1949

■山の版画（自作―編者記）。

528――昭和39年5月15日　はがき／松山市道後祝谷四六四　多田不二様／東京都世田谷区祖師谷一ノ四五二　畦地梅太郎　五月十四日

松山久しぶりに参りましても滞在日数が少く、とう〲ごあいさつもせずに帰つてしまい失礼しました。三越会場へもわざ〲御越しいたゞきましたのに、お目にもかゝれずまつたく残念でした。貴台様、ＮＨＫの支局長なさつておられた当時、下役だつたという西条出身の人、東京であいまして、当時の貴台をしのび、なつかしがつておりました。東京冬にぎやくもどりの寒さです。御無礼の御わびまで

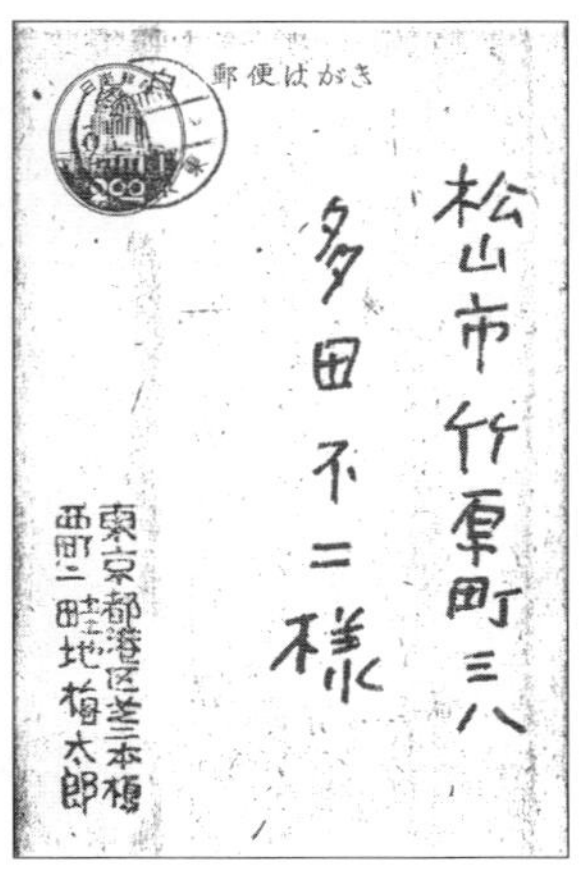

植村敏夫書簡

（略歴200頁参照）

529―昭和22年（推定）3月9日　はがき／松山市竹原町三八　多田不二様／中野区江古田四ノ一六二六　植村敏夫

冠省　御健祥お喜び申上げます　農業公論[*]第二号ができましたので御目にかけます　高橋丈雄氏に御会ひの節は消息を聞かせて貰ひたいと仰有つて下さいませんか

御自愛専一に願上げます

拝具

＊農業公論　昭和二一年四月創刊の月刊誌。発行所、農業公論社。

越智二良書簡

（おち　じろう）明治二四年～平成三年（一八九一～一九九一）。評論家。愛媛県生まれ。「にろう」とも。雅号、水草。松山商業学校卒。県史編纂委員、県文化財専門委員。松山子規会会長として、柳原極堂らと正岡子規の顕彰に努めた。著書『子規歳時』『伝記井上正夫』など。

530―昭和41年11月3日　電報／エヒメホウジ　ヨウ　三〇四　セ一一、三五　イワイダ　ニ」　タダ　フジ　殿

ゴ[*]ジ　ヨクンオイワイモウシアゲ　マス

オチニロウ

＊ゴ　ジ　ヨクン　昭和四一年一一月三日、不二は、教養番組の基礎を確立した功績により、勲四等瑞宝章を授与された。

小山龍之輔書簡

（略歴233頁参照）

531 ── 昭和21年6月9日　はがき／松山市竹原町三八　多田不二様／喜多郡長浜町甲四一　小山龍之輔　六月九日

おはがき拝見しました　仰の事はラヂオで承知いたしてゐます　松山から折々本部勤務も亦よいぢやありませんか　東京見物に呵々

過日は東京からのおはがきを頂戴しまして遥に赤門前の過ぎにし生活を偲んでゐました　然しどうも東京へ行く気にもなれません　然し

あゝ恋しなつかし銀座の青柳
銀ぶらぶらぶら散歩がしたし

ナンカと魂だけ散歩に出かけましたよ　では又いづれおめにかゝりまして……　不一

532 ── 昭和22年1月9日　はがき／松山市竹原町三八　多田不二様／喜多郡長浜町甲四一　小山龍之輔　一月九日

おめでたう存じます　小生新春早々より長浜から五里西の喜木津と申す山漁村に来まして昨日かへつたわけで誠に失礼してゐました　都の春とは又趣を異にする田舎の正月久しぶりにのんびりとした春を迎へましたトニカク鉄道の便なき土地が此頃は天下の楽園ですね　愚妻よりもよろしく

甘藷焼酎とろりとあまくぴんと来て
腹の底まで春に酔ひけり　呵々大笑

533 ―― 昭和22年10月10日　封書／松山市竹原町三八番地　多田不二様　親展／県下喜多郡長浜町甲四一番地　小山龍之輔

拝啓
原稿紙で失礼　例の道後に於ける同窓会[*]会費の不足分御送りしようくと思うてゐながらついくと忘れてゐまして失礼いたしました　ここに為替でお送りしましたから御収め下さい
いよくよい季節になりました　東京も復興の中ながらも幾分かは昔の気分をとり戻しただろうとちょっと郷愁のやうな気持になりますよ　阿々四国の俊寛いつ宇野の渡を越えて去らば四国よと東に帰れますかナー
新聞通信放送労働組合のゼネストには労資いづれに非がありますか知りませんが国民大衆の迷惑この上なしですね　経済問題か政治問題か経済から政治問題へ移向させる傾向がもとからあったとしたらストライキも吾々は一考しなくっちゃならぬと思ひます
私は私の昔からの主張集団的エゴイズムを思ひ出します
先は右まで

十月十日　小山龍之輔

多田不二様
御案下

*同窓会　旧制第四高等学校出身者の同窓会。

〈余録〉昭和二一年六月一〇日『愛媛新聞』朝刊「ヱヒメ抄」の記事
　金沢第四高等学校の出身で松山に在住する現松高校長山本与吉氏、農専高校木田芳三郎氏、小山龍之輔氏、多田不二氏らを中心に松山四高会をつくり大いに同窓のよしみを温めようといふ議が起りとりあへず多田氏が世話人となつて会員の調査に着手してゐるが四高出身者はこの際前記多田不二氏（松山市竹原町）のもとに連絡せられるとよい

金子尚一書簡

（かねこ　ひさかず）明治三三年～平成九年（一九〇〇～一九九七）。英文学者。群馬県生まれ。立教大学文学部英文学科卒業後、米国オハイオ州ケニヨン大学英文学研究所に入学、昭和二年、MA学位授与される。のち、コロンビア大学、オックスフォードで研究を重ね、帰国後、立教大学教授。戦後は米国大使館顧問を務め、退職後立教大学に復帰。定年退職後、都留文科大学教授。翻訳書『Only yesterday : an anthology of poem of modern japan』、著書『アメリカの制度風俗研究』など。

534――昭和37年10月25日　往復はがき（往信）／愛媛県松山市道後祝谷四六四　多田不二様／東京都板橋区常盤台一ノ二〇
金子尚一　昭和三十七年十月二十四日

秋も大分深まつてまいりましたが御機嫌如何御過しでいられますか　さて、突然に書面にて御願を中上げます失礼を御許し下さい。小生は永年、立教大学文学部で教鞭を取つて(ママ)居る者ですが、現代日本詩の幾つかを海外に紹介致したいと思い、先生の「山火事」*を英訳してみました。

機会があればこれを英米の詩の雑誌等に掲載するとか、出版するとか致したいと存じますので、その御許可を得たいと存ずる次第です。何卒宜敷く御願中上げます次第です。

御手数乍ら御諾否御返信煩したく、御願中上げます。

草々

＊「山火事」　大正八年七月発行の『帝国文学』に初出。六連七一行から成る不二の代表的な長詩の一つ。『悩める森林』に収録。

久保喬書簡

（くぼ　たかし）明治三九年～平成一〇年（一九〇六～一九九八）。児童文学作家。愛媛県生まれ。東洋大学中退。児童図書出版社入社を機に児童文学の執筆を始める。宇和海の広がる宇和島で育ったこともあって、海洋をテーマとした作品が多い。戦後の一時期宇和島で児童文学復興活動に尽力する。

「ビルの山ねこ」で小学館文学賞。「赤い帆の舟」で日本児童文学者協会賞。短篇・長篇童話、歴史小説、ノンフィクション、評論と活動範囲が広い。

535――昭和22年（推定）2月3日　封書／松山市竹原町三八　多田不二先生　御侍史／北宇和郡泉村岩谷　久保喬　二月一日

御手紙有難く拝受いたしました。

松山に御永住されまして児童文化*の方に御力尽し賜はりますこと、地方文化のために洵に喜ばしく存じます。

今後共何卒よろしく御教導下さいますよう御願ひ申上げます。

私は戦時中当地郷里へ疎開致しまして終戦後は、東京へ帰りますにも家もございませず、時々上京、平素はこちらに居りまして仕事致して居ります。

松山には、持田に岩浪と申します親類がございまして（今代議士致し居ります桂作蔵と共にこゝが親類になります）

又、向井書店の専務の足立と申しますのも叔父でございます関係から、時々上松致し居ります。

いづれ御拝眉を得ます機会もございますことと楽しみに存じ居ります次第でございます。

扨て、別送申上げました雑誌「童話と綴方」*は、私たのまれまして理事になつて居ります会より発行致し居りますが、
未だ不体裁（ことに表紙絵など）なものでございますが、東京の画家作家も追々協力して貰ひましてよいものにしてゆきますつもりでございます。

就きましては、この雑誌の付録として各地で発行致します『綴方新聞』愛媛版を編集致しますのに児童作品が、南予地方のみ集めて一号は作りましたのでございますが、二号より松山地方の児童の綴方も是非入れたいと存じ居ります。
しかし松山方面の学校の先生に知人が一人もございませず困り居りますが、先生の御存じの御方の中にでもこういう方面に御熱心なお方がございましたら、
御紹介賜はりますれば有難く存じます次第でございます。
御多忙の処を突然かような厚かましき御願ひ申上げましてまことに恐縮の至りに存じます次第でございますが。
なほ、この童話協会、雑誌へ、今後は先生もいろ〳〵御叱正賜はりまして　又、何かお役に立ち得ますことでもございますれば御利用頂き得ますなれば喜びの至りに存じます次第でございます。
いづれ御拝眉の節改めまして御挨拶申上げたく存じ居りますが、
先づは恐縮乍ら御願迄
まことに失礼申上げました。

二月二日　　久保喬

多田不二先生
御侍史

■二百字詰原稿用紙六枚。その原稿用紙の左余白下方部分に「童話日本・第一出版社」という文字が印刷されてある。
＊児童文化の方に御力尽し賜はりますこと　不二の、愛媛県児童文化協会理事長としての、また雑誌新聞等における児童詩の選者

としての活躍、さらに『新愛媛　子供タイムス』への少年探偵小説「宝石紛失事件」の連載などを指していると思われる。
＊私たのまれまして理事になつて居ります会　「日本童話協会」のこと。当協会がいつ設立されいつまで存続していたかは不明。「日本童話協会会員募集」（資料提供、久保喬のご子息久保弘明氏）案内によれば、会長は第一印刷出版株式会社取締役社長重政重職、理事長は小西茂樹で、本部は大阪市福島区鼈甲町二丁目の第一印刷出版株式会社内に置かれている。久保喬は当会の理事であった。

〈参考〉「日本童話協会会員募集」内に記されている「日本童話協会規約」（抄出）

一、吾々は子供たちに、ほの〴〵と心のあたゝかくなる様な少年文学を与へたいと考へてゐる。それが新生日本の将来を真に担つてたつ小国民に教養と楽しさを与へうるならば幸である。少年文学を書いてゐる人、これから書かうといふ人、少年文学を通じて小国民を啓発してゆきたいといふ人々の、参加を希望する。

一、この目的のために、月刊雑誌『童話日本』の刊行、小国民文学書の発行、及び右の目的に添ふ種々の文学活動などを行つてゆく。事業遂行のために会長、理事長各一名、理事若干名をおく。

一、月刊雑誌『童話日本』を本会の機関誌とし、一般寄稿者の作品の他、会員の諸作品、児童作品を登載してゆく。

一、かくれたる小国民文芸作家の発見と、その活動助成に、本会はあらゆる努力をはらひたい。良い作家の誕生は小国民の幸福をもたらすからである。作家志望の会員のために作品の批評等を行ひ、又年に幾冊かづつ会員の優秀作品を発行してゆく。

一、地方文化啓蒙のため支部の活動は重要な意義をもつと考へられる。地方の会員は積極的に活動していたゞきたい。経済的にも本会から援助する。支部規約は別に定める。

536――昭和22年3月31日　封書／松山市竹原町三八　多田不二先生　御侍史／北宇和郡泉村岩谷　久保喬　三月三十日

謹啓

春暖の候と相成りましたが、ます〳〵御健勝に御過ごし遊ばされますこと、存じ上げます。

扨て、かねて御高覧賜わりました日本童話協会の雑誌「童話と綴方」の付録綴方新聞の愛媛版を作りましたので、同封御送り申上げます。

御高覧賜わりますれば喜びの至りに存じます。

なほ、今回、松山にも松山支部作ることに相成りまして松山国民学校杉野庄九郎氏、生石校鶴本鄰氏、味酒校の塩穴龍三氏（このお方だけはまだお願い交捗中でございますが）等の方々に御協力を御願い申しますことに相成りました。

就きましては、今後何卒よろしく御教導御支援賜わり得ますなれば幸甚の至りに存じます次第でございます。いづれ近く上松致しまして御拝眉を得まして改めまして御挨拶申上げたく存じ居りますが、先づは書中を以て失礼乍ら

御願い申上げます次第でございます。

三月三十日　　久保喬

多田不二先生

御侍史

■二百字詰原稿用紙三枚。その原稿用紙の、左余白下方部分に「日本童話協会」という文字が印刷されてある。

537――昭和22年（推定）8月27日　はがき／松山市竹原町三八　多田不二先生／北宇和郡泉村岩谷　久保喬　八月二十五日

お葉書有難く拝受いたしました。児童文化協会*ます〳〵御発展のごようす県下児童のために喜びにたえなく存じ居ります。

いつか御拝眉を得ましていろ〳〵御教導賜わりますれば有難く存じます　杉野庄九郎氏ともいろ〳〵先生のお噂など致しました。

今後共何卒よろしく御願ひ申上げます次第でございます。

宇和島市の方の小学校では、優勝校が松山へゆきます劇のコンクールの用意で、各校共目下はりきつて居りますようでございます。

＊児童文化協会　「愛媛県児童文化協会」のこと。不二は、当協会の理事長。一五名の理事の一人に古茂田公雄がいた。

〈参考〉昭和二一年九月一一日朝刊『愛媛新聞』に掲載された「事業に重点／童話や劇等―児童文化協会」という見出しの記事より

児童文化の健全なる発達に資するためさきに本県に『愛媛県児童文化研究会』が設立されたが今回これを『愛媛県児童文化協会』と改称、児童の生活を幸福なものとし個人としても社会人としても完全なよき日本人に育てあげるために同会は今後とくに事業方面に重点を置いて事業部と研究部をつくり積極的活動をつゞけることとなり九日午後二時から県庁貴賓室で関係者の打合会を開催した、確定した第一期事業および役員の新陣容次の通り

〔事業〕△児童文化昂揚方策に関する地方有識者および文化人の座談会△児童文化の在り方について本会研究委員および教育家の研究発表会（以下県下六市で開催）△農村および漁村における児童のためのお話と幻燈会または映画会（東予、中予、南予で各二回）△都市児童のための童話と児童劇又は人形劇および画劇の会（県下六市）△紙芝居、絵本、玩具、文化カルタ、児童文化暦等の作成△図画と習字と手工芸展覧会、科学展覧会、玩具展覧会等の開催△童謡童話の募集△社会見学と現地座談会（毎週一回）△児童文庫の設置△児童文化講演会（新憲法発布記念行事として六市で開催）△お話の会

538 ―― 昭和23年3月19日　はがき／松山市竹原町三八　多田不二先生

移転通知

このたび左記へ移転いたしました故御通知申上げます。

昭和二十三年三月

久保喬

千葉県印旛郡千代田町栗山

鉄道スト*で出発出来ませず、迷惑なことでございます。ストすみ次第参ります予定でございます。

（三月十八日）

■「移転通知」から「千葉県印旛郡千代田町栗山」までは活字印刷。「鉄道スト」から「（三月十八日）」までは手書。

＊鉄道ストで出発出来ませず　昭和二三年二月二五日の大阪中央郵便局二四時間ストを皮切りに、全官公（全官公庁労働組合協議会）「三月闘争」が始まる。その地域的波状スト戦術の影響によるもの。

久保麟一書簡

（くぼ　りんいち）明治四四年〜平成八年（一九一一〜一九九六）。詩人。愛媛県生まれ。小学校教員。昭和六年八月、詩誌『嵐』を創刊。ここに古谷綱武が参加している。昭和二二年四月に創刊され、不二が顧問をつとめる『愛媛詩人』に、編集同人として参加。のち、昭和三一年七月創刊の詩誌『リアス』の発行人、編集委員として活躍した。

539――昭和23年2月25日　はがき／松山市一番地　愛媛県庁　社会教育課　多田不二様

先日は不在を致しまして失礼致しました　児童文化について大いに論じ大いに飲んでいます　久保麟一

先般は御足労を煩はし深謝致します　皆さんと楽しく語って居ります　御叱正下さい　清水竜彦

先日は失礼致しました　本日は本協会[*]のイニシアチブをにぎる人達と共に口角泡をとばしています　次第に軌道にのりつゝあります　コケラ落しの講演は是非お願いします　松浦三朗拝
生の喜びと共に　井上基行

■四人の寄せ書き。
＊本協会　平成七年五月、松山市役所発行の『松山市史』第5巻の「年表」に、（昭和23年6月）「県児童文化協会が発足する（県庁内）」とあり、これのことか。

黒田政一書簡

（くろだ　まさいち）明治一八年～昭和五〇年（一八八五～一九七五）。昭和四年、松山警察署長。のち、昭和二一年三月、第一三代松山市長に就任。以後松山市長を四期つとめた。昭和四九年に松山名誉市民となる。

540——昭和36年4月12日　はがき／松山市岩谷町（ママ）　多田不二様

拝啓予ねて三月十九日付を以て俳聖正岡子規六十年祭執行発起人会の御案内申上げました通り三月二十六日第一回発起人会を催し満場一致を以て行事計画を立案することとなり其後二回に亙り小委員会を開催し大要成案を得ましたので左記の通り子規顕彰会を組織し会則により行事の進行致し度之が為め総会を開催し種々相親く御協議を賜り度存じますれ〔ば〕是非御繰合せ御出席を賜り度御案内申上げます
追て御尊台御差支の場合は代理者にても御出席せらるゝ様配意賜り度存じます
昭和三十六年四月十日

松山子規顕彰会
会長　黒田政一

記

一、日時会場　四月十五日（土）午後一時於二番町友愛会館
二、協議事項　子規六十年祭行事に関する件

■活字印刷。名宛は毛筆。

〈参考〉松山子規会史『子規遺芳』（昭和五九年、松山子規会編集）の昭和三六年の項に、「子規六十年祭記念事業」に関する次のような記録がある。

三月十九日発起人会、四月十五日子規顕彰会（会長黒田政一）発足、左記の記念行事計画を立てた。／（一）子規句碑の建設／（二）香雲橋の標識石の建立／（三）遺著『散策集』の刊行／（四）法要および特別講演会と遺墨書籍等の展覧会（以下、略）

また、「第六十回子規忌」の「九月一九日」の記録の中に、櫻井忠温「正岡従軍記者と日清役」、八木彩霞「子規と内藤鳴雪」の記念講演のあったことが記されている。

古茂田公雄書簡

（こもだ　きみお）明治四三年～昭和六一年（一九一〇～一九八六）。洋画家。愛媛県生まれ。松山中学校卒。上京して川端画学校に学び、のち津田青楓、猪熊弦一郎に師事。戦後松山において、洋画研究所を開いて地域の美術振興に、また不二らと協力して広く文化活動に尽力した。弟は、同じく画家の古茂田守介。

541 ── 封書（持参便） 毛筆／多田不二先生／古茂田生

多田先生
明けまして御芽出度うございます、今年も何卒宜敷お願ひ申上げます
扨て今日の協議会　小生
この十日間痔疾の為就寝中でまだ数日は歩行出来ません
それで一切を新海先生に御依頼下さいませ
皆々様に特にお宜しくお伝へ願ひます

今年はウント発展致しませう　不備
頓首
古茂田生

■昭和二三年一月（推定）に、恐らく家族の者によって多田家に届けられたものと思われる。

542 ── 昭和23年（推定）1月12日　はがき　毛筆／市内竹原町三八　多田不二様／松山市大字祝谷町六三三　古茂田公雄
十二月三十一日

拝啓　先夜は御歓待頂きまして有難うございました、御家庭の皆様にも厚く御鳳声被下度　社会方面のこと[*]
観光方面の事これから益々多事　先生の御奮トを祈ります　吾々小輩も出来る限りの御力になり度く先は御
礼まで　頓首

＊社会方面のこと観光方面の事　不二は、当時、愛媛県嘱託として、社会教育委員、社会事業委員、児童保護委員（のち、児童福祉委員長）、児童文化協会理事長等を務めていた。また、不二はこの年五月、松山観光協会を再建し理事長に就任。一〇月一五日には愛媛県観光協会連合会を創設し、専務理事を兼任している。

543――昭和23年1月25日　はがき　毛筆／松山市竹原町三八　多田不二様／道後祝谷六三三　古茂田公雄　二十四日

痔が疼うて痛うて寒月が冴えてゐる
こんな訳で先日の児童文化協会[＊]総会へも出席出来ず失礼しました、寝付いてから二週間になります　大分快方に向ひましたので不日参上今年度の方針を伺ひます
今朝のラヂオでかつて多田不二氏が迷信打破に御尽力の頃東京中央放送局に易者の暴力団がやつて来たお話しをしてゐましたよ
では拝眉の節万々申述度　頓首

＊児童文化協会　書簡537参照。

544――昭和23年2月7日　はがき／松山市内竹原町　多田不二様／道後祝谷六三三　古茂田公雄　二月五日記

この間は夜晩くまでお邪魔致しました。終電に間に合ひましたよ。

扨て電報を落手致しましたがあの次の日から痔が再発しまして頭底歩めさうもないので失礼しました　不悪御寛容被下度。

お灸のいたさ外は春

545――昭和23年（推定）2月10日　封書　毛筆／松山市竹原町三八　多田不二様／道後祝谷六三三　古茂田公雄　二月十日

昨日は御苦労様でした
観光展の件*　名案が浮びましたから御報告申上げます、
　一、公募
　二、鑑審査
委員長　観光協会々頭　武智氏*
委員　同理事長　多田不二氏
同　県知事　青木重臣氏*
同　松山市長　安井雅一氏*
同　新聞社長　平田陽一郎氏
私の発案した名案とは要するに素人である前記五氏に鑑審査をさせると云ふところにあるのです　こと観光に関する限り他の芸術展と異る理由に於いて画家でないところの県の一流の名士であり一流のインテリであり然かも観光協会に関係ある前記諸士が作家でない一般的な観光的立派（ママ）から鑑審査することは又意味のあることだと愚考致します
と同時に県下美術家の現下の不統一な都合悪さにもふれないで至極スムーズに進行するやうにも思へますし、他に無理も生じないことに思ひます
⊗画家野間仁根*さんは特別出品とすること

上記の様に公募すれば応募は県下全般か県下の一流どころも皆出品すると思ひますし芸術を鑑審査するので
なく観光画を鑑審査すると云ふ意味で今迄にない面白い画期的な催しと云ふことも出来ませうし他県に対し
てもい丶御手本になると考へます
・新聞ラヂオで審査員の名前を発表したら本当に　話*の泉位の評判になりますよ　各審査員は皆御多忙だけど
今後の愛媛は観光によつて生きると思へば無理にも出席願ふんですねえ　で正正道道(ママ)多田先生は別として素
人目で審査又楽しからずやです
賞金はなるべく多く
入賞作品は全部買ひ上げるなんてことになればい丶作品が大分出品され実は県下大一(ママ)の絵の展覧会になりま
すよ
上は私の試案ですが次々とこれを基準にして御考察頂きまして無理のないい丶展覧会に育て丶年に一回位は
少くとも開催し度いものです　先生は、このことに相当先生の御力を出して頂いて面白くない愛媛の美術界
を側面からヂワ〳〵キ道に乗せて頂き度いことを私は念願してゐます　美術協会*も何れ改組になる雲行きで
す　何れ拝眉の節万々

頓首粛拝

御多忙中閑を得て御光来下さいませ

■原稿用紙左余白部分に「雑誌『四国文化』『俳句』原稿用紙」と記された、二百字原稿用紙三枚を使用。その三枚目の原稿用紙の終わりに「以下裏面へ」とあって、続き（・を付した「新聞ラヂオ」以後）は、三枚目の裏から二枚目の裏へと記されている。
＊観光展　不詳。計画止まりであったか。
＊武智氏　伊予鉄道株式会社の社長、武智鼎。

＊青木重臣氏　昭和二二年四月五日、初の愛媛県知事公選で当選し、一六日、就任した。
＊安井雅一氏　昭和二二年四月五日、初の松山市長公選で当選し、一〇日、就任した。
＊野間仁根さん　愛媛県出身の画家。日展審査員を務めた。昭和一九年から同二七年まで郷里吉海町に帰り、戦後の美術活動再開に当たる。愛媛美術懇話会、愛媛美術協会の結成に参画した。
＊話の泉　昭和二一年一二月三日から同三九年三月三一日まで、NHKラジオ第一放送で放送されたクイズバラエティ。約一八年間にわたる長寿番組で、初代司会者は徳川夢声。次いで和田信賢、高橋圭三、八木治郎、鈴木健二らが司会を務めた。
＊美術協会　愛媛美術協会。『松山市史』（平成七年、松山市役所発行）に「同（昭和―編者記）二一年一一月三日から五日間、新築成った愛媛新聞社を第一会場、三越を第二会場として開催。日本画・洋画・彫塑・工芸の四部門合計三七二点が陳列された。これ等をきっかけに新しい美術家の組織作りのために藤谷康夫を中心に精力的に話し合い、ようやく全県の美術家を一丸とする愛媛美術協会が新発足することになり、理事長井上頼明、専務理事藤谷康夫が選出された」とある。不二は当協会の理事。

酒井黙禪書簡

（さかい　もくぜん）明治一六年～昭和四七年（一八八三～一九七二）。医者、俳人。福岡県生まれ。東京帝国大学医学部卒。東大俳句会において、高濱虚子に師事し、『ホトトギス』同人として活躍。大正九年、日赤松山病院長として松山に赴任。同病院に二九年間務め、虚子はじめ多くの俳人を松山に迎えた。戦後、松山にて俳誌『柿』『峠』を創刊。

546 ―― 封書（持参便か）／子規五十年祭事務総長　多田様／祝谷　酒井黙禪　九月十六日

乍早速、
虚子＊先生が今朝鮒屋＊に御着きになりました。就て五十年祭＊のこと御話し致して置きましたが、墓前祭に先生の外年尾＊さん立子＊さんつる女＊さん其外随行の田中博士＊、上野氏＊も御参列御希望のようですから先生の外五、

六人分中食に御加へ置き下さいますよう御願ひ申上げます。右得貴意度　怱々　不尽

九月十六日

酒井黙禪

多田様　机下

■この書簡は郵送されたものではなく、昭和二六年九月一六日に手交されたものと思われる。
*虚子先生　高濱虚子。
*鮒屋　ふなや旅館。寛永年間の創業といわれる、道後温泉の中で最古の歴史をもつ旅館。
*五十年祭　正岡子規五十年祭のこと。昭和二六年九月一九日、松山市役所楼上で開催。遺族正岡忠三郎、柳原極堂、高濱虚子らが出席。中村草田男が「正岡子規と現代俳句」、鈴木虎雄が「子規居士の追憶」、土屋文明が「歌人としての子規」、安倍能成が「人間としての子規」と題して講演した。
*年尾さん　高濱年尾。明治三三年〜昭和五四年（一九〇〇〜一九七九）。俳人。高濱虚子の長男。
*立子さん　星野立子。明治三六年〜昭和五九年（一九〇三〜一九八四）。俳人。高濱虚子の次女。
*つる女　今井つる女。明治三〇年〜平成四年（一八九七〜一九九二）。俳人。高濱虚子の姪。
*田中博士　未詳。
*上野氏　上野泰。大正七年〜昭和四八年（一九一八〜一九七三）。俳人。高濱虚子の六女、章子の夫。

笹澤美明書簡

（略歴293頁参照）

547——昭和21年8月20日付　はがき／松山市竹原町三八　多田不二様／高崎市住吉町九番地　外所半三郎方　笹澤美明　八月二十日

其後農村は不適と思ひ、高崎市内に再転居しました。ごた〳〵してそのため、御無沙汰してしまひ、詩の雑誌のお話も気になり乍ら、荷も解けず未だに御返事も貴意にもそへず失礼して居ります。御ゆるし下さい。当地は食糧事情よく、横浜の欠配も埋合せてくれ始めて人間らしい生活に入れました。いづれ又、取敢へず御侘旁々御通知まで。

548——昭和21年9月13日　はがき／松山市竹原町三十六(ママ)　多田不二様／高崎市住吉町九　外所半三郎方　笹澤美明　九月十三日

其後如何ですか？　お淋しいこと、存じます。詩の雑誌も混雑したり、散逸したりしてまとまらず、つひお送り出来ず失礼しました。昨日所用で軽井沢の室生さんを訪ね、話の折、篤司さん他界*のことを申しましたら「ちっとも知らなかった」と言ってびっくりしてゐました。段々寒くなります。皆様御大切に。奥さまへよろしくお伝へ下さい。後便にて。

＊篤司さん他界　昭和二一年七月二六日『愛媛新聞』朝刊に「多田篤司君　前松山放送局長多田不二長男、二十四日早暁心臓麻痺で逝去した、享年二十四、告別式は二十五日午後二時から松山市竹原町の自宅で執行」とある。

549——昭和21年12月23日　はがき／松山市竹原町三八　多田不二様　同胤子様／高崎市住吉町九番地　笹澤美明

錦地震災*の報新聞紙上にて知りました。御安否気づかはれます。

皆々さま御怪我ないでせうか。当地は時計がとまった程度ですが驚かされました。御無事を祈りつゝ、御見舞い申上げます。　　　　　　　草々

十二月二十五日

■表面に検閲印あり。書簡411参照。

＊錦地震災　昭和二一年一二月二一日の南海大地震。M8.1。平成元年二月、愛媛県発行の『愛媛県史（年表）』には、「死傷者58人、家屋全壊１３４３戸、道後温泉の湧湯がとまり、東予地方では地盤沈下がはじまる」とある。

550──昭和22年2月21日　封書（速達）／四国松山市竹原町三八　多田不二様　直披／高崎市住吉町九番地　笹澤美明　二月二十一日

余寒つゞきます。御地も南国とはいへ、寒いことでせう。高知の次男も肋膜をわずらってゐます。こちらは北の国浅間おろしで毎日氷が張ってゐます。一般的な栄養失調でせう。家内中、目を患ったり、腫ものに悩まされてゐます。いつかＡＫ*で高橋邦太郎君とお噂したときすでに協会*を退かれたやうにききましたが、現在如何御くらしかと時々考えてます。閑居して晴耕雨読かとも思ってます。こんな時代になると、畑をもって生産する仕方が一番よいようですが、我々には米が作れないので矢張り、消費生活する外はなくなります。今度、上州へ来て、県下*の青年連中の出してゐる「詩風」といふ雑誌に協力を求められ、手伝ってゐますが、四月号を萩原朔太郎研究号にするやう企画をまとめました。ついては御多用中恐入りますが、同誌*のため七、八枚位迄の紙数にて萩原さんの想出話など研究的なものでも、お願ひ致し度、宛先は小生宛にお願ひします。若いものの同人雑誌のこととて、稿料は差し上げられませんが、先生に対するエティケットを守るやう申渡してありますから、何かの御礼の形式をとることゝ存じます。

〆切は二月末日迄となつてゐます。何分よろしくお願ひします。

一昨年、世界文芸評論社といふ出版社から話があり、「帆船*」時代の作品を集めたりして送りましたが、このほど出来ました。近日中一部記念のため拝呈いたします。雑誌発表後改作したりして、昔日のものとちがうものもありますが、想出のために御机下にお置き下さい。「美しき山賊*」といふ題です。

それにつけても、明治時代をなつかしがる年令になりました。昔がなつかしく思はれてなりません。詩は一生といふやうな運命ととりつかれてしまひましたが、萩原*さんの晩年の詩（それが同氏の詩碑の碑文となり室生さんが書かれた）を聞いてから、詩人の宿命といふものにゾッとしました。小出河原のアカシアの並木の下でつくづく感じました。

御近況御しらせ下さい。

奥さまにも呉々もよろしく、御不幸のあと、御健康かしらとも時々想ひます。室生*さんは馬込へ帰られました。

二月二十一日　笹澤美明

多田不二様

■児童国書刊行会用便箋三枚使用。

＊ＡＫ　東京放送局のコールサイン（呼び出し符号）、ＪＯＡＫの略。書簡244の「＊ＡＫ」参照。

＊すでに協会を退かれた　松山中央放送局長（理事）であった不二は、昭和二一年五月、戦時放送の責任をとり、外の理事とともに辞職した。

＊県下の青年連中の……手伝ってゐますが　『詩風』は、詩風社から発行されていた月刊誌。編集兼発行人・保坂一男。編集同人・保坂加津夫、小此木健、小林義夫他二名。昭和二二年五月発行同誌の「編集後記」で、保坂加津夫は「本誌は遠路来県された岩

佐氏、郷土詩人清水氏との助言と笹澤氏の御援助によって編集されたことを報告し、併せ御寄稿賜られた先輩に心からの謝意を捧げ此の筆を閣こう」と記している。

＊同誌のため……お願ひ致し度　不二は、昭和二二年五月発行の『詩風』（萩原朔太郎氏追悼特集号）に「萩原さんの手紙」を載せ、その末尾に「（三月十三日。四国松山にて）」と記してぃる。同号には他に阪本越郎「萩原朔太郎の追悼」、笹澤美明「哀愁の詩人」、清水房之丞「青猫の詩人」、岩佐東一郎「萩原朔太郎氏の告別式」などが収められている。

＊「帆船」　不二の主宰した詩誌。書簡180参照。

＊「美しき山賊」　昭和二一年一一月、世界文芸評論社刊の詩集。

＊萩原さんの晩年の詩　「物みなは歳日と共に亡び行く」（『芸苑』昭和一二年一二月）に収められている作品「わが草木(さうもく)とならん日に／たれかは知らむ敗亡の／歴史を墓に刻むべき。／われは飢ゑたりとこしへに／過失を人も許せかし。／過失を父も許せかし。　　——父の墓に詣でて——」だと推測される。書簡554の「＊朔太郎詩碑」参照。

＊室生さんは馬込へ帰られました　昭和一九年の夏から家族とともに軽井沢に疎開していた犀星は、同二二年一月下旬、家族を軽井沢に残して単身上京し、馬込の家に帰った。

551——昭和22年3月12日　はがき（速達）／四国松山市竹原町三八　多田不二様／高崎市住吉町九　笹澤美明　三月十二日

過日お手紙差上げましたが、御消息承らず案じてゐます。御病気ではないかと思ひ、何か御多用かとも想ひ気になりますので、もう一度御機嫌伺ひます。

その節お願ひしました「詩風」の朔太郎研究号、玉稿[*]を得るため、五月号に延させました。誠に恐入りますが、五六枚にても結構、想出の随筆を賜れば幸ひです。二十五日迄に是非願ひ度、送先は群馬県新田郡世良田村世良田「詩風社」宛にて。

＊玉稿　随想「萩原さんの手紙」。書簡550の「＊同誌のため……お願い致し度」参照。

552――昭和22年3月14日付　はがき／松山市竹原町三八　多田不二様／高崎市住吉町九　笹澤美明　三月十四日

追かけて御便りします。

前橋で出てゐる「東国」[*]は五月号に萩原氏の追悼号出すにつき、貴下に是非頼むやう忠告しました。編集者は知らなかった早速お頼みすると言って来ました。よろしくお願ひします。

御便り下さい。

奥さまへよろしくお伝へ下さい。

草々

＊「東国」は……追悼号出すにつき　『東国』は、上毛新聞社から発行されていた月刊誌。編集兼発行人・酒井松男。発売所・煥乎堂。昭和二二年五月発行の同誌（萩原朔太郎特集号）に、不二は、「朔太郎の人と思い出」五篇の内の一つとして「『感情』前後の萩原さん」を載せ、その末尾に「（伊予松山の病床にて記す、四月十日）」と記している。他の四篇は小野忠孝「朔太郎と上州」、東宮七男「朔太郎さんを思ふ」、清水房之丞「前橋に於ける萩原朔太郎」、古谷綱武「萩原朔太郎の思ひ出」。なお、同誌の「編集後記」には「編集其の他のことにつき種々御相談にのっていただいた高橋元吉、笹澤美明氏に深謝する次第である」とある。

553――昭和22年3月21日　はがき／松山市竹原町三八　多田不二様／高崎市住吉町九　笹澤美明　三月二十一日

玉稿と御手紙（本二十一日）拝受、ケンエツ[*]のためおくれたらしく、漸く安心しました。「詩風」も喜びます。近日中礼状差出させます。二十五日に〆切をのばしお待ちしてゐたわけです。御近況伺ひ、御変りなくこのことも安堵いたしました。詩への復活嬉しく、御指導[*]の同人雑誌も交換寄贈にて活動を開始するやう同人諸君にお示教下さい。まだ詳細申上げるひまなくいづれと存じますが、童話も折をみておまとめ置き下さるやう、先づは取敢へず御礼迄。

奥さまへよろしくお伝へ下さい。「東国」もよろしく。

*ケンエツ　終戦直後から昭和二四年にかけての、連合国軍による書簡、雑誌類の「検閲」。書簡411参照。
*御指導の同人雑誌　『愛媛詩人』のことか。この詩誌は、昭和二二年四月三〇日、多田不二、古谷綱武、高橋新吉、引田義定、光田稔、伊賀上茂を顧問として、愛媛詩人社から発行された。編集同人久保麟一、長岡通夫、金田福一。第二冊は昭和二二年六月一〇日、第三冊、終刊号は昭和二二年七月三一日発行。

554――昭和22年4月19日　はがき／四国松山市竹原町三八　多田不二様／高崎市住吉町九　笹澤美明

御手紙拝見しまして、御病気だった由、知りませず失礼しました。しかし御全快にて安心しました。昨十八日前橋へ行き「東国」の編集者酒井松男氏を訪ね、そちらのお話したところ、*原稿いたゞ〔い〕て感謝してゐました。都合で来月二十日位に延びたので、充分間に合ふさうで、*室生さんの原稿も是非欲しいので、そのためにも延してゐる由です。私は二十七日上京、馬込の室生さんを訪ね、*朔太郎詩碑の碑文揮毫のことも催しお願ひする予定です。詩碑は広瀬川あたりに建てる予定で、いづれ*趣意書が出来次第、お送りします•から、御地の萩原ファンにもお伝へ下さるやうお願ひします。漸く暖くなりました。私は元気回復しました。高知の次男が帰省して、肋膜で臥床中です。もう一ヶ月もたったら帰高すると思ひます。皆さん呉々もお身御大切に、奥さまへよろしく御鳳声の程お願ひいたします。いづれ後便にて。

■文中後半部分（•を付した「ますから」以後）は表面下部に書かれている。
原稿　昭和二二年五月発行の『東国』に載せた「『感情』前後の萩原さん」の原稿。書簡552の「『東国』は……追悼号出すにつき」参照。
*室生さんの原稿　前記の『東国』に室生犀星の文章は載っていない。
*朔太郎詩碑　前記『東国』に載っている小林定治「朔太郎氏の詩碑建設に就て」には、高橋元吉の発案によって、「物みなは歳日と共に亡び行く」に収められている「父の墓に詣でて」の詩が詩碑に刻まれることが決定した、とある。また、そこに「詩碑建

設の趣意書」、および室生犀星、高橋元吉、伊藤信吉、岡田刀水士、笹澤美明、東宮七男、小林定治ら一五名を「発企人」として、建設準備会が設置されたことなどが記されている。さらに、活動内容の報告の中に「詩碑に刻む室生氏筆の詩を石版刷かコロタイプ刷として広く一般に頒布しその実益を資金に充てる」という一文もある。また、同誌「編集後記」の後に「朔太郎詩碑建設基金募集」（事務局・煥乎堂）とあって、「一口　金拾円」の募金を求めていたりして活動は盛んであったが、この詩碑は実現しなかったようである。

＊趣意書　前記「朔太郎氏の詩碑建設に就て」において、小林定治は、萩原朔太郎詩碑建設の趣意書の内容を、「現代日本に於ける近代詩文化の先覚者、萩原朔太郎氏の功績を深く敬慕し、是を永久に記念するために私達は、此の度、氏の郷里前橋近郊に、詩碑の建設を発企しました。／氏の詩文化への功績は、主として、近代詩の発生から成熟への過程に於て、平易な口語表現のスタイルを完成された点にありました。殊に国語による言葉の音楽性を強調され、浪漫主義に於ける詩の抒情性を、思想の象に於て把握する新しい途を展かれたことに思ひをいたし、今更ながら、氏の、詩芸術へ貢献されたことの偉大さに心を打たれる次第であります。最近、氏の芸術や人間性に関する研究の昂まりつゝある情勢に鑑み、私達は、是非とも氏の業績を記念し、この事業が、広く、今後の新日本文化建設の礎石となり、併せて、郷土文化推進の上、仰慕の指標ともならんことを念ずるものでありま す……」と記している。

〈余録〉不二は、昭和二四、五年頃に書いたと推測される草稿「現代の詩と詩人」の中で、朔太郎の当該詩碑に触れて次のように記している。

彼の詩碑が今前橋市郊外利根川畔にさびしく建ってる。その碑銘は「わが草木とならん日に、たれかは知らん敗亡の、歴史を墓に刻むべき、われは飢えたりとこしへに、過失を人も許せかし、過失を父も許せかし」

不二は、美明書簡で詩碑建立の計画を知り、松山にあって、事実を確認する前にこの草稿を記したのであろうか。

555——昭和22年5月12日　はがき／松山市竹原町三八　多田不二様／高崎市住吉町九　笹澤美明　五月十二日

お手紙拝見しました。なか〳〵御忙しくそれでも其後御変りなく安心してゐます。十七日御上京の由、私は十四日上京、十六日に帰高します。お目にかゝれず残念ですが、私用でないので、延期出来ず遺憾に思ってゐます。十六日には馬込の魚眠洞を訪れる予定です。二十四日に再び上京しますが、それまでに御帰りでせう。今年中に広島へ行く用もありもしかしたらと楽しみにしています。高崎の拙宅、只今病人や狭い部屋のため御招き出来ず残念です。当地へ来て、文化団体「ラムの会」（文学、絵カキ、音楽家、L.A.M.）を作らせましたが、張本人なので忙しく、十八日には当地で萩原さんの詩碑建設あいさつ等のための文化祭をやるなど、まいた種子で仕方ありません。奥さまも其後御変りなく、たゞさまも御元気と拝察します。よろしく御伝へ下さい。「考えると残念です。」

草々

五月十二日

■文中後半部分（・を付した「カキ」以後）は表面下部に書かれている。
■表面に検閲印あり。書簡411参照
*馬込の魚眠洞　馬込に住んでいる室生犀星。「魚眠洞」は犀星の雅号。
*詩碑建設あいさつ等のための文化祭　昭和二二年七月二七日、群馬会館で催された「萩原朔太郎追想芸術祭」か。

〈余録〉西條八十「萩原朔太郎回想」（『蠟人形』昭和二二年一〇月）より

七月二十七日。

朝六時二十分の汽車で下館を出て、小山駅で乗換え、前橋に着いたのは十一時近かった。（略）猛暑。白熱の滝布が頭上から落ちかかるような暑さである。旅館で小憩。やはり今日の「萩原朔太郎追想芸術祭」で講演する神保光太郎氏や、雑誌「東国」を編輯（へんしゅう）している作家酒井松男君たちと語った。酒井君は早大仏蘭西（フランス）文学部出で、わたしの古い教え子の一人である。（略）

人間生きている間には思いがけぬ場合にあうことは屢屢（しばしば）だが、自分が萩原朔太郎氏の詩碑建設の為に、一席喋舌ろうなどとは、実に予想しなかった。先日、東京の家で庭いじりをしているところへ、笹澤美明氏がわざわざ高崎から見えられ

この交渉をうけたときもわたしはそれを感じた。演壇のうえで更にその感を深めた。

556――昭和23年10月5日　はがき／松山市道後祝谷四六四　多田不二様／高崎市請地町五九　笹澤美明　十月五日

御無沙汰失礼してゐます。皆さま御変りなく奥さまも御元気のこと丶拜察します。此度御新築御移転*の趣御よろこび申上げます。住めば都にて矢張り土地に馴染まれたことと存じます。私も週二三回上京しますが、いづれ私一人東京に住みます。家内などは、越さぬと言ってゐます。田舎も住みつけるとよいものです。御遠方にて訪問も出来ません。早く便利な世の中になることを望みます。皆さまの御健康を祈ります。

*御新築御移転　昭和二三年九月、松山市竹原町三八から同市大字祝谷四六四（現、松山市祝谷一丁目一－一二）に、新築移転した。

557――昭和24年3月31日　はがき／松山市道後祝谷四六四　多田不二様　同胤子様／高崎市請地町五九　笹澤美明　三月三十一日

其後御無沙汰致しました。御変りありませんか。暖冬異変にて御地も暖かったでせう。こちらも亜寒帯ですが、おかげで寒いおもひをせず過しました。一週に二三度上京しますが、ＡＫ*へも時々参ります。詩壇も変遷して、もうそろ〳〵予備に入りさうなので、一心に活動をつづけてゐます。時代は変ります。一寸でも書かないと没落する日本のジャーナリズムの扱ひ方は怖いやうです。何卒皆様御身御大切に。いづれ又

草々

*ＡＫ　東京放送局のコールサイン（呼び出し符号）、ＪＯＡＫの略。書簡244の「*ＡＫ」参照。

558――昭和37年7月23日　絵はがき／松山市道後祝谷四六四　多田不二様　同胤子様

暑中御機嫌
　御伺ひ申し上げます
昭和三十七年七月盛夏
東京都世田谷区烏山町一四四八　　笹澤美明

御・無沙汰して居ります。御地も暑いこと、存じます。今日は、東京は三十二度でむしあつく、はだかでいてもいけません。今秋十月中旬に高知で独文学会がありますので、瀬戸内海を知らないので、出かけることにしました。会がすんだら御地を訪づれ、久しぶりにて拝眉の機を得たく存じています。　御身御大切に。

■・を付した「御無沙汰」以後「御身御大切に。」までは、表面下部にペンで書かれている。裏面にトンボの絵、文字は毛筆。

559――昭和37年10月5日　封書／松山市道後祝谷四六四　多田不二様　親展　至急／東京都世田谷区烏山町一四四八　笹澤美明　10/4

早速御報辱く、又、種々御高配に預り有難う存じます。スケジュールは後回しにして先ず道後温泉の宿泊について、一泊（朝夕付）で、二千円位のところで結構ですが、友人に道後温泉の旅館のことを聞きましたら、「―荘」のつくところがよいと教えてくれましたが、友人が忘れたので、旅行案内を調べましたら、宝荘、

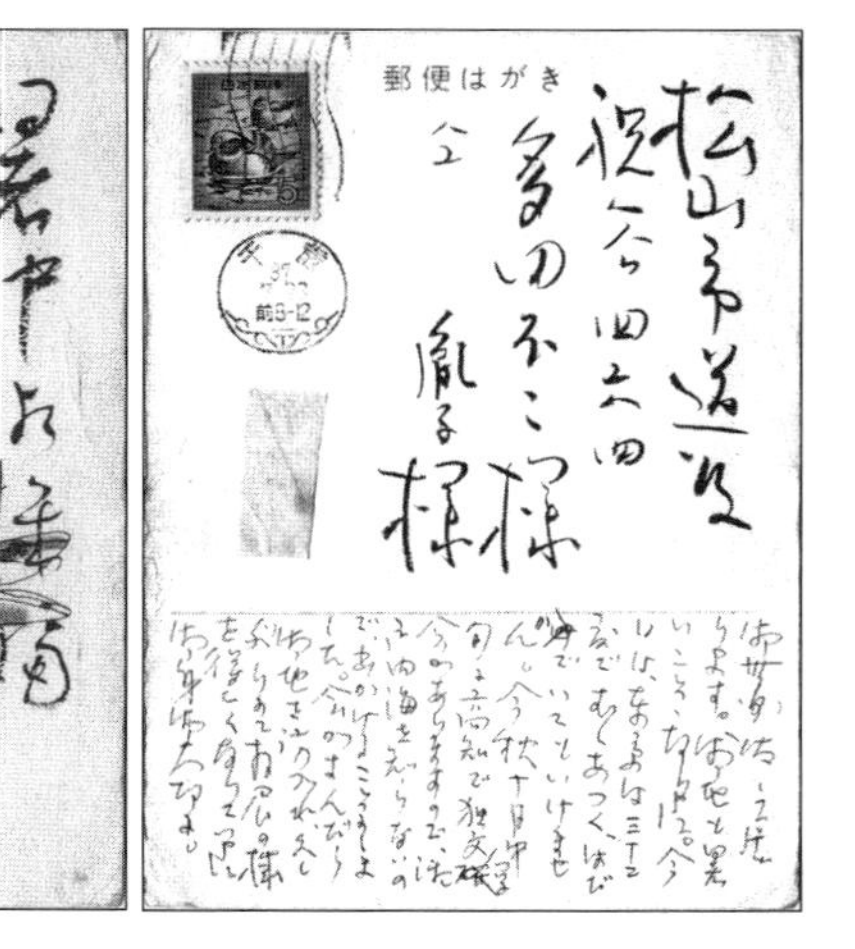
郵便はがき
松山市道後
祝谷四六四
多田不二様

みどり荘、楽々荘の三つがありました。宿泊料は、右の順に安くなって居ります。私としては、絃歌歓声の聞えない宿舎の方を好みます。右のような所でお願い致し度、スケジュールによって、十二日の夜、泊る予定になりました。

スケジュールは

七日夜、瀬戸にて東京発、（二十一時発、「瀬戸」）

八日、岡山一泊。

九日　高知市

十日　同上

十一日　同上　｝学会二日間。

十二日　道後温泉

十三日　広島

十四日夜　広島発

十五日　帰京

さて　高知十二日発はバスと思いましたが、バス長距離は（船のゆれるのと同様）甚だ弱いので、それに、多度津から今治までの瀬戸内海の眺めをゆっくり味い度、高知発、八時二十五分（黒潮号）の急行で、十時四十分多度津へ着、十一時五十二分（道後へ急行）発で、十四時二十分松山着を予定して居ります。もっとも、バスにするか、汽車にするかは、確定して居りませんが、バスに変更するようでしたら、高知ＮＨＫの藤村さんに連絡を依頼いたし、十一日中に御しらせいたします。

十一日の予定を変えたのは、時あたかも十三夜でもあり、桂浜の月も眺め度いと思ったからです。

十三日の汽船は広島に四時頃まで着きたいと思いますので、その辺は又御高配に預り度、尾道コースも魅力ですが、尾道から広島まで、どの位時間が、かゝるか調べての上で、広島へ行くかに決めたく存じます、しかし汽船の予約もあり、汽船は一等に致し度いのですが、、松山~広島コースときめてもよろしく、予約お願い出来ればと思います。その場合恐縮乍ら御立替願えれば幸いと勝手乍らお願い致します。いずれにして〔も〕汽船のコースはよろしきよう御高配願い度存じます、
大変勝手な御願いで恐入りますが、初めて見る土地なので、不案内御賢察の上よろしく御願い申上げます。
末筆乍ら御令室様へ宜敷く御鳳声の程願上げます。御面晤の日を楽しみに、右御願い迄、

草々

十月三日夜

笹澤美明

多田不二様

玉案下

追而、お送り下すった新聞切抜の「瀬戸内海汽船」による今治~広島急行便（十二時三十分）は如何でしょうか？いづれにしろ万事お任せ申ます。

560――昭和37年12月17日　絵はがき／松山市道後祝谷四六四番地　多田不二様　同胤子様／東京都世田谷区烏山町一四四八　笹澤美明

此度錦地参上の節は、いろいろお世話さまになり有難く御礼申上げます。
皆様御健康の御様子安心いたしました。松山はよい所です。特に宝荘は大変気もちよく、もう二三日は滞在したく思いました。広島に一泊、いつくしまを見物し、十四日の夜の「はやぶさ」で立ち、十五日午前中帰

京いたしました。

家内からもよろしく申伝えます。皆さまの御健康を祈ります。とりあえず御礼まで。草々

■裏は、妙義山第二石門の写真。文は、表面下部に記されたもの。

561——昭和43年7月28日　絵はがき／松山市道後祝谷四六四　多田不二様　同胤子様

暑中御機嫌御伺い申上げます。

・御無沙汰していますし、誠に訊いても御消息がわかりません

御近況おしらせ下さい

昭和四十三年七月盛夏

東京都世田谷区烏山町一四四八　笹澤美明

■・を付した「御無沙汰」から「おしらせ下さい」まではペン字。他は毛筆。名宛も毛筆。朝顔の絵あり。

〈参考〉　笹澤美明より多田胤子宛の書簡（昭和44年8月22日付の封書）

御手紙拝誦いたしまして、驚きと悲しみと寂しさの気持で胸が一杯になりました。存ぜぬことゝは申しながら今日御夫*君御他界につきまして心から御哀悼の意を申述べます。田園調布時代*をなつかしく追憶致して居ります。ところであなた様も御病臥と承り誠に御気の毒、お慰めの言葉も御座いません。さぞ御不自由のことゝ拝察、この上は御全快の一日も早くと御祈りする他は御座いません。私共も三十五年に次男を、四十二年長男を夫々喪いまして健康で生き残ることの寂しさを沁々味わって居ります。

さて、御病中の御慰みにと何かお送り仕ろうと存じましたが夏のことにて万一を考え誠に失礼とは存じながら、何か御好

みのものをと存じ些少ながら同封いたしました。重ねて失礼の段御ゆるしを願って御了承願えればと存じます。家内からも呉々も御大切によろしくと申伝えます。今夏は御地も御暑いこと〔と〕存じ、又今日あたり台風9号の襲来も報ぜらます。何卒御加餐御全快を御祈り上げます。

草々

昭和四十四年八月二十二日

笹澤美明

多田胤子様

御もとに

*御夫君御他界　不二は、昭和四三年一二月一七日、心筋梗塞の発作で七六歳の生涯を終えた。

*田園調布時代　不二が、東京府荏原郡調布村大字下沼部七〇五（現、東京都大田区田園調布二丁目七〇五）に新居を構えた大正一四年九月一一日から、昭和一三年三月、大阪放送局に転勤するまでの約一三年間余。不二、三二歳から四四歳まで。美明は不二より五歳年下。この時期、詩人であり放送局に務める不二の家に、多くの詩人、小説家たちが集まった。

塩崎宇宙書簡

（しおざき　うちゅう）明治四四年～平成二年（一九一一～一九九〇）。彫刻家。大阪生まれ。北村西望の門下。主に郷里八幡浜で活躍。大洲の中江藤樹像、八幡浜の弘法大師修業像、国体記念の青年像、グリーンランドの植村直己レリーフ、福島県の野口英世像、天文犬チロ像など多くの作品を制作した。

562――昭和21年10月25日　はがき　毛筆／松山市竹原町三八　多田不二様／八幡浜市幸町三丁目　造形美術工芸所　塩崎アトリエ

拝啓　爽秋之候　貴台弥々御清健之段奉賀上候　過日拝顔の節は大変失礼仕候　今后何彼と御遠慮なく御申付被下度よろしく御指導の程奉願上候

御身御大切に　　敬具

昭和二十一年十月二十五日

563 ― 昭和21年11月2日　はがき　毛筆／松山市竹原町三八　多田不二様　足下／八幡浜市幸町三丁目　造形美術工芸所
塩崎アトリエ　塩崎宇宙

拝復　十月三十日付御芳墨正に拝見仕候　実演の件は松山近在にて吹付塗装機と足踏のミシン鋸盤位にても会期中貸与して被下向有之ば其他は弊方にて準備致してもと被存候、只前記機械類をこちらより輸送する事は一寸実現困難と被存申候
近日御来浜の御趣　小生も外出勝に候へば其節は御出での日時前以て御一報願上候　何れ拝顔の節

敬具

昭和二十一年十一月二日

564 ― 昭和21年11月13日　はがき（速達）　毛筆／松山市竹原町三八　多田不二様／八幡浜市幸町三丁目　造形美術工芸所　塩崎アトリエ

拝啓　晩秋の候弥々御清健奉賀上　御芳書拝見　十五日朝御来車の御趣　アトリエは幸町に候はず当市築港に有之　左に略図致し置可申候　詳細拝顔の上にて

匆々

昭和二十一年十一月十三日

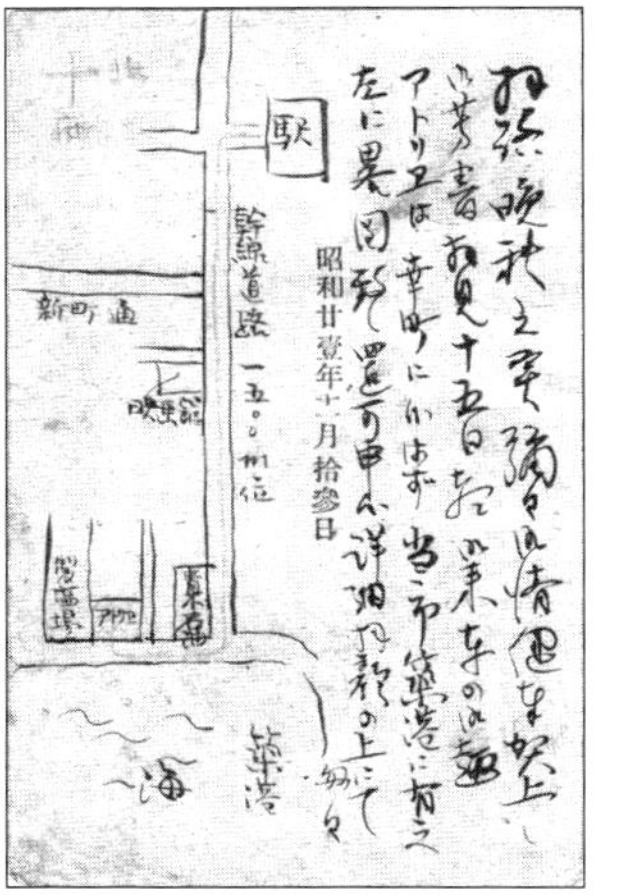

下村宏書簡

（略歴314参照）

565――昭和22年1月9日　はがき　毛筆／松山市竹原町三八　多田不二様

銀杏葉はゝやちりうせて籠り居の
　一とせはいつか夢とすきたり
今さらに老の命の惜まれつ
　我をいとしみ筆をはなさず

賀正おたより多謝　本冬は一入寒きびし　折角お大事に

　東京大森田園てふ布三　　下村宏

関定書簡

（せき　さだむ）明治一二年～昭和四七年（一八七九～一九七二）。実業家、俳人。愛媛県生まれ。高等小学校卒。明治四一年、関定商店を開業。大正元年、関和洋紙店印刷部を設置、関印刷に発展させる。俳句を酒井黙禪、村上杏史に学んだ。勲四等瑞宝章受章。文化大臣賞受賞。

566――昭和41年11月3日　電報／マツヤマ　五九五　イワイダ　ニチヨウ」　タダ　フジ　殿

ツツシミテゴ　ジ　ヨクンノエイヨヲオイワイモウシアゲ　マス

セキサダ　ム

■勲四等瑞宝章を授与されたことに対する祝電。書簡530参照。

高橋丈雄書簡

（たかはし　たけお）明治三九年～昭和六一年（一九〇六～一九八六）。小説家、劇作家。東京生まれ。第一早稲田高等学院独文科中退。昭和四年、『改造』に戯曲「死なす」を書き懸賞に入選。昭和一八年松山に疎開、劇団「かもめ座」を主宰。戦後、小説、戯曲、ラジオドラマ等を書き、疎開文化人として不二らと松山で活躍する。同人雑誌『アミーゴ』を主宰。昭和二八年、「明治零年」で文部大臣賞受賞。

567――昭和22年1月14日　はがき／市内竹原町三八　多田不二様／道後南町四　高橋丈雄

謹啓、御無沙汰致してをります、

今度、演劇、児童両文化協会*で「児童劇」の研究会を致したいむね、東雲*の大野校長より御話があり、突然ですが一月十七〔日〕（金）一時より道後校*で開くことになりましたので、何卒御出席の上、三十分程座談的に何かお話し願へればと望んでをります、各学校の先生方や、両協会の「児童劇」に関心を持たるゝ人々にお集り願へたらと思つてをります、何卒宜しく御願申上げます

拝眉万縷

＊演劇、児童両文化協会　昭和二二年一月発行の『四国文化』に「愛媛県演劇文化協会結成」という見出しの記事があり、そこには協会の事業として、「学生劇の研究と指導」「児童劇の研究と指導」「農村、職場等に於ける自立劇の研究と指導」「演劇集団の樹立」「研究会、講習会、演出実地指導」「公演、試演、朗読会、コンクール等の開催」「脚本、演出手引等の製作、選定、供給」

などが挙げられており、つづいて「委員は目下、交互の推薦により左の四十六氏が挙げられてゐるが」とあり、その中に高橋丈雄の他に、不二や古茂田公雄、平田陽一郎らの名があるが、のち、不二は理事に就任し、高橋丈雄が代表となった。「児童文化協会」に関しては、書簡537参照。

＊東雲　松山東雲高等女学校（現、松山東雲女子大学）。松山で初めて教会を開いた伝道師、二宮邦次郎が明治一九年に創立した。

＊道後校　道後小学校（推定）。高橋丈雄はしばしば同所を使用している。例えば昭和二一年八月三日『愛媛新聞』朝刊の「『劇団文化座』――近く松山に生る」という見出しの、「演技員の募集」記事には、「演出並に責任指導者作家高橋丈雄」で、審査する会場が「道後国民学校音楽室」となっている。

568――昭和22年2月15日　はがき／松山市竹原町三八　多田不二様／道後南町四　高橋丈雄

拝啓

過日、お知らせ申上げました児童劇研究会、都合により二四（金）に延びましたので、何卒御了承下さいまし、会場、時刻は以前の通りです、

取急ぎ御報告まで

敬白

569――昭和23年5月26日　はがき／松山市竹原町三八　多田不二様／松山市御幸寺山中　高橋丈雄　5、25

御無沙汰いたしてをります、

御壮健に御過しのことと存じます。

今度児童のための生活写実劇＊「眠る前の歌」といふのを作りました、県庁前に建つた児童会館にて、来る29（土）30（日）2時より公開しますので、お暇でしたら御らん下さいますやう、かなり気にいつた作なので

一度御高評を承りたく存じてをります、
なほ28日4時半より一回同所で稽古いたしますので、それを見ていたゞけたら、と望んでをります、山の散索(ママ)をなさるおついでに御立寄り下さいますやう、空気と青葉が御馳走です、いづれまた

＊生活写実劇「眠る前の歌」未詳。

田中宇一郎書簡

（略歴349頁参照）

570――昭和37年6月13日　はがき／松山市道後祝谷　多田不二様／東京都北区滝野川三ノ二　田中宇一郎

先日はきれいな写真の御便り、有難く存じました。御元気で何よりです。悠々自適の御生活、羡しく存じます。出来れば、私なども殺風景な東京に長く住みたいとは思ひません。室生氏の姿を秋田雨雀氏の喜寿祝賀会＊で見たきりです。御上京の節はおついでありましたら、見苦しい、このあばら屋にお立ち寄りなさい。宇和島は私の亡友が数年前まで住んでゐた思ひ出の処です。いっさいの悩みを忘れて、遍路姿で四国巡礼したいと思ふことが時々あります。

水無月十三日

■裏面文末に［紫草舎］の朱印。

＊秋田雨雀氏の喜寿祝賀会「秋田雨雀先生七十七年を祝う会」は昭和三五年一月三〇日、東条会館で催された。司会、山川幸世で、

小牧近江、安倍能成、有田八郎の挨拶、民芸の北林谷栄による、雨雀の戯曲「〝棺を囲む人々〟のフラグメント」の朗読、山之口貘らによる沖縄舞踊があった。参会者、二百三十人。(昭和四七年津軽書房刊、藤田龍雄著『秋田雨雀研究』収載の「年譜」による――編者記) なお、室生犀星が亡くなったのは、昭和三七年三月二六日であった。

〈余録〉 秋田雨雀著『雨雀自伝』(昭和二八年、新評論社)に、古希祝賀会時の様子が次のように描かれている。

一月三一日午後二時から私の生誕七十年を祝う会が東中野モナミでおこなわれた。定刻私は会場へ行くと、もうホールは一杯になっていた。細川嘉六、小牧近江、堀真琴、岡田八千代、土方与志、大塚金之助、小坂狷治、神近市子の諸君の顔の間に、ロージン等のソ連代表の明るい顔も見えた。この日私は土方与志夫人の作ってくれた赤いビロードのルバーシカを着せられて正面に坐った。私の前には十年、二十年、三十年の知り合いの顔がにこにこと私を見て笑っていた。小牧、土方、二君の司会で北林谷栄が私の「モスクワの流氷」の朗読をしたり、十四、五名の人の感想等があってその後に、「津軽歌」、「鳩間節」、最後に「ヴォルガの船歌」が合唱された。そのほか、私の友人の盲目詩人ワシリー・エロシェンコの「皇帝と乞食」の幻燈があった。閉会後土方与志の発議によって私たちは小石川分院に私の妻の病床を訪うた。私の妻は私たちを見て非常に喜んでくれた。これが私の妻の笑いの最後といっていい。

富田狸通書簡

(とみた りつう) 明治三四年~昭和五二年(一九〇一~一九七七)。愛媛県生まれ。本名、壽久。明治大学政治学科卒。伊予鉄道電気(のちに伊予鉄道)株式会社に勤めた。俳句、俳画、焼物と多種多芸で、狸の研究家としても知られる。夏目漱石や正岡子規の顕彰にも努めた。

571――昭和21年12月24日 はがき/松山市竹原町 多田不二様/市内道後湯之町 富田狸通 12/24

霊草の息吹は絶へて歳の暮

昨日は誠に御好遇に預り奉万謝候　帰へり一寸御挨拶と存じ候へ
共　皆様折角御歓談の処と差控へ、尻尾を出さず、消え失せ候段
何卒許し被下度候
先づは右とり敢へず御礼申述候

572 ——昭和22年1月6日　絵はがき　毛筆／松山市竹原町　多田不二様／
松山市道後湯之町　富田壽久　正月五日

笑話丁亥
新春御祝申上げます
さて旧年末御照会申上げました針差玩具、確かに当方にありました。失礼いた
しました
一寸ワケがありまして本日発見されました、何れ貴面御逢ひの節。
「狸考」大事に有益多謝候

573 ——昭和31年4月付　はがき／松山市二番町　愛媛県観光案内所　多田不二様／松山市
道後湯之町　富田壽久

拝啓　陽春、日頃は誠に申訳もない御無沙汰しています
御貴殿愈々御清安のこと御慶祝申上げます
扨て老狸にも五十五回目の春が巡り来まして、このたび棲み馴れた古巣（伊予

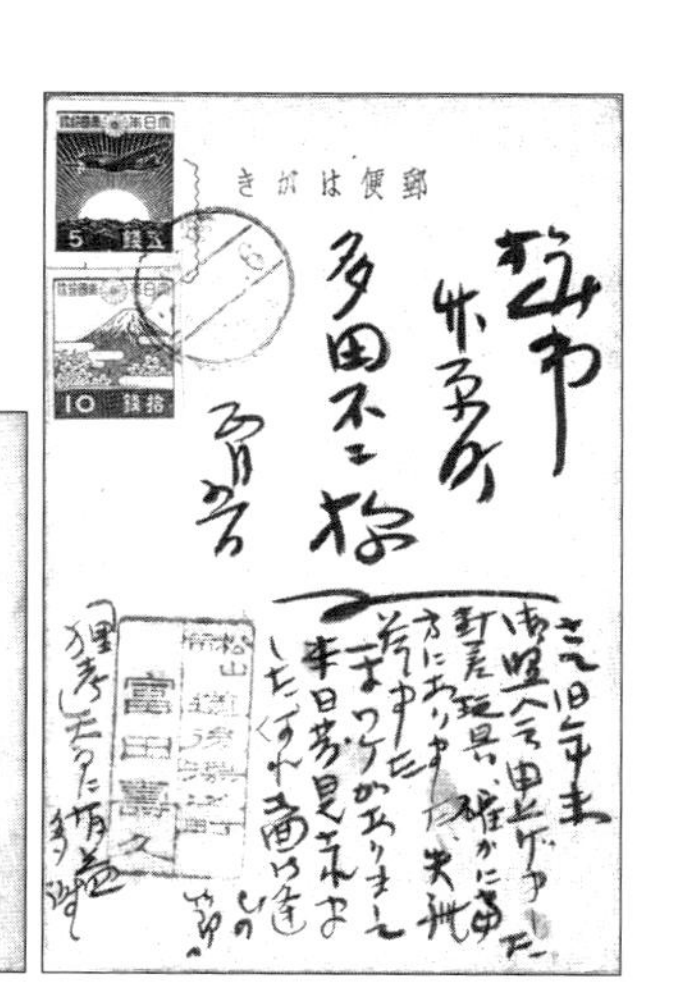

鉄）から這い出すことゝなりました、三十年といふへーサシの間陰に陽に公私共にご親切をいたゞきました御厚恩は決して生涯忘却仕りません。今後はこの感激を身に付けて自省以て御鴻恩に報いたい存念で御座います、何卒よろしく御厚誼と御指導のほどひたすらにお願申上げます、ありがとう御座いました。

化け切れぬ三十年のおぼろ哉

昭和三十一年四月

松山市道後湯之町

富田壽久（金皷堂・狸通）

■活字印刷。名宛は毛筆。

■裏面の俳句のみ毛筆。

574 ——昭和□年11月12日付（封筒なし、持参便か）

十一月十二日、道後公会堂句会

句稿　投句

松山の坊ちゃん祭秋多彩

秋深かむ石手の川の橋の数

方丈を月の廊下に巨(ママ)て見る

松山の秋を探ねて句碑めぐり

湯煙りのほどよくこめて月情緒

道後　富田金跛堂

■伊予鉄道株式会社の便箋を使用。

久松定武書簡

（ひさまつ　さだたけ）明治三二年～平成七年（一八九九～一九九五）。政治家。東京生まれ。東京帝国大学経済学部卒。旧松山藩主の子孫。貴族院議員、参議院議員を経て、二〇年間愛媛県知事の座にあった。引退後、愛媛県美術会会長などを務めた。

575――昭和37年11月27日　往復はがき（往信）／松山市道後祝谷　多田不二殿

晩秋の候、貴職ますますご清祥のこととお慶び申し上げます。

さてかねてより松山市湯山ノ内杉立に建設中でありました奥道後ユース、ホステル*はこのほど竣工いたしました。

つきましては落成式を左記のとおり挙行いたしたいと存じますので用務ご多忙中恐縮とは存じますがご臨席下さいますようお願い申し上げます。

なお誠に失礼とは存じますが準備の都合がありますので折返し、ご出欠についてのご回報をお願い申し上げます。

記

一、月日　　十二月五日午前十一時
一、場所　　松山市湯山ノ内杉立

奥道後ユース、ホステル
昭和三十七年十一月二十四日
愛媛県知事　久松定武

■活字印刷。名宛は毛筆。
*奥道後ユース、ホステル　海抜五四〇メートルの地に建てられた、愛媛県内、初の公営ユース・ホステル。現在は、廃館。

平田陽一郎書簡

（ひらた　よういちろう）明治四一年〜昭和六三年（一九〇八〜一九八八）。ジャーナリスト、実業家。愛媛県生まれ。京都帝国大学哲学科卒。愛媛新聞社社長。南海放送社長、会長。県スポーツ振興審議会会長、県産業教育振興会会長、県文化振興財団理事長などを歴任し、県内のスポーツ、文化の振興に努めた。著書『あめりか、付ヨーロッパ回想』、共著書『新聞記者』など。

576 ── 昭和41年11月3日　電報／マツヤマ　六一〇　ド　ウゴ　イワイダ　ニ」　タダ　フジ　殿

ハレノエイヨヲタタエ、マスマスゴ　カツヤクヲイノリマス
エヒメシンブ　ンシヤヒラタヨウイチロウ

■勲四等瑞宝章を授与されたことに対する祝電。書簡530参照。

前田伍建書簡

（まえだ　ごけん）明治二二年〜昭和三五年（一八八九〜一九六〇）。俳句、川柳作家。香川県生まれ。伍健とも。高松中学校卒。松山市へ転籍し、伊予鉄道電気株式会社に入社。俳画、書にも優れた趣味人、文化人であり、松山正統野球拳の宗家とされる。ＮＨＫの「川柳角力」「川柳腕くらべ」を担当。著書『川柳一糸集』『野球拳』など。

577 ―― 昭和31年11月13日　はがき／松山市道後常信寺町　多田不二様／前田伍健・富田狸通

拝啓　愈々御清安のこと御慶祝申上げます
扨て八股榎*（やつまたえのき）の観光資源開発に関し御高見を承りたいと存じますので左記の通り会合致します、御多用中誠に御迷惑とは存じますが御出席を賜はれば幸甚に存じます
右御願申上げます
　十一月十六日（金）午後一時から
　場所　港町四丁目東洋美術会館　階上

＊八股榎　その中に霊験あらたかな「お袖狸（そでたぬき）」が棲みついていたという、歴史ある榎。場所を移して現在も四代目の榎が、松山城の堀端に残っている。

宮尾しげを書簡

（みやお　しげお）明治三五年〜昭和五七年（一九〇二〜一九八二）。漫画家。東京生まれ。岡本一平に師事。画風は大津絵、鳥羽絵などの影響を受けている。代表作に「団子串助漫遊記」「一休さんと珍助」。戦後は民俗芸能研究、文筆活動に専念。著書に『文楽人形』『江戸小咄集』など。

578――昭和23年5月10日　はがき　毛筆／四国松山市竹原町三八　多田不二先生／東京北区王子三ノ一九　宮尾しげを

啓　寺で御別れも申さず出ました、まで（ママ）あの日お目にかゝれる様な気がして出ましたら、あとで考へましたらばそうでなかつたので、これはしまつたと思ひました、新聞社の方にもその点失礼しました、よろしく御伝へ下さい　又のお目もぢを楽しみにしてゐます　御手紙頂戴ありかとう存じました

579――昭和□年10月8日　はがき／愛媛県松山市　商業会ギ所内　松山観光局　多田不二様／東京北区王子三ノ十九　宮尾しげを

そのせつは色々御配慮にあづかり御礼申し上げます
大変松山をくわしく見せて頂ゐて大変ありがたく存じます、鉄道局のは予定があつて道后と松山の二ケ所位になりそうです、もつたいない次第です、何とかあとのを生かすべく松山だけて漫画観光案内を一部か一冊おつくりになる様な御計画は出来ませんか、広告をとれば紙刷位は出ると思ひます、都合によつては広告を沢山とつて頂ければ、こちらで製作してみてもと思ひます、しかし遠いので其点不自由ですが、小生みのこしあれば高松の荒井とみ三君にその所を描いて完全のものにして行けばとも思つてます　道后松山高浜の三ケ所でまとまるでせう、来年の博らん会迄にまとめれば売れると思ひます　御貴意得たく存じます

■差出人住所氏名は印章。

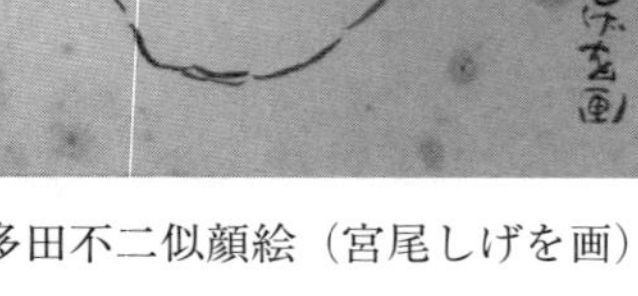
多田不二似顔絵（宮尾しげを画）

宮脇先書簡

（みやわき　すすむ）明治二五年～昭和五五年（一八九二～一九八〇）。実業家。愛媛県生まれ。慶応義塾大学理財科卒。伊予鉄道株式会社社長。伊予史談会会長。勲四等瑞宝章、旭日小綬章を受章。川内村（現、東温市河之内）に夏目漱石の句碑を建立した。

580——昭和41年11月4日　電報／マツヤマ　二八二　コ四、七　ド　ウゴ　イワイダ　ニ」タダ　フジ殿

ゴ　ジ　ヨクン、ココロカラオイワイモウシアゲ　マス
イヨテツシヤチヨウ、ミヤワキ

■勲四等瑞宝章を授与されたことに対する祝電。書簡537参照。

室生犀星書簡

（略歴123頁参照）

581——昭和22年（推定）□月□日　はがき／松山市竹原町三八　多田不二様／東京市大森区馬込町東三丁目七百六十三番地
室生犀星

表記転居通知致候*

■差出人住所氏名はゴム印。

＊表記転居通知　犀星は、昭和二二年一月下旬に、家族を軽井沢に残して単身上京し、馬込の家で暮らした。この頃の転居通知か。

582――昭和27年1月20日　はがき／松山市道後祝谷　多田不二様／東京大田区馬込　室生犀星　正月二十日

お変りもなく大慶です、上京の折はいつでも寄つて下さい、宿くらゐはします、こちらは皆達者、

餅のひび深まりにつつ月終えぬ

583――昭和30年〔5月7日付　馬込より　多田不二宛〕はがき

きのふ仏手柑(ぶしゅかん)を拝受した、胃が悪くて僕は眺めてゐるだけですが、家の者らは大喜び、たびたび有難う、胃潰瘍*をやつて酒を廃してゐますが、どうやらかうやら生きてゐるだけの事です、その内、菓子でもお目にかけます、昔の人はそれぞれゐなくなつて孤軍奮闘ですが、何時まで書くことが続くか分らず候、

五月七日

■この書簡文は、『室生犀星全集』別巻二（昭和四三年、新潮社）所収の書簡「三七六」を転載したものである。

＊胃潰瘍をやつて　犀星は昭和二九年一月から二月にかけて胃潰瘍で入院、その後も具合は悪く、同三〇年六月九日の「日記」には「胃腸病院でレントゲン撮影の結果、潰瘍が起りつつある由、此間から腹痛がしてゐたが、（略）」一一日には「朝から腹痛、例により半分はやけ、半分はまじめな治療をすること」、七月一九日には「もはや勝手にしろといふヤケ気味である」とある。この時期に、〈病院もの〉といわれる「黄と灰色の問答」「文章病院」などの心境小説が書き始められた。

室生とみ子書簡

（むろう　とみこ）明治二八年～昭和三四年（一八九五～一九五九）。石川県生まれ。金沢市の小学校に訓導として勤めるが、大正七年犀星と結婚し退職。俳誌『風流陣』に句を載せる。句集『しぐれ抄』『ひるがほ抄　室生とみ子遺句集』がある。朝子の母。

584――昭和30年5月8日　はがき／松山市道後祝谷四六四　多田不二様／室生とみ子　八日

いよ柑、ほんとうにありがとう。厚くおん礼、申します　六月にくるとの事　早くおいでなさい。まつてまつてゐます。手紙がつく前にお父さんが出したのです　六月になるといいですね　御夫人によろしく　しゃしんはすごくお上手にとれました　いよ柑ほんとうに　ありがとう

〈余録〉室生朝子は、昭和一三年一一月一三日に脳出血で倒れた後の母とみ子を描く中で、「母は、手紙を書くのが好きであった。（略）ごく最初、左手書きの文字の住所は郵便配達にわかりにくいだろうと、私が書いていたのだが、晩年は皆自分でやっていた。ある人は、まるで良寛の字のようだと、母を喜ばせた」（『母そはの母』昭和三五年、東都書房）と書いている。

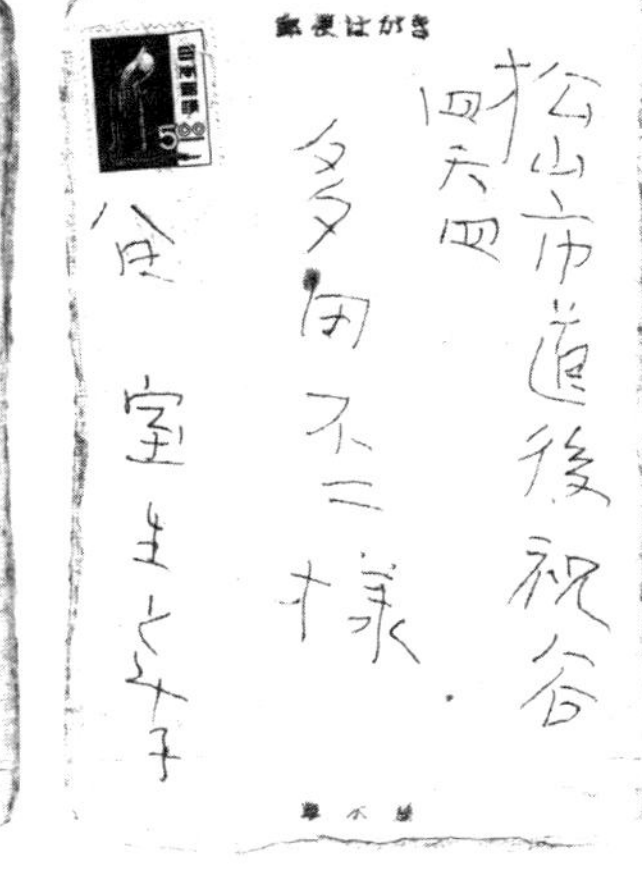

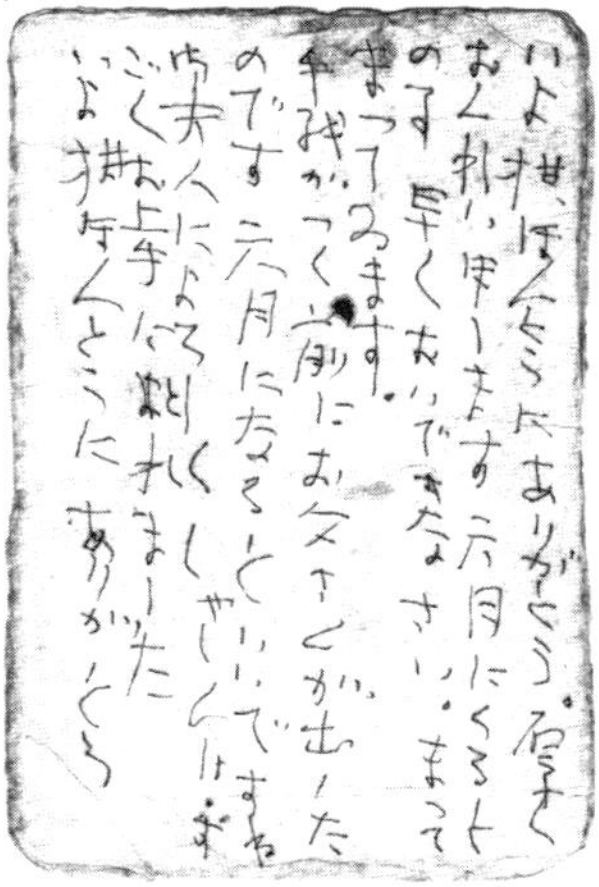

郵便はがき

松山市道後祝谷
四六四
多田不二様
室生とみ子

いよ柑、ほんとうにありがとう　厚く
おん礼申します　六月にくると
の事　早くおいでなさい。まって
まってゐます。
手紙がつく前にお父さんが出した
のです　六月になるといいですね
御夫人によろしく　しゃしんはすご
くお上手にとれました
いよ柑ほんとうに　ありがとう

柳原極堂書簡

（やなぎはら　きょくどう）慶応三年～昭和三二年（一八六七～一九五七）。俳人。伊予国（愛媛県）生まれ。松山中学校中退。同中学で上級にいた正岡子規と深交を結び、子規没後も子規顕彰に専念、子規堂を守った。子規とともに『ほととぎす』（のち『ホトトギス』）を創刊し、その編集に当たる。のち『鶏頭』を創刊。『海南新聞』主筆、のち伊予日日新聞社長。著書に『友人子規』、句集に『草雲雀』。

585 ―― 昭和23年11月8日　はがき　毛筆／松山市二番町?　観光協会松山支部　多田不二様／末広町子規堂　柳原極堂

子規遺跡標示の件いろ〳〵御尽力の由欣幸至極に存じ候　扨て小生承知の事は越智水草君*へ相話し同君も御堂御取調相来り居候間同君へ御協議相成候事便宜と存候　筆の序ながら子規漱石往年同宿の跡たる愚陀仏庵*あとは二番町一番地八番戸元上野義方宅の裏に有之拙著友人子規*に八番地と記しあるは小生の誤に候間此段御ふくみ被下度候

二番町土井歯科医院より南へ横町二十数間のところ此梅旅館と重見某氏宅の間を東へ入り重見家の裏の方㊒の残りある辺に当るらしく候　委細は水草君へ話し置候　草々

十一月八日

■・を付した「?」は、記されていたもの

■「二番町土井歯科医院」からは、表面下部に記されている。

＊越智水草君　越智二良。水草は雅号。

＊愚陀仏庵　明治二八年四月、愛媛県尋常中学校（松山中学校）に英語教師として赴任した夏目漱石が住んだ家。「愚陀仏」は漱石の俳号。

＊拙著友人子規　昭和一八年二月、前田書房から刊行された『友人子規』。初版千部。定価二円八〇銭。

586――昭和24年3月25日　封書　毛筆／松山市観光協会松山支部御中　いそぎ／末広町子規堂　柳原極堂　三月二十五日

前略

昨日岡田君が見えましたが老生病中でお目にかゝらず失礼しました

子規全集の子規の春や昔の句を写真にとられし様子思ふに句碑に御利用のものと存じます　誠に結構と思ひます　然るところ句集には右十五万石の城下の句の前書きに「松山」とあります　これは本ですから何処の城下のことかわからぬため松山と断つたわけですから松山市内へ建てる句碑*の場合のものとしては此の前書きは省く必要があると存じます　其処のこと老婆心にて申上げ度匆々

三月二十五日

極堂

観光協会御中

*松山市内へ建てる句碑　昭和二四年四月、松山観光協会が中心となって国鉄（現、ＪＲ）松山駅前に建立した子規の句碑。刻された句は「春や昔十五万石の城下哉」。

587――昭和24年7月10日　はがき　毛筆／松山市二番町愛媛観光協会　多田不二様／松山市豊坂町法龍寺境内子規庵　柳原極堂

梅雨晴れきらず候処御清安何よりと御よろこび申上げます　御承知の如き事情にて小生去二十四日子規堂*を引払ひ表記に移転いたしました　子規并に其高弟共の霊牌を移し仏壇を設け候為め矢張新居も子規庵と称し居ります当法龍寺は元正岡家の菩提所でもあります　右の如き事情でありますから観光協会*としても御一顧を寄せくださる様御願ひ申上ます　移居御報に兼匆々不備　七月十日

■・を付した「右の如き事情で」からは、表面下部に記されている。

*子規堂を引払ひ　子規堂は、正宗寺（しょうじゅうじ）の境内に、大正一四年一一月、中ノ川べりにあった子規旧宅の木材を使って建てられたが、昭和八年二月に本堂とともに焼失、同一〇年九月に再建、これも戦災に遭い、現在建つのは三代目で、同二一年一二月に落成したもの。極堂は、昭和二四年六月二四日、「子規庵」を豊坂町二丁目の、元正岡家の菩提寺であった法龍寺の傍らに新築し、「子規堂」から移転した。

*観光協会　この頃、不二は松山観光協会理事長、および愛媛県観光協会連合会専務理事。また、この年六月に、不二は全日本観光連盟四国支部常任理事に就任している。

〈参考〉　柳原極堂翁住宅建築資金協力依頼状（昭和23年12月15日　封書　謄写印刷、表裏毛筆／松山市竹原町三八　多田不二様／松山市末広町子規堂　柳原極堂翁半折頒布会幹事　十二月十四日）

極堂柳原正之先生は幼少の頃から俳聖正岡子規居士の親友で生前親しくその指導を受け、句作を共にせられ、松山に俳誌「ホトトギス」を創刊。居士没後もよくその遺鉢を守つて俳道の興隆に尽され、多年松山で「伊予日々新聞」を経営、後ち東都に俳誌「鶏頭」を主宰するなど俳壇生活六十余年斯界の大先輩としてその御功績は頗る偉大なものがあり、全国俳人の景仰を鍾（あつ）めていられますことは人のみなよく知るところであります。

先年東京から故山に疎開帰臥されましてからはその主唱により松山子規会を創立し尓来六ヶ年毎月欠がさず例会を開いて居士の遺業顕彰につとめられ。たま〳〵戦災に罹つた松山正宗寺境内の子規堂が一昨年暮に三建されました際特に懇望されるまゝこゝに起臥して朝暮子規居士の霊を弔ふと共に日々こゝを訪ふ多数の人々に応接し居士の遺徳を説いて倦むところを知らず。今日まで二年間にその数実に千人の多きに及むでおり、さきに上梓され数版を重ねた名著「友人子規」の御著述とともに郷土先賢の顕彰に尽されました隠れた御功績は実に大なるものがあるのであります。

ところが最近突如として子規堂を退去されるの止むなき事情に立至りましたことは私どもの深く遺憾と存づるところで種々奔走致したのでありますが力及ばず、且つ先生御自身も転出の決意を固めて居られ最早如何とも致しがたいのであります。

子規堂は先生終生御安住のところと自他ともに考へて居りましたのにいま此処を出られますと忽ち住まはれるところもない有様で、近く八十三の高寿を迎へられます。御老体に今さら家なき悩みをお味はせいたしますこと洵に御同情に堪へないところであります。先生も此機会に隠遁して世事から遠ざかり度いとのお考へもあつたのでありますが　今後も続いて俳聖顕彰に御尽瘁（じんすい）下さいますやうお願い致しましたところ　幸に先生も余生をこの事業のために捧げやうとの御決意をして下さいましたのであります。それで何とかして御晩年を御心置きなく安住されますやう。せめてさゝやかな庵なりと建て、差上げたいと存じますが微力それさへ叶ひませぬ一方先生も御住宅建築の思召しでありますが御存じのやうに終始清貧に安じられた先生のこととて　これと申て御貯へもない御様子であります。

そこで此際御老体の先生に対しお気毒でありますが御揮毫をお願ひしそれを希望者に頒布して、その収益を以て建築資金の一半をお助けしたいと思いついた次第であります。既に各地からこの事を聞き伝へて協力を申出てゐられます篤志家も相踵（つい）でおりますので皆様の御賛同御協力に依り所期の目的を達成し得られやうと信じておりますが、何分諸物価昂騰のためさゝやかな庵でもその建築費は意外に嵩みますので少しでも多くの方々のお力添へを得なければ困難と存じます。誠に申兼ねますが左記規定により御賛同下さいますと共に御知人方をも御勧誘下さいまして先生御老後の安穏を冀ふ私どもの念願達成のため何卒御協力賜りますやう御願ひ申上げる次第であります。

昭和二十三年十二月

伊賀上　茂　　菅　菊太郎　　楠　正雄　　有光　輝一郎
波多野　晋平　　桂　陽　　久保　水々　　酒井　黙禪
長谷川　竹友　　吉田　橙子　　山岡　酔花　　酒井　如雪

富田　狸通　　立石　白蚯堂　　松本　猶太郎　　三好　英雄
西田　南海　　田中　蛙堂　　前田　五健　　三好　魚文
越智　水草　　曽我　正堂　　阿部　星雪　　品川　柳之
小川　勇　　中野　松雲　　阿部　公政　　森　円月
景浦　雅桃　　野木　蛭牙公　　青野　岩平　　森　薫花壇
（いろは順）

柳原極堂先生俳句半切頒布会規定

一、一口金壱百五拾円也
一、会費は前金とし郵便為替にて、送付は書留にて願ひたし。
一、御住所氏名は判りやすく正記を乞ふ。
一、御送金に対し領収書は差出さず送金到着順に半折を発送する。
一、御申込は松山市末広町正宗寺子規堂柳原極堂先生俳句半折頒布会宛にされたし。
一、揮毫の能率を計るため句は先生に御一任下され度く。四季別又は其の他特に御希望あらば申込書に御付記願ひたし。

山本修雄書簡

（やまもと　しゅうゆう）大正七年〜不詳（一九一八〜）。詩人。小説家。愛媛県生まれ。昭和一四年『詩集　美しき生活』を出版。

588——昭和21年12月18日　はがき／松山市竹原町三八　多田不二様／西宇和郡伊方村　山本修雄

昨日坂本石創[*]氏の所へ参りましたら先生を招介(ママ)してやらうと仰言いましたですが手紙を出して見よと仰せられたのでお希ひ致す次第です。私詩を書いてゐるのですけれど御指導希へないでせうか　此の間九州文学[*]の同人となつた計りでそれも小説（百枚余り）で詩の方は東潤[*]といふ詩人がまだ勉強してもらはねばならないといふのです。詩は十年も書いてきてゐるのですけれど東潤氏の手紙を精しくはここで言へませんが形式主義を非常に強調し皎々たる感情の縷述は詩の形態を撫辱(ママ)するものであるといふのですが、同人連中の詩形にはなほ空しいものがあるので確かに風木にせよ東にせよ共通した表現形式を持つてゐるのですが私には共鳴なしえない点も多々あります、何れ送らして見て戴けたらと思ひまして、お希ひする次第です。申し遅れましたが御令息[*]のお方が近く御逝去の由、時代・季節・洵に万感迫る事でございませう　謹んで御悔み申上げます

敬具

＊坂本石創氏　明治三〇年～昭和二四年（一八九七～一九四九）。小説家。愛媛県生まれ。田山花袋を師と仰ぐ（後に絶縁）。長篇小説「開かれぬ扉」「結婚狂想曲」、随筆集「砂風呂縁起」「お国自慢」など。戦後、宗教雑誌『禅文学』を発行。昭和二二年、『西山禾山（かざん）』を刊行した。

＊『九州文学』　火野葦平「糞尿譚」の芥川賞受賞がきっかけとなり、小説家、詩人たちが大同団結して昭和一三年九月に創刊した同人雑誌。戦中、一時休刊したが、戦後、昭和二一年一月に再刊。

＊東潤といふ詩人　明治三六年～昭和五二年（一九〇三～一九七七）。詩人。山口県生まれ。戦後、『九州文学』の編集発行人であった原田種夫と雑誌『詩と絵』を刊行した。詩集『あどばるうん』『霞の海綿』など。

＊御令息のお方が近く御逝去の由　長男、篤司の逝去。書簡548の「＊篤司さん他界」参照。

589――昭和22年1月8日　封書／松山市竹原町三八　多田不二様　親展／西宇和郡伊方村　山本修雄　一月八日

寂しき土

今日とても山の彼方の淋しき
オレンヂの木の葉陰くらき
耕土を耕しね深々と耕しね
重荷負ひて山たかくそばだち
実るは赤き酸密(ママ)柑か
こんこんと泉は湧けど悲しみ
あふるる谿間はねれて
太陽は何処に宿るとも知れざるべし。

そを日そを身難えがたき
夢は空しく吾妹がい寝の
窓に散り敷く病葉の
幽玄(げん)おとなひてすやすやと眠れり
風こころ蝕めるこの胸に
群がりて退(ひ)くくならく静かなる
車もまた響よせてわが胸にひきいられるべし。

新聞の印刷は腐りて臭ふ
華人の夢寝に彷徨ふわが魂は
かばかり色褪（ママ）せて春蘭か
あの丘かの林に瞭（ママ）乱とい咲けり
夢寝ならずや怖ろしき世に
淋しくなき骸は瞭（ママ）乱とい咲けり遠く
潮よせる海の小さきかたえなる顔（かんばせ）ありき。

われはみずふくよかのいく夜の
まどろめる美しき春の集ひを
やんごとなき隠しおおせるひとへの幸福の
よまず涙しばたく唏嘆の綾（あや）を
くろがねの冷たき腕に敷く
汝の妖しき死体の淡き微笑をも
永遠にわれはその家に容れらるなし。

今日とても谿の彼方の淋しき
湧泉の蒼きかたほとり
オレンヂの暗き木の葉陰

豆蒔きて耕土を耕しね深々と耕しね。

この詩はその儘先生に自由に置かれてください　朔太郎師の晩年の帰郷詩扁(ママ)と中原中也の「ゆきてかへらぬ」などに詩の謎は微笑もつて含まれてゐるのではないでせうか。

帰郷詩の一群と中也の晩年の作品には異常な対蹠点があるが――置去りにせられた形の――永遠の炎をもつて燃るこの地上の詩には主神を失ふ傷ましい嬰児の影が同様にありはしないでせうか、(詩はかく生れねばならないといふ悲嘆が)

小説を書いたりしてゐるのでその点忙がしい百姓仕事は暇てすが仲々出られません。

御静養を祈ります

山本修雄

多田不二先生へ

■原稿用紙使用。

＊朔太郎師の晩年の帰郷詩扁　昭和一二年一二月『芸苑』初出の詩篇「物みなは歳日と共に亡び行く」。散文詩集『宿命』(昭和一四年、創元社)に収録。

＊中原中也の「ゆきてかへらぬ」　中原中也(明治四〇年～昭和一二年)は山口県生まれの詩人。詩集に『山羊の歌』『在りし日の歌』。「ゆきてかへらぬ」は昭和一一年一二月発行の『四季』に掲載された散文詩。『在りし日の歌』に収録。

590 ―― 昭和22年1月18日　はがき／松山市竹原町三六（ママ）　多田不二様／西宇和郡伊方村　山本修雄

先日は有難うございました

笹原（ママ）*美明氏の作品を見ましてこれから注目してゐます　先生のお宅の詩集が初めてなので・・・八幡浜へ出て石創氏に遇ひました。休まれてをりましたが起きて会はれました。某禅師*の伝記を刊行されるので賛同会員を募（つの）つてをられましたので一口入りました。四国春秋*の小説募集に応慕（ママ）するやうに石創氏に信憑せられ昨日一日かかつて四十三枚書上げました

＊笹原美明氏　笹澤美明のこと。

＊某禅師の伝記　昭和二二年八月、禅文学会から刊行された非売図書『西山禾山』。西山禾山（天保八年～大正六年）は、愛媛県八幡浜市出身の禅僧。八幡浜大法寺瓊谷（けいこく）の徒弟となり得度。西山姓を継いで禾山と号し、各地で修業、参禅の後、京都妙心寺越渓禅師から引証を受け、大法寺住持となった。

＊四国春秋　昭和二一年四月、四国新聞社から発刊された月刊誌。創刊号には、川田順、藤木九三、坂本石創、鍋井克之、高濱虚子らが寄稿している。昭和二四年一二月に休刊となった。

591 ―― 昭和22年2月16日　封書／松山市竹原町三六（ママ）　多田不二様／西宇和郡伊方村　山本修雄

今日この海峡の村も大雪ですよ、松山のブラボー橋的なバラクの家々もどのやうに寒いでせう、小説を書いてゐます、「バイワスの日夜」にするか「バイワスの地獄」にするか、風土風の日記の形式でメモリイをたどつて見るのです

今北九州を覆つてゐる文学思潮は超自然主義的色採（ママ）といつても過言ではありません、九州文学の同人達はやはり近代日本文学の発詳（ママ）たる自然主義思想から大多数はぬけきれてゐません、中央の作家にしても秋声*、荷*

風をけなす一人の人もゐません、この傾向は確かに来るべき文学の予定として新自然主義的なこの不安と混濁の社会を度外視にする立場の必要から社会救済といふよりも作家自身の自個(ママ)救済の闘ひのために遥かに超絶的、楽天的な逃避に墜りつつあるマンネリスムかもしれません
ジイド*を読んでゐます、ジイドの旅行記の中で私は「アミンタス*」と「パテシパ*」をとります、コンゴ旅行記には彼の地理学的な慧知しか存在しなく、ソビエート旅行記も思想と旅行を混同し転向と呼ぶ一時の負命的な若いフランスの作家達に内面で笑はれる老廃の慧知しか見ることが出来ません　それに比べてこの「アミンタス」「パテシパ」こそはあの熱帯のシロツコ（熱風）からくる自然主義の生命が脈うつてゐるやうです　沙漠の予情(ママ)これこそはジイドの苦悶の真諦として私に実にユニツクに響きを与へてくれるのです
ジイドの慧知、叡(えい)知といひますか、この中にはゲーテ*を永遠にダイモンにする工策(ママ)が閃めいてゐるのですが私は外の人々が彼から取りあげて賞賛する「狭き門」や「詩集」「田園交響楽」の系譜に彼の真の姿を見ることが出来ません、象徴は素晴らしい象徴ですがそれは極限であつて決して生命ではないやうに思へるからです
だから日本の作家達が前述の系譜を追及して「類似」の作品（例へば中河与一*氏の天の夕顔）を得ることが出来るが発展的開拓の原動因(イン)たることは出来ません
それに比較するとこのイタリヤやアラビヤへの世紀初頭の旅行記は自然主義的なエッセイに充ちてをりユニツクな精神と沙漠の形容に無限の生命を湎(たた)えてゐるやうです
中原中也の詩について御存知ないやうでしたが晩年の詩集があるから送ります。永遠の嬰児としての中原を認められたらと思ひます。すべてがそうであるがいかなる文学形式でもつても真実の半ばでしか言葉で表現することが出来ないとしたら文学者は永遠の人間の言葉を解しない嬰児に例へられるでせう、だから中原の

詩の中にはいかに詩を書かうかといふ詩人の態度といふからすべてを拒避(ママ)して住(ママ)つた童話(メルヘン)の世界に生命を求めてゐるやうです

山本修雄

多田不二様

■原稿用紙一枚、その表裏使用。

*秋声　徳田秋声。明治四年~昭和一八年(一八七一~一九四三)。小説家。石川県生まれ。代表作に「黴」「あらくれ」「縮図」など。

*荷風　永井荷風。明治一二年~昭和三四年(一八七九~一九五九)。小説家。東京生まれ。代表作に「あめりか物語」「腕くらべ」「濹東綺譚」など。

*ジイド　André Gide(1869~1951)。フランスの小説家、批評家。代表作に「狭き門」「田園交響楽」「贋金づくり」など。

*「アミンタス」　ジイドは、友人の画家ポール・アルベール・ローランスとのアルジェリアへの、一八九三年一〇月の初旅行以後、しばしば同地を訪れる。その折々の旅日記を集めたものが『アミンタス(Amyntas)』で、これは一九〇六年にメルキュールドゥ・フランス社から出版されている。

*「パテシパ」　未詳。一九〇三年、『エルミタージュ』誌に掲載され、一九一二年、ビブリオテーク・ドゥ・ロクシダン社から出版された『バテシバ』(Bethsabé)』は、詩劇。

*ゲーテ　Johann Wolfgang von Goethe(1749~1832)。ドイツの詩人、小説家、劇作家。代表作に、小説「若きウェルテルの悩み」、戯曲「ファウスト」、叙事詩「ヘルマンとドロテーア」など。

*中河与一氏の天の夕顔　昭和一三年、『日本評論』に発表した純粋な恋愛小説「天の夕顔」は中河与一の代表作。

山本富次郎書簡

（やまもと　とみじろう）明治三二年～昭和五六年（一八九九～一九八一）。郷土史研究家。愛媛県生まれ。松山中学校卒。世界連邦建設同盟松山支部長、松山ユネスコ協会副会長、松山子規会幹事、伊予史談会委員。著書『ふるさと歳時記』など。

592――昭和41年11月5日　電報／イワイ　マツヤマ　五〇二　コ四、四八　マツヤマ」ド　ウゴ　イワイダ　ニ」タダ
フジ　殿

ハレノエイヨヲタタエ、マスマスゴ　カツヤクヲイノリマス
クン四トウオメデ　トウヤマモトトミジ　ロウ

■勲四等瑞宝章を授与されたことに対する祝電。書簡530参照。

湯山勇書簡

（ゆやま　いさむ）明治四五年～昭和五九年（一九一二～一九八四）。教育者、政治家。愛媛県生まれ。愛媛師範学校卒。昭和二八年、参議院に初当選。同三五年、衆議院に初当選し七期務める。その間、衆議院災害被害対策特別委員長、社会党県本部委員長、ユネスコ国内委員等を歴任。

593――昭和41年11月3日　電報／マツヤマ　七三　ド　ウゴ　イワイダ　ニ」タダ　フジ　殿

ハエアルヒヨウシヨウヲココロカラオイワイモウシアゲ　マス
ユヤマイサム

■勲四等瑞宝章を授与されたことに対する祝電。書簡530参照。

多田不二年譜

明治二六年（一八九三年）

一二月一五日、父多田貞一郎（嘉永六年七月一日生）、母るい（安政四年八月二八日生）の次男として茨城県結城郡結城町大字結城四八三番屋敷（現、結城市大字結城一五六九）に生まれる。上に、長男頼慶、長女ふく、次女まん、三女りうがおり、不二は末子。父が「不二」と命名。『荀子』の「一而不二」からとったという。多田家は代々徳川幕府の御典医を務める家柄であり、不二の父は産婦人科医であった。結城鬼怒夫・結城きぬを・多摩魚人などの筆名がある。

明治三八年（一九〇五年）　一二歳

四月、栃木県立真岡中学校（現、真岡高等学校）に入学、母るいの実家、矢島家から通学した。このころから耽読癖は人一倍強く、特に伝奇小説を好んだ。

明治四四年（一九一一年）　一八歳

三月、真岡中学校卒業。八月一〇日、父貞一郎が死去。父の希望により医者になるつもりでいたが、父の死後、かねて望んでいた文学へ進路を変える。

明治四五年・大正元年（一九一二年）　一九歳

九月、旧制第四高等学校（現、金沢大学）文科乙類に入学。初め哲学書を、次いで文学書を耽読し、授業以外の時間を多く図書館で過ごした。四高では、英詩人エルネスト・エドウヰン・スペイト、大谷繞石、篠原一慶に英語・英文学を、石川鐵雄にドイツ語を習う。二年近くゲーテの文献を教えられた石川鐵雄には大いに啓発される。一二月、四高北辰会発行の『北辰会雑誌』（第六五号）に、「コスモスの古き下宿や今如何に」「卒塔婆に力なげなる蜻蛉かな」の二句を載せる。これが活字になった不二の最初の作品とみられる。以後、同誌には短歌三一首、詩三篇を載せている。

大正三年（一九一四年）　二一歳

四月、福士幸次郎の詩集『太陽の子』が刊行される。同詩集を愛読、これが詩を作り始める動機の一つとなる。八月から翌年二月までのある晩、金沢、石浦町の「北国バー」で友人を介して室生犀星を知る。以後親交を深め、生涯兄事することになる。このころ、犀川に架かる桜橋近くのW坂を上がったあたりに下宿していた。

大正四年（一九一五年）　二二歳

三月、室生犀星、萩原朔太郎、山村暮鳥によって『卓上噴水』が創刊された。このころから、同誌の発行所であり編集所であった犀星の住む家（金沢市千日町二、雨宝院の隣家）を毎日のように訪ねて編集の手伝いをする。同誌にはタゴールの訳詩「THE REAL」「THE HOME」「SYMPATHY」

を載せている。五月八日、犀星、小畠貞一らと朔太郎を金沢駅頭に迎える。この時が朔太郎との初対面と推定される。一四日、人魚詩社（『卓上噴水』発行所）社友および『遍路』同人らと金谷館で歓迎会を開く。朔太郎は一七日まで金沢に滞在。この間、犀星とともに、朔太郎と行動を共にする。『遍路』には、タゴールやトッドハンターの訳詩、および詩「愛心」「漂へる心」を載せている。七月、『帝国文学』に二篇の詩「発音」「新緑」を発表。また、芥川龍之介の「羅生門」が掲載されている同誌一一月号に、詩「愛憐」「朱の曼陀羅」を載せる。なお、同誌には合わせて一五篇の詩を載せている。

大正五年（一九一六年）　二三歳

六月、犀星、朔太郎が『感情』を創刊。後に、同人に加わった。七月二日、第四高等学校第一部文科（乙類）を卒業する。九月、東京帝国大学文学部に入学する。九月二九日、室生犀星とともに、初めて山村暮鳥に会う。

大正六年（一九一七年）　二四歳

三月、『感情』にリヒャルト・デーメルの詩として訳詩三篇「休息」「沈思」「夕の声」を載せる。これが初の『感情』掲載詩。ただし「夕の声」だけがデーメル作。他の二篇はヴェルレーヌによるフランス語の詩を、デーメルがドイツ語訳したものの重訳であった。以後、同誌には、合わせて創作詩三九篇、訳詩一五篇を掲載しており、この年から本格的な詩作活動が始まる。また、このころからデーメルに傾倒し、多大な影響を受ける。三月七日、東京市本郷の梅屋旅館に同宿中の萩原朔太郎が発病、看護し赤羽駅まで送る。六月、『感情』に発表した詩「一人の完全」「生存を求むるために」ついて、朔太郎から激励の手紙をもらう。七月、「リヒヤルト・デエメル詩集」（『感情』七月号）に、「春の悦び」ほか一一篇のデーメルの訳詩、および「リヒヤルト・デエメルに就て」（カール・ハイネマン論文の訳文）、「デエメル詩集の終りに」を発表。九月、東京市外田端一六四、加村方に転宿。転宿は室生犀星の紹介による。犀星は大正五年七月から田端一六三、澤田喜右衛門方（『感情』発行所）に住んでおり、転居先はその隣家。不二は転居前から『感情』の編集に携わっており、この年の一〇月号に初めて「編集の後に」を書く。一〇月二一日、川路柳虹、山宮允が主唱者となり、『伴奏』『詩人』『感情』系その他の詩人たちに呼びかけて催した詩人懇談会（於万世橋ミカド）に、喪中の犀星にかわって出席。一一月、これが母体となって、大正時代における最大の詩人団体である詩話会が誕生、その会員となる。一二月、犀星の第一詩集『愛の詩集』を犀星といっしょに製本屋に引き取りに行き、発行所に納本して後、二人で祝杯をあげる。不二は『愛の詩集』刊行に関する様々な相談を受けていた。

大正七年（一九一八年）　二五歳

一月、日夏耿之介の第一詩集『転身の頌』出版記念会に犀星とともに出席、そこで芥川龍之介を知る。四月～六月、塩原、伊香保、前橋（萩原朔太郎を訪問）を回って結城に帰る。九月、上京し、東京市外田端五一三に転宿。ここも犀星の紹介によるらしい。

大正八年（一九一九年）**二六歳**

四月六日、詩話会の年刊『日本詩集』（大正八年度版）刊行記念祝賀会に出席。於森ヶ崎大金。五月三一日、ホイットマン誕生百年紀念会に出席。於万世橋ミカド。犀星、龍之介とともに帰る。六月一〇日、「愛の詩集の会」に出席。於本郷燕楽軒。出席者は、犀星のほか、北原白秋、萩原朔太郎、加能作次郎、日夏耿之介、林倭衛、福士幸次郎ら三二名。七月、東京帝国大学文学部哲学科を卒業する。八月～九月、山形県の竹村俊郎の別荘を訪問し、その折、俊郎らとともに出羽三山めぐりをする。一一月、『感情』終刊。

大正九年（一九二〇年）**二七歳**

二月五日、第一詩集『悩める森林』を感情詩社より刊行。「序に代へて」（序詩）・室生犀星、装丁・恩地孝四郎。二月一四日、『悩める森林』出版記念会が万世橋のミカドで開かれる。発起人は、室生犀星、萩原朔太郎、恩地孝四郎、日夏耿之介、竹村俊郎、相川俊孝、福士幸次郎ら。出席者は、多田不二のほかに、室生犀星、日夏耿之介、西條八十、福士幸次郎、佐佐木茂索、林倭衛、竹村俊郎、相川俊孝、井上康文、笹澤美明、大関五郎、田邊孝次、大澤新三郎、井田憲次、矢口達、柳橋好雄、藤森秀夫、宝田通元、安藤音三郎、川俣馨一、水上茂の二二名。三月、時事新報社に入社。学芸担当の記者となる。八月四日、『日本詩集』（大正九年度版）刊行記念祝賀会に出席。於大森海岸松浅。

大正一〇年（一九二一年）**二八歳**

五月、詩人会の結成に参加し、会員となる。詩人会は、井上康文が中心となり『新詩人』を創刊。創刊時の会員は、多田不二のほかに花岡謙二、藤森秀夫、尾崎喜八ら一六名。一〇月二七日、東京府荏原郡大森町七〇六に転居。一一月、『日本詩人』に評論「啄木鳥の独白」を発表。

大正一一年（一九二二年）**二九歳**

一月一一日、杉野倉吉・禎の長女、胤子と結婚。胤子の実家は大阪市西区北堀江裏通一―二にあり、家具の卸商であった。二月、評論「『深紅の人』を読む―世界漂流者の詩―」を『日本詩人』に、童話「二人の舞姫」を『少女画報』に発表。六月、児童劇「夢見る木」を『少女』に発表。これ以後、詩のほかに、評論・随筆、童話・少年少女小説・児童劇等の発表が盛んとなる。三月、『帆船』を帆船詩社より創刊し、主宰する。同人は、原丈、林信一、笹澤美明、泉浩郎ら。特殊同人として、室生犀星、萩原朔太郎、恩地孝四郎、竹村俊郎。

四月一日、『日本詩集』（大正一〇年度版）刊行記念祝賀会に出席。於万世橋ミカド。同月、「『曙の声』を読む」を『帆船』に発表。六月一二日、東京府豊多摩郡大久保町大字百人町一九五に転居。七月、「情調哲学に就て―萩原氏の『新しき欲情』を読む―」を『帆船』に、児童劇「狐大名」を『少年』に発表。

大正一二年（一九二三年）　三〇歳
一月五日、長男篤司、誕生。二月、このころ、犯罪心理学の勉強を主目的とした欧州行を計画するが、この望みは実現しなかった。三月、「『青猫』著者の一面」を『帆船』に発表。八月、「霊怪雑話」を『新小説』に発表。

大正一三年（一九二四年）　三一歳
三月～六月、怪奇小説「霧の夜の怪」を『少女』に連載。四月上旬～五月下旬、北千島からカムチャツカにかけて時事新報社特派員として、各新聞社記者と同行、約五〇日間の船旅をする。四月二五日、『心理学と児童心理』を実業之日本社より刊行。五月二八日、北千島の旅の疲れを癒すための北陸温泉旅行の途次、金沢に犀星を訪ね、三〇日金沢を離れる。七月、時事新報社を依願退職する。八月、「朔太郎氏の印象二三」を『日本詩人』に発表。九月、『愛の泉』（発行兼印刷人、高信孝治）創刊。編集人として発行にかかわる。九月下旬～一〇月上旬、九州一周旅行。一〇月～一二月、探偵小説「南洋曲馬団」を『少年』に連載。一一月、「旅を楽しむ―九州紀行―」を『愛の泉』に発表。

大正十四年（一九二五年）　三二歳
一月～五月、探偵小説「無音飛行機」を『少年』に連載。九月、「霊怪異説」を『聖潮』に発表。九月一一日、東京府荏原郡調布村大字下沼部七〇五（現、東京都大田区田園調布二丁目七〇五）に新築移転。一〇月四日、長女明世、誕生。一二月八日、田端大龍寺で催された暮鳥忌に出席。出席者は、室生犀星、萩原朔太郎、佐藤惣之助、高橋白鷺、前田夕暮、井上康文、土屋文明、斎藤進、福田正夫に多田不二を加えて一〇名。当日行われた暮鳥一周忌の句会においての不二の句は、「暮鳥忌や髭濃き君の偲ばる丶」

大正十五年・昭和元年（一九二六年）　三三歳
三月、東京放送局放送部社会教育課に入局。同月、『馬車』を帆船社より創刊。同人は、不二のほかに、旧『帆船』同人の笹澤美明、鈴木頴児、泉浩郎、旧『更生』同人の阿部哲、大谷忠一郎、平澤貞二郎、小田揚、それに個人的に親交のあった竹村俊郎、栗木幸次郎を加えて一〇名。四月二〇日、第二詩集『夜の一部』を新潮社より刊行。同月同日、荻野仲三郎（著作兼発行人）に依頼され、編纂主任として執筆した『園田孝吉伝』が刊行される。六月、『馬車』を『帆船』と改題する。同人は、『馬車』同人一〇名に富田充を加えて一一名。改題第一号は「『夜の一部』合評号」とする。八月二〇日、東京・大阪・名古屋の三放送局を合同し、社団法人日本放送協会が設立され、関東支部放送部社会教育課勤務となる。

昭和二年（一九二七年）　三四歳

二月、大正天皇御斂葬儀ニュースの原稿作成に携わる。七月二四日、芥川龍之介自死。九月、「芥川龍之介氏回想」を『創造日本』に発表。

昭和三年（一九二八年）　三五歳

一月二一日、この日誕生した詩人協会の年鑑編集委員、評議委員に選出される。六月、「『暮春賦』を読みて」を『北方詩人』に発表。七月、日本放送協会社会教育課講演係主任となる。

昭和四年（一九二九年）　三六歳

五月、『今日』（発行人、野島辰次）創刊。編集同人として発行にかかわる。同人は、多田不二のほか、渾大防小平、小林徳二郎、竹村俊郎、野島辰次の五名。同月、「短歌に対する考察」を『短歌月評』に発表。六月六日、次男吉廣、誕生。同月、「点魚荘雑筆」を『今日』に発表。

昭和六年（一九三一年）　三八歳

四月四日、茨城県出身の文芸家の親睦をはかる目的で、横瀬夜雨、野口雨情、大関五郎を発起人として成立した茨城県人四四会発会式に参加。於東京上野三宜亭。

昭和七年（一九三二年）　三九歳

一月、「アナウンサー雄弁五人男」を『雄弁』に発表。三月三一日、次女曄代、誕生。八月、「アリユウシヤン記」を『セルパン』に発表。

昭和八年（一九三三年）　四〇歳

一月二六日、母るい、死去。六月、日本放送協会社会教育課長となる。同月、「寛大な講師」を『家庭』に発表。八月、「ラジオと公民教育」を『公民教育』に発表。

昭和九年（一九三四年）　四一歳

一月、京都放送局開局記念放送への出演（出演は不二の依頼による）のために来京した室生犀星と数日を過ごす。この折、井川定慶に知恩院の庭を案内してもらう。五月、組織改正により、日本放送協会業務局教養部講演課長兼講座課長となる。一〇月、「放送局・内輪話」を『婦女界』に発表。

昭和一一年（一九三六年）　四三歳

一月六日、三男達生、誕生。八月一〇日、児童劇集『人形師の夢』を「新撰こども叢書」の第五巻として吉川弘文館より刊行。

昭和一二年（一九三七年）　四四歳
一一月一七日、深川の宮川鰻店で催された室生犀星全集祝賀会に出席。

昭和一三年（一九三八年）　四五歳
三月、大阪放送局放送部教養課長となる。大阪では、大阪府豊中市桜塚一二に住む。

昭和一五年（一九四〇年）　四七歳
五月、日本放送協会業務局教養部長となる。東京に戻り、東京市世田谷区玉川奥沢町二―二一一に住む。

昭和一六年（一九四一年）　四八歳
一月、日本放送協会業務局講演部長となる。一月二三日、同居の義父、杉野倉吉死去。

昭和一七年（一九四二年）　四九歳
五月一一日、萩原朔太郎亡くなる。六月一五日、小学館版『萩原朔太郎全集』刊行のための協議会に、編集委員として出席。八月、「萩原さんの思ひ出二三」を『四季』に発表。

昭和一八年（一九四三年）　五〇歳
八月、大阪中央放送局放送部長となる。二度目の大阪では、大阪府豊能郡箕面村桜井に住む。

昭和一九年（一九四四年）　五一歳
七月、松山放送局長となる。松山では、愛媛県松山市竹原町三八に住む。

昭和二〇年（一九四五年）　五二歳
一月一日、松山放送局は四国を統轄する中央局に昇格。松山中央放送局長（理事）に就任。

昭和二一年（一九四六年）　五三歳
五月、戦時放送の責任をとり、理事全員が自主的に総辞職する。七月一日、「海と詩人」を『愛媛新聞』に発表。同月一五日、「山と詩人」を同紙に発表。同月二四日、長男篤司、死去（二三歳）。八月一三日～一五日、愛媛学生文化聯盟および愛媛新聞社共催による「松山自由大学」（八月一〇日から同月二一日まで、松山高等学校講堂において開講）で講義を行う。講義題目は「現代の詩と詩人」。一〇月二一日、「芸能祭あとの祭」を『愛媛新聞』に発表。一一月二五日、「ヘルマン・ヘッセに就て―ノーベル文学賞の詩人―」（上）を、一二月二日に（下）を『愛媛新聞』に発表。

昭和二二年（一九四七年）　五四歳
一月一日、「新春頌歌」を『愛媛新聞』に発表。一月九日

（推定）～三月一〇日、少年探偵小説「宝石紛失事件」を結城鬼怒夫というペンネームで『新愛媛　子供タイムス』に連載。作者紹介に「現愛媛県児童文化協会理事長」とある。二月七日、同居の義母、杉野禎死去。四月、愛媛詩人社から発行された『愛媛詩人』に、顧問として協力。四月（推定）から、少年探偵小説「鳩男君の探偵手帳その二―もぐら事件」を結城鬼怒夫のペンネームで『新愛媛　子供タイムス』に連載。五月、松山観光協会を再建し、理事長に就任する。同月、「萩原さんの手紙」を『詩風』に、「『感情』前後の萩原さん」を『東国』に発表。一〇月、愛媛県観光協会連合会を創設、専務理事を兼任する。

昭和二三年（一九四八年）　五五歳
四月、『観光の愛媛』を創刊、編集する。六月一六日、「浴泉雑記」を『愛媛新聞』に発表。七月六日、「童詩とその指導」を『愛媛新聞』に発表。九月、松山市大字祝谷四六四（現、松山市祝谷一丁目一―二二）に、新築転居する。

昭和二四年（一九四九年）　五六歳
四月、松山観光協会が中心となり、国鉄松山駅に子規句碑を建立する。六月、全日本観光連盟四国支部常任理事に就任。八月四日、「詩人追慕―ゲーテ、プーシキン、ポー―」を『愛媛新聞』に発表。

昭和二五年（一九五〇年）　五七歳
六月、愛媛県観光協会連合会理事長に就任。同連合会は、八月に愛媛県観光連盟と改称。

昭和二六年（一九五一年）　五八歳
七月、松山中央放送局放送番組審議委員に就任。九月、正岡子規五十年祭の事務局長を務める。

昭和二七年（一九五二年）　五九歳
二月、井上正夫の記念碑を松山市駅前緑地帯に建立。その発起人の一人として参画する。六月、全日本観光連盟第七回総会（札幌市で開催）において、民間観光事業功労者として表彰される。

昭和二八年（一九五三年）　六〇歳
五月、松山観光協会の改組にともない理事長を退任。

昭和三一年（一九五六年）　六三歳
三月、観光図書『観光の愛媛』を愛媛県・愛媛県観光連盟が刊行。その編集発行人として参画する。一〇月二〇日、「犀星、朔太郎と交友のころ」を『愛媛新聞』に発表。

昭和三二年（一九五七年）　六四歳
六月、松山中央放送局芸能番組企画委員会委員に就任。

昭和三三年（一九五八年）　六五歳
六月、愛媛県文化財保護審議委員となる。担当は民俗芸能（無形文化財）。同月、愛媛詩人懇話会結成総会に招かれ講演する。

昭和三四年（一九五九年）　六六歳
六月、愛媛県観光連盟専務理事に就任。同月、第一回ＮＨＫ四国地方放送番組審議会委員に就任。

昭和三五年（一九六〇年）　六七歳
五月、愛媛県観光連盟常任理事に就任。一〇月二九日、「詩作に情熱そそぐ—忘られぬ犀星との交遊—」を『愛媛新聞』に発表。

昭和三七年（一九六二年）　六九歳
三月二六日、室生犀星亡くなる。七月、「感情時代の室生さんと」を『風』に発表。

昭和三九年（一九六四年）　七一歳
三月、「室生さんという人」を『室生犀星全集』（新潮社）月報1に発表。六月、愛媛県観光連盟の改組にともない、退任。以後嘱託として協力する。

昭和四一年（一九六六年）　七三歳
五月、全日本観光連盟四国支部顧問に就任。一一月三日、教養番組の基礎を確立した功績により、勲四等瑞宝章を授与される。

昭和四二年（一九六七年）　七四歳
一月六日、「浅春旅情」を『愛媛新聞』に発表。八月一日、国際観光年「観光の日」の記念行事で運輸大臣表彰を受ける。九月二八日、「室生さん思い出す—旧高校時代から愛唱—かもめ—」を『愛媛新聞』に発表。

昭和四三年（一九六八年）　七五歳
七月二六日、三男達生、急逝（三二歳）。一〇月八日、東京で開催されたＮＨＫ放送番組審議会に委員として出席。これが最後の出席となる。一二月七日、毎日かかさず通っていた道後温泉の朝湯から出た後、初めての心臓発作をおこす。同月一一日、心筋梗塞の発作により、戸梶内科医院にかねて病臥中の妻胤子とともに入院。同月一七日、心筋梗塞により永眠。同月一九日、立正山妙円寺にて葬儀。法名、多聞院光徳日観居士。多田家の墓は、松山市朝日ヶ丘、松山市総合公園北側高台の、松山市営宝塔寺境外墓地にある。のち、出生地、結城市の妙国寺に分骨された。

〈多田曄代・多田和夫・星野晃一編〉

後記

星野晃一

　多田不二の次女暉代（てるよ）氏から、萩原朔太郎研究会前事務局長石山幸弘氏と協力して多田不二宛書簡集を作ってほしいという電話をいただいたのは、平成二十五年一月十七日の夜であった。『多田不二著作集』全二巻の刊行は、平成九年とその翌年であった。これは、暉代氏の、近ごろではあまり耳にしなくなった「親孝行」という亡き父への思いによって成し遂げられたのであったが、それから十七年後の『多田不二来簡集』の刊行も、「最後の親孝行」という同氏のそれによって実現したのである。

　多田不二宛の膨大な数の書簡が、茨城県結城市に住む不二の姪孫にあたる多田和代、和夫ご夫妻のところに長い間保管されているということは、『多田不二著作集』を作成していた頃から知っており、室生犀星、萩原朔太郎等、主立った詩人たちの書簡はすでに拝見し、その魅力に惹かれてはいたが、その全容を把握してはいなかった。それらを熟視しえたのは『多田不二来簡集』の編集作業を始めてからだが、資料整理を行うに従って、室生犀星、萩原朔太郎、高村光太郎、芥川龍之介等々、近代文学界おける主要な詩人、小説家たちからの書簡に加えて、現在、近代文学史の表面から消えかかっている注目すべき作家たち（主に詩人、歌人、俳人、童話作家）の書簡の多いのを知り、驚いた。しかも、萩原朔太郎書簡、芥川龍之介書簡、高村光太郎書簡等、多田家から借用してすでに全集に収められているものもあるが、本書に収載した文学者の書簡の多くは、未発表、未収録のものである。室生犀星書簡の場合は、なぜか『室生犀星全集』（昭和三十九年三月から同四十三年一月、新潮社）に収録されているのは本書に収載した四九通（電報一本を含む）の内の二九通であって、それ以外はこれまで公にされていない。これらが貴重な資料であることは言うまでもない。さらに、哲学者、心理学者、宗教学者、経済学者、画家、音楽家、川柳作家、漫画家、各種評論家等々、文学のみならず、多分野の名士からの書簡が予想外に多く、豊富な内容を蔵しているのにも驚いた。と同時に、これらの書簡群がよくこれまで保管されてきたものだと感激し、かつ、これらの書簡には、文学研究者、愛好者のみならず、多くの人が関心を寄せるのではないか、また、これが完成すればかなり特色ある来簡集になるのではないか、とも思ったのである。

書簡群を通覧して得た結論として、本書の構成を凡例に示したように、Ⅰ学生時代、Ⅱ報道機関勤務の時代、Ⅲ社会・文化活動の時代と、三つの時代に分けることにし、Ⅰには、差出人三五人の、はがき一三二通、封書三〇通、郵便書簡一通を収め、Ⅱには、差出人一五九人の、はがき二二二通、封書一三八通、電報一本を収め、Ⅲには、差出人二八人の、はがき五一通、封書一二通、電報六本を、それぞれ収めた。差出人は重複している人もいるので、実際の数は一九四人であり、収録書簡数は五九三通（電報も含む）ということになる。Ⅰは、結城と金沢を舞台にもっぱら文学と愛に心を注ぎ学問に励んでいた、不二の二十代。Ⅱは、不二の三十代、四十代。勤務地の関係で東京と大阪を生活の拠点としていた時代であり、戦争前夜から終戦へという時代である。Ⅲは、戦後。生活の場は愛媛県の松山市に移り、不二、五十代から七十代まで。三つの時代に大別したのは、そこに差出人に変化が見られるだけではなく、年齢、時代、環境を反映して書簡の内容にも大きな変化が見られるからでもある。

Ⅰは、不二自身のいう「文学修業」の時代を経て、第一詩集『悩める森林』（大正九年二月、感情詩社）を上梓する頃までということになる。不二は、「文学修業」（『地上楽園』昭和三年八月）で「私の文学修業の本筋は」旧制高校の「諸教授との交渉を準備時代として室生犀星氏との交友によつて初められたといつてもよい」と記しているが、本来簡集は、まさにそこから始まる。収録書簡の中で最も早いのは、大正五年七月三十一日消印の旧制高校時代の友人、水上茂からのはがきである。このはがきを、不二は高等学校を卒業し、帰省した故郷結城で受け取っている。この水上茂の一五通にものぼる書簡、また旧制中学校の同窓生であり高等学校の同窓でもあった水谷辰巳書簡にみられるように、そこには若き日の激しい精神の高揚、喜び、悲しみ、迷いなどの感情が率直に表現されていて、不二も含めた当時の学生の精神生活の豊かさを見ることができる。ただし、Ⅰの中心は、室生犀星との交友に始まった、萩原朔太郎、竹村俊郎、山村暮鳥、恩地孝四郎ら『感情』同人、また高村光太郎、山宮允、堀口大学らの詩人たちからの書簡である。それらの書簡には、大正詩壇を飾る詩人たちの若々しい息吹が感じられ、かつ、書簡のそれぞれに詩人に独得のスタイルがあり、それが創作には見られない人間性、個性を生み出していて、そこに素肌の人間を身近に感じられるのが魅力である。また、それぞれの個性が、不二との多様な関係の色合い、深さを示していて、書簡ゆえに知り得る生の交流の世界が展開されていて興味が尽きない。さらに、広く大正詩人の世界の実際がどのようなものであったのか、多彩な人物からの、連絡、報告などの多様な記録からそれを具体的に把握することができ、資料的な価値もそこにはある。

Ⅱは、詩誌『帆船』創刊（大正十一年三月、帆船詩社）、第二詩集『夜の一部』刊行（大正十五年四月、新潮社）に始まる不二の詩人としての活躍期、そしてＮＨＫ勤務という働き盛りの時代になるが、この期には、安達峯一郎、井川定慶、生方俊郎、清沢洌、櫻井忠温、陶山務、田邊若男、豊竹古靱太夫、中村孝也、布利秋、深尾須磨子、森田茂ら各界の著名人からの多様な書簡が実に多く、それらは文化史的、社会史的な側面を覗かせている。また、この期には、特に事変、戦争という暗い背景があり、その時代を反映している書簡も多い。この時代に、不二は、放送依頼者の立場だけではなく、文学者のみならず多分野の文化人たちのいわば援護者のような役割をも担っていたようだ。つまり、ラジオという新しいマスメディアへの放送依頼にかかわるものが、Ⅱの書簡の内の約三分の一と多い。頼みごと、願いごとを記す書簡には、全力を傾けて筆を握っている差出人の姿が思い描かれ、文面はその心情を浮き彫りにしている。また、それらの書簡には、放送文化に関する資料として、貴重な内容が記されているようでもある。

Ⅲに登場する笹澤美明、久保喬、高橋丈雄、古茂田公雄、畦地梅太郎、富田狸通、塩崎宇宙らの書簡からは、まず終戦直後の松山で復興運動に活躍する文化人としての不二の姿が浮かび上がる。その活動範囲は詩、童話、演劇、絵画、俳句、彫刻、漫画と幅広い。次いで、古茂田公雄、柳原極堂、前田伍建、宮尾しげをらの書簡からは、観光振興活動に精力的に尽力した不二の姿が見えてくる。それらの書簡からは、戦後の混沌とした時代に真剣に生きた人達の活力に溢れた熱気、満ち足りた現在には失われているそれが感じられる。これらの書簡群の伝える事実は、戦後七十年の現在において、決して忘れられてはいけない記録であると思う。収録書簡中の最後のものは、昭和四十三年七月二十八日消印の、笹澤美明からの「御近況おしらせ下さい」と記された絵はがきである。この二日前に、不二が自分の文学の後継者として最も期待していた三男達生が急逝していた。その書簡番号561の絵はがきの後に、笹澤美明より多田胤子夫人宛の、不二の死を悼む書簡を、〈参考〉として載せた。

Ⅰ、Ⅱ、Ⅲを通して不二に書簡を送っているのは室生犀星で、合計四九通と最も多い。次が、Ⅰ、Ⅱにある竹村俊郎で、三一通。次いで、Ⅱ、Ⅲにある笹澤美明で、二五通。次いで、Ⅰ、Ⅱにある萩原朔太郎の二一通である。これらは特に、様々な角度から熟読したい書簡である。

振り返ってみると、翻刻作業、注釈作成作業は、時空を超えて、過去の偉大な人々の、蘇った命と対話する営みであったような気がする。そこには、偉大な頭脳たちと接する喜びと恐ろしさがあった。独り静寂の中で、ひとりひとり、あるいは一通一通異なる筆跡を追っていると、それぞれの肉声を聞いているような錯覚に陥ることがあった。また、あるときは、多田不二の一生を描いた長編小説を読んでいるかのような気持ちになることもあった。来簡集を編むとはそのようなものなのであろう。書簡群の文学的、文化的価値、魅力に思いを馳せつつも、こんな感慨にふけることが多かった。

一方で、私にはそれとは別の感慨があった。それは、結城出身の詩人、多田不二への来簡集を、結城の人々と共に作る喜びであった。『多田不二来簡集』作成を決意して以来、紆余曲折はあったが、幸いにも、多田和夫氏の紹介によって結城市民情報センターの支援を得、その一室に編集室を用意していただくことができた。それは、平成二十五年の五月であった。と同時に、当施設を管理運営する財団の常務理事である山中正明氏も積極的にこの作業に加わり、また職員の島田紀子氏という強力な編集協力者を得ることができた。さらに、山中氏によって須藤和利会長を中心とする結城古文書好楽会の鈴木守治、橋本輝彦、荒井忠秋、岡野睦の諸氏、わらしべの会代表の浅野和子氏という各分野での実力者を紹介していただくことができた。出版社を紅書房にというのは、紅書房代表の菊池洋子氏に絶大の信頼を寄せている、曄代氏からの強い要望であった。石山幸弘氏は、所属する文化団体の用務が忙しくなり、残念ながら間も無く辞退されたため、編集作業は、共に喜び苦しみつつ、結城の方々を中心とする、この一一名のメンバーで行った。

しかしまた、喜びとは別に、私にはある感情があった。私信を公にする作業には罪悪感に似た後ろめたさが、どうしても付きまとう。書簡に、いかに資料的な価値が認められ、それがいかに興味深い内容であろうとも、それはあくまでも個人の内密な通信であり、差出人は公表を前提としてはいない。予想もしていないはずだ。多くの人はそれを望んではいないであろう。翻刻し、公にする作業には、差出人の意思に反して、秘密の世界をのぞき見るのに似た後ろめたさがある。この種の作業を行う者のもつ、おそらく共通の感情であろう。

しかし、私にはわずかな救いがあった。それは、かなり以前、『多田不二著作集』を作成していた二十年近く以前にふと目にしたはがきが、漠然と記憶に残っていたのである。山積みされた資料の中から現れたそれは、多田不二が、当時藤沢市に住んでいた近藤一夫、明世（不二の長女）夫妻に宛てて、松山市道後祝谷から出した、昭和四十三年九月十一日消印のはがきであった。その終わりは、次のようにまとめられている。

目下は屋内の整備をはじめており十何年来積もりにつもった古いものを一掃することにしています。昔の名士や文学者などの書いたものや手紙などは一応整理して大部分近藤大人に贈呈する心構えでおります。達生が居ない現在では他にその価値を知る家族はいない様に思いますから。いづれ目録を作って見ます。時候不順の際、先づは御一同の御健康を祈ります　匆々

多田不二は、今は「手紙」の「価値」を知るものは家族の中に「近藤大人」だけなので、いずれ「目録」を作って送ると記している。「価値」を知る者に家宝として大切に所蔵してほしいという思いで記すなどということはありえない。不二は、後に、何らかの形で公表されることを予想し、認めていたと、私は思う。しかし、「近藤大人」でも「達生」でもない私のような者が、編集、出版することまでを認めてくれるかどうかはわからない。

さらに注目したいのは、「達生が居ない現在」という語句である。この語句の重さを示す文章がある。それは、『神秘の詩の世界　多田不二詩文集』（平成十二年、講談社文芸文庫）に収められている、暉

代氏の「父多田不二のこと」の中の、次の箇所である。

昭和四十三年七月のある朝、嫁の実家に同居していた不二の三男達生が急性の心臓麻痺で急死したことの知らせがあった。達生はその前夜遅くまで小説を書いていたが、始めて書いたＮＨＫの放送劇脚本コンクールに応募した「協力者」がグランプリを獲得したとの知らせが届いたのは、達生の死の直後だった。自分の文学の後継者として息子に期待していただけに、父の落胆ぶりには、私は慰める言葉も無かった。

「文学の後継者」を失った不二の落胆は激しかったのであろう。先のはがきの書き出しの「この頃少し物忘れした様な気分で早朝の散歩もせず、たゞ漠然と雑誌などを読んでいることが多くなりました」という表現にも、それは読み取れる。

愛息の急逝は、昭和四十三年七月二十六日であり、このはがきの消印の日付は、死後四十八日、つまり四十九日の前日である。そこには不二の深い哀しみの中の覚悟、決意が感じられる。そして、不二が亡くなったのは、その約五か月後の十二月十七日であった。不二が「近藤大人」に贈呈し、本書で公にされた来簡には、不二の深い思いが込められており、それは哀しみの染み込んだものでもあったのである。資料を託されるはずであった三男達生は、昭和十一年に生まれている。偶然、私も同年の生まれである。その資料を、私は、不二にではなく暐代氏に託されたのであった。

最後になりますが、貴重な資料をご提供くださったり、研究書等を参考にさせていただいたり、また、調査にご協力いただいたりした方々のお名前を記し、感謝の意を表したいと思います。（敬称略。

五十音順）

青木正美　石田好一　梅谷真宏　久保和子　久保忠夫　久保弘明　小島弘子　佐々木靖章　嶋田亜砂子　住谷淳雄　竹山昭子　浪方成江　野村忠男　細梅雅弘　室生洲々子

また、次に列記する図書館、文学館、資料館、出版社、学校等のご協力もいただきました。御礼を申し上げます。

茨城県立図書館　愛媛県東温市立歴史民俗資料館　愛媛県松山市立子規記念博物館　愛媛県立図書館　石川近代文学館　金沢大学資料館　金沢大学付属図書館　群馬県立土屋文明記念文学館　国立国会図書館　城西国際大学水田記念図書館　新潮社　筑摩書房　千葉県立中央図書館　千葉県立東部図書館　楯岡小学校　潮流社　日本近代文学館　日本現代詩歌文学館　前橋文学館　室生犀星記念館　結城市民情報センター（ゆうき図書館）　早稲田大学図書館

平成二十七年六月九日

ご挨拶

多田曄代

父の作品を三冊の本にまとめた平成九年から十二年にかけては、あわただしい三年間でした。『多田不二著作集　詩篇』、『多田不二著作集　児童文学・評論篇』及び講談社文芸文庫の『神秘の詩の世界　多田不二詩文集』の三冊ですが、あれからもう十数年が経過しました。その後、一人松山に住む私は、病気と対応しながらも、心の中で次の本を作りたいと思っていました。

平成二十四年から二十五年にかけて、父の故郷茨城県結城市の市立図書館及び市民情報センターに、父の関係するものをすべて持ち込みましたが、その中にあった父あての多量の書簡類を本にできないかと、日本近代文学、多田不二研究者の星野晃一氏にご相談しました。それは、平成二十五年一月のことでした。やがて一冊の本にまとまる構想ができあがり、結城市の全面的なご協力により、星野氏を中心に作業が進められました。

その時、出版社をどこにするかのお問い合わせがあり、私は以前星野氏の『犀星　句中遊泳』を制作した紅書房にとお願いしました。きめの細かい作業は、やはり女性である菊池代表のお力をお借りするのが一番良いと感じたからです。

ほぼ二年の年月、いろいろの方々のご努力、ご協力をいただきました。『多田不二来簡集』として書店の棚に並べられる日を楽しみにしながら、松山で校正などの作業の手伝いをしつつ過ごした二年間でした。

星野氏と紅書房の菊池代表との密接な連携による良い本を誕生させるという熱意に感謝いたします。また、結城市のみなさまのご努力、ご協力が大きな力となっていることを、ほんとうに有り難く思っております。

「良い本を父の故郷で作る」が私の目的でした。四冊目の『多田不二来簡集』は、私の父多田不二への最後の親孝行だと思います。父は驚きながらも喜んでくれていることでしょう。

ご序文を頂きました新川和江先生、久保忠夫先生はじめ、ご努力、ご協力をいただいた皆様に、心からお礼申し上げ、ご挨拶とさせていただきます。

平成二十七年六月吉日

本書への掲載を許諾して下さった方々

青木優子　伊藤憲之介　稲積光夫　井上博雅　井村弘子　大木新彦　小川英晴　荻原海一　尾崎榮子　尾山賢一　恩地元子　柏木かおる　金井和郎　川上雅鼓　川田　泉　河野瑞子　北原東代　草野太郎　久保弘明

小谷ハルノ　古茂田不二　笹澤　晶　佐藤四郎　佐藤宗三　白鳥東五　関　宏成　大悟法雄作　髙濵朋子（代表）　高村　達　竹中敏子　竹村俊明　竹本住太夫　田中道夫　田邊　徹　茅野幸一　戸川晴与　土岐康二　富田もとこ

中村眞一　中村真弓　野口存彌　能村玲子　萩原朔美　服部嘉直　濱田留美　春田啓郎　平井憲太郎　平井隆太郎　平田暢夫　福田薫子　福田美鈴　堀口すみれ子　前田雪子　松岡抄子　松原珀子　三上晴夫　三木豊晴

宮尾文榮　村松耕至　室生洲々子　百田　仁　山内道雄　山本篤子　吉阪啓子　渡部典子

（敬称略。五十音順）

著作権継承者の皆様へ

本書を刊行するにあたって、多くの著作権継承者の方から書簡収載許諾のご回答をいただきました。その上、励ましのお言葉まで掛けてくださった方もいらっしゃいました。誠にありがとうございました。改めて深謝し、ここにお名前を記させていただきます。

一方、ご連絡先を出来る限りの手段を尽くして捜し求めたのですが、ついに求め得なかった方々がいらっしゃいます。お心当たりの方がいらっしゃいましたら、版元の紅書房までお知らせいただきたく存じます。ここに、伏してお詫び申し上げますとともに、ご理解を願い上げる次第でございます。

多田曄代

多田不二来簡集　奥附

編者　星野晃一・多田曄代＊発行日　二〇一五年八月一一日　第一刷

発行者　菊池洋子＊印刷　明和印刷＊製本　新里製本＊製函　岡山紙器

発行所　〒一七〇・〇〇一三　東京都豊島区東池袋五―五二―四―三〇三

紅(べに)書房　http://beni-shobo.com　info@beni-shobo.com

電　話　〇三（三九八三）三八四八

ＦＡＸ　〇三（三九八三）五〇〇四

振　替　〇〇一二〇・三・三五九八五

落丁・乱丁はお取替え致します。

ISBN978-4-89381-302-2

Printed in Japan 2015

編集・編集協力

多田不二来簡集刊行会

浅野和子
荒井忠秋
石山幸弘
岡野　睦
菊池洋子
島田紀子
須藤和利
鈴木守治
多田曄代（代表）
多田和夫
多田吉廣
橋本輝彦
星野晃一
山中正明
（五十音順）

●来簡索引●

【註】

・差出人名の後に記した数字は、書簡番号を示したものである。

・各差出人の最初に収めた書簡の箇所に、簡略に人物紹介を記した。

●人名索引●

【註】

・書簡文に登場する人名を五十音順に配列し、当該書簡をその番号で示した。
・番号の太字は、書簡文の後に付した事項説明の箇所に、人物紹介のあることを示している。
・多田不二は、見出し人名から省いた。また、差出人の友人や家族、その他極めて私的な関係を示す人物である場合など、同人名から省いたものもある。
・架空の人物名、元来人名ではない「キリスト」なども見出し項目とした。
・見出し人名に誤りのある場合には、〔　〕を用いてそこに正しい字を記し、また、補記を必要とする場合には（　）を用いてそこに補うべき字、語句を記した。

例　坂〔阪〕本越郎
　　照井栄(瓔)三

・筆名、別号なども見出し項目とし、必要に応じて、→以下に参照すべき見出し人名を示した。

例　魚眠洞　307, 555→室生犀星
　　D氏　32→ドストエフスキイ

（山中正明・浅野和子　作成）